KB162424

을 유 세 계 문 학 전 집 · 7 5

러시아의 밤

일러두기

1. 본문과 각주에서 〔 〕 속의 부분은 1860년대 초 작가가 이 작품의 재간행을 준비하면서 직접 보완했던 것들이다.
2. 본문의 각주는 모두 저자의 주이며 미주는 역자의 주이다.

을 유 세 계 문 학 전 집 · 7 5

러시아의 밤

Russkie Nochi

블라지미르 오도예프스키 지음 · 김희숙 옮김

을유문화사

옮긴이 김희숙

서울대학교 문리대 독문과와 동 대학원을 졸업하고, 독일 뮌헨 대학교 슬라브어문학과 학부와 동 대학원을 졸업했다(러시아 문학 박사). 현재 서울대학교 노어노문학과 교수로 재직하고 있다. 저서로 『보리스 필냐크의 장식체 소설 연구』와, 역서로 블라지미르 소로킨의 『줄』, 후고 후퍼트의 『마야코프스키의 삶과 예술』, 푸쉬킨의 『스페이드의 여왕』, 도스토예프스키의 『죄와 벌』, 『러시아 기호학의 이해』(공역), 바흐친의 『말의 미학』(공역), 『러시아 현대 소설 전집 1』(공역) 등이 있다.

을유세계문학전집 75
러시아의 밤

발행일·2015년 5월 15일 초판 1쇄 | 2018년 12월 20일 초판 2쇄
지은이·블라지미르 오도예프스키 | 옮긴이·김희숙
펴낸이·정무영 | 펴낸곳·(주)을유문화사
창립일·1945년 12월 1일 | 주소·서울시 마포구 월드컵로16길 52-7
전화·02-733-8153 | FAX·02-732-9154 | 홈페이지·www.eulyoo.co.kr
ISBN 978-89-324-0457-8 04890 978-89-324-0330-4(세트)

• 값은 뒤표지에 표시되어 있습니다.
• 이 번역서는 2007년 정부(교육과학기술부)의 재원으로 한국연구재단의 지원을 받아 수행된 연구임(NRF-2007-361-AL0016)

차례

Nel mezzo del cammin di nostra vita
Mi ritrovai per una selva oscura
Ché la diritta vin era smaritta..

Dante, Inferno.

인생 행로의 중반기에서
올바른 길을 벗어난 나는
어느 컴컴한 숲 속에 있었다*

—단테, 「지옥」 편

Lassen sie mich nun zuvörderst
gleichnissweise reden! Bei schwer
begreiflichen Dingen thut man wohl
sich auf diese Weise zu helfen.

Goethe, Wilhelm Meisters Wanderjahre.

우선 비유를 들어
말씀드리게 해 주세요!
이해하기 힘든 것들일 땐
이렇게 하는 게 도움이 되거든요.*

—괴테, 『빌헬름 마이스터의 편력 시대』

서문

모든 시대에 인간의 영혼은 자신도 모르게 마치 자침(磁針)이 북쪽으로 향하듯 억누를 수 없는 힘의 지향에 의해서, 정신적인 삶과 물질적인 삶을 형성하고 결합시켜 주는 비밀스러운 원소들의 내면 깊은 곳에 그 해답이 숨어 있는 과제들을 향하게 된다. 삶의 기쁨과 슬픔, 격렬한 활동, 침착한 명상, 또는 그 무엇도 이 지향을 저지시키지 못한다. 이 지향은 너무도 한결같은 것이어서, 때로는 물리적인 기능들과 흡사하게 인간의 의지와는 상관없이 일어나는 것처럼 보이기도 한다. 세월은 흘러가고 시간은 모든 것을 삼켜 버린다. 개념도, 풍습도, 습관도, 경향도, 행동 방식도. 지나간 모든 삶이 닿을 길 없는 심연 속에 가라앉지만 그 경이로운 과제는 가라앉은 세계 위로 다시 떠오르고, 오랜 투쟁과 의혹, 조롱 뒤에 — 새로운 세대가 그들에게 조소당했던 지난 세대들과 마찬가지로 바로 그 비밀스러운 원소들의 심저(深底)를 더듬는다. 세월의 흐름이 그 원소들의 이름을 바꾸어 놓고 그것들에 대한 관념을 변화시킬망정, 그 본질이나 작용 방식은 결코 달라지지 않는다. 영원히 젊고 영원히 강력하게 그것들은 맨 처음에 창조되었던 자신들의 처녀성 속에 변함없이 머무르고, 풀 수 없는 수수께끼와도 같은 그것들의 화음은 그토록 자주 인간의 가슴에 격랑을 일으키는 폭풍 한가운데서도 또렷하게 들린다. 이 위대한 작용력들의 위대한 의미에 대한 설명을 구하고자 자연 과학자는 자연계의 산물들, 물적인 삶의 이 상징들에게 물어보고, 역사가는 민족들의 연대기에 기록되어 있는 살아 있는 상징들에게, 시인은 그의 영혼의 살아 있는 상징들에게 묻는다.

이 모든 경우에 연구 방법, 관점, 기법들은 무한히 다양할 수 있다. 자연 과학에서 어떤 사람들은 자연 전체를 그것의 보편적인 관점에서 자신의 연구 대상으로 삼는가 하면, 다른 사람들은 하나의 개별적인 유기체의 조화로운 구성을 연구한다. 그리고 시에서도 그렇다.

역사에서 우리는 인류 전체에게 주어진 한 시대의 내적인 역사 그 자체를 자신의 삶으로써 나타내는, 그야말로 상징적인 인물들을 만나곤 한다. 어떤 사건들과의 만남은 인류가 이런저런 방향으로 지나온 길을 어느 한 관점에서 제시할 수 있게 해 주기도 한다. 연대기 저자의 죽은 글자가 모든 것을 다 증언해 주지는 않는다. 모든 식물이 꽃과 열매의 단계까지 이르지는 못하듯이, 모든 사상, 모든 삶이 완전한 발전에 이르는 것은 아니다. 그러나 그렇다고 해서 이 발전의 가능성이 완전히 물거품이 되지는 않는다. 그것은 역사 속에서 죽으면서, 시 속에서 다시 살아난다.

내면적인 삶의 깊은 곳에서 시인은 자신의 상징적인 인물들과 사건들을 만난다. 때로는 영감의 마법적인 빛 아래 역사적인 상징들이 이 상징들에 의하여 보완되기도 하고, 때로는 이 시적인 상징들이 역사적 상징들과 완전히 일치하기도 한다. 그럴 때 사람들은 보통, 시인이 그 자신의 통찰, 자신의 희망, 자신의 고통을 역사적 인물들에게 속죄의 공물처럼 바치고 있다고 생각한다. 부질없다! 시인은 오로지 자신의 세계가 갖는 법과 조건을 따랐을 따름이다. 그러한 만남은 있을 수도 있고 없을 수도 있는 하나의 우연에 불과할 뿐인즉, 영혼에게는 온 세상의 먼지투성이 양피지보다도 자신의 자연스러운 상태, 즉 영감 상태 속에 더 확실한 지침들이 존재하기 때문이다.

그리하여 역사적인 상징들과 시적인 상징들은 서로 별개로도, 서로 결합해서도 존재할 수 있다. 두 종류의 상징은 모두 하나의 근원에서 흘러나오지만 제각기 다른 삶을 산다. 한 종류의 상징들은 행성의 좁은 세계 속에서 불완전한 삶을 살아가나, 다른 종류의 상징들은 시인의 무한한 왕국에서 무궁한 삶을 산다. 그러나 — 애석한지고! 이 상징이나 저 상징이나 모두, 아마도 인간이 이 삶에서는 도달하기 힘들고 다만 가까이 다가가는 것만큼은 허용되어 있는 열기 힘든 신비를 자신 속 깊은 곳에 몇 겹의 덮개 아래 간직하고 있다.

그러니 예술가가 하나의 덮개 아래서 또 다른 덮개를 발견할 때, 그를 비난하지 마라. 그것은 화학자가 그가 연구하는 물질의 가장 단순하지만 동시에 가장 멀리 있기도 한 원소를 처음부터 발견하지 못했다고 해서 비난하지 않는 것과 똑같은 이유에서이다. 이시스*의 입상에 새겨진 고대의 제명은 인간의 모든 활동 분야에서 아직 그 의미를 잃지 않았다. '누구도 아직 내 얼굴을 보지 못했노라.'

이것이 저자의 이론이다. 그것이 거짓된 것인지 진실된 것인지는 — 그의 문제가 아니다.

'러시아의 밤'이라고 이름 붙인, 아마도 더없이 혹독한 비판에 처하게 될 이 작품의 형식에 대해 몇 마디 덧붙이겠다. 저자는 어느 한 인간의 운명이 아니라 〔역사적-〕상징적인 인물들에게서 다양한 형태로 나타나는, 전 인류에게 공통적인 느낌의 운명을 대상으로 하는 드라마, 요컨대, 순간적인 인상들에 종속되는 말이 아니라, 한 인물의 삶 전체가 다른 인물의 삶에 대한 물음이자 답이 될 수 있는 그런 드라마가 존재할 수 있다고 생각했다.

그렇지 않아도 이미 지나치게 길어져 버린 이 이론적인 기술 뒤에 더 이상의 설명으로 들어가는 것은 저자로서 불필요하다고 여긴다. 예술 작품이라는 이름을 요구하는 저작들이라면 스스로 자신에게 책임을 져야 하며, 바탕에 놓인 이론을 완전히 교의적으로 기술함으로써 그것들을 앞질러 옹호하는 것은 예술가의 권리에 대한 쓸데없는 모욕이 될 것이다.

저자는 그에게 그들의 조언을 누리게 해 주었던 사람들, 또한 지금까지 여러 잡지에 흩어져 있던 작품들을 번역할 가치가 있다고 여겨 준 사람들,* 특히 끊임없는 모든 고결한 다른 활동들 가운데서도 그의 동포들에게 이 책의 저자가 쓴 몇몇 작품들을 원작을 훨씬 능가하는 아름다운 번역으로 전해 준 베를린의 저명한 작가 파른하겐 폰 엔제*에게 **'감사'**의 말을 하지 않고서는 이 서문을 끝낼 수 없고 또 끝내서도 안 될 것이다.

문학이라고 불리는 빠져나올 길 없는 마법의 원 속으로 들어선 인간이 걸어가는 힘들고 기이한 길에서 우리가 모르는 사람들, 공간에 의해 그리고 삶의 상황에 의해 우리로부터 멀리 떨어져 있는 사람들 사이에서 자신의 감정에 대한 반향을 듣게 되는 것은 기쁜 일이다.

제1야*

마주르카가 끝났다. 로스치슬라프는 이미 그의 귀부인의 희고 멋진 어깨를 실컷 보았고, 그 어깨 위에 비치는 자주색 실핏줄들을 모두 다 세었으며, 그녀의 향기에 실컷 취했고, 마주르카를 추며 얘기할 수 있는 모든 것, 이를테면 그들이 앞으로 한 주일 동안 만나게 될 모든 집들에 대해 그녀와 실컷 얘길 나누고서는, — 배은망덕하게도 오직 더위와 피로만을 느끼고 있었다. 그는 창가로 다가가, 쩍쩍 갈라지는 매서운 추위가 낳는 특별한 냄새를 만끽하며 들이마시면서 유별난 호기심을 가지고 자신의 시계를 들여다보곤 했다. 자정이 지난 2시였다. 그사이 바깥에는 모든 것이 하얗게 되어 가며 어떤 어둡고 바닥 없는 소용돌이 속에서 빙글빙글 돌고 있고, 북풍이 울부짖고, 눈송이가 솜털처럼 창문에다 몸을 비벼 대며 창 가득히 변덕스러운 무늬를 그리고 있었다. 경이로운 광경이었다! 창 뒤에선 거친 자연이 향연을 벌이며 추위와 폭풍과 죽음으로 인간을 위협하고 있는데, — 여기 불과 세 치 남짓 떨어진 곳에서는 빛나는 샹들리에, 부서지기 쉬운 화병, 봄꽃, 온갖 쾌적함, 동녘 하늘의 온갖 변덕, 이탈리아 같은 기후, 반라의 여인들, 자연의 위협에 대한 냉담한 조소가 있었다. — 그러자 로스치슬라프는 집을 짓고 창틀을 끼우고 난로를 피울 생각을 해낸 그 현명한 인간에게 자기도 모르게 마음속 깊이 고마움을 느꼈다. '우리는 어떻게 되었을까', 하고 그는 생각했다. '만약 그 현명한 인간이 없었더라면, 보통 아무도 주의를 기울이지 않는 너무도 단순한 사물들을 얻기 위해, 그러니까 창틀과 난로가 있는 집에서 살기 위해 인류는 어떤 수고를 해야만 했을까?' — 이런 의문들은 로스치슬라프에게 저도 모르게, 그의 한 친구가 지은 동화*를 상기시켰다. 불을 발명한 때로부터 시작하여, 계몽된 영국에서 수공업자 양반들이 자기 주인의 값비싼 기계를 부수고 불태우는 것을 대단히 찬양할 만한 일이라고 몇몇 사람들이 여기고 있는 살롱 장면에서 끝난다고 기억되는 동화였다. 짐승의 털가죽을 뒤집어쓴 지구의 원시인들 무리가 불을 에워싸고 맨땅에 앉아 있다. 앞은 뜨겁고 뒤는 추운 가운데 그들은 비바람을 저주한다. 그리고 바람이 쉴 새 없이 날려 버리는데도 지붕을 만들려고 애쓰는 어느 기인을 비웃는다. 다른 장면. 사람들은 이미 오두막집에 앉아 있다. 한가운데 모닥불이 지펴져 있고 연기가 눈을 찌르고 바람에 불꽃이 사방으로 퍼진다. 끊임없이 불을 지켜보고 있어야 한다. 그렇잖으면 겨우 엮어 세운 인간의 집을 불이 파괴해 버릴 것이다. 사람들은 바람과 추위를 저주한다. 그러면서 그들은 그렇게 하면 당연히 불이 자주 꺼지게 될 터인데도 돌로써 모닥불을 에워싸려고 애쓰는 한 기인을 또다시 비웃는다. 그러나 이제, 난로 연통을 닫을 수 있게 만들자는 생각을 한 천재가 나타났다! 세계 최초의 닫힌 난로로 인해 수많은 사람들이 탄산가스에 중독되었던 탓에, 이 불행한 천재는 조롱과 풍자와 비난의 집중포화를 견뎌야만 한다. — 그러니 점토 냄비에다 음식을 만들고, 철을 단련하고, 모래를 가공하여 투명한 판으로 변화시키고, 기억 속에 남아 있기조차 힘든 기호들을 사용하여 자신의 생각을 나타내고, 마침내는 — 제멋대로 살면서 오로지 정욕이 내키는 대로 행동하는 데 익숙해진 인간의 무리를 법적인 질서 아래 종속시키자는 생각을 처음으로 해낸 사람이야말로 어떤 일을 당했겠는가? 꿀벌의 산물을 양초로 만들기 위해, 이 탁자를 아교로 붙여 만들기 위해, 이 벽들에 직물을 바르기 위해, 천장에 색칠을 하기 위해, 램프의 기름에 불을 붙이기 위해, 물리학, 화학, 기계 역학 등등이 어떤 성과를 일구어 내야만 했을까? 그것들 없이는 창틀과 난로가 있는 밝은 집이 존재할 수 없을 무수히 많은 다양한 발견들을 생각하면 정신이 아득해질 따름이다. — '사람들이 뭐라고 말하든', 하고 로스치슬라프는 생각했다. '계몽은 좋은 것이야!'

'계몽'…… 이 말에서 그는 자신도 모르게 멈추었다. 그의 생각은 점점 더 넓어지고 점점 더 진지해져 갔다……. '계몽! 우리의 19세기를 계몽된 세기라고들 부르지. 하지만 우리는 어쩌면 지금 비단으로 몸을 휘감은 무리들이 북적거리고 있는 바로 이곳에서 아마도 언젠가 자신의 그물을 펼쳤을 그 어부보다 정말 더 행복한 것일까? 우리 주위에는 무슨 일이 일어나고 있나?

민족들의 그 모든 분주함은 무엇을 위한 것인가? 왜 회오리바람은 그들을 눈가루처럼 흩날려 버릴까? 왜 어린아이는 울고 젊은이는 괴로워하고 늙은이는 의기소침해할까? 왜 사회는 사회와 서로 반목하고, 나아가 자신의 개개 구성원과도 반목할까? 왜 철(鐵)이 사랑과 우정의 끈을 잘라 버릴까? 왜 범죄와 불행이 사회의 수학적 공식에서 빠질 수 없는 자모(字母)라고 간주되는 것일까?

민족들은 삶의 무대에 등장하여 영광으로 빛나며 역사의 페이지를 자신들로 채우다가, 갑자기 쇠약해져서는 바벨탑의 건설자들처럼 일종의 광기에 빠지고, — 그리하여 그들의 이름은 먼지투성이 양피지들 사이에서 외국의 고고학자에 의해 간신히 발견된다.

여기에는 악덕의 열정을 가라앉히고 고결한 열정을 선으로 향하게 하는 강력한 정신이 없는 탓에 사회가 고통받고 있다.

여기서는 사회가 자신의 영광을 위해 나타난 천재를 내쫓고, — 믿음을 깨뜨린 친구는 사회의 비위를 맞추느라 위대한 인간의 기억을 치욕에 내맡긴다.[1]

여기서는 정신과 물질의 모든 힘이 움직이고 있고, 상상력, 이성, 의지가 긴장되어 있고, — 시간과 공간이 무(無)로 변했고, 인간의 의지가 축연을 벌이고 있으나, — 사회는 괴로워하면서 자신의 종말이 다가옴을 우울하게 감지하고 있다.

여기서는, 고여 있는 늪 속에서 힘들이 졸고 있고 인간은 흡사 매여 있는 말처럼 사회라는 거대한 기계의 한 바퀴만을 계속 열심히 돌리면서 나날이 눈멀어 가지만, 거대한 기계는 반쯤 붕괴되었다. 젊은 이웃의 단 한 번의 움직임에 — 천 년의 왕국은 사라져 버렸다.

어디에나 반목과 언어 혼란, 범죄 없는 처형과 처형 없는 범죄, 그러나 무대의 끝에는 — 죽음과 무(無)가 서 있다. 민족의 죽음…… 얼마나 무서운 말인가!

자연법칙이야! — 한 사람이 말한다.

통치 형태야! — 두 번째 사람이 말한다.

계몽 부족이지! — 세 번째 사람이 말한다.

계몽 과잉이라고!

종교적 감정의 결여야!

광신이지!

---

1 〔바이런의 수기가 출판되기를 다들 초조하게 기다리고 있었지만, 바이런 가족들의 '상황' 때문에 출판을 결심할 수 없었던 토머스 무어*를 빗댄 말이다.〕

그러나 너희들, 삶의 비밀의 오만한 해석자들이여, 너희들은 누구인가? 나는 너희들을 믿지 않으며 믿지 않을 권리가 있다! 너희들의 말은 순수하지 않으며 그 아래에는 더욱더 순수하지 않은 생각이 숨어 있다.

너는 내게 자연법칙을 말하고 있다. 그러나 너는 어떻게 그것을 알아맞혔는가? 부르지도 않은 예언자여! 어디에 너의 표식이 있는가?

너는 내게 계몽의 유익함을 말하는가? 그러나 너의 손은 피범벅이다.

너는 내게 계몽의 해악을 말하는가? 그러나 너는 말을 더듬고 네 생각은 서로 들어맞지 않는다, — 자연은 네게 암흑이다, — 너는 자기 자신도 이해하지 못하고 있다!

너는 내게 통치 형태를 말하는가? 그러나 네가 만족하는 형태는 어디에 있는가?

너는 내게 종교적 감정을 말하는가? 그러나 보라 — 네 검은 옷은 네 형제가 고문당했던 장작불에 그슬렸고, 그의 신음이 네 달콤한 말과 함께 네 목구멍에서 너도 모르게 터져 나온다.

너는 내게 광신을 말하는가? 그러나 보라 — 네 영혼은 증기기관으로 변했다. 나는 네게서 나사와 바퀴를 보지만, 삶은 보지 못한다!

꺼져라, 반미치광이들아! 너희들의 말은 순수하지 않다. 그 속에는 어두운 열정이 숨 쉬고 있다! 너희들은 삶의 먼지에서 떠나지 못하며 삶의 깊은 곳으로 들어가지 못한다! 너희들 영혼의 황무지에는 부패의 바람이 불고 있고 흑사병이 돌며, 감염되지 않은 감정은 하나도 남아 있지 않다!

너희들, 쇠약한 아비들의 쇠약한 아들들아, 너희들은 우리의 정신을 계몽할 수 없다. 너희들이 우리를 모르듯이, 우리는 너희들을 알고 있다. 우리는 정적 속에서 너희들의 출생, 너희들의 병을 지켜보았고, — 그러므로 너희들의 종말을 예견하고 있다. 우리는 너희들 위로 몸을 수그리고 울었고 너희들을 비웃기도 했다. 우리는 너희들의 과거를 알고 있지만…… 그러나 우리 자신의 미래도 알고 있는 것일까?'

아마도 독자는 이미 알아차렸으리라, 이 모든 멋진 생각들이 로스치슬라프의 머릿속에서 내가 이야기할 수 있었던 것보다 천 배는 빨리 스쳐 지나갔다는 것을, — 그리고 실제로 그것들은 춤과 춤 사이에 흔히 있는, 쉬는 짬보다도 길게 계속되지 않았다.

두 친구가 로스치슬라프에게 다가왔다.

— 이 작은 창문에서 뭘 발견했나?

— 무슨 생각에 잠겨 있었던 건가? — 그들이 물었다.

— 인류의 운명에 대해서! — 로스치슬라프가 엄숙한 목소리로 대답했다.

— 차라리 우리들 밤참의 운명이나 생각하시지. — 빅토르가 응수했다. — 여기, 춤의 순교자가 되기로 작정한 자들은 식사 전에 카드릴*을 더 출 생각이라네.

— 식사 전에? 악당들……! 절대 사양하겠사옵니다!

— 파우스트에게나 가세.

검은 고양이를 늘 옆에다 두고서 며칠씩 면도도 하지 않고, 현미경으로 작은 딱정벌레를 관찰하고, 용해관(溶解管)을 불고, 문을 걸어 잠근 채 아마도 상류 사회 사람들이 손톱 다듬기라고 부르는 일을 몇 시간씩이나 부지런히 하는 듯싶은 괴상한 습관을 지닌 자신들의 친구 한 명을 그들이 파우스트라고 부르고 있었다는 사실을 친애하는 독자에게 여기서 미리 알려 둘 필요가 있을 것이다.

— 파우스트에게? — 로스치슬라프가 대답했다. — 좋아, 그는 내가 문제를 푸는 걸 도와줄 걸세.

— 밤참을 내오겠지.

— 담배를 피울 수 있을 거야.

그들에게 몇 사람이 더 합류했고, 모두들 함께 파우스트에게로 출발했다.

마차에 오르다가 로스치슬라프가 발 디딤대에 멈추어 섰다.

— 여보게들, 들어 보게나. — 그가 말했다. — 정말이지 마차는 계몽의 중요한 산물이잖은가?

— 웬 계몽! — 조급한 동행자들이 소리쳤다. — 영하 20도야. 어서 앉기나 해!

로스치슬라프는 그들의 말을 따르면서도 말을 계속했다. "아무렴! 마차는 중요한 예술 작품이야. 자네들은 마차 안에서 비바람과 눈을 피하면서도, 마차를 만들어 내기 위해 과학에서 어떤 성공이 있어야 했는지는 분명 한 번도 생각해 본 적이 없을걸!"

처음엔 모두들 큰 소리로 웃었으나, 그런 다음 이 고상한 작품을 부분별로 분석하기 시작하자, 용수철을 위해서는 광갱(鑛坑)을 파헤쳐야 했고, 모직 천을 위해서는 메리노종 면양을 키우고 베틀을 발명해야 했으며, 가죽을 위해서는 무두질에 쓰이는 소재의 성질을 발견해야 했고, 염료를 위해서는 거의 모든 화학이, 나무를 위해서는 항해가 필요했고, 크리스토포로 콜롬보가 아메리카를 발견해야 했고, 그리고 또 기타 등등이 필요했다는 사실을 알게 됐다. 한마디로, 거의 모든 과학과 예술, 그리고 거의 모든 위대한 인간들이 우리가 편안하게 마차에 앉아 있을 수 있기 위해 반드시 필요했다는 사실이 드러났으며, 다만 그것이 지금은 어느 수공업자라도 손쉽게 할 수 있을 정도로 간단해 보일 뿐이었다……. 그러는 동안 우리의 심오한 탐구 대상은 현관 입구에 멈추어 섰다.

파우스트는 그의 습관대로 아직 자지 않고 면도도 안 한 모습으로 안락의자에 앉아 있었다. 그의 앞에는 검은 고양이가 있고, 여러 종류의 가위, 작은 칼, 줄톱, 솔, 그리고 경석(磬石)이 놓여 있었는데, 이 경석을 두고 그는 나중에 손톱이 부러지거나 손톱 껍질이 벗겨지는 일이 없고, 한마디로 이런 생활에서 사람의 평온을 깨뜨릴 수 있는 어떤 짜증스러운 일도 야기하지 않기 때문에 손톱 다듬는 데 제일 좋은 도구라고 누구에게나 추천하곤 했다.

"계몽이란 뭔가?"

"밤참 먹을 수 없나?"

"마차란 뭐지?"

"여송연 한 대 줄 테야?"

"왜 우린 담배를 피우지?" — 여러 목소리가 한꺼번에 소리쳤다.

파우스트는 전혀 당황하지 않고 머리에 얹힌 실내모를 고쳐 쓴 뒤에 대답했다. "자네들에게 밤참을 줄 순 없네, 나 자신도 밤참을 먹지 않으니까. 차는 à pression froide 기계(냉각 압착기)로 자네들이 직접 준비할 수 있을 걸세, — 멋진 기계야, 다만 차 맛이 영 형편없이 되곤 해서 유감이지만. 왜 우리가 담배를 피우느냐는 물음에는, 자네들이 짐승들에게서 왜 그들이 담배를 피우지 않는지 알아낼 때 나도 자네들에게 답해 줌세. 마차란 밤 4시에 여기로 오는 사람들이 이용하는 기계 장치이지. 계몽에 관해서 말하자면, 나는 막 잠자리에 누워 — 촛불을 끄려는 참이라네."

제2야*

이튿날 자정 무렵 젊은이들의 무리는 다시 파우스트의 방으로 몰려들었다. “자넨 어제 우릴 내쫓았지만 괜한 짓이야.” — 로스치슬라프가 말했다. — “우린 지금껏 없었던 그런 논쟁을 벌였다네. 상상해 보게. 난 어제 베체슬라프를 집에 바래다주고 있었는데, 이 친구는 마차 발 디딤대에 그대로 멈춰 선 채였고 우린 여전히 논쟁을 벌였지, 그래서 온 거리를 뒤집어 놓았다니까.”

— 무엇 때문에 그렇게 흥분했는데? — 안락의자에 앉은 채 기지개를 켜면서 파우스트가 물었다.

— 시시한 거야! 매일같이 우리는 독일 철학이며, 영국의 산업이며, 유럽의 계몽이며, 이성의 성공이며, 인류의 운동이며, 기타 등등에 대해 논하고 있으니까. 하지만 지금까지 우리가 계속해서 묻고 있는 것이 하나 있는데, 그건, 우리는 이 경이로운 기계 속에서 어떤 바퀴인가, 우리의 선배들은 무엇을 우리 몫으로 남겨 두었나, 한마디로, 우리는 대체 무엇인가 하는 거라네.

— 내가 주장하는 바는, — 하고 빅토르가 말했다. — 이 문제는 존재할 수 없거나, 아니면 그 대답이 아주 간단하다는 것일세. 우리는 첫째, 인간이야. 우리는 다른 사람들보다 늦게 왔고, — 길

은 이미 나 있어, 우리는 싫든 좋든 그 길을 따라가야 해…….

로스치슬라프. 좋군! 그건 마치 40년 동안 계속 집필되어 오다가 결국엔 대단히 사려 깊게 독자에게 이렇게 선언하는 책과도 같아. “음음! 흠! 어떤 자는 이렇게 말했고, 다른 자는 다르게 말했고, 또 다른 자는 또 다르게 말했다. 그럼 나는 어떠냐, 나는 아무 말도 하지 않는다…….”

— 그건 참고해 둬도 나쁘지 않겠는걸. — 파우스트가 한마디 했다. — 인생에는 모든 것이 필요하니까. 하지만 문제는 바로 이거라네, 즉 우리에겐 정말 말할 게 아무것도 남아 있지 않는 걸까?

— 아니, 무엇 때문에 더 말을 해야 한다는 건가? — 베체슬라프가 반박했다. — 이건 다 헛소리야, 여보게들. 말을 하려면 들어주는 사람이 있어야지. 하지만 들어주는 시대는 지나갔다네. 누가 누구 말을 들어주겠나? 그리고 또 골머리를 앓을 게 뭐 있나? — 세계는 우리들 없이 시작했고 우리들 없이 끝날 걸세. 자네들한테 분명히 말하지만, 나는 이 모든 무익한 철학적 방담, 사물의 연원과 연원의 연원에 대한 이 모든 물음들이 죄다 지겨워졌네. 믿어 주게, 이 모든 것은 훌륭한 비프스테이크와 라피트* 포도주 한 병에 비하면 공나발이야. 그것들은 나에게 헴니체르의 우화 「형이상학자」*를 떠올리게 할 뿐이라고.

— 헴니체르는, — 하고 로스치슬라프가 지적했다. — 그의 재능에도 불구하고 이 우화에서는 자기 시대의 뻔뻔스러운 철학에 대한 맹종적인 반향에 지나지 않았네. 아마도 그는 차가운 이기주의에 대한 그런 찬양이 젊은 두뇌들에게 어느 정도로 영향을 미치게 될지 스스로도 예견하지 못했겠지. 이 우화에서 존경을 받을 만한 유일한 인물은 다름 아닌 그 형이상학자야. 자기 발아래 있는 구덩이를 보지 못한 탓에 그 속에 빠져 목까지 잠긴 채 앉아

서는 자신에 대해선 까마득히 잊어버리고, 파멸해 가는 사람들을 구하기 위한 수단과 길을 생각하면서 시간이란 무엇인가에 대해 묻고 있는 형이상학자 말일세. 이 문제들에 대해 거친 조롱으로 답하는 자야말로, 프랑스 혁명 때 그 불행하고도 영광스러운 라부아지에*가 했던 부탁, — 이미 시작한 실험을 끝맺게 해 달라는 부탁에 대해 현명한 공화국에 화학 실험 따윈 필요 없다고 대답했던 그 영리한 자들을 나에게 상기시켜 주는군. 비프스테이크와 라피트에 관해서는 자네가 완전히 옳아 — 자네가 탁자 앞에 앉아 있는 동안엔 말이지. 하지만 유감스럽게도 인간이란 완전한 것이라면 무엇이든 아주 힘들어 한다네. 심지어 완전히 짐승이 되는 방법조차도 그에겐 없어. 그는 산 채로 관능의 포로가 되어 모든 것을 잊어버렸고 — 완전히 도취 상태인 듯이 보이지. — 그런데 우수가 그의 가슴을 두드리는 거야, 예상치도 않은 이해할 수 없는 우수가 말일세. 그는 그것을 떨쳐 버리려고, 그것의 수수께끼를 풀려고 애쓰지. 그러면 거칠어진 육체 속에서 다시금 영혼이 깨어나고, 이성이 삶을, 사고가 형상을 요구하고, 또다시, 인간의 당혹하고 수치스러워진 정신이 낙원 마을의 열리지 않는 문을 두들기며 몸부림치는 거라네.

— 왜냐하면 우리는 어리석으니까! — 베체슬라프가 대꾸했다.

— 아닐세! — 파우스트가 소리쳤다. — 우리가 인간이기 때문이야. 아무리 몸을 돌려도 우리는 영혼을 외면할 수 없네. 한번 보게. 화학이, 만질 수 있는 것만 믿고자 했던 그 오만한 화학이 무엇에 부딪치고 말았는지! 화학의 물질적인 방법들은 〔탄(炭)과〕 물과 질소의 혼합으로부터 식물계〔와 동물계〕의 온갖 종들을 합성해 낸 자연의 이 불가사의한 힘 앞에서 무너지고 말았다네. — '질량을 재고 물질의 성분을 규정하라, 그러면 우리는 자연의 모

든 비밀을 발견하게 된다!' — 화학자들은 그들의 물질적인 광신에 사로잡혀 이렇게 말해 댔지만, 결국 한 가지 동일한 성분과 상이한 여러 성질을 가진 물체, 동일한 성질들과 상이한 여러 성분을 가진 물체를 발견했을 따름이야……. 그들은 생명에 부딪치고 만 거였네! — 이것은 우리의 촉각에 대한 얼마나 큰 조롱인가! 일상적 이성에 대한 얼마나 큰 가르침인가! — 우리는 왜 사는가 하고 자네들은 묻고 있네. 어렵고도 쉬운 질문이야. 어쩌면 한마디로 답할 수도 있겠지. 그러나 그 말이 자네들의 영혼 속에서 스스로 울리는 것이 아니라면, 자네들은 그것을 이해하지 못할 걸세……. 자네들은 자네들에게 진리를 가르쳐 주길 원하는가? — 자네들은 위대한 비밀을 알고 있는가? 진리란 전해질 수 없다는 것 말일세! 그보다도 먼저, **말한다** 함이 과연 무엇을 뜻하는지 연구해 보게나. 적어도 내가 확신하는 바로는, 말한다 함은 듣는 사람의 마음속에 그 자신의 내면의 말을 불러일으키는 것에 다름 아닐세. 만약 그의 말이 자네들의 말과 화음을 이루지 않는다면 그는 자네들을 이해하지 못할 걸세. 만약 그의 말이 성스럽다면 자네들의 나쁜 말조차도 그에게 유익한 것이 될 터이고, 만일 그의 말이 거짓된 것이라면 설령 자네들이 아무리 좋은 의도를 가졌더라도 그에게 해를 미치게 되겠지.[2] 말은 말에 의해 고쳐진다는 데는 논쟁의 여지가 없어. 그러나 그러기 위해서는, 작용하는 말이 순수하고 솔직해야만 하네. — 하지만 어느 누가 자신이 하는 말의 완전한 순수함을 보증하겠나? — 여기 자네들을 위한 헴니체르 식의

2 〔파우스트의 이 생각은 존 포디지와 '미지의 철학자(Philosophe inconnu)'의 저술에서 가져온 것이다. 파우스트는 자주, 서너 번, 이 저술들을 저자의 이름을 밝히지 않은 채 인용하고 있는데, — 이는 당시에 용서할 수 없는 것으로 여겼던 신비주의와 독일 철학자의 영향 아래 자신이 놓여 있다는 비난을 두려워하기 때문이다. 『러시아의 밤』에 묘사된 시대는 — 쉘링 철학이 진리의 탐구자들을 더 이상 만족시킬 수 없었고, 그래서 그들이 여러 방향으로 뿔뿔이 흩어졌던 19세기의 그때이다.〕*

조그만 우화가 하나 있네. 태어날 때부터 눈멀고 귀먹고 벙어리인 한 사람이 길에 서 있었지. 자연은 그에게 두 가지 감각, 즉 후각과 촉각만을 남겨 두었다네. 그는 후각이 자신에게 열어 주는 것을 반드시 손으로 만져 보려고 했지. 그게 불가능할 때면 이 농아인 장님은 무섭게 화를 냈고, 분통이 터진 나머지 길 가는 사람들을 지팡이로 두들겨 패곤 했다네. 한번은 어느 선량한 사람이 그에게 동냥을 주었어. 장님은 냄새로 그게 금화라는 걸 알고는 좋아서 어쩔 줄 몰라 하며 자기가 세상에서 첫째가는 부자라고 여기고는 기뻐서 펄쩍펄쩍 뛰기 시작했지……. 하지만 그의 기쁨은 오래가지 않았다네. 금화를 떨어뜨린 거야! 절망한 그는 담장 구석이고 자기 주위의 땅바닥이고 간에 손과 지팡이로 더듬으며 여기저기 찾아보았지만 허사였고, 푸념을 해도 한탄을 해도 소용없었다네. 종종 금화 냄새를 가까이서 맡은 것도 같았으나 — 헛된 희망일 뿐, 금화는 찾을 길이 없었지! 길 가는 사람들에게 금화에 대해 어떻게 물어본단 말인가? 그들이 하게 될 말을 어떻게 듣는단 말인가? 그는 자신을 둘러싼 사람들에게 이 곤경에서 도와 달라고 몸짓으로 애원해 보았으나, 어떤 사람들은 그를 이해하지 못했고 어떤 사람들은 그를 비웃었고 또 어떤 사람들은 그에게 말을 했지만, 그는 그들이 하는 말을 들을 수가 없었네. 꼬마 사내아이들이 마구 웃어 대며 그의 옷을 잡아당기자 그는 더욱 화가 났지. 분노가 치밀어 지팡이로 그들 뒤를 쫓느라고 그는 자신의 금화조차 잊고 말았다네. 이렇게 끊임없는 괴로움 속에서 하루 종일을 보내고 저녁 무렵 지친 몸으로 집으로 돌아오자, 그는 침대로 쓰이는 돌 더미 위에 몸을 던졌어. 갑자기 그는 금화가 그의 몸을 또르르르 타고 내려와 — 돌 더미 아래로 굴러 떨어진 것을 느꼈어 — 이번에는 정말 되돌이킬 수 없이 말이지. 그것은 내내 그의 품속에 있었던 거야……! 우리는 누구일까, 우리 역시 그렇게 날 때부터 귀머거리에 벙어리이고 장님이 아닐까? 우리의 금화가 어디에 있는지 누구한테 물어본단 말인가? 그게 어디 있는지 누가 우리에게 말해 준다 해도 어떻게 알아듣겠는가? 우리의 말은 어디에 있지? 우리의 청각은 어디에 있고? 그런데 우리는 우리 주위의 땅바닥을 열심히 더듬으면서도 단 한 가지를 잊어버린다네. 자신의 품속을 들여다보는 것 말일세……. 자네들의 질문은 새로운 게 아니네. 많은 사람들이 그것 때문에 골머리를 앓았지. 젊었을 때 내게는 바로 그 문제에 부딪쳤던 두 친구가 있었다네. 다만 그들은, 우리는 왜 사는가에 대한 대답이 — **다른 사람들**은 무엇 때문에 사는가에 대해 결론을 내릴 수 있을 때만 가능하다고 여겼지. **다른 사람들**을 그들이 지상에서 살았던 삶의 모든 단계 혹은 적어도 가장 중요한 단계를 통해 연구하는 것이 이 두 친구들에게 무척 흥미 있는 일로 여겨졌다네. 그건 쉘링 철학이 한창이었던 오래전의 일이었지. 그 무렵 그것이 로크 광시곡*의 단조로운 가락 속에 잠들어 있던 사람들에게 어떤 충격을 주었는지, 자네들은 상상할 수도 없을 걸세.

19세기 초 쉘링은 15세기의 크리스토포로 콜롬보와 같은 존재였네. 그는 믿기 어려운 전설 같은 것들만 존재하고 있던 인간 세계의 그 미지의 부분을 인간에게 열어 주었어. — 바로 **그의 영혼** 말일세! 크리스토포로 콜롬보처럼 그도 자신이 찾지 않고 있던 것을 발견했고, 크리스토포로 콜롬보처럼 그도 이루어질 수 없는 희망을 불러일으켰지. 하지만 크리스토포로 콜롬보처럼 그는 인간의 활동에 새로운 방향을 제시했다네! 누구는 대담한 항해자의 선례에 고무되어서, 누구는 학문을 위하여, 누구는 호기심에서, 누구는 이익을 위하여, 모두들 그 경이롭고 멋진 나라로 달려들었지. 거기서 어떤 사람들은 많은 보화를 가지고 돌아왔고 어떤 사람들은 그저 원숭이와 앵무새를 가져왔지만, 또 많은 것들이 물속에 가라앉아 버리기도 했네.

내 젊은 친구들은 일반적인 운동에도 참가했고 이마에 구슬땀을 흘리면서 열심히 노력했지. 그들이 무엇에 이르렀는지 알고 싶지 않은가? — 그들의 이야기는 흥미롭다네. 인내심을 가지고 들어 볼 텐가?

다들 찬성했다. 빅토르는 여송연을 피워 물고 무게를 잡으며 안락의자에 앉았고, 베체슬라프는 비웃듯이 탁자 위로 몸을 굽히고는 캐리커처를 그리기 시작했다. 로스치슬라프는 생각에 잠긴 채 소파 한쪽 구석에 바짝 붙어 앉았다.

— 말일세. — 하고 파우스트가 말했다. — 그들 역시 자네들과 마찬가지로 아담의 손자들로부터 약점이자 질병의 일종인 불행한 열정을 유산으로 물려받았다네. — 모든 것에 대해 묻고 싶어 하는 치명적인 열정이지. 그들은 이미 어린 시절부터, 왜 불은 위를 향해 타오르고 물은 아래로 흐르는가? 왜 삼각형은 원이 아니며 원은 삼각형이 아닌가? 왜 사람은 얼굴을 땅 쪽으로 향한 채 어머니의 자궁에서 나오고, 그런 뒤에는 왜 항상 하늘을 향해 두 눈을 들어 올리는가? 하는 등등의 유사한 질문들로 교사들을 귀찮게 해서 자주 야단을 맞고 벌을 받곤 했다네. 세상에는 두 가지 종류의 질문, 즉 해답을 알아야 하고 그러는 것이 유익한 질문들과, 옆으로 그냥 제쳐 둬야 하는 질문들이 있다고 그들에게 아무리 증명해 주어도 소용이 없었어. 그런 구분은 그들에게 대단히 사려 깊고, 또 살아가는 데 대단히 편리하고 심지어 대단히 논리적인 것으로 여겨졌지만, 그래도 그들의 영혼이 잠자코 있으려 들지 않았으니까.

그들에겐 옛 이교와 새로운 이교*의 진부한 문구들이 기이하게 여겨졌다네. '인간의 행복은 불가능하다! 인간에겐 진리가 주어져 있지 않다! 사물의 근원은 파악할 수 없다! 의혹은 — 인간의 숙명이다! 예외 없는 규칙은 없다!'

어느 오래되고 잊힌 책의 나달나달한 페이지들에서 젊은이들은 그들에게 몹시 충격을 안겨 준 관찰들을 만나게 되었지. — 파우스트는 이렇게 말하면서 낡은 가방에서 다음과 같이 적혀 있는 종잇장 하나를 꺼냈다.

"인간이 그의 모든 소망을 충족시킬 수 있고, 그를 불안하게 하는 모든 물음들에 해답을 발견할 수 있고, 모든 능력이 조화로운 방향을 가질 수 있게 될 그런 굳건한 지점(支點)을 추구하는 것은 공연한 일이 아니다. 그의 행복을 위해서 반드시 필요한 한 가지는 모든 것을 포괄하고 그를 의혹의 고통으로부터 구해 줄 밝고도 폭넓은 공리(公理)이다. 결코 사라질 수 없고 꺼지지 않는 빛, 모든 대상들을 위한 살아 있는 중심이 그에게 필요하다. — 한마디로, 그에게는 진리가, 그것도 완전하고 무조건적인 진리가 필요한 것이다. 알고 있는 것만을 소망할 수 있다는 믿음이 인간의 입을 통해 간직되어 온 것도 역시 까닭이 있다. 비록 인간이 그 진리를 분명하게 이해할 수는 없다 해도, 이 소망 하나만으로도 인간이 이미 그 진리에 대해 알고 있다는 것이 증명되지 않는가? 그렇지 않다면 대체 어디서 이 소망이 그의 영혼으로 스며든단 말인가? 완전한 진리의 이 예감 하나만으로도, 비록 이 예감이 아무리 어둡고 혼란스러울지라도, 아무리 꿈같은 것일지라도, 그 예감을 위한 어떤 근거가 있다는 것을 증명해 주고 있지 않은가. 혹은 그 예감이 열십자로 깍지 낀 손가락 아래서 구(球)가 둘로 갈라져 보이는 착각과 같은 것이라 할지라도, 그럼에도 불구하고 그것은 그

구가 실제로 존재하고 있다는 확신을 우리에게 주지 않는가.

같은 것은 같은 것에 의해 내포된다. 만약 끌리는 마음이 있다면, 끌어당기는 대상 또한 있어야 하며, 지표면의 대상들이 지구 중심을 향해 끌리듯이 인간의 영혼이 끌리는 대상이, 인간과 어떤 친연성을 가진 대상이 있어야 하는 것이다. 완전한 행복에 대한 욕구는 이 행복이 존재함을 증명한다. 밝은 진리에 대한 욕구는 이 진리의 존재에 대해 증명하며, 아울러 어둠과 미망과 의혹이 인간의 본성에 반대되는 것임을 증명한다. 연원의 연원을 이해하고 모든 존재의 중심으로 스며들고자 하는 인간의 지향, — 경건함에 대한 욕구는, — 영혼이 신뢰하며 그 속에 잠겨 들 수 있는 그런 대상이 존재함을 증명한다. 한마디로, 충만한 삶에 대한 욕구는 그런 삶의 가능성을 증명하며, 오직 그 속에서만 인간의 영혼이 평안을 발견할 수 있음을 증명한다.

거칠게 자란 나무, 마지막 작은 풀 한 포기, 거칠고 시간적인 자연 속의 모든 대상은 그들 각각이 이룰 수 있는 완성 단계까지 똑바로 그들을 이끄는 법칙의 존재를 증명한다. 태초로부터 자연의 물체들은 그들을 에워싸고 있는 모든 치명적인 영향에도 불구하고 수천 세대에 걸쳐 정연하고도 한결같이, 언제나 자신의 완전한 발전을 이룩해 왔다.

과연 그 가장 높은 힘이 유독 인간에게는 이 대답 없는 소망만을, 채워질 수 없는 욕구만을, 대상 없는 갈망만을 주었겠는가?"[3]

---

3 〔이 대목에는 "미지의 철학자" — 흔히들 마르탱 종파의 창시자인 포르투갈인 마르티네스 데 파스칼리스*와 혼동하고 있는 유명한 생마르탱의 이론이 거의 전부 들어 있다. 생마르탱은 얼마 동안 그의 제자였으나 아마도 그 종파의 모든 비밀을 안 탓에 그의 곁을 떠났으며, 그 후로는 모든 가능한 종파의 반대자로서 어떤 종파에도 속하지 않았다. 이런 사정이 쉘링과 같이 큰 학식을 지닌 사람들에게조차 인지되지 못한 채 머물렀다는 것은 상당히 주목할 만하다. 언젠가 나는 그와의 대화에서 이 주제를 다룬 적이 있는데, 그는 여느 때와 같이 솔직하게 자신도 생마르탱을 마르티네스와 혼동했다고 고백했다.〕

이 물음들은, 하고 파우스트는 말을 계속했다. — 나의 탐구자들을 꽤나 기이한 다른 물음으로 이끌었다네. 사람들은 그들의 대상으로 나아가는 참된 길을 잘못 안 것은 아닐까? 혹은 그 길을 알고 있었는데 잊어버린 것일까? — 그렇다면 어떻게 기억해 낼 것인가? 사유하는 정신에게 이것들은 참으로 무섭고 고통스러운 물음이었지!

그러던 차에 언젠가 한 교사가 내 탐구자들에게, 그들은 문법도, 역사도, 시도 이제 다 마쳤으니 이제 드디어 모든 가능한 물음들을 다 해결해 줄 학문을 배우게 되며, 그 학문은 철학이라고 선언했다네.

젊은이들은 놀란 나머지 넋이 나가, 문법이란 무엇입니까? 역사란 무엇입니까? 시란 무엇입니까? 하고 마구 물어볼 참이었지. 그러나 교사의 통보 중 두 번째 절반이 그들에게 몹시 위안이 되었던 터라, 이번에는 입을 다물고 그들의 새로운 학문을 위해 아주 많은 질문을 몰래 준비하기로 결심하였네.

그리고 보게나, 한 교사는 그들에게 바오마이스터*를 가져왔고, 두 번째 교사는 로크를, 세 번째 교사는 두갈*을, 네 번째는 칸트를, 다섯 번째는 피히테를, 여섯 번째는 쉘링을, 일곱 번째는 헤겔을 가져왔다네. 얼마나 광활한가! 묻고 싶은 건 마음대로 묻게나, — 모든 것에 대답이 준비돼 있으니까. 더구나 어떤 대답인데! 삼단 논법의 옷을 입고, 출처의 고대성을 보증하는 인용이 잔뜩 들어간, 매끄럽게 세공되고 다듬어진 대답이 아닌가.

사실, 이 길에서 우리의 탐구자들은 황홀한 순간들을 경험하였다네. 영혼의 갈증에 괴로워해 보지 않은 자, 사상의 샘가에 쓰러져 불타는 입술로 그 마법의 물줄기를 취하도록 마셔 보지 않은 자, 미처 성인이 되기도 전에 계산의 쾌락으로 정신을 타락시킨자, 이른 나이 때부터 가슴을 더러운 거래에 넘겨주고 자신의 영혼의 보물을 일상생활의 시장에다 던져 버린 자들은 결코 이해할 수 없는 황홀한 순간들을 말일세.

천국과도 같은 행복한 순간들! 그때 철학자는 진심으로 확신을 가지고 젊은이들에게 말하고, 그때 자연 전체가 젊은이들에게 조화로운 체계 속에 모습을 나타내고, 그때 자네들은 의혹을 품지 않게 되고, — 모든 것이 명백해지지! 모든 것이 자네들에게 분명하게 이해된다네!

행복한 순간들이여, 낙원의 전조(前兆)들이여! 어찌하여 너희들은 그리도 빨리 날아가 버리는가?

나의 친구들은 자신의 탐구 대상을 더 잘 연구하기 위하여, 그것의 발전 과정을 조사하기 위하여, 그들의 잠을 방해하고 깨어 있는 것을 괴롭게 만드는 그 목적을 이루기 위하여, 자신들의 일을 서로 나누기로 했지. 한 사람은 학문에 몰두하여 가장 구체적이고 가시적인 적용을 요구하는 이론을 가진 학문으로서 경제학을 가장 주된 분야로 선택했고, 다른 사람은 예술에 전념하여, 말로써 표현할 수 없는 인간의 가장 내면적인 느낌을 표현하는 언어를 가진 예술로서 음악을 가장 주된 분야로 선택했다네. 그들은 서로 반대쪽에 있는 인간 활동의 이 양 끝으로부터 삶 전체를 따라가서, 하늘의 뜻에 의해 인간의 일로 맡겨진 그 과제들을 해결하는 데서 다시 만나게 되길 희망했던 것일세.

탐구자들은 우연히 여러 책과 사람들을 접하게 되었는데, 그 중 어떤 책과 어떤 사람들은 인류가 자신의 완성의 마지막 단계에 도달했다, 모든 것은 설명되었고 모든 것은 행해졌으며, 더 행하고 더 설명할 것은 아무것도 남아 있지 않다고 그들에게 단언했지. 다른 책과 사람들은 — 인류는 그들이 타락한 때로부터 한 걸음도 앞으로 나아가지 못했다, 그들은 움직이고는 있었으나 조금도 앞으로 움직이지 못했다고 주장했어. — 또 다른 책과 사람들은 — 비록 인류가 완성에 이르지는 못했지만, 그래도 우리 시대에는 적어도 거짓으로부터 진실을, 실제적이지 않은 것으로부터 실제적인 것을, 중요하지 않은 것으로부터 중요한 것을 어떻게 구별할 것인가 하는 문제는 해결되었고, 또 우리 시대에는 이른바 교육을 받은 인간으로서 자신의 활동 범위를 규정지을 줄 모르고 자신이 지향해야 할 목표를 알지 못한다는 것은 이미 용서받을 수 없게 되었으며, 그리고 마지막으로, 만약 인류가 완성을 향해 좀 더 가까이 다가갈 수 있다면, 그것은 오로지 지금 선택한 길을 계속 따라감으로써만 가능하다고 단언했다네.

더욱이 현대의 옹호자들은, 모든 인간적인 일에 자연스레 결합되어 있는 듯한 모든 불완전함을 용인한다 하더라도 고대 사상가들의 산만한 철학 체계가 이제 질서 정연한 체계로 대체된 것을 인정하지 않을 수 없다고 주장했지. 그들은 의학에서의 완료되지 못한 실험과 전해 오는 이야기들이, 인간의 모든 가능한 병이 세세하게 분류되어 있고 그 각각의 병마다 알맞은 명칭이 주어져 있고 각각의 병마다 치료법이 정해져 있는 정연한 이론에게 자리를 내주어야 한다고 단언했고, 우리에게서 점성술은 천문학으로, 연금술은 화학으로 바뀌었으며, 마적인 열광은 정확하게 배합된 혼합 약제를 통해 훌륭하게 완치될 수 있는 병으로 바뀌었다고 증언했다네. 또 예술에서는 시인의 활동 무대가 그의 비상을 더디게 하던 편견들로부터 자유로워졌으며, 시인의 자유에는 꼭 필요한 경계만이 주어져 있을 뿐이라고 단언했지. 마지막으로 사회 구조에 있어서는, 정말로 안전이 예전의 혼란을 대체하지 않았는가? 그리고 전반적으로 민족들 간의 권리, 개인들 간의 권리가 그 어느 때보다 더 정확하게 규정되어 있지 않은가? 가장 사소한 사회 현상, 심지어 옷차림에 있어서조차, 그 당시의 견해들과 마찬가지로 모든 움직임을 구속하고 사람들이 모이는 것을 아주 힘들게 하던 예전의 그 모든 부조리한 요구들이 계몽에 의해 제거되지 않았는가? 그리고 출판은? 증기 기관은? 철도는? 정말로 그것들은 인간의 활동 범위를 넓혀 주지 않았는가, 저항하는 자연에게 인간이 거둔 영광스러운 승리를 보여 주고 있지 않은가?

그렇다! — 하고 그들은 외쳤다네. 19세기는 하늘의 뜻이 자신에게 내린 과제가 무엇인지 이해했노라!

이 모든 것은 내 젊은 탐구자들로 하여금 여러 차례 생각에 잠기게 했지. 그러는 동안 시간이 흐르고 젊은이들은 성인 남자가 되어 갔으나, 그들의 의문들…… 의문들은 대답을 찾지 못했다네. 자기도 모르게 그들은 오래된 잊힌 책의 나달나달한 페이지들을 또다시 들여다보게 되었고 — 그들의 의문은 비옥한 땅에 떨어진 싹처럼 더욱 강하게 자라나게 된 것일세. 내 젊은 탐구자들의 영적인 상태는 그들이 남긴, 꽤나 기이한 제사(題詞)를 가진 크지 않은 공책에 아주 잘 나타나 있다네.

Humani generis mater, nutrixque profecto *dementia* est.
(**광기**는 물론, 인류의 어머니이자 유모이다.)

내가 자네들에게 그중 몇 부분을 읽어 주지.

Desiderata(욕망)

"어떤가! 의학은 완성의 마지막 단계에 있으나, 건강의 원인, 질병의 원인, 약의 작용 방식 — 이 모든 것은 수수께끼로 남아 있지 않은가? 의사는 환자에게 약즙이 든 잔을 건네지만 — 바로 이 잔 속에서 무슨 일이 일어나는지 알지 못하며, 유기체의 내부에서 무슨 일이 일어나고 있는지는 더더욱 모른다. 약은 듣기도 했고 듣지 않기도 했으나, 인간은 그 이유를 모른다. 그는 헛되이 다른 사람의 시신에게 물어본다. 시신은 침묵하거나, 혹은 생명의 작동 방식에 대해 의혹을 불러일으킬 뿐인 답변을 준다. 죽은 자에 대한 자신의 지식에 자신만만한 의사는 고통을 받고 있는 산 자에게 다가가지만, 자신의 학문이 예견하지 못했던 것을 보고는 공포에 사로잡히며, 자신의 학문이 이 순간에야 비로소 시작되고 있다는 사실을 절망스럽게 확신한다. 그는 문밖으로 나갔다가, — 치명적인 전염병이 수천 명의 주민들을 죽이고 있는 것을 본다. 경악한 에스쿨라프*의 아들은 아연실색한 눈으로 그 질병의 행진을 지켜보지만, 이 무시무시한 새로운 방랑자를 어떤 이름으로 불러야 할지조차 알지 못한다.

수학은 완성의 최고 단계에 있다! 긴 우회로를 지나 수학은 우리를 몇 가지의 공식으로 이끌지만, 그중 어떤 것들은 전혀 적용될 수도 없고 어떤 것들은 그저 대략만 적용될 수 있을 뿐이다. 달리 말해, 수학은 우리를 진리의 문으로 데려가긴 해도 그 문을 열어 주지는 못한다. 모든 수학적 과정에서 우리는 어떤 다른 무엇, 일하고 생각하고 계산하는 어떤 낯선 무엇이 우리의 존재에 가담하고 있는 반면에, 우리의 진정한 존재는 행동하기를 멈추어 버린 듯하며, 마치 이 과정이 자신과는 아무 관계 없는 일인 것처럼 그것에 어떤 식으로도 참여하지 않으면서도 자기 몫의 양식, 즉 자신과 이 과정 사이에 그래도 존재해야만 하는 연관성을 기다리고 있다는 것을 느끼지만, — 바로 이 연관성을 우리는 발견하지도 못한다. 이렇게 수학은 우리를 결박하고 있다. 수학은 우리에게 셈하기와 무게 재기, 치수 재는 일을 허락하나, 우리로 하여금 그 자신의 인공적이고 피동적인 원 밖으로는 한 걸음도 나가지 못하게 한다. 헛되이 우리는 능동적인 세계로, 포괄되는 게 아니라 포괄하는 세계로 들여보내 달라고 청한다. 헛되이 우리는 능동적인 영역의 도움으로 피동적인 영역을 시험해 보고 싶어 하지만, — 그러나 이런 시도에 대해 수학은 그 어떤 친화력도 갖지 않는다. 수학의 정확하고도 유일하게 옳은 언어는 오로지 수학만의 것으로 머무른다. 다른 학문들은 수학 용어의 화려한 성찬에서 약간의 공식이라도 얻고 싶어 헛되이 간청한다. 수학은 숫자로 계산하지만, 대상들의 내적인 수는 수학으로서는 결코 도달할 수 없는 것으로 남는다.

물리학, 19세기의 이 승리는 완성의 최고 단계에 도달했다. 우리는 으쓱해하면서 우리가 발견한 중력의 법칙에 대해 설명한다. 그러나 이 힘에서 우리는 그저 죽은 측면 — 즉, 낙하를 발견했을 따름이다. 이 힘의 다른 능동적인 측면, 즉 물체의 형성에 함께 작용하는 그 측면은 잊혔으며, 우리는 살아 있는 중력을 설명하기 위해 다음의 사실, 즉 죽은 질량은 그 역시 죽어 있는 어떤 다른 질량에게 끌려야 할 아무런 이유가 없다는 사실에 주의를 기울이려 들지 않는다. 죽은 질량들은 서로를 찾지 않으며 서로에 대한 아무런 욕망이 없이 그냥 합쳐진다는 것, 그런즉, 이 유명한 중력은, 그 진정한 의미에서, 우리의 논리에 반(反)하여 자연 속에서 우리를 놀라게 하는 균형 잡힌 조화를 낳는 게 아니라, 완전한 카오스를 낳게끔 되어 있을 것이라는 사실에 주의를 기울이지 않는다. 이 살아 있는 중력은 물리학자들로부터 몸을 숨겼다. 그리고 수천 가지의 서로 모순되는 설명이 존재하지 않을 현상은 없다. 마치 수공업자들처럼 우리는 금세 이 도구, 금세 저 도구를 움켜쥐지만, 자연은 우리를 조소하면서 우리가 한 걸음 앞으로 나아갈 때마다 두 걸음씩 뒤로 되던져 버린다.

화학은 최고의 완성 단계에 있다. 우리는 자연의 모든 산물을 불 속에서 연소시켰으나, 과연 그것들 중 어떤 것을 다시 원래대로 환원시켰던가? 어떤 것을 설명해 냈던가? 우리는 과연 물질들 간의 내적인 연결을 이해했는가? 그것들의 친화력은 어떤 것이며, 그것들의 비밀스러운 상호 관계는 어떤 것인가, — 자연의 가장 낮은 단계, 즉 거친 광물들의 경우에서나마 우리는 그것들을 이해했던가? 그렇다면 또 유기체의 생명을 바라볼 때의 화학은 어떠한가? 무기물의 자연에서 발견한 것에 의해, — 살아 있는 자연의 개념이 혼란스러워지고 있을 따름이다. 살아 있는 자연의 덮개로부터는 실오라기 하나 들어 올리지 못했다. 우리는 우리의 실험실에서 만들어 낸 자신의 산물들을 자연에 입주시켰으며, 여러 다른 물질에 하나의 이름을 주거나 하나의 물질에 여러 다른 이름을 주고 그것들을 꼼꼼하게 기술하면서, — 그것을 감히 학문이라 불렀다!

천문학은 최고의 완성 단계에 있다. 천문학은 별들의 운동을 정확하게 계산한 뒤에 그것들의 상호 인력을 자석의 인력과 동일시하려고 시도하지만, 어째서 자석의 인력이 계산되지 않는지를 파악하지 못한다. 자석에야 언제든 쉽게 손이 닿을 텐데도 말이다! 천문학은 대단히 성공적으로 자연을 죽은 시계와 비교했고시계의 모든 바퀴와 톱니와 용수철을 꼼꼼하게 기술했다. 한 가지, 천문학에 부족한 것은 — 시계를 작동시키는 열쇠를 발견하는 일이다. 천문학자들은 이것에 신경조차 쓰지 않는다. 주의 깊게 문자판을 들여다보고들 있으나 바늘은 움직이지 않으니, 도대체 지금 몇 시냐는 물음에 천문학자들은 언젠가 신비주의적인 프리메이슨단에서 그랬듯이 아주 터무니없는 대답을 할 수밖에 없는 형편이다.

그렇다면 사회 법칙은? 수많은 불면의 밤을 사람들은 이 문제를 생각하며 보냈다! 여론을 주도하는 사람들 사이의 화합을 깨뜨린 수많은 논쟁이 있었다! 고작 이틀간의 수명밖에 누릴 수 없었던 사상의 수호를 위해 많고도 많은 피가 흘렀다. 먼저, 대담하게도 '인간적 사회'라고 이름 붙인 허깨비를 발명해 낸 영광을 지닌 자들이 나타났다. — 그리고 모든 것이 이 허깨비를 위해 제물로 바쳐졌으나, 유령은 유령으로 남았다! 다른 자들이 나타났다. '아니다!' 하고 그들이 말했다. — '만인의 행복은 불가능하다. 다수의 행복만이 가능하다.' 그리하여 사람들은 수학적 숫자로 취급되었다. 방정식이 만들어지고 계산이 행해졌다. 모든 것이 예측되었고 모든 것이 계산에 따라 나뉘었다. 다만 한 가지가 잊혔으니, — 우리 선조들이 하던 말 속에서만 기적적으로 살아남았던 그 심오한 사상, 즉 **만인**과 **개개인**의 행복이 그것이었다. 그런 다음엔 무엇인가? 사회 바깥에서는 무법적인 전쟁과 모든 범죄 가운데서도 가장 부도덕한 범죄가 인류 역사의 페이지들을 가득 채우며, 사회 내부에 있는 것은 — 모든 섭리의 법들의 왜곡, 냉혹한 악덕, 비정한 술책, 뜨겁고 끈질긴 위선, 모든 것에 대한, 심지어 인류의 완성에 대한 파렴치한 불신이다.

지난 세기의 도덕적 부기(簿記)에 몰두했던 나라는, 숙명적으로, 자기 시대의 모든 범죄와 모든 오류를 집중시켜 그것들로부터 사회를 위한 법칙, 수학적 형식의 옷을 입은 엄격한 법칙을 압착해 낸 인간을 낳을 수밖에 없었다. 후손을 위해 그 이름이 보존되어야 할 이 인간은 한 가지 중대한 발견을 했다. 그는 인류에게 번식 능력을 부여한 자연이 오류를 범했으며, 자연은 인간 존재와 그들의 삶의 터전을 결코 조화시킬 수 없었다는 사실을 알아차렸다. 이 사려 깊은 사나이는, 자연의 오류를 바로잡아야 하며 사회라는 환영을 위해 자연법칙을 희생시켜야 한다고 결론지었다. '통치자들이여!' — 그는 철학적 열광에 사로잡혀 외쳤다. — '나의 말은 공허한 이론이 아니다. 나의 체계는 사변의 결과가 아니다. 나는 두 가지의 공리를 내 체계의 기초로 삼았다. — 첫째, 인간은 먹어야 한다. 둘째, 인간들은 번식한다. 그대들은 반론을 펴지 않는가……? 나에게 동의하는가……? 그렇다면 들어 보라. 그대들은 백성들의 복지와 안녕에 대해 생각한다. 그대들은 그들이 서로 섭리의 법을 지키리라고, 그대들의 국력이 융성하고 인간의 힘이 증대되리라고 생각하는가? 자연이 오류를 범했듯이, 그대들 역시 오류를 범하고 있다. 그대들은 안심하고 있다. 그대들은 자연이 그대들 주위에 어떤 재앙의 씨를 뿌려 놓았는지 보지 못한다. 보라, 여기 나의 계산이 있다. 그대들의 국가가 복지를 누린다면, 그대들의 국가가 평화와 행복을 즐긴다면, 25년 안에 국가의 인구는 두 배가 될 것이다. 25년 뒤에는 다시 그 두 배가 될 것이고 그 후에도 계속, 계속 그런 식이 될 것이다……. 자연 어디에서 그들을 먹여 살릴 수단을 발견할 것인가? 물론, 인구가 늘면 노동자의 수도 분명히 늘고, 그와 함께 농산물의 양도 늘어나게 되어 있다. 그러나 어떻게……? 보라 — 나는 모든 것을 예견했고 모든 것을 계산했다. 인구는 1, 2, 4, 8처럼 기하급수적으로 증가하지만 농산물은 1, 2, 3, 4처럼 산술급수적으로 증가한다. 섭리의 지혜, 미덕, 인류애, 자선의 꿈에 현혹되지 마라. 나의 계산을 잘 들여다보라. 늦게 이 땅에 태어나는 자에겐 자연의 향연에 함께할 자리가 없다. 그의 삶은 범죄이다. 그러니 서둘러 결혼을 저지시키라. 방탕이 모든 세대들을 씨앗부터 완전히 절멸시키게 하라. 사람들의 행복과 평화를 염려하지 마라. 전쟁과 역병, 추위와 폭동이 자연의 잘못된 조치를 파기하게 하라. — 오로지 그럴 때만 두 급수가 하나로 합류할 수 있으며, 사회 각 구성원의 범죄와 재앙으로부터 사회 자체의 존재 가능성이 생겨날 것이다.' 그런데 이 사상은 아무도 놀라게 하지 않았다. 사람들의 반박은 여느 평범한 견해에 대한 것과 다르지 않았다……. 내가 무슨 말을 하겠는가? 애덤 스미스의 거친 유물론과 단순한 산술적 착오에 근거하는 맬서스*의 사상은 — 의회의 높은 연단으로부터 마치 녹인 납처럼 빠른 속도로 사회 속으로 굴러 내려가면서 사회의 가장 고결한 원소들을 태워 없애 버리고, 저층부에 들어가 단단하게 굳는다.[4] 어쩌면 이 현상에서 적어도 한 가지 위안이 있는지도 모른다. 맬서스는 인류의 마지막 난센스인 까닭이다. 이 길로는 더 이상 나아갈 수 없다.

그렇다면 실제로 우리 시대의 학문이란 대체 무엇인가? 그 속에는 모든 것이 해결되어 있다. — 학문 자체의 문제를 제외한 모든 것이. 모든 것, 모든 것이 증명되어 있다, — 이 측면과 저 측면, 거짓과 진실, 긍정과 부정, 계몽과 무지, 세계의 조화와 창조의 카오스가. 하나의 사상이 무성하게 자라나 거대한 공간을 점령했으나, 그것에 대립되고 그것만큼이나 강력하고 그것만큼이나 이미 입증된 다른 사상이 그것에 맞서 있다. 권력에 맞서는 권력과도 같이……! 그리고 투쟁은 없다. — 투쟁은 끝났다. 고개를 숙인 창백하고 기진맥진한 무사들이 싸움터에서 만나 병약한 목소리로 서로 묻는다. 승자는 대체 어디에 있는가? — 승자는 없다. 모든 것이 꿈이다! 이념의 세계에서도 물질의 거친 세계와 마찬가지로, 장미 옆에서 우엉이 자라고, 야자수 옆에서 만사니야* 나무가 자

4 1819년 12월 16일 브루엄(H. Brougham, 1778~1868) 경*의 의회 연설을 보라.

란다, — 그리고 서로를 방해하지 않는다! — 이것이 사람들이 기대해 온 완성인가? 이것이 현자들이 유언했던 완성인가? 이것이 성인들이 예언했던 완성인가?

그러면 시는? 당신들은 철학의 칼로써 시의 구성소를 밖으로 노출시켰고, 시의 원소들을 결합시키는 비밀에 찬 연관을 잘라 내어 그것들을 분해하고 숫자화하고 유리 아래에다 놓았다. 당신들은 인도와 그리스의 재를 파헤쳤고, 중세의 갑옷에서 녹을 긁어냈고, 역사의 묘지에서 시적인 삶을 찾아내려고 했다. 당신들은 회화의 이론을 제시하고자 했으나, 아직 다음의 문제들조차 풀지 못하였다. 왜 우리는 아름다움의 모든 단계를 부지불식간에 인간의 아름다움과 비교하고 있는가? 왜 얼굴을 제외한 인체의 모든 부분은 인간에게 해가 되지 않게 가려 둘 수 있는가? 왜 눈을 제외한 몸 전체는 거친 물질과의 접촉을 견뎌 낼 수 있는가? 왜 슬픔의 순간에는 저도 모르게 시선을 떨구게 되는가? 언제나 한결같고 밖으로 보기에 언제나 변함없는 눈이 왜 인간 감정의 가장 내밀한 모든 뉘앙스의 표현이 되며, 인상 전체에 독특한 성격을 부여하는가? 한마디로, 눈의 표정이란 대체 무엇인가? 임종을 앞두고서 자신과 더불어 시의 시대는 끝났다고 선언했을 때, 위대한 시인이여, 그대는 착각한 것이 아니었을까? 돌을 빵이라 부르고 뱀을 물고기라 부를 때 정신과 상상력이 흔히 이상한 병에 걸려 있듯이, 그대의 쇠약해진 신체 기관이 영감에 찬 생각을 반대로 표현한 것은 아니었을까? 그대가 아직 삶으로 충만하여 인류의 미래 운명을 우리에게 상징들로 전하곤 했을 때에는, 그대의 입술이 그렇게 말하지 않았다. 어쩌면 시의 진정한 시대는 아직 도래하지조차 않았을 것이다. 어쩌면 그대 자신도 조율되지 않은 악기의 카오스로부터 예기치도 않게 튀어나온 하나의 우연한, 조화로운 소리였을 것이다. 시가 정녕 병적인 신음이란 말인가? 완전함의 운명이 정녕 고통이란 말인가? 그렇다면 그대 생각으로는 세계의 지혜 또한 괴로워하고 있다는 건가……? 그것은 자신의 타락 때문에 벌벌 떠는 지옥이 불러일으킨 범죄적인 생각이다! 그저 시적인 척할 뿐인 이교만이 쇠사슬로 프로메테우스를 바위에 묶어 놓을 수 있었다.

시인……! 시인은 인류의 제1판관이다. 불타지 않는 가시나무 덤불의 환한 빛을 받으며 영감의 숨결이 폭풍처럼 그의 얼굴을 스쳐 가는 것을 자신의 높은 법정에서 느낄 때, 그는 영원한 생명의 빛나는 책에서 영겁의 글자를 읽고, 인류의 자연스러운 길을 예지하고, 인류의 타락을 벌한다. 예언자인 판관이 지금도 자신의 엄정한 판결을 소리 높여 말할 수 있을까? 그가 자신의 옥좌 계단에서 저토록 낮게 내려와서 다른 사람들과 함께 괴로워하고 사람들과 함께 영적 빈궁의 쓰디쓴 빵을 나누면서, 그의 옥좌가 있는 곳, 그를 위한 제왕의 식탁이 있는 곳을 잊은 채, 그것의 존재마저 의심하고 있는 지금도?

학문도 예술도 괴상한 광경을 보여 주고 있다. — 아니, 우리가 감히 학문과 예술이라고 부르는 것이라고 말하는 편이 차라리 낫겠다. 한평생이 그것들의 연구로 지나가는 게 아니라, 그것들을 어떻게 습득할 것인가 하는 궁리로 지나가고 있다. 그것들은 인간을 어떤 오류로부터 보호해 줄는지는 모르나, 인간을 키우는 자양분은 되지 못한다. 그것들은 넘어졌을 때 두개골이 깨지지 않게끔, 게으른 유모가 어린애의 머리에 감아 놓은 붕대와도 같다. 그러나 이 붕대는 아이가 자주 넘어지는 것을 막아 주지 못하고 몸을 질병으로부터 미리 보호해 주지도 못할뿐더러 — 무엇보다 중요한 것은 — 몸의 유기적 성장에 결코 도움이 되지 못한다는 것이다.

그리고 이제 무슨 일이 일어나는가? 인간 지식의 어두운 세계에서 안으로 깊숙이 들어가고자 하는 자들은 수수께끼에 부딪힐 뿐이다. 바깥 껍데기에 만족하는 자들은 꿈에서 꿈으로, 미망에서 미망으로 건너간다. 이 바깥 껍데기조차 접할 수 없는 자들, 즉 단순하고 작은 사람들은 하루하루 짐승과 같은 상태에 더 가까워진다. 가장 지혜로운 자들은 그저 인간 사상의 묘지에서 신음하며 우는 것 외엔 아무것도 할 수 없다!

그러는 동안에 우리의 행성은 늙어 가고, 시간의 무심한 추는 쉴 새 없이 움직이며 한 번 흔들릴 때마다 세기와 민족들을 깊은 소용돌이 속으로 끌고 간다. 자연은 노쇠해 간다. 경악한 자연은 무거운 덮개를 인간 앞에서 살짝 들어 올리고 그에게 자신의 떨리는 근육과 얼굴에 깊이 새겨진 주름을 보여 주면서 큰 소리로 인간에게 애원한다. 인간이 멀리 떠나 버리자, 모래로 뒤덮인 자연의 초원은 죽은 것같이 되어 신음한다. 땅속 깊은 곳으로부터 산호섬에 내쫓긴 물의 원소가 인간을 부른다. 이름 없는 민족들의 폐허는 자연으로 하여금 인간을 앞지르게 만든 인간의 태평스러운 게으름에 대해 어떤 징벌이 기다리고 있는가 하는 무시무시한 이야기를 해 준다. 자연은 큰 목소리로 끊임없이 인간의 힘에 호소하고 있다. 인간의 힘이 없이는 자연에도 삶이 없으므로.

순간은 소중하다. 그런데도, 마치 야만인들이 쳐들어오는 그 순간에도 비잔틴 궁신들이 서로 다투고 있었던 것처럼, 아직도 자신의 힘을 두고, 나날의 일상적인 걱정을 두고 다투고 있는 사람들이 있다! 그들은 자신의 하잘것없는 점토 그릇들을 모으고, 넋을 잃은 채 그것들을 바라보고, 값을 정하고 거래한다. — 그러나 이미 대문 앞에는 미친 듯이 날뛰는 적들이 들이닥쳤다. 옛 학문의 허약한 건물은 이미 흔들리고 있다. 활활 타는 불이 이미 그것을 위협하고 있으며, 곧 시커멓고 차가운 재의 구름이 옛 학문의 궁전 위로 솟구칠 것이다. 그것이 다시 아래로 내려오면, — 인간의 강대한 힘이 자랑스러워했던 모든 것을 무(無)가 집어삼킬 것이다……."

바로 이런 꿈들이 내 벗들을 불안하게 하고 있었다네. — 이 장탄식은 꽤나 길게 이어지지. 걱정들 말게나, 다 읽지 않고 어떤 것은 완전히, 어떤 것은 발췌해서 자네들한테 전하도록 할 테니 — 나의 정신 연구자들의 관점을 설명하는 데 꼭 필요한 것들만을 말일세.

파우스트는 계속 읽었다.

"그러는 동안 우리 앞에는 과거의 환영들이 떠오르곤 했으며, 자신의 삶을 사심 없는 지식의 제단에 바쳤던 성스러운 사람들, — 그들의 드높은 사상이 마치 빛나는 혜성과도 같이 자연의 모든 영역으로 퍼져 나갔고 비록 한순간이나마 그것들을 환하게 비춰 주었던 사람들이 줄지어 우리 앞을 지나갔다. 과연 이 사람들의 노고와 깨어 있음, 이 사람들의 삶이 인류에 대한 운명의 실없는 조롱에 불과했을까? 전설은 보존되었다. 인간이 실제로 자연의 황제였던 때의 전설, 인간이 모든 피조물의 이름을 부를 줄 알았기에 모두가 그의 목소리를 듣고 따랐던 때의 전설, 자연의 모든 힘이 노예처럼 고분고분하게 인간의 발아래 몸을 굽혔던 때의 전설. 정말로 인류는 자신의 진정한 길에서 벗어나 자신의 파멸을 향해 빠르고 방자하게 돌진하고 있는 것일까?"

이 기나긴 길이 나의 몽상가들을 결국 어디로 이끌었는지 알겠나? — 어떤 사상이든 그것이 발전하는 과정에서 인간에게 나타나는 엄청난 수수께끼 더미 앞에서, 그들은 마침내 참을성을 잃어버리고 이렇게 물었다네.

"정말 우리는 서로를 이해하고 있는 것일까? 표현을 거치면서 생각이 흐려지는 것은 아닐까? 우리는 우리가 생각하는 것을 말하고 있을까? 청각이 우리를 속이는 것은 아닐까? 우리는 혀가 발음하는 것을 듣고 있을까? 멀리 있는 대상의 형상을 우리에게 왜곡시키는 바로 그 눈의 착각에 고결한 정신의 사유가 속고 있는 것은 아닐까?

단순한 평민은 자신의 동료는 이해해도 사교계 사람의 말은 이해하지 못한다. 사교계 사람들은 그들끼리는 서로 이해해도 학자를 이해하지는 못한다. 그리고 학자들 가운데 어떤 사람들은 온 세상을 통틀어 단 두어 명만이 자신을 이해하리라는 걸 확신해 마지않으면서도, 책을 몇 권씩이나 써내기도 했다. 이 사슬의 양 끝을 연결시켜서 단순한 평민을 필멸의 인간들 가운데 가장 지혜로운 자의 사상 표현 앞에 세워 보라. 똑같은 언어, 똑같은 단어이지만, — 더 낮은 자는 더 높은 자를 미쳤다고 할 것이다! 그런데도 우리는 아직 우리의 표현을 믿는 것일까, 우리는 자신의 생각을 우리의 표현에 맡기는 것을 두려워하지 않는 것일까? 그리고 우리는 언어 혼란이 그쳤다고 감히 생각하는 것일까?

자연 관찰자들 중의 한 사람은 더 멀리 나아갔다. 그는 인간의 자부심에 더욱 씁쓸한 기분을 안겨다 줄 의혹을 제기했다. 보통 미치광이라고 불리는 사람들의 심리적 이력을 검토해 보면서 그는 건강한 생각과 미친 생각 사이에 확실하고 확정적인 선을 긋기란 불가능하다고 주장했다. 어떤 미친 생각이든, 심지어 정신 병원에서 따온 가장 미치광이 같은 생각에 대해서도 그것과 마찬가지로 강력하고 세상에서 매일같이 통용되고 있는 생각을 찾아낼 수 있다는 것이 그의 주장이었다. 그는 이렇게 묻곤 했다. 자신의 가슴속에 여러 개의 탑과 종소리와 신학적 논쟁이 있는 완전한 도시 하나가 자리하고 있다는 어떤 여자의 확신과, 생명의 정기는 끊임없이 움직이면서 강하게 뇌로 흘러 들어가서 그곳에서 화약처럼 폭발을 일으킨다고 하는, 광인들에 대한 유명한 책을 쓴 토머스 윌리스*의 생각 사이에 무슨 차이가 있는가? 자신이 움직이면 자신을 에워싼 모든 대상도 움직인다고 하는 어느 광인의 관념과, 태양계 전체가 지구를 중심으로 돈다는 프톨레마이오스*의 논거 사이에 무슨 차이가 있는가? 자신을 사형수로 여기던 불쌍한 소녀와, 굶주림이 지구의 모든 주민을 결국 다 죽게 만들 것이 분명하다는 맬서스의 생각 사이에 무슨 차이가 있는가?

광인의 상태는 시인이나 모든 천재 발명가의 상태와 유사한 데가 있지 않은가?

실제로, 우리는 광인들에게서 무엇을 알아채는 것일까?

그들에게서는 모든 개념, 모든 감정이 하나의 초점으로 모인다. 그들에게서는 어떤 한 가지 생각의 부분적인 힘이 전 세계로부터 이 생각과 유사한 모든 것을 자신 속으로 끌어들여서, 말하자면, 건강한 사람에게는 서로 긴밀하게 결합되어 있는 대상들로부터 부분들을 분리시키고 그것들을 일종의 상징으로 집중시키는 능력을 획득한다. 우리는 — 광인들의 관념은 부조리하다고 말한다. 그러나 어떤 건강한 사람도 한 대상에 대해 그토록 다양한 관념들을 하나의 점에다 모으지는 못한다. 그리고 결코 부인할 수 없는 바, 이 현상은 한 사람이 어떤 발견을 하게 되는 그 순간과 너무나도 유사한데, 왜냐하면 무슨 발견이든 그것을 위해서는, 일반적으로 받아들여지고 옳게 여겨지는 수천 가지의 개념을 희생시켜야 하기 때문이다. 그런 까닭에, 출현하는 그 순간에 미친 헛소리로 여겨지지 않았을 새로운 생각은 거의 하나도 없었다. 첫 순간에 의혹을 불러일으키지 않을 비범한 사건은 단 하나도 없으며, 마음속에서 새로운 발견이 싹트고 있는 그 시간, 아직 사상이 발전되지 않았고 느낄 수 있는 결과에 의해 증명되지도 않은 때에 미치광이로 보이지 않을 위대한 인간은 단 한 사람도 없다. 콜롬보가 지구의 제4대륙에 대해 말했을 때, 사람들은 과연 그를 광인으로 여기지 않았던가? — 하비*가 혈액 순환을 주장했을 때, — 프랭클린*이 벼락과 번개를 조종하겠다고 나섰을 때, — 풀턴*이 뜨거운 물방울을 가지고 위협적인 자연에 맞서기로 결심했을 때는? 그리고 무엇보다 주목할 만한 것은, 발견을 하고 있는 순간, 천재의 상태가 적어도 주위 사람들이 보기에는 광인의 상태와 흡사하다는 사실이다. 그 또한 자신의 한 가지 생각에 아주 깊이 사로잡혀서 다른 생각에 대해서는 들으려고 하지조차 않으며, 어디서나 무엇에서나 그 생각만을 보고 그것을 위해 세상의 모든 것을 희생시킬 각오가 되어 있다. 우리는 대상들 간에 우리에게는 불가능해 보이는 그런 상호 관계를 찾아내는 사람을 광인이라 일컫는다. 그러나 어떤 발명이든, 어떤 새로운 생각이든, 그것들은 대상들 사이에 존재하는, 다른 사람들로서는 알아챌 수 없거나 심지어 이해조차 되지 않는 상호 관계를 간취(看取)해 내는 것이 아닌가? 그렇다면 인간 영혼의 모든 활동을 관통하고 있는 실, 평범한 상식적 이성을 광인들에게서 볼 수 있는 개념 착란과 연결시켜 주는 어떤 실이 존재하지 않을까? 이 연결의 사다리 위에서 시인이나 발명가의 도취 상태는 평범한 동물적 우둔함보다도 광기라고 일컬어지는 것에 더 가깝게 자리하고 있지 않을까? 건전한 상식이라고 일컬어지는 것은 단순한 인간이 자신으로선 이해할 수 없는 위대한 사람에 맞서면서 사용하기도 하고, 천재가 단순한 인간을 놀라게 하지 않기 위해 자신의 생각을 가리는 데 사용하기도 하는, 극도로 유연한 단어가 아닐까? 흔히들 광기, 망아적 상태, 섬망증이라고 부르는 것이 때로는 인간의 정신적 본능의 가장 높은 단계, 보통 사람의 눈으로는 도저히 이해할 수도 없고 포착할 수도 없을 만큼 높은 단계가 아닐까? 그것을 직관적으로 파악하기 위해서는 우리도 똑같은 단계에 자리하고 있어야 하지 않을까? 마치 인간을 이해하기 위해서는 인간이어야만 하는 것처럼.

그러나 사람들은 광기가 병이라고 말한다. 신경이 초조한 것이고, 신체 기관이 고장 났고, — 영혼이 작동하지 않는다는 것이다! 이것이 의사들의 해석이다. "정말 그렇게 생각하십니까" 하고 그들은 묻는다. — "병든 기관을 통해 작용할 때 영혼이 고양된다고 보십니까? 눈이 충혈되었을 때 더 잘 보고, 귀가 고통으로 충격을 받았을 때 더 잘 듣는다고 생각하십니까?" — 모르겠다. 그러나 의학 연감들에서 우리는 시각이나 청각의 심한 흥분 상태가 다른 사람들이 보지 못하는 곳에서도 볼 수 있고 암흑 속에서도 볼 수 있는 능력을 주었으며, 다른 사람들에겐 알아챌 수도 없고 존재하지조차 않는, 아주 조그맣게 사각거리는 소리를 들을 수 있고, 무한히 먼 곳에서 일어나는 사건을 알아맞힐 수 있는 능력을 주었다는 사람들을 만난다. 똑같은 일이 뇌와 관련해서도 일어난다면……? 뇌로부터 감각 기관으로 뻗어 있는 신경의 팽창이 뇌의 이런저런 부위를 압박할 수 있지 않을까? 골상학자에게 물어보시라, 이런저런 신체 기관의 압박이 어떤 결과를 낳을 수 있는지!"

이러한 관찰이 — 그게 옳은 관찰인지 아닌지는 나도 모르네만 — 나의 젊은 철학자들에게, 다른 사람들 사이에서 살면서 위인이나 혹은 광인이라는 명성을 최대로 누리고 있는 몇몇 사람들을 연구하고, 건강한 상식을 지닌 사람들에게는 여태껏 감추어져 온 문제들의 해답을 이 사람들에게서 찾아보고자 하는 억누를 수 없는 욕망을 불러일으켰다네. 이런 의도를 가지고 그들은 세상 곳곳을 여행해 보러 나섰지.

그들의 여행이 얼마나 오랫동안 계속되었는지는 알지 못하네, 그리고 그게 어떻게 끝났는지도 몰라. 나의 벗들은 내가 조금 읽어 준 공책 말고도, 그들이 써 온 기록 중에서 몇몇 단편(斷片)을 남겼지. 여기 그것이 있네.

오래전에 지나간 세월의 일들,

아득한 옛날의 전설이여!*

이 기록들은 다급하고 단편적인 작업의 흔적을 담고 있네. 나의 벗들에겐 자신의 수고(手稿)에 좀 더 완성되고 균형 잡힌 형태를 줄 시간도, 문체를 다듬을 시간도 충분치 않았던 것이지. 그들 자신의 관찰, 짤막한 여행기, 그들에게 보내온 편지, 그들에게 제공되었으나 충분히 다루어지지 못한 여러 자료들이 무질서하게 연결되어 있어. — 이 모든 것들이 되는대로 함께 모여 있는데, 내 벗들이 죽은 후에 이런 모습으로 수고가 내 손에 들어왔네. 여기 많은 것은 끝까지 쓰이지 않았고, 많은 것은 고쳐 쓰였고, 많은 것은 사라져 버렸어. 그렇지만 자네들은 아마도 이 수고에 흥미가 없지 않을 걸세. 적어도 인간 활동의 역사에서 누구든, 물론 각자 자신이 가는 길에서이긴 하지만, 반드시 거치게 되어 있는 그 시기의 하나를 대변해 주는 것으로서 말일세. 그렇지만 벌써 아침이군, 여보게들. 보게나, 아직 떠오르지도 않은 해에서 얼마나 화려한 자줏빛 띠가 길게 자라 나왔는지. 보게나, 하얀 지붕들로부터 연기가 땅으로 기우는 모습을, 얼어붙은 공기를 따라 얼마나 힘겹게 뻗어 나가는지, — 그리고 저기…… 저기, 닿을 수 없는 하늘 깊은 곳에 — 빛이 있고 온기가 있다네, 마치 영혼의 집처럼, — 그래서 영혼은 자기도 모르게 이 영원한 빛의 상징을 향해 나아가는 거라네…….

제3야*

〔수고(手稿)〕

— 아마도 내 벗들은, — 하고 파우스트가 말했다. — 자신들의 기록을 아주 정확하게 이어 나가고, 전문가로서 마치 자연 과학자들처럼 그들의 실험이 시작되는 순간부터 가장 사소한 것 하나하나까지 그 속에 적어 나갈 생각을 갖고 있었던 모양이야. 여기 있는 이 두꺼운 노트의 첫 장들은 아주 깔끔하게 쓰여 있는 걸로 보아, 필시 침착한 마음 상태에서 쓴 게 분명해, 하지만 다음 장들은 더 깔끔하지 — 백지로 남아 있으니까. 내 연구자들의 노트에서 글이 쓰여 있는 페이지들에는 이런 표제가 붙어 있다네.

Opere del Cavaliere Giambattista Piranesi(기사 잠바티스타 피라네시*의 작품들)

여행을 떠나기에 앞서 우리는 나이가 지긋하고 점잖고 모두에게 존경받는, 우리 친척 중의 한 사람에게 작별 인사를 드리러 갔다. 그에겐 평생토록 오직 한 가지 열정만이 있었는데, 이미 세상을 뜬 그의 부인은 그것을 두고 이렇게 얘기하곤 했다. "그러니까,

예컨대 말이우, 알렉세이 스체파느이치, 그 사람은 정말 좋은 사람이고 좋은 남편이고 좋은 아버지고 가장이라우. — 그 불행한 약점만 없다면 모든 게 다 좋을 텐데……."

그 대목에서 숙모는 늘 말을 멈추었다. 그러면 모르는 사람은 자주 "아니 왜, 음주벽이라도 있나요, 아주머님?" 하고 물으면서 약을 추천하려 들었으나, 실상 이 약점이란 게 — 그저 **서적 수집벽**에 불과하다는 사실이 드러나고 마는 것이었다. 물론, 숙부의 이 열정은 무척이나 강렬한 것이었지만, 그것은 아마도 그의 영혼이 시적인 세계를 힐끗 들여다볼 수 있는 단 하나의 조그만 창이었을 것이다. 나머지 모든 점에서 이 노인장은 — 여느 숙부나 다름없는 숙부였고, 담배를 태우고, 며칠씩이나 휘스트 게임을 하고, 북방인다운 무관심에 한껏 빠져들곤 했으니까. 그러나 일단 문제가 책에 이를라치면, 노인네는 완전히 새로 태어난 사람 같았다. 우리의 여행 목적을 알게 되자 그는 미소를 짓고는 말했다. "청춘! 청춘! 오로지 낭만주의로군! 왜 자네들 주위를 둘러보지 않나? 자네들한테 보장하네만, 멀리 가지 않고도 충분한 자료를 찾게 될 걸세."

— 저희들도 그걸 마다하는 건 아닙니다. — 우리들 중 한 명이 대답했다. — 다른 사람들을 잘 볼 줄 알게 되면, 아마 우리 자신에게도 이르게 되겠지요. 하지만 다른 사람들에게서 시작하는 것이 더 정중하고 더 겸손한 것 같아서요. 더구나 저희가 염두에 두고 있는 사람들은 모든 민족에게 다 함께 속하는 반면, 저희들 사람들 중의 많은 이들은 아직 살아 있거나 혹은 아직 완전히 죽지 않았거든요. 어쩌면 그들의 친척들이 모욕스럽게 느끼게 될지도 모르지요……. 또 저희들은 자신이 죽은 후에는 분명 아무도 신경 써 주지 않을 거라고 굳게 믿는 마음에서 아직 살아 있는

동안에 자신과 자기 친구들을 찬미하기 위해 노심초사하는 그런 양반들을 흉내 내고 싶지도 않습니다. — “옳아, 옳아!” 노인이 맞장구쳤다. “정말이지 이 친척들이란! 그들에게선 첫째, 아무것도 얻어 내지 못할 걸세. 둘째, 그들에게 탁월한 인간이란 고작 삼촌이나 사촌, 또는 그 비슷한 것 말고는 없어. 떠나게나, 젊은이들, 세상을 다니며 살펴보게, 그게 몸에도 마음에도 건강하다네. 나도 젊은 시절에는 희귀한 책들을 찾기 위해 해외로 가기도 했지, 여기서 반값에 살 수 있는 것들인데도 말일세. 그런데 서지학에 대해서라면 말일세. 그게 그저 책 목록과 장정으로 이루어져 있다고는 생각지 말게나. 그건 이따금 전혀 예상치도 못했던 커다란 기쁨을 맛보게 해 준다네. 내가 자네들과 같은 부류의 어떤 사람을 만났던 이야기를 듣고 싶지 않은가? — 한번 보게, 그 사람이 자네들 여행의 첫 장(章)에 자리하게 될 수 없을지!”

우리가 우리의 독자들에게도 권하는 바, 얘기를 듣고 싶다는 동의를 표하자, 노인은 말을 이었다. “자네들은 아마 나폴리에서의 한 장면을 그리고 있는 그 캐리커처를 보았을 걸세. 노천에 너덜너덜하게 찢어진 차양을 친 조그만 책방이 있지. 오래된 책과 오래된 판화 더미들, 그 위로 마돈나상이 있고, 멀리 베수비오 화산이 보여. 책방 앞에는 카푸친 교단의 수도사 한 명과 커다란 밀짚모자를 쓴 젊은이가 있는데, 쬐그만 떠돌이 아이가 능숙한 솜씨로 그의 주머니에서 손수건을 빼내는 중이야. 그 저주스러운 화가가 어떻게 이 장면을 훔쳐보았는지는 몰라도, 어쨌든 이 젊은이는 — 분명히 나라고. 내 카프탄*과 밀짚모자를 알아볼 수 있으니까. 난 그날 손수건을 도둑맞은 탓에 얼굴에도 그 멍청하기까지 한 표정이 나타나 있을 수밖에 없었지. 문제는 그때 내 주머니에 돈이 몇 푼 없어서 고서에 대한 열정을 만족시키기에는 터무니없이 모자랐다는 거라네. 더구나 나는 애서가들이 다 그렇듯이 지독하게 구두쇠였거든. 이런 형편 때문에 나는 열렬한 애서가를 카드 게임에서처럼 한순간에 폭삭 파산시킬 수도 있는 공개 경매 같은 데는 얼씬도 하지 않았어. 대신 많은 돈을 쓰지 않아도 되고, 대신 온 책방을 맨 위에서 맨 아래까지 샅샅이 뒤져 보는 만족을 누릴 수 있는 조그만 책방을 열심히 찾아다녔지. 자네들은 아마 서적 수집광의 희열을 맛본 적이 없을 걸세. 이건 마음대로 내버려 두기만 한다면 가장 강렬한 열정의 하나가 될 거야. 나는 서적 수집벽 때문에 살인까지 하게 된 그 독일 목사를 십분 이해하네. 나 역시 요 얼마 전에도 — 늙으니까 모든 열정도 죽게 되고 서적 수집벽조차도 그렇긴 하네만 — 내 친구 한 명을 때려죽이고 싶었으니까. 마치 개방 도서관에서 그러듯이 이 친구가 피도 눈물도 없이, 내 엘제비르*판에서 그 책이 진짜 완전한 난외 여백을 가지고 있다는 사실을 증명해 주는 유일한 페이지를 싹둑 잘라 내 버렸단 말이야.[5] 그런데 이 친구, 그 야만인은 내가 화를 내는 것에 놀라기까지 하지 않겠나. 지금까지도 나는 서적상들을 계속 찾아다니고 있고, 그들의 미신이며 편견, 술책들을 훤히 꿰고 있지. 지금까지도 나는 이 순간들을 내 인생에서 가장 행복하지는 않더라도 적어도 가장 기분 좋은 순간으로 여기고 있다네. 자네들이 책방 안으로 들어서는 거야. 그러면 기대에 부푼 주인이 곧바로 모자를 벗고 — 장사치의 온갖 선심을 과시하면서 마담 드 장리*의 소설과 지난해의 연감들, 그리고 『가축 의료 지침서』를 내놓지. 하지만 단 한 마디만 하면 돼, 그러면 그의 성가신 열광쯤은 금방 눌

5 잘 알려져 있듯, 서적광들에게 난외 여백의 폭은 중요한 역할을 한다. 심지어 그 폭을 재는 특별한 도구가 있기도 하며, 몇 개의 선이 더 많고 적고 하는 것이 책값을 올리거나 혹은 절반으로 떨어뜨리기도 하는 경우가 허다하다.

러 버릴 수 있단 말씀이야. 이렇게만 물어보라고. '의학 서적들은 어디 있소?' — 그러면 주인은 모자를 다시 머리에 얹고 양피지 제본이 된 책들로 꽉 찬, 먼지가 수북한 구석을 가리키고는 지난달의 학술 통보를 마저 읽기 위해 조용히 다시 자리에 앉지. 젊은이들, 여기서 자네들을 위해 한마디 해 두어야겠는데, 우리들의 많은 책방에서는 양피지로 제본이 되고 라틴어 표제가 붙었으면 어떤 책이건 의학 서적이라 불릴 자격을 가졌다네. 그러니 자네들 스스로 판단할 수 있겠지, 그것들 속에서 얼마나 광활한 들판이 서지학자에게 펼쳐지는지. 『산파술학(學) – 5부 구성, 네스토르 막시모비치 암보지크*의 삽화』와 『보나투스의 의학 실용 대사전(*Bonati Thesaurus medico-practicus undique collectus*)』 사이에서 갈가리 찢어지고 더럽혀지고 먼지가 잔뜩 낀 조그만 책자가 자네들 눈에 띄는 거야. 보니까 그건 『보데그라베와 스밤메르담 마을에서 있었던 일과 관련하여, 진정한 네덜란드인들에 대한 진실한 보도(*Advis fidel aux veritables Hollandais touchant ce qui s'est passé dans les villages de Bodegrave et Swammerdam*)』(1673)가 아닌가. — 얼마나 대단한가! 게다가 아무래도 이건 엘제비르야! 엘제비르! 애서가의 모든 신경 체계를 달콤한 전율로 몰아넣는 그런 이름이라고. 자네들은 누르스름하게 바랜 몇 권의 책, 『건강의 정원(*Hortus sanitatis*)』, 『경건의 정원(*Jardin de dévotion*)』, 『미사법의 꽃들 – 양성 간의 사랑의 열정을 표현하기 위해 가장 비범한 지성들의 서재로부터 모은 사전 형식(*Les Fleurs de bien dire, recueillies aux cabinets des plus rares ésprits pour exprimer les passions amoureuses de l'un et de l'autre sexe par forme de dictionnaire*)』을 옆으로 내던지지. — 그랬더니 갑자기 겉표지도 없고 첫 장도 없는 조그만 라틴어 책자가 나타나는 게 아닌

가. 그걸 들춰 보지. 베르길리우스 같아 보이는데 — 하지만 한 단어 한 단어마다 모두 잘못돼 있어……! 아니 그럼 정말? 혹시 꿈이 자네들을 속이는 건 아닐까? 정말 이게 그 유명한 1514년 판인 『베르길리우스 – 나우게리 편찬(*Virgilius, ex recensione Naugerii*)』? 만약 마지막에 이르러 오식(誤植)으로 가득한 네 페이지를 보고서도, 바로 이것이 다름 아닌 그 알두스*의 가장 희귀하고 소중한 발행본이자 서고의 진주라는 것을 말해 주는 확실한 표식을 보고서도 기쁨으로 심장이 터지지 않는다면, 자네들은 애서가라 불릴 자격이 없다네. 이 판본의 책들은 오식에 화가 치민 발행자가 제 손으로 대부분 다 없애 버렸으니까.

나폴리에서 나는 내 열정을 충족시킬 기회를 별로 갖지 못했네. 그러니 상상할 수 있을 걸세, 피아차 노바〔신(新)광장〕를 가로질러 가면서 산더미처럼 쌓여 있는 양피지를 보게 되었을 때, 내가 얼마나 놀랐을지. 내가 서적광적인 마비에 빠진 바로 이 순간을 그 부르지도 않은 초상화가도 포착한 것이지……. 어찌 됐건 나는 애서가의 모든 교활함을 총동원하여 태연스레 가게로 다가갔고, 조바심을 감추며 오래된 기도서들을 만지작거리느라, 처음에는 다른 쪽 구석에 구식 프랑스 카프탄에다 허연 분을 뿌린 가발을 쓰고 그 아래로 꼼꼼하게 땋은 작은 머리 다발이 달랑거리는 웬 모습이 2절판의 커다란 책 쪽으로 다가와 있는 것을 알아채지도 못했다네. 무엇이 우리 두 사람을 서로 돌아다보게 했는지 모르지만, — 이 모습에서 나는 늘 한결같은 옷차림으로 거드름을 피우며 나폴리를 돌아다니면서 누구와 만날 때마다, 특히 귀부인들과 마주칠 때면 미소를 지으며 장난감 배 같은 자신의 낡아빠진 모자를 살짝 들어 보이는 기인을 알아보았지. 이미 오래전부터 나는 이 괴짜를 보아 온 터라, 그와 안면을 틀 기회가 와서 기뺐네. 나는 그의 앞에 펼쳐진 책을 쳐다보았지. 형편없이 복제된 무슨 건축 판화집이더군. 괴짜는 그것들을 무척 주의 깊게 살펴보면서 서투르게 채색된 기둥들을 손가락으로 재기도 하고 이마에 손가락을 갖다 대기도 하면서 깊은 생각에 잠겨 있었네. '보아하니 건축가인 모양인데' 하고 나는 생각했지. '저자의 환심을 사기 위해 건축 애호가인 척해야겠군.' 속으로 이런 말을 할 때 내 시선이 '*Opere del Cavaliere Giambattista Piranesi*(기사 잠바티스타 피라네시의 작품들)'이라는 표제가 붙은 거대한 2절판집에 떨어졌어. '정말 멋진데!' 이렇게 생각하고 나는 한 권을 골라 펼쳐 보았지. 하지만 그 속에 있는 설계들, — 그걸 지으려면 그 하나하나가 각각 수백만의 사람과 수백만의 금화와 여러 세기를 필요로 할 거대한 건물들의 설계, 산꼭대기에다 올려놓은 그 깎아 낸 바위들, 분수로 변한 그 강들, — 그 모든 것이 어찌나 나를 매혹시켰는지 나는 한순간 나의 기인조차도 잊어버리고 말았다네. 나를 제일 놀라게 한 건, 거의 처음부터 끝까지 여러 종류의 감옥 그림으로 채워져 있는 한 권이었어. 끝없는 아치, 바닥 없는 동굴, 성, 사슬, 풀로 뒤덮인 벽들, — 그리고 장식을 위해 그려진, 인간의 범죄적인 상상력이 언젠가 생각해 냈을 법한 온갖 종류의 처형과 고문……. 오싹한 전율이 내 혈관을 타고 흘러서 나도 모르게 책을 덮고 말았지. 그러는 동안 나는 괴짜가 나의 건축적 열광에는 전혀 주의를 기울이지 않는다는 것을 알아채고 그에게 질문을 던져 보기로 결심했네. '물론 건축 애호가이시겠죠?' — 내가 말했지. '건축요?' — 몸서리가 쳐진다는 듯이 그가 되받더군. '예.' — 그는 나의 낡은 카프탄을 비웃는 듯이 쳐다보더니 말했어. '엄청난 건축 애호가이지요!' — 그는 다시 입을 다물었어. '그뿐이야?' — 난 생각했지. — '이건 부족한데.' — '그렇다면' 하고 나는 다시 피라네시 작품집 중 한 권을 펼치면서 말했지. ─ '차라리 이 멋진 상상화들을 보시지요. 당신 앞에 있는 그 시시한 그림들 말고.' ─ 그는 자기 일을 방해당해서 화가 난 사람의 표정을 하고 마지못해 내 쪽으로 오더니, 내 앞에 펼쳐진 책에 눈길을 던지자마자 질겁을 하고 껑충 뛰며 나한테서 비켜서서는 두 손을 내저으며 소리치기 시작하는 게 아닌가. '맙소사, 덮어요. 그 쓸데없는, 그 끔찍한 책은 어서 덮어요!' 그가 그러는 게 꽤나 흥미 있게 여겨지더군. '이런 걸작을 댁이 그렇게 싫어하다니, 정말 놀라지 않을 수 없군요. 난 무척 맘에 들어서 당장이라도 사려고 하는 참인데.' ─ 이렇게 말하면서 나는 돈지갑을 꺼냈지. ─ '돈!' ─ 나의 기인이 낭랑한 목소리로 속삭이며 말하는 거야. 요 얼마 전에도 그 비할 바 없는 카라트이긴*이 『노름꾼의 삶』*에서 나에게 상기시켜 주던 바로 그 속삭임이었다네. ─ '당신은 돈이 있군요!' ─ 그는 이 말을 되풀이하고는 온몸을 부르르 떨었어. 고백하지만, 건축가의 이 탄성은 그와 친밀한 우정을 맺고 싶었던 마음을 좀 식게 만들었다네. 하지만 호기심이 이겼지. ─ '정말 돈이 필요하시오?' ─ 내가 물었지.

─ 저요? 필요하다마다요! ─ 건축가가 말하더군. ─ 오래전부터 굉장히 굉장히 필요하답니다. ─ 그는 한마디 한마디 힘을 주어 덧붙였네.

─ 많이 필요하오? ─ 나는 다정하게 물었지. ─ 어쩌면 내가 도와줄 수 있을지도 모르지요. ─

─ 시작을 위해선 푼돈이면 족해요. ─ 아주 푼돈 말이지요, 금화로 1천만 정도.

─ 뭘 하는데 그렇게 많이? ─ 나는 깜짝 놀라서 물었다네.

─ 에트나 화산과 베수비오 화산을 아치로 연결하고, 또 내가

설계한 성의 공원 바로 입구에다 개선문을 세우려고요. — 그는 그게 아무것도 아니라는 듯이 태연히 대답하더군.

나는 거의 웃음을 참을 수 없는 지경이었네. '대체 왜' 하고 내가 받아쳤지. — 그런 거대한 계획을 가지고 있는 당신 같은 사람이, — 많건 적건 간에 당신과 아이디어가 가까운 건축가의 작품을 그렇게 혐오스러워하는 거요?

— 가깝다고요? — 낯선 사나이가 소리쳤어. — 가깝지요! 그래 당신은 왜 그 저주스러운 책을 가지고 날 귀찮게 하는 거요, 내가 바로 그 저자인 마당에?

— 아니, 이건 정말 지나치군! — 내가 대답했지. 그렇게 말하면서 나는 옆에 있던 『역사 사전』을 집어 들고 이렇게 쓰여 있는 페이지를 그에게 보여 주었네. '잠바티스타 피라네시, 저명한 건축가…… 1778년에 사망…….'

— 말도 안 되는 소리! 거짓말이오! — 나의 건축가가 소릴 질러 대기 시작했어. — 아아, 그게 사실이라면 난 행복할 텐데! 하지만 난 살아 있소, 불행하게도 살아 있단 말이오. — 그 저주스러운 책이 내가 죽는 걸 방해하고 있소.

나의 호기심은 시시각각 커져 갔네. — 그 기이한 일을 내게 설명해 주구려. — 내가 그에게 말했지. — 당신의 슬픔을 털어놔 봐요. 다시 한 번 말하지만, 내가 댁을 도와줄 수 있을지도 모르잖소.

노인네의 얼굴이 환해지더군. 그가 내 손을 잡았어. '여긴 그 얘기를 할 곳이 못 되오. 나를 해칠 수 있는 사람들이 우리 얘길 엿들을 수 있으니까요. 오! 난 사람들을 알아요……. 나와 함께 가시지요. 가면서 나의 무서운 이야기를 해 드리지요.' — 우리는 밖으로 나갔네.

— 자, 나리. — 노인이 말을 계속했어. — 당신이 지금 보고

있는 제가 그 유명하고 불운한 피라네시랍니다. 저는 재능 있는 사람으로 태어났지요……. 제가 무슨 말을 하겠습니까? 이제 와서 부인하기에는 너무 때가 늦은걸요. — 저는 비범한 천재로 태어났답니다. 건축에 대한 열정은 제 속에서 어린 시절부터 강렬해져 갔고, 로마의 이른바 그 거대한 성 베드로 성당에 판테온을 세웠던 위대한 미켈란젤로가 노년에 제 스승이셨습니다.* 그는 제 계획과 건물 설계에 황홀해 마지않으셨고, 제가 만 스무 살이 되자 위대하신 거장께서는 저를 내보내시며 이렇게 말씀하셨지요. '내 곁에 계속 머무른다면 너는 단지 나의 모방자밖에 되지 못한다. 그러니 나가서 너의 새로운 길을 개척하여라, 그러면 너는 내가 애써 주지 않아도 너의 이름을 영원히 남길 것이다.' 저는 그 말씀을 따랐고, 그 순간부터 제 불행이 시작된 겁니다. 돈은 자꾸 빠듯해 갔지요. 저는 어디서도 일을 구할 수가 없었습니다. 로마 황제와 프랑스 왕, 교황들과 추기경들에게 제 설계들을 보여 주었지만 헛일이었습니다. 다들 제 얘길 경청하고, 다들 열광하고, 다들 저를 인정해 주었지요, 왜냐하면 미켈란젤로의 후원자에 의해 일깨워졌던 예술에 대한 열정이 유럽에서 아직 꺼지지 않고 가물거리고 있었으니까요. 저를 영광스러운 기념비에 유명하지 못한 이름을 새겨 넣을 힘을 지닌 사람으로 보고, 다들 아껴 주었습니다. 그렇지만 이야기가 막상 건축 자체에 이르게 되면, 그땐 다들 한 해 한 해 미루기 시작하더군요. '그래, 재정 형편이 나아지면, 이제 배들이 바다 건너의 황금을 싣고 오면' — 다 허사였습니다! 저는 천재에게 어울리지 않는 온갖 간책과 아첨을 사용했으나 — 허사였습니다! 제 고결한 영혼이 얼마나 비굴하게 되었는가를 보고서 제 자신도 덜컥 놀랐습니다, — 허사였습니다! 허사였습니다! 시간은 흘러가고 있었고, 시작된 건물들은 완성되고 제 경쟁자들은 불멸을 얻고 있었습니다. 그런데 저는 — 너무도 아름답고 도저히 실현될 수 없는 설계들로 시시각각 공연히 자꾸만 꽉 차 가는 제 가방을 들고, 이 궁정 저 궁정, 이 대기실 저 대기실을 전전하고 있었습니다. 당신에게 설명해야만 하나요, 제가 가슴에 새로운 희망을 품고서 부유한 궁전에 들어서고 새로운 절망을 안고서 다시 나오면서 무엇을 느꼈는지? — 저의 감옥들을 그린 책은 제 영혼 속에서 벌어지던 것들의 고작 백분의 일에 대한 묘사를 담고 있을 뿐입니다. 이 지하 감옥들 속에서 저의 천재적인 재능은 고통받아 왔습니다. 배은망덕한 인류에게 잊힌 저는 이 쇠사슬을 갉아 먹었습니다……. 원한 맺힌 가슴속에서 태어나는 고문을 생각해 내고 정신의 고통을 육체의 고통으로 변화시키는 것이 제게는 지옥에서의 쾌락이었지만, — 그것이 저의 유일한 즐거움이자 유일한 휴식이었던 겁니다.

점점 노년이 다가오고 있다는 것을 느끼고, 이제 설령 누가 제게 어떤 건축을 맡긴다 해도 제 삶은 그것을 끝낼 수 있을 만큼 많이 남아 있지 않다는 생각을 하게 되면서, 저는 제 설계들을 인쇄하기로 결심했습니다. 같은 시대를 사는 사람들에게 수치가 되게끔, 그리고 그들이 어떤 사람을 평가할 줄 몰랐던가 하는 것을 후세에 보여 주기 위해서 말이지요. 저는 열심히 이 일에 착수하여 밤낮으로 판각을 했고, 제 설계는 때로는 웃음을, 때로는 경탄을 불러일으키면서 세상에 퍼져 나갔습니다. 하지만 제게는 완전히 다른 일이 일어났습니다. 들으시면 놀라실 테지요……. 예술가의 머리에서 나오는 모든 작품 속에서는 하나같이 고문자인 혼령이 태어난다는 것을 이제 저는 쓰라린 경험을 통해 알게 된 겁니다. 모든 건물, 모든 그림, 우연히 화포나 종이 위를 스치면서 생겨난 모든 선들이 그런 혼령의 집 노릇을 합니다. 이 혼령들은 사악한 성질을 지녔습니다. 그들은 살기 좋아하고, 번식하기 좋아하고, 집이 좁다고 자신의 창조자를 괴롭힙니다. 자기들이 사는 집이 오로지 판각된 그림에만 국한되어야 한다는 것을 감지하자마자 그들은 저에게 마구 분개합니다……. **영원한 유대인***이라 불리는 사람에 대해 혹시 들어 보셨나요? 그에 대해 하는 이야기들은 모두 — 거짓말입니다. 그 불운한 자는 여기 당신 앞에 서 있습니다……. 제가 영원한 잠에 들기 위해 미처 눈을 감으려 하기도 전에 환영들은 궁전과 홀과 집과 성과 아치와 기둥의 형상이 되어 저를 에워쌉니다. 그들은 모두 함께 저를 자신의 거대한 구조물로 짓누르고, 무시무시한 웃음소릴 내면서 저에게 자기들을 살게 해 달라고 애원합니다. 그 순간부터 저는 평온을 알지 못합니다. 저에 의해 태어난 혼령들이 저를 뒤쫓습니다. 저기서는 거대한 아치가 저를 숨막히게 끌어안고, 여기서는 탑들이 여러 베르스타*나 되는 보폭으로 성큼성큼 걸으면서 저를 추격하고, 또 여기서는 창문이 그 거대한 창틀을 가지고 제 앞에서 덜커덩댑니다. 때때로 그들은 저를 제 자신이 설계한 감옥에 가두고, 바닥 없는 우물에 저를 밀어 넣고, 제 자신이 설계한 쇠사슬을 제게 채우고, 반쯤 파괴된 아치에서 차가운 곰팡이가 되어 우박처럼 제게 쏟아지면서 — 제가 생각해 낸 모든 고문을 제가 다 겪게끔 만들고 화형의 장작불에서 형틀로, 형틀에서 쇠꼬챙이로 던져 버려서, 신경이란 신경을 모두, 예상치도 못한 고통에 시달리게 만듭니다. — 그러면서 이 잔인한 것들은 저를 에워싸고 펄쩍펄쩍 뛰고 깔깔 웃어 대면서 저를 죽지 못하게 하고, 제가 왜 그들에게 불완전한 삶과 영원한 고통의 운명을 내렸는지 언제나 되풀이해서 알아내려고 합니다. — 그러다가 결국, 녹초가 되고 기진맥진한 저를 다시 땅 위로 끌어내는 거지요. 저는 헛되이 이 나라 저 나라를 옮겨 다니며, 제

경쟁자들이 저를 조롱하기 위해 지은 웅장한 건물들이 혹시 어딘가에서 휘청거리기 시작하지는 않았는지 헛되이 살펴봅니다. 로마에서 저는 밤이면 자주, 그 행운아 미켈란젤로가 지은 벽으로 다가가서, 까딱할 생각조차 하지 않는 그 저주스러운 둥근 지붕을 힘없는 손으로 두들기고, — 혹은 또 피사에서는 7세기 동안이나 땅으로 기울고 있으면서도 땅까지 닿으려고 하지는 않는 그 쓸모없는 탑에 두 팔로 매달립니다. 저는 이미 유럽과 아시아, 아프리카를 모조리 돌아다녔고, 바다도 건넜습니다. 어디서나 저는 저의 창조적인 힘으로 다시 살려 낼 수 있을 붕괴된 건물을 애타게 찾고 있고, 폭풍과 지진에 박수를 보냅니다. 시인의 벌거숭이 가슴을 가지고 태어난 저는 삶의 터전을 잃어버리고 자연의 공포에 충격을 받은 불행한 사람들이 어떤 괴로움을 겪는지 모두 충분히 느껴 왔습니다. 저는 불행한 사람들과 함께 울면서도, 붕괴된 모습을 보면 기쁨에 몸을 떨지 않을 수 없습니다……. 그런데 다 소용없습니다! 창조의 시간은 아직 제게 오지 않았습니다 — 아니면 이미 지나가 버렸든지요. 많은 것이 제 주위에서 붕괴되고 있지만, 많은 것은 아직도 살아 있어서 제 생각이 삶 속으로 들어서는 것을 방해합니다. 저는 알고 있습니다. 저의 구원자가 나타나서 제 거대한 구상이 한낱 종이 위에 머무르지 않아도 될 때까지 저는 제 약해진 눈꺼풀을 감지 못할 겁니다. 하지만 그는 어디에 있지요? 어디서 그를 찾지요? 또 찾는다 해도, 그때는 제 설계도 이미 낡은 게 되고 그 속의 많은 것은 이미 시대에 추월당해 있겠지요. — 하지만 저한테는 그것들을 새롭게 할 힘이 이미 없습니다! 때때로 저는 제 고문자들을 속입니다. 지금 제 설계 가운데 어떤 것을 실현시키고 있는 중이라고 다짐하면서 말입니다. 그러면 그들은 저를 잠시 가만히 내버려 두거든요. 당신을 만났을 때 저는 바로 그런 상태였던 겁니다. 그런데 당신은 저의 그 저주스러운 책을 제 앞에서 펼칠 생각이 났던 거지요. 당신은 보지 못하셨겠지만, 저는…… 저는 분명히 봤습니다. 지중해 한복판에 지은 사원의 기둥 중의 하나가 그 덥수룩한 머리를 제게 끄덕이기 시작한 것을요……. 이제 당신은 제 불행을 아시겠지요. 그럼 약속대로 저를 도와주십시오. 금화 1천만이면 됩니다, 제발 부탁드립니다! — 이 말을 하면서 그 불행한 사람은 내 앞에 무릎을 꿇었다네.

나는 깜짝 놀라서 가여운 마음으로 그 불쌍한 사람을 쳐다보다가 금화 한 닢을 꺼내 주며 말했지. '자, 이게 내가 지금 댁한테 줄 수 있는 전부요.'

노인네는 의기소침해서 나를 쳐다보더군. — 이럴 줄 알았다니까. — 하고 그가 대답했어. — 하지만 이것도 좋아요. 나는 이 돈을 몽블랑을 사기 위해 모으고 있는 금액에다 보탤 거요. 그 산을 완전히 바닥까지 파서 무너뜨리지 않으면 내가 지을 휴양 궁전의 전망을 막아 버리거든요. — 이 말과 함께 노인네는 황급히 멀어져 갔다네……."

— 깔끔하게 쓰여 있는 페이지는 여기서 끝난다네. — 파우스트가 말했다. — 어떻게 계속되는지는 알 수 없어. 내일, 나한테 더 흥미로워 보였던 편지와 종이 묶음을 정리해 보도록 하겠네.

— 내가 보기에, — 하고 빅토르가 한마디 했다. — 자네의 모험가들은 색다른 걸 대단히 중시하는 모양인데…….

— 그건 시대의 괴벽 중의 하나이지. — 베체슬라프가 덧붙였다.

— 그 때문에, — 하고 빅토르가 반박했다. — 지금은 색다르

려고 하는 것보다 더 저속한 건 없다고. 유치한 허영심을 만족시키기 위해 무익한 건물의 건축에 재화와 노력을 낭비하던 지나간 시대, 그것도 오래전에 지나간 시대를 되돌리려고 하는 기인이 무슨 주목을 받고 무슨 관심을 불러일으킬 수 있겠나…… 지금은 그것에 쓸 돈이 없어, 가장 단순한 이유 때문이지 — 돈은 철도를 위해 사용되고 있으니까.

— 그럼 자네 의견에 따르자면, — 파우스트가 대답했다. — 이집트의 피라미드, 스트라스부르의 종탑,* 쾰른 대성당, 피렌체의 광장 — 이 모든 것이 오로지 유치한 허영심의 산물이로군. 자네의 주장은 실제로 우리 시대의 많은 역사가들의 견해와 모순되지 않아. 하지만 그들은 이른바 **사실**이라는 것을 정성 들여 수집하면서 두 가지 충분히 중요한 것을 잊어버린 듯 보이네. 첫째, 우리가 인간의 열정에게 주는 명칭들은 그것들을 결코 완전하게 표현하지 못하고 그저 대략만 나타낼 뿐이야. 이건 아마도 바빌론의 언어 혼란 때부터 인류의 습관이 돼 버린 거겠지. 그리고 둘째, 어떤 느낌이건 그 아래엔 다른 느낌, 보다 깊고 어쩌면 보다 사심 없는 느낌이 숨어 있고, 이 다른 느낌 아래엔 더욱더 사심 없는 또 다른 느낌이 숨어 있게 마련이야. 그리고 그렇게 해서 인간 영혼의 가장 은밀한 곳까지 이르면 거기엔 외적인 거친 열정을 위한 장소는 없다네. 왜냐하면 거기엔 시간도 공간도 존재하지 않으니까. 다소라도 거칠어진 인간에게는 그의 고유한 내적인 순수한 감정이 외적인 열정, 허영심, 자부심 등등의 모습으로 나타나게 되어 있지. 그는 자기가 이 열정을 만족시킨다고 생각하지만, 실은 그 자신에게도 이해되지 않는 이 내적인 감정에 따르고 있을 따름이야. 그러한 **열정들의 이 같은 실현**을 나타내는 상징을 나는 혜성에서 보네. 혜성은 결코 자신의 정상적인 궤도를 따르지 않아. 혜성은 때

로는 이 천체에, 때로는 저 천체에 끌리면서 끊임없이 정상 궤도로부터 벗어나지. 그리고 이 섭동(攝動)을 계산에 넣지 않았던 예전의 천문학자들은 그 때문에 자신들의 예보에서 오류를 범하곤 했어. 그러나 혜성의 타원 궤도 혹은 포물선 궤도가 다른 곡선의 모양을 취함에도 불구하고, 그것의 원래 궤도는 변함없이 머무르고, 어찌 되었건 여전히 그것을 어떤 행성계의 태양 쪽으로 끌어당기지.

빅토르. 그런 착시가 인간에게 실제로 존재한다는 것에는 동의하지만, — 그렇긴 해도 나는 여전히, 이미 지나온 길로 되돌아가서, 거대하지만 그럼에도 불구하고 무익한 건물들을 짓는 데 돈이 쓰이던 시대가 이미 지나가 버렸다는 것에 대해 피라네시와 함께 울 이유는 보지 못하네…….

파우스트. 내가 보기에, 피라네시의 내면에서는 인간적인 감정이, 아마도 그의 모든 외적인 행동의 열쇠였을 그것, 삶의 장식이었을 그것의 상실을 슬퍼하고 있다네. — 바로 **무익한 것**의 상실이지…….

빅토르. 고백하지만, 만일 스트라스부르의 종탑을 좀 더 길게 늘여서 — 철도 궤도를 만든다면, 내게는 더 훌륭한 삶의 장식이 되었을 거네. 자네가 뭐라고 말하든, 철도는 실질적인 효용을 넘어서서 자신만의 독특한 시를 지니고 있어…….

파우스트. 여부가 있나. 내가 언젠가 이미 말했듯이, 인간은 절대로 시로부터 벗어날 수 없으니까. 시는 필수적인 원소의 하나로서 인간의 모든 행동 속으로 흘러 들어가지. 시가 없다면 그런 행동의 **삶**은 불가능할 걸세. 이 심리학적 법칙의 상징을 우리는 모든 유기체에서 보고 있다네. 유기체는 탄소와 수소, 그리고 질소로 이루어지지. 이 원소들의 비율과 배열은 거의 모든 살아 있는 유기체마다 다르지만, 만약 이 요소 중의 하나가 없다면 그런 유기체의 존재는 불가능할 거야. 심리적 세계에서 시는 그것이 없다면 **생명의 나무**가 사라져 버릴 수밖에 없을 그런 원소들 중의 하나라네. 때문에 인간의 모든 산업적인 기업에서조차도 일정량의 시가 있지. 역으로, 순수하게 시적인 작품 속에도 어느 것에나 **일정량**의 물질적인 효용이 들어 있듯이 말일세. 예컨대, 스트라스부르의 종탑은 뜻하지 않게도 주주들의 계산에 연루되면서 도시로 철도를 끌어들이는 자석의 하나가 됐지.

빅토르. 우린 무승부야. 난 최소량의 시가 있는 효용이 더 좋네…….

파우스트. 이 경우 자네는 앞면이 모두 똑같은 집들로 도시 전체를 짓고 싶어 하는 사람과 비슷하군. 그래도 괜찮을 것 같아 보이지만, 그런 도시는 도저히 이겨 낼 수 없는 우수를 불러일으킬 걸세. 그렇고말고! 철도는 — 중요하고 위대하지. 그건 자연에 대한 승리를 위해 인간에게 주어져 있는 도구의 하나야. 주식과 부채, 신용 대부와 맞바꾸어져 온 듯한 이 현상에는 깊은 의미가 숨어 있다네. 공간과 시간을 파기해 버리려는 이 지향에는 — 인간의 존엄감과 자연에 대한 그의 우월감이 들어 있으니까. 이 감정은, 어쩌면, 그의 예전의 힘과 그의 예전의 노예인 자연에 대한 추억을 담고 있을지도 모르지……. 하지만 부디 신의 가호가 있어서, 모든 정신적이고 도덕적이고 물리적인 힘들이 결코 물질적인 방향으로만 집중되지는 않기를, 설령 그게 아무리 유용한 것일지라도, 그게 철도든, 목면 방적 공장이든, 축융(縮絨) 공장이든, 무명 공장이든 간에 말일세. 일면성은 지금 이 사회의 독이고, 모든 하소연과 분란, 당혹의 숨겨진 이유야. 하나의 가지가 한 그루의 나무 전체의 몫을 희생시키며 산다면, — 나무는 완전히 말라 버린다네.

로스치슬라프. 하지만 자네가 그토록 존경하는 인물인 헤겔이 뭐라고 했는지 아는가? '일면적이지 않으려는 소심한 염려는 피상적인 다면성의 능력만을 가질 뿐인 약점을 매우 허다하게 드러낸다…….'

파우스트. 나는 헤겔을 대단히 존경하지만, 인간 언어의 어둠 때문이건, 아니면 이 저명한 독일 사상가의 추론 과정이 지닌 비밀스러운 연관 관계 때문이건, 여하튼 그의 저작들에서는 종종 한 페이지 안에서조차 완전히 모순되어 보이는 대목들을 만나게 된다는 사실을 인정하지 않을 수 없네. 그래서 바로 그 저작[6]에서도, 자네가 인용한 그 행들 앞에서 헤겔은 이렇게 말하고 있지. '**자신의 원칙 속으로 침잠한 후에** 자신의 완성에 도달하는 것만이 하나의 철저한 **전체라**고 불릴 수 있다. **그때에만 비로소** 그것은 **어떤** 현실적인 것이 되며 깊이와 **다면성의 강력한 가능성**을 획득한다.' 만약 **전체성, 현실**, 그리고 **다면성**이 서로 뗄 수 없이 결합되어 있다면, 만약 현상의 전체성을 위한 조건이 그 현상의 원칙 속으로 침잠하는 것이라면, 그로부터 나오는 것은 일면성의 중요함보다는 오히려 보편성과 다면성의 필연성이겠지. 하긴, 이런 권위자들을 가지고는 빅토르를 확신시킬 수 없을 테니, 내가 이 친구를 위해 유용한 사실을 근거로 들어 보겠네. 산업화의 가장 저명한 옹호자의 한 사람인 미셸 슈발리에[7]는 고대인들이 시적인 스파르타에서 시적인 아테네로 갔다가 다시 돌아오는 여행을 하는 데 겪어야만 했던 어려움에 대해 조소를 섞어 언급하면서, 증기 기관의 완성이 모두 공

6 1837년의 대학 연설.* 『모스크바의 관찰자(*Московский наблюдатель*)』 제1호(1838)에 실린 번역을 참조하라. 이 연설은 헤겔 명제의 마지막 형태로 받아들일 수 있기 때문에 더욱 주목할 만하다.

7 미셸 슈발리에*의 『산업에 대한 새로운 탐색(*Recherches nouvelles sur l'industrie*)』(1843) 참조.

공재가 된다면 세계 일주 여행을…… 맙소사! 단 **열하루** 만에 끝낼 수 있다는 것을 반박할 수 없는 지표와 숫자로써 증명하고 있다네! 하지만 이 주목할 만한 저자의 명철한 이성은 이런 질문을 던지지 않을 수 없었지. 인류가 이 시대에 도달하게 되면 사회의 도덕 상태는 어떻게 될 것인가? 그는 이 질문에 긍정적인 답을 주고 있지 않아. 하지만 그의 생각은 미국을 향하고 있는데, 그의 관찰은 이런 것이라네. 이 나라에는 한 곳에서 다른 곳으로 옮겨 가는 교통의 속도와 편리함이 풍속, 생활 방식, 의복, 집의 구조, 그리고…… 각자의 개인적 이익에 관한 것이 아닌 한, 관념과 개념의 모든 차이를 없애 버렸고, 때문에 이 나라에 사는 사람에게는 새롭고 호기심을 불러일으키는 것이 아무것도 없으며 특별히 마음을 끌어당기는 것도 아무것도 없다. 그는 어디서나 자기 집에 있으며 — 그리고 자신의 조국을 끝에서 끝까지 지나와도 그저 매일 보던 것만을 만날 따름이다. 따라서 미국인의 여행 목적은 언제나 어떤 개인적인 이익 때문이지, 결코 여행이 주는 기쁨 때문이 아니라는 것일세. 그런 상태보다 더 좋은 게 뭐가 있을까 싶겠지. 하지만 현명한 슈발리에는 너무 솔직해서 칭찬하지 않을 수 없어, 그런 유용하고 편리하고 계산적인 삶의 절대적인 결과는 — **이겨 낼 수 없고 견딜 수 없는 우수**다라고 고백하고 있으니까. — 대단히 주목할 만한 현상 아닌가! 대체 이 우수는 어디서 오는 것일까? — 설명 좀 해 주게나, 공리주의자 양반들! 게다가 그 세부적인 내용들로 유럽의 기자들조차 경악하게 만들고 있지만 미국인들 사이에서는 이젠 습관이 되다시피 한 일상적인 결투도, 이 우수와 그것으로부터 생겨나는 흥분하기 쉽고 분노하기 쉬운 성질 탓으로 보아야만 하지 않을까? 자네들은 어떻게 생각하나? 여보게들, 이것이 오늘날 삶의 목적으로 간주되고 있는 일면성과 전문성의 결과라네. 물질적인 이익에 완전히 파묻혀 이른바 영혼의 무익한 충동과 같은 다른 것들을 완전히 잊어버리는 게 무엇을 의미하는지, 우린 여기서 볼 수 있다네. 인간은 그것들을 땅에 파묻어 버리고, 목면(木綿)으로 틀어막고, 타르와 기름을 끼얹어 버리겠다고 생각했지. — 하지만 그것들은 유령의 모습으로 나타나고 있다네, **이해할 수 없는 우수**의 모습으로!

제4야

탁자 위에 놓인 먼지투성이의 종이 뭉치에는 다음과 같이 쓰여 있었다.

경제학자

파우스트가 읽었다.

— ** 씨와 ** 씨, 얼마 전에 세상을 뜬 어느 젊은이의 서류 속에서 발견된 단편(斷片)들을 이렇게 두 분께 보내 드리는 것은, 그가 당신들이 관찰 대상으로 삼고 있는 사람들에 속하는 듯해서입니다.

이 젊은이의 삶에 특별히 주목할 만한 점은 전혀 없었습니다. 그는 실증적이고 오히려 건조하기까지 한 이성, — 원인으로부터 그 원인에 합당한 결과를 기대하는 이성을 지니고 태어났습니다. 대화를 나눌 때면 그는 관념성, 상상력의 꿈, 분별없는 감정을 공격하기 좋아했고, — 오로지 그것들만이 인류의 모든 불행의 원인이라고 증언하곤 했습니다. 이런 생각을 지녔던 까닭에 그는 자신의 이성의 모든 활동을 실증적인 학문에 기울였고, 재무부에 취직했고, 수도원장 갈리아니*에서 세*에 이르기까지 오로지 경제학자들의 글만을 읽었고, 맬서스를 숭배했고, 종잇장들을 온통 통계학적 계산으로 뒤덮곤 했습니다.

차가운 숫자들로부터 제가 당신들에게 보내 드리는 이 단편들로의 도약이 많은 사람에게 놀랍게 여겨질 것입니다. 어찌하여 이토록 기이하고 때로는 부조리하기까지 한 몽상이 겉으로 보기에 그토록 분별 있고 냉담하고 모든 상상력의 충동과는 그토록 거리가 먼 사람의 머릿속에 자리 잡을 수 있었는지 이해가 가지 않을 것입니다.

이 단편들을 읽게 되자, 그렇잖아도 우리의 경제학자가 죽음을 얼마 앞두고서 깊은 생각에 잠겨 있었던 것을 알아채고 있던 친척들은 광기의 발작이 그를 덮쳤던 거라고 의심하게 되었습니다. 더구나 죽기 전날 그는 완전히 건강했고, 갑작스러운 죽음이 아무런 명확한 원인도 없이 그의 생명을 끊어 버렸으니까요. 이 모든 상황, 그리고 마지막 고통의 순간 젊은이의 입에서 터져 나온, 끝까지 다 말하지 못한 몇 마디의 말을 함께 고려하여, 의사들은 이 불행한 인간이 스스로 목숨을 끊은 거라고 처음에는 생각했습니다. 그러나 면밀한 검사 후에도 그에게서는 어떤 내상이나 외상의 징후도 발견되지 않았습니다. 부검에서도 약물 중독의 흔적은 전혀 나타나지 않았습니다. 그의 장기는 완전히 정상이었으며, — 의사들은 불행한 B.의 물리적 사망 원인이 설명 불능이라는 사실을 인정할 수밖에 없었습니다.

의사들의 견해와 그들의 휘어진 수술도에도 불구하고, 저는 불행한 B.를 신성한 땅에 묻어서는 안 된다고 확신합니다. 그는 틀림없이 자살자이지만, 의사들이 짐작도 하지 못하는 독, 우리의 19세기가 그것을 발견할 영광을 부여받은 독, — 연금술사들의 견해에 의하면 사람을 즉시 죽게 하지 않고, 1년, 2년, 때로는 10년 뒤에도 작용하는 전설적인 아쿠아 토파나*의 모든 효력을 다 지니고 있는 독으로 자신의 몸을 죽였습니다. 이 독에는 아직 정확하고 확정적인 명칭도 붙여지지 않았으나 이런 상황이 이 독의 존재를 방해하고 있지는 않으며, 그 증거가 — 이 단편들입니다.

혹시 제가 잘못 생각하고 있는지도 모릅니다만 저에게 이 단편들은 많은 것을 설명해 줍니다. 제가 보기에 이것들은, 불행한 B.의 논리적인 이성이 자신의 계산을 열심히 따라가다가 그 삼단논법의 끝에서 숫자와 등식으로부터 미끄러져 달아나는 무엇, 다른 사람들에게 말할 수 없는 무엇, 오직 가슴의 본능으로써만 이해되는 무엇, 분명하게 이해되는 것은 분명하게 표현도 된다는 그 유명한 격언조차도 적용되지 않는 그런 무엇을 발견한 듯합니다.

불행한 젊은이는 자신의 발견에 경악했습니다. 그것은 그의 실증적 이성의 모든 계산을 반박했고, 그 발견 자체도 이해할 수 없는 것으로 남아 있었습니다. 그가 지나온 길을 되돌아보고서 그의 엄격한 변증법은 자신이 오류를 범했다는 것을 알았으나, 어디에 그 오류가 있는지 알아낼 수 없었습니다. 천체 망원경으로 땅 위의 아주 작은 물체를 관찰하려고 하는 인간에게서와 마찬가지로, 이 불행한 인간에게 우주 전체는 완전히 뒤집어진 형태로 나타났습니다. 이 광경은 불행한 인간에게 큰 충격을 주었습니다. 이 절망의 순간, 그의 마음속에서는 모든 인간에게 깃들어 있는 감정, — 인간을 위로해 주는 시의 감정이 저도 모르게 솟아났고, 그는 자신의 영혼이 겪고 있는 고뇌를 종이에다 토로했습니다. 그가 쓴 단편들이 그 자신이 겪던 고통의 상징적인 이야기라는 것은 의문의 여지가 없습니다. 그 점에 대해서는, 인생의 어떤 시기에 그것들이 쓰였는지 규정할 수 있게 해 주는 몇 가지 징후에 따라, — 그리고 이것들은 B.의 친척들의 몇몇 증언과도 일치합니다만 — 제가 그것들을 정리한 연대기적 순서가 저를 확신시켜 줍니다. 그는 자신의 고통을 숨기고 있었던 것과 마찬가지로, 이 단편들을 모든 사람들에게 숨기고 있었습니다. 그의 실증적인 이성은 자신의 고통을 두려워했고 수치스러워했으며, 그것들을 순간적인 탈진으로 여겼습니다. 이 끊임없는 투쟁이 그의 힘을 서서히 소진시켰고, 아무도 알아채지 못했지만, 그의 얼음같이 차가운 외모 아래서 참을 수 없는 고문의 세계가 온통 펼쳐지고 있었던 게 분명합니다.

저는 이 단편들에 아무 수정도 가하지 않았습니다. 다만 제가 보기에 그것들이 어떻게 서로 연관되어 있는지를 설명해 주기 위해 약간의 보완을 가했을 따름입니다.

숫자 때문에 혼돈스러워지는 일이 없도록 제가 '여단장'이라는 표제를 붙인 첫 번째 단편은 — 필적 자체가 보여 주듯이 — 젊은이가 학교를 졸업한 직후에 쓴 것입니다. 이것은 세상의 광경, 특히 도덕적인 문구의 가면 아래 모든 윤리적이고 사회적인 관계를 잠식하고 있는, 깊숙이 숨겨진 은밀한 위선의 모습을 보고서 갑자기 불안을 느낀 젊은 이성의 흔적을 아직 뚜렷하게 지니고 있습니다. 이 단편은 학교에서 문학 시간에 주어지던 주제들을 연상시킵니다. 그러나 여기에는 이미 비밀스러운 결심이 엿보입니다. 젊은이는 자신의 영혼이 한가롭게 지내도록 하지 않을 것입니다. 이때부터 B.는 시와 헤어진 것 같습니다. 적어도 이때부터 7년 동안 그의 기록물에는 사무 서류와 통계 도표, 경제학적 계산 말고는 아무것도 없습니다. 또 이 시기에 그는 자연 과학에 관심을 가졌던 것으로 보입니다.

여단장*

그는 살았다, 살았다, 그리고 오직 신문들에서만
이렇게 남았으니,《그는 로스토프로 출발했다.*》
—*드미트리예프*

얼마 전에 나는 어떤 별자리도 그들의 존재에 개입하지 않고, 어떤 생각도, 어떤 느낌도 남기지 않고 죽는 그런 사람들 중의 한 명이 임종을 맞는 자리에 있게 되었다. 고인은 언제나 나의 부러움을 사곤 했다. 그는 이 세상에서 반세기가 넘게 살았으며, 여러 왕과 왕국이 일어나고 쓰러졌고, 한 가지 발견을 다른 발견들이 교체하며 예전에는 자연과 인류의 법칙으로 불리던 모든 것을 폐허로 변하게 했고, 여러 세기의 노력에 의해 탄생한 사상들이 무성하게 자라나며 전 우주를 사로잡았던 이 시간 동안, — 나의 고인은 이 모든 것에 아무런 주의도 기울이지 않았다. 그는 먹고 마시고, 선도 악도 행하지 않고, 누구에게도 사랑받지 않고 누구도 사랑하지 않았으며, 기뻐하지도 슬퍼하지도 않았다. 오랜 기간의 연공으로 5등관까지 올랐으며, 완전한 성장(盛裝)을 하고 저세상으로 떠났다. 말끔하게 면도하고 씻은 모습에 제복 차림으로.

이 얼마나 불쾌하고 끔찍한 광경인가! 한 인간이 세상을 하직하는 엄숙한 순간에 영혼은 저도 모르게 강한 충격을 기대하기 마련이지만, 당신은 냉랭하기만 하다. 당신은 눈물을 흘려 보려고 하나, 거의 경멸과도 같은 비웃음이 당신의 입술에 떠오를 뿐이다……! 그런 상태는 부자연스럽고 당신의 내적인 감정은 뻔뻔스럽게 기만당했으며 갈기갈기 찢겨 있다. 하지만 무엇보다 고약한 것은 이 광경이 당신으로 하여금 더욱더 참을 수 없는 광경, — 즉 자기 자신에게로 시선을 향하게 하고 당신의 마음속에서 성가신 능동성을 일깨워서, 매끈한 얼음 같은 표면 아래 당신을 위해 이 세상의 모든 것을 가두어 놓은 그 감미로운 냉담함과 이별하게끔 한다는 것이다. 잘 가거라, 납덩어리 같은 졸음이여! 전에는 자살자의 달콤한 쾌락을 느끼면서 당신의 몸뚱이를 서서히 갉아먹는 그 둔탁한 고통에 귀 기울였으나, 이제 당신은 이 충실하고 변함없는 쾌락을 두려워한다. 당신은 전처럼 1분 1초를 세며 뉘우치기 시작한다. 다시금 사람들과의, 자신과의 새로운 싸움을 결심하고, 이미 전부터 익숙히 알고 있는 당신의 오랜 고통을 견디기로 결심한다…….

나도 그랬다. 사람들은 냉랭하게 고인을 땅에 묻었고, 냉랭하게 그의 관 위에 한 줌의 모래를 뿌렸고, 냉랭하게 그를 완전히 흙으로 덮었다. 눈물과 한숨, 말은 어디에도 없었다. 사람들은 흩어졌고, 나도 함께 다른 사람들과 헤어졌다……. 우스꽝스럽고 슬프고 숨이 막힐 듯 답답한 기분이었다. 생각과 느낌이 내 마음속에서 서로 밀쳐 대었고, 한 대상에서 다른 대상으로 건너뛰면서 깊은 묵상을 무의식적인 본능과 뒤섞고, 믿음을 의혹과, 형이상학을 비명(碑銘)과 뒤섞었다. 그것들은 마치 칼리오스트로* 삼각대 위의 마술 증기처럼 오랫동안 물결치더니, 마침내 내 앞에서 고인의 모습으로 서서히 떠올랐다. 그리고 그것은 — 영락없이 살아 있는 사람의 모습이었다. 그는 나에게 자신의 복강을 가리키고 아무 표정도 없는 눈으로 나를 응시했다. 나는 달아나려고 했지만 소용없었고, 두 손으로 얼굴을 가려 보았으나 허사였다. 죽은 자는 어디든 내 뒤를 따라다니면서, 웃고, 춤추고, 나의 혐오감을 자극하고, 나와 내면적으로 닮은 어떤 비슷함을 내세우며 내 앞에서 으스댔다…….

"너는 내가 죽는 것을 차갑게 바라보고 있었다!" — 죽은 자가 내게 말했고, 그의 얼굴이 갑자기 전혀 다른 표정을 지었다. 깜짝 놀란 나는 그의 시선 속에 무감각 대신 깊고 끝없는 비애가 떠오른 것을 알아차렸다. 아무런 생각을 담고 있지 않은 얼굴의 선들은 차갑고 깊숙이 자리 잡은 절망만을 드러내고 있었다. 영혼의 어떤 숨결도 보여 주지 않던 것이 끊임없는 쓰디쓴 비난의 표정으로 변해 있었다…….

"너는 조소와 경멸마저 품고 내 마지막 고통을 지켜보고 있었다." — 그가 음울하게 말을 이었다.

"부질없어! 너는 내 고통을 이해하지 못했으니까. 사람들은 대개 인류의 대지 위에 유익한 사상의 씨앗을 뿌리고 죽은 천재에 대해, 자기 영혼의 왕국 전체를 소리와 색채 속에 남기고 간 예술가에 대해, 수백만의 운명을 오로지 자기 한 사람의 손에 쥐었던 입법자에 대해 애석해하며 눈물을 흘리지. 그런데 사람들이 애석해하는 이자들은 누구인가? 누구에 대해 눈물을 흘리는 건가? — 그건 행복한 자들이라네! 그들의 임종의 침상 위에는 그들이 창조한 모든 아름다운 것들이 떠돌고 있어. 그들이 지니고 있는, 인간의 영혼을 그토록 청신하게 해 주는 긍지의 권리가 그들에게 세상과의 이별을 위로해 주지. 그 어느 때보다도 마지막 순간에 그들은 자신들이 이룩한 일에 대해 회상하는 법이라네. 그들이 예상하고 있었고 실제로도 들어 왔던 찬양, 그들의 감춰진 힘든 고통, 심지어 사람들의 배은망덕조차도 — 이 순간 모두 소리 높은 감사의 송가로 합류하여 더없이 아름다운 화음을 빚어내며 그들의 귓가에 울려 퍼지지! — 그런데 나나 나와 비슷한 자들은 어떤가? 우리는 천 배나 더 눈물과 동정을 살 자격이 있다네! 하지만 무엇이 내 마지막 순간을 위로해 줄 수 있었단 말인가, 무엇이? 이를테면 망각, 그러니까 내가 평생토록 처해 있었던 그 상태의 지속이? 나는 무엇을 사후에 남기는가? **나는 내 모든 것을 나와 함께 가져가네!*** — 그러나 만약 내가 지금 너에게 말하고 있는 것이 내 마지막 순간에 내 머리에 떠올랐다면, 사는 동안 내내 뭔가가 내 영혼 속에서 꿈틀거리고 있었다면, 만약 내가 사는 동안 억눌려 있었던 사랑과 자기 인식, 그리고 활동에 대한 갈망을 마지막 경련적인 신경의 전율이 갑자기 내 속에서 일깨웠다면, — 그렇다면 나는 동정을 받을 자격이 있겠지?"

나는 몸을 부르르 떨고는 거의 혼잣말을 하듯이 말했다. "대체 누가 당신을 방해했나요?"

죽은 자는 내가 말을 끝맺길 기다리지 않고 씁쓸하게 웃으면서 내 손을 잡았다.

"이 중국 그림자를 보게나." — 그가 말했다. "이게 바로 나라네. 나는 내 아버지의 집에 있어. 아버지는 근무와 카드놀이, 그리고 개가 모는 사냥으로 분주하셔. 아버지는 나에게 먹고 마실 것을 주고, 입을 옷을 주고, 욕을 하고, 회초리질을 하고, 그러면서 나를 교육하고 있다고 생각하시지. 어머니는 온 주위 사람들의 도덕성을 감시하는 데 바빠서, 나의 도덕성도, 어머니 자신의 도덕성도 돌볼 여유가 없어. 어머니는 나를 응석 부리게 하고, 귀여워하고, 아버지 몰래 맛있는 것을 먹이고, 예의범절을 위해서 나 자신을 가장하도록, 예절을 위해 내가 생각하는 것을 말하지 않도록 가르치고, 친척들에게 공손하도록 가르치셔. 어머니 자신도 이해하지 못하는 말을 외우게 하면서 — 역시 마찬가지로 자신이 나를 교육하고 있다고 생각하시지. 하지만 사실 나를 교육한 것은 하인들이었어. 그들은 나에게 무지와 방탕이 만들어 낸 온갖 것들을 가르쳤고, — 그리고 내가 이해하는 것은 바로 그들의 이 가르침이야……!

여기, 나는 내 교사와 함께 있다네. 그는 자기도 알지 못하는 것을 내게 설명하고 있어. 개념들에는 그것들 고유의 자연스러운 과정이 있다는 것을 한 번도 생각해 보지 못한 까닭에, 그는 필수적인 연관을 빠뜨린 채, 한 대상에서 다른 대상으로 건너뛰지. 내 머릿속에는 아무것도 남아 있지 않고, 남아 있을 수도 없다네. 내가 그를 이해하지 못하면 그는 나를 고집불통이라 비난하고, 무엇에 대해 물어보면 — 똑똑한 척한다고 비난하지. 학교는 나에게 고통이고, 공부는 나의 능력을 펼쳐 주는 대신에 죽여 버릴 따름이야.

내가 아직 열네 살이 채 안 되었을 때 공부는 벌써 끝이 나! 얼마나 기쁜지! 나는 벌써 중사의 제복을 몸에 꽉 조이게 입고 낮이면 보초를 서고 훈련을 받으러 다니지만, 그보다는 친척 집과 상관들을 찾아다니고, 밤이면 묶은 머리를 곱슬곱슬하게 말고, 분을 바르고, 쓰러질 때까지 춤을 추지. 시간은 달음박질쳐 지나가고, 생각할 틈 같은 건 물리적으로 없어. 아버지는 굽실거리고 아첨하는 것을 가르치고, 어머니는 돈 많은 신붓감들을 보여 주지. 내가 감히 무슨 반박이라도 할라치면 — 그것을 부모의 권력에 대한 거역이라고들 부르고, 내가 아버지나 어머니에게서 들은 적이 없는 생각을 우연히 말하게라도 되면 — 그걸 자유사상이라고 불러. 사람들은 칭찬해야 할 것을 두고 나를 욕하며 위협하고, 욕해야 할 것을 두고 칭찬하지. 그리하여 내 영혼의 자연스러운 상태는 변해 버렸어. 나는 겁을 먹고 혼란에 빠져 버렸고, 게다가 자연은 나에게 하필이면 약한 신경을 주어서 나는 **평생토록 멍하게** 돼 버린 것이라네. 나의 정신적인 능력은 모두 어떻게든 마비가 되고 말았고 그것들을 펼칠 일도 없었네. 아직 꽃봉오리 상태에서 그것들은 나를 에워싸고 있는 모든 것에게 짓밟혀 버렸어. 생각할 대상이 없으니, 설령 내가 생각할 수 있다 한들, 시작할 그 무엇이 없고, 그러니 못하는 거지. 내 기병 장화 이외에 무엇인가에 대해 생각할 수 있다는 것을 나는 상상조차도 할 수 없네, 귀먹은 벙어리가 무엇이 소리인지 상상할 수 없는 것처럼……. 그러면서 나는 사람들이 나를 밥맛없는 친구라고 부르지 않도록, 마시고 논다네. 그런 소릴 듣는 것은 무척 불쾌한 일일 테니까.

다들 결혼을 해. 나도 결혼을 해야 하네. 그래서 나는 결혼했네. 아내는 나한테 잘 맞는 여자야. 그래도 나는 여전히 똑같은 인간으로 머물렀지. 나는 지금껏 내 아버지의 생각 말고는 머릿속에 가진 게 없다네. 행여 아버지의 생각과 비슷하지 않은 어떤 생각이라도 떠오를라치면, 나는 그게 악마의 사주라도 되는 것처럼 떨쳐 버리지. 나는 나쁜 아들이 되는 게 두려워. 왜냐하면 난 어디에 미덕의 본질이 있는지 모르면서도 본능적으로 덕성스러운 인간이 되고 싶으니까. 그래서 난 아침이면 아내와 면밀하게 여러 계산을 하지. — 아버지는 내가 양심보다도 재산을 잃는 것을 엄하게 벌했으니까. 그리고 그다음엔 — 그다음엔 몸치장, 식사, 카드놀이, 춤. 우리는 아주 유쾌하게 살고 있네. 시간은 달음박질쳐 지나가, 아주 빨리. 내가 본능적으로 우리의 생활 방식에서 뭔가 바꿔 보고 싶어질 때면, 아내는 나를 나쁜 남편이라 부르면서 위협하고, 나는 계속 아내에게 굴복하지, 나는 내가 이미 얻은, 진정한 기독교인이자 원칙이 있는 인간이라는 평판을 계속 유지하고 싶은 거라네. 친척들 집을 열심히 찾아가고 생일과 명명일을 한 번도 놓치지 않는 것도 그런 평판에 많은 도움을 주지.

그러다 이제 아이들이 생겼어. 나는 무척 행복하다네. 사람들은 내가 아이들을 교육해야 한다고들 말해. — 왜 안 한단 말인가! 하지만 교육이란 것이 무엇인지 — 난 한 번도 생각해 볼 시간이 없었던 터라 우리 아버지의 조언을 따르는 게 제일 좋다고 여겼어,

그래서 나는 사람들이 나를 교육시켰던 것과 똑같은 식으로 아이들을 교육하기 시작했고, 아버지가 나에게 했던 것과 똑같은 말을 아이들에게 그대로 말하기 시작했다네. 그러는 게 훨씬 편하니까! 물론 나는 아버지의 말 중 많은 것을 습관적으로, 되든 말든 어떤 의미도 붙이지 않고 그대로 되풀이하지만, — 무슨 상관인가! — 아버지가 나에게 나쁜 것을 원했을 리야 분명 없지 않은가, 그러니까 아버지의 말은 내 아이들에게도 유익할 것이고, 아버지의 경험은 아이들에게서도 사라지지 않을 테지. 때로는 다른 사람의 말을 되풀이하면서 내 얼굴이 확 달아오르기도 하지만, 아버지의 가르침을 이렇게 끊임없이 기억하는 것 말고 어떤 다른 방식으로 아들로서의 공경심을 더 훌륭하게 증명해 보일 수 있으며, 나로서도 내 아이들로부터 그런 공경을 받을 권리를 어떻게 획득할 수 있단 말인가? — 나는 모르네.

본능적으로 나는 아이들을 공공 교육 기관에 보내고 싶었다네. 하지만 모든 친척들은 아이들이 학교에 다니게 되면 집에서 익힌 훌륭한 도덕 규칙을 잃어버리고 자유사상가가 될 거라고 내게 말했지. 가정의 평화를 유지하기 위해 나는 아이들을 집에서 가르치기로 결심했고, 교사를 고를 줄 몰랐던 터라 그들을 고용하며 많은 돈을 지불하고 있네. 그 때문에 친척들은 나를 칭찬해 마지않으면서, 내 아이들은 두 개의 물방울처럼 나를 빼닮았으니까 신의 축복이 아이들에게 내릴 것이라고 맹세하고 있다네. 그러나 이게 완전히 옳은 얘기는 아니야. 아내가 나를 많은 점에서 방해하고 있으니까.

나는 아내를 결코 사랑하지 않았고, 무엇이 사랑인지 결코 알지 못했네. 나는 처음엔 이것을 알아채지 못했어. 우리가 이야기를 나눌 시간이 없었고 이야기할 것도 없었던 동안에는 그런대로 웬만큼 견딜 수가 있었지. 그러나 이제 아이들이 태어나고 우리 부부가 외출을 덜하게 되자, — 내 불행이 시작되는 거야! 나와 아내는 무엇 하나 같은 의견이 아니었네. 나는 이것을 원하고, 아내는 다른 것을 원해. 우리는 아무 이유 없이 다투기 시작하지. 두 사람은 동시에 말하고, 서로를 이해 못해. 그리고 — 자신도 모르게 — 모든 다툼은 우리 둘 중에 누가 더 똑똑한가 하는 다툼으로 변해서, 이 다툼은 언제나 스물네 시간 동안 계속돼. 그렇게 되자 우리는 함께 있을 때면 그저 침묵하거나 또는 지루해하고, — 아니면 아주 그런 소동이 없다네! 아내는 소리를 지르기 시작하고, 난 달래지. 아내가 쇳소리를 내지르기 시작하면 — 나도 고함을 질러. 아내는 펑펑 눈물을 쏟다가 그다음엔 몸져눕고, — 나는 그럼 간호를 해야 하네. 그렇게 온통 며칠이 지나가지. 시간은 달음박질쳐, 아주 빨리.

어쩌다 우리가 이렇게 싸우게 되는지 — 정말 알 수가 없다네. 보건대, 우리는 둘 다 온화한 성품이고 반듯한 사람들인데 말일세 (모두들 그렇게 말하고 있다네). 나는 예의 바른 아들이고, 그녀는 예의 바른 딸이지. 이미 말했듯이, 나는 아버지가 나에게 가르쳤던 것을 내 아이들에게 가르치고, 아내는 장모가 자기에게 가르쳐준 것을 가르쳐. — 이보다 더 좋을 게 뭐가 있겠나? 그러나 불행히도, 내 아버지와 아내의 어머니는 서로 반대되는 생각을 가지고 있었고, 그래서 우리는 부모의 의무를 신성하게 이행하지만 아이들을 혼란스럽게 만들고 있는 거라네. 아내는 아이들을 솜으로 감싸고, 나는 추위 속으로 데리고 나가지. — 아이들은 죽어 가고 있어. 무엇 때문에 신은 나를 벌하는 것일까?

나는 더 이상은 참을 수 없게 되네 — 그래서 아이들을 구하기 위해서라도 아내를 어디로든 내보내 버리고 싶었지. 하지만 그런 부도덕한 본보기를 보이게 되면 사람들 눈에 내가 어떻게 보이겠나? 그러니 어쩔 도리가 없다네! 분명 평생토록 이 괴로움을 견뎌야만 하겠지. 적어도 다른 사람들이, 우리가 서로 참을 수 없어 하면서도 그래도 법을 지켜 함께 사는 것 때문에 우리를 칭찬해 주고 모범적인 부부라고 불러 주는 것만이 위로가 될 뿐이라네.

그러는 동안 시간은 빠르게 흘러 흘러가, 그와 함께 내 관등도 높아지고 관등에 맞게 직책도 맡았네. 본능적으로 나는 내가 그 직책을 수행할 수 없다는 것을 알아차리고 있네. — 읽는 데 익숙하지 못한 탓에 뭘 읽어도 아무것도 이해하지 못하니까. 하지만 사람들은 내가 자식들의 자리를 확고히 해 주기 위해 이 지위를 이용하지 못한다면 나쁜 아비가 될 거라고들 말했지. 나는 나쁜 아비가 되기 싫어서 이 직책을 받아들였네. 처음엔 양심이 부끄러워서 서류를 읽으려고 했다네, 하지만 결과가 더욱 나빠진 것을 보고는 아예 모든 서류를 비서의 관리에 맡긴 채 그저 서명만 하면서, 자식들을 돌봐 주는 일에 착수했지, — 그것으로 나는 훌륭한 상관이고 자상한 아버지라는 명망을 얻었다네.

하지만 시간은 쏜살같이 흐르고 흘러, 나는 벌써 마흔 살이 넘었어. 정신적인 활동이 발전의 정점에 달하는 인생기는 이미 지나가 버렸네. 나의 배 둘레는 점점 더 퍼지고, 흔히 말하듯, 몸이 불어나기 시작했어. 이미 전에도, 이 시기 이전에도, 단 한 가지 생각도 내 머리에 떠오를 수 없었는데 — 이제 와서 어쩌겠나? 생각하지 않는 것은 내 습관이 되고 제2의 천성이 돼 버린걸. 기력이 쇠약해서 밖에 나갈 수 없게 되자 난 울적해졌네, 무척 울적해졌네, 하지만 무엇 때문에? — 그건 나 자신도 모른다네. 나는 혼자서 게임을 하려고 카드 장을 늘어놓기 시작하네만, — 울적하다네. 아내와 말다툼을 해도, — 울적하다네. 자신을 이겨 내며 파티에 가지만, ― 역시 울적하다네. 책을 집어 들어도, ― 러시아어 단어들이 마치 타타르어처럼 보인다네. 친구가 와서 얘길 해 주면, 어쩐지 이해가 되는 듯이 여겨져. 그래서 읽기 시작하면 ― 여전히 이해가 안 가는 걸세. 이 모든 것 때문에 나는 **우울증**이라고 하는 것에 걸리고, 아내는 그 때문에 나를 심하게 욕하지. 아내는 나에게 계속 물어 대네. 대체 나에게 뭐가 모자라다는 거냐, 어째서 불행하다는 거냐 하고. ― 나는 이 모든 것을 치질 탓으로 돌리지.

이제 나는 난생처음으로 병이 들었다네. 병이 중해서 ― 사람들은 나를 침대에 눕혔네. 아프다는 건 얼마나 불쾌한 일인지! 잠도 오지 않고, 식욕도 없다네! 얼마나 울적한지! 그리고 또 고통도! 무엇으로 고통을 가라앉힌단 말인가? 내 친척들은 모두들 가족적인 관계를 신성하게 지키고 있으니까, 사람들이 나와 이야기라도 나누려고 오면 좀 가벼운 기분이 되기도 하지만, 그래도 여전히 울적하고 끔찍하다네. 하지만 왠지 친척들이 더 자주 오기 시작하는 것일세. 그들은 의사와 뭔가를 소곤거려. ― 상태가 좋지 않아요! 아아! 그들은 벌써 내게 성찬식에 대해, 도유식(塗油式)에 대해 말하고 있는 거야. 아, 그들은 다들 정말 훌륭한 기독교도이지. ― 하지만 결국 그것은 내가 이미 마지막 종말을 맞고 있다는 것을 의미하지 않는가. 그렇다면 이미 희망이 없다는 걸까? 삶을 떠나야 한다. ― 모든 것을 내버려 두고 가야 한다. 식사도, 카드놀이도, 나의 수놓은 제복도, 미처 타 볼 기회조차 갖지 못한 네 마리의 검은 말도. ― 아, 얼마나 괴로운 노릇인가! 나에게 새 하인 제복을 가져와서 보여 다오. 아이들을 불러 다오. 정말 더 이상 도움은 없단 말인가? 의사들을 더 불러 다오. 어떤 약이든 다오. 내 재산의 절반을, 내 재산의 전부를 내어 주라. 내가 살게 되면 재산은 다시 모을 수 있다. ― 도와만 다오, 살려만 다오……!

그러나 갑자기 장면이 바뀌었지. 무서운 경련이 내 신경을 뒤흔들고, 내 눈에서 장막 같은 것이 떨어졌다네. 강력한 활동성을 부여받은 인간의 영혼을 흥분시키는 모든 것, 채워질 수 없는 인식욕, 행동하고 싶은 욕망, 말의 힘으로 가슴을 뒤흔들고 인간의 정신에 깊고 날카로운 흔적을 남기고 — 고결한 감정 속에서 자연과 인간을 마치 타는 듯한 포옹처럼 껴안고 싶은 욕망* — 이 모든 것이 내 머릿속에서 불타오르기 시작했다네. 내 앞에 사랑과 인간적 자기 인식의 깊은 바다가 열린 것이었네. 어떤 만족에 의해서도 잠재울 수 없는, 천재의 모든 삶이 겪는 고통들이 내 가슴속에 새겨졌다네. — 그리고 이 모든 것이 내 활동의 종말인 바로 그 순간에 일어난 것일세. 나는 몸부림치고 기를 쓰면서, 인간의 한평생이 걸려도 부족했던 것을 단 한 순간에 나 자신에게 말하기 위해 끊어지는 말들을 토해 냈지. 친척들은 내가 의식을 잃었다고 생각했다네. 오, 어떤 언어로 내 괴로움을 표현하겠나! 나는 **생각하기** 시작한 것일세! 생각한다는 것 — 60년 동안의 무의미한 삶 뒤에 이 얼마나 무서운 말인가! 나는 **사랑**을 이해했다네! 사랑 — 60년 동안의 무감각한 삶 뒤에 이 얼마나 무서운 말인가!

그러자 나의 모든 인생이 혐오스러운 벌거숭이 몸을 내게 고스란히 드러내었네!

나는 나면서부터 내가 만나게 됐던 모든 상황들, 평생토록 나를 얽매어 놓았던 사회의 가차 없는 조건들을 모두 잊어버렸지. 나는 다만 한 가지, 섭리의 은사(恩賜)를 내가 욕되게 했다는 것만을 보았네! 무의미와 예의범절, 무가치함 속에 짓밟혀 버린 내 존재의 모든 순간이 단 하나의 무서운 비난으로 합류하여 찌르는 듯한 냉기를 내 심장에 쏟아부었어!

나는 전능한 신의 분노로부터 몸을 가릴 수 있을 단 하나의 생각, 단 하나의 감정을 내 존재 속에서 찾아보았지만 허사였네! 텅 빈 공허만이 내게 대답했고, 내 자식들에게선 내 무가치의 지속을 보았네. 아! 내가 말을 할 수 있다면, 내 주위 사람들을 깨우쳐 줄 수 있다면, 내 생각을 그들과 함께 나눌 수 있다면, 내 영혼을 타오르게 한 그 감정을 그들이 느끼도록 할 수 있다면! 나는 헛되이 사람들에게 두 손을 뻗었지. — 차갑고 거칠어진 손, 그 손은 우정의 악수를 알고 싶어 했지만 사람들은 뻣뻣하게 굳어 가는 시신을 피하고 있었고, 나는 내 앞에서 오직 나 자신을 보았다네, — 외롭고, 추악한 자신을! 나는 공감의 기쁨이 되어 내 영혼에 쏟아져 들어올 시선을 목말라했으나, — 네 얼굴에 떠오른 조소 어린 경멸을 만났을 뿐이야! 나는 그것을 이해했고 그것을 나누었네! 그러고는 피할 수 없는 무섭고 영원한 비애와 함께 내 지상의 거죽을 떠났다네……! 이제, 네가 원한다면, 나를 동정하지 말게, 나를 위해 울지 말고 나를 경멸하게!"

피눈물이 죽은 자의 푸른 뺨을 타고 흘러내리더니, 슬픈 미소를 띤 채 그는 사라졌다……. 나는 그의 무덤으로 돌아가 무릎을 꿇고 기도하며 오랫동안 울었다. 지나가던 사람들이 알아차렸는지는 모르겠다. 내가 왜 울고 있었던 것인지…….

메마른 숫자와 계산에 바친, 외롭게 보낸 8년간의 삶 뒤에 이 단편들의 저자는 아마도 이미 자신의 이론이 불충분한 것임을 느끼기 시작했고, 자신의 답답한 마음을 풀기 위해, 혹은 활기찬 사람들의 생각을 듣기 위해, 혹은 또 심지어 아주 짧은 휴식을 통해 자신의 힘을 청신하게 하기 위해, 사교계의 소용돌이 속으로 뛰

어들었던 것 같다. 이 분위기는 그의 마음에 들지 않았고, — 그래서 필시 역정이 치민 순간에 이 글들을 종이 위에 내갈긴 듯하다. 그중 하나에는 내가 '무도회'라는 이름을 붙였고, 다른 하나는 '복수자'라는 표제를 달고 있다. 두 글에는 시의 펜을 잡은 실무적 인간에게서 흔히 보게 되는 어떤 과장된 멋 부리기, 그리고 통계학적인 어떤 계산 습관 같은 것이 내비치며, 아울러 신소설의 독서, — 살롱 방문자에게 대단히 필수적인 독서가 저자에게 주었을 인상도 눈에 띈다.

무도회*

〔Gaudium magnum nuntio vobis.
(내가 너희에게 큰 기쁨을 알리노라).〕[8*]

1

〔승리! 승리! 당신들은 보도를 읽었는가? 중요한 승리! 역사적인 승리! 특히 산탄과 폭렬탄이 큰 공적을 세웠다. 1만 명의 목숨을 빼앗았고, 구호소로 수송된 부상자는 두 배도 더 된다. 잘려 나간 팔다리가 산더미이다. 전투로 대포를 차지했고, 피와 뇌수가 튀어 있는 군기들도 노획했다. 어떤 것에는 피투성이 손자국도 찍혀 있다. 어째서, 왜, 무엇 때문에 충돌이 있었는지는 소수의 사람만이 알고 있고, 다른 사람들한테 얘기하지 않는다. 하지만 무슨 상관인가! 승리! 승리! 온 도시가 환호하고 있다! 신호가 주어졌다. 축제, 또 축제. 아무도 다른 사람한테 뒤지려고 하지 않는다. 3만

8 〔로마 교황의 선출을 알리는 공식적인 표현이기도 하다.〕

명이 전선에서 사라졌다! 이게 농담인가! 모두 기뻐하고 노래하고 춤추고 있다…….〕

무도회는 시시각각 더욱 뜨겁게 달아올랐다. 엷은 연기가 차츰 흐려져 가는 수없이 많은 초들 위에서 너울거리고, 그 사이로 얇은 직물 커튼과 대리석 화병, 커튼의 황금빛 술, 양각, 원주, 그림들이 떨리고 있었다. 미녀들의 드러난 가슴에서 뜨거운 공기가 솟아오르고 마법사의 손에서 뿜어 나온 듯한 증기가 빠르게 빙빙 돌면서 자주 눈앞을 스쳐 갈 때면, ― 마치 물 없는 아라비아의 사막에 있기라도 한 것처럼 질식할 듯한 뜨거운 열풍이 당신들을 덮치고 있었다. 향긋한 머리 타래는 시간이 갈수록 더 빨리 풀어졌고, 구겨진 얇은 베일이 후끈 달아오른 어깨 위에서 점점 더 단정치 못하게 엉기면서 흔들리고 있었다. 맥박이 점점 더 빠르게 뛰었다. 점점 더 자주 손들이 서로 만나고, 붉게 타오르는 얼굴들이 점점 더 자주 서로 가까워졌다. 시선은 더욱더 욕망에 애를 태우고, 웃음소리와 속삭임이 점점 더 크게 들려왔다. 노인들은 자기 자리에서 몸을 일으키며 힘없는 사지를 쭉 폈고, 이미 반쯤 빛이 꺼진 굳어 버린 시선 속에는 씁쓸한 질투가 과거에 대한 씁쓸한 회상과 뒤섞이고 있었다. ― 그리고 모든 것이 빙빙 돌아가고, 펄쩍펄쩍 뛰고, 음탕한 광기 속에서 미쳐 날뛰고 있었다…….

크지 않은 단 위에서는 현악기의 활이 째지는 듯한 소리를 내며 팽팽하게 당겨진 현 위를 미끄러지고 있었다. 프렌치 호른의 무덤 속 같은 소리가 떨고 있고, 팀파니의 단조로운 음향이 커다랗게 터져 나온 비웃음 소리처럼 울려 퍼졌다. 백발의 악장은 만면에 미소를 띠고 황홀감에 넋을 잃은 듯 끊임없이 템포를 빨리하며, 지친 악사들을 시선과 몸동작으로써 계속 부추겼다.

"정말 그렇지 않습니까?" ― 활을 멈추지 않으면서 그가 내게

띄엄띄엄 말했다. — "정말 그렇지 않습니까? 아주 멋진 무도회가 될 거라고 제가 말했지요. — 저는 제 말을 지켰습니다. 모든 것은 음악에 달렸어요. 저는 일부러 음악을 그렇게 구성했습니다, 사람을 자리에서 벌떡 일어나게 만들도록…… 생각에 잠기게 하지 않도록…… 분부받은 대로 말이지요……. 훌륭한 음악가들의 작품에는 기이한 대목들이 있거든요 — 저는 그것들을 훌륭하게 골라내서 함께 모았습니다 — 여기에 모든 묘수가 있지요. 자, 들리시지요, 이건 돈 조반니에게 조롱당하는 돈나 안나의 흐느낌입니다.* 이건 죽어 가는 기사단장의 신음이고요. 이젠 오셀로가 자신의 질투를 믿기 시작하는 순간입니다.* — 그리고 이건 데스데모나의 마지막 기도지요."

그러고도 오랫동안 악장은 훌륭한 음악가들의 작품에서 목소리를 얻은 인간의 모든 고통을 내게 계속 나열했으나, 나는 더 이상 그의 말을 듣고 있지 않았다. — 나는 음악에서 뭔가 넋을 홀리는 듯한 무서운 것을 알아챘다. 나는 모든 음 하나하나에 다른 음이, 혈관의 피를 얼어붙게 하고 머리카락을 곤두서게 하는, 더욱더 폐부를 찌르는 듯한 음이 덧붙여지는 것을 알아차렸다. 나는 귀를 기울였다. 그러자 괴로워하는 어린아이의 부르짖음, 혹은 청년의 격렬한 통곡, 혹은 피투성이가 된 아들을 본 어머니의 비명, 혹은 노인의 떨리는 신음이 들리는 듯하고, 그리고 인간이 겪는 여러 고통의 모든 목소리들이 새로 태어난 아이의 첫 울음소리로부터 죽어 가는 바이런의 마지막 생각으로 이어지는 하나의 끝없는 음계 위에 제각기 자리하고 있는 듯이 여겨졌다. 모든 음은 극도로 흥분한 신경으로부터 튀어나오고 있었고, 모든 멜로디는 경련의 동작이었다.

이 무서운 오케스트라는 춤추는 사람들 위에 검은 구름처럼 걸려 있었다. — 오케스트라가 박자를 맞출 때마다 구름장에서는 — 소리 높이 외치는 분노의 말이, 고통에 패배한 자의 토막난 중얼거림이, 절망의 둔탁한 웅성거림이, 신부와 이별을 당한 신랑의 애끊는 슬픔이, 배반의 회한이, 승리에 취하여 미쳐 날뛰는 천민들의 외침이, 불신의 조소가, 천재의 허망한 흐느낌이, 위선자의 은밀한 비애가, 훌쩍임이, 웃음소리가 터져 나오고…… 그리고 이 모든 것이 광란의 화음을 이루며 소리 높여 자연에 저주를 퍼붓고 섭리에 불평을 하고 있었다. 오케스트라가 박자를 맞출 때마다 고문에 녹초가 된 푸르스름한 얼굴이, 광인의 웃고 있는 눈이, 살인자의 떨리는 무릎이, 살해당한 자의 굳어 버린 입술이 불쑥불쑥 나타났고, 검은 구름으로부터 마룻바닥 위로 피〔방울과〕 눈물이 뚝뚝 떨어졌고, — 그 위를 미녀들의 비단신이 미끄러졌다……. 그리고 모든 것은 전과 다름없이 빙빙 돌고, 펄쩍펄쩍 뛰고, 음탕하고 차가운 광신 속에서 미쳐 날뛰고 있었다…….

〔초는 심지까지 까맣게 타서 질식할 듯한 증기 속에서 가물거린다. 흔들리는 안개 사이로 군중을 자세히 보게 되면, 이따금 춤을 추는 게 사람들이 아닌 듯싶고…… 빠른 움직임 속에서 옷이며, 머리털이며, 몸이 그들에게서 날아가 버리고 해골들이 서로 뼈를 부딪치며 춤추고 있으며, 그들 위에서는 부서지고 불구가 된 다른 해골들의 행렬이 같은 음악에 맞춰 천천히 움직이고 있는 것처럼 여겨진다……. 그러나 홀에서는 아무도 이것을 눈치채지 못한다……. 아무 일도 없었다는 듯이 모든 것이 춤추고 미쳐 날뛴다.〕

2

동이 트고 나서도 무도회는 한참 동안 계속되었다. 살림살이 걱정에 쫓겨 잠자리에서 일어난 사람들은 환한 창가에 어른거리는 그림자들을 한참 동안 볼 수 있었다.

고문 같은 즐거움에 어찔어찔해지고 지치고 만신창이가 되어 나는 숨이 막힐 듯한 방에서 거리로 뛰쳐나가 신선한 공기를 흠뻑 들이마셨다. 아침 기도를 알리는 종소리가 사방으로 흩어져 달리는 마차들의 소음 속에서 사라져 갔다. 내 앞에는 어느 사원의 문이 활짝 열려 있었다.

나는 안으로 들어갔다. 교회 안은 텅 빈 채, 초 한 자루가 성상 앞에서 타고 있을 뿐이었고, 사제의 조용한 목소리가 둥근 천장 아래 울려 퍼지고 있었다. 그는 사랑과 믿음과 소망에 대한 약속의 말씀을 전하고 있었다. 그는 속죄의 신비를 알리고, 인간의 모든 고통을 당신께서 모두 거두어 가진 그분에 대해 말했다. 그는 신성의 드높은 통찰에 대해, 영혼의 세계에 대해, 이웃 사랑에 대해, 인류가 형제처럼 하나가 될 것에 대해, 모욕을 잊을 것에 대해, 적을 용서할 것에 대해, 신에 맞서려는 생각의 허황됨에 대해, 인간 영혼의 끊임없는 완성에 대해, 섭리의 결정 앞에 순종할 것에 대해 말했다. 〔그는 살해당한 자들과 살인자들을 위해 기도했다.〕 그는 반미치광이가 돼 버린 자들과 곧 그렇게 될 자들을 위해 기도하고 있었다!

나는 사원의 계단으로 급히 달려 나가, 광란의 그 수난자들을 저지시키고 그들의 죽어 버린 심장을 정욕의 침상에서 세차게 끌어내고 사랑과 믿음의 불꽃같은 조화로써 그들의 심장을 차가운 잠에서 깨어나게 하고자 했으나, — 이미 늦었다! 그들은 모두 교회 곁을 지나가 버렸고, 아무도 사제의 말을 듣지 못했다.

복수자*

……악인은 승리에 취해 있었다. 그러나 이 순간 나는 자신의 눈을 뚫어져라 행운아에게 붙박고 있는 어떤 사람을 보게 되었다. 이 꼼짝도 않는 두 눈에서 나는 고결한 분노와 채워질 수 없고 가차 없는, 그러나 숭고한 복수를 보았다. 그의 눈초리는 행운아의 뼛속까지 꿰뚫고 있었다. 그 눈은 모든 것을, 그의 저열함의 모든 깊이를 간파했고, 그의 심장의 모든 범죄적인 두근거림을 다 세어 보았고, 그의 머릿속에 든 모든 부정한 계산을 다 짐작하고 있었다…… 위협적인 미소가 이 모르는 사나이의 입가에 어려 있었다……. 그는 행운아를 놓치지 않을 것이다. 어디에서도 범죄자는 독이 묻은 칼날로부터 몸을 숨길 수 없을 것이다. 도덕적 괴물의 모습은 복수자의 기억에 깊이 새겨졌다. 언젠가 복수자가 그에게 속죄의 추도식을 거행하게 될 것이고, 그에게서 그 빛나는 거죽을 벗겨 내어 — 모든 추악함을 드러낸 벌거벗은 그를 형장으로 끌고 나가 삼대(三代)에 이르기까지 치욕이 될 낙인을 그의 얼굴에 찍어 줄 것이다……. 그러면 젊은이의 가슴속에서 분노의 거룩한 불길이 치솟을 것이고, 노인은 떨리는 손가락으로 자신의 손자들에게 행운아를 가리켜 보일 것이다. 어쩌면 어느 고요한 밤, 가정적인 행복의 기쁨 한가운데 시인의 매혹적인 이야기에 넋을 잃은 아내가 두 손으로 얼굴을 가리며 부르짖을 것이다. 그건 내 남편이야! 어쩌면 시끌시끌한 환담을 나누던 중에 젊은이가 동료들의 대화에 귀를 기울이며 시인의 말이 불러일으킨 깊은 조소를 그들과 함께 나누다가, 갑자기 제정신이 들어 마음속으로 말할 것이다. 이건 내 아버지야!

그리고 행운아는 의아해할 것이다. 왜 그는 모든 행운의 은사

(恩賜)에도 불구하고 자신을 상냥하게 맞아 주는 미소를 발견하지 못하는지, 왜 누구의 공감도 불러일으키지 못하는지, 왜 아내는 그의 포옹 속에서 몸서리를 치는지, 왜 그를 보면 아들의 얼굴이 수치심으로 붉어지는지. 병상에 쓰러져 기력은 쇠진하고 심장은 짓눌린 채, 그는 전설 속 불로불사의 영약처럼 모든 상처를 치료해 주는 달콤한 관심을 주위에서 찾게 되겠지만, — 그러나 시인이 낙인찍어 놓은 모습이 행운아와 그의 친구들 사이에 자리하게 될 것이다. 이 모습은 고통받는 자에게 내미는 손을 저지시키고, 그의 신음을 독충의 경멸스러운 웅얼거림으로 변화시키고, 동정을 억지스러운 미소로, 도움을 힘겨운 의무로 변화시킬 것이며, 행운아는 소용없는 후회의 모든 끔찍함을 알게 될 것이다. 그는 자신을 때려눕힌 그 보이지 않는 손을 찾게 되나, 그 손은 이미 그를 잊고서, 사회가 썩고 정신의 악취가 진동하는 때에 시인의 은밀한 제식이 거행되는 네메시스*의 제단으로 새로운 제물(祭物)을 끌고 온다…….

우리의 작가는 자신이 원했던 것보다 오랫동안, 그것도 가장 단순한 이유 때문에 사교계의 소용돌이 속에서 소일했던 것으로 보인다. 그는 사랑에 빠졌던 것이다. 그러나 보아하니, 그는 이 새로운 일에 성공하지 못했고 사랑에서 단지 쓰디쓴 열매만을 맛보았던 듯하다. 그 스스로 '죽은 자의 조소'라고 이름 붙인 단편에는, 매일같이 자신의 영혼을 소모하는 데 익숙하지 못하고 드물기는 해도 강렬하게 느끼는 사람만이 경험할 수 있는 고통이 뚜렷이 나타나 있으며, 아울러 그들의 계산이 그의 시도에 아무런 도움도 줄 수 없었던 예전의 스승-회계사들에 대한 아이러니도 이미 엿보인다.

죽은 자의 조소*

가을 폭풍이 울부짖고 있었다. 강물이 강둑을 위협하고, 넓은 거리에는 가로등들이 휘청거리면서 그것들로부터 긴 그림자가 뻗어 나와 흔들렸다. 어두운 지붕이며, 양각이며, 창들이 땅에서 높이 솟구쳤다가 금세 또 아래로 내려오곤 하는 것 같았다. 도시에는 아직 모든 것이 움직이고 있었다. 보도는 행인들로 붐볐고, 시간에 늦은 아름다운 여인들이 폭풍 때문인 듯, 금세 얼굴을 가리는가 하면 금세 또 내보이기도 하고, 금세 돌아서는가 하면 금세 또 멈춰 서기도 했다. 젊은이들의 무리가 그들 뒤를 쫓아가며 불손한 바람에게 웃으면서 고마워했다. 점잖은 사람들은 때로는 이들을, 때로는 저들을 질책했고, 똑같은 짓을 하기에 자신들은 이미 늦었다는 것을 유감스러워하면서, 가던 길을 계속 걸어갔다. 마차 바퀴들이 때로는 빠르게, 때로는 느리게 포장도로를 덜컹거리며 두들겼고, 길거리 악기의 소리가 공중에 울려 퍼졌다. 그리고 이 각양각색의 개별적인 모든 움직임들로부터, 〔사람과〕 돌더미로 이루어진, 인구 밀집 도시라고 부르는 이 기이한 괴물이 호흡하고 살아가는 하나의 공통된 무엇이 생겨나고 있었다. 오직 하늘만이 깨끗하고, 위협적이고, 움직이지 않고 있었고, — 그를 올려다보아 줄 시선을 헛되이 기다리고 있었다.

그때 불어난 물 때문에 부풀어 오른 다리로부터 화려하고 세련된 마차 한 대가 질풍처럼 돌진해 왔다. 모든 점에서 여느 마차와 비슷했으나 그래도 거기엔 뭔가가 있어서 행인들은 발걸음을 멈추고 서로 "분명히 신랑 신부야!" 하고 말하고는, — 바보처럼 기뻐하며 오랫동안 눈으로 마차를 배웅하고 있었다.

마차에는 젊은 여인이 앉아 있었다. 반짝이는 머리띠가 그녀의 검은 머리 타래 사이로 드리워져 장미 꽃봉오리들과 얽히고 있었고, 갇혀 있던 곳에서 빠져나오면서 미녀의 얼굴 위에서 마치 화가가 자신의 매혹적인 여인들의 초상에 음영을 만들어 주는 하늘하늘한 휘장처럼 물결치고 있는 넓은 비단 레이스를 연푸른 비로드 망토가 둥글게 죄고 있었다.

그녀 곁에는 육체적인 추함으로도 영혼의 아름다움으로도 당신을 놀라게 하지 않으며, 당신을 매혹시키지도 않고 거부감을 주지도 않는 그런 얼굴의 하나를 가진 중년의 사나이가 앉아 있었다. 살롱에서 이 사람을 만나게 된다 해서 당신에게 모욕이 되지는 않을 것이나, 당신은 그를 알아보지도 못한 채, 스무 번은 옆을 그냥 지나칠 것이다. 당신은 진심 어린 말을 그에게 한마디도 하지 않겠지만, 그와 함께 있게 되면 영혼 깊은 곳에서 자기도 모르게 솟아오르는 감정, 당신이 그것에 몸과 형상을 부여해 줄 때까지 당신을 괴롭히는 그런 감정을 두려워하게 될 것이다. 한마디로, 강렬한 정신적 활동의 순간에 이 사람과 함께 있다면 당신은 마땅찮고 불편할 것이며, 영감의 순간에는 — 그를 창밖으로 내던져 버릴 것이다.

미쳐 날뛰는 강물의 거센 파도와 바람의 위협적인 포효에 놀란 미녀는 자기도 모르게 창밖을 내다보기도 하고, 그러다 곧 겁을 먹고 자신의 동행자에게 바짝 몸을 기대기도 했다. 동행자는 냉랭한 소심함이 옛날부터 생각해 낸 것인, 확신 없이 말하고 확신 없이 받아들여지는 저속한 말들로 그녀를 위로하고 있었다. 그러는 사이, 마차는 무도회 음악의 경쾌한 리듬에 맞춰 창가에서 그림자들이 어른거리고 있는, 불이 환하게 밝혀진 집을 향해 빠른 속도로 다가갔다.

갑자기 마차가 멈춰 섰다. 길게 끄는 노랫소리가 울려 퍼졌다. 자주색 불길이 거리를 환하게 비췄다. 몇 사람이 횃불을 들고 있었고, 그들 뒤에서 관이 천천히 거리를 가로지르며 움직이고 있었다. 미녀는 밖을 내다보았다. 강한 돌풍이 죽은 자에게서 꽁꽁 얼어붙은 덮개를 뒤로 젖혀 버렸다. 그러자 그녀는 죽은 자가 푸르스름한 얼굴을 조금 들고, 죽은 자들이 산 자들을 비웃는 그 움직이지 않는 미소를 띠고서 자신을 쳐다보는 듯이 여겨졌다. 미녀는 신음을 내뱉고는 기절하다시피 마차의 안쪽 벽에 몸을 기댔다.

미녀는 언젠가 이 젊은이를 본 적이 있었다. 본 적이 있었다고! 그녀는 그를 알고 있었다. 그의 영혼의 모든 굴곡을 알고 있었고, 그의 가슴의 모든 떨림, 끝까지 다 말하지 않은 모든 말, 그의 얼굴에 나타나 있는, 눈에 띄지 않는 모든 선들을 알고 있었다. 그녀는 이 모든 것을 알고 있고 이해하고 있었으나, 그러나 그때, 사람들이 가정의 행복을 위한 영원하고 불가결한 토대라고 부르면서, 비록 그 모든 것이 몇 달밖에 지속되지 않는 것인데도 불구하고 그것을 위해 천재도, 미덕도, 동정도, 양식(良識)도 희생시키는 견해, — 사람들의 그런 견해들 가운데 하나가 미녀와 젊은이 사이에 이겨 낼 수 없는 장애물을 세웠다. 그리고 미녀는 복종했다. 자신의 감정에 복종한 것이 아니었다. — 아니, 그녀는 자신의 영혼 속에서 타오르려 하고 있던 신성한 불꽃을 밟아서 꺼 버렸다. 그렇게 타락하자, 그녀는 세상의 행복과 영예를 나누어 주는 악마에게 경배했다. 악마는 그녀의 복종을 칭찬하며 '훌륭한 배필'을 그녀에게 주었고, 그녀의 계산을 미덕이라고, 그녀의 굴종을 분별심이라고, 그녀의 착시를 그녀의 가슴의 동경이라고 불렀다. 미녀는 그의 칭찬에 우쭐해질 지경이었다.

그러나 젊은이의 사랑에는 인간의 모든 성스럽고 아름다운 것이 하나로 결합되어 있었다. 작열하는 태양 아래 빛나면서 향기롭게 자라는 알로에처럼, 그의 생명은 그 사랑의 화려한 불로써 살고 있었다. 폭풍의 입김이 생각들 위로 거세게 불어오는 순간이 젊은이에겐 친숙했으며, 영원을 살 수 있는 순간, 인간 영혼의 성례(聖禮)에 천사들이 함께 자리하고, 미래 세대의 비밀스러운 싹들이 자신들의 운명이 어떻게 결정되는지 두려워하면서 귀를 기울이는 순간들이 그에겐 친숙했다.

그렇다! 이 생각, 이 감정 속에는 많은 미래가 있었다. 그러나 예절과 체면의 계산에 의해 끊임없이 식어 가는 세속적 미녀의 게으른 가슴을 그것들이 붙잡아 둘 수 있을까? 오직 자기 자신을 기준으로 다른 사람들을 판단하고, 계산에 따라 감정을 고려하고, 그들이 이미 세상에서 보았던 것에 따라 생각을 평가하고, 순이익에 따라 시를, 정치에 따라 믿음을, 과거에 따라 미래를 판단하는 대단한 기술을 습득한 여론의 재판관들에게 쉴 새 없이 휘둘리는 정신을 그것들이 사로잡을 수 있을까?

그리하여 젊은이의 순수한 사랑도, 그것이 일깨우던 힘도…… 모든 것이 경멸당하고 말았다. 미녀는 자신의 사랑을 상상력의 충동이라고, 젊은이의 참을 수 없는 고민을 일시적인 정신병이라고, 그의 애원하는 시선을 유행의 시적 변덕이라고 불렀다. 모든 것은 경멸당했고, 모든 것은 잊혔다. 미녀는 모욕당한 사랑과 모욕당한 희망, 모욕당한 자존심의 모든 고통으로 그를 이끌었다…….

내가 길게 말로써 이야기한 것이, 죽은 자를 본 미녀의 가슴속에 한순간 스쳐 지나갔다. 젊은이의 죽음은 너무나도 소름 끼쳤다. — 그의 육신의 죽음이 아니라, 아니다! 일그러진 얼굴의 표정은 또 다른 죽음에 대한 무서운 소식을 말해 주고 있었다. 누가 알랴, 그의 영혼의 조화로운 악기에서 고통의 냉기에 굳은 현들이 모두 끊어졌을 때, 끝까지 다 말하지 못한 삶에 지쳐 그가 무너졌을 때, 헛된 투쟁에 기진맥진하고 굴욕당한, 그러나 아직 확신을 갖지 못한 그의 영혼이, 죽어 가는 영혼의 마지막 신성한 불꽃인 의심마저 소리 내 웃으면서 거절했을 때, 젊은이에게 무슨 일이 일어났는지? 어쩌면 그의 영혼은 타락이 발명해 낸 모든 것들을 지옥에서 불러냈는지도 모른다. 어쩌면 교활함의 달콤함과 복수의 애무, 노골적이고 파렴치한 비열함의 이익을 깨달았을지도 모른다. 어쩌면 자신의 가슴을 기도로 불태우던 강한 젊은이가 삶 속에 있는 모든 선한 것들을 저주했을지도 모른다! 어쩌면 삶의 신성한 위업에 바치도록 예정되어 있던 모든 활동력을 악덕의 학문에 바쳐, 그 교묘한 지혜를, 언젠가 그가 선의 학문을 남김없이 추구해야만 했을 바로 그 힘을 사용하여 모조리 습득했는지도 모른다. 어쩌면 인식의 오만함과 믿음의 겸손함을 화해시켜야 했던 그 활동력이 쓰라리고 질식할 듯한 후회를 바로 범죄의 순간 자체와 결합시켰는지도 모른다…….

마차가 멈추어 섰다. 창백한 얼굴로 떨고 있는 미녀는 남편의 조소가 그녀의 약해진 힘을 다시 일깨우고 있긴 했어도, 대리석 계단을 거의 올라갈 수조차 없었다. — 이제 그녀가 안으로 들어갔다. 그녀는 춤을 춘다. 그러나 피가 그녀의 머리로 솟구친다. 춤추는 사람들 뒤에서 그녀를 이끄는 나무처럼 딱딱한 손이, 그녀의 손에 닿자마자 경련을 일으키며 꽉 움켜쥐던 그 활활 타는 듯한 손을 그녀에게 상기시킨다. 무도회 음악의 무의미한 굉음조차 그녀에겐 그 열정적인 젊은이의 영혼에서 터져 나오던 애원처럼 울린다.

사람들의 무리 사이로 여러 얼굴들이 떠돈다. 카드릴의 즐거운 멜로디에 맞춰 수천 가지의 음모와 간계가 엮이고 풀어진다. 비굴

한 운석의 무리가 하루살이 혜성의 주위를 맴돌고, 배반자가 자신의 제물에게 공손하게 절을 한다. 여기서는 심원하고 장구한 계획에 매달린 공허한 말이 들렸고, 저기서는 멋진 얼굴에서 경멸의 미소가 미끄러져 나오면서 누군가의 애원하는 시선을 얼어붙게 했다. 여기에선 어두운 죄악이 기어 다니고, 의기양양한 비열함이 자기 몸에 배척의 낙인을 당당하게 지니고 다닌다…….

하지만 웬 소음이 들려왔다……. 미녀는 몸을 돌려서 보고 있고, — 몇몇 사람들은 서로 수군거리고…… 또 어떤 사람들은 급히 방에서 달려 나가더니 몸을 떨면서 돌아왔다……. 사방에서 외치는 소리가 울려 퍼진다. "물이다! 물!" 다들 문 쪽으로 황급히 몰려간다. 그러나 이미 늦었다! 물은 아래층 전부를 덮쳤다. 홀의 다른 쪽 끝에서는 아직도 음악이 연주된다. 거기에선 아직도 춤을 추고 있고, 거기에선 아직도 미래에 대해 이야기하고, 거기에선 아직도 어제 저지른 비열한 짓과 내일 저질러야 할 비열한 짓에 대해 생각하며, 거기에는 아직 아무 생각도 하지 않는 사람들이 있다. 그러나 곧 어디에나 무서운 소식이 들이닥치고, 음악이 중단되고, 모든 것이 뒤죽박죽이 되었다.

대체 왜 이 모든 얼굴들이 새파랗게 질린 것일까? 왜 이 약삭빠르고 달변인 웅변가가 이를 악물고 있을까? 왜 저 침울한 주인공의 혀가 저렇게 말을 더듬기 시작했을까? 왜 저 위엄 있는 귀부인이 (반은 레이스, 반은 오물로 뒤덮인 채) 저렇게 달음박질치기 시작했을까? 다른 사람들이 쳐다보는 것만 해도 모욕이 되는 저 훌륭한 양반은 무엇에 대해 저렇게 자세히 묻고 있을까……? 어떤가, 친애하는 여러분, 그럼 이 세상에 당신들의 매일매일의 음모와 간책, 계산 말고, 그래도 뭔가가 있는가? 거짓말이야! 허튼소리라고! 모든 건 지나갈 거다! 또다시 내일이 온다! 시작한 일은 다시 계속될 수 있을 거다! 적을 쓰러뜨리고, 친구를 속이고, 새로운 지위에 기어오를 수 있을 거다! 들어 보시라, 자, 삶에 대해서도 죽음에 대해서도 생각 따윈 어느 누구보다도 해 본 적이 없는 어떤 겁 없는 자들이 위험은 대단하지 않고 물은 이제 줄어들기 시작할 것이라고 장담한다. 그들은 웃고 떠들며, 춤과 카드놀이를 계속하자고 제안한다. 그들은 내일 밤까지 함께 머물 수 있어서 기뻐하기까지 한다. 당신들은 이 시간 동안 절대로 불만을 느낄 일이 없을 것이다. 보시라, 저 방에는 이미 식탁이 차려져 있다. 크리스털 잔 속에서 멋진 포도주가 거품을 내고 있고, 자연의 모든 산물들이 당신들을 위해 황금 쟁반에 풍성하게 담겨 있다. 죽어 가는 자들의 신음이 당신들 주위에서 울려 퍼지는 게 무슨 상관인가. 당신들은 현명한 사람들이고, 이따위 소심한 감정의 움직임에 이끌리지 않도록 자신의 가슴을 단련시켰다. 그런데도 당신들은 듣고 있지 않고, 그런데도 당신들은 몸을 떨고 있고, 온몸에 식은땀을 흘리면서 무서워하고 있다. 그리고 정말로, 물은 점점 불어난다. 당신들은 창문을 열고 소리 높여 도움을 청한다. 그러나 폭풍의 휘파람만이 당신들에게 대답할 뿐, 허옇게 거품을 문 파도가, 미쳐 날뛰는 호랑이처럼, 환한 창문으로 달려든다. 그렇다! 정말로 무섭다. 1분만 지나면, 당신네들의 여인들이 입고 있는 연한 잿빛의 화려한 옷이 축축하게 젖을 것이다! 1분만 지나면, 사람들의 무리로부터 당신들을 그토록 뿌듯하게 구별시켜 주던 것이 단지 당신들의 무게만 더 무겁게 하고, 차가운 바닥으로 당신들을 끌어당길 것이다. 무섭다! 무섭다! 자연의 노력을 비웃는 과학의 전능한 수단들은 대체 어디에 있는가……? 친애해 마지않는 여러분, 과학은 당신들의 숨결 아래 시들고 말았다. [이웃을 구하기 위해 희생하고자 하는 관대한 사람들은 어디에 있는가? 친애하는 여러분, — 당신들은 그들을 땅바닥에 처박고 짓밟았으며, 그들은 이제 다시 몸을 일으킬 수조차 없다.) 산을 움직이는 사랑의 힘은 어디에 있는가? 친애하는 여러분, 당신들의 포옹 속에서 그것은 질식해 버렸다. 당신들에게 남은 것은 무엇인가……? 죽음, 죽음, 끔찍한 죽음뿐이다! 느린 죽음뿐이다! 그러나 기운을 내시라, 죽음이 대체 뭐란 말인가? 당신들은 실제적이고 분별 있는 사람들이다. 그렇다, — 당신들은 비둘기의 순결함을 경멸했고, 그 대신에 뱀의 영리함을 얻었다. 당신들의 빈틈없고 예리한 판단 과정에서 한 번도 생각조차 해 본 적이 없는 그런 것이 과연 그토록 중요한 것일 수 있겠는가? 자신의 통찰력에 도움을 청하시라, 당신들이 애용하는 수단을 죽음에다 시험해 보시라. 시험해 보시라. 아부의 말로 죽음을 속일 수는 없을까? 죽음을 매수할 수는 없을까? 나아가, 그것을 중상할 수는 없을까? 당신들의 의미심장하고 가차 없는 시선을 죽음이 이해하게 되지는 않을까……? 그러나 다 소용없다! 이미 벽이 흔들리고 있고, 창문 하나가 무너졌고 다른 창문도 무너졌다. 물이 안으로 쏟아져 들어와 홀을 가득 채웠다. 벌어진 틈새로 어떤 거대하고 시커먼 것이 나타났다……. 구조 수단이 아닐까? 아니다, 검은 관이 홀 안으로 둥둥 떠온다, — 죽은 자가 산 자들을 방문하여 그들을 자신의 성대한 주연에 초대하러 온 것이다! 초들이 탁탁 소리 내기 시작하더니 꺼졌고, 파도가 마룻바닥을 철썩철썩 때리면서 도중에 부딪치는 것은 무엇이든 밀쳐 올리고 뒤집어 버린다. 그림, 거울, 꽃이 꽂힌 화병들, — 모든 것이 뒤범벅이 되었고, 모든 것이 쩍쩍 갈라지고, 모든 것이 벌렁 나자빠진다. 이따금 철썩거리는 파도로부터 경악한 얼굴이 위로 떠오르고 귀청을 때리는 비명이 울려 퍼지다가둘 다 소용돌이 속으로 사라질 것이다. 열린 관만이 때로는 아직 무사히

서 있는 조각상의 값비싼 언저리에 부딪치고, 때로는 다시 홀 중앙으로 재빨리 비켜나면서, 물 위를 떠다닌다…….

미녀는 도움을 청하고 남편을 부르지만 소용이 없다. — 그녀는 옷이 흠뻑 젖어 무거워진 것을, 자신이 물속 깊이 끌려 들어가는 것을 느낀다……. 갑자기 요란한 소리를 내면서 벽이 와르르 무너졌고 천장이 쩍 갈라졌다, — 그리고 거센 물결이 관과 함께 홀에 있던 모든 것을 아득한 바다로 실어 간다……. 모든 것이 조용해졌다. 바람만이 울부짖으면서 달을 가린 조그만 회색 구름을 몰아내고 있고, 그러면 달빛은 이따금 마치 푸른 번개처럼, 위협적인 하늘과 무자비한 소용돌이를 환히 비춘다. 열린 관은 열심히 소용돌이를 따라가고, 관 뒤에서 파도가 미녀를 끌어당긴다. 사납게 날뛰는 자연의 힘 한가운데 그들만이 있을 뿐이다. 그녀와 죽은 자, 죽은 자와 그녀. 도움은 없다, 구원은 없다! 그녀는 사지가 굳고, 이가 악물리고, 완전히 힘이 다했다. 실신하다시피 그녀는 관 모퉁이에 매달렸다. — 관이 기우뚱하더니, 죽은 자의 머리가 미녀의 머리를 건드리면서 차가운 물방울이 그의 얼굴에서 그녀의 얼굴로 떨어진다. 그의 움직이지 않는 눈에는 비난과 조소가 담겨 있다. 그의 시선에 소스라쳐 그녀는 관을 놓아 버리다가, 삶에 대한 본능적인 사랑에 내몰려 또다시 관을 붙잡는다. — 그러자 다시 관이 옆으로 기울면서 죽은 자의 얼굴이 그녀의 얼굴 위에 떠 있고, — 다시 그녀의 얼굴 위로 차가운 물방울이 비처럼 쏟아진다. — 죽은 자는 입을 열지도 않고 소리 내어 웃는다. "안녕, 리자! 분별 있는 리자……!" — 불가항력적인 힘이 미녀를 바닥으로 끌어당긴다. 그녀는 느낀다. 소금물이 그녀의 혀를 씻어 내면서 휘파람 소리와 함께 귓속으로 가득 흘러들고, 머릿속에서 뇌가 부풀어 오르고, 눈이 보이지 않는다. 죽은 자는 계속 그녀 위에서 떠가고, 웃음소리가 들린다. "안녕, 리자! 분별 있는 리자……!" …….

리자가 깨어났을 때, 그녀는 자신의 침대에 누워 있고 햇빛이 녹색 커튼을 금빛으로 물들이고 있었다. 긴 안락의자에서 남편이 언짢게 하품을 하면서 의사와 이야기를 나누고 있었다.

— 말씀드리자면, — 하고 의사가 말했다. — 이것은 아주 명백합니다. 모든 격렬한 정서적 움직임은, 그것이 분노든, 질병이든, 〔경악이든,〕 아니면 고통스러운 기억이든, 그런 움직임은 모두 다 심장에 직접적으로 작용합니다. 심장은 표면적인 감정과 결합하여 그것의 조화를 파괴하는 뇌 신경에 작용하지요. 그렇게 되면 인간은 일종의 반수면 상태에 빠지게 되고, 대상의 절반은 현실 세계에, 다른 절반은 인간의 내면세계에 속하는 특별한 세계를 보게 되는 겁니다…….

남편은 아까부터 이미 그의 말을 듣고 있지 않았다. 같은 때, 현관 입구에서 어떤 두 사람이 만났다.

— 그래, 공작 부인은 어떤가? — 한 사람이 다른 사람에게 물었다.

— 뭐, 아무것도 아닐세! 부인네들 변덕이지! 기절하는 바람에 공연히 우리 무도회만 망쳤지 뭔가. 분명히 연극에 지나지 않아…… 주의를 끌고 싶었던 게지.

— 아, 그녀를 비난하지 말게나! — 첫 번째 사람이 응수했다. — 가엾지 않나! 아마 그렇지 않아도 남편에게서 한바탕 책망을 당했을 걸세. 하긴, 누구라도 부아가 치밀게 됐지. 그가 평생 그렇게 운이 좋았던 적은 없으니까. 생각해 보게, 그는 연거푸 열 번이나 킹으로 먹었거든, 15분 만에 5천을 땄다고, 만일 그런 일만 없

었다면…….

이야기를 나누던 사람들이 멀어져 갔다.

이 기절이 있은 지 1년쯤 뒤, B***의 집에서 열린 무도회에서 나이가 지긋한 남자가 어느 귀부인에게 말했다. — 아, 만나게 돼서 기쁘오! 부탁이 있는데, 공작 부인. 내일 저녁에 집에 계시오……?

— 왜 그러시죠?

— 당신에게 누구를 소개시켜 달라는 부탁을 받은지라, 아주 비범한 젊은이라고 하오…….

— 아아, 제발. — 귀부인이 역정을 부리며 대꾸했다. — 꿈에다 감정에다 사상까지 지닌 그 비범한 젊은이들을 가지고 날 귀찮게 하지 마세요! 그들과 말할 때면, 무엇에 대해 말하는 것인지 항상 생각해야 하는데, 난 〔생각한다는 게〕 지루하기도 하고 불편하다고요. 난 모든 지인들에게 이에 대해 이미 분명하게 선언했어요. 〔수다거리에 대해,〕 무도회에 대해, 〔성대한 야회에 대해〕 상냥하게 얘기를 잘하는, 오로지 그게 전부인 까다롭지 않은 그런 젊은이들을 내게 데리고 오세요, 난 아주 기쁠 거예요, 그런 젊은이들에게 내 문은 언제나 열려 있답니다…….

나는 이 귀부인이 공작 부인이었고, 그녀와 말하던 남자는 — 그녀의 남편이었다는 것을 밝혀 두는 것을 내 의무라고 여긴다…….

모욕과 괴로움에 지친 젊은이는 사교계의 소용돌이에서 벗어나, 예전에 하던 일, 예전의 숫자들 속에서 자신의 고통을 잊으려고 생각했으나, 사랑의 감정으로 흥분된 그의 가슴은 더 이상 그의 이성과 조화를 이룰 수가 없었다. 그러나 그의 가슴은 이성을

이길 수도 없었으니, 그것은 가슴의 본능이 이제야 겨우 펼쳐지기 시작했기 때문이었다. 젊은이는 모든 것에 대한 확신, 심지어 학문의 존재와 인류의 완성에 대한 확신마저 점차 잃어버렸다. 그러나 논리적이고 실증적인 이성은 전력을 다해 작용하여 젊은이의 고통에 삼단 논법의 형식을 입혔고, 그리하여 전에는 쉽게 이겨 낼 수 있는 어려움으로 보였던 모든 것이 이제는 모든 걸 집어삼키는 변증법적인 무시무시한 의혹의 모습으로 그에게 나타났다. 이 괴물을 치기 위해서는 계산이 아닌 다른 무엇이 필요했다. 그는 자신의 무력함을 철저하게 느꼈지만 이 도구에 익숙해진 나머지, 다른 것을 알지 못했다. 아마도 이 순간부터 그의 정신이 혼란을 일으키기 시작한 것으로 보인다. 모욕당한 사랑의 병은 충족되지 못한 이성의 병과 합쳐졌고, 그의 생명 기관의 이 무서운 상태는 그 스스로 '최후의 자살'이라고 이름 붙인 기괴한 작품의 형태로 종이 위에 쏟아졌다. 이것은 영국 경제학자의 부조리한 계산에 대한 쓰디쓴 조롱이기도 하며, 동시에 믿음 따윈 그저 정치적 관계에서나 불가결한 것일 따름이라고 간주하는 데 익숙해져 버린 영혼의 무서운 상태를 그린 초상이기도 하다. 여러분은 불쌍한 수난자의 몇몇 신랄한 표현에 미혹되지 말고 그를 가엾게 여겨 주기 바란다. 그의 기괴한 작품은 단순한 경험적 지식이 섭리와 인간의 완성에 대한 믿음에 의해 따뜻하게 데워지지 않을 때 어디로 나아갈 수 있는지, 또한 가슴의 본능이 망각 속에 버려진 채 생명을 주는 계시의 이슬에 의해 촉촉하게 적셔지지 않을 때 정신의 모든 힘이 어떻게 타락하는지, 그리고 그 사랑이 드높은 천상의 샘으로부터 흘러나오지 않는다면 인류에 대한 사랑만으로는 얼마나 부족한지를 보여 주는 예가 될 수 있을 것이다! 이 작품은 맬서스의 한 장(章)을 개진한 것에 다름 아니지만, 맬서스가 그에 의해 모욕당한 인류에 맞서 예방 도구로 사용했던 변증법적 계교의 탈을 쓰지 않은, 숨김없이 솔직한 개진이다.

최후의 자살*

19세기의 철학자들이 예언했던 시간이 닥쳐왔다. 인구는 증가했고, 자연의 생산물과 인류의 수요 사이의 균형은 사라졌다. 서서히, 그러나 지속적으로 인류는 이 재앙을 향해 다가갔다. 궁핍에 쫓긴 도시의 주민들은 들판으로 달아났고, 들판은 부락으로, 부락은 도시로 변해 갔으며, 도시들은 눈에 띄지 않게 자신의 경계를 확장시켜 갔다. 인간은 수 세기간의 땀 흘린 노력으로 얻은 모든 지식을 동원했지만 소용이 없었고, 숙명적인 불가피성이 낳는 그 강력한 활동성을 노련한 기술에다 덧붙였으나, 이 역시 소용이 없었다. — 이미 오래전에 아라비아의 사막은 비옥한 목초지로 변했고, 이미 오래전에 북방의 얼음은 흙으로 두껍게 덮였으며, 화학의 믿기 어려운 노력으로 인공 열이 영원한 추위의 왕국을 소생시켰지만…… 모든 것이 허사였다. 여러 세기가 흘러갔고, 동물의 생명이 식물의 생명을 몰아냈다. 도시 간의 경계는 하나로 합쳐졌고, 극에서 극에 이르기까지 지구 전체가 하나의 거대한 인구 조밀 도시로 변하면서, 예전의 도시들이 지녔던 모든 사치, 모든 질병, 모든 세련됨, 모든 방탕, 모든 활동성이 그곳으로 옮겨 갔다. 그러나 이 호화로운 세계 도시 위에는 무서운 궁핍이 짓누르고 있었고, 완벽에 이른 보도 수단들은 오로지 도시와 질병의 끔찍한 현상에 대한 소식만을 지구의 방방곡곡으로 날랐다. 아직 건물들은 높이 솟아 있었다. 인공 태양에 의해 조명되고 인공수에 의해 관수(灌水)되는, 여러 층으로 된 밭들은 아직 풍부한 수확을 가져오고 있었으나, — 미처 추수를 하기도 전에 그것은 사라져 버렸다. 가는 곳마다, 운하 속이든, 강물 속이든, 공중이든, 어디에나 사람들이 우글거렸고 모든 것이 생명으로 들끓고 있었으나, 생명은 스스로 자신을 죽이고 있었다. 사람들은 이 보편적인 재앙에 저항할 수단을 강구하자고 서로에게 헛되이 애원했다. 노인들은 과거를 회상하면서 모든 것이 사치와 도덕의 타락 때문이라고 비난했고, 젊은이들은 지성과 의지, 상상력의 힘에 도움을 청했다. 가장 현명한 자들은 식량 없이 계속 살 수 있는 수단을 찾고 있었으며, 아무도 그들을 비웃지 않았다.

곧 건물 따윈 인간에게 과도한 사치로 여겨졌다. 그는 자신의 집에 불을 지르고, 맹렬한 기쁨을 느끼면서 자기 집이 불탄 재를 땅에 비료로 주었다. 예술의 기적들, 교양 생활의 산물들, 대규모 도서관, 병원, — 웬만큼 공간을 차지할 수 있었던 모든 것들은 파괴되었고, — 지구 전체가 하나의 거대하고 비옥한 농경지로 변했다.

희망이 일깨워졌으나 오래가지는 못했다. 전염병이 세상의 끝에서 끝으로 번지면서 수천 명의 주민을 죽였지만, 성서의 숙명적인 말에 제압당한 아담의 아들들은 계속 자라났고 번식했다.

예전에 인간의 행복과 자랑이었던 모든 것은 이미 오래전에 사라졌다. 예술의 신성한 불꽃은 이미 오래전에 꺼졌고, 철학과 종교는 이미 오래전에 연금술적인 지식의 수준으로 되돌아갔다. 사람들을 서로 결합시켜 주던 모든 끈도 그와 함께 끊어졌고, 결핍이 사람들을 서로에게 밀어붙일수록 그들의 감정은 더욱 소원해 갔다. 모두들 동료에게서 자신의 비참한 삶의 마지막 수단을 앗아가려고 하는 적을 보았다. 아들이 태어난 것을 안 아버지는 통곡했고, 딸들은 어머니의 임종 자리에서 춤을 추었다. 아이가 태어나자마자 질식시켜 죽이는 어머니가 갈수록 늘어났고, 아버지는 그런 어머니에게 박수를 보냈다. 자살자들은 영웅의 반열에 올랐다. 자선은 용납될 수 없는 자유사상이 되었고, 생명에 대한 조롱은 평상적인 인사말이, 사랑은 범죄가 되었다.

법의 모든 정교한 기술은 결혼을 저지시키는 데 이용되었다. 친척 관계라는 의심이 조금이라도 들거나, 나이 차이가 나거나, 의식에 어긋나는 점이 한 가지라도 있으면, 결혼은 무효화되고 심연이 부부를 갈라놓았다. 매일 동이 트자마자 배고픔 때문에 잠자리에서 일어나야만 했던 앙상하게 여윈 창백한 사람들은 한데 모여, 배불리 먹는다고 서로를 책망했고, 식구 많은 가족의 어머니에게는 방탕하다고 비난했다. 누구나 동료가 자신들의 공동의 적이고 생명의 파악할 수 없는 원인이라고 믿었고, 모두들 절망의 말로써 서로에게 싸움을 요구했다. 칼을 뽑아 들었고 피가 흘렀으며, 어느 누구도 싸움의 원인에 대해 묻지 않았고, 어느 누구도 적이 되어 싸우는 자들을 말리지 않았고, 어느 누구도 쓰러진 자를 돕지 않았다.

한번은 어느 무리가 한 젊은이를 쫓던 다른 무리에 의해 해산당한 일이 있었다. 사람들은 이 젊은이가 끔찍한 범죄를 저질렀다고 비난했다. 절망한 나머지 바닷물에 몸을 던진 사람을 죽음에서 구했다는 것이었다. 이 불행한 자를 위해 나서려는 사람들이 아직은 있었다. "왜 당신들은 이 인간 증오자를 옹호하는 거요?" — 무리 중의 한 사람이 소리쳤다. — "그는 이기주의자요, 오직 자기 한 사람만 사랑한단 말이오!" 이 한마디 말만으로 옹호자들은 제압당했다. 그 당시 이기주의는 누구나 가지고 있던 보편적인 감정이었다. 이 감정은 사람들의 마음속에 자기 자신에 대한 무의식적인 경멸을 불러일으켰으며, 그래서 그들은 자신이 느끼고 있는 것을 다른 사람에게서 벌할 수 있게 되어 기뻤다. "그는 이기주의자요." — 고발자가 계속 말했다. "그는 공동의 평온을 파괴하는 자요, 그는 자신의 토굴에 아내를 숨겨 두고 있소. 그 여자는 그의 먼 친척 누이요!" — 친척 누이라고! — 격분한 무리가 부르짖었다.

— 이게 친구가 할 일인가? — 불행한 자가 말했다.

— 친구라고? — 고발자가 발끈해서 응수했다. — 그럼 자넨 며칠 전에 누구에게 그런 건데. — 그가 속삭이는 소리로 덧붙였다. — 나한테 네 양식을 나눠 주길 마다했지?

— 하지만 내 아이들이 굶어 죽어 가고 있었네. — 불운한 자가 절망에 사로잡혀 말했다.

— 아이들! 아이들! — 하는 소리가 사방에서 일었다. — 애들이 있대! — 그의 불법적인 아이들이 우리 빵을 먹어 치우고 있어! — 그리고 그들은 고발자의 인솔 아래, 불행한 자가 자신의 삶에서 소중한 모든 것을 무리의 눈길로부터 숨겨 두고 있는 토굴로 우르르 떼 지어 몰려갔다. — 그들이 그곳에 도착하여 안으로 쳐들어가 보니, — 맨땅에 두 죽은 아이가 누워 있고, 그 곁에는 어머니가 있었다. 그녀는 이로 젖먹이의 손을 깨물고 있었다. — 아버지는 사람들의 무리를 뿌리치며 시신들에게 몸을 던졌다. 무리는 그에게 진흙과 돌을 던지면서 소리 내어 웃으며 그곳을 떠났다.

음울하고 소름 끼치는 느낌이 사람들의 마음속에 생겨났다. 지

난 세기들은 이 느낌을 어떻게 불러야 할지 아마 몰랐을 것이다. 그때는 오로지 거절당한 사랑의 증오, 확실한 파멸 앞에서의 공포로 인한 마비, 고문대 위에서 몸을 찢기는 자의 감각 상실만이 이 감정을 어렴풋이나마 이해하게 해 줄 수 있었다. 그러나 이 감정은 대상을 가지고 있지 않았다. 지금은 모두들, 인간에게 삶이 불가능하게 되었고 삶을 영위하기 위한 모든 수단이 소진되었다는 것을 분명하게 보고 있었다. 그러나 아직 인간이 할 수 있는 어떤 일이 남아 있는지 말하기로 결심한 사람은 아무도 없었다. 곧 무리들 속에 어떤 사람들이 나타났다. — 그들은 오래전부터 인간의 고통을 계산해 온 것 같았으며, 인간의 전 존재를 그 총계로서 결론지었다. 넓고 잔인한 시선으로 그들은 과거 전체를 통찰했고, 생명을 발생 순간부터 추적했다. 그들의 기억에 의하면, 생명은 처음에 마치 도둑처럼, 어두운 흙덩어리 속으로 몰래 들어갔고, 그곳의 화강암과 편마암 속에서 점차 한 물질을 다른 물질에 의해 파괴시키면서 더욱 완전한 새로운 산물을 발전시켰다. 그 후, 생명은 한 식물의 죽음 위에서 수천 가지 다른 식물의 존재 근거를 마련했고, 식물을 먹어 치우게 함으로써 동물을 번식시켰다. 얼마나 교활하게 생명은 한 종(種)에 속하는 존재들의 고통에다 다른 종의 쾌락과, 그 종의 존재 자체를 결부시켰던가! 또한 이 사람들은 생명이 마침내 공명심에 불타 자신의 통치권을 시시각각 확장해 가면서 감각의 예민함을 어떻게 점점 더 높여 나갔는가를, — 그리고 새로운 존재가 출현할 때마다 생명이 어떤 방식으로 새로운 완전함에다 새로운 고통 방식을 끊임없이 덧붙여 가면서 마침내 인간에까지 이르렀는가를, 그리하여 어떻게 인간의 영혼 속에서 자신의 광적인 활동성을 총동원하여 발전했고, 만인의 행복을 개개인의 행복에 대립시켰는가를 기억하고 있었다. 절망의 예언자들은 인간의 육체 속에 있는 모든 신경의 고통과 그의 영혼 속에 있는 모든 감각의 고통을 수학적으로 정확하게 측정했다. "그대들은 기억하라." — 그들이 말했다. — "무자비한 생명이 얼마나 위선적으로 인간을 무(無)의 달콤한 포옹으로부터 불러내는가를. — 생명은 인간이 태어나는 순간, 그의 모든 감각을 매혹적인 베일로 가려 버린다. — 생명은 삶의 모든 추악함을 보게 된 인간이 요람에서 바로 무덤으로 뛰어내리지는 않을까 두려워한다. 하지만 천만에! 교활한 생명은 인간에게 처음엔 어머니의 따뜻한 젖가슴으로 나타나고, 그다음엔 나비가 되어 그의 앞에서 팔랑거리며 날아다니고, 무지개 빛깔로 그의 눈앞에서 반짝거린다. 생명은 마치 옛날 멕시코의 신관들이 자신들의 우상에게 바칠 제물을 돌보았듯이, 인간을 유지시키고 그의 영혼이 완전한 상태에 머물도록 세심하게 돌본다. 멀리 앞을 내다보는 생명은 어린애에게 말랑말랑한 사지를 주어, 행여 높은 데서 떨어지더라도 고통을 덜 당하게끔 한다. 생명은 인간의 머리와 심장을 여러 겹의 보호 피막으로 정성스레 덮어, 미래의 고문 수단을 그 속에 더욱 안전하게 보존한다. 그리하여 불행한 인간은 생명에 익숙해지고 생명을 사랑하기 시작한다. 생명은 어떤 때는 아름다운 여인의 모습으로 그에게 미소를 짓고, 어떤 때는 흉측하게 파인 두개골의 홈을 가리면서 그녀의 긴 속눈썹 아래서 그를 쳐다보는가 하면, 또 어떤 때는 그녀의 열정적인 말 속에서 숨 쉬고 있기도 한다. 어떤 때는 존재하지 않는 모든 것을 시의 울림 속에서 생생하게 구현하고, 어떤 때는 마르지 않는 즐거움의 샘처럼 보이는 텅 빈 학문의 우물로 목마른 자를 이끌기도 한다. 때로 인간은 이 베일에 구멍을 내어 언뜻 삶의 추악함을 보게도 되나, 생명은 이것 또한 예견하고서 인간의 마음속에 삶의 이 추악함을 확인하고 인식하고 싶어 하는 호기심을 미리 심어 두었고, 그의 마음속에 자신의 무한한 영혼의 왕국을 들여다본다는 오만함의 씨앗을 미리 뿌려 두었다. 그리하여, 유혹당하고 도취된 인간은 어느덧 그의 육체의 모든 신경, 영혼의 모든 감정, 이성의 모든 사고가 눈부시게 빛나는 최고의 발전 단계에 도달하여 이런 질문을 던지게 되는 순간에 이르게 되는 것이다. 그의 활동을 위한 자리는 어디에 있는가, 희망의 성취는 어디에 있는가, 삶의 목적은 어디에 있는가? 하지만 생명은 오직 이 순간만을 기다려 왔다. — 생명은 수난자를 재빨리 단두대에 쓰러뜨리고는, 태어날 때 그에게 선물했던 그 은혜로운 베일을 벗겨 버리고 마치 숙련된 해부학자처럼 그의 영혼의 모든 신경을 다 드러나게 한 다음 — 살을 에는 냉기를 끼얹는다.

때로 생명은 자신의 선택된 제물들을 무리의 시선으로부터 숨긴다. 생명은 남몰래 정성을 기울이며 사유의 비밀스러운 양식(糧食)으로 그들을 키우고, 그들의 감각을 예민하게 만든다. 생명은 그들의 무른 가슴에 자신의 무한한 활동욕 전부를 불어넣고, — 그들의 정신을 하늘까지 높이 올렸다가는 조소를 퍼부으며 무리의 한복판에 내던진다. 여기서 그들은 이방인이다. — 누구도 그들의 언어를 이해하지 못하며, — 그들에게 익숙한 양식은 어디에도 없다. — 그들은 내면의 허기에 고통당하고 사회적 조건의 족쇄에 갇힌 채, 자신의 사상이 지닌 모든 고결함, 자신의 감정이 지닌 모든 예민함으로써 인간의 고통을 잰다. 느리게 지쳐 가는 자신 속에서 그들은 전 인류의 쇠약함을 경험하고, 상상 속에 존재하는 자신의 고국으로 돌아가려고 안간힘을 쓰지만, 결국엔 헛되이, 자신의 존재 전체에 대한 믿음을 잃어버리고는 숨을 거둔다. 그러면 흡족해하면서도 아직 그들의 고통에 배부르지 않은 생명은 경멸하는 마음으로 그들의 무덤에 아무 소용도 없는 때늦은 존경의 향을 뿌린다.

생명의 교활함을 일찌감치 알아본 사람들이 있었다. — 그들은 생명의 기만적인 허깨비를 경멸하면서, 생명의 농간에 맞서는 진실하고 변함없는 유일한 동맹자인 무(無)에게로 돌아섰다. 고대의 아둔한 인류는 그들을 소심하다 부르곤 했지만, 더 많은 경험을 가지고 있고 덜 속는 우리들은 그들을 가장 지혜로운 자들이라 불렀다. 오직 그들만이 인류와 자연의 적인 광포한 생명에 대항할 확실한 수단을 찾아낼 줄 알았다. 오직 그들만이 왜 생명이 인간에게 그토록 많이 느낄 수 있는 수단을 주면서 자신의 감정을 충족시킬 수 있는 방법은 그토록 적게 주었는가 하는 것을 깨달았다. 오직 그들만이 생명의 사악한 활동에 끝장을 내고 연금술사의 돌에 대한 오랜 논쟁을 해결할 줄 알았던 것이다.

실제로, 냉정히 생각해 보라, — 하고 불행한 자들은 계속 말했다. — 세계가 창조된 이래, 인간은 무엇을 했던가……? 자신의 본질을 동원하여 그를 억압하는 생명으로부터 달아나기 위해 인간은 끊임없이 노력해 왔다. 생명은 자유롭고 고독한 인간을 납처럼 무거운 사회 조건 속으로 몰아넣었다. 그래서 어떻게 되었는가? 인간은 고독의 불행을 다른 종류의 고통, 어쩌면 가장 끔찍한 것일 고통과 맞바꾸었다. 그는 육체의 구원을 위해 자기 영혼의 행복을 사회에다 팔았다, 마치 악령에게 팔듯이. 생명을 아름답게 장식하기 위해, 혹은 생명을 잊기 위해, 인간이 생각해 내지 않은 게 무엇이었던가? 그는 이를 위해 자연 전체를 이용했지만 이 또한 인간의 언어가 보여 주듯 헛된 일이었으니, 왜냐하면 생명에 대해 잊는다는 것은 — 행복하다는 표현과 같은 의미가 되었기 때문이다. 이 꿈은 불가능한 것이며, 생명은 매 순간 인간에게 자기 자신을 상기시킨다. 인간은 다른 사람으로 하여금 얼굴에 흐르는 피땀 속에서 그에게 의미 있는 즐거움의 그림자라도 찾아내 보게 했으나 허사였고, — 생명은 굶주림 자체보다도 훨씬 더 끔찍한 포만의 모습으로 나타났다. 사랑의 포옹 속에서 인간은 생명으로부터 몸을 숨기려고 했지만, 생명은 범죄와 배신과 병의 이름으로 그에게 나타났다. 생명의 왕국 밖에서 인간은 뭔가 말로 표현할 수 없는 무엇, 그가 시라고, 철학이라고 이름 붙인 어떤 구름을 발견하고, — 이 안개 속에서 추적자의 눈으로부터 자신을 구하고자 했으나, 위안을 가져다주는 이 환영은 생명에 의해 위협적이고 재앙스러운 유령으로 변하고 말았다. 생명 앞에서 더 이상 어디로 몸을 숨긴단 말인가? 우리는 말할 수 없는 것의 경계 안으로 이미 들어섰다! 더 이상 기다릴 게 뭐가 있는가? 우리는 마침내 우리에 앞서간 현자들의 모든 꿈과 기대를 이루었다. 오랜 경험으로 우리는 사람들 간의 모든 차이는 고통의 차이일 따름임을 확인했으며, — 우리의 조상들이 그토록 얘기하던 그 평등에 도달했다. 보라, 얼마나 성스러운 행복을 우리가 누리고 있는지. 우리들 사이에는 권력도, 부자도, 기계도 없다. 우리는 긴밀하게, 대단히 긴밀하게 서로 결합해 있다, 우리는 한 식구다! — 오, 인간들이여! 인간들이여! 우리는 우리의 조상들을 흉내 내지 않을 것이다, 속지 않을 것이다. — 평화로운 다른 왕국이 있다. — 그 왕국이 가까이 왔다, 가까이!"

절망의 예언자들이 하는 말은 조용했다. — 그것은 부드러운 흙 속에 뿌려진 씨앗처럼 사람들의 영혼 속으로 스며들어, 가슴의 깊은 고독 속에서 이미 오래전부터 무르익어 온 생각처럼 자라났다. 그 말은 모든 사람에게 이해될 수 있었고 감미로웠다. — 그리고 모두들 그것을 끝까지 말하고 싶었다. 그러나 인류의 모든 결정적인 시대에 으레 그랬듯이, 인간의 영혼 속에 숨어 있는 생각을 완전하게 다 말할 수 있게 될 선택된 자는 아직 존재하지 않았다.

마침내 그가, 절망의 메시아가 나타났다! 그의 시선은 차가웠고 목소리는 우렁찼다. 묵고 묵은 교의의 마지막 잔해들은 그의 말 앞에서 한순간에 사라졌다. 그는 인류의 마지막 사상의 마지막 말을 빠르게 말했다. — 그리고 모든 것이 바삐 움직이기 시작했다. — 아주 오랜 기술의 모든 노력, 악의와 복수의 모든 오랜 성공, 언젠가 예전에 인간을 살해할 수 있었던 모든 것들을 불러냈고, 지구의 가벼운 지층을 파서 아치 통로를 내고, 기술적으로 정제한 질산염, 유황, 석탄으로 그것들을 적도의 한쪽 끝에서 다른 쪽 끝까지 꽉 채웠다. 정해진 장엄한 시간에 사람들은 드디어 인류의 한 가족화와 총화합에 대한 고대 철학자들의 꿈을 완성시켰고, 맹렬하게 기뻐하며 서로의 손을 잡았다. 그들의 눈에는 우레 같은 비난이 드러나 있었다. 갑자기 흙덩어리 아래서, 광포한 무리로부터 얼마 전에 목숨을 건진 젊은 한 쌍이 모습을 나타냈다. 죽은 자의 그림자처럼 창백하고 쇠약한 그들은 아직도 서로를 꼭 끌어안고 있었다. “우리는 고통 속에서도 살고 싶고, 사랑하고 싶습니다.” — 그들은 이렇게 외치면서, 복수의 순간을 멈추어 달라고 인류에게 무릎을 꿇고 애원했다. 그러나 이 복수는 아주 오랜 세월에 걸친 생명의 대범한 베풂에 의해 키워진 것이었다. 대답 대신 위협적인 웃음소리가 울려 퍼졌다. 그리고 그것은 약속된 신호였다. — 한순간 불이 번쩍했다. 붕괴되는 지구가 터지는 소리가 태양계를 뒤흔들었다. 알프스와 침보라소 산맥의 폭파된 덩어리가 공중으로 날아오르고, 약간의 신음이 났다……. 그리고…… 재가 지상으로 되돌아왔고…… 모든 것이 잠잠해졌다……. 그리고 〔영원한〕 생명은 처음으로 후회했다……!

이 단편은 저자가 죽기 얼마 전에 쓴 것이다. 다행히도 그는 이 부자연스러운 영혼의 상태에 계속 머물러 있지는 않았다. 마지막 단편인 「체칠리아」에서는 종교적인 감정의 작용이 엿보인다. 이 단편은, 보건대, 강렬한 정신적 흥분 속에서 쓴 것으로, 아마도 당시에 그가 읽고 있었을 성서의 표현들을 상기시키며, 거의 알아볼 수 없는 필적으로 되어 있다. 많은 부분에서 단어가 끝까지 쓰여 있지 않으며, 종결부가 빠진 것으로 보인다.

체칠리아*

제게 가슴에 대한 힘을 주소서.
비밀에 찬 생각의 베일을 벗겨 주소서.
제가 전능하신 정신의 힘으로
온 세계를 영감과 사랑의 소리로
채울 수 있게 해 주소서.
— *쉐브이료프*, 「화음의 수호 성녀 체칠리아에게 바치는 노래」*

……그는 사람들을 멀리한 것이 아니라 그들의 행복을 멀리했다. 불행이 아니라 삶을 멀리했고, 삶을 멀리한 게 아니라 물음을 던지는 영혼을 멀리했다. 그는 평온이 아니라 납과도 같은 잠을 찾고 있었다. 그는 자신이 찾던 것을 발견하지 못했으며, 그가 그것을 피해 몸을 숨기려고 했던 바로 그것이 그의 감옥의 차가운 원

형 천장을 열로 녹여 버렸다. 슬픔은 이곳에 그의 집을 마련해 주었다. 슬픔은 절망의 시선으로 그를 비추고, 들리지 않는 통곡과 수치스러운 눈물과 미쳐 버린 웃음으로 그를 채웠다. 슬픔은 정신과 가슴을 갈가리 찢어 그것을 자신의 제단에 올려놓았고, 삶의 잔에 담즙을 가득 따랐다.

높은 지혜여, 너는 어디에 있느뇨? 네 일곱 기둥은 어디에 있느뇨? 네 식탁은 어디에 차려져 있느뇨? 제왕다운 말은 어디에 있느뇨? 숭고한 일을 위해 보낸 네 종들은 어디에 있느뇨?

우리의 삶은 이토록 슬픈가? 치유는 없고, 무덤은 말이 없는가? 우리는 우연히 태어나서 살아가다가 존재하지도 않은 것처럼 되고 마는가? 인간의 영혼은 연기가 되어 흩어지고, 따뜻한 말은 바람에 날리는 불꽃처럼 꺼지게 되는가? 우리의 이름은 시간 속으로 잊히고, 아무도 우리의 일을 기억하지 못하게 되는가? 그리고 우리의 삶은 — 구름의 흔적인가? 강렬한 햇빛을 받은 안개처럼 흩어지게 되는가? 그리고 계시의 성궤는 열리지 않고 아무도 봉인을 뗄 수 없는가?

누가 내 신음을 멎게 하리? 누가 가슴에 이성을 주리? 누가 정신에 말을 주리……?

. . . .

저기, 철책 뒤, 성 체칠리아에게 바친 사원 안에서는 모든 것이 기쁨으로 환호하고 있었다. 석양의 햇살이 불타오르는 분수처럼 화음의 수호 성녀상 위로 쏟아지면서 그녀의 황금 오르간이 울리고, 사랑으로 충만한 음(音)들이 무지개 원을 그리며 사원에 퍼지고 있었다. 불행한 인간은 얼마나 이 빛 속을 들여다보고 싶어 했던가. 얼마나 이 소리들에 귀 기울이고 싶어 했고, 그 속에다 자신의 영혼을 옮겨다 놓고 싶어 했고, 다 말하지 못한 채 머무르는 그 말들을 얼마나 간절하게 말하고 싶어 했던가. — 그러나 그에게로는 흐릿한 반사와 어지러운 반향만이 다다를 뿐이었다.

이 반사, 이 반향은 그의 영혼에게 무엇인가에 대해, 그것을 표현할 인간의 말을 그로서는 찾아낼 수 없었던 그 무엇인가에 대해 말하고 있었다.

그는 연푸른 반사 뒤에 빛이 있고 불분명한 반향 뒤에 화음이 있다는 것을 믿고 있었다. 그리고 때가 올 것이다, 하고 그는 꿈꾸었다. — 그러면 나에게도 체칠리아의 빛이 이르리라. 그리고 내 가슴은 그녀의 음들을 향해 나아가리라. — 내 지친 정신은 그녀 눈동자의 빛나는 하늘에서 쉬게 되리라, 나는 믿음의 눈물로써 내 영혼의 슬픔을 털어놓으리라……. 그러나 그러는 동안 그의 생명은 한 방울 한 방울 흘러 나갔고, 방울방울마다 독과 쓰라림이 들어 있었다……!

— 더 이상은 정말이지 글씨를 전혀 알아볼 수가 없군. — 파우스트가 말했다…….

— 이것만으로도 충분하네. — 빅토르가 비웃듯이 한마디 던졌다.

— 끔찍하군! 끔찍해! — 로스치슬라프가 눈을 떨구고 웅얼거렸다. — 사실, 영혼 깊숙이 들어가기만 하면, — 누구나 자신의 내면에서 모든 가능한 범죄의 싹을 발견하게 될 걸세.

— 아니, 영혼 깊숙이가 아니라네. — 파우스트가 반박했다. — 논리학 깊숙이이지. 이 논리학이란 것은 — 아주 괴상한 학문이거든. 시작해 보게, 무엇이든 원하는 것에서. 진리이든 부조리

이든, — 논리학은 모든 것을 아름답고 정연하게 진행시킨다네, 그러고는 자기 자신이 걸려 넘어질 때까지, 눈을 질끈 감고서 끌고 가지. — 예컨대 벤담*에게는 **개인**의 이익에서 **사회**의 이익으로 건너뛰는 게 아무 문제도 아니었네. 그는 자신의 체계 속에서 이 둘 사이에 심연이 존재한다는 걸 알아채지 못했으니까. 19세기의 선량한 사람들도 그와 함께 건너뛰었고, 그의 체계에 따라서 사회적 이익은 곧 그들 자신의 이익에 다름 아니라고 증명했지. 부조리는 명백해졌어. 하지만 이건 아직 불행이랄 것도 없네. 정작 나쁜 것은 — 이렇게 이리저리 거니는 동안, 반세기가 지나갈 수 있다는 걸세. 그래서 애덤 스미스의 논리는 맬서스에 와서야 비로소 걸려 넘어졌다네.* 우리의 세기는 지금 이 순간까지도 그것으로 살아왔고, 지금도 자넨 맬서스의 이론이 완전한 부조리라는 걸 많은 사람들에게 확신시킬 수 있을까. 그들에겐 그것과 더불어 새로운 삼단 논법이 시작되고 있는데…….

— 난 한 가지만 지적하겠네. — 베체슬라프가 말했다. — 자네의 탐험가들도, 또 그들의 미친 경제학자도, 맬서스에게 근거 없는 얘기를 뒤집어씌우고 있는 것 같군. 나는 그가 예컨대 인구 증가를 억제하는 처방으로 방탕을 권했다는 기억은 없으니까…….

— 자넨 잊고 있군. — 파우스트가 대답했다. — 나의 탐구자들은 이미 오래전에 죽었네. 그러니 아마도 그들은 맬서스가 첫 열정에 불탄 데다 자기 사상의 명백한 논리적 일관성이 지닌 광채에 눈이 먼 나머지 그만 실언을 해서 자기 이론의 모든 기괴한 논리적 결론들을 솔직하게 말해 버린 **초판***을 읽었을 걸세. 흔히 그렇듯이, 훌륭한 교육을 받고 자란 사람들의 대다수는 이론의 원칙 자체가 지닌 부도덕성에는 주목하지 않고, 몇몇 부차적인, 그렇지만 이 원칙 자체로부터 나올 수밖에 없는 결론들에 유혹당하고

말았지. 이른바 이 도덕적인 사람들을 안심시키기 위해서, 아니면 영국식 예의에서였다고 해도 상관없지만, 맬서스는 자기 책의 다음 판들에선 이론 자체는 그대로 둔 채, 지나치게 명백한 논리적 결론들은 삭제해 버렸네. 그래도 이젠 영국에서 누군가가 이렇게 말하고 나설 때야, 만능 약을 찾고 있는 연금술사들보다 맬서스가 훨씬 더 부조리하다고 말일세! 그런데 만일 맬서스의 이론이 옳다면, 실제로 인류에게는 자신의 몸 아래에 화약을 장치하고 공중으로 자신을 날려 버리는 것 이외에 다른 방도는 남지 않을 걸세, 아니면 맬서스 체계를 정당화하기 위해 바로 그만큼 효과적인 다른 수단을 찾아내든지.

다음번에는 자네들에게 바로 이 주제와 긴밀히 연관되어 있는 내 벗들의 여행기를 읽어 주지. 거기에서 자네들은, 자신의 추론을 통해 맬서스와 대등하게 우리 시대의 이른바 정치 경제학을 형성시킬 영예를 가졌던 다른 논리학자의 이론을 완전하게, 혹은 흔히들 말하듯이 실제적으로 적용시킨 사례를 보게 될 걸세.

제5야

이름 없는 도시*

캐나다 고지의 광활한 평원, 황량한 오리노코 강 언덕에 지금은 야만적인 사냥꾼의 무리가 유목 생활을 하고 있을 따름인 이들 지역에 한때는 문명화된 민족들이 거주했다는 것을 증명해 주는 여러 건물, 청동제 무기, 조각 작품들의 잔해가 있다.

— 훔볼트, 『코르딜레라 산맥의 풍경』 제1권.*

……이끼에 뒤덮인 바위들 사이로 길이 뻗어 있었다. 말들은 가파른 비탈을 오르느라 계속 미끄러지더니 마침내 아예 멈춰 서 버렸다. 우리는 마차에서 내리는 수밖에 없었다…….

바로 그때 우리는, 올라가기조차 거의 불가능한 절벽 꼭대기에 사람처럼 보이는 뭔가가 있다는 걸 알아챘다. 검은 망토를 걸친 이 환영은 돌무더기 사이에서 깊은 생각에 잠겨 꼼짝도 않고 앉아 있었다. 좀 더 가까이 절벽으로 다가간 우리는 어떻게 이 존재가 거의 수직에 가까운, 풀 한 포기 없는 암벽을 타고 꼭대기에 올라갈 수 있었는지 의아할 따름이었다. 우리의 질문에 역마차의 마부는 언젠가부터 이 절벽이 **검은 사람**의 거처가 되고 있으며, 부근 사람들 얘기로는 이 검은 사람이 아주 드물게, 양식을 구하기 위해서만 절벽에서 내려올 뿐, 다시 절벽으로 돌아가 몇 날 며칠이고 슬픔에 잠겨 돌 사이를 돌아다니거나 꼼짝도 않고 조각상처럼 앉아 있다고 대답해 주었다.

이 이야기는 우리의 호기심을 자극했다. 마부는 우리에게 꼭대기로 올라가는 좁은 계단을 가리켜 보였다. 우리는 그가 좀 더 안심하고 우릴 기다리게끔 돈을 몇 푼 주었고, 몇 분 뒤 우리는 이미 절벽 위에 있었다.

기이한 풍경이 우리 앞에 나타났다. 절벽은 폐허처럼 보이는 돌 파편들로 뒤덮여 있었다. 때로는 자연의 변덕스러운 손이나 태고의 옛 예술이 돌 파편들을 벽 모양의 긴 선으로 늘어놓기도 했고, 때로는 무너진 원형 천장의 무더기로 쌓아 올려놓기도 했다. 어떤 곳에서는 상상력이 착각에 빠진 나머지, 열주랑과도 비슷한 것을 보기도 했다. 어린 나무들이 이 잔해들로부터 여러 방향으로 모습을 드러내고 있었고, 바위틈 사이로 메꽃이 움트고 있어 이 풍경의 매혹을 완전하게 해 주고 있었다.

잎사귀가 살랑대는 소리에 검은 사람이 몸을 돌렸다. 그는 일어서서 조각상의 받침대같이 보이는 돌에 몸을 기대고 약간 놀라워하며 우리를 바라보았으나, 화는 내고 있지 않았다. 이 미지의 사나이는 엄격하고도 위풍당당한 모습이었다. 깊게 파인 눈에서 검고 커다란 눈동자가 불타고, 눈썹은 끊임없이 깊은 생각에 잠기는 것이 습관이 된 사람처럼 아래로 향해 있었다. 마치 그림에서처럼, 그의 왼쪽 어깨를 타고 흘러내려 땅 위에 드리워진 검은 망토는 이 미지의 사나이의 모습을 한층 더 위엄 있게 만들었다.

우리는 그의 고독을 방해한 데 대해 사과를 구하려고 애썼다……. — 정말이군요……. — 미지의 사나이가 잠시 침묵을 지키다가 말했다. — 여기서 방문객을 보는 경우는 드뭅니다. 사람들은 살고, 사람들은 지나가지요…… 놀라운 구경거리는 옆에 그대로 둔 채, 사람들은 계속, 계속 갑니다. — 그들 스스로 슬픈 구경거리가 될 때까지…….

— 당신을 별로 찾지 않는 것도 무리는 아니지요. — 대화를 시작할 셈으로 우리 중의 한 사람이 대꾸했다. — 이곳은 아주 음울하니까요, — 묘지 같군요.

— 묘지라……. 미지의 사나이가 말을 잘랐다. — 그래요, 정말입니다! — 그가 씁쓸하게 덧붙였다. — 그건 사실입니다 — 여기에는 많은 사상, 많은 감정, 많은 추억의 무덤이 있습니다…….

— 당신은 분명 당신의 마음에 매우 소중한 누군가를 잃으셨군요. — 나의 동료가 말을 이었다.

미지의 사나이가 재빨리 그를 쳐다보았다. 그의 눈에는 놀라움이 나타나 있었다.

— 예, 나리. — 그가 대답했다. — 나는 삶에서 가장 소중한 것을 잃었습니다 — 나는 조국을 잃었습니다…….

— 조국이라고요……?

— 예, 조국을! 당신은 그 폐허를 보고 계십니다. 여기, 바로 이곳에서 한때는 열정이 물결쳤고 사상이 불타올랐으며, 찬란한 궁전들이 하늘 높이 솟아올라 있었고, 예술의 힘이 자연을 당혹하게 했습니다……. 지금은 잡초에 뒤덮인 돌들만 남았지요, — 불행한 조국이여! 나는 너의 몰락을 예견했고, 너의 기로에서 신음했노라. 너는 내 신음을 듣지 않았지…… 그리고 내게는 너보다 오래 살 숙명이 주어졌다. — 미지의 사나이는 얼굴을 가린 채 돌

에 몸을 던졌다……. 갑자기 그는 벌떡 일어나더니, 몸을 기대고 있던 돌을 밀쳐 버리려고 애썼다.

— 또다시 네가 내 눈앞에 서 있구나. — 그가 외쳤다. — 너, 내 조국의 모든 재앙의 원인인 네가, — 꺼져라 — 꺼져라 — 내 눈물이 너를 따뜻하게 하지는 못하리니, 너, 생명 없는 기둥을…… 눈물은 소용없다…… 소용없지 않나……? 안 그런가……? — 미지의 사나이는 소리 내어 웃기 시작했다.

순간순간 우리에게 더욱 이해할 수 없이 되어 가는 그의 생각을 다른 방향으로 돌려 보려고, 내 동료는 이 미지의 사나이에게 지금 우리가 어떤 이름을 가진 나라의 폐허 한가운데 있는지 물었다.

— 이 나라는 이름이 없습니다 — 그럴 자격이 없습니다. 한때는 이름이 있었지요 — 우렁차고 영광스러운 이름이요. 하지만 그 이름을 흙 속에 처넣어 짓밟았고, 세월이 그것을 먼지로 덮어 버렸습니다. 이 비밀의 장막을 걷어 올리는 일은 내게 허락되어 있지 않습니다…….

— 물어봐도 좋을까요. — 내 동료가 말을 이었다. — 당신이 말씀하시는 그 나라는 정말 어떤 지도에도 나타나 있지 않은지요……?

이 질문은 미지의 사나이를 깜짝 놀라게 한 듯했다…….

— 어느 지도에도……. — 그는 잠깐 말이 없다가 되풀이했다. — 예, 아마 그럴 겁니다…… 분명히 그럴 겁니다. 그러니…… 지난 몇 세기 동안 유럽을 뒤흔들었던 무수한 격변 속에서도, 아무도 이 오를 수 없는 절벽 위에 자리 잡았던 식민지에 주의를 기울이지 않았던 일이 쉽게 일어날 수 있는 것이지요. 그 식민지는 역사가들이 알아채지 못한 채, 형성되고 번창하고 그리고…… 멸

망할 수 있었던 겁니다……. 그렇지만…… 아니, 죄송합니다…… 그게 아니고…… 아무도 그 식민지를 눈치채면 안 되었습니다. 슬픔이 내 생각을 뒤죽박죽으로 만드는군요. 그리고 당신의 질문이 나를 당혹스럽게 합니다……. 원하신다면…… 이 나라의 역사를 당신에게 순서대로 말씀드리지요……. 그게 내겐 더 쉬우니까요……. 한 가지 일이 다른 일을 떠올리게 하겠지만…… 그래도 나를 중단시키지는 마십시오…….

미지의 사나이는 대석(臺石)이 마치 강단이라도 되는 듯이 거기다 팔꿈치를 괴고, 엄숙한 연사의 모습으로 이렇게 시작했다.

"오래 오래전 — 18세기에 — 사회 조직론이 모든 지성들을 흥분시켰습니다. 광장에서나, 대학의 토론에서나, 미인의 침실에서나, 고대 작가들에 대한 주석에서나, 전쟁터에서나, 어디서든 국가의 몰락과 융성의 원인에 대해 논쟁을 벌이고 있었지요.

그때 유럽의 한 젊은이에게서 새롭고 독창적인 사상이 번쩍하고 빛났습니다. 그가 말했습니다. 수천 가지의 견해, 수천 가지의 이론이 우리를 에워싸고 있다. 그것들 모두는 — 사회 복지라는 같은 목표를 가지면서도, 언제나 서로 모순된다. 한번 살펴보자. 이 모든 견해에 어떤 공통된 것이 있지 않을까? 사람들은 인간의 권리에 대해, 의무에 대해 말한다. 그러나 무엇이 인간으로 하여금 자기 권리의 경계를 넘어서지 않도록 할 수 있을까? 무엇이 인간으로 하여금 자기 의무를 신성하게 지키도록 할 수 있을까? 그건 오직 하나 — 자신의 이익이다! 자신의 이익이 인간에게 자신의 권리를 지키도록 요구한다면, 그 권리를 약화시키려고 해 봐야 헛일일 것이다. 그의 의무가 그 자신의 이익과 충돌한다면, 그에게 자기 의무의 신성함을 증명하려고 해 봐야 헛일일 것이다. 그렇다, **이익**은 인간의 모든 행동의 본질적인 원동력이다! 이익이 없는 것은 해롭고, 이익이 되는 것은 허용된다. 이것이 사회의 유일하게 확고한 근거이다! 이익, 오로지 이익 — 이것이 당신들의 첫 번째이자 마지막인 법이 될 것이다! 그것으로부터 당신들의 모든 조치, 모든 일, 모든 풍습이 나오게 하라. 이익이 이른바 양심이라는 것의, 이른바 타고난 감정이라는 것의 위태위태한 토대를, 모든 시적인 몽상을, 자선가들이 지어낸 모든 허구를 대체하게 하라. — 그러면 사회는 지속적이고 견고한 복지에 도달할 것이다.

젊은이는 자신의 동료들이 모인 데서 이렇게 말했습니다. — 그리고 그는 — 내가 그의 이름을 말할 필요는 없겠지만 — 그는 벤담이었습니다.

그토록 확고하고 실증적인 근거에 기초한 빛나는 결론은 많은 사람들을 열광시켰습니다. 그러나 낡은 사회 안에서는 벤담의 원대한 체계를 실현시킬 수 없었지요. 늙은이들, 오래된 책들, 오래된 교의들이 그것에 저항했습니다. 그러자 이민을 가는 것이 유행했습니다. 부자들, 예술가들, 상인들, 수공업자들은 자신의 재산을 돈으로 바꾸고, 농기구, 기계, 수학적 도구를 갖추고서 배에 올라, 몽상가들로부터 멀리 떨어진 곳에서 빛나는 체계를 편안하게 실현할 수 있을, 사람이 살지 않는 지구의 한구석을 찾아 나섰습니다.

지금 우리가 있는 산은 그때 사방이 바다로 에워싸여 있었습니다. 나는 아직도, 우리의 배들이 항구에서 돛을 펄럭이던 때를 기억합니다. 접근하기 힘든 이 섬의 위치가 우리 여행자들의 마음에 들었습니다. 그들은 닻을 내리고 뭍으로 나갔으나 한 사람의 주민도 발견하지 못했고, 처음 그 땅에 발을 디딘 사람의 권리에 따라 그곳을 점령했습니다.

이 식민지의 모든 구성원들은 많든 적든 교육을 받았고, 학문과 예술에 대한 사랑을 지니고 있고, 세련된 취향과 우아한 즐거움에 익숙한 사람들이었습니다. 곧 토지가 개간되었습니다. 거대한 건물들이 마치 저절로 솟아나듯 땅에서 솟아올랐고, 삶의 온갖 요구와 편리함이 그 속에 총집결했습니다. 기계, 공장, 도서관, 모든 것이 이루 말할 수 없이 빠른 속도로 모습을 나타냈습니다. 벤담의 가장 훌륭한 친구가 통치자로 선출되어 강한 의지와 명석한 이성으로 모든 것을 추진했습니다. 어디서 아주 사소한 느슨함이나 태만함이라도 알아채게 되면, — 그는 맹약의 성스러운 단어인 **이익**을 말했고 — 그러면 모든 것이 전처럼 정상으로 되돌아가서, 게으른 팔들이 다시 위로 올라가고, 사그라졌던 의지가 다시 불타올랐습니다. 한마디로 식민지는 번창했습니다. 자신에게 복지를 가져다준 장본인에 대한 감사에 넘쳐서, 행복한 섬의 주민들은 제일 큰 광장에다 벤담의 거대한 입상을 세우고 그 대석(臺石)에다 황금으로 **이익**이라는 글자를 새겼습니다.

그렇게 긴 세월이 흘러갔습니다. 그 무엇도 행복한 섬의 평온과 즐거움을 깨뜨리지 않았습니다. 아주 처음에는, 상당히 중요한 문제를 두고 논쟁이 일어날 뻔했지요. 자기 아버지들의 신앙에 익숙해 있던 최초의 이주자들 중 몇 명이 주민들을 위한 사원의 건립이 꼭 필요하다고 생각했던 것입니다. 당연히, 곧 이런 질문이 제기되었습니다. 그것이 이익이 되는가? 많은 사람들이, 사원은 무슨 제조 시설이 아니다, 따라서 체감할 수 있는 어떤 이익도 가져올 수 없다고 주장했습니다. 그러나 첫 번째 사람들은, 사원은 이익이 도덕성의 유일한 근거이며 모든 인간 행동을 위한 유일한 법이라는 사실을 주민들에게 끊임없이 상기시켜 주기 위해 불가결하다고 반박했습니다. 모두들 이것에 동의했고, — 사원이 세워졌습니다.

식민지는 번창했습니다. 모두의 활동은 도저히 믿을 수 없을 정도였습니다. 이른 아침부터 모든 계층의 주민들이 1분 1초라도 헛되이 잃을까 두려워하며 잠자리에서 일어나, — 모두들 자신의 일을 시작했습니다. 어떤 자는 기계 앞에서 일하고, 어떤 자는 새 땅을 일구고, 또 어떤 자는 이자로 돈을 키우느라 — 거의 점심 먹을 시간도 낼 수 없었습니다. 사람들이 모이는 곳에서는 오직 한 가지, — 무엇으로부터 자신의 이익을 끌어낼 수 있는가 하는 이야기만 오갔습니다. 이 주제에 대한 수많은 책이 나타났습니다 — 아니, 내가 무슨 말을 하는 거지요? 오로지 그런 종류의 책만 나왔습니다. 젊은 처녀는 소설 대신 방적 공장에 관한 논문을 읽었고, 사내아이는 열두 살만 되면 장사 밑천을 모으기 위해 돈을 저축하기 시작했습니다. 가정에서는 이익이 되지 않는 농담도, 이익이 되지 않는 오락도 허용되지 않았습니다. — 하루의 1분 1초가 미리 계산되어 있었고, 모든 행동의 무게가 측정되었으며, 그 무엇도 이익을 주지 않은 채 사라져서는 안 되었습니다. 우리에게는 단 1분의 평온한 시간도 없었고, 다른 사람들이 자기 향유라고 부르던 것의 시간은 1분도 없었습니다. — 삶은 쉴 새 없이 앞으로 움직이고, 회전하고, 분주하게 소리를 냈습니다.

몇 명의 예술가들이 극장을 세우자고 제안했습니다. 다른 사람들은 그런 시설은 완전히 무익한 것이라고 생각했습니다. 논쟁이 오래 계속되었으나 — 결국, 극장에서 이루어지는 모든 공연이, 이익이 모든 미덕의 원천이고, 인류를 덮치는 모든 재앙의 주된 책임은 무익한 것에 있다는 사실의 증명을 목적으로 삼게 된다면, 극장도 유익한 시설일 수 있다는 결론을 내렸습니다. 이 조건 아래 극장이 세워졌습니다.

이와 비슷한 많은 논쟁들이 벌어졌으나 우리 국가는 벤담의 반박할 수 없는 변증법을 완벽하게 구사하는 사람들에 의해 통치되고 있었기 때문에, 모두에게 만족스럽게도 논쟁은 속히 중단되었습니다. 화합을 깨뜨리는 일은 없었고 — 식민지는 번창했습니다!

자신의 성공에 도취된 식민지 이주민들은 인간이 도달할 수 있는 궁극적 완성으로서 경험에 의해 입증된 자신들의 법을 영원히 바꾸지 않기로 결정했습니다. 식민지는 번창했습니다.

그렇게 다시 긴 세월이 흘렀습니다. 역시 무인도인, 우리에게서 멀지 않은 곳에 다른 이주자들이 정착했습니다. 그들은 어떤 체계의 실현을 위해서가 아니라 그저 자신이 먹고살 것을 마련하기 위해 그곳에 자리 잡은 단순한 사람들, 농부들로 이루어져 있었습니다. 우리들에게서는 열광, 그리고 우리가 모유와 함께 빨아들여온 규칙들이 생산하고 있던 것이, 우리 이웃들에게서는 살아야 한다는 필연성, 그리고 본능적이지만 지속적인 힘든 노동에 의해 생산되고 있었습니다. 그들의 밭과 초지는 훌륭하게 개간되었고, 농업 기술에 의해 생산성이 향상된 토지는 인간의 노동에 백 배로 보답했습니다.

이 이웃 식민지는 우리에게 이른바 **착취**[9]하기에 대단히 편리한 곳으로 생각되었습니다. 우리는 이 식민지와 무역 관계를 맺었으나, **이익**이라는 단어에 따라 행동하는 우리는 이웃을 소중히 여겨야 한다고는 여기지 않았습니다. 우리는 갖가지 교활한 술책을 써서 그들이 필요로 하는 물건의 수송을 막았고, 나중에 우리 물건을 그들에게 세 배나 비싼 값에 팔았습니다. 우리들 중의 많은 사람은 모든 법적인 형식으로 자신을 방어하면서 이웃을 대단히 성

9 위에서의 의미로 쓰이는 이 단어(эксплуатация)는 다행히 아직 러시아어에 존재하지 않는다. 이웃의 비용으로 쉽게 이익을 보는 것으로 옮길 수 있을 것이다.

공적으로 파산시켰고, 그 때문에 그들의 공장은 생산을 멈추었으며 그것은 우리 쪽에 이익을 가져다주었습니다. 우리는 우리 이웃이 다른 식민지들과 분쟁을 일으키게 만들고, 그런 경우 돈으로 그들을 도왔는데, 그 돈은 당연히 백 배가 되어 우리 주머니로 돌아왔습니다. 우리는 그들을 주식 투기에 끌어들였고, 교묘한 술책을 써서 언제나 이득을 챙겼습니다. 우리의 대리인들은 아예 이웃들에게서 늘 살았고, 아부, 교활함, 돈, 위협 등 모든 수단을 동원하여 — 끊임없이 우리의 독점권을 확대해 갔습니다. 우리 식민지의 사람들은 모두 부자가 되었고 — 식민지는 번창했습니다.

우리의 현명하고 견실한 정치 덕분에 이웃이 완전히 망했을 때, 우리의 통치자들은 선출된 사람들을 모아 놓고, 해결해야 될 문제를 그들에게 제시했습니다. 약해진 이웃의 땅을 완전히 손에 넣는 것이 우리 식민지에 이익이 될 것인가? 모두들 긍정적으로 답했습니다. 그 뒤에 다른 질문들이 이어졌습니다. 어떻게 그 땅을 차지할 것인가, 돈으로, 아니면 무력으로? 이 질문에 그들은, 처음에는 돈으로 시도해야 한다, 그러나 만약 이 수단이 통하지 않으면 무력을 사용해야 한다고 답했습니다. 협의회 위원들 중 몇 명은 우리 식민지의 주민들이 새로운 땅을 필요로 한다는 데는 동의하지만, 남의 재산에 손을 뻗치는 것보다 아직 사람이 살지 않는 어떤 다른 섬을 점령하는 편이 정의에 대한 요구와 더 합치할 것이라는 의견을 피력했습니다. 그러나 이 사람들은 유해한 몽상가들로, 이념가들로 선언되었습니다. 그들에게는, 인간의 손이 아직 닿지 않은 땅과 비교할 때 이미 개간된 땅이 몇 배나 더 이익을 가지고 오는지가 수학적 계산을 통하여 증명되었습니다. 그리하여 우리 이웃들에게 그들의 땅을 우리에게 이러이러한 금액에 양도하라는 제안을 하기로 결정했습니다. 이웃은 동의하지 않았지요……. 그래서 우리는 우리 이웃의 땅으로부터 얻을 수 있는 이익과 전쟁 비용을 대조해 본 다음, 무력으로 그들을 공격하여 우리에게 어떤 저항이라도 했던 모든 것들을 파괴시키고, 남은 자들은 강제로 먼 지방에 이주시킨 후 우리 자신이 섬을 점유했습니다.

다른 경우들에서도 그런 식으로 우리는 필요에 따라 행동했습니다. 주위의 땅에 사는 불행한 주민들은 단지 우리들의 제물이 되기 위해서 그들의 땅을 열심히 경작하는 것 같아 보였습니다. 오로지 자신의 이익만을 끊임없이 염두에 두고 있는 우리들은 우리 이웃과의 투쟁에서 정치적 술책, 사기, 매수와 같은 모든 수단이 허용되어 있다고 여겼습니다. 우리는 이웃을 약하게 만들기 위해 전처럼 그들을 서로 싸우게 만들었고, 약한 편을 지원하여 강한 편에 저항하게 했고, 강한 편을 공격하여 약한 편이 그들에게 폭동을 일으키게 했습니다. 점차 주위의 모든 식민지들이 하나씩 우리의 손아귀에 떨어졌고, — 벤담국은 위협적인 강국이 되었습니다. 우리는 우리의 위대한 업적에 대해 스스로를 축하했고, 무력으로, 그리고 더 자주는 기만으로 우리의 식민지를 부강하게 만든 그 영광스러운 남자들을 우리 아이들의 본보기로 삼았습니다. 식민지는 번창했습니다.

다시 오랜 세월이 흘렀습니다. 이웃을 정복한 후에 우리는 곧 정복하기가 그리 간단하지 않은 다른 이웃들을 만났습니다. 그때 우리에게 분쟁이 일어났습니다. 우리 국가의 국경 도시들은 외국인들과의 무역에서 큰 이익을 얻고 있던 터라 그들과 평화롭게 지내는 게 이익이 된다고 생각했습니다. 반면, 내륙 도시의 주민들은 좁은 땅에 밀집하여 살고 있었기 때문에 국경의 확장을 갈망하고 있었고, — 자신들의 인구 과잉 문제를 해결하기 위해서라도 — 이웃과의 분쟁을 대단히 유익한 것으로 여겼습니다. 목소리는 나뉘었습니다. 양쪽은 모두 동일한 한 가지, 즉 공동의 이익에 대해 말하고 있었지만, 어느 쪽이나 이 단어를 오직 자신의 이익으로 해석하고 있을 뿐이라는 사실을 알아채지 못했습니다. 이 분쟁을 예방하기 위해 자기희생과 상호 양보에 대해 말하고, 미래 세대의 행복을 위해서 지금 세대에서 무엇인가 희생해야 한다는 불가피성에 대해 말하는 다른 사람들도 아직 있었습니다. 이 사람들에 대해 양쪽 모두 반박할 수 없는 수학적 계산을 쏟아 냈습니다. 양쪽 다 이 사람들을 유해한 몽상가들, 이념가들이라 불렀습니다. 그리하여 국가는 둘로 갈라졌습니다. 한쪽은 외국인들에게 선전 포고를 했고, 다른 쪽은 그들과 무역 조약을 맺었습니다.[10]

이 분열은 국가의 복지에 심각한 영향을 미쳤습니다. 모든 계급에서 궁핍이 나타났고, 습관이 돼 버린 생활상의 몇몇 편리함을 단념해야만 했습니다. 이것은 참을 수 없는 것으로 여겨졌습니다. 경쟁이 새로운 산업 활동, 예전의 풍족함을 다시 획득하기 위한 수단의 새로운 탐색을 낳긴 했습니다. 그러나 모든 노력에도 불구하고, 벤담국 사람들은 예전의 호사로움을 그들의 집으로 다시 불러올 수 없었습니다. — 거기에는 많은 이유가 있었습니다. 이른바 고결한 경쟁에서, 만인과 각자의 강화된 활동에서, 개별 도시 간에는 국가의 두 부분에서와 똑같은 일이 자주 일어났습니다. 상반되는 이익이 충돌했습니다. 한쪽은 다른 한쪽에 양보하려고 들지 않았습니다. 한 도시에는 운하가, 다른 도시에는 철도가 필요했으며, 한 도시에는 한 방향, 다른 도시에는 다른 방향이 필요했

---

10 〔미국의 공화파 신문 『트리뷴(*Tribune*)』(그 가운데 일부가 『북방의 벌(*Северная пчела*)』, 1861년 9월 21일, 209호, 859쪽, 제4단에 실렸다)은 과격한 민주당의 승리 결과를 나열하면서 이렇게 언급하고 있다. “한 국가는 즉각 연방의 세율을 무효로 선언할 것이며, 다른 국가는 국방세에 반대할 것이고, 또 다른 국가는 자신의 국경 안에서 우체국이 일하는 것을 허락하지 않을 것이다. 이 모든 것의 결과로 연방은 완전히 붕괴될 것이다.”〕

습니다. 한편 금융가들의 작전은 계속되었지만 워낙 좁은 공간에 국한된 것인 까닭에 그것들은 **일의 자연스러운 진행 과정상** 불가피하게, 더 이상 이웃들이 아니라 벤담국 사람들 자신을 대상으로 해야만 했습니다. 상인들 역시 우리의 드높은 원칙인 이익에 따라, 다른 사람들의 파산으로 편안하게 돈을 모으고, **수요가 있는** 물품들을 나중에 비싼 값으로 팔기 위해 사려 깊게 판매를 금지시키고, 철저하게 주식 투기에 몰두하고, 이른바 상업의 신성하고 무한한 자유라는 구실 아래 독점권을 확립하기 시작했습니다. 어떤 사람들은 부자가 되었고, 어떤 사람들은 파산했습니다. 그렇지만 공동의 이익이 자신에게 직접적인 이익을 제공하지 않을 때는, 어느 누구도 자신의 이익의 일부를 공동을 위해 희생하고자 하지 않았습니다. 운하는 모래로 막히고, 도로는 공동의 협동이 부족했던 탓에 완성되지 못했습니다. 공장과 제작소는 쇠퇴하고, 도서관은 매각되고, 극장은 문을 닫았습니다. 궁핍이 점점 더 심해 가면서, 부자나 가난한 자 할 것 없이 모두에게 똑같이 타격을 주었습니다. 궁핍은 그들의 정서를 쉽게 흥분하고 화내게 만들어서, 비난이 격렬한 충돌로 나아가고, 칼을 뽑고, 피가 흐르고, 한 지역이 다른 지역에, 한 마을이 다른 마을에 맞서 봉기했습니다. 땅은 파종도 하지 않은 채였고, 풍성하게 여문 곡식들은 적에 의해 모조리 못 쓰게 되었습니다. 한 가정의 아버지, 수공업자, 상인들이 그들의 평화로운 일터에서 해고당했고, 그와 함께 모두의 고통은 더욱 커졌습니다.

때로 일시적으로 중단되었다가도 다시금 더욱 잔인하게 새로이 발발하는 이 전쟁과 내전 속에서 또 여러 해가 흘렀습니다. 공통적이고 개인적인 비탄 속에서 공동의 우울은 공동의 감정이 되었습니다. 오랜 투쟁에 지친 사람들은 나태함에 빠졌습니다. 아무도 미래를 위해 뭔가를 하려고 하지 않았습니다. 인간의 모든 감정, 모든 사고, 모든 충동은 현재의 순간에 국한되었습니다. 가장은 따분하고 슬프게 집으로 돌아왔습니다. 아내의 애무도, 자식들의 정신적인 발전도 그를 위로해 주지 못했습니다. 교육은 불필요하게 여겨졌습니다. 필요하다고 간주된 유일한 것은 — 옳건 그르건 모든 수단을 써서 자신을 위해 어떤 물질적인 이익을 얻어내는 일이었습니다. 아버지들은 그들 자신을 겨누게 될 무기를 자식들 손에 넘겨주지 않기 위해, 이 기술을 자기 자식들에게 가르쳐 주기를 두려워했습니다. 하지만 그럴 필요도 없었습니다. 젊은 벤담인은 어렸을 때부터 옛 전설이나 어머니가 들려준 이야기에서 오직 이 학문 하나만을, 즉 신과 인간의 법을 피하면서 그것들을 그저 자신을 위해 어떤 이익을 끌어내는 수단의 하나로만 보는 방법을 배워 왔으니까요. 인간의 생존 투쟁을 다시 회복시킬 수 있는 것은 그 무엇도 없었습니다. 근심에 잠긴 그를 위로해 줄 수 있는 것은 그 무엇도 없었습니다. 영혼을 소생시키는 신성한 시의 언어는 벤담인에겐 가까이할 수 없는 것이었습니다. 자연의 위대한 현상들은 지상의 근심으로부터 인간을 떼어 놓는 그 걱정 없는 관조 속으로 그를 잠겨 들게 해 주지 않았습니다. 어머니는 어린아이의 요람 위에서 자장가를 부를 수 없었습니다. 자연스러운 시적 요소는 이미 오래전에 탐욕적인 이익의 계산에 의해 살해당했습니다. 이 요소의 죽음은 인간 본성의 다른 모든 요소들을 감염시켰습니다. 사람들을 서로 연결시키는 추상적이고 보편적인 생각은 모두 헛소리로 간주되었습니다. 책, 지식, 도덕률은 — 무익한 사치였습니다. 예전의 영광스럽던 시대에서 남은 것은 — **이익**이라는 단 하나의 단어에 불과했습니다. 그러나 이 단어도 의미가 막연해져서, 다들 그것을 자기 나름대로 해석했습니다.

곧 우리의 수도에서 분쟁이 발생했습니다. 수도의 주위에는 생산량이 풍부한 탄광들이 있었습니다. 이 탄광의 소유주들은 거기서 막대한 수입을 얻고 있었습니다. 그러나 오랫동안 채굴을 해왔고 갱도를 자꾸만 더 깊이 파 온 까닭에 탄광엔 물이 가득 고여 있었습니다. 석탄 채굴은 어려워졌습니다. 탄광 소유주들은 석탄값을 인상했습니다. 도시의 나머지 주민들은 비싼 가격 때문에 이 생필품을 필요한 양만큼 가질 수 없었습니다. 겨울이 닥쳐왔고, 석탄 부족은 더욱더 절실한 문제가 되었습니다. 가난한 사람들은 정부에 호소했습니다. 정부는 탄광에서 물을 빼내는 방식으로 탄광 채굴을 쉽게 하는 방법을 제안했습니다. 부자들은 소량의 석탄을 고가에 파는 것이 갱도를 건조시키기 위해 조업을 중단하는 것보다 그들에게 더 이익이 된다는 사실을 반박할 수 없는 계산을 통해 증명하면서 반대했습니다. 논쟁이 시작되었고, 추위에 떠는 가난한 자들의 무리가 탄광으로 몰려가서, 그들에겐 공짜로 석탄을 얻는 것이 돈을 지불하는 것보다 훨씬 이익이라는 사실을 역시 반박할 수 없이 증명하면서 탄광을 점령하는 것으로 논쟁은 끝이 났습니다.

유사한 현상들이 끊임없이 되풀이되었습니다. 그것들은 도시의 모든 주민들을 강한 불안 속으로 몰아넣었고, 그들을 광장에서도, 집 지붕 아래에서도 가만히 내버려 두지 않았습니다. 모두들 공동의 재앙을 보고 있었지만 — 어떻게 거기서 빠져나올 수 있는지, 아무도 알지 못했습니다. 결국 그들은 자신의 불행에 대한 원인을 도처에서 찾다가 그 원인이 정부에 있다는 데 생각이 미쳤습니다. 그것은 비록 드문 일이긴 했으나 정부가 호소문을 통해, 서로 돕고 공동의 이익을 위해 자신의 이익을 희생해야 할 필요성에 대해 상기시키곤 했기 때문이었습니다. 하지만 모든 호소는 이미 때늦은 것이었습니다. 사회의 모든 개념은 뒤죽박죽이 되었고,

단어는 의미가 바뀌었습니다. 공동의 이익이라는 것 자체가 이미 몽상으로 여겨졌습니다. 이기주의가 유일하고도 신성한 생활 규칙이었습니다. 이성을 잃은 사람들은 그들의 통치자들이 끔찍하기 짝이 없는 범죄를 저질렀다고 비난했는데, 그 범죄란 바로 — 시(詩)였습니다. '미덕이니, 자기희생이니, 시민적 용기니 하는 것들에 대한 그런 철학적인 해석이 우리에게 왜 필요한가? 대체 그것들이 어떤 이윤을 가져다주는데? 우리의 본질적이고 실제적인 궁핍을 도와 달라!' — 불행한 자들은 본질적인 악이 그들 자신의 가슴 속에 있다는 것을 모르는 채, 외쳤습니다. '왜', — 하고 상인들이 말했습니다. — '이 학자들과 철학자들이 우리에게 있어야 하는가? 그들이 도시를 통치해야 하는가? 우리가 하는 일이 진짜 일이다. 우리는 돈을 받고, 돈을 지불하고, 농산물을 사들이고, 그것을 판다. 우리야말로 가장 본질적인 이익을 가져다준다. 우리가 통치자가 되어야 한다!' 신성한 불꽃이 한 점이라도 발견된 모든 사람들은 유해한 몽상가로 간주되어 도시에서 추방당했습니다. 상인들이 통치자가 되었고, 정부는 하나의 주식회사가 되었습니다. 직접적으로 어떤 이익을 가져다줄 수 없고 그 목적이 상인들의 편협하고 이기적인 시선에 불분명해 보이는 모든 위대한 사업들은 사라졌습니다. 국가적인 통찰, 현명한 예견, 풍속의 교정, — 상업적인 목적을 직접 지향하고 있지 않은 모든 것, 한마디로, 이윤을 가져다줄 수 없는 모든 것은 몽상이라 불렸습니다. 은행가들의 봉건주의가 승리를 구가했습니다. 학문과 예술은 완전히 입을 다물었고, 어떤 새로운 발견, 발명, 개선도 나타나지 않았습니다. 증가하는 인구는 산업의 새로운 힘을 요구했으나, 산업은 낡고 파손된 궤도를 따라 기어가면서 증대되는 요구에 부응하지 못하고 있었습니다.

예상치 못했던 파괴적인 자연 현상이 인간 앞에 나타났습니다. 폭풍, 모든 것을 썩게 만드는 바람, 역병, 기아……. 굴욕을 당한 인간은 그 앞에 머리를 조아렸고, 인간의 권력에 의해 재갈이 물리지 않은 자연은 인간이 지금껏 기울여 온 노력의 열매들을 단 한 번의 입김으로 모조리 파괴해 버렸습니다. 인간의 모든 힘은 쇠약해 갔습니다. 미래의 상업 활동을 강화시켜 줄 수 있을, 그러나 현재는 상인-통치자들의 이익을 저해하고 있는 야심 찬 구상마저 편견이라고 일컬어졌습니다. 사기, 위조, 고의적인 파산, 인간의 존엄함에 대한 전적인 경멸, 황금 숭배, 육체의 가장 거친 요구에 대한 아부, — 이것들은 자명하고도 허용된, 불가결한 일이 되었습니다. 종교는 완전히 부차적인 대상이 되었고, 도덕성의 본질은 정확한 결산에 있었습니다. 정신적인 일이란 신용을 잃지 않으면서 속일 수 있는 방법의 모색이었고, 시는 출납부의 수지 균형, 음악은 기계의 단조로운 두들김, 그리고 회화는 모델 제도(製圖)였습니다. 인간을 격려해 주고, 일깨워 주고, 위로해 줄 수 있는 것은 아무것도 없었습니다. 한순간이나마 인간이 자신을 잊을 수 있는 데는 없었습니다. 정신의 신비한 샘은 말라 버렸습니다. 그 어떤 갈증이 인간을 괴롭히고 있었으나, — 사람들은 이 갈증을 뭐라고 불러야 할지도 몰랐습니다. 공동의 고통은 더욱 커졌습니다.

이때 우리 나라 어느 도시의 광장에, 창백하고 머리가 마구 헝클어진, 상복 차림의 한 남자가 나타났습니다. '화 있을진저', — 그가 자신의 머리에 재를 뿌리며 외쳤습니다. — '화 있을진저, 너, 믿음 없는 나라여, 너는 네 예언자들을 학살했고, 네 예언자들은 침묵해 버렸다! 화 있을진저! 보라, 높은 하늘에는 이미 위협적인 먹구름이 모여들고 있다! 아니면 너는 두렵지 않으냐, 하늘의 불이 너에게 떨어져 네 마을과 밭을 불살라 버릴 것이? 혹은 네 대리석 궁전과, 화려한 옷과, 황금 더미와, 노예의 무리와, 네 위선과 교활함이 너를 구해 줄 것인가? 너는 네 영혼을 더럽혔고, 네 가슴을 팔았고, 모든 위대하고 신성한 것을 잊었다. 너는 단어의 뜻을 혼란스럽게 하였으며, 황금을 선이라 부르고, 선을 황금이라 불렀으며, 교활함을 이성이라, 이성을 교활함이라 불렀다. 너는 사랑을 경멸했고, 정신의 학문과 가슴의 학문을 경멸했다. 네 궁전은 무너지고, 네 옷은 찢기고, 네 광장과 넓은 길은 잡초에 뒤덮이고, 네 이름은 잊히리라. 너의 마지막 예언자인 내가 네게 호소하나니, 거래와 황금, 거짓과 불신앙을 버려라. 정신의 사상과 가슴의 감정을 소생시켜라. 우상들의 제단이 아닌 사심 없는 사랑의 제단 앞에 무릎을 꿇어라……. 그러나 나는 네 거칠어진 가슴의 목소리를 듣나니, 나의 말은 공연히 네 귀청을 때릴 뿐, 너는 참회하지 않을 것이다 — 나는 너를 저주하노라!' 이렇게 말하면서 그는 땅에 엎드렸습니다. 경찰이 호기심 많은 군중을 헤치고 불행한 남자를 정신 병원으로 끌고 갔습니다. 며칠 뒤 우리 도시의 주민들은 실제로 무서운 뇌우의 습격을 받았습니다. 온 하늘이 화염에 휩싸인 것만 같았고, 번쩍이는 푸른 번개가 먹구름을 찢어 놓고 천둥 벼락이 끊임없이 이어졌습니다. 나무가 뿌리째 뽑혔고, 우리 도시의 많은 건물들이 벼락에 파괴되었습니다. 그러나 더 이상의 재해는 없었습니다. 다만 얼마 지난 뒤에, 우리에게서 발행되던 유일한 신문인 「가격표」에서 우리는 다음과 같은 기사를 읽게 됐습니다.

'비누 시장은 조용하다. 면양말 묶음은 20퍼센트를 할인해 준다. 날염 무명의 수요가 있다.

추신. 독자 여러분에게 속보로 알린다. 2주 전에 있었던 뇌우는 우리 도시에서 사방 백 마일 떨어진 지역들에까지 끔찍한 피해를 입혔다. 많은 도시들이 번개에 잿더미가 되었다. 이웃한 산에 화산이 형성됨으로써 재해는 완벽한 것이 되었다. 화산에서 용암이 흘러나와, 그나마 뇌우에 살아남은 것들을 모조리 파괴해 버렸다. 수천 명의 주민들이 목숨을 잃었다. 남은 사람들을 위해서는 다행스럽게도, 굳어 버린 용암은 그들에게 새로운 산업의 원천을 제공했다. 그들은 알록달록한 용암 조각을 부러뜨려, 반지와 귀걸이, 그리고 다른 장신구들을 만들었다. 우리는 독자 여러분에게 이 자영업자들의 불행한 처지를 이용할 것을 권한다. 불가피한 사정으로 그들은 자신의 제품을 거의 무료로 판매하고 있으며, 알다시피, 용암으로 만든 모든 물건들은 큰 이문을 붙여 다시 전매될 수 있다 등등…….'"

우리의 미지의 사나이는 말을 멈추었다. "당신들에게 더 이상 무엇을 얘기하겠습니까? 상업 유통으로 이루어진 우리의 인위적인 삶은 오래 계속될 수 없었습니다.

몇 세기가 흘렀습니다. 상인들에 이어 수공업자들이 왔습니다. '왜' — 하고 그들은 소리쳤습니다. — '우리의 노동을 이용하면서 편안히 자기네들 탁자 앞에 앉아 돈을 버는 이 사람들이 우리에게 왜 필요한가? 우리는 얼굴에 비지땀을 흘리며 일하고 있고, 노동을 알고 있다. 우리가 없으면 그들은 존재할 수도 없다. 우리야말로 도시에 본질적인 이익을 가져다주는 사람들이다. — 우리가 통치자가 되어야 한다!' 대상에 대해 어떤 보편적인 지식을 조금이라도 가지고 있는 모든 사람들은 도시에서 추방당했습니다. 수공업자들이 통치자가 되었고 — 정부는 하나의 공방으로 변했습니다. 상업 활동은 사라졌고, 수공품들이 시장을 가득 채웠으나 판매의 중심이 없었습니다. 통치자들의 무지로 인해 유통 경로가 끊어졌고, 자본을 회전시키는 기술이 사라져 버려 돈이 희귀해졌습니다. 공동의 고통은 더 심해졌습니다.

수공업자에 이어 농부들이 왔습니다. '왜', — 하고 그들이 소리쳤습니다. — '자질구레한 것들이나 만드는 주제에, — 추우나 더우나 우리가 밤낮으로 얼굴에 땀을 뻘뻘 흘리며 농사지어 만든 빵을 따뜻한 지붕 아래 들어앉아 먹어 치우는 이런 사람들이 우리에게 왜 필요한가? 우리가 우리의 노동으로 그들을 먹여 살리지 않는다면, 그들은 무엇을 하게 될 건가? 우리야말로 도시에 본질적인 이익을 가져다준다. 우리는 도시가 제일 필요로 하는 필수적인 것을 알고 있다. — 우리가 통치자가 되어야 한다.' 그리고 거친 농사일에 길들지 않은 손을 가진 사람들은 누구든 즉시 도시에서 추방되었습니다.

비슷한 현상들이 우리 나라의 다른 도시들에서도 약간 변화된 형태로 일어났습니다. 한 지역에서 추방된 자들은 다른 지역으로 가서 임시 거처를 발견했지만, 더 가혹해진 궁핍 때문에 새로운 거처를 구해야만 했습니다. 이 지방에서 저 지방으로 쫓겨 다니며 그들은 무리를 이루었고, 무력으로 생계를 해결했습니다. 밭은 말발굽에 짓밟혔고, 곡식은 익기도 전에 뿌리째 못 쓰게 되었습니다. 습격으로부터 목숨을 구하기 위해 농부들은 자신들의 일을 내팽개칠 수밖에 없었습니다. 땅의 작은 일부에만 파종을 했고, 불안과 공황 상태에서 경작하는지라 열매도 많이 열리지 않았습니다. 기술의 도움 없이 방치된 농지는 잡초와 관목 덤불로 뒤덮이거나, 밀려온 바다 모래로 가득 메워졌습니다. 공동의 재앙을 예방해야 할 과학의 강력한 도움을 그들에게 가르쳐 줄 수 있는 사람은 아무도 없었습니다. 기아가 그 모든 끔찍함을 고스란히 드러내며 격류처럼 우리 나라를 휩쓸었습니다. 쟁기의 남은 부분으로 형제가 형제를 죽이고, 피범벅이 된 손에서 얼마 안 되는 양식을 빼앗았습니다. 우리 도시의 웅장한 건물들은 이미 오래전부터 황량하게 서 있었고, 필요 없게 된 배들이 부두에서 썩고 있었습니다. 예전의 위대함을 말해 주는 대리석 궁전 옆에서 거친 방탕에 빠져 권력이나 혹은 하루하루의 먹을 것에 대해 다투고 있는 난잡하고 난폭한 무리를 보는 것은 괴이하고도 무서웠습니다! 지진은 사람들이 시작한 것을 완성시켜 주었습니다. 지진은 고대의 모든 기념비들을 무너뜨리고 재로 덮어 버렸습니다. 시간은 그것들 위에 풀이 무성히 자라게 했습니다. 고대의 기억에서 남은 것이라고는 한때 벤담의 입상이 우뚝 솟아 있던 네모난 대석 하나뿐이었습니다. 주민들은 짐승 사냥이 그들에게 유일한 밥벌이가 되리라 여겨진 숲 속으로 떠났습니다. 서로 헤어진 가족들은 야만이 되어 갔고, 한 세대가 지날 때마다 과거에 대한 기억의 한 부분이 사라졌습니다. 마침내, 오 슬픈지고! 나는 우리의 영광스러운 식민지의 마지막 후손들을 보았습니다. 그들은 벤담을 고대의 신으로 여기고 미신적인 공포에 사로잡혀 그의 입상 대석 앞에 무릎을 꿇고서, 그들만큼이나 야만적인 다른 종족들과의 전투에서 사로잡은 포로들을 제물로 바치고 있었습니다. 내가 그들에게 그들 조국의 폐허를 가리키면서 어떤 민족이 이 기념비를 남겼느냐고 묻자, — 그들은 의아하게 나를 쳐다볼 뿐, 내 질문을 이해하지 못했습니다. 마침내는 기아와 질병에 고통받거나 맹수에 잡아먹혀, 우리 식민지의 마지막으로 남아 있던 자들마저 멸망하고 말았습니다. 우리의 조국 전체에서 남은 거라곤 이 생명 없는 돌뿐입니다. 그리고 나는 이 돌 위에서 울며 저주하고 있습니다. 다른 나라의 주민인 당신들, 황금과 육(肉)의 숭배자인 당신들, 나의 불행한 조국에 대한 이야기를 세상에 알려 주시오⋯⋯ 하지만 이제 그만 가 주시고 내 눈물을 방해하지 마시오."

미지의 사나이는 울분에 사로잡혀 네모난 돌을 붙잡고, 있는 힘을 다하여 땅으로 뒤엎어 버리려는 듯했다.

우리는 그 자리를 떠났다.

다른 역참에 도착한 뒤, 우리는 우리와 이야기를 했던 그 은자에 대해 여관 주인에게서 무슨 정보라도 얻어 내 보려고 했다.

— 오! — 여관 주인이 우리에게 대답했다. — 그 사람을 알지요. 얼마 전에 그가 우리의 한 집회에서 설교를 하고 싶다고 하더군요. 우리는 모두 기뻐했습니다. 특히 마누라들이 그랬지요. 그래서 그가 점잖은 사람인 줄 알고, 다들 설교자의 얘기를 들으려고 모였답니다. 그런데 그자는 대뜸 첫마디부터 우리에게 욕을 해 대면서, 우리가 전 세계에서 제일 부도덕한 민족이고, 파산은 가장 양심 없는 짓이다, 인간은 자신의 부를 늘리는 것만 끊임없이 생각해서는 안 된다, 우리는 반드시 멸망할 것이다…… 등등, 그런 식의 불쾌한 것들을 계속 증명하려고 들더군요. 우리는 자존심 때문에 민족성에 대한 그런 모욕을 참을 수가 없어서 — 연사를 문밖으로 내쫓았답니다. 그게 아마 그에게 몹시 굉장한 충격을 주었나 보지요. 그자는 미쳐서 이곳저곳을 떠돌면서 지나가는 사람들을 붙잡고 누구한테나 자기가 우리를 위해 지은 설교문의 부분들을 읽어 주고 있답니다.

— 자, 어떤가? 이 이야기가 자네들 마음에 드나? — 파우스트가 읽기를 끝내고 물었다.

— 이 신사들이 자신의 이야기를 가지고 뭘 증명하려고 한 건

지 모르겠군. — 뱌체슬라프*가 말했다.

— 증명? 그런 건 절대 없네! 자네도 알지만, 화학 실험에서 관찰자들은 그들이 실험 과정 중에 뭘 보게 되든, 으레 모든 것을 일지에 다 쓰지. 그들은 무엇을 증명하겠다는 의도가 전혀 없이, 그게 진짜 사실이건, 착각에 기인한 것이건 간에, 모든 사실을 기록한다네…….

— 그래, 하지만 여기 무슨 사실이 있나! — 빅토르가 소리쳤다. — 사실 같은 것은 어디에도 없었어…….

파우스트. 나의 정신 탐구자들에게 사실이란, — 한 시대의 사건에 대한 상징적인 통찰이었네. 그 시대는 만약 선한 섭리가 인간들에게서 그들의 사상을 **완전하게** 실현시키는 능력을 앗아 가지 않는다면, 그리고 만약 인류 자신의 행복을 위해 모든 사상이 각각 자신의 발전 과정에서 다른 사상에 의해 중단되지 않는다면, 그 다른 사상이 옳든 그르든, 그런 건 여기선 상관없지만, — 그러나 갈고리가(이것을 사용하여 누군가가 우리를 조롱하는 그 갈고리 말일세) 바닥까지 내려가서 호수 밑바닥의 무성한 수초들을 긁어 올리는 것을 그 사상이 마치 부표처럼 방해하지 않는다면, 사물의 자연스러운 진행 과정에 따라 언젠가 반드시 오게끔 되어 있을 그런 시대라네. 그렇지만, 인류의 구성원 중 어느 한 사람이 지닌 사상의 완전한 발전에서 인류가 만나게 되는 모든 장애에도 불구하고 인정하지 않을 수 없는 것은, 은행가(銀行家) 봉건주의가 서구에서는 곧장 벤담인들의 길로 들어서지 않았지만, 그러나 지구의 다른 반구(半球)에서는 계속 이 길을 따라 걸어온 듯한 나라가 있다는 점이야. 그곳에서는 언어나 장검(長劍)이 아니라, — **이로 물어뜯는** 결투가 이미 일상적인 일이 되었지.

뱌체슬라프. 그건 다 좋아. 그렇지만 나는 이 모든 것의 목적을 모르겠네. 이 신사들은 뭘 증명하겠다는 건가? 또는 좋아, 뭘 깨달았다는 건가? 물질적인 이익만이 사회의 목적일 수는 없고, 사회 법칙의 토대도 될 수 없다는 것인가? — 그렇다면 알고 싶군. 이 이익이란 것이 없었다면 그들이 어떻게 지낼 수 있었을지. 그들의 체계에 의하면 땔감에 대해서도, 가축에 대해서도, 그리고 옷에 대해서도 신경 쓰지 말아야 한다는 거니까…….

파우스트. 누가 그런 말을 하고 있나? 그건 다 선한 것이고, 다 좋은 것이야! 하지만 문제는 전혀 그게 아니라네. 그런데 유물론자-경제학자들은 공연히 그 점을 어둡게 가리려고 들거든. 그다지 향기롭지 못한 예를 들어 설명해 보겠네. 뭐, 자네들 공리주의자들에겐 어차피 다 매한가지이겠지만. 모든 대상은, 자네들 생각에 따르면, 각각 다 존재할 권리가 있지. 왜냐하면 존재하고 있으니까. 도시에서 온갖 쓰레기와 오물을 치워 주는 사람들은 도시에 중요한 이익을 가져다주네. 그들은 도시를 악취와 전염병으로부터 구해 주고, — 그들의 도움이 없다면 도시는 존재할 수도 없을 걸세. 그러니 의심의 여지 없이 그들이야말로 최고로 유익한 사람들이지. — 안 그런가?

빅토르. 동의하네.

파우스트. 어떤가, 만일 이 사람들이 자신의 악취 나는 위업에 자신만만해져서 사회에서 첫 번째 자리를 요구하고, 자신이 사회의 목적을 정하고 사회의 활동을 지배할 권리가 있다고 여긴다면?

빅토르. 그런 일은 절대로 일어날 수 없어.

파우스트. 그렇지 않아. — 지금 눈앞에서 일어나고 있어, 단지 다른 분야에서이지만. 공리주의 경제학자 양반들은 오로지 물질적인 지렛대에 의지하여, 인류의 진정한 목적과 본성을, 그들을 가리고 있는 이 쓰레기 더미에서 뒤적이고 있다네. 그리고 자신들의 악취 나는 위업을 근거로, 은행가들, 독점 판매권 소유자들, 증권 브로커들, 상인들 등등과 함께 자신들이 인류 가운데 첫째가는 자리를 차지하고, 인류에게 법을 정해 주고, 목적을 지시해 줄 권리가 있다고 여기고 있는 걸세. — 그들의 손안에 땅도, 바다도, 황금도, 세계 모든 곳에서 오는 배들도 놓여 있어. 아마도 그들은 인간에게 모든 것을 제공할 수 있겠지. — 그런데 인간은 만족하고 있지 않아. 그의 존재는 충만해 있지 못하고, 그의 요구는 충족되지 않았어. 그는 장부에 기입될 수 없는 그 무엇인가를 찾고 있는 거라네.

빅토르. 그렇다면 그 일은 이미 시인들한테 맡겨야 하는 게 아닌가?

파우스트. 시인들은 플라톤 시대 때부터 도시에서 추방되었다네.* 그들은 사람들이 그들에게 씌워 주었던 화관에 도취해 있지. 언덕에 앉아 도시를 바라보며, 왜 해가 뜨면 도시의 모든 것이 바삐 움직이고, 해가 지면 모든 것이 다시금 멎어 버리는지, 그저 한없이 놀라워할 따름이라네. 그렇지, 때로 그들은 무역 회사의 지배하에 인도가 누리고 있는 복지에 대해 현명한 버크*가 행했던 연설을 다시 한 번 읽기도 하지. 그 유명한 연설가가 말했듯이 '인육으로 돈을 주조한' 무역 회사[11] 말일세.

빅토르. 그렇다면 여보게들, 정치 경제학을 위한 새로운 법칙을 생각 좀 해내게나. 그걸 실제로 한번 보자고.

파우스트. 생각해 낸다고! 법칙을 생각해 낸다고! 난 모르겠네, 여보게들, 어째서 자네들에게는 그런 일이 가능해 보이는지. 세계와 자기 자신을 위해 법칙을 발명해 내라는 지시와 함께 누군

---

11 버크가 1788년 초에 행한 연설을 보라.

가가 세계와 삶 속으로 파견했을 그런 존재를 찾을 수 있으리라는 게 나는 전혀 이해가 안 가. 왜냐하면 거기서 당연히 나올 수밖에 없는 결론은, 그 세계에는 존재를 위한 어떤 법칙도 없다는 것, 즉, 그 세계는 존재하지 않으면서 존재하고 있다는 것이 될 테니까. 나는 어떤 세계든 자신의 법칙을 이미 완전히 완성된 상태로 지니고 있어야 한다고 생각하네. 사람들은 그것들을 찾아내기만 하면 되지. 하지만 그건 내 일이 아닐세. 로스치슬라프가 언급했던 학자처럼, 나는 단지 다른 사람들이 말하고 있는 것을 말할 따름이지, 나 스스로는 아무것도 말하고 있지 않아. 하지만 나는 이 우주 전체에서 가장 커다란 역할을 하는 것은 다름 아니라, 덜 구체적으로 느껴지는 것, 혹은 덜 유익한 것이라고 생각하네. 카루스*가 제시하고 있는 흥미 있는 증거들을 읽어 보게나.[12] 그것에 따르면 근육이나 뼈와 같은 모든 단단한 신체 부분들은 액상적인 부분들의 산물, 다른 말로 해서, 자신의 형성 과정을 이미 완료한 유기체의 잔여물이라는 거야. 심지어 이 단계성은 자연에서도 확인할 수 있을 것 같네. 그것의 계단을 따라 아래로 내려갈수록, 우리는 표면적 밀도에도 불구하고 결합과 강도와 힘을 덜 발견하게 되지. 돌을 부숴 보게, 돌은 부서진 채로 남아. 나무를 잘라 보게. — 나무는 다시 자라난다네. 그리고 동물의 상처는 — 나을 수 있어. 대상들의 영역으로 더 높이 올라갈수록, 더 많은 힘을 발견하게 되네. 물은 돌보다 약하고, 수증기는 아마 물보다 약하겠

12 카루스의 『비교 해부학 원론(*Grundzüge der vergleichenden Anatomie*)』. 유기체 개념에 일대 전환을 가져온 이 저명한 책은 모든 자연 과학자들에게 알려져 있다. 같은 저자의 다른 책 『생리학의 체계(*System der Physiologie*)』(드레스덴, 1839)도 시인과 화가들에게 추천하는 바이다. 특히 이 책들에서는, 자신에게서 최고 수준의 생리학자, 경험 많은 의사, 독창적인 화가와 작가로서의 자질을 결합시키는 카루스의 능력 덕분에, 심오한 실증적 학식이 시적 요소와 결합되어 있기 때문이다.

지. 또 기체는 수증기보다 약해. 그러나 이 요소들의 힘은 그것들의 가시적인 약함의 정도에 따라 오히려 더 강해져. 더 높이 올라가면, 전기와 자기(磁氣)를 보게 되지. — 감지할 수 없고, 헤아릴 수 없고, 어떤 직접적인 이익도 낳지 않는 것들이지만, — 이것들은 물리적인 자연 전체를 움직이고 조화롭게 유지시키고 있어. 내게는 여기에 경제학자들을 위한 훌륭한 지침이 있다고 생각되네. 하지만 이미 늦었네, 여보게들. 혹은 셰익스피어가 말하듯, **벌써 이른 때가 되고 있군.*** 내일은 자네들에게 시인이나 예술가 등등으로 불리는 이 세상의 기이한 상징들에 대한 우리 탐구자들의 기록을 보여 주겠네.

— 한마디만 더. — 하고 빅토르가 말했다. — 자네들, 이념가 양반들은 창공을 높이 날면서 자네가 말하듯이 쓰레기를 뒤지고 있는 우리 같은 불쌍한 인간들을 내려다보며 마음대로 다루는군. 그렇게 단호하지 않으면 안 되겠나? — 맬서스야 제쳐 두세, — 어찌 되건 알 바 아니니. 하지만 애덤 스미스, 위대한 애덤 스미스, 우리 시대의 모든 정치 경제학의 아버지, 세(Say)와 리카도*와 시스몽디*라는 이름에 의해 명성을 떨치게 된 학파의 창시자! 그를, 그리고 그와 함께 두 세대 전체를 명백한 부조리라고 비난하는 것은 지나치게 신랄하지 않은가. 그럼 과연 지난 반세기 동안 어느 누구도 이 부조리를 알아채지 못했을 정도로 인류가 그렇게 눈이 멀어 버렸다는 건가?

파우스트. — 어느 누구도? 아닐세, 나는 괴테의 조언을 따르고 있어. 나는 칭찬을 하는 데는 주저하지 않는다네.[13]* 그러나 누군가를 비난해야만 할 때는, 어떤 중요한 권위의 힘을 빌려 나 자신

13 『빌헬름 마이스터의 편력 시대(*Wilhelm Meisters Wanderjahre*)』.

의 견해를 뒷받침하려고 노력하지. 우리 세기의 초엽에 멜키오레 조이아*라고 하는 사람이 살았다네. 영국과 프랑스의 경제학자들은 양심을 가볍게 하기 위해 그들의 학문사에서 이 이름을 언급하고 있긴 하지만, 사실 이 겸손한 멜키오레가 쓴, 그야말로 예리한 통찰력과 학식의 놀라운 위업인 여섯 권짜리 4절판 책을 끝까지 읽어 낼 인내심을 가졌던 사람은 그들 가운데 아무도 없었지. 1816년에 그는 자신의 책[14]에다 스스로 아무런 아이러니도 없이 '지금의 학문 상황'이라고 이름 붙인 일람표를 첨부했다네. 이 일람표에서 그는 애덤 스미스와 그의 후계자들에 의한 정치 경제학의 이른바 공리라고 하는 여러 것들을 요약했는데, 그것을 보면 이 신사들은 그들이 열심히 추구했던 그 기만적인 명확성에도 불구하고, 그야말로 자기 자신조차도 제대로 이해하지 못하고 있었다는 것이 분명하게 드러나. 그러니까 예컨대 애덤 스미스, 위대한 애덤 스미스는 이렇게 주장하고 있거든. 노동은 국부의 제1원천이며, 제1원천이 아니다.[15]

산업의 완성은 완전히 분업에 달려 있고, 또 달려 있지 않다.[16]
분업은 국부의 가장 주된 원인이자 그것이 아니다.[17]
분업에 의해 발명 정신은 고무되며 고무되지 않는다.[18]
농업은 다른 산업 분야에 의해 좌우되고 좌우되지 않는다.[19]
농업으로부터 자본의 가장 큰 이익이 발생하고 발생하지 않는다.[20]

---

14 『경제학에 대한 새로운 전망(*Nuovo prospetto delle scienze economicbes*)』, 전 6권, 4절판, 밀라노, 1816, 제5권 제6부, 223쪽.

15 애덤 스미스(프랑스어판, 1802), 제1권, 5쪽, 제4권, 507쪽.

16 같은 책, 제3권, 543쪽, 제1권, 17~18쪽, 제1권 11쪽, 제2권, 215~216쪽.

17 같은 책, 제1권, 24~25쪽, 제1권, 262~264쪽, 제1권, 29쪽, 제2권, 370, 193, 326, 210쪽, 제3권, 323쪽.

18 같은 책, 제1권, 21~22쪽, 제4권, 181~183쪽.

19 같은 책, 제2권, 409~410쪽, 제2권, 408쪽.

20 같은 책, 제2권, 376~378, 407, 498쪽, 제1권, 260~261쪽, 제2권, 401~402, 481, 483, 485,

정신노동은 생산력, 즉 국부를 증대시키는 힘이며, 또 아니다.[21]

사적(私的)인 이해관계는 어떤 정부보다도 사회적 이익을 더 잘 보고 더 못 본다.[22]

상인들의 사적인 이익은 사회의 다른 구성원들의 이익과 긴밀히 연관되어 있고, 또 전혀 연관되어 있지 않다.[23]

충분한 것 같은데? 나는 일람표에서 되는대로 골랐네. 하지만 문제는 학문의 가장 중요한 공리에 대한 것이야. 애덤 스미스의 성공은 아주 쉽게 이해가 가네. 그의 주된 목표는 어느 누구도 상업에 간섭해서는 안 되고, 그것을 이른바 **자연스러운 진행 과정**과 고결한 경쟁에 맡겨야 한다는 것을 증명하는 일이었지. 전매로 폭리를 취하고, 매점매석하고, 마음대로 가격을 올리고 내리고, 더 힘들일 것도 없이 교묘한 술책을 써서 백 배의 이익을 거둘 수 있는 권리가 대학 강단으로부터 그들에게 보장되었다는 사실과, — 이 모든 것에서 '그들은 옳을 뿐만 아니라 거의 신성하기도 하다'[24]*라는 것을 알게 되었을 때, 영국 상인들이 얼마나 열광했을지는 족히 상상할 수 있네…….

그때부터 '상업의 확대', '상업의 중요성', '상업의 자유'라는 잘 울리는 말들이 유행했지. 이 마지막 구호의 도움으로 애덤 스미스의 이론은 프랑스로 잠입했고, 오로지 단어들의 아름다운 화음에 의해 이 말들의 의미는 (만약 그 의미라는 게 있다면) 거기서 공리가 된 것일세. 애덤 스미스는 심오한 철학자이자 인류의 은인

486, 487, 413쪽.

21 같은 책, 제2권, 204~205쪽, 제1권, 213~214, 23, 262~265쪽, 제2권, 312~313쪽.

22 같은 책, 제5권, 524쪽, 제3권, 60, 223쪽, 제2권, 344쪽, 제2권, 161, 423~424쪽, 제3권, 492쪽, 제2권, 248, 289쪽, 제1권, 219~227쪽.

23 같은 책, 제2권, 161쪽, 제3권, 239, 208~209, 435, 54~55, 59쪽, 제3권, 295, 145, 239쪽, 제2권, 164, 165쪽, 제3권, 465쪽.

24 크르일로프.

으로 인정받았지. 이후로는 소수의 사람들만이 그를 읽었고, 그가 말하려 한 것이 무엇인지는 아무도 이해하지 못했네. 하지만 그럼에도 불구하고 그의 사상의 어둡고 어지러운 미로로부터, 그 무엇에도 근거를 두고 있지 않고 그 무엇에도 쓸모없지만 인간의 가장 저열한 욕망에 아부하고 그 때문에 많은 무리들 사이에 믿을 수 없는 속도로 퍼졌던 미신과도 같은 많은 교의가 흘러나왔다네. 그래서 오늘날엔 애덤 스미스와 그의 후계자들 덕분에, 오로지 상인들의 매상고를 올려 줄 수 있는 것만이 — **견실함**이나 **일**이라고 불리게 되었지. 자신의 이익을 높일 줄 아는 사람만이 견실하고 일 잘하는 사람으로 불리며, 절대로 깨뜨려서는 안 되는 **일의 자연스러운 흐름**이라는 이해할 수 없는 표현이 가리키는 것은 — 당연히 은행가들의 작전, 금전 봉건주의, 주식 투기, 주식 시세 조작, 그리고 이와 유사한 것들일세.

— 그러니까, — 하고 빅토르가 지적했다. — 정치 경제학이란, 자네 의견에 따르면, 존재하지 않는다는 거로군……?

— 아니! — 파우스트가 대답했다. — 그건 존재하네. 그건 학문들 중에 첫째가는 학문이야. 그 안에서 아마 모든 학문들이 언젠가는 자신의 구체적인 지주(支柱)를 발견해야 하겠지. 그러나 다만 — 고골의 말을 빌려 자네에게 말하겠네. 그것은 존재하네 — **다른 한편으로는.***

제6야

— 말해 주게. — 로스치슬라프가 보통 그들이 대화를 나누곤 하는 시간에 파우스트의 방으로 들어오면서 말했다. — 왜 자네도, 우리 모두도, 다들 밤늦게까지 잠자리에 들지 않기를 좋아할까? 왜 밤에는 주의력이 더 오래 지속되고, 생각이 더 생동적이 되고, 영혼은 말하기를 더 좋아하게 될까……?

— 그 질문이야 대답하기 쉽지. — 뱌체슬라프가 말했다. — 사방의 고요가 사람의 기분을 저절로 사색적으로 만드니까…….

로스치슬라프. 사방의 고요? 우리에게서? 도시의 본격적인 움직임은 저녁 10시가 되어야 비로소 시작돼. 그리고 여기에 사색은 무슨? — 사람들은 그냥 왠지 함께 있고 싶어지는 거야. 그래서 모든 모임이며, 담소며, 무도회가 다 밤에 있게 되지. 마치 인간이 자기도 모르게, 다른 사람들과 함께 있는 것을 밤이 올 때까지 미루어 두기라도 하듯이 말일세. 그런데 왜 그럴까?

빅토르. 그건 생리학적 현상의 하나로 설명될 수 있을 것 같은데. 자정 무렵이 되면 유기체 내부에 일종의 신열이 나타난다는 사실은 이미 알려져 있어. — 그리고 그런 상태에서는 모든 신경이 흥분되거든. 실제로, 우리가 정신적 생동성과 다변성(多辯性)으로 받아들이는 것은 다름 아닌 어떤 병적인 상태의 결과, 일종의 열병의 결과라네…….

로스치슬라프. 하지만 자네는 내 질문에 답하지 않고 있어. 자네가 말하는 이 병적인 상태는 왜 사람들로 하여금 서로 모여 함께 있고 싶게 만드는 거지?

파우스트. 만약 내가 학자라면, 쉘링과 더불어 자네에게 이렇게 말해 주겠네. 태고로부터 밤은 존재들 중 가장 오래된 것으로 간주되어 왔고, 우리의 조상인 슬라브인들이 시간을 밤으로 세었던 것도 공연한 일이 아니었다고 말이지.[25] 만약 내가 신비주의자라면, 이 현상을 자네에게 아주 간단하게 설명하겠네. 알겠나, 밤은 인간에게 적대적인 힘들의 왕국이야. 사람들은 이것을 느끼고 있네. 그래서 적으로부터 자신을 구하기 위해서 서로 합치고 서로에게서 도움을 구하는 걸세. 그 때문에 사람들은 밤이면 더 겁이 많아지고, 그 때문에 유령 얘기, 악령 얘기가 낮보다도 밤에 더 강렬한 인상을 주게 되는 거지…….

— 그리고 그 때문에 사람들이, — 하고 뱌체슬라프가 웃으면서 덧붙였다. — 밤마다 카드 게임으로 그렇게 열심히 그 적대적인 힘들을 죽이려고 애를 쓰고, 카르셀등(燈)*이 집귀신을 쫓지…….

— 그렇게 비웃는 걸로 신비주의자들을 저지하지는 못할 걸세. — 파우스트가 반박했다. — 그들은 적대적인 힘에겐 두 가지의 깊고 교활한 속셈이 있다고 자네에게 말할 거네. 첫 번째 속셈은 이거야. — 그 힘은 자기는 아예 존재하지도 않는다고 온 힘을 다해 인간에게 확신시키려 들고, 그래서 인간에게 그 힘을 잊는 온

---

25 쉘링의 조그마한, 그러나 깊이와 박학함에 있어 놀라운 글 「사모트라케의 신들에 관하여(Über die Gottheiten von Samothrake)」(슈투트가르트, 1815), 12쪽을 보라.

갖 가능한 수단을 가르쳐 주지. 두 번째 속셈은 — 사람들을 가능한 한 서로 가깝게, 동일하게 만들고 단단하게 접합시켜서, 하나의 머리, 하나의 가슴이라도 앞으로 불쑥 나서지 못하도록 만드는 것이네. 카드는 적대적인 힘이 자신의 이중적인 목적을 달성하기 위해 사용하는 수단의 하나야. 왜냐하면 첫째, 카드 게임을 하면서 카드 이외에 어떤 다른 것을 생각한다는 건 불가능하니까. 그리고 둘째, 이게 중요한 것인데, 카드 게임 앞에서는 모두가 평등하다네. 상관이나 부하나, 미남이나 추남이나, 학자나 무지렁이나, 천재나 무재(無才)나, 똑똑한 사람이나 멍청이나 똑같아. 아무 차이도 없어. 제일 멍청이가 세상에서 제일가는 철학자를 이길 수 있고, 하급 관리가 고관대작을 이길 수도 있지. 어떤 무재가 카드 게임에서 뉴턴을 이기거나 라이프니츠에게 이렇게 말할 수 있을 때 맛볼 쾌감을 상상해 보게나. '그런데 나리, 카드를 영 할 줄 모르시는구먼요. 라이프니츠 씨, 당신은 카드를 손에 쥘 줄도 모르십니다요.' 이건 자코뱅주의의 극치야. 그런데 이건 적대적인 힘에게도 이익이거든. 소박한 심심풀이를 핑계로 카드 게임을 하는 동안, 질투, 증오, 탐욕, 복수심, 교활함, 기만과 같은 인간의 거의 모든 악한 감정이 은밀하게 북돋워지니까. — 모든 것들이 소소한 정도이긴 하지만, 그럼에도 불구하고 영혼은 그것들을 알게 되고, 이건 악한 힘에게 대단히, 대단히 이롭지…….

— 그런데 그 신비주의 없이는 안 되겠나? — 뱌체슬라프가 마침내 더 이상 참지 못하고 소리쳤다…….

— 기꺼이. — 파우스트가 대답했다.

— 그렇지만 내 질문은 아직 답을 못 얻었어. — 로스치슬라프가 지적했다…….

파우스트. 자네는 인간이 어떤 질문에 답을 할 수 있는 경우에도 결코 그것을 보통의 언어로 정확하게 옮길 수 없다는 내 변함없는 확신을 알고 있겠지. 이런 경우 나는 언제나 그것이 지닌 유사성에 따라 비록 근접한 정도로나마 생각을 표현해 줄 수 있을 외부 자연 속의 어떤 대상을 찾고 있네. 자넨 본 적이 있나. 해가 지기 한참 전에, 특히 우리의 북방 하늘에는 지평선 끝의 먼 구름 뒤에 적자색 띠가 나타나지. 이것은 저녁노을과는 비슷하지 않아. 왜냐하면 이때는 아직 해가 눈부시게 빛나고 있으니까. 지구의 다른 반구의 주민들에게 이것은 아침노을의 일부라네. 그러니까 지구에는 매 순간 여명이 있는 거야. 매 순간 지구 주민의 일부가 마치 차례가 된 초병처럼 보초를 서기 위해 일어나게끔 말이지. 섭리가 이런 식으로 정해 놓은 데는 까닭이 있어. 어쩌면 이 현상은 우리에게, 자연은 한순간도 인간의 잠을 이용해선 안 된다는 것을 분명하게 말해 주고 있는지도 몰라. 왜냐하면 자연이 인간의 유기체에 미치는 해로운 영향은 실제로 밤에 더 강해지니까. 식물은 공기를 정화시키지 않고 더럽혀. 이슬은 해로운 성질을 받아들이지. 경험이 많은 의사는 주로 밤에 환자를 관찰한다네. 모든 병이 밤에 악화되기 때문이지. 아마 우리도 유기체가 유해한 영향을 가장 강하게 받는 바로 그 순간에 환자의 몸을 관찰하는 의사의 예에 따라, 우리의 병든 영혼을 관찰해야 할 걸세……. 태양은 인간에게 호의적이야. 태양은 인간에게 베풀어지는 어떤 특별한 사랑의 상징이지. 태양은 해로운 안개를 몰아내 주고, 거친 식물로 하여금 인간을 위해 생명을 불어넣는 공기의 일부를 가공하도록 해.[26] 태양은 가슴의 힘을 북돋우고, 아마도 그 때문에 해 뜰 무렵의 잠이 인간에게 그토록 달콤할 걸세. 그는 자신의 동맹자의 상징을 느끼

26 식물의 녹색 부분이 산소를 내뿜지만, 햇빛이 비칠 때만 그렇다는 것은 알려진 사실이다.

면서 그것의 따뜻하고 밝은 덮개 아래서 평온하게 잠에 빠져드는 거지…….

빅토르. 오, 몽상가여! 자네에게 사실은 아무것도 아니지. 과연 작열하는 태양 아래서 인간이 모든 식물과 마찬가지로 고통을 받지 않는다는 건가……?

파우스트. 단언하지만, 내 사실들은 자네의 것들보다 더 확실하다네. 그건 아마도 내 사실들이 덜 구체적이기 때문일 테지. 그래! 작열하는 태양은 인간에게도 참을 수 없는 것이야! 그러나 이 사실 속에는 다른 사실도 들어 있네. 그건 바로 이거야. 태양은 우리에게 직접 작용하지 않고, 거친 지구 대기층을 통해서 작용해. 비행가들은 대기층의 상부로 높이 올라가면서 태양의 작열을 느끼지 않았어……. 이건 내게 중요한 암시라네. 우리가 지구로부터 더 높이 올라갈수록, 지구의 자연이 우리에게 작용하는 힘은 더 약해져…….

빅토르. 완전히 맞는 말이야. 그리고 그건 또 이런 사실을 증명해 주지. 대기층의 어떤 경계를 넘어서면 비행가들의 귀에선 피가 쏟아지고, 호흡이 곤란해지고, 추위에 떨게 돼.

로스치슬라프. 내게 이 사실은 인간의 진정하고도 힘든 과제를 말해 주는 것 같은데. 지구를 떠나지 않으면서 지구 위로 올라가라…….

뱌체슬라프. 그러니까 달리 말해, 가능한 것을 추구해야 하고 부질없이 불가능한 것을 좇아서는 안 된다는 거로군…….

파우스트는 아무 대답도 하지 않고 화제를 바꾸었다.

— 날이 샐 때까지도 우린 서로를 납득시킬 수 없을 걸세. — 그가 말했다. — 아무리 자네들이 내 친구들이라 해도 나의 달콤한 아침잠만큼은 절대로 자네들한테 양보할 수 없네. 수고(手稿)를

다시 시작하지 않겠나? 그걸 끝까지 읽어야 하니까.

파우스트는 읽기 시작했다. — 번호 순서에 따르면 「경제학자」 뒤에는 「베토벤의 마지막 사중주」가 오네.

베토벤의 마지막 사중주*

나는 크레스펠이 미쳐 버린 거라고 확신하고 있었다. 교수는 반대 주장을 폈다. "어떤 사람들에게선" — 하고 그가 말했다. — "자연이나 혹은 특별한 상황이, 우리가 그 뒤에서 몰래 여러 미치광이 짓을 저지르는 장막을 치워 버렸습니다. 그것들은 해부학자가 껍질을 벗겨 버림으로써 근육의 움직임을 밖으로 드러나게 만드는 곤충들과 흡사하지요. 우리에게선 그저 생각으로 머무르는 것이 크레스펠에게서는 행동이 되는 거랍니다."*

— *호프만*

1827년 봄, 빈(Wien) 교외의 어느 집에서 몇 명의 음악 애호가들이 막 출판된 베토벤의 새로운 사중주를 연주하는 중이었다. 그들은 경악과 짜증을 느끼며, 약해진 천재의 흉측한 폭발을 따라가고 있었다.* 그의 펜이 이렇게 변하다니! 시적인 착상들로 넘치는 독창적인 멜로디의 매력은 사라져 버렸다. 예술적 완성은 재능 없는 대위법 작곡가의 좀스러운 현학성으로 바뀌었다. 빠른 알레그로 속에서 타오르다가 점점 강해지면서 부글부글 끓는 용암이 되어 꽉 차고 거대한 화성으로 넘쳐흐르던 그의 예전의 불길은 — 이해하기 힘든 불협화음 속에서 꺼져 버렸고, 즐거운 미뉴에트의 독창적이고 장난기 넘치는 템포는 어떤 악기로도 불가능한 도약과 트레몰로*로 변했다. 어느 곳이든 음악에 존재하지 않는 효과를 향한 미숙하고도 결코 목적에 도달할 수 없는 돌진, 어디서고 간에 그런 어둡고 자기 자신을 이해하지 못하는 감정. 그리고 이것이 하이든, 모차르트의 이름과 더불어 독일인이 열광하며 자랑스럽게 그 이름을 말하는 바로 그 베토벤이었다니! — 터무니없는 작품에 절망해 번번이 활을 던져야 했던 연주자들은 이렇게 묻고 싶었다. 이것은 그 불멸의 음악가의 작품들에 대한 조롱이 아닐까? 어떤 사람들은 이 쇠퇴가 만년에 베토벤을 덮친 청력 상실 탓이라 했고, 어떤 사람들은 — 그의 창조적인 재능을 때로는 역시 어둠으로 덮어 버리는 광기 탓이라고 했다. 어떤 사람은 마음속에서 부질없이 솟아오르는 연민을 느꼈으나, 어떤 사람은, 베토벤이 그의 마지막 교향곡이 연주되던 콘서트에서 자신이 지휘를 하고 있다고 생각하여, 뒤에 진짜 지휘자가 서 있다는 사실도 알아채지 못한 채 전혀 박자에 맞지도 않게 두 팔을 휘저어 대던 일을 떠올리며 비웃었다. 그러나 그들은 곧 다시 활을 잡고는 유명한 교향곡 작곡가의 예전의 영광에 대한 존경심에서, 마치 마지못해 그러는 듯이, 그의 이해할 수 없는 작품을 계속 연주하기 시작했다.

갑자기 문이 열리더니, 넥타이를 매지 않고 머리가 헝클어진, 검은 프록코트 차림의 남자가 들어왔다. 그의 눈은 불타고 있었으나 — 그건 재능의 불꽃이 아니었다. 다만 높이 돌출한, 날카로운 윤곽을 가진 이마의 끝 언저리만이 모차르트의 머리를 관찰하던 갈*을 매료시켰던 음악적 신체 기관의 비상한 발달을 나타내고 있을 따름이었다. — "죄송합니다, 여러분", 하고 불청객이 말했다. — "집을 좀 보게 해 주십시오 — 세를 내놓는다고 해서……." 그러고서 그는 등짐을 지고 연주자들 쪽으로 다가갔다. 그곳에 있던 사람들은 그에게 정중하게 자리를 내주었다. 그는 음악을 들어 보려고 애쓰면서 연방 이쪽저쪽으로 고개를 기울였다. 그러나 부질없었다. 눈물이 우박처럼 그의 눈에서 쏟아졌다. 그는 조용히 연주자들에게서 물러서서는, 멀리 떨어진 방 한쪽 구석으로 가서 두 손으로 얼굴을 가리고 앉았다. 그러나 **7도 화음**에 덧붙인 우연한 음표에서 제1바이올린의 활이 기러기발* 옆에서 날카로운 소리를 내기 시작하고 거친 화음이 다른 악기들의 배온음표에서 울려 퍼지는 순간, 이 불행한 사람은 몸을 부르르 떨며 소리쳤다. "들려! 들려!" — 그는 미친 듯이 기뻐하며 손뼉을 치고 발을 굴렀다.

— 루드비히! — 그를 따라 안으로 들어온 젊은 처녀가 그에게 말했다. — 루드비히! 집에 갈 시간이에요. 우린 여기서 방해만 돼요!

그는 소녀를 쳐다보고 그녀가 하는 말을 이해하고는, 아무 말 없이 어린아이처럼 그녀의 뒤를 따라 나갔다.

도시의 끝에 있는 오래된 석조 가옥의 4층에 칸막이로 나뉜 작고 답답한 방이 있다. 넝마가 된 담요가 덮여 있는 침대, 오선지 몇 다발, 다 망가진 피아노의 잔해 — 이것이 방을 꾸미고 있는 것 전부였다. 이것이 불멸의 베토벤의 집, 그의 세계였다. 돌아오는 길 내내 그는 한마디도 하지 않았다. 그러나 집에 도착하자 루드비히는 침대에 앉아 소녀의 손을 잡고 말했다. "착한 루이자!* 너만 나를 이해하는구나. 너만 나를 무서워하지 않아. 네게만 난 방해가 안 돼……. 넌 내 음악을 연주하는 그 모든 신사들이 날 이해한다고 생각하느냐, 천만에, 그런 적은 한 번도 없었어! 이곳의 악장 양반들 어느 누구도 그것을 지휘할 능력조차 없어. 그들에겐 그저 오케스트라가 적당히 연주해 주는 게 중요할 뿐, 음악이야 아무 상관도 없어! 그들은 내가 약해지고 있다고 생각하지. 심지어 그들 중 어떤 사람들은 내 사중주를 연주하면서 마치 웃는 것 같았다는 것도 난 알아챘다. — 그건 그들이 날 결코 이해한 적이 없다는 확실한 징후야. 반대로 난 이제야 비로소 진정한 음악가, 위대한 음악가가 됐어. 집으로 오면서, 나는 내 이름을 영원하게 만들 교향곡을 생각해 냈단다. 그걸 쓰고, 이전의 것은 모두 태워 버릴 테다. 그 교향곡에서 나는 모든 화성법을 바꾸어 놓고, 지금껏 아무도 상상조차 못한 효과들을 찾아낼 거야. 나는 그 교향곡을 스무 개의 팀파니가 연주하는 반음계의 멜로디 위에 구성하겠어. 서로 다른 소리굽쇠에 의해 조율된 백 개의 종(鐘)이 만들어 내는 화음을 그 속에 가져올 거다. 왜냐하면, — 하고 그는 속삭이는 소리로 덧붙였다. — 너한테 몰래 얘기해 주지. 네가 나를 종탑에 데려갔을 때, 나는 전에는 누구의 머리에도 떠오르지 않았던 것을 발견했거든. — 나는 종이야말로 — 고요한 **아다지오**로 성공적으로 사용할 수 있는 가장 화성적인 악기라는 사실을 발견한 거야. 피날레에는 북소리와 총소리를 가져오겠다. — 나는 이 교향곡을 듣게 될 거야, 루이자! — 그는 황홀한 나머지 넋을 잃고 외쳤다. — 듣게 되길 바라. — 그는 잠시 어떤 생각에 잠겼다가 미소를 지으며 말했다. — 기억하느냐, 빈에서, 세상의 모든 왕과 왕후가 다 있는 자리에서, 내가 나의 워털루 전투를 연주하는 오케스트라를 지휘했던 것을?* 나의 지휘봉을 따르는 수천 명의 연주자들, 열두 명의 악장들, 그리고 사방엔 전투의 불길과 포격……. 오! 그건 그 현학자 베버[27*]가 뭐라고 하든, 지금껏 나의 최고의 작품이야. — 그렇지만 지금 내가 만들게 될 것은 이 작품마저도 빛을 잃게 할 거다. — 난 그걸 네게 이해시키고 싶어 못 견디겠구나."

27 고트프리트 베버. 「마탄의 사수」의 작곡가와 혼동되어서는 안 될 우리 시대의 이 유명한 대위법 작곡가는 그의 흥미롭고 학술적인 저널인 『체칠리아』에서 「웰링턴의 승리」는 베토벤의 가장 약한 작품이라면서 강하고 정당한 비판을 가했다.

이렇게 말하면서 베토벤은 온전한 현이라곤 하나도 남아 있지 않은 피아노로 다가가서, 엄숙한 표정으로 텅 빈 건반을 두드리기 시작했다. 다 망가진 악기의 메마른 나무를 단조롭게 두들기고 있었으나, 그러는 동안 5성부와 6성부의 가장 어려운 푸가가 대위법의 모든 비밀들 사이로 흘러나와 「에그몬트」 작곡자*의 손가락 아래 펼쳐졌고, 그는 자신의 음악에 가능한 한 많은 표현을 부여하기 위해 애쓰고 있었다……. 갑자기 그는 손을 쫙 펴서 건반을 힘차게 치더니 멈추었다. — 들리느냐? — 그가 루이자에게 말했다. — 이건 여태까지 아무도 감히 사용하지 못했던 화음이야! — 아무렴! 나는 반음계의 모든 음을 하나의 화성으로 결합시켜서,* 이 화음이 옳다는 걸 현학자들에게 증명해 보이겠어. — 그런데 난 그걸 듣지 못해, 루이자, 난 그걸 듣지 못해! 자신의 음악을 못 듣는다는 게 무슨 뜻인지, 넌 이해하겠느냐……? 하지만 그 거친 소리들을 하나의 화성으로 결합시킬 때면, — 그게 마치 내 귓속에서 울려 퍼지는 것만 같단다. 그리고, 루이자, 슬픈 마음이 들수록 더욱더 나는 내 이전에는 아무도 그 진정한 성질을 이해하지 못했던 **7도 화음**에다 더 많은 음표들을 덧붙이고 싶어져……. 하지만 그만하자! 내가 널 지겹게 했는지도 모르니까. 여태껏 모든 사람들에게 그랬듯이 말이다. — 다만 그거 알겠니? 이렇게 놀라운 걸 생각해 냈으니, 오늘 나는 자신에게 포도주 한 잔을 상으로 줄 수 있겠지. 네 생각은 어떠냐, 루이자?

가여운 소녀의 두 눈에 눈물이 핑 돌았다. 그녀는 베토벤의 여제자들 가운데 오로지 혼자만 그를 떠나지 않고, 교습을 받는다는 구실로 자기 손으로 직접 일을 하여 그를 부양하고 있었고, 그런 식으로 그녀는, 베토벤이 그의 작품값으로 받아서는 이 집 저 집 쉴 새 없이 이사 다니고 온갖 사람들한테 나눠 주느라 아무 생각 없이 대부분 다 써 버리는 보잘것없는 수입을 보충해 주고 있었다. 포도주는 없었다! 빵을 살 잔돈 몇 푼이 겨우 남아 있을 뿐이었다……. 그러나 그녀는 당혹스러움을 감추기 위해 루드비히에게서 황급히 몸을 돌리고, 컵에 물을 따라 베토벤에게 내밀었다.

— 기가 막힌 라인 포도주로군! — 그가 포도주 전문가의 표정을 하고 한 모금 마시면서 말했다. — 왕의 라인 포도주야! 우리 아버님, 돌아가신 프리드리히*의 포도주 저장고에서 가져온 것하고 아주 똑같아. 나는 이 포도주를 아주 잘 기억해! 하루하루 날이 갈수록 좋아지는 술이지. — 그게 좋은 포도주의 특징이야! — 이렇게 말하고는 그는 목이 쉬긴 했으나 정확한 목소리로 괴테의 메피스토펠레스의 유명한 노래에 붙인 자신의 음악*을 노래하기 시작했다.

> Es war einmal ein König,
> Der hatt' einen grossen Floh, -
> 옛날 옛적 한 임금님이 살았는데,
> 커다란 벼룩을 가지고 있었지.* -

그러나 그는 자기도 모르게, 그가 미뇽을 묘사했던 그 비밀에 찬 멜로디[28]로 번번이 빗나가곤 했다.

— 들어 봐, 루이자. — 마침내 그녀에게 컵을 건네주며 그가 말했다. — 포도주를 마시니 기운이 나는구나. 그래서 벌써 오래전부터 네게 얘기하고 싶기도 했고 싶지 않기도 했던 어떤 것

28 그대는 아는가, 그 나라를……*

을 이제 알려 주마. 아느냐, 난 이제 오래 못 살 것 같다. — 그리고 또 내 삶이 대체 어떤 것이냐? — 이건 끝없는 고통의 사슬이야. 아주 젊었을 적부터 나는 생각과 표현 사이에서 입을 벌리고 있는 심연을 보았단다. 아아, 나는 단 한 번도 내 영혼을 표현할 수 없었어. 내 상상 속에 떠오른 것을 단 한 번도 종이에 옮길 수 없었다. 내가 쓸 거라고? — 연주된다고? — 하지만 그것은 아니야……! — 내가 느꼈던 것도 아니고, 심지어 내가 썼던 것도 아니야. 거기엔 어느 형편없는 수공업자가 여분의 음전(音栓)을 만들어 놓을 생각을 못한 탓에 많은 멜로디가 빠지고 말았어. 어느 진저리 나는 파곳 연주자는 자신의 파곳이 몇몇 저음을 낼 수 없다면서 교향곡 전체를 고쳐 쓰라고 나에게 요구하지. 또 어떤 바이올린 연주자는 배온음표를 소화하기가 어렵다고, 화음에서 꼭 있어야 하는 음을 줄여 버려. — 그리고 목소리, 노래, 오라토리오와 오페라의 시연은……? 오! 그 지옥이 아직도 내 귓전에 울리는구나! — 그래도 그때 난 아직 행복했단다. 이따금 나는 그 멍청한 연주자들에게도 어떤 영감이 찾아드는 걸 알아챌 수 있었어. 내 상상 속으로 밀려들었던 어두운 생각과 비슷한 어떤 것을 그들이 내는 소리에서 듣기도 했다. 그러면 나는 넋이 나간 채, 나 자신이 창조한 화성 속에서 녹아 사라졌지. 그러나 때가 왔고, 내 섬세한 귀는 점차 거칠어지기 시작했어. 아직 그 속엔 연주자들의 오류를 들어 낼 수 있는 예민함은 남아 있었지만, 아름다움에 대해서는 이미 닫혀 버렸다. 어두운 먹구름이 내 귀를 에워쌌지. — 그리고 나는 더 이상 내 작품들을 듣지 못해, — 듣지 못해, 루이자……! 내 상상 속에서는 조화로운 화성이 줄지어 날고, 독창적인 선율들이 신비한 합일 속에 하나로 합류하면서 서로 교차하고 있어. 하지만 내가 표현하려고 하면, — 모든 것은 이미 사라지고 없단다. 완강한 물질은 내게 하나의 음도 내주지 않고, — 거친 감정은 영혼의 활동을 전부 파괴해 버려. 오! 영혼과 감정, 영혼과 영혼의 이 불화보다 더 끔찍할 수 있는 게 과연 뭐가 있을까! 자신의 머릿속에서 창조적인 작품을 낳으면서, 매 시간 산고로 죽어야 하니……. 영혼의 죽음! — 이 죽음은 얼마나 무섭고, 얼마나 생생한 것인지!

— 더구나 이 얼빠진 고트프리트는 나를 부질없는 음악 논쟁에 끌어들여, 내가 왜 이렇고 이런 곳에 이렇고 이런 멜로디 결합과 이렇고 이런 악기 배합을 사용했는지 설명하라는 거야, 나 자신에게도 그걸 설명할 수 없는 마당에! 이 사람들은 음악가의 영혼이 어떤 것인지, 인간의 영혼이 어떤 것인지 정말 안다는 걸까? 그들은 악기를 만드는 수공업자들의 생각에 따라, 이론가의 메마른 뇌가 한가한 시간에 지어내는 규칙에 따라, 예술가와 인간의 영혼을 재단할 수 있다고 생각해……. 아니야, 환희의 순간이 내게 찾아올 때면 난 확신해, 예술의 이런 왜곡된 상태는 오래 계속될 수 없어. 낡은 형식들은 새롭고 참신한 것으로 바뀌게 될 거다. 지금의 모든 악기들은 버려지고, 천재들의 작품을 완벽하게 연주할 다른 악기들이 그 자리를 대신할 거야. 마침내는, 쓰인 음악과 들리는 음악 간의 그 불합리한 차이도 사라지게 돼 있어. 나는 교수 양반들한테도 이것에 대해 말했지. 하지만 그들은 날 이해하지 못했어. 예술가의 환희에 함께하는 힘들을 그들이 이해하지 못했듯이, 그때 내가 시대를 앞지르고 있고, 평범한 사람들은 아직 알아채지도 못한, 그리고 나 자신에게도 다른 순간에는 이해할 수 없는 자연의 내적인 법칙에 따라 행동하고 있다는 것을 그들이 이해하지 못했듯이 말이다……. 멍청이들! 차가운 환희를 맛보며 그들은 아무 할 일이 없는 빈 시간에 어떤 주제를 골라잡아 그것을

다듬고, 늘리고, 그런 다음 다른 음조로 반복하길 잊지 않지. 여기에다 주문에 따라 취주 악기나, 생각을 쥐어짜고 쥐어짜서 나온 괴상한 화음을 덧붙이고, 그런 다음 이 모든 것을 그토록 신중하게 갈고닦는 거야. 대체 그들은 뭘 원하는 걸까? 나는 그렇게는 일할 수 없어……. 사람들은 나를 미켈란젤로와 비교하곤 하지 — 그런데 「모세」의 창작자가 어떤 식으로 일했던가? 그는 꿈쩍도 않는 대리석에다 격노하고 광포한 세찬 망치질을 가해서, 돌 덮개 아래 숨어 있던 살아 있는 사상을 드러내게 만들었어. 나도 그래! 나는 차가운 환희 따윈 이해 못해! 나는 세계 전체가 나에게 화성으로 변하고, 모든 감정, 모든 사상이 내 속에서 울리기 시작하고, 자연의 모든 힘이 내 도구가 되고, 내 피가 혈관 속에서 들끓고, 전율이 온몸을 스치고, 머리끝이 쭈뼛하는 그런 환희만을 이해해……. 그리고 이 모든 것들은 부질없어! 그래, 이 모든 것들이 무슨 소용이지? 무엇 때문에? 너는 살고 괴로워하고 생각해. 너는 썼고 — 그리고 끝이야! 창작의 달콤한 고통은 종이에 묶여 버렸고 — 그것을 되찾아 올 수는 없어! 오만한 창조자 정신의 사상은 굴욕당한 채 감옥에 갇혀 있고, 자연의 힘에 결투를 청하는 지상의 창조자의 숭고한 노력은 인간의 수공 일이 되고 있어! — 그런데 사람들은? 사람들! 그들은 와서 듣고 심판하지 — 마치 심판관이라도 되는 듯이, 마치 네가 그들을 위해 창조하기라도 하는 듯이. 그들이 이해할 수 있는 모습을 얻게 된 어떤 사상이 실은 생각과 고통의 끝없는 사슬의 한 고리일 뿐이라는 것이, 예술가가 인간의 단계로 내려서는 순간은 헤아릴 수 없는 감정들의 길고도 고통스러운 삶의 아주 작은 한 편린일 뿐이라는 것이, 그의 모든 표현, 모든 선(線)은 — 인간의 옷 안에 갇힌 채, 다만 한순간이라도 영감의 청신한 공기를 호흡하기 위해 종종 삶의 절반을 내놓는 세라핌의 쓰디쓴 눈물로부터 탄생했다는 것이 그들에게 무슨 상관이랴? 그러나 그러는 동안 때가 오고, — 이제 지금처럼 — 너는 느끼게 돼. 영혼은 모두 타 버렸고, 힘은 약해지고, 머리는 아파. 무엇을 생각하든, 모든 것이 서로 엉켜 뒤범벅이 되고, 모든 것이 장막과 같은 것에 덮여 있어……. 아아! 루이자, 내 영혼의 보고에 간직되어 있는 마지막 생각과 느낌을 네게 전하고 싶구나, 그것들이 완전히 사라져 버리지 않도록……. 그런데 이게 무슨 소리이지……?

이렇게 말하면서 베토벤은 벌떡 일어나더니, 이웃집에서 조화로운 화음이 흘러들고 있는 창문을 손으로 세게 쳐서 열어젖혔다. — 들려! — 베토벤은 이렇게 외치고는 무릎을 꿇고 감동하여 두 손을 열린 창으로 뻗었다. — 에그몬트 교향곡이야, — 그래, 난 알 수 있어. 이건 전투의 거친 함성이고, 이건 열정의 폭풍이야. 그게 불타올라 활활 끓고 있어. 이제 최고로 고조되는 거야, — 그러고는 모든 게 잠잠해졌고, 가물거리는 등불만이 남아 있어. — 그게 꺼지고 있어 — 하지만 영원히는 아니야……. 다시 흐른 소리가 울려 퍼졌어. 온 세계가 그 소리들로 꽉 채워지고, 이제 누구도 그 소리들을 멎게 할 수 없어…….

빈의 어느 장관 집에서 열린 화려한 무도회에서 사람들의 무리가 모였다가 다시 흩어지고 있었다.

— 참 안됐구먼! — 누군가가 말했다. — 극장의 악장 베토벤이 죽었답니다. 사람들 얘기가, 장례를 치를 돈도 없다는군요.

그러나 이 목소리는 사람들의 무리 속에 파묻혀 버렸다. 다들 어느 독일 영주의 궁전에서 어떤 사람들 사이에 벌어졌던 무슨 논쟁에 대해 이러쿵저러쿵하는 두 외교관의 말에 귀를 기울이고 있었다.

— 알고 싶군. — 빅토르가 말했다. — 이 일화가 어느 정도로 사실에 부합하는지.

— 그 점에 대해서는 만족할 만한 답을 줄 수가 없네. — 파우스트가 말했다. — 그리고 아마 수고(手稿)의 주인들도 자네의 질문에 거의 대답할 수 없을 걸세. 왜냐하면 내가 보기에, 그들은 연대기에 쓰여 있는 것만을 읽고 그 속에 쓰여 있지 않은 것은 절대로 읽으려 하지 않는 역사가들의 방법을 몰랐던 것 같으니까. 아마 그들은 이렇게 판단했을 거야. 만약 이 일화가 사실이라면, 더 좋다. 만약 누군가가 지어낸 것이라면, 그건 이것이 그 작가의 영혼 속에서 벌어지고 있었다는 것을 의미하고, 따라서 이 사건은 비록 실제로 **일어나지는 않았더라도 존재했다**라고 말일세. 그런 판단은 기이하게 보일 수도 있지만, 이 경우 내 벗들은, 고등 계산에서 2와 3, 4와 10이 언젠가 자연 속에서 결합되어 있었던가 하는 것에는 전혀 개의치 않고, 대담하게 a + b의 글자들 아래 온갖 가능한 수의 결합을 파악하는 수학자들의 예를 따랐던 것 같네. 하긴, 끊임없는 이사, 청각 상실, 일종의 광기, 지속적인 불만, — 이 모든 것이 베토벤의 삶에서 이른바 역사적인 사실들에 속하겠지. 다만 전기적 논문들의 양심적인 저자들은 증거 자료의 부족 때문에 그의 청각 상실과 광기, 광기와 불만, 불만과 음악 사이의 연관성을 설명하려 들지 않았던 거라네.

바체슬라프. 그럴 필요가 뭐 있나! 사실이 진실이건 거짓이건,

— 내게 그것은, 로스치슬라프가 말한 바대로, 내가 우리의 저녁이 시작될 때 이미 언급한 바 있는 나의 변함없는 확신을 말해 줄 따름이야. 즉, 인간은 가능한 것에 자신을 국한시켜야 한다, 혹은 볼테르가 도덕적인 격언들에 대한 대답으로 말했듯, celà est bien dit; mais il faut cultiver notre jardin(그건 지당하신 말씀이지만, 우리는 우리의 밭을 가꾸어야 합니다*)이라는 거지.

파우스트. 그건 볼테르가 자신이 믿고 싶었던 것마저 믿지 않았다는 뜻이라네…….

로스치슬라프. 이 일화에서 나를 특히 놀라게 한 것 한 가지는 — 우리들의 고통을 표현할 수 없다는 거라네. 사실, 우리에게 가장 잔인하고 가장 분명한 고통은 — 인간이 결코 언어로 전달할 수 없는 것들이지. 자신의 고통을 말로 이야기할 수 있는 인간은 이미 절반은 그 고통에서 벗어난 셈이니까.

빅토르. 여보게, 몽상가 양반들, 자네들은 근사한 책략을 하나 생각해 냈군. 실증적인 질문에서 빠져나가기 위해, 자네들은 인간의 언어가 우리의 생각과 느낌을 표현하기에는 역부족이라는 걸 확신시키려 들기 시작했어. 내가 보기엔 우리의 인식이 더 역부족인 것 같네. 만약 인간이 자네들에게서 그렇게 버림받은 신세인 거친 자연의 순수하고 단순한 관찰에 몰두한다면, — 하지만 유념하게나, 내가 말하는 것은, 마음속에서 자신의 모든 고유한 생각과 느낌, 모든 내면적인 조작을 지워 버린 순수한 관찰이야, — 그렇다면 인간은 자기 자신도, 자연도, 좀 더 분명하게 이해하게 되고, 평범한 언어 속에서도 자신에게 충분한 표현을 발견하게 될 걸세.

파우스트. 이른바 그 순수한 관찰이라는 것 속에 착시가 없는지 모르겠군. 인간이 그의 **자아**에서 나온 그 무엇도 자신의 관찰을 방해할 수 없도록 **자신의** 모든 **고유한** 생각과 느낌, 자신의 모든 **기억**을 자기 자신으로부터 그렇게 완전하게 떼어 버릴 수 있는지, 나는 모르겠네. — 아무 생각 없이 관찰한다는 생각 자체가 이미 순전한 **선험적** 이론에 불과해……. 하지만 우리는 베토벤에게서 멀리 와 버렸군. 어느 누구의 음악도 내게 그런 인상을 불러일으키진 않네. 그의 음악은 마치 영혼의 모든 굴곡을 건드리고, 그 속에 숨어 있는 모든 잊힌 고통, 가장 은밀한 고통을 들어 올리고, 그것들에게 형상을 부여하는 것 같거든. 베토벤의 명랑한 주제들은 — 더 무시무시해. 그 속에선 누군가가 절망감에 소리 내어 웃는 듯해……. 이상한 일이야. 다른 모든 음악, 특히 하이든의 음악은 내게 위로가 되고 마음을 진정시켜 주는 느낌을 낳는데, 베토벤의 음악이 낳는 작용은 훨씬 강렬해. 하지만 그의 음악은 자네들을 흥분시킨다네.* 그의 음악의 경이로운 화성 사이로는 어떤 불협화의 절규가 들려. 자네들은 그의 교향곡에 귀를 기울이고 열광하지만, — 자네들의 영혼은 고통으로 몸부림치게 되지. 나는 베토벤의 음악이 그 자신을 죽도록 괴롭혔던 게 틀림없다고 확신해. — 언젠가 내가 아직 이 작곡가의 삶에 대해 전혀 아는 바가 없었을 때, 그의 음악이 내게 불러일으키는 기이한 인상에 대해 하이든의 어떤 열렬한 숭배자에게 이야기했던 적이 있네. — "당신을 이해합니다." — 그 하이든 숭배자가 대답하더군. — "그런 인상의 원인은 베토벤이 자신의 음악적인 재능에도 불구하고(어쩌면 그는 하이든보다 더 높은 천재적 재능을 지녔을 겁니다), — 결코 하이든의 오라토리오에 필적할 만한 종교 음악을 쓸 수 없었던 까닭과 동일한 것이지요." — "왜 그런가요?" — 내가 물었지. — "그건", 하고 하이든 숭배자가 대답했어. — "베토벤은 하이든이 믿고 있던 것을 믿지 않았기 때문입니다."

빅토르. 그렇군! 그럴 줄 알았어! 그래, 말해 보게나, 여보게들, 자네들은 서로 아무 상관도 없는 것들을 왜 그렇게 뒤섞길 좋아하나? 인간의 신념이 음악에, 시에, 학문에 무슨 영향을 미칠 수 있다는 건가? 이런 주제들에 대해 말하긴 쉽지 않지만, 내가 보기엔 확실해. 만약 뭔가 어떤 외부적인 것이 예술 작품에 영향을 미칠 수 있다면, 그건 오로지 지식의 정도야. 지식은 분명히 예술가의 시야를 확장시켜 줄 수 있으니까. 여기서 그는 더 넓은 공간을 가져야 해. 하지만 그가 이 지식에 어떻게, 어떤 길로, 어떤 어두운 길로 또는 어떤 밝은 길로 도달했는지는 — 시와 아무 상관이 없는 일이야. 얼마 전에 누가 새로운 학문을 만들어 내려는 다행스러운 생각을 가졌었지. 물리 철학 또는 철학 물리학이라는 것인데, **지식을 매개로 도덕성에 작용한다**[29]는 것이 목적이라네. — 이건 내 생각으로는, 우리 시대의 가장 유익한 시도 중의 하나야.

파우스트. 알고 있네, 그 견해가 지금 개가를 올리고 있지. 하지만 말해 보게나. 철저한 무신론자로 정평이 나 있는 의사를 환자의 병상에 아무도 부르지 않는 것은 무엇 때문이지? — 조제 물약과 인간의 신념 사이에 아무런 공통점도 없어 보이나? — 나는 한 가지 점, 즉 지식의 필요성에 대해서는 자네와 같은 생각이야. 그래서 이를테면, 일반적인 견해에 맞서, 나는 시인에게 물리학적 지식이 필요하다고 확신하고 있네. 때로는 외부의 자연에게로 내려서는 것이 시인에게 유익한 일이지. 자신의 내면의 우월함에 대해 확인하기 위해서라도, 또 더 나아가, 인간에게 수치스러운 일이지만, 자연의 책 속의 글자들은 인간의 언어에서처럼 그렇게 변하기 쉽지 않고 그렇게 모호하지 않다는 것을 인식하기 위해서라

---

29 이 같은 정신에 따라 로쿠르에 의해 『교육자(*L'éducateur*)』라는 저널이 발행되고 있었다.*

도 말이지. 거기서는 글자들이 항구적이고 **고정적**이야. 그 글자들 속에서 시인은 많은 중요한 것을 읽을 수 있네. — 그러나 그러기 위해 그가 무엇보다 먼저 신경을 써야 할 것은 좋은 **안경**이야……. 하지만 친구들, 해가 뜰 때가 벌써 다 됐어. "**우리가 조용히 쉴 시간이라네, 여보게, 에우노미우스**" 하고 파라켈수스*가 어느 잊힌 책에서 말하고 있듯 말일세.

제7야

즉흥시인*

Es möchte kein Hund so länger leben!
D'rum hab' ich mich der Magie ergeben…….

Goethe

이런 꼴로는 어떤 개라도 더 이상 살기 싫을 것이다!
그래서 나는 내 몸을 마법에 맡겼다…….*

— *괴테*

요란한 박수 소리가 홀 전체에 울려 퍼졌다. 즉흥시인의 성공은 청중의 기대, 그리고 그 자신의 기대까지도 능가하는 것이었다. 시의 제목이 그에게 주어지자마자, — 숭고한 사상과 감동적인 감정이 낭랑한 운율의 옷을 입고, 마법의 제단으로부터 나오는 마술 환등(幻燈)의 환영처럼 그의 입에서 물결쳐 나왔다. 예술가는 조금도 생각에 잠길 필요가 없었다. 한순간에 생각이 그의 머릿속에서 솟아나 성숙의 모든 단계를 거쳐 표현으로 변했다. 작품의 정교한 형식과 시적 형상들, 세련된 수식어, 나긋나긋한 압운이 단번에 모습을 나타냈다. 뿐만이 아니었다. 두세 개의 완전히 다른 제목을 동시에 주어도 그는 한 편의 시를 구술하면서 두 번째 시를 쓰고 세 번째 시를 즉흥적으로 읊었으며, 어느 것이나 저마다 더할 나위 없이 아름다웠다. 첫 시는 환희를 불러일으켰고, 두 번째 시는 눈물이 날 정도로 감동적이었으며, 세 번째 시는 우스워서 포복절도하게 만들었다. 그런데도 그는 전혀 자신의 일에 신경을 쓰는 것 같지 않았고, 그곳에 있는 사람들과 쉴 새 없이 농담을 하며 이야기를 나누었다. 시 창작의 모든 원소들이 마치 필요에 따라 적당히 움직여 주기만 하면 되는 장기판의 말들처럼 그의 손 아래에 언제라도 대령하고 있었다.

마침내 청중들의 집중력과 놀람도 수그러들었고, 그들은 즉흥시인을 염려하고 있었다. 그러나 예술가는 침착하고 냉정했다. — 피로의 흔적 같은 것은 조금도 찾아볼 수 없었다. — 하지만 그의 얼굴에 나타난 것은 자신의 창작에 만족해하는 시인의 높은 희열이 아니라, 단지 능란한 재주로 대중을 단번에 놀라게 만드는 요술쟁이의 공허한 자기만족이었다. 조소를 머금은 얼굴로 그는 자신이 불러일으킨 눈물과 웃음을 바라보고 있었다. 그 자리에 있는 사람들 가운데 그 혼자만 울지 않고, 그 혼자만 웃지 않았다. 그 혼자만 자신의 말을 믿지 않고, 이미 오래전부터 사원의 비밀에 익숙해진 차가운 신관처럼 자신의 영감을 대하고 있었다.

청중들이 마지막 한 사람까지 홀에서 미처 나가기도 전에 즉흥시인은 입구에서 돈을 걷고 있던 사람에게 달려들어 아르파공*처럼 탐욕스레 돈을 세기 시작했다. 수입은 엄청나게 큰 액수였다. 즉흥시인은 태어나서 지금껏 그렇게 많은 돈을 본 적이 없었던 터라, 기쁜 나머지 제정신이 아니었다.

그의 감격은 용서될 만한 것이었다. 아주 어렸을 적부터 무자비한 가난이 그를 스파르타의 조각상처럼 얼음장 같은 포옹 속에 끌어안고 옥죄기 시작했다.* 어린 그의 요람을 흔들어 준 것은 어머니의 노래가 아니라 병약한 신음이었다. 그의 의식이 생기기 시작하던 때는 삶이 무지갯빛 옷을 입고 나타나는 대신, 궁핍의 차디찬 해골이 미동도 않는 미소를 띠고서 그의 움트는 상상력을 맞았다. 자연은 운명보다는 그에게 좀 더 관대했다. 사실, 자연은 그에게 창조적 재능을 주긴 했으나 얼굴에 비지땀을 흘리면서 시적 착상을 위한 표현을 찾지 않으면 안 되게끔 만들어 놓았다. 서적상들과 저널리스트들은 그의 시에 대해 약간의 보수를 지불했는데, 그것은 만약 키프리야노가 그 시들 한 편 한 편을 쓰는 데 끝도 없는 시간이 걸리지 않아도 되었다면 충분히 생활은 될 수 있을 만한 액수였다. 그 시절에는, 거의 눈으로 볼 수도 없는 작은 별처럼 어슴푸레한 생각이 그의 상상 속에서 떠오르는 일이 드물기만 했고, 또 떠오른다 해도 천천히 빛을 내다가는 오랫동안 안개 속에 종적을 감춰 버렸다. 믿기 어려운 노력 끝에 그것은 어떤 모호한 형상에 이르게 되었고, 그러면 이제 새로운 작업이 시작되었다. 표현은 시인으로부터 수십억 세계 너머로 날아가 버리기 일쑤였다. 그는 단어를 찾아내지 못했고, 찾아낸 말들은 서로 어울리지 않았다. 운율은 고분고분 몸을 굽히지 않았고, 성가신 대명사가 단어마다 들러붙었다. 장황한 동사가 명사들 사이에서 어슬렁거렸고, 저주스러운 압운이 화음을 이루지 못하는 단어들 사이에 몸을 숨기고 있었다. 시 한 줄을 쓸 때마다 불쌍한 시인은 펜을 몇 대씩이나 깨물어서 못 쓰게 만들었고, 머리털을 몇 줌씩이나 쥐어뜯었으며, 손톱을 몇 개나 부러뜨려야 했다. 그의 모든 노력은 소용없었다! 자주 그는 시인의 수공 일을 집어치우고 수공 일 가운데서도 가장 미친한 일로 바꾸고자 했다. 그러나 조롱하기 좋아하는 자연은 그에게 창조적 재능과 함께 시인의 온갖 괴벽스러움, — 독립성에 대한 타고난 욕망, 모든 기계적인 일에 대한 극복할 수 없는 혐오, 영감의 순간이 찾아와 줄 때까지 마냥 기다리고 앉아 있는 습관, 시간을 규모 있게 나누어 쓸 줄 모르는 태평스러운 무능함을 주었다. 거기에다 시인의 성마름, 사치와 영국식의 안락함에 대한 타고난 애착, 그리고 자연이 사회와 반대로 자신의 귀족을 눈에 띄게 해 주는 소폭군적인 성향을 덧붙여 보시라! 그는 번역도 할 수 없었고, 기한이 정해진 일이나 주문에 따른 일도 할 수 없었다. 자기 동료들이 독자들에게서 우연히 호기심을 불러일으킨 어떤 작품의 대가로 큰돈을 모으고 있는 동안, — 그는 아직 작업에 착수할 결심조차 할 수 없었다. 서적상들은 그에게 주문하기를 중단했고, 어떤 저널리스트들도 그를 동인으로 받아들이려 하지 않았다. 이 불행한 남자가 반년이나 걸려 써야 했던 어떤 시의 대가로 가끔 받게 되는 돈은 으레 빚쟁이들에게 차압당했고, 그에겐 또다시 생활에 가장 필요한 것조차 없는 형편이었다.

그 도시에 세겔리엘이라는 의사가 살고 있었다. 30년 전에 많은 사람들은 그를 의술에 상당히 통달한 사람으로 알고 있었다. 그러나 당시에 그는 가난했고 환자도 너무 적었던 터라 의술을 버리고 장사에 나섰다. 사람들 말로는, 그가 오랫동안 인도 여행을 했다고 하며, 마침내 그는 금괴와 많은 양의 값비싼 보석을 가지고 고향으로 돌아와 엄청나게 넓은 정원이 있는 커다란 집을 짓고 수많은 하인들을 고용했다. 놀랍게도 사람들은 세월도, 끔찍하게 무더운 기후 속에서의 긴 여행도, 그를 조금도 변하게 하지 않았다는 것을 알아챘다. 오히려 그는 전보다 더 젊고 건강하고 생기 있어 보였다. 또한 이것 못지않게 놀라운 사실은 그의 정원에 있는 온갖 풍토의 식물들이 전혀 돌보지 않는데도 잘 자라고 있다는 것이었다. 그렇기는 해도 세겔리엘에게는 이렇다 할 이상한 점이라고는 하나도 없었다. 그는 잘생기고 늘씬한 사나이로, 태도에는 품위가 있고 당시 유행하던 까만 볼수염을 기르고 있었다. 품이 아주 넉넉하고 세련된 옷차림을 하고 있었고 최상의 손님들을 자기 집으로 초대하고 있었으나, 그가 자신의 넓은 정원 밖으로 나오는 일은 거의 없었다. 그는 갚을 것을 요구하지도 않으면서 젊은이들에게 돈을 꾸어 주었다. 매우 훌륭한 요리사와 멋진 포도주를 늘 곁에 두고 있었으며, 식탁 앞에 오래 앉아 있고 일찍 잠자리에 들고 늦게 일어나기를 좋아했다. 한마디로, 그는 하는 일 없이 가장 귀족적이고 사치스러운 여유를 즐기며 살고 있었다. 하지만 비록 자신을 필요 없이 번거롭게 하기를 좋아하지 않는 사람처럼 마지못해 손을 대는 것이긴 했으나, 결코 자신의 의술을 완전히 접은 것은 아니었다. 그러나 그가 다시 시작하기만 하면 기적이 일어났다. 병이 어떤 것이든, 상처가 어떤 치명적인 것이든, 최후의 경련이 일어나고 있든 말든, — 세겔리엘 박사는 환자를 보러 가지조차 않을 것이다. 그는 환자의 친척들에게 그저 형식상 두어 마디 물어보고는 서랍에서 무슨 물 같은 것을 꺼내어 환자에게 먹이라고 지시할 뿐이지만, — 이튿날이면 병은 씻은 듯이 낫는다. 그는 치료비를 받지 않았고, 기적적인 의술과 결합된 그의 청렴함은, 만약 그가 치료 조건으로 기이하기 짝이 없는 것들을 내세우지만 않았다면 온 세상의 환자들을 그에게 모두 끌어올 수 있었을 것이다. 그 조건들이란 이를테면, 완전히 굴욕에 가까운 존경의 표시를 그에게 할 것, 어떤 혐오스러운 짓을 저지를 것, 엄청난 액수의 돈을 바닷물에 던질 것, 자기 집을 깨부수고 고향을 떠날 것 등등이었다. 심지어 그가 때로는 그런 보수……, 정숙한 전설이 우리에게 차마 아무 소식도 전해 주지 못한 그런 보수를 요구하기도 했다는 소문마저 떠돌았다. 이 소문들은 환자 친척들의 열성을 식게 했고, 그래서 언제부터인가는 이미 아무도 그에게 부탁을 하러 달려가지 않았다. 게다가 사람들은 청원자들이 의사의 제안에 동의하지 않았을 때는 환자가 곧바로 죽었다는 사실을 알아챘다. 의사를 상대로 소송을 제기하거나 그에 대해 무슨 나쁜 얘기를 한 사람, 또는 그저 그의 마음에 들지 않았을 뿐인 사람들도 하나같이 똑같은 운명을 맞았다. 이 모든 것들로 해서 세겔리엘 박사에게는 많은 적이 생겼다. 어떤 사람들은 그의 무진장한 부의 근원을 캐기 시작했고, 의사와 약사들은 그가 허락되지 않은 방법으로 치료를 할 권리가 없다고 말했다. 대부분은 그의 엄청난 부도덕을 비난했고, 심지어 어떤 사람들은 죽은 사람들이 그에게 독살당한 것이라고 주장하기에 이르렀다. 마침내 여론에 떠밀린 경찰은 세겔리엘 박사를 심문하지 않을 수 없게 되었다. 그의 집에 대해 철저한 가택 수사가 행해졌다. 하인들은 체포되었다. 세겔리엘 박사는 아무 저항 없이 모든 것에 동의했고, 경찰관들에게 무엇이든 좋을 대로 하라고 허락했다. 그는 아무것도 방해하지 않았고 그들에게 거의 눈길도 주지 않은 채, 그저 간간이 비웃는 듯한 미소를 지을 뿐이었다.

정말로 그의 집에서는 황금 식기, 화려한 향로, 편안한 가구들, 용수철이 들어 있고 쿠션이 있는 안락의자, 여러 가지 복잡한 것이 달려 있는 늘일 수 있는 탁자, 하룻밤을 거기서 보내게 허락해 주는 대가로 언젠가 영국 호색한들에게서 수백 파운드씩을 받았던 그레이엄* 박사의 침대와 같은 종류의, 악기 공명판 위에 단단히 고정되어 향료로 에워싸여 있는 침대 몇 개 이외에는 아무것도 발견하지 못했다. 한마디로, 세겔리엘의 집에서는 감각적 쾌락을 즐기는 부유한 사람이 생각해 낸 것들, 쾌적하고 사치스러운 삶의 편안함(comfortable)을 이루는 것들만 발견됐을 뿐, 조금이라도 의심을 살 만한 것은 하나도 없었다. 그의 모든 서류는 은행가들이나 전 세계의 가장 중요한 상인들과 주고받은 상업적 서신들, 아랍어로 쓰여 있는 수고 몇 편, 그리고 위에서부터 아래까지 숫자로 빽빽하게 채워진 종이 다발로 이루어져 있었다. 처음에 이 종이 다발은 경찰관들을 무척 기쁘게 했다. 그들은 이것들이 암호 편지라고 생각했던 것이다. 그러나 면밀한 검사의 결과, 그것들은 단순한 계산의 초고임이 밝혀졌고, 오랜 무역 거래에서 계산서가 그렇게 잔뜩 쌓이게 되었다는 세겔리엘의 말은 대단히 신빙성이 있었다. 대체로 세겔리엘은 고발당한 모든 항목에 대해 조금도 당황하지 않고 매우 분명하고 만족스러운 답변을 했다. 그의 모든 말과 행동에서는 자신의 답변에서 궁지에 빠질지도 모른다는 두려움보다도, 이런 시시한 것들 때문에 그를 귀찮게 하는 데 대한 짜증이 엿보였다. 그는 자신의 부에 대해 설명하기 위해 그의 거래 관계의 모든 역사를 볼 수 있는 서류를 증거로 내세웠다. 이 거래는 정말 마법적이라 할 만한 성공을 거두었지만, 거기엔 어떤 범죄적인 행위도 들어 있지 않았다. 의사와 약사들에게 그는, 의사 면허증은 원하는 사람을 원하는 식으로 치료할 수 있는 권리를 그에게 주고 있다, 자기는 누구에게도 그에게 치료를 받으라고 강요하지 않는다, 자신의 약 성분을 밝힐 의무는 없다, 하지만 원한다면 그들이 자신의 약을 분석해도 좋다, 또 자기 쪽에서 치료해 주겠다고 먼저 제안하고 나선 것이 아니므로 어떤 보수든 간에 자기가 원하는 대로 정할 권리가 있다, 그리고 만약 그가 종종 이상한 조건을 내걸었다 해도, 누구든 그것을 받아들이거나 받아들이지 않을 자유가 있었고, 또 그것은 오로지 성가신 무리로부터 벗어나기 위해 그랬을 뿐이다, 왜냐면 그 사람들은 그의 평온을, — 그가 바라는 유일한 목적인 평온을 깨뜨리기 때문이다, 라고 대답했다. 마지막으로 독살에 관한 항목에 대해서 박사는, 온 도시에 알려져 있듯 자기는 대부분 전혀 모르는 사람들을 치료해 왔고 환자의 이름이나 그를 부탁하러 온 사람의 이름, 심지어 사는 곳조차 물은 적이 없으며, 자신이 치료를 거부한 환자들이 죽은 것은 그들이 자신에게 달려왔을 때 이미 마지막 숨을 거두고 있는 중이었기 때문이라고 반박했다. 그리고 자신의 적들은 아마도 사물의 자연스러운 진행 과정에 따라 죽었을 것이라는 말로 답변을 끝맺으면서 명백한 증거와 논증을 통해, 그와 그의 집의 어느 누구도 고인들과 어떤 조그만 관계도 가진 적이 없다는 사실을 증명했다. 모든 법률적인 술책이 동원된 개별 심문에서 세겔리엘의 하인들은 그의 모든 진술이 한마디 한마디 모두 사실임을 보증했다. 그런 동안에도 수사는 계속되었으나, 무엇을 밝혀내건 모두 세겔리엘 박사에게 유리한 것을 말해 줄 뿐이었다. 세겔리엘의 약을 화학적으로 분석한 학술 협의회는 오랜 논의를 거친 후에, 이 훌륭한 명약은 그저 단순한 강물에 불과하며 이 약의 효능인 듯 보이는 것은 실상 지어낸 이야기이거나, 아니면 환자들의 상상에 의한 것으로 보아야 한다고 선언했다. 세겔리엘에 의해 살해되었다고 주장되는 사람들의 병에 관한 정보들은 그들 중 어느 누구도 돌연사를 하지 않았고, 대부분 만성적인 질환이나 유전병으로 죽었다는 것을 증명했다. 마지막으로, 독살당했다는 아주 강력한 의혹이 존재하는 사람들의 시신 부검에서도 독살의 그림자는 손톱만큼도 나타나지 않았고 단지 흔한 질병의 잘 알려진 흔한 징후들만이 드러났다.

수많은 사람들을 그 도시로 모여들게 한 이 재판은 주민의 거의 절반이 고발자였던 까닭에 아주 오랫동안 계속되었다. 그러나 마침내 재판관들은 비록 그들이 세겔리엘 박사에 대해 아무리 선입견을 가지고 있었다 할지라도, 그를 상대로 제기된 모든 기소 사유들이 아무런 근거가 없으며 세겔리엘 박사는 모든 혐의에 대해 무죄이고 따라서 그에 대한 공소는 기각되어야 한다는 것을 만장일치로 선언하고, 무고자들에 대해서는 법에 따라 비용을 지불하게 할 수밖에 없었다. 판결이 나자, 그때까지 계속 완전히 무관심한 태도를 보여 왔던 세겔리엘은 새로운 원기를 얻은 듯했다. 그는 즉각 이 재판으로 인해 자신의 광범위한 거래 관계에 초래된 손실에 대해 의심의 여지가 없는 증빙 서류를 법원에 제출하고, 그를 고발했던 사람들에게서 그 손실액을 받아 내게 해 달라고 청원했으며, 나아가 그가 입은 명예 훼손에 대한 배상을 요구했다. 사람들은 그의 이처럼 지칠 줄 모르는 활동성을 지금껏 한 번도 본 적이 없었다. 그는 다시 태어난 것만 같았다. 그의 오만함은 사라졌다. 이 재판관에게서 저 재판관에게로 직접 다니고, 최고의 변호사들에게 셀 수도 없는 엄청난 돈을 지불하고, 세계 방방곡곡으로 파발꾼을 보냈다. 한마디로, 그는 자신의 고발자들과 그들의 가족을 마지막 한 사람까지 완전히 파멸시키고 그들의 친척과 친구들을 끝까지 파멸시키기 위해 법과 자신의 부, 자신의 연줄이 가능하게 해 주는 모든 수단을 이용했다. 결국 그는 자신의 목적을 달성했다. 그의 고발자들 중 많은 사람들이 자리와 함께 — 유일한 생계 수단을 잃었고, 어떤 가족들의 재산은 재판에 의해 전부 그의 손으로 넘어갔다. 파멸당한 사람들의 애원도 눈물도 그의 마음을 움직이지 못했다. 그는 잔인하게 그들을 집에서 내쫓고 그들의 집과 시설을 모조리 파괴했다. 나무는 뿌리째 뽑혔고 수확을 앞둔 곡물들이 바다에 던져졌다. 자연과 운명이 모두 그의 복수를 도와주는 듯이 보였다. 그의 적들, 그들의 아버지, 어머니, 아이들은 마지막 한 사람까지 모두 고통스럽게 죽어 갔다. — 집 안에 전염성 열병이 나타나서 온 가족을 죽게 만드는가 하면, 잊힌 지 오래된 옛날의 병이 다시 시작되었고, 어려서 입은 아주 작은 타박상, 아주 하찮게 찔린 손의 상처, 아무것도 아닌 감기 — 이런 모든 것들이 치명적인 병이 되어 곧 가족 전체의 이름들마저 지구 표면에서 완전히 지워 버렸다. 법의 처벌을 피한 자들도 마찬가지였다. 뿐만 아니었다. 폭풍이 일거나 회오리바람이 몰아쳤고, — 먹구름도 세겔리엘의 성을 그냥 지나쳐서는 그의 적들의 집과 밭 위에서 폭우와 번개를 쏟아 놓았다. 그리고 많은 사람들은 이때 세겔리엘이 그의 정원 테라스로 나와 자신의 친구들과 즐겁게 술잔을 부딪치고 있는 것을 보았다.

이 사건은 처음에는 모든 사람의 공포를 불러일으켰다. 그리고 세겔리엘이 이 재판 후 B.시로 옮겨 가서 거기서 다시 전과 전혀 다름없는 사치스러운 생활을 하기 시작했으나, 그의 고향 사람들 중 재판의 모든 상황을 자세히 알고 있고 세겔리엘의 행동에 분노하고 있던 많은 사람들은 그를 파멸시키려는 자신들의 계획을 포기하지 않았다. 그들은 옛날의 마법 재판을 기억하고 있는 노인들에게 문의하고 그들과 의논한 후에 새로운 고발장을 작성했고, 거기서 그들은 지금의 법에 의해서는 세겔리엘 박사를 유죄로 인정할 수 없음에도 불구하고 그의 모든 행동에서 일종의 초자연적인 힘을 목도하지 않을 수 없으므로 마법에 대한 과거의 법에 의거하여 모든 사건을 다시 조사해 주길 요청한다고 밝혔다. 세겔리엘로서는 다행스럽게도, 이 청원서를 받아 든 재판관들은 계몽된 사람들이었다. 그들 중 한 명은 로크의 번역으로, 다른 한 명은 칸트의 체계를 적용한 대단히 중요한 법률학 저술로 유명했으며, 또한 명은 원자 화학에 의미 있는 공헌을 한 사람이었다. 그들은 이기이한 청원서를 읽으면서 웃음을 참을 수 없었고 그것을 고려할 가치가 없는 것으로 여겨 청원자들에게 되돌려 보냈으나, 그중 한 명은 친절을 베풀어서, 청원자들에게 그토록 이상하게 보였던 모든 사례들에 대한 설명을 그것에 덧붙였다. 그리하여 — 유럽의 계몽 덕분에 — 세겔리엘 박사는 자신의 사치스러운 생활을 계속하고 모든 최고의 손님들을 자신의 집으로 초대하고 여전히 자신이 제시하는 조건에 따라 환자를 치료한 반면, 그의 적들은 계속 병에 걸리고 계속 전처럼 죽어 갔다.

이 무서운 인간에게 우리의 미래의 즉흥시인이 찾아가기로 결심했다. 그를 안으로 들여보내자, 그는 곧바로 박사 앞에 무릎을 꿇고서 말했다. "박사님! 세겔리엘 님! 당신은 세상에서 제일 불행한 인간을 보고 계십니다. 자연은 제게 시에 대한 열정을 주었지만, 이 열정을 따를 수 있는 모든 수단을 제게서 거두어 버렸습니다. 제게는 생각할 능력도, 제 자신을 표현할 능력도 없습니다. 말을 하고자 하면 말을 잊어버리고, 글을 쓰고자 하면 더 나쁩니다. 신이 설마 제게 이런 영원한 고통을 운명으로 주었을 리는 없습니다! 저는 제 불행이 어떤 병, 어떤 정신적인 긴장으로 인한 것이라고 확신합니다. 당신만이 그것을 고쳐 주실 수 있습니다."

— 이봐! 아담의 아들들. — 박사가 말했다(이것은 그가 기분이 좋을 때 즐겨 쓰는 말투였다). — 아담의 자식들! 너희들은 모두 아비의 특권을 기억하고 있군. 너희들은 모든 것을 거저 얻고 싶어 해! 이 세상에는 너희들보다 더 일을 잘하는 자들이 있지! 하지만 아무튼 좋아. — 그는 잠시 입을 다물었다가 말했다. — 내가 널 도와주마. 그런데 알고 있겠지. 나는 조건이 있어…….

— 어떤 것이라도 좋습니다, 박사님! — 무엇을 제안하시든 모

든 것에 동의하겠습니다. 매 순간 죽는 것보다야 어떤 것이든 좋습니다.

— 우리 도시에서 나를 두고 얘기하는 것들이 네겐 모두 무섭지 않단 말인가?

— 네, 박사님! 저의 지금 상황보다 나쁜 것은 생각해 내실 수 없을 겁니다. (박사는 비웃는 듯 웃기 시작했다.) 당신께 솔직히 말씀드리겠습니다. 제가 당신께 오게 된 것은 시와 명예욕 때문만이 아닙니다. 더 섬세한 다른 감정도……. 제가 더 능숙하게 쓸 수 있게 되면 생활이 보장될 수 있을 것이고, 그렇게 되면 저의 샤를로타도 제게 더 호감을 가지게 될 겁니다……. 저를 이해하십니까, 박사님?

— 난 이런 게 좋아. — 세겔리엘이 소리쳤다. — 나는, 우리의 어머니인 종교 재판처럼, 나에게 솔직하고 나를 완전히 믿는 것을 죽도록 좋아해. 우리를 속이려 드는 자에겐 물론 재앙이 따르지. 하지만 너는, 보아하니, 정직하고 솔직한 인간이군. 그래서 너의 장점에 대해 상을 주어야겠다. 좋아, 네 부탁을 들어주어서, **아무 힘도 들이지 않고 창작하는** 능력을 네게 주도록 하지. 그러나 우리의 첫 번째 조건은 이 능력이 절대로 너를 떠나지 않는다는 것이야. 동의하는가?

— 절 놀리시는군요, 세겔리엘 님!

— 천만에, 난 솔직한 인간이야, 내게 의지하는 사람들한테 아무것도 숨기고 싶지 않아. 귀담아듣고 내 말을 잘 이해하게. 내가 네게 주는 능력은 너 자신의 일부가 된다. 그것은 네가 살아 있는 동안 단 한 순간도 너를 떠나지 않고, 너와 함께 자라고, 무르익고, 너와 함께 죽을 것이다. 이것에 동의하는가?

— 여부가 있겠습니까, 박사님?

— 좋아. 나의 다른 조건은 다음의 것이다. 너는 **모든 것을 보고, 모든 것을 알고, 모든 것을 이해하게 된다**. 이것에 동의하는가?

— 정말, 농담을 하고 계시군요, 박사님! 어떻게 감사를 드려야 할지……. 한 가지 선물 대신 두 가지를 주시는데, — 어찌 동의하지 않겠습니까!

— 내 말을 잘 이해하게. 너는 **모든 것을 알고, 모든 것을 보고, 모든 것을 이해하게 된다.**

— 당신은 모든 사람들 가운데 가장 은혜로우신 분입니다, 세겔리엘 님!

— 그럼 동의하는가?

— 하다마다요. 증서가 필요하신가요?

— 필요 없어! 사람들 사이에 차용 증서가 없었을 때가 좋았으니까. 지금은 사람들이 교활해졌어. 우린 증서가 없어도 괜찮네. 입으로 말한 것도 글로 쓴 것이나 마찬가지로 도끼로 베어 내지 못해. 친애하는 벗이여, 세상의 그 무엇도, **그 무엇도** 잊히지 않고 없어지지 않아.

이렇게 말하면서 세겔리엘은 한 손을 시인의 머리에, 다른 손은 그의 가슴에 얹고, 엄숙하기 그지없는 목소리로 말했다.

"비밀의 마법으로부터 너는 선물을 받으라. 모든 것을 파악하고, 세상의 모든 것을 읽고, 말하고, 쓰게 된다. 아름답고 손쉽게, 슬프고 우습게, 운문과 산문으로, 더울 때나 추울 때나, 생시에나 꿈에나, 탁자 위에, 모래 위에, 칼과 펜으로, 손으로, 혀로, 웃으면서 울면서, 모든 언어로……."

세겔리엘은 시인의 손에 무슨 종이를 찔러 주고 그를 문 쪽으로 돌려세웠다.

키프리야노가 세겔리엘의 방에서 나가자 박사는 요란하게 웃으면서 소리치기 시작했다. "페페! 프리즈 외투*를 가져와!" — "아하우!" 하는 소리가 마치 『마탄의 사수』 제2막에서처럼,* 박사의 서재에 있는 모든 책꽂이에서 울려 퍼졌다.

키프리야노는 세겔리엘의 말을 시종에게 내리는 지시로 받아들였다. 그러나 우아하고 사치스러운 박사에게 그런 이상한 옷이 왜 필요한지, 그도 좀 의아했다. 그는 문틈으로 들여다보기 시작했다 — 그랬더니 이게 뭔가. — 책꽂이의 모든 책들이 움직이고 있었다. 한 수고에서는 숫자 8이, 다른 수고에서는 아랍어 알파벳의 첫 글자 알레프가, 그다음에는 그리스어 알파벳의 델타가 튀어나왔고, 또, 또 — 그리고 마침내는 방 전체가 살아 있는 숫자와 자모들로 가득 찼다. 그것들은 경련을 일으키며 몸을 굽히기도 하고 쭉 펴기도 하고, 팽창하기도 하고 굼뜬 다리가 서로 얽힌 채 겨우 걷기도 하고, 펄쩍펄쩍 뛰기도 하고 넘어지기도 했다. 무수한 점들이 그 사이에서 마치 현미경 속의 적충류(滴蟲類)처럼 뱅글뱅글 돌고, 옛 갈데아*의 등사기가 창틀이 덜컹거릴 정도로 힘차게 박자를 치고 있었다…….

깜짝 놀란 키프리야노는 혼비백산하여 달아나기 시작했다.

좀 진정이 되자 그는 세겔리엘이 준, 손 글씨로 쓴 것을 펼쳐 보았다. 그것은 위에서 아래까지 알 수 없는 숫자가 빽빽하게 적혀 있는 거대한 두루마리였다. 그러나 그것을 쳐다보자마자 키프리야노는 마치 초자연적인 힘의 기운을 받은 것처럼, 그 이상한 글자들의 의미를 대번에 이해했다. 그 속에는 자연의 모든 힘들이 계산되어 있었다. 수정의 체계적인 삶과 함께, 어떤 법칙에도 따르지 않는 시인의 상상력, 지축의 자기(磁氣) 진동, 적충류의 열정, 언어의 신경 체계, 말의 변덕스러운 변화가 거기에 모두 포함되어 있었다. 숭고하고 감동적인 모든 것이 산술적인 수열로 제시되고, 예측 불가능한 것이 이항 정리 속에 분해되어 있었다. 시혼의 비상은 사이클로이드로 묘사되고, 생각과 함께 태어나는 말은 대수가 되어 있었다. 영혼의 본능적인 분출은 방정식으로 정리되어 있었다. 키프리야노 앞에는 자연 전체가 마치 단 하나의 혈관도 남아 있지 않게끔 병리 해부학자가 교묘하게 삶아 낸 아름다운 여인의 해골처럼 누워 있었다.

단 한 순간에 키프리야노에게는 생각의 발생에 관한 드높은 비밀이 너무도 쉽고 평범한 일로 여겨졌다. 표현과 생각을 갈라놓는 심연 위로 이제 그를 위해 중국 방울들이 달린 악마의 다리가 길게 뻗었고, 그리하여 키프리야노는 시로 말하기 시작했다.

이 이야기의 시작 부분에서 우리는 이미 키프리야노가 그의 새로운 수공 일에서 거둔 놀라운 성공을 보았다. 승리감에 도취된 채 그는 불룩한 지갑을 가지고, 그러나 약간 지친 상태로 자신의 방으로 돌아갔다. 그런데 메마른 입을 상쾌하게 하고 싶어서 보니, — 컵에는 물이 아니라 뭔가 이상한 것이 담겨 있다. 거기엔 두 개의 기체가 서로 싸우고 수십억의 적충류가 그 사이를 헤엄쳐 다닌다. 다른 컵에 물을 따르지만 역시 마찬가지이다. 그는 샘으로 달려간다. — 멀리서 차가운 물결이 은빛으로 흐르고 있다. — 가까이 다가가자 — 다시 컵 속과 똑같다. 불쌍한 즉흥시인의 머리 위로 피가 솟구친다. 그는 절망한 나머지 잠 속에서 갈증과 고통을 잊고 싶어 풀 위에 몸을 던진다. 그러나 눕자마자 갑자기 귀 바로 아래서 커다란 소음이, 쿵쿵 두드리는 소리와 비명이 울려 퍼진다. 수천 개의 망치가 고막을 때리는 것 같고, 꺼칠꺼칠한 피스톤이 돌무더기를 헤집고 들어가는 것 같고, 쇠스랑이 서로 부딪치면서 매끈한 표면을 따라 미끄러지는 것 같다. 그는 몸을 일으키고 바라본다. 달이 그의 작은 뜰을 환히 비추고, 줄무늬를 만들며 떨어지는 뜰 울타리의 그림자가 관목 숲의 나뭇잎 위에서 조용히 흔들리고, 가까이에서 개미들이 개미탑을 짓고 있고, 모든 것이 고요하고 평화롭다. 그는 다시 누웠다. — 하지만 다시 소음이 시작된다. 키프리야노는 더 이상 잠들 수가 없었다. 그는 밤새 뜬눈으로 지샜다. 아침이 되자 그는 평온을 찾고 자신의 기쁨과 괴로움을 털어놓기 위해 그의 샤를로타에게로 달려갔다. 샤를로타는 벌써 그의 승리에 대해 알고 그를 기다리면서 곱게 몸단장을 하고, 밝은 금발을 예쁘게 빗어 분홍색 리본을 넣어 땋고는 순진하게 아양을 떨며 거울을 들여다보고 있었다. 키프리야노가 달려 들어가서 그녀를 향해 무릎을 꿇자, 그녀는 생긋 미소를 지으며 그에게 손을 내민다. — 갑자기 키프리야노는 동작을 멈추고 그녀를 뚫어지게 응시한다…….

그리고 정말 기괴한 일이었다! 모슬린 같은 얇은 세포막을 통해 키프리야노는 심장이라 일컬어지는 3면의 벽을 가진 동맥이 그의 샤를로타 안에서 벌떡거리는 것을 보았다. 붉은 피가 그것에서 뿜어져 나와 모세 혈관까지 이르러서는, 그가 전에 그렇게도 바라보길 즐겼던 그 섬세한 백색을 만들어 내고 있었다……. 불행한 인간! 사랑으로 가득 찬 그녀의 더없이 아름다운 눈에서 그는 어떤 어둠 상자와 망막과 혐오스러운 액체 방울을 보았을 따름이며, 그녀의 사랑스러운 걸음걸이에서 — 지렛대의 메커니즘을 보았을 따름이다……. 불행한 인간! 그는 담낭도 보았고 음식 섭취 장치의 운동도 보았다……. 불행한 인간! 샤를로타, 그의 영감이 무릎을 꿇고 기도했던 이 지상의 이상은 — 그에게 해부학 표본이 되고 말았다!

키프리야노는 경악하여 그녀 곁을 떠났다. 이웃집에는 키프리야노가 절망의 순간에 달려가곤 할 때마다 조화로운 모습으로 그의 괴로운 영혼을 달래 주던 마돈나상이 있었다. 그는 그곳으로 달려가서 무릎을 꿇고 뜨겁게 간청했다. 그러나 아아! 그에게 그 그림은 이미 사라지고 없었다. 물감이 그 위에서 움직이고 있었고, 그가 화가의 창작물에서 본 것은 — 화학적 발효 과정에 지나지 않았다.

불행한 인간은 믿을 수 없을 만큼 고통에 시달렸다. 모든 것, 시각, 청각, 후각, 미각, 촉각, — 그의 모든 감각, 모든 신경은 현미경의 능력을 획득했으며, 일정한 초점에 맞춰진 아주 작은 티끌과 우리에게는 존재하지 않는 아주 작은 곤충이 그를 옥죄고, 세상에서 쫓아냈다. 나비 날개의 팔랑거림이 그의 귀를 찢어 놓았고 더없이 매끈한 표면이 그를 거칠게 자극했다. 자연 속의 모든 것이 그의 앞에서 분해되었으나 어느 것도 그의 영혼 속에서 하나로 결합되지 않았다. 그는 **모든 것을 보았고, 모든 것을 이해했으나**, 그와 사람들 사이, 그와 자연 사이에는 영원한 심연이 놓여 있었다. 세상의 그 무엇도 그에게 동정하지 않았다.

숭고한 시 작품에서 자신을 잊고 싶어 하든, 역사 탐구 속에서 심오한 사상을 만나고 싶어 하든, 조화로운 철학 체계 속에서 정신의 휴식을 얻고 싶어 하든, — 모든 것이 다 헛될 뿐이었다. 그의 혀는 단어를 중얼거리고 있었으나 그의 생각 속에서는 전혀 다른 것이 나타나고 있었다.

시적 표현의 얇은 베일을 통해 그는 창작의 모든 기계적 받침대를 보았다. 그는 시인이 얼마나 미칠 듯한 분노에 사로잡혔는지를 느꼈고, 가슴에서 자기도 모르게 흘러나온 듯 보이는 시구를 시인이 몇 번이나 고쳐 썼는지도 느꼈다. 시인의 모든 내면의 힘이 팽팽하게 긴장되면서 그의 펜이 말을 따라잡지 못하고 말이 생각을 따라잡지 못하는 듯 보이는 가장 격정적인 순간에, — 시인이 『아카데미 사전』*에 손을 뻗쳐 효과적인 단어를 찾고 있는 것을 키프리야노는 보았다. 고요와 영적 평화의 매혹적인 묘사 한가운데서 울음소리로 그를 지겹게 하는 변덕스러운 아이의 귀를 잡아당기고 아내의 수다가 발휘하는 위력 앞에서 자신의 귀를 틀어막는 시인을 보았다.

역사를 읽으면서 키프리야노는 인류의 보편적인 운명과 인류의 지속적인 완성에 대한 숭고하고도 위안이 되는 사상이나, 어느 민족의 중요한 위업과 성격에 대한 심오한 추측이 그 자체로서 역사 연구의 자명한 결과인 듯 보이지만, — 실상은 최근에 나온 역사 연구들의 인위적 연결에 의해 지탱되고 있을 뿐이며, 마찬가지로 이 연결 역시도 같은 주제에 대해 쓴 여러 저자들의 연결에 의존해 왔고, 이들의 연결은 — 여러 연대기의 인위적인 연결에, 또 이 후자의 연결은 — 필사자들의 오류에 의지하고 있으며 마치 바늘 끝과도 같은 그 위에다 요술쟁이들이 건물 전체를 세워 올려놓은 것임을 보았다.

철학 체계의 조화로움에 놀라는 대신, 키프리야노는 철학자의 마음속에서 뭔가 새로운 것을 말하고자 하는 욕망이 제일 먼저 싹트고 그다음에 운 좋고 도전적인 표현이 머리에 떠오르며, 이 표현에다 사상을 갖다 붙이고 이 사상에다 하나의 장 전체를, 이 장에다 책을, 그리고 책에다 체계 전체를 갖다 붙이는 것을 보았다. 철학자가 마치 어떤 강렬한 감정에 이끌린 것처럼 자신의 엄격한 형식을 버리면서 번쩍이는 일탈을 향해 돌진하는 바로 그곳, — 거기서 키프리야노는 이 일탈이 철학자 스스로도 그것이 언어유희임을 분명히 느끼고 있는 삼단 논법의 중간 항을 위한 가리개일 뿐이라는 것을 보았다.

음악 또한 키프리야노에게 존재하기를 멈추었다. 헨델과 모차르트의 황홀한 화성에서 그는 하나의 음은 한 방향으로, 다른 음은 다른 방향으로, 또 다른 음은 또 다른 방향으로 출발시키고 있는 무수히 많은 작은 구(球)들로 채워진 공간을 보았을 따름이다. 가슴을 찢는 오보에의 흐느낌에서, 호른의 날카로운 소리에서 그는 다만 기계적인 진동을 보았고, 스트라디바리우스와 아마티의 노래에서 — 말 털이 동물의 힘줄을 따라 미끄러지는 것만을 보았다.

오페라 공연에서 그가 느낀 것은 작곡자와 악장의 괴로움이 전부였다. 그는 악기가 조율되는 것, 역할을 익히는 것, 한마디로, 시연의 모든 매력을 맛보았다. 가장 비장한 순간에 무대 뒤에서 감독이 미쳐 날뛰는 것을 보았고, 단역들, 무대 장치 담당자들과 싸우는 것을 보았고, 갈고리와 계단, 밧줄 등등을 보았다.

괴로움에 지친 키프리야노는 저녁이면 종종 자기 집을 나서 거리로 달려 나갔다. 화려한 마차들이 그의 곁을 번쩍이며 지나갔다. 하루의 일과를 마친 사람들이 기쁜 얼굴을 하고 그들의 평화로운 집 지붕 아래로 돌아가고 있었다. 불이 환하게 밝혀진 창을 통해 키프리야노는 조용한 가정적 행복의 광경을, 뛰어노는 아이들에 둘러싸인 아버지와 어머니를 보았다. — 그러나 그는 이 행복을 부러워하는 즐거움을 누리지 못했다. 그는 사회적 조건과 예의범절, 권리와 의무, 분별과 도덕 규칙의 증류기에 의해 — 점차 가정의 독이 만들어져 나와, 모든 가족 구성원의 영혼의 신경을 모조리 지져 버리고 있는 것을 보았다. 그는 상냥하고 자상한 아버지가 자식들에게 넌더리를 내고, 공손한 아들이 부모의 죽음을 초조하게 기다리는 것을 보았다. 정열적인 부부가 서로 손을 꼭 잡고, 어떻게 하면 더 빨리 서로에게서 벗어날 수 있을지 생각하는 것을 보았다.

키프리야노는 분별력을 잃고 말았다. 그는 자신의 고국을 떠나 자기 자신으로부터 자신을 구할 생각에 허둥지둥 여러 나라를 옮겨 다녔으나, 어디서든 언제든 전과 다름없이 계속 **모든 것을 보았**

고, 모든 것을 이해했다.

한편, 시 창작의 교활한 재능도 키프리야노에게서 계속 살아 있었다. 한순간이라도 그의 현미경 같은 능력이 멎으면 즉시 시구가 물결처럼 그의 입에서 흘러나온다. 그러나 차가운 영감을 미처 억누르기도 전에 또다시 자연 전체가 죽은 생명으로 그의 앞에 되살아나서는, — 벌거벗었지만 신은 신고 있는 여자처럼 옷도 입지 않은 무례한 모습으로 눈앞에 나타난다. 얼마나 고통스럽게 그는 예전의 그 달콤한 괴로움을 상기하였던가, — 드문 영감이 그에게 찾아오고, 어렴풋한 형상들이 그의 앞에서 떠돌고 물결치고 서로 합류하곤 하던 그때를……! 형상들이 점점 더 명료해진다, 명료해진다. 다른 세계로부터 천천히, 마치 긴 입맞춤처럼 시 작품들의 무리가 그에게로 날아온다. 그것들이 가까이 왔다. 그것들로부터 천상의 온기가 불어오고 조화로운 소리들 속에서 자연이 그것들과 하나가 되어 흐른다. — 영혼이 얼마나 가볍고, 얼마나 청신해지는가! 부질없고 괴로운 회상이여! 키프리야노는 서로 적의에 찬 세겔리엘의 재능들이 벌이는 투쟁을 이겨 내고자 하였으나 아무 소용이 없었다. 눈에 띄지도 않는 작은 인상이 이 수난자의 자극된 신체 기관을 건드리자마자 다시 현미경의 능력이 그를 압도했고, 채 익지도 않은 생각이 표현이 되어 터져 나왔다.

오랫동안 키프리야노는 이 나라 저 나라를 떠돌아다녔다. 이따금 궁핍이 또다시 그를 세겔리엘의 재앙스러운 재능에 매달리게 했다. 이 재능은 과잉을 가져다주었고 그와 함께 삶의 모든 물질적 쾌락을 선물했다. 그러나 그 모든 쾌락 속에는 독이 들어 있었고, 새로운 성공을 거둘 때마다 그의 고통은 더욱 커져 갔다.

마침내 그는 자신의 재능을 더 이상 사용하지 않고 궁핍과 가난을 대가로 그것을 억누르고 질식시켜 버리기로 결심했다. 그러나 이미 늦었다! 오랜 투쟁으로 그의 영혼의 건물은 흔들리기 시작했다. 생각과 감정의 비밀스러운 요소들을 결합시켜 주던 섬세한 연결은 끊어졌고, — 마치 부식성 산(酸)에 침식된 수정이 허물어져 내리듯 붕괴해 버렸다. 그의 영혼에는 어떤 생각도, 감정도 남아 있지 않았다. 그 자신도 이해할 수 없는 단어들의 옷을 입은 어떤 유령들만이 남아 있었다. 궁핍과 굶주림이 그의 육체를 갈기갈기 찢어 놓았다. — 어디로 가는지 자신도 모르면서 동냥으로 끼니를 때우며 그는 오랫동안 방랑했다…….

나는 초원 지대에 있는 어느 지주의 마을에서 키프리야노를 만났다. 그곳에서 그는 — 광대의 직무를 수행하고 있었다. 그는 붉은 수건으로 허리를 동여맨 프리즈 외투를 걸치고 온갖 언어가 뒤섞인 어떤 언어로 쉴 새 없이 시구를 읊었다……. 그는 스스로 나에게 자신의 이야기를 해 주었고 자신의 가난을 애처롭게 한탄했다. 그러나 그보다도 아무도 그를 이해해 주지 않는다고, 시의 환희가 불타올라 모자라는 종이 대신 탁자에다 자신의 시구를 새길 때면 사람들이 그를 때린다고, 아니 그보다도, 세겔리엘의 적의에 찬 재능이 뿌리째 죽여 버릴 수 없었던 그의 유일한 감미로운 추억을, — 샤를로타에게 바친 그의 첫 시들을 모두들 비웃는다고 쓰라리게 한탄했다.

— 배신이야, 여보게들! — 뱌체슬라프가 소리쳤다. — 파우스트는 우리가 어제 했던 반박에 답하는 대신, 수고에서 일부러 이 단편을 택했어.

— 천만에! — 파우스트가 대답했다. — 나는 아무런 속임수

도 쓰지 않았어. 번호 순서대로 읽은 거라네. 수고의 주인들도 그들에게 제공된 메모들을 한데 모으면서 그 순서를 정하는 일은 가장 훌륭한 분류학자인 — 시간에게 일임했을 거라고 나는 확신하네.

바체슬라프. 그럼 자넨 그저 우연이 「베토벤」과 「즉흥시인」을 한데 묶은 거라고 우릴 믿게 만들려는 건가? 두 글 모두 서로 반대되는 방향에서 표현되었을 뿐, 동일한 사상을 나타내고 있는데도…….

로스치슬라프. 모르겠어, 파우스트가 자기 습관대로 우리를 놀린 건지. 하지만 솔직히 나는 아직 자연 속에서 우연을 보지 못했네. 자연에는, 예를 들어, 식물계와 동물계가 대단히 점진적인 단계성 속에 결합되어 있고, 심지어 어디서 하나가 끝나고 어디서 다른 것이 시작되는지 규정짓기도 어려워. 그런데도 겉으로 보기에 하나는 다른 하나의 완전한 부정이거든. 식물의 가장 중요한 기관들은 모두 — 표면에 나와 있어. 안은 종종 완전히 비어 있는 경우가 많아. 양분 섭취 기관인 아주 가느다란 실뿌리, 호흡 기관인 잎, 그리고 향기로운 꽃잎들 사이에 있는 신방의 잠자리는 모두 밖에 있어. 반대로 동물들에서는 이 모든 기관이 여러 덮개 아래 조심스레 안쪽에 숨어 있고, 밖에서 볼 수 있는 것은 피부, 털, 각질이 다야. — 덜 중요하고 거의 감각이 없는 기관들이지. 내겐 언제나 동물의 삶은 식물의 삶에 대한 대답이고, 인간이 그들 사이의 심판관이라고 여겨졌다네. 만약 자연이 자신의 가장 낮은 작품들 사이에서 이 드라마를 연출하고 있다면, 과연 자신의 가장 높은 작품, 즉 인간의 창작물을 어떤 우연에다 맡길 수 있을까. — 그게 무엇이든, 엄청난 문학 작품이든, 솔직한 대화이든, 또는 별 생각 없이 끄적거린 여행자의 메모이든 간에, 인간의 작품을 말일세. — 왜 이들 현상 중의 하나가 다른 하나 뒤에, 그것도 어떤 다른 순서가 아니고 바로 그 순서에 따라오게 되는지에는 반드시 이

유가 있다고 나는 확신하네. 비록 밤과 낮처럼 그렇게 서로 반대되는 현상들이 어떻게 해서 항상 차례로 이어지는지 우리에게 이해되지 않는 것과 꼭 마찬가지로, 종종 우리가 그 이유를 파악할 수 없다 해도 말이지.

빅토르. 하지만 먼저 증명해야 할 건, 실제로 인간의 작품이 자연의 작품들과 동일한 단계에 서 있는가 하는 문제야. 그것들을 ― 능가한다고는 말하지 않겠네.

로스치슬라프. 물론 능가하지. 동물이 식물보다 더 완전하다는 바로 그 이유에서…….

빅토르. 그건 아주 칭찬할 만한 확신이군. 다만 유감스럽게도, 인간은 알프스나 지중해 해변과 같은 것을 아직 짓지 못했고, 예를 들어 식물의 조직에서 보게 되는 그 완벽함에 도달하는 데도 결코 성공하지 못했네. 자네도 알겠지만, 가장 섬세한 레이스도 현미경으로 보면 그저 거친 끈 뭉치에 지나지 않아. 하지만 식물의 표피는 가장 열등한 식물의 경우라도 그 구조의 규칙성에서 커다란 놀라움을 안겨 주지.

로스치슬라프. 자넨 인간의 완전히 다른 두 상태, 완전히 별개인 두 단계를 혼동하고 있군, 그건 인간에게 많은 단계가 있기 때문일세. 몇몇 학자들은 고대인들에게 피라미드가 불의 상징〔프타소스(Phtasos, фтас)〕이었다는 것을 증명했는데, 그건 충분히 신빙성이 있어. 왜냐하면 불이나 피라미드나 모두 날카로운 끝을 가지니까. 하지만 불의 상징 아래에는 보다 깊은 다른 상징이 숨어 있다고 생각되네. ― 그건 바로 인간이야. 불꽃을 보게. 그 속엔 어둡고 차가운 부분이 있어.[30] ― 타고 있는 물체의 거친 증기가 만

30 존 머리*는 기체가 분리되고 그것의 밝은 덮개 사이로 볼 수 있는 불꽃의 검은 부분에 몇 초 동안 화약을 넣었다. 폭발은 일어나지 않았고, 심지어 화약이 축축해졌다.

들어 내는 것이지. 그 속엔 또 불꽃이 공기로부터 생명에 필수적인 원소[31]를 낚아채는, 더 밝은 부분도 있네. 이 부분은 금속만 산화시켜. 이 두 부분 사이에는 점이 있어, — 하나의 점이지만 그 무엇도 저항할 수 없는 가장 강한 열도를 가진 점이지. 여기서 백금은 백열 상태에 도달하고, 바로 여기서 거의 모든 금속이 환원을 겪게 돼.[32] 자네는 자연의 작품들을 인간의 어둡고, 차갑고, 무력한 차원이 만들어 낸 것들과 비교하고 있네, — 그리고 자연으로까지 자신을 낮춘 인간에게 자연은 승리를 거두고 있어. 그렇지만 대체 자연의 어떤 작품이 인간 영혼의 활활 불타는 밝은 용광로에 필적할 수 있단 말인가? — 인간의 정신은 자연과 같은 근원에서 출발하면서 자연 현상과 유사한 현상들을 만들어 내지만, 그것은 어떤 조건으로부터도 자유롭고 자발적이야. 이 친연성 내지는 유사성이 고대의 이론가들을 미혹시켜, 이른바 자연 모방이라는 학설을 세우게 만들었지…….

뱌체슬라프. 자네는 **아름다운** 자연의 모방이라는 중요한 부대 조건을 잊고 있군…….

로스치슬라프. 그 부대 조건은 그들의 이론을 더 불확실하고 막연하게 만들었어. **아름다움**이라는 말과 함께, 이 이론 속으로 그것을 완전히 붕괴시켜 버린 무엇이 들어갔으니까. 왜냐하면, 만약 아름다운 것을 선택할 수 있는 권리를 인간에게 반드시 허용해야 한다면, 그건 인간의 영혼 속에는 그가 자연과 자신의 작품들을 가늠해 볼 수 있는 자신의 **척도**가 이미 존재한다는 걸 의미하지 않는가. 그렇다면 그에게 자연이 왜 필요하지?

뱌체슬라프. 우선, 자네가 말하듯이 **두 척도**를 비교하기 위해서라

---

31 산소.

32 알다시피, 땜질용 취관, 혹은 더 정확히 말해 용광관의 작용은 이 현상에 근거하고 있다.

도 그렇지, 자신의 척도와 자연 속에 존재하는 척도를…….

로스치슬라프. 아닐세. 그것들을 비교하기 위해서는 인간이 그것의 진실성을 확신할 수 있는 제3의 척도가 또 필요하네. — 그리고 계속 그런 식으로 끝없이 이어지지. 하지만 궁극적으로 최후의 판관으로 머무르게 되는 것은 여전히 인간의 영혼이야…….

바체슬라프. 그렇지만 왜 인간의 작품, 예를 들어 그림은, 자연에 가까울수록 더 우리 마음에 드는 건가?

로스치슬라프. 그건 일종의 눈의 착각이야. 자연에 가깝다는 것은 완전히 상대적인 개념이지. 라파엘에게는 해부학에 어긋나는 오류가 들어 있지만, — 누가 그것에 신경 쓰겠나? 자연에 더 가까운 것이 우리의 마음에 더 들어야 한다면, 예컨대 라위스달*의 나무는 어느 여성 원예가가 만든 나무에게 일등 자리를 내주어야 할 걸세. 은판 사진술은 기계적인 작품과 살아 있는 작품의 차이를 보여 주기 위해 일부러 우리 시대에 나타난 것처럼 생각된다네. 은판 사진술이 등장했을 때 유물론자들은 무척 기뻐했지. "우리에게 화가들이 왜 필요해? 영감이 왜 필요해? 영감 따윈 없이 단순한 수공업자에 의해, 요오드와 수은 몇 방울의 도움으로 훨씬 더 사실에 충실한 그림이 그려질 텐데." 그런데 어떻게 되었나? 은판 사진술에서 모방은 완벽해. 하지만 똑같은 대상이 (사람의 얼굴은 제쳐 두고라도, 예를 들어 나무만 해도 그렇지) 은판 사진술에서는 죽어 있고, 예술가의 손 아래서만 되살아나지. 반대로 이런 경우도 있네. 수천 년 전에 재가 한 도시 전체를 뒤덮고, 재앙의 순간에 벌어질 수 있었던 모든 상황과 함께 도시를 매장해 버렸지. 그 순간을 우리와 같은 시대의 사람이 그의 예술혼의 힘으로 다시 살려 내어, 분명히 단 한 사람도 본 적이 없는 그것을 마법사처럼 자네들에게 보게끔 해 주고 있어. 그런데 브률로프의 그림*은 사실에 충실해. 그것이 불러일으키는 느낌이 자네들에게 그걸 확신시켜 주지 않나…….

뱌체슬라프. 동의하네, 하지만 라파엘이나 미켈란젤로와 마찬가지로 브률로프 역시, 아마도, 살아 있는 모델들을 보고 자신의 인물들을 그렸고 화산 폭발이나 다른 자연 현상들을 관찰했겠지…….

로스치슬라프. 그렇다네! 하지만 우리가 자연 속에서 보게 되는 부서진 마차, 떨어져 나간 바퀴, 낙진, 그리고 비슷한 재해의 순간에 처한 사람들의 얼굴조차도, 브률로프의 그림에 그려진 똑같은 대상들처럼 그런 느낌을 불러일으키는가? 자연 속에서는 아무런 아름다움도 가질 수 없는 이 대상들의 모든 매혹은 어디서 온 것일까?

파우스트. 우리의 위대한 예술가가 이 대상에 대해 어떤 이론을 만들어 냈는지는 모르겠네. 그러나 만약 화가들이 자신들의 그림에서 자연을 **복사**하고 있다고 생각한다면, 그건 눈의 착각에 빠지는 거라는 사실을 지적하고 싶군. 화가들은 **자연**에 따라 그리면서, — 거기서 **자양분을 취할** 따름일세. 마치 인간의 유기체가 자연의 거친 원산물을 섭취하듯이 말이지. 하지만 이 과정이 어떻게 진행되나? 우리가 음식물로 섭취하는 물질들은 활발한 발효를 거쳐야만 하네. 그것들의 가장 섬세한 부분들만 유기체 안에 남아서, 우리의 피가 되고 살이 되기 전에 여러 활발한 변화를 거치는 것이지. 병든 유기체에게는, — 죽은 유기체에겐 더더욱 그렇지만 — 음식물이 소용없어. 살아 있는 유기체는 음식물 없이도 오랫동안 지낼 수 있고 자신의 고유한 힘으로 살 수 있지만, 그렇다고 해서 완전히 먹지 않고 지낼 수 있다는 결론이 나오는 건 아닐세. 모든 것은 훌륭한 소화에 달렸고, 그것의 첫째 조건은 생명력이지…….

빅토르. 자네들의 대화는, 여보게들, 오래된 일화를 상기시키는군. 한번은 벤베누토 첼리니*가 은 조각상을 주조하다가, 금속이 모자라는 것을 알게 됐지. 주조가 실패할 것을 두려워한 나머지, 그는 집에 있는 모든 은, — 술잔이며, 숟가락이며, 반지를 끌어모아 용광로에 던져 넣었어. 동 조각상을 주조하다가 똑같이 곤란한 상황에 처한 어느 예술가가 벤베누토의 해결책을 떠올리고 그도 역시 집 안에 있던 놋쇠 그릇들을 용광로에 던지기 시작했지. — 하지만 이미 때가 늦었어. 놋쇠 그릇들은 미처 녹을 틈이 없었거든. — 주형을 깨뜨렸을 때 예술가는 절망하고 말았지. 비너스의 가슴에서 냄비 바닥이 얼굴을 내밀고 눈 위에는 숟가락이 튀어나와 있고, 모두 그런 모양이었으니…….

파우스트. 자네는 내 생각을 완전하게 이해했네. 자기 내면의 용광로가 거친 자연을 녹여서 더 고상한 존재로 변화시킬 힘을 갖지 못했다면, 그 예술가는 불행해. 이건 인간과 자연의 모든 만남에서 필수적이야. 자연 앞에 깊이 몸을 굽히는 예술가라면, 불쌍하지!

로스치슬라프. 오, 그렇고말고! 만약 인간이 자신의 삶을 위한 수단을 반드시 자연에서 얻도록 되어 있지 않다면 범죄의 계기도 존재하지 않을 거야……. 예컨대, 절도와 강탈의 이유는 인간이 자연의 산물을 필요로 한다는 데 있으니까.

파우스트. 거기엔 동의하기 힘들군. 인간의 내면에는 밝은 부분뿐만 아니라 어두운 부분도 있다고 자네 스스로 옳은 지적을 했어. 범죄로 나아가는 성향은 그곳에서 싹튼다네. 때로 범죄는 사람들이 보통 범죄라고 부르는 행위에 앞서 이미 영혼 속에서 행해졌어. 범죄 행위란 비도덕적인 성향이 구체적인 형태를 취하고 나타난 것에 다름 아니니까. 어두운 열정은 존재해, 따라서 인간의 내면에서 저질러질 수 있는 범죄도 존재한다네, 심지어 그가 지구의 주민이 아니고 자기와 같은 존재들과 전혀 접촉하고 있지 않다 해도 말일세. (이건 충분히 주목할 만한 일인데) 모든 민족, 모든 전설에서 모든 악덕의 어머니로 간주되는 나태와 오만이 그런 것이지. 더 나아가 이렇게 말하고 싶네. 자연에는 원래 어떤 악도 없다고…….

로스치슬라프. 자네는 현실과 모순되는 말을 하고 있군. 자연 현상을 보기만 하면 돼. 다른 식물이나 동물의 파괴나 고통에 의해 살아가지 않아도 될 그런 식물, 그런 동물은 단 하나도 없어. 고통이 악이 아니라면, 대체 이 단어가 무엇을 뜻하는지 나는 알 수 없네.

빅토르. 후세를 위해 말해 두고 싶은데, 관념론자 양반들도 우리처럼 거친 물질적 자연의 가련한 하인들이나 꼭 마찬가지로 서로 싸우는군……. 고로, 관념적이고 신비한 세계는 아직 평화의 왕국이 아니로다…….

파우스트. 첫째, 나는 관념론자도 아니고 신비주의자도 아니네. 나는 에피쿠로스주의자일세. 왜냐하면 나는 인간을 위한 쾌락이 어디에 가장 많이 있는지 찾고 있으니까. 자네가 원한다면, 나는 자연 연구가이고 심지어 경험론자야. 다만 나는 그저 물질적인 사실들의 관찰에 국한하지 않고 정신적인 사실들에 대한 분석도 불가결하다고 여긴다는 차이가 있지. 둘째, 나 역시 후세를 위해 말해 두겠는데, 관념론자들은 아무리 서로 싸울지라도 언젠가는 하나로 만나게 될 가능성이 존재한다네, 그들은 하나의 중심을 향해 나아가고 있기 때문이지. 하지만 유물론자 양반들, 자네들은 각각 주변의 어떤 점에 끌리고 있네. 때문에 자네들의 길은 끊임없이 서로 갈라지는 걸세.

빅토르. 그럴지도 모르지! 하지만 자네가 즐기는 표현을 사용해 말하자면, 관념적인 길의 상징은 영원히 서로 가까워지면서 결코 하나로 만나지 못하는 점근선(漸近線)*인 듯한데…….

파우스트. 나는 자네가 생각하는 것보다 자네 의견에 더 많이 동의하네. 자네가 옳아. 그리고 인간이 정말로 원과 같은 면적의 정사각형을 구할 수 있을 때까지는 자네가 옳을 걸세. 물론 기하학적 의미에서가 아니지.[33] 그러나 우리의 질문으로 되돌아가기로 하세. 우리가 로스치슬라프와 겉으로 보이듯 그렇게 반대되는 입장인 것은 아니야. 하지만 서로 완전히 동의하는 것도 아니라네. 표면적인 불합리에도 불구하고 사람들 사이에서 가장 자주 벌어지는 종류의 충돌이지. 외적인 자연에 실제로 악이 존재하지 않는지를 확인하기 위해서는 우선 악이 무엇인지부터 정의해야겠지만, 그건 우리를 너무 멀리 끌고 갈 것이고 또 거의 필요도 없는 일일 걸세. 내게 훨씬 더 중요하고 흥미 있는 것은, 물질적인 자연에 대한 일면적인 몰두가 인간의 영혼에 어떤 작용을 낳고, 인간과 그가 하는 일 사이의 유사성이 어떻게 작용하는가 하는 문제라네. — 우리는 모든 자연 현상에 불변의 법칙이 있다는 것을 보고 있어. 씨를 뿌린 다음, 씨앗이 싹트기 위한 모든 조건을 지켜 주면 — 자라났고, 이 조건들 중의 하나를 잊어버리면 — 죽어 버렸어. 그리고 이건 언제나 그렇다네. — 오늘은 어제와 같고, 내일과 같지. 외부의 자연에겐 애원을 할 수도 없고 참회로써 감동시킬 수도 없어, 거기엔 용서가 없네. 실수를 저질렀다, — 그러면 대가를 치러야 해, 구원도 없고 유예도 없어. 아끼는 소중한 식물에 물 주는 것을 하루라도 잊어버리면 아무리 그것에 사랑을 기울여

33 〔신비주의 이론에서 원은 물질세계의 상징이고, 정방형이나 삼각형은 정신세계의 상징이라는 점을 기억해야 한다.〕

도, 아무리 애석해해도, — 식물은 시들어 버리고, 무슨 수를 써도 되살리지 못해. 이 법칙은 자신의 자리, 즉 자연의 보다 낮은 단계에서는 아주 훌륭한 것이라네. 그래서 이 단계보다 더 높이 올라서지 못했고 이 법칙을 보고 무척 깊은 인상을 받은 인간은 그것을 다른 종류의 현상들, 이를테면 도덕적인 현상들에 적용하려고 들지. "자연을 보라, 자연법칙을 관찰하라, 자연법칙을 모방하라!" — 18세기의 백과전서주의자들은 이렇게 말했고, 그들의 후계자들은 19세기에 와서도 지금껏 이렇게 말하고 있네…….

뱌체슬라프. 그렇지만 참회가 허용되지 않고, 따라서 용서의 가능성도 허용되지 않을 도덕 체계를 하나라도 제시해 보게나…….

파우스트. 다행히도, 이론가들은 종종 본능적으로 논리적 일관성을 배신하지. 사실, 나는 누가 참회의 권리를 노골적으로 부정했는지는 기억하고 있지 않네, — 하지만 이 부정은 숱한 이론들로부터 직접 유래하고 있다네. 예를 들어 벤담, 맬서스의 이론만 해도 그렇지. 심지어 이 부정은 소액 동전처럼 사용되어 왔어. 17세기부터 「매미와 개미」*라는 우화가 온 세상을 돌아다니고 있잖은가. 모든 언어로 번역되었고 아이들이 맨 처음 외우게 되는 이야기이지. 만약 그것이 물론 그 착한 라퐁텐이 그런 생각을 했을리야 만무하지만 그 시대를 지배하는 이론의 표현이 아니었다면, 결코 18세기에 그런 성공을 거두지는 못했을 걸세. 이 우화의 도덕을 법칙으로 만들어 그것의 적용을 준수한다면, 엄격한 논리상, 아픈 사람을 치료하지 말아야 한다는 결론에 이르게 되네. '그는 아프다. 따라서 그는 유죄다, 따라서 처벌받아야 한다!' 이런 추론은 맬서스의 유명한 말 '너는 늦게 태어났다. 너는 자연의 향연에 낄 자리가 없다!', 달리 말해 '굶어 죽으라'라는 것만큼이나 부조리하고, 동시에 논리적으로 옳아. 물질적 자연법칙에 대한 이 깊은 존경이

다행히 항상 그 정도의 논리적 명확함에 이르고 있는 건 아니지만, 그래도 유추를 통해 인간의 영혼에 여전히 강력하게 작용하고 있지. 용서하게나, 유물론자 양반들. 하지만 인간의 토양에 완전히 옮겨 심어 놓은 식물의 법칙은 무의미한 현학으로 변하고 가슴을 메마르게 한다네. 악하다는 말의 고유한 의미에서 그런 현학자를 악인이라 부를 수는 없겠지. 메마른 인간은 필요 없이 악을 행하지 않고, 그것에서 아무런 즐거움도 느끼지 못하면서 악을 행할 걸세. 그런데 악한 인간은 그저 악에 대한 욕망에서 쾌락을 느끼면서 악을 행해. 하지만 아무리 악인이라도 동정과 후회의 감정을 느낄 수는 있지. 메마른 현학자는 우리의 러시아어에서 너무나도 정확하고 의미 깊은 이름인 **나무토막**(деревяшка)으로 불린다네. 그는 자기 별명에 걸맞게 아무도 사랑하지 않고 아무도 동정하지 않고 아무것도 후회하지 않고 이른바 자연법칙이라는 것을 맹목적으로 따를 뿐일세. 그는 자라고 가지와 뿌리를 뻗으면서 다른 식물들을 질식시켜 버려. — 자신의 이웃에게 화가 나서가 아니라, 그쪽 방향에서 더 많은 온기와 수분을 얻을 수 있다는 오직 그 이유 때문에 말이지.

빅토르. 자넨 이른바 그 유물론자들과 자연법칙의 열렬한 옹호자들 가운데 고상한 박애 정신으로 두드러지는 사람들이 있었다는 사실을 잊고 있군. 이를테면 프랭클린 같은…….

파우스트. 프랭클린은 자신의 역할을 너무나 성공적으로 연기해서, 지금까지도 그것을 교활한 외교관의 본질과 구별하기 어렵다네. 그의 글을 읽어 보게나. 그 기만적이고 오만한 겸손, 그 한결같은 위선, 그리고 도덕적 격언 아래 숨어 있는 그 이기주의에 소름이 끼칠 테니. 프랭클린으로부터 곧장 박애주의자-공장주들이 생겨나지. 희극 작가들이 어째서 지금껏 이 심리학적 현상에 착안하지 않았는지 의아할 따름이야.[34] 이건 우리 시대의 진정한 『타르튀프』이거든, 왜냐하면 나무토막은 어떤 모습으로도, 심지어 박애주의자로도 나타날 수 있으니까. 이 가면은 그에게 가장 고통스러운 것이었지. 그는 그 가면 아래서 숨이 막힐 지경이라네. 오로지 확실하게 계산된 어떤 이익만이 그에게 자선가의 역할을 연기하게 할 수 있을 걸세. 공장주-철학자는 이 기이한 일에서 꼭 필수적인 것만 할 뿐, 그 경계를 넘어서진 않아. 그는 재앙의 본질 속으로 들어가지 않고, 그저 눈에 잘 안 띄게끔 되는 대로 대충 겉칠만 하지. 그는 그의 노동자들의 만족과 도덕성, 심지어 종교에까지 신경을 쓰지만, 어디까지나 공장에서의 쉴 새 없는 노동을 위해 필요한 만큼만이라네. 가장 고상한 감정, 기독교적 사랑에 대한 그런 조롱이 처벌받지 않고 머무를 수야 없지. 그 증거가 — 영국의회에 제출된, 공장에서 일하는 아동들의 상태에 대한 보고서에서 발견하게 되는 전혀 박애적이지 못한 현상들이라네. 이 현상들은 산업 종교의 열렬한 옹호자들인 유어 박사*와 배비지 박사*에게서도 찾아볼 수 있고, 그리고 마지막으로, 신문에서도 매일같이 접하게 되네.

빅토르. 그렇지만 자네는 다름 아닌 공장주들의 박애주의 덕분에 우리의 19세기가 후세의 존경을 요구할 수 있는 가장 중요한 권리의 하나를 가진다는 사실을 잊고 있어. 바로 감옥의 교정 제도 말일세.

파우스트. 만약 중세 시대에 수도원이 진정한 교정 기관이 아니었다면, 그리고 **고립**과 **침묵**의 모든 가능한 교정 제도보다도 거의 더 큰 성공을 거두지 않았다면, 나도 자네에게 동의하겠네. 그런

34 〔지금은 이미 이 대상에 대한 많은 희극들이 있다.〕

제도가 누구를 교정하는지는 — 신만이 알겠지만, 그것들이 인간을 발광으로 몰고 간다는 것은 아주 확실해.[35] 사람들은 인간을 식물처럼 온실에 옮겨 심음으로써 교정할 수 있다고 생각했지. 그들은 빛과 공기처럼 인간에게 작용할 수 있는 모든 자연법칙을 매우 확실하게 계산한 듯 보이지만 — 잊은 게 하나 있다네. 산을 옮기는 사랑의 힘이 그것이야. 식물이 온실에 있는 동안은 — 완치되고 교정된 듯이 보이지. 그러나 예전의 토양으로 되돌아가자마자, 그것에 기울인 모든 노력은 허사가 되고 말아. 왜냐하면 살아 있는 생명을 그에게 주지 않았으니까. 그러니 여보게들, 어떤 길을 통해 그 지식이 왔는지 고려하지 않고서, 이 세상에서 충분히 안다고 말하지는 말게나.

35 특히 침묵 시스템이 이 결과를 낳는다. 며칠씩 자신의 의혹이나 의심을 자기 이웃에게 표현할 수 있는 권리를 박탈당할 때, 수인(囚人)은 사람들이 그를 무슨 일 때문에 밀고했다는 생각에 몹시 괴로워하고 그 때문에 미치게 된다.

제8야

〔수고(手稿)의 계속〕

세바스찬 바흐*

어느 모임에서 우리는 검은 연미복 차림의 마르고 우울한, 그러나 열정적이고 활발한 표정을 지닌, 나이가 쉰 살가량 된 사람을 눈여겨보게 되었다. 사람들이 우리에게 말해 주던 바대로, 그는 벌써 20년가량이나 아주 기이한 일을 해 오고 있다. 그는 그림과 판화, 악보를 수집하고 있는데 이를 위해서는 돈이고 시간이고 아끼지 않으며, 오로지 어느 화가가 우연히 종이 위에 내갈긴 어떤 불확실한 선이나, 또는 어느 음악가가 뭔가 가득 끄적거려 놓은 종잇장을 찾아내기 위한 목적으로 먼 여행을 하는 일도 잦다. 그는 자신의 보물을 때로는 연대순으로, 때로는 체계적인 순서로, 또 때로는 작가 순으로 정리하면서 며칠씩 보내고 있으나, 그가 제일 자주 하는 일은 이 회화적인 선이나 악구들을 꼼꼼하게 들여다보며 개개의 단편들을 한데 모으고, 그것들의 특성, 그것들의 유사성과 차이를 관찰하는 것이다. 그의 모든 탐구의 목적은 — 이 선들 아래, 이 음계 아래에 지금껏 거의 알려지지 않았으나 모든 예술가에게 공통된 것인 비밀스러운 언어, — 그의 견해에 따르면 그것을 모르고서는 시 자체를 이해할 수 없고, 어떤 예술 작품도, 어떤 시인의 개성도 이해할 수 없는 언어가 숨어 있다는 사실을 증명해 내는 것이다. 우리의 연구자는 자기가 이 언어의 몇몇 표현의 의미를 알아냈고 그것을 통해 많은 예술가들의 삶을 설명하는 데 성공했다고 자랑했다. 그는 멜로디의 어떤 특정한 움직임이 시인의 슬픔을 나타내는 것인가 하면, 다른 어떤 움직임은 — 그의 삶에서의 기쁜 일을 나타내고, 어떤 화성은 환희에 대해 말해 준다, 어떤 곡선은 기도를 나타내는 것이며, 어떤 색조에 의해서는 화가의 기질이 표현되고 있다는 등등의 이야기를 아주 정색을 하고서 단언했다. 이 기인은 아주 진지한 표정으로, 자신은 이 상형 문자들의 사전을 편찬하기 위해 노력하는 중이며, — 그런 다음엔 이 참고서에 의거하여 수정되고 보완된 여러 예술가들의 전기를 출판할 것이라고 얘기하고 있었다. "왜냐하면" — 하고 그는 아주 집요하게 현학적인 태도를 고수하며 덧붙였다. — "이 작업은 굉장히 복잡하고 힘든 것이거든요. 예술의 **내적인** 언어를 완전히 인식하기 위해서는, 반드시 예술가들의 작품을 하나도 빼놓지 않고 모두 다 연구해야지, 유명한 작품들만 해서는 안 됩니다. 왜인고 하니", — 하고 그가 계속 말했다. — "모든 시대, 모든 민족들의 예술은 모두 함께 하나의 조화로운 작품을 이루니까요. 모든 예술가들은 각자 그것에 자신의 선(線), 자신의 음, 자신의 말을 덧붙이지요. 때로는 한 위대한 시인에 의해 시작된 사상이 가장 평범한 시인에 의해 끝까지 말해지는 경우도 있고, 때로는 보통 사람들의 마음속에서 싹튼 어렴풋한 생각이 천재에 의해 비로소 영원히 꺼지지 않는 빛으로 빛나게 되는 수도 종종 있답니다. 시간과 공간에 의해 서로 떨어져 있는 시인들이 마치 절벽 사이에서 울려 퍼지는 메아리처럼 서로에게 답하는 경우는 더 자주 있지요. 『일리아드』의 결말은 단테의 『신곡』에 간직되어 있고, 바이런의 시는 셰익스피어에 대한 가장 훌륭한 주해입니다. 라파엘의 비밀은 알브레히트 뒤러에게서 찾아야 하고, 스트라스부르의 종탑은 이집트 피라미드의 증축입니다. 베토벤의 교향곡은 모차르트 교향곡의 제2부이고요……. 모든 예술가들은 언제나 단 하나의 일을 위해 노력하며, 모두들 단 하나의 언어로 말합니다. 그렇기 때문에 모두들 자연스레 서로를 이해하는 겁니다. 하지만 보통 사람들은 이 언어를 학습을 통해 배워야 하며, 얼굴에 구슬땀을 흘리며 그 표현들을 찾아내야 합니다……. 그래서 나도 그렇게 하고 있고, 여러분들에게도 그러기를 권하는 바이올시다." 그렇지만 우리의 연구자는 자신의 작업을 곧 끝맺게 되길 기대하고 있었다. 우리는 그에게 그의 역사적인 발견들 가운데 몇 가지를 알려 달라고 간청했고, 그는 어려움 없이 우리의 청에 응했다.

그의 이야기는 그가 하고 있는 일만큼이나 기이했다. 그는 한 가지 감정에 고무되어 있었으나, 여러 종류의 느낌을 자신의 마음속에서 하나로 결합시키는 습관, 다른 사람들의 감정을 다시 그대로 느끼려는 습관 때문에 그의 말은 완전히 성격이 다른 인식과 생각들이 뒤죽박죽 섞인 괴상한 것이 돼 버리는 수가 많았다. 그는 자신의 말을 우리에게 분명하게 이해될 수 있게 해 줄 어휘가 그에게 부족한 데 대해 화를 내면서, 그것들을 설명하기 위해 화학이든, 상형 문자학이든, 의학이든, 수학이든, 그의 머리에 막 떠오르는 모든 것을 무엇이든 상관하지 않고 사용했다. 그는 예언자의 어조에서 아주 실없는 논쟁으로 내려서기도 했고, 철학적 고찰에서 살롱의 상투적 말투로 건너가기도 했다. 온통 뒤죽박죽이고 잡다하고 괴상한 말이었다. 그러나 그의 모든 결점에도 불구하고, 자신이 얘기한 말의 진실성에 대한 그의 진심으로부터의 확신, 예술가들의 운명에 대한 그의 강렬한 관심과 동정, 단순한 대상으로부터 점차 강력한 사상과 강렬한 감정으로 상승해 가는 그의 특별한 재능, 보통 사람들이 종사하는 평범한 일에 대한 그의 우울한 조소가 종이 위에 그대로 재현될 수 없는 것이 나로서는 안타까울 따름이다.

우리가 모두 그의 주위에 자리 잡고 앉자, 그는 비웃는 듯한 시선으로 좌중을 쓰윽 훑어본 뒤에 다음과 같은 얘기를 시작했다.

"여러분, 나는 여러분들 중의 많은 사람들이 세바스챤 바흐의 이름이라도 들어 보았을 거라고 확신합니다.[36] 심지어 몇몇 사람들에게는 피아노 교사가 무슨 사라반드나 지그, 또는 그런 야만적인 이름을 가진 무언가를 가르쳐 주면서, 이 음악은 여러분의 손가락을 교정하는 데 아주 유익할 거라고 증언했을 것이고, — 그러면 여러분들은 피아노를 치고 또 치면서 교사와 작곡가를 저주하며 이렇게 자문했을 게 틀림없습니다. 대체 무슨 생각으로 이 독일의 오르간 연주가는 어렵고 어려운 것을 층층이 쌓아 올려서는 그것들을 마치 오디세우스의 활처럼,* 자신의 후세인들의 무리를 향해 비웃으며 내던진 것일까? 그 이후로 여러분은 새로운 유파의 휘황찬란하게 빛나는 작품들 가운데서 세바스챤 바흐도, 그의 단조로운 단조의 선율도 잊어버렸을 겁니다. 아니면 시에 붙인 주해나 소설의 서문, 연주회 동안의 카드 게임이나, 크림색 송아지 가죽으로 된 겉표지와 장밋빛 페이지들을 가진 외국 잡지들 사이에 끼여 있는 모스크바 신문들처럼,[37] 생각만 해도 온몸에 소름이

36 〔이 글이 쓰이던 때, 세바스챤 바흐의 이름은 모스크바에서 극소수의 음악가들에게만 알려져 있었다.* 나에게 바흐는 음악의 첫 교과서나 다름없었으며, 나는 그 대부분을 외우고 있었다. 당시, 바흐를 들어 보지도 못했다고 말하는 딜레당트들의 순진한 비평만큼 나를 화나게 하는 것은 없었다.〕

37 〔이 시기의 모스크바 신문들(『모스크바 통보(*Московские ведомости*)』)은 질이 나쁜 종이에 구식 규격으로 발행되고 있었고, 모든 점에서 놀랄 정도로 형편없었다. 독자들은 『모스크바 통보』가 규격을 늘렸던 그때의 특이한 일화를 알고 있는지? 이 새로운 체제의 도입은 대부분

돋겠지요. 그러던 중에 여러분은, 불타는 가슴과 고상한 정신을 지니고 자신의 고독한 서재에서 여러분에게 잊힌 바흐의 작품들을 연구하면서 그를 영원한 젊은이라고 부르고 있고……, 내가 이렇게 말해야 할까요? — 소리의 전당에서 그에 필적할 어떤 사람도 발견하지 못하는 그런 예술가를 만나게 됩니다.

여러분에겐 이 이해할 수 없는 애착이 이상하게 여겨지겠지요. 여러분은 이 불멸의 예술가의 작품들을 언뜻 훑어볼 것이고, 그것들은 여러분에게 상형 문자로 뒤덮인 무슨 프사메티코스*의 묘비처럼 보일 겁니다. 이 작품들과 여러분 사이에는 수 세기의 거리가 있고, 새로운 작품들의 다채로운 구름이 드리워져 있습니다. 그것들은 여러분의 눈앞에서 이 비밀에 찬 상징들의 의미를 가려 버립니다. 여러분은 바흐의 초상화에 도움을 청하겠지요. 그러나 라파터*가 묘사했던 예술, 위대한 인간들의 얼굴을 우스꽝스러운 희화로 변형시키면서 모든 가능한 유사성은 그대로 지니고 있는 예술은 화가들 사이에서 아직 사라지지 않았습니다. — 그러니 여러분에게 보여 주는 것은 바흐가 아니라, 비웃는 듯한 표정에다 분을 잔뜩 뿌린 가발을 덮어쓰고 관청 국장의 위엄을 부리고 있는, 성미 까다로운 노인일 뿐입니다. 여러분은 사전이나 음악사에 손을 뻗치겠지요. — 오! 바흐의 전기에서는 아무것도 찾으려 하지 마십시오. 거기서 여러분은 그의 시대, 그의 생각을 지배하는 반(反)예술주의 앞에서 자신의 시적인 영혼을 위한 피신처를 음악에서 구하고 있던 프리드리히 대제,* 그 조소적인 군주가 세바스찬의 화음의 제단 앞에 무릎을 꿇었다는 사실 하나에만 놀라움을 느낄 겁니

의 정기 구독자들 마음에 들지 않았다. 어느 시골의 지주는 자기 한 사람을 위해서는 예전의 규격대로 신문 한 부를 찍어 줄 수 없는지 물으면서 값은 두 배로 지불하겠다고 약속하는 편지를 편집국으로 보냈다.)

다. 바흐의 전기 작가들은, 다른 시인들의 경우와 마찬가지로, 예술가의 삶을 다른 모든 사람의 삶과 다를 바 없이 묘사합니다. 그들은 여러분에게 그가 언제 태어났고 누구에게서 배웠으며 누구와 결혼했는지 말해 주겠지요. 그들은 단테가 기벨리니당에 속해서 구엘피 당원들에게 쫓기고 있었으며 그 때문에 그의 『신곡』을 쓴 것이고,* 셰익스피어가 극장에 열중하게 된 것은 그가 극장 입구에서 말을 지키는 일을 하고 있었기 때문이며, 쉴러가 열렬한 시구에 자신의 영혼을 쏟아부은 것은 그가 차디찬 물속에 발을 담갔기 때문이다, 제르좌빈은 법무부 장관이었고 그래서 「고관대작(Вельможа)」을 쓴 것이다, 라고 여러분에게 증명하려 듭니다. 예술가의 신성한 삶, 그의 창조적인 힘의 발전, — 일상적인 삶의 사건들 속에서는 그 가장 작은 편린들만이 나타날 뿐인 예술가의 이 진정한 삶은 그들에게 존재하지 않습니다. 그런데 그들은 이 편린들의 편린을 묘사하거나, 혹은…… 어떻게 말해야 할까요? — 거대한 기계의 바퀴를 움직이는 강력한 공기는 이미 오래전에 사라져 버린 뒤에 화학 증류기 속에 남아 있는 어떤 쓸모없는 침전물을 묘사하는 데 몰두하고 있습니다. 광신자들! 그들은 시인의 황금빛 고수머리를 그리면서, 그 속에서 헤르더처럼, 무서운 비의(秘儀)가 뒤에서 이루어지고 있는 드루이드*들의 성스러운 숲을 보지는 못합니다. 그들은 오랜 옛날 아스클레피오스*들의 사원으로 들어가던 병자들처럼 지팡이를 짚고 예술의 사원으로 들어가서는, 짐승과도 같은 잠에 빠져 동판에다 몽환을 그려 후세를 속이고 사원의 신은 잊어버리는 겁니다.

예술가의 삶을 이해하기 위한 유일한 자료는 그의 작품입니다. 그가 음악가이든, 시인이든, 화가이든, — 그들의 작품 속에서 여러분은 그의 정신, 그의 성격, 그의 용모를 발견하며, 심지어 역사가의 정확한 펜 끝에서 달아나 버린 사건들까지도 그 속에서 발견하게 되니까요. 창조물에서 그것의 창조자를 알아내기는 어렵습니다. 편마암 덩어리나 원생 암석(原生岩石)의 결정에서 조물주의 비밀을 발견하기 어려운 것과 마찬가지이지요. 그러나 오직 우주만이 우리에게 전능한 신에 대해 알려 주며, — 오직 작품만이 예술가에 대해 말해 줍니다. 그의 삶에서 평범한 인간의 경험을 찾지 마십시오. — 그런 것은 없었으니까요. 시인의 삶에서 시적이지 않은 순간은 없습니다. 그에게는 존재의 모든 현상이 그의 영혼의 지지 않는 태양에 의해 환하게 빛나고 있고, 멤논의 거상*처럼 끊임없이 조화로운 소리를 냅니다…….

바흐 가문이 독일에서 알려진 것은 16세기 중엽이었습니다. 이에 대해 자료를 모아 왔던 독일 작가들은 이 가문의 역사를 집안의 맏어른인 파이트 바흐*가 신앙 때문에 박해를 받아 프레스부르크에서 튀링겐으로 이주한 시기부터 출발시키고 있지요. 우리의 역사가 양반들은 대단히 중요한 일들에 종사하고 있으니, — 파이트 바흐가 하이든이나 플라이엘과 마찬가지로(이것은 거의 의심의 여지가 없는 사실이지만) 슬라브 가계에 속했다는 것*을 증명하고, 나의 도덕적인 확신을 역사적인 확신으로 바꾸는 것이[38] 그들에게 무슨 대단한 일이었겠습니까? 그들은 그저 그것에 관한 논문 한 편을 쓴 후, 온갖 인용을 잔뜩 끼워 넣은 또 한 편의 논문을 쓰고, 그런 다음 그 논문을 이미 오래전에 결론이 난 사실

38 〔그저 바흐의 몇몇 선율의 성격에 의해 떠오른 이 생각이 이후에 실제로 일종의 역사적인 확인을 받게 된 것은 족히 흥미로운 일이다. 바흐는 이름이 아니라, — **별칭**이다.〕

로 인용하기만 하면 되었을 겁니다.* 왜냐하면 비잔틴 연대기 저자들이 쓴 호프만적인 이야기들을 심심풀이 삼아 베껴 쓴 수도사의 선집을 토대로 러시아 역사의 첫 세기들을 세워 올리는 것이 역사가들이잖습니까!* 또 니부어* 이전에는 어느 누가 로물루스와 누마 폼필리우스의 존재에 대해 의심이나 했겠습니까? 모든 민족들의 역사의 도입부에서 트로이 전쟁을 빼 버린 게 어디 오래된 일입니까?*

하지만 이건 정말로 수고할 가치가 있는 일입니다. 여기서 문제가 되는 것은 여남은 채의 목조 농가를 두고 벌이는 분령후(分領候)들 간의 다툼이나 담비 얼굴*이 아니라, 여러 세대에 걸쳐 시적 감정을 순수하게 지켜 온 수많은 사람들로 이루어진 가문이고, 이것은 예술과 생리학의 연대기에서 유례가 없는 현상이니 말입니다. 북미 대륙에 정착한 산업 회사, 그리고 보통은 영국인이라고 불리는 유럽의 중국인들과 더불어 아직도 오랫동안 우리는 오래전부터 시를 정치적 사회에서는 불필요한 요소로 간주하며, — 삶의 내적인 본질을 돈의 무게로 달아 그것이 전혀 무게가 나가지 않는다는 것을 증명하고, 그래 놓고서는 사회의 재앙과 인간의 재액에 순진하게도 놀라야 하는 것일까요?

실제로, 종교적인 감정과 화음에 대한 사랑은 하늘로부터 바흐 가족에게 가득 내려진 것이었습니다. 고요한 평온 속에서 파이트는 자신의 소박한 날들을 자기 아이들과 음악에 바쳤고, 시간이 흐르면서 그의 자식들은 독일의 여러 지방으로 흩어졌습니다. 그들은 각자 자신의 가정을 이루고 그들의 아버지처럼 조용하고 단순한 삶을 이어 갔으며, 각자 신의 사원에서 종교 음악을 통해 기독교도들의 영혼을 고양시켰습니다. 하지만 해마다 정해진 날이면 그들은 마치 하나의 화성의 분산된 음들처럼 모두 함께 모여

하루를 온통 음악에 바치고, 그런 다음엔 각각 자기들이 전에 하던 일로 다시 흩어져 갔습니다.

이 가정들 중 하나에서 세바스찬은 태어났습니다. 그 후 곧 그의 부모는 세상을 떠났지요. 자연은 오로지 이 위대한 인간을 낳기 위해 그들을 창조했고, 그런 다음엔 마치 더 이상 필요 없게 된 대상들처럼 그들을 없애 버린 거였습니다. 세바스찬은 그의 큰형인 〔요한〕 크리스토프의 손에 남겨졌습니다.*

〔요한〕 크리스토프 바흐는 그의 교구에서 중요한 사람이었습니다. 그는 아버지 암브로시우스 바흐가 아이제나흐의 **궁정 음악가이자 시청 음악가**였고, 이름이 〔그와 같은〕 요한 크리스토프 바흐였던 숙부는 아른슈타트에서 **궁정 음악가이자 국가 음악가**였으며, 그 자신 또한 영광스럽게도 오어드루프 대성당의 오르간 연주자라는 사실을 결코 잊은 적이 없었습니다.[39] 그는 자신의 예술을 존경스러운 노부인과도 같이 공경했고, 극도의 경외심을 가지고 정중하고 신중하게 대했습니다. 뷔퐁*은 완벽하게 예복을 갖춰 입지 않고서는 일에 임하지 않는다는 습관을 크리스토프 바흐에게서 물려받았지요. 실제로 크리스토프는 긴 양말과 반장화, 오렌지색의 플러시 천으로 지은 상의의 두 개의 반짝이는 인조 보석 단추 사이에 위엄 있게 드리워져 있는 모대(毛袋) 가발을 쓴 묶은 머리를 하지 않고서는, 절대로 클라비코드나 오르간 앞에 앉지 않았습니다. 준비를 완벽하게 하지 않고서는 절대로 그의 손가락에서 **제7도 음정**이나 **제9도 음정**이 흘러나오지 않았습니다. 교회에서뿐만 아니라 집에서도, 심지어 호기심에서조차도, 그가 예술에 대한 불경이라고

---

39 〔세바스찬 바흐는 1685년 3월 21일 아이제나흐에서 태어나서 1750년 7월 30일에 (사실 백과사전에 따르면 7월 28일에) 죽었다. 크리스토프 바흐는 그의 쌍둥이 형이었으며, 바흐의 큰형인 요한 크리스토프는 오어드루프의 오르간 연주자였다. 라이스만(Reissmann), 『바흐에서 바그너까지(*Von Bach zu Wagner*)』, 베를린, 1861, 4쪽.〕

부르던, 그의 젊은 시절에 나타난 새로운 유행을 자신에게 허용하는 일이 없었지요. 음악 이론가들 가운데 그는 오직 가포리*의 '음악 교육(Opus Musicae Disciplinae)'[40]만을 알았고, 그것을 군대의 규율처럼 지켰습니다. 40년 동안이나 그는 같은 교회의 오르간 연주자로 살았고, 40년 동안이나 매주 일요일마다 거의 같은 성가만을 연주했고, 40년 동안이나 그것에 붙이는 같은 전주곡을 연주했으며 — 아주 큰 축일에만 그 전주곡에다 몇몇 군데 전타음(前打音)* 하나와 트레몰로 둘을 덧붙였습니다. 그러면 청중들은 '오, 오늘 우리 바흐가 감격하셨구먼!' 하고 서로 얘기하곤 했지요. 하지만 대신 그는 당시의 관습에 따라 음악가들이 서로에게 내곤 하던 음악 수수께끼를 만들어 내는 데 있어 대단한 명수로 유명했습니다. 어느 누구도 크리스토프만큼 그렇게 복잡한 카논의 진행을 생각해 내지는 못했으니까요.[41] 어느 누구도 그보다 더 정교한 제사(題詞)를 찾아낼 수는 없었습니다. 그는 대화의 선택에서조차 변화가 없어서, 유쾌한 때에도 단 두 가지 대상에 대해서만 말했습니다. 첫 번째는, '셋이 하나로 합하여지니(sit trium series

---

40 〔가포루스, 혹은 발터(J. G. Walther)의 『음악 사전(*Musik. Lexicon*)』(라이프치히, 1732)의 270쪽에 쓰여 있는 바에 따르면 가푸리우스. 이 사전은 이미 서지학적 희귀서가 되어 있다. 사전에 첨부된 판화에는 오르간을 치고 있는 오르간 연주자와 그의 뒤로 악장과 오케스트라가 묘사되어 있는데, 주목할 만한 것은 바이올린, 더 정확히는 비올라의 활들이 똑바르지 않고 거의 콘트라베이스의 활처럼 휘어 있다는 점이다. 오늘날에는 이미 존재하지 않는 굉장히 긴 트럼펫들도 흥미롭다. 벽에는 프렌치 호른과 바로크 시대의 저음 현악기인 테오르베, 그리고 호른과 비슷한 것이 걸려 있다. 물론 모든 음악가들이 땋은 머리의 거대한 가발을 쓰고 긴 양말에 반장화를 신고 있다.

나는 세르게이 알렉산드로비치 소볼레프스키*의 경이로운 장서들 가운데 가포리의 책 두 권을 볼 수 있는 행운을 가졌는데, 둘 다 서지학적으로 아주 대단한 희귀본이자, 음악사에서 최고로 중요한 것들로서, 하나는 『로디 태생의 프란치노 가포리의 음악 연주론(*Practica musica Franchini Gafori Laudensis*)』(밀라노, 1496, 4절판)이었고, 다른 하나는 『프란치노 가포리…… 악기의 화성(*Franchini Gafurii…… de Harmonia musicorum instrumentorum opus*)』(밀라노, 1518, 4절판)이었다.〕

41 음악을 아는 사람이라면 이것이 독일의 수수께끼 카논을 가리키는 것임을 곧 알아챌 것이다. 음악을 모르는 사람들에게는 내가 이 단어의 뜻을 설명하려 한들 소용없을 것이다.

una)'라는 제사에 붙여 그가 제시한 카논,[42] 성부(聲部)가 **벼룩** 걸음으로 걸어야만 했고 아이제나흐의 대위법 숙달자들이 아무도 풀 수 없었던 그 카논에 대한 것이었고, 두 번째는 그와 같은 시대의 사람인 케를*의 작품 '검은 미사(Messa nigra)'에 관한 것이었는데, 이 작품이 그렇게 불리게 된 것은 그 속에 흰 이분음표뿐만 아니라 사분음표도 사용되었기 때문으로, 당시에는 그것이 놀랄 만큼 대담한 것으로 여겨졌습니다. 크리스토프 바흐는 그것에 대해 경탄하긴 했지만, 결국 언젠가는 음악 예술을 파괴하고 말, 해로운 혁신이라고 불렀습니다. 바로 이와 같은 원칙에 따라 크리스토프 바흐는 막냇동생 세바스찬에게 음악 교육을 시켰습니다. 그는 동생을 아들처럼 사랑했고, 그래서 세바스찬의 행동 어느 것 하나도 너그러이 보아 넘기지 않았습니다. 그는 오선지에 전주곡을 써서 세바스찬에게 그것을 하루에도 몇 시간씩이나 연주하게 하였고, 그 외엔 다른 어떤 음악도 보여 주지 않았습니다. 2년이 지나자 오선지를 거꾸로 돌린 새로운 상태로 세바스찬이 같은 전주곡을 연주하게 했지요. 역시 2년 동안이나 말입니다. 그러고도 그는 세바스찬이 어떤 상상으로 인해 취향을 망쳐 버릴 생각을 아예 하지도 못하도록, 집 밖으로 나갈 때면 자신의 클라비코드를 잠그는 일을 결코 잊지 않았습니다. 같은 이유에서 그는 좀 새로운 음악가들의 작품이라면 어느 것 할 것 없이 세바스찬에게 용의주도하게 감추었습니다. 이미 그 자신도 가포리의 규칙을 철저하게 따르고 있지는 않았으면서 말이지요. 그러나 그는 세바스찬에게 순수한 화성론의 원리를 더욱 깊이 확신시키기 위해, 다른 책이라곤 어떤 것도 읽게 하지 않았습니다. 물론 그가 화성론

42 베버*의 『체칠리아』를 읽은 독자들은 이와 비슷한 카논이 19세기의 음악가들에게도 제시되었다는 것을 알고 있다.

에 대한 자신의 설명을 이탈리아인들에 대한 격렬한 공격 때문에 중단하는 일도 잦았습니다. 그는 가포리가 예로서 인용했던, 전적으로 불협화음으로 이루어진 음악인 '애끊는 추도의 연도(連禱)(Litaniae mortuorum discordantes)'를 매번 증거로 들면서, 세바스챤의 풋풋한 영혼에 그런 무법칙성에 대한 공포를 불어넣으려고 했습니다. 사람들은 크리스토프가 자신의 체계를 굳게 따르면서 30년 후엔 자신의 막냇동생을 독일에서 첫째가는 오르간 연주자로 만들 거라고 자랑하는 이야기를 종종 들었습니다.

세바스챤은 크리스토프를 아버지처럼 존경했고, 오랜 관습대로 모든 점에서 그에게 절대적으로 복종했습니다. 형의 사려 깊음을 의심하려는 생각은 꿈에도 해 본 적이 없었습니다. 그는 4년에 걸쳐 자기 스승의 전주곡을 바로 세워 두고, 또 거꾸로 돌려놓고, 연주하고 또 연주하고, 익히고 또 익혔으나, 마침내 본성이 이기고 만 겁니다. 세바스챤은 크리스토프에게 당시 유명하던 프로베르거,* 피셔,* 파헬벨,* 북스테후데*의 여러 지그와 사라반드, 마드리갈을 직접 써 놓은 책이 있다는 걸 알아챈 것이지요. 거기엔 크리스토프가 침착한 어조로는 절대로 말할 수 없었던 케를의 그 유명한 검은 미사도 들어 있었습니다. 종종 세바스챤은 형이 느리게, 음표 하나하나마다 깊이 생각하면서 이 비밀스러운 작품을 연주하는 것을 귀담아듣곤 했습니다. 그러다 한번은 더 이상 참지 못하고 입안에서 우물우물 머뭇거리며 말하면서, 이 상형 문자들로 자신의 실력을 시험해 보게 해 달라고 크리스토프에게 부탁했습니다.

크리스토프에게는 이런 요구가 풋내기의 용서될 수 없는 자만으로 여겨진 것이지요. 그는 경멸하는 듯한 웃음을 짓고는 소리를 내지르고 발을 구르더니, 책을 원래 자리에 세워 두었습니다. 세바스챤은 절망하고 말았습니다. 그의 귓속에선 그 금지된 음악의 완결되지 못한 악구들이 밤낮으로 울리고 있었지요. 그것들을 완결짓고, 그 조화로운 결합의 비밀을 알아내려는 것이 — 그의 마음속에서 욕망이 되고 병이 되었습니다. 어느 날 밤, 불면증에 시달리던 소년 세바스챤은 울리지 않는 클라비코드의 음들을 흉내내 보려고 애쓰면서, 그의 기억 속에 남아 있던 그 비밀스러운 책의 몇 소절을 나지막이 불러 보았으나, 많은 것을 이해하지 못했고 많은 것을 기억하고 있지 못했습니다. 마침내 견디지 못한 세바스챤은 무서운 일을 저지르기로 결심했습니다. 그는 가만히 침대에서 발끝으로 일어나 밝은 달빛을 이용하여 책장 쪽으로 다가가서, 조그만 손을 작은 격자 문에 쑤셔 넣고 비밀의 책을 꺼내어 펼쳤습니다……. 누가 그의 환희를 묘사할 수 있겠습니까? 죽은 음표들이 그의 앞에서 울리기 시작했습니다. 기억의 어렴풋한 상념 속에서 그가 헛되이 찾고 있었던 것이 그 음표들에 의해 또렷이 말해지고 있었습니다. 그렇게 하룻밤이 온통 지나갔습니다. 탐욕스레 책장을 넘기고, 노래하고, 손가락으로 탁자를 마치 건반인 양 두들기고, 아직 어린 나이의 불꽃같은 충동에 끊임없이 사로잡히고, 행여 엄격한 크리스토프가 깨어나지나 않을까 하여 자신이 내는 좀 크다 싶은 모든 소리에 끊임없이 두려워하면서 말이지요. 아침이 되자 세바스챤은 책을 원래 자리에 놓아두면서, 다시 한 번 이 기쁨을 누리겠노라고 스스로에게 다짐했습니다. 그는 밤이 오기를 간신히 기다릴 수 있었고, 그리하여 겨우 밤이 되고, 크리스토프가 겨우 담배를 다 피우고 자기로 만든 파이프를 탁자에다 몇 번 두들기기가 무섭게, 세바스챤은 다시금 작업에 착수하는 겁니다. 달이 빛나고, 페이지들이 넘어가고, 손가락이 나무판을 두드리고, 가늘게 떨리는 목소리는 오르간을 위해 한없이 웅장하게 마련되어 있는 음들을 노래합니다……. 갑자기 세바스챤의 머리에 이 즐거움을 좀 더 편리하게 누리자는 생각이 떠오릅니다. 그는 오선지 몇 장을 꺼내어, 어슴푸레한 달빛을 이용하여 비밀의 책을 베껴 쓰기 시작합니다. 그 무엇도 그를 저지시킬 수 없습니다. 어린 두 눈에 가물가물 얼비치는 것은 없습니다. 어린 머리 위로 졸음은 쏟아지지 않습니다. 다만 그의 심장만이 벌떡거리고, 영혼은 애타게 음들을 뒤쫓습니다……. 오, 여러분, 이 환희는 점심 식사가 끝날 무렵 우리에게 찾아와서 음식물이 소화됨과 함께 사라져 버리는 그런 환희가 아니었고, 우리의 시인들이 덧없다고 부른 그런 환희도 아니었습니다. 세바스챤의 환희는 여섯 달 동안 이어졌습니다. 이 일에 여섯 달을 바쳤기 때문이지요. — 그리고 이 기간 내내 밤이면 밤마다 친숙한 기쁨이 마치 열정에 불타는 처녀처럼 그에게 찾아온 겁니다. 그것은 번쩍거리며 불꽃을 튀기거나 꺼져 버리는 일 없이, 마치 용광로 안에서 금속이 정련되면서 오래도록 타듯이, 고르지만 강렬한 불로서 조용히 타고 있었습니다. 이때의 세바스챤의 환희는, 그가 지상에서 사는 동안 내내 그러했듯이, 인내의 수준에 오른 환희였습니다. 그의 힘을 지치게 하고 그의 시력을 평생토록 망쳐 버린 작업이 이미 막바지에 이른 어느 날, 한번은 세바스챤이 자신의 보물을 낮의 햇빛 아래서 보며 즐기려고 하던 바로 그 순간에, 크리스토프가 방으로 들어왔습니다. 그는 책에 힐끗 눈길을 던지자마자 세바스챤의 속셈을 알아채고는, 온갖 애원과 쓰라린 눈물도 소용없이, 불쌍한 소년이 그토록 오랫동안 힘들게 일한 것을 잔인하고 냉혹하게 난로 속에 던져 버렸습니다. 여러분, 이런데도 여러분은 여러분의 그 신화적인 브루투스에게 아직도 경탄하십니까. 나는 지금 여러분에게 지어낸 죽은 이야기가 아니라, 지어낸 허구보다 훨씬 숭고한 살아 있는 현실을 얘기하는 겁니다. 크리스토프는 동생을 섬세한 마음으로 사랑했고, 동생에게서 그 길고 고된 일의 열매를 빼앗아 버린다면 그의 천재적인 영혼을 얼마나 괴롭게 하고 슬프게 만들지 이해하고 있었으며, 그의 눈물을 보았고, 그의 신음을 들었습니다. — 그리고 그럼에도 불구하고 기꺼이 그 모든 것을 자신의 체계를 위해, 자신의 규칙을 위해, 자신의 사고방식을 위해 희생시켰습니다. 여러분, 그가 과연 브루투스보다 고결하지 않단 말입니까? 혹은 적어도 이 영웅적 행동이 이교도적 미덕의 가장 유명한 행위에 필적하지 않는단 말입니까?

그러나 세바스챤은 사회적 미덕에 대한 우리의 높은 평가를 지니고 있지 않았던 터라, 크리스토프의 행동이 갖는 그 모든 위대함을 이해할 수 없었습니다. 방이 그의 주위에서 빙글빙글 돌기 시작했고, 그는 모든 것의 화근인 그 저주스러운 가포리의 책도 자신이 옮겨 적은 악보집의 운명을 따르게 할 태세였습니다. — 여기서 도서 수집광 여러분들을 위해 미리 언급해 둘 것은, 그토록 명백한 위험에 처한 이 판본이 더도 덜도 아니고 바로 1480년에 나폴리에서 출판된 『프란치스코 데 디노에 의한 판본, 1480년, 4절판(*per Franciscum de Dino, anno Domini 1480, in 4°*)』, 즉 초판본이었으며, 아마도 오늘날까지 남아 있는 단 한 권의 그 판본이었다는 사실입니다. 그러나 고대인들에게 알려져 있지 않던 도서 수집광의 신이 이 소중한 판본을 구하고, 복수의 여신 네메시스를 크리스토프의 머리 위로 향하게 했습니다. 왜냐면 조금 뒤에 보게 되겠지만, 크리스토프는 이 일이 있은 뒤에 곧 죽었기 때문입니다. 이것 또한 브루투스의 이야기와 비슷한 종류의 무엇이며, 나는 이것이 언젠가는 교훈적인 역사적 사례들을 모아 놓은 어떤 선집에 포함되리라고 확신합니다.

크리스토프가 세상을 뜨기 얼마 전, 세바스챤이 루터 교회에서 이른바 견진 성사를 받아야 하는 날이 되었습니다. 크리스토프 바흐는 개신교도의 삶에서 중요한 이 일이 아버지의 무덤 옆에서 행해질 것을 원했습니다. 큰형이 부모로서의 의무를 완벽하게 수행했다는 사실에 대해 아버지의 무덤이, 말하자면 증인이 되어 주길 바랐던 것이지요. 이를 위해 처음으로 세바스챤의 머리를 곱슬곱슬 말아 올리고, 하얗게 분을 바르고, 가발 망을 씌우고, 주름이 널찍널찍하게 잡힌 고풍스럽고 낡은 할머니의 부인복을 고쳐 프랑스식의 줄무늬 프록코트를 지어 입히고는, 아이제나흐로 데려갔습니다.

이곳에서 세바스챤은 처음으로 오르간 소리를 들었습니다. 가슴을 뒤흔드는 꽉 찬 화성이 폭풍이 몰아치듯 고딕식 원형 천장에서 날아 내려오자, — 세바스챤은 그를 에워싸고 있는 모든 것을 잊었습니다. 이 화성은 그의 영혼을 마비시켜 버린 듯했습니다. 그의 눈에는 아무것도 보이지 않았습니다. 웅장한 교회도, 그와 나란히 서 있는 어린 고해자들도 보이지 않았습니다. 목사의 말도 거의 이해하지 못했고, 자신이 하는 말에 아무런 관심도 가지 않은 채 그저 건성으로 대답하고 있었습니다. 그의 신경은 공간을 꽉 채우는 이 소리에 온통 사로잡혔고, 몸은 자기도 모르게 땅에서 분리되어…… 심지어 기도조차도 할 수 없었습니다. 화가 난 크리스토프는 왜 이 부지런하고 고분고분하고 온순하고 심지어 겁이 많기까지 한 세바스챤이 오어드루프에서 그토록 확실하게 교리를 배웠는데도 불구하고, 아이제나흐에서 목사에게 누구보다 더 형편없이, 마치 짜증이라도 난 듯이 답하는지, 왜 세바스챤이 프록코트를 벽에다 문지르고 있는지, 반장화의 죔쇠를 채우지도 않고 있는지, 왜 저렇게 산만하고 무례한지, 옆 사람들을 떠밀고 노인들에게 자리를 양보하지 않는지, 당시의 독일인들에게는 그들의 존경의 정도를 재는 척도이기도 했던 그 긴 미사여구들 중의 단 하나도 누구에게 말할 줄 모르는지, 도무지 알 수가 없었습니다. 크리스토프는 음악을 가족적이고 사회적인 모든 의무와 결합된 것이라고 생각하고 있었습니다. 틀린 5도 음정과 공손하지 못한 말은 그에게 완전히 같은 것이었고, 모든 일반적인 관습을 지키지 못하는, 예의 없고 옷차림이 단정치 못한 인간은 절대로 훌륭한 음악가가 될 수 없다고 그는 굳게 믿고 있었습니다. 그리고 그 반대도 마찬가지였습니다. — 그래서 선량한 크리스토프의 마음속에는 슬픈 의구심이 싹트게 되었습니다. 정말 내가 나 자신의 체계를 — 혹은 더 정확히 말해, 내 동생을 잘못 생각한 것일까? — 세바스찬에게선 어떤 분별 있는 것도 기대할 수 없는 게 아닐까? 하고 말이지요. 오전 예배 후에 그가 세바스찬을 당시의 유명한 오르간 제작자이자 바흐 집안의 친척인 반델러에게 데려갔을 때, 이 의구심은 확신으로 변했습니다. 점심 식사 후에 기분이 좋았던 반델러는 오랜 관습대로 이른바 쿼들리벳*을 부르자고 함께 있던 사람들에게 제안했습니다. — 당시에 큰 인기를 누리던 음악이었지요. 참가하는 사람들은 모두 함께 민요를 부르지만 각자 자신의 민요를 불렀고, 서로 다른 선율인데도 불구하고 다른 목소리들과 순수한 화음을 빚어내도록 자신의 성부를 이끌고 가는 것이 최고의 예술로 간주되었습니다. 불쌍한 세바스찬은 끊임없이 틀린 5도 음정으로 빠져 버리곤 했는데, 그도 그럴 것이, 그는 넋을 잃고서 뭔가 바라보고 또 바라보고 있었으니까요. 하지만 아아! 그것은 반델러의 딸인 엔헨이 아니었습니다. 에르미타쥐에 걸린, 루카스 크라나흐가 그린 젊은 아가씨의 그림*에서 여러분이 그녀의 생생한 초상화를 볼 수 있는, 그 상냥하고 어여쁜

엔헨이 아니었던 겁니다. — 세바스챤은 식사하는 방에 놓여 있던 아직 완성되지 않은 오르간의 거대한 나무 파이프와 납 파이프, 건반, 페달, 그리고 다른 부속품들에 넋을 잃고 있었습니다. 그의 어린 정신은 이 혼돈에 충격을 받은 나머지, 수수께끼를 풀려고 애를 쓰고 있었습니다. 대체 어떻게 해서 저렇게 낮은 물건들이 장엄한 화음을 낳게 되는 것일까? 그 모습을 본 크리스토프는 절망하고 말았습니다.

점심 식사를 마친 후에 노인들은 유쾌한 기분이 되어 열심히 이야기를 나누기 시작했습니다. 크리스토프 바흐는 파이프 담배를 벌써 열 대째 피웠고, 벌써 열 번이나 자신의 카논과 아른슈타트의 오르간 연주자들에 대해 이야기하고 있었으며, 그 자리에 있던 사람들은 벌써 열 번씩이나 다들 아주 기분 좋게 큰 소리로 웃고 있었습니다. — 그제야 그들은 세바스챤이 사라진 것을 알아챘습니다. 다들 당황할 수밖에요. 여기에도 저기에도 — 세바스챤은 없었습니다. 처음에 크리스토프는 세바스챤이 낮 동안의 번잡한 일에 지친 나머지 일찌감치 잠자리에 들려고 한 모양이라고 생각했지만, 그건 착각이었습니다. 세바스챤은 집에 돌아와 있지 않았습니다. 집에서 그를 발견하지 못한 크리스토프는 화도 나고 괴롭기도 해서 담배를 한 대 피우고, 여느 때와 같은 시간에 잠이 들었습니다.

세바스챤을 찾아내지 못한 것은 당연했습니다. 그가 그 시각에 아이제나흐의 좁은 길을 따라 본당 교회로 몰래 들어가고 있을 거라는 생각은 누구도 할 수 없었을 테니까요. 벌써 아침에, 오전 예배 시간 동안 그의 영혼을 그토록 놀라게 했던 그 매혹적인 소리들이 어디로부터 어떻게 생겨나는지 한번 살펴보자는 생각이 세바스챤의 머릿속에서 싹텄고, 그는 무슨 대가를 치르더라도 이 기쁨을 맛보고야 말기로 결심했습니다.

오랫동안 그는 교회로 들어가는 입구를 찾았습니다. 정문은 잠겨 있었습니다. 이미 세바스챤이 머리를 깨는 것도 두려워하지 않고, 고의적인 성전 모독이 될 수 있다는 생각은 해 보지도 않은 채, 외벽을 타고 땅에서 2사젠* 정도 떨어진 열려 있는 창으로 들어가려고 하고 있을 때, 갑자기 너무나 기쁘게도 꽉 닫혀 있지 않은 나지막한 문이 눈에 띄었습니다. 한번 밀어 보자 — 문이 열리고, 조그만 원형 층계가 눈앞에 나타나는 겁니다. 공포와 기쁨에 몸을 떨면서 그는 한 번에 몇 계단씩 걸음을 내디디며 재빨리 층계를 올라갔습니다. 마침내 정신을 차려 보니 어느 좁은 곳에 와 있고…… 그의 앞에는 줄지어 선 기둥들, 여러 크기의 바람통, 고딕식 장식들이 있었습니다. 달은 이번에도 그를 보호해 주면서 반원형 창문의 다채로운 유리를 통해 빛나고 있었지요. 세바스챤은 아침에 오르간 연주자를 보았던 바로 그곳에 자신이 있는 걸 보자, 황홀한 나머지 하마터면 소리를 지를 뻔했습니다. 살펴보니, 마치 그의 젊은 힘을 시험해 보라고 유혹이라도 하는 듯이 — 건반도 그의 앞에 있습니다. 그는 달려들어 힘차게 건반을 두들기고는, 꽉 차게 울리는 소리가 교회의 둥근 천장을 향해 날아오르기를 기다립니다. — 그러나 오르간은 마치 분노한 남자의 신음이 울려 퍼지듯, 고르지 못한 화성을 사원 안에 내지르더니 곧 잠잠해졌습니다. 세바스챤은 이 화음, 저 화음을 짚어 보고, 이 건반, 저 건반을 건드리고, 옆에 있는 손잡이를 빼어도 보고 밀어 넣어도 보았지만, 다 소용이 없었습니다. — 오르간은 여전히 침묵하고, 파이프 밸브를 움직이는 건반들은 소년의 노력을 비웃기라도 하듯 뼈를 두들기는 것 같은 둔탁한 소리를 낼 뿐이었습니다. 차가운 전율이 세바스챤의 혈관을 스쳐 갔습니다. 그는 자신이 성소를 모독한 데 대해 신이 벌을 내리고 있으며, 오르간은 그의 손 아래서 영원히 침묵하도록 되어 있다고 생각했고, 그러자 미쳐 버릴 것만 같았습니다. 그러나 마침내 그는 아까 보았던 바람통을 기억해 냈고, 그것들이 움직이지 않으면 오르간은 소리를 낼 수 없으며 그가 들었던 첫 음은 어느 송풍관에 남아 있던 소량의 공기에서 나왔다는 것을 알아채고서 빙그레 회심의 미소를 지었지요. 그는 자신의 무지함에 화를 내며 바람통을 향해 덤벼들었습니다. 손으로 힘껏 바람통을 움직인 다음, 그가 건반까지 가는 동안 미처 바람통에서 빠져나가지 못하고 남아 있는 공기를 이용하기 위해 황급히 건반으로 달려갔지요. 하지만 허사였습니다. — 완전히 진동을 시키지 못한 파이프들은 불협화음만을 낼 뿐이었고, 세바스챤은 오랫동안 움직인 탓에 그만 기진맥진해 버렸습니다. 자신의 한밤중 여행의 열매를 헛되이 잃어버리지 않기 위해, 그는 자기에게는 완전히 기적과도 같아 보이는 이 놀라운 예술 작품을 적어도 꼼꼼하게 살펴나 보자고 마음먹었습니다. 오르간의 상층에 간신히 붙어 있는 좁은 층계를 통해 그는 오르간의 내부로 몰래 들어갔습니다. 거기서 그는 자신을 에워싸고 있는 모든 것을 경악하며 보고 있었습니다. 거기엔 거대한 사각형의 기둥들이 흡사 고대 그리스 건물의 잔해와도 같이 서로 층을 이루며 벽처럼 길게 뻗어 있었습니다. 그것들 주위로는 고딕식 탑들이 대열을 이루고, 끝이 날카로운 그들의 금속 기둥을 높이 들어 올리고 있었습니다. 호기심에 가득 차서 그는 마치 거대한 유기체의 혈관처럼 파이프들을 수많은 건반들과 연결시키고 있는 송풍관을 관찰하고, 비록 어떤 특별한 음을 만들어 내지는 않지만 어떤 악기도 모방할 수 없는 거대한 공기의 진동을 낳고 그것이 모든 음들과 결합되게 만드는 경이로운 기계를 살펴보고 있었습니다…….

그때 갑자기 그는 보게 됩니다. 사각형의 기둥들이 제자리에서 높이 솟아올라 고딕식 원주들과 합쳐져 거대한 대오를 이루고, 또…… 또 — 그리고 세바스챤의 눈앞에는 인간의 빈약한 언어로는 도저히 묘사할 수 없는 무한하고 경이로운 건물이 나타났습니다. 여기엔 건축의 비밀이 화성의 비밀과 결합되어 있었습니다. 시선으로부터 사방으로 뻗어 나가는 마루판 위에서 꽉 찬 화음이 가벼운 원형 아치의 형상으로 서로 교차하면서, 무수히 늘어선 율동적인 주랑에 몸을 기대고, 수천 개의 향로에서 향기로운 연기가 피어올라 사원의 내부를 무지갯빛으로 가득 채우고 있었습니다……. 선율의 천사들이 가벼운 구름을 타고 날아다니다가 신비한 애무 속에 모습을 감추곤 했습니다. 조화로운 기하학적 선들 속에서 악기들의 결합이 솟아오르고, 성전 위에서는 사람의 목소리들로 이루어진 합창이 넘실댔습니다. 반향의 다채로운 휘장들이 그의 눈앞에서 감겼다 열리기를 되풀이했고, 반음계가 장난기 어린 양각처럼 횡목을 타고 흘렀습니다……. 여기엔 모든 것이 조화의 삶을 살고 있었고, 무지갯빛으로 반짝이는 모든 움직임이 제각기 아름다운 소리를 내고 있었고, 모든 음이 향기를 내고 있었고, — 그리고 눈에 보이지 않는 목소리가 종교와 예술의 신비로운 말을 전하고 있었습니다…….

오랫동안 이 환영은 계속되었습니다. 불길 같은 공경심에 휩싸여 세바스챤은 그대로 바닥에 엎드렸습니다. 순간, 음들은 더욱 강해지며 천둥소리처럼 울리기 시작했고, 그의 몸 아래에서 땅이 뒤흔들렸습니다. 그리고 세바스챤은 깨어났습니다. 장엄한 음들은 여전히 계속되었으나, 거기엔 웅성거리는 목소리들이 함께 섞이고 있습니다……. 세바스챤은 주위를 둘러봅니다. 한낮의 햇빛이 눈을 찌릅니다. — 그는 어제 힘든 일에 지쳐 잠들었던 그곳,

오르간 속에 자신이 있는 것을 봅니다.

세바스챤은 오르간을 치면서 교회에서 밤을 보냈다는 사실을 형에게 도저히 믿게 할 수가 없었습니다. 그때 세바스챤을 이끌었던 영혼의 본능적인 움직임은 크리스토프로서는 이해할 수 없는 것이었으니까요. 세바스챤은 그를 사로잡았던 알 수 없는 느낌, 자신의 초조함, 자신의 도취에 대해 크리스토프에게 누누이 말했건만, 아무 소용도 없었습니다. 크리스토프는 자기도 그 모든 것을 알고 있고, 음악가에게 도취는 가포리도 쓰고 있듯이 실제로 있어야 하는 것이다, 그러나 도취를 위해서는 적절한 시간을 택해야 한다고 대답했습니다. 그는 모든 음악적 착상이 — 대위법의 규칙에 합당해야 하고 모든 규칙과 예의범절, 관습의 파괴에 의거해서는 안 되는 것과 꼭 마찬가지로, 모든 도취, 열정은 분별과 반듯한 몸가짐의 규칙에 따라야 하며, 어떤 감정이든 간에 감정에 정신을 빼앗기는 것은 부도덕하고 교육을 잘못 받은 인간에게나 있는 일이라고 확실한 근거와 사례를 들어 설명했습니다. 그런 다음 그는 곧바로 또다시 불같이 화를 내며 세바스챤을 야단치기 시작했고, 아버지도 조부도 증조부도 집 밖에서 밤을 보낸 일은 단 한 번도 없었다는 사실을 상기시키면서, 세바스챤에게 일어났다는 모든 일은 어떤 허용될 수 없는 미친 짓을 숨기려 하는 젊은이의 꾸며낸 이야기에 불과하다고 결론지었습니다.

이 일로 해서 크리스토프는 세바스챤이 — 타락한 인간이라는 생각을 아주 굳혔고, 너무나 상심한 나머지 병에 걸려 곧 저세상으로 떠나고 말았습니다. 세바스챤은 자신의 스승을 잃은 데 대해 완전한 슬픔과 애도를 자신의 마음속에서 느낄 수 없는 데 대해 경악했습니다.

세바스챤은 더 이상 오어드루프로 돌아가지 않고 아이제나흐에 남아 자신의 음악적 재능을 키우는 데 삶을 바쳤습니다.[43] 그는 이 도시에 있던 여러 유명한 오르간 연주가들에게서 공경심을 가지고 가르침을 들었으나, 그들 중 어느 누구도 그의 철두철미한 탐구열을 만족시키지 못했지요. 그는 헛되이 그의 스승들로부터 화성의 비밀을 알아내려고 애썼고, 어떻게 해서 우리의 귀가 음들의 결합을 알 수 있는 것인지 헛되이 물어보았습니다. 왜 청각의 느낌은 다른 어떤 신체적 느낌에 의해서도 조절될 수 없는가? 왜 어떤 음들의 어떤 결합은 사람을 희열에 빠지게 하고, 다른 식의 결합은 귀를 괴롭히는가? 스승들은 조건적이고 인위적인 규칙들을 가지고 그에게 답했으나, 이 규칙들은 그의 이성을 만족시켜 주지 못했습니다. 그때 비밀에 가득 찬 환영을 본 이후 그의 영혼 속에 계속 남아 있던 음악에 대한 그 느낌은 그에게 더욱더 분명해져 있었지만, 말로써는 그도 자신에게 그것을 설명할 수가 없었습니다.

이 환영에 대한 기억은 한순간도 세바스챤을 떠나지 않았습니다. 그는 그것을 정확하게 이야기조차 할 수 없었을 테지만, 이 느낌이 그에게 낳은 인상은 계속 살아 있었고, 그의 모든 생각과 느낌과 함께 어우러지면서 무지개와도 같은 베일을 그것들 위에 씌우고 있었지요. 크리스토프가 죽은 뒤에도 계속 찾아가고 있던 반델러에게 그가 이 얘기를 하자, 노인은 웃으면서 그에게 그런 꿈에

---

43 〔나는 외국 여행 중에 한번은 일부러 아이제나흐에서 여정을 멈춘 적이 있었는데, 당연히 제일 먼저 세바스챤 바흐의 집이 어딘지 물어보았다. 여인숙의 하인은 한참 동안 돌아오지 않다가 바흐 씨는 이미 아이제나흐에 없다는 소식을 가지고 마침내 나타났다. — 그럼 그는 어디 있는가? — 하고 내가 물었더니, "**사람들 얘기가**, 바흐 씨는 돌아가셨답니다" 하고 꼼꼼한 하인이 대답했다.〕

대해서는 더 이상 생각하지 말고 오르간 제작의 깊은 지식을 배우는 데 시간을 사용하라고 조언하면서, 그러면 평생토록 생계는 보장될 수 있을 거라고 자신 있게 말했습니다.

세바스챤은 단순한 마음에 반델러의 말을 거의 신뢰했고, 무엇 때문에 그 꿈의 환영이 그토록 자주, 그의 의지와는 상관없이 머리에 떠오르는 것인지 자신에게 화까지 내고 있었습니다.

실제로 세바스챤은 얼마 안 가서 반델러의 집으로 아주 옮겨서는 온갖 열성을 다하여 그의 수공 일을 배우기 시작했고, 그 후 그의 조수가 되었습니다. 그는 누구보다 열심히 건반을 매끄럽게 다듬었고, 파이프의 크기를 재었고, 피스톤을 고착시켰고, 철사를 구부렸고, 밸브를 붙였습니다. 그러나 일이 손에 잡히지 않을 때도 자주 있었고, 그럴 때면 그는 비밀에 찬 환영이 그의 마음속에 일깨워 놓은 감정과 그에게 주어진 수공 일 사이에 놓여 있는 잴 수조차 없는 간격에 대해 쓰라린 마음으로 생각했습니다. 일꾼들의 웃음, 그들의 저속한 농담, 조율 중인 오르간의 날카로운 소리가 그를 깊은 생각에서 끌어낼 때면, 그는 어린애 같은 몽상에 잠겨 있는 자신을 탓하면서 다시 일을 시작하곤 했습니다. 반델러는 세바스챤의 영혼에 찾아드는 그런 쓰디쓴 순간을 알아채지 못했습니다. 그는 다만 그의 근면함만을 보았고, 노인의 머릿속에서는 다른 생각이 맴돌고 있었으니까요. 그는 종종 자신의 딸 엔헨이 있는 데서 세바스챤에게 무척 다정하게 대했고, 또 세바스챤이 있는 데서 엔헨을 귀여워했습니다. 종종 그는 살림의 규모를 알뜰하게 맞추어 나가고, 여러 가지 집안일들을 해 나가는 그녀의 솜씨에 대한 이야기를 꺼냈고, 그녀의 깊은 신앙심에 대해, 때로는 그녀의 아리따운 용모에 대해서도 얘기를 했습니다. 엔헨은 얼굴을 붉히며 세바스챤을 애교스럽게 쳐다보았고, 언젠가부터는 더 열심히 소맷부리에 빳빳하게 풀을 먹이고 다림질을 하기 시작했고, 전보다 더 부지런히, 훨씬 더 오랫동안 부엌에서 시간을 보내고 가계부를 앞에 놓고 앉아 있기 시작했습니다.

어느 날 반델러는 얼마 전에 아이제나흐에 도착한 옛 동료인 뤼네부르크의 오르간 제작 장인인 요한 알브레히트가 점심 식사에 올 것이라고 가족들에게 알렸습니다. '나는 아직도 그를 좋아해' 하고 반델러가 말했습니다. — '좋은 사람인 데다, 조용하고 독실한 기독교도이지. 뛰어난 오르간 장인이라 할 수도 있고. 하지만 이상한 인간이야. 무슨 일에나 덤벼든단 말이야. 오르간만 갖고서는 턱도 없어, 천만에! 그 친군 오르간도 만들고, 클라비코드도, 바이올린도, 테오르베*도 만들려고 한단 말이야. 이것저것 다 아는 척하거든, 다 아는 척, — 그래서 어떻게 되고 있느냐고? 들어 보게나, 젊은이들! 누가 오르간을 주문하면, — 그는 즉시 받아들여서는, 두말할 것도 없이 열심히 일을 해, — 한 달도 두 달도 아니고, 1년이나 또는 더 오랫동안. 하지만 결국엔 참질 못하고 그것에다 무슨 새로운 부분을 덧붙이지. 우리의 오르간 연주자에게 익숙하지도 않은 것들을 말일세. 그래서 오르간은 그의 손에 남게 되고, 그걸 반값에라도 팔 수 있다면 기뻐해야 할 걸, 정말로. 바이올린을 만들어도 마찬가지야……. 우리 이웃인 클로츠*를 보라고. — 그는 정말로 비밀을 발견했어. 옛 장인 슈타이너*의 바이올린을 가져다가 치수를 재고, 그 치수대로 정확하게 나무판을 자르고, 손잡이를 맞추고, 기러기발을 세우고, 줄감개를 맞춰 넣고, 그렇게 해서 그의 손에서는 바이올린이 아니라 기적이 나오게 되는 거야. 그래서 그가 만드는 바이올린은 날개 돋친 듯이 팔리고 있어, 우리의 축복받은 독일에서뿐만 아니라, 프랑스에서도 이탈리아에서도. 한번 보라고, 우리 이웃이 어떤 집을 짓고 사는지. 그런데 그 늙은 알브레히트는 어떤가? — 그는 치수를 잴 거야…… 모든 것을 계산하고 측정하면서 바이올린에서 무슨 수학적 비율을 찾아내려고 하지. 네 번째 현을 떼어 버리기도 하고, 다시 매기도 하고, 공명판을 구부리기도 하고, 똑바로 펴기도 하고, 둥그렇게 부풀어 오르게 만들기도 하고, 평평하게 만들기도 하면서, 온갖 궁리를 다 하고 온갖 수를 다 써. 그래서 무엇이 나오는가? 자네들이 믿을지 모르겠네만, 벌써 20년 동안이나 그는 단 한 대도 제대로 된 바이올린을 만들지 못했다네. 그러는 동안 세월은 가고, 그의 거래는 영 진척이 없지. 아직도 처음 제작소를 열었을 때와 마찬가지야……. 그를 본받지 말게나, 젊은이들. 사람이 너무 재간을 부리면 좋지 않아. 다른 일도 다 그렇지만, 우리 일에서는 새로운 것이나 잔재간 따윈 아무 쓸모가 없다네. 우리의 아버지들은, 정말이지, 어리석은 사람들이 아니었어. 그들은 모든 좋은 것을 다 생각해 냈고, 우리에겐 아무것도 생각해 낼 것을 남겨 주지 않았어. 그저 그들의 수준에 이를 수 있다면 하느님 덕분이지!'

이렇게 말하고 있을 때 요한 알브레히트[44]가 들어왔습니다. '마침,' 하고 반델러가 그를 포옹하면서 말했지요. — '마침 잘 왔네, 요한. 막 자네 욕을 하면서, 내 젊은이들에게 자넬 본받지 말라고 이르던 참이었네.'

— 자네가 잘못했구먼, 카알! — 알브레히트가 대답했습니다. — 난 그 애들이 아주 필요하거든. 새로 하는 어려운 일을 위해 자네에게 조수를 몇 명 부탁하러 왔네…….

— 뭐, 보나 마나 또 무슨 별난 생각이겠지! — 반델러가 껄껄

44 음악 연대기에는 이보다 약간 늦게 등장한 세 명의 알브레히트가 알려져 있으나, 이들 중 어느 사람에 대해 여기서 얘기되고 있는지는 확실하지 않다. 서술자에겐 자신만의 연대학이 있는 것으로 보인다. 그것에 대한 충분한 검토는 독자에게 맡기는 바이다.

웃으면서 소리쳤습니다.

— 암! 별난 생각이지, 내가 어떤 생각을 해냈는지, 놀라기나 하게…….

— 자네의 그 바이올린들 같겠지…….

— 바이올린보다 좀 더 중요한 것일세. 오르간의 완전히 새로운 음전[45]에 관한 것이지.

— 그렇구먼! 그럴 줄 알았네. 얘기해 주면 안 되겠나? 평생 한 번이라도 자네한테 뭘 좀 배울 수 있게…….

— 자네도 알지만, 난 쓸데없이 지껄이는 걸 좋아하지 않아. 식사를 하면서, 한가한 때에 내 새로운 음전에 대해 얘기해 보자고.

— 두고 보지, 어디 두고 보겠네.

점심 식사를 하러 아이제나흐의 오르간 연주자와 음악가 몇 사람이 모였습니다. 독일의 오랜 관습에 따라 반델러의 제자들도 모두 합석한 바람에, 식사 자리는 꽤나 큰 모임이 되었지요.

사람들은 알브레히트에게 그의 약속을 상기시켰습니다.

— 친구들, 자네들도 알다시피, — 하고 그가 말했습니다. — 나는 벌써 오래전부터 화성의 비밀을 캐내려고 애써 왔고, 그걸 위해 여러 실험을 하고 있네.

— 알아, 알아. — 반델러가 말했습니다. — 유감스럽지만 알고 있네.

— 어찌 되었건, 나는 그런 일이 우리의 업을 위해 반드시 필요하다고 보네…….

— 바로 그게 자네의 불행이지…….

---

45 알다시피, 오르간은 몇 개의 오케스트라 혹은 서로 다른 여러 악기들로 구성된 것과도 같다. 목관이 한 그룹을 이루고, 금관이 또 한 그룹을 이룬다. 이 두 그룹은 각각 많은 세부 그룹을 지니며, 이 세부 그룹들은 각기 Vox humana〔인성 음전(人聲音栓)〕, Quintadena(킨타데나)와 같은 자신의 명칭을 가지는데, 이 세부 그룹을 **음전**(音栓)이라 부른다.*

— 내 말을 끝까지 진득하니 듣게나! 얼마 전에 난 피타고라스의 모노코드* 실험을 해 보다가, 아주 팽팽하게 당겨져 있는 굵고 긴 현을 힘껏 잡아당겼지. 그러자 — 내가 얼마나 놀랐을지 상상해 보게, — 그 현이 낸 음에 다른 음들이 더해지고 있는 거였네. 나는 몇 번이고 내 실험을 반복했지. — 그리고 마침내 분명하게 확인했다네. 그 음들은 5도 음정과 3도 음정이었어. 이 관찰은 내 정신을 번쩍하고 비추었네. 그러니까, 하고 나는 생각했지. 세상의 모든 것은 통일로 귀착되며, — 또 그래야 한다, 라고 말일세! 어떤 음에서나 우리는 완전한 화음을 듣고 있다네. 멜로디는 화음의 연속이고, 모든 음은 오로지 완전한 화성일 따름이야. 나는 이것에 대해 생각하기 시작했고, 생각에 생각을 거듭한 끝에 — 마침내 모든 건반 하나하나가 제각기 완전한 화음에 맞춰져 있는 여러 개의 파이프를 동시에 열도록, 새로운 음전을 오르간에 붙이기로 결심했지. — 그리고 이 음전에다 나는 미스터리[46]라는 이름을 붙였네. 왜냐하면 실제로 그 속엔 중요한 비밀이 숨어 있으니까. 노인네들은 다들 큰 소리로 웃음을 터뜨리고, 젊은이들은 서로 귓속말을 하기 시작했습니다. 반델러는 참지 못하고 자리에서 벌떡 일어나서 클라비코드를 열었지요. '그럼 들어들 보게나, 여보게들.' — 그가 소리쳤습니다. — '우리의 훌륭한 알브레히트가 어떤 발명을 제안하는지.' — 그리고 그는 틀린 5도 음정으로 어떤 익살스러운 민요를 치기 시작했습니다. 사람들의 웃음소리가 배로 커졌습니다. 세바스찬만 거기에 끼어들지 않고, 두 눈을 알브레히트에게 붙박은 채 초조하게 대답을 기다리고 있었습니다.

— 마음껏 웃게나, 원한다면, 여보게들. — 하지만 내 새로운

---

46 지금의 오르간에서 이 단어는 **혼합음(Mixturen)**이라는 산문적인 표현으로 바뀌었다.

음전이 오르간에 지금껏 없었던 힘과 장엄함을 주었다는 것을 자네들에게 말해야만 하겠네.

— 이건 정말 도가 지나쳐! — 반델러는 이렇게 말하고는 다른 사람들에게 조용히 하라는 신호를 보내고, 식사하는 동안 내내 이 문제에 대해서는 한마디도 더 말하지 않았습니다.

식사가 끝나자 반델러는 알브레히트를 젊은이들에게서 떨어진 한쪽 옆으로 끌고 가서 말했습니다.

— 여보게, 요한, 들어 보게나, 요한! 옛 동료이자 같은 문하생이었던 나에게 화를 내지는 말게. 젊은 사람들이 있는 데선 말하고 싶지 않았지만, 지금 단둘이 있는 자리에서 옛 친구로서 자네에게 말하네. 제발 정신 차리고, 자네의 허연 머리를 부끄럽게 하지 말게. — 대체 정말로 그 돼먹지 않은 음전을 오르간에 갖다 붙일 셈인가……?

— 갖다 붙이고말고! — 알브레히트가 큰 소리로 외쳤습니다. — 벌써 그렇게 했네. 자네에게 다시 한 번 말하지만, 지금까지 있었던 그 어떤 오르간도 내 것과 비교할 수 없을 걸세…….

— 내 말을 듣게나, 요한! 자네도 알다시피, 난 벌써 50년가량이나 오르간 제작에 종사하고 있네. 장인으로 살고 있는 것도 근 30년이 되었지. 여기 있는 우리 이웃 하르트만도 마찬가지야. 우리 아버지와 할아버지들도 오르간을 만들었네. — 도대체 우리의 오르간 제작에서 가장 근본적인 원칙에 어긋나는 그런 것을 우리에게 어떻게 믿게 하겠다는 건가……?

— 그렇지만 자연에 어긋나지는 않아!

— 당치도 않네. 이건 그저 틀린 5도 음정의 문제가 아니라, 완전히 터무니없는 것이야.

— 그러나 이 틀린 5도 음정들이 완전한 오르간 속에서는 장엄

한 화성을 만들어 낸다네.

— 하지만 틀린 5도 음정들은…….

— 정말로 자네들은 그렇게 생각하는가. — 하고 알브레히트가 그의 말을 끊었습니다. — 여보게들, 50년 동안이나 파이프를 자네들 아버지와 할아버지가 하던 식대로 평평하게 갈면서, 그런 일이 자네들에게 화성의 모든 비밀을 깨닫게 해 줄 수 있었다고 생각하는가? 망치와 톱을 가지고는 이 비밀을 열 수 없어. 그것들은 마치 닫힌 용기 안에 들어 있는 것처럼, 인간의 영혼 깊숙이, 깊숙이 깃들어 있으니까. 신만이 그것들을 세상 속으로 불러낼 수 있다네. 그것들이 몸과 형상을 얻는 것은 인간의 의지가 아니라, 신의 뜻에 따른 일이야. 자네들은 신의 뜻의 작용을 중단시키고 싶은 건가? 그 뜻을 이해하지 못하기 때문에……? 하지만 이런 얘기는 관두세. 다시 한 번 말하지만, 내가 자네들에게 온 건 부탁이 있어서야, 자네 카알, 그리고 자네 하르트만에게. 난 지금 일이 산더미 같아서 조수들이 필요하니, — 문하생 몇 명을 빌려주게나.

— 당치도 않아! — 화가 치민 반델러가 말했습니다. — 그래, 자네가 여기서 그런 소릴 지껄인 마당에, 대체 어느 누가 자네의 문하로 가겠나?

— 제가 감히 그래도 좋다면……. — 세바스챤이 조용히 말했습니다.

— 뭐? 세바스챤, 네가? 내 문하생 가운데 제일 뛰어나고 제일 근면한 네가…….

— 알브레히트 씨의 새 오르간 소리를 들어 보고 싶습니다…….

— 틀린 5도 음정을 듣고 싶다고……. 넌 정말 그게 가능한 일이라고 믿는 거냐……?

— 믿지 않는 토마스여! — 알브레히트가 외쳤습니다. — 그럼 직접 뤼네부르크로 오게나. — 거기선 적어도 자신의 귀를 믿게 될 테니……

— 누가? 내가? 내가 뤼네부르크로 가? 왜? 내가 자신이 하는 일에 대해 아무것도 모르고, 알브레히트와 똑같은 괴짜이고, 어린애나 믿을 그의 망상을 믿고 있다고 사람들이 쑥덕대라고, — 세상 사람들의 웃음거리가 되라고……

— 걱정 말게나. 자넨 아무도 비웃지 못할 동아리에 있게 될 테니. 황제*께서도 뤼네부르크를 지나던 길에 나에게 들르셨다네……

— 황제께서?

— 자네도 알지 않나, 황제께서 음악에 얼마나 조예가 깊으신지. 그분께서 내 새로운 오르간 소리를 들으시고, 빈 대성당을 위해 똑같은 오르간을 내게 주문하셨다네. 여기 1만 굴덴을 받기로 한 약정서가 있네. 그리고 이건 드레스덴과 베를린을 위한 다른 주문서들이고……. 이제 날 믿겠나? 난 지금껏 이런 얘긴 자네들한테 하지 않고, 자네들의 친구인 이 늙은 알브레히트의 말을 믿어 주길 바랐네만……

그 자리에 있던 사람들의 손이 축 늘어지고 말았지요. 얼마간의 침묵이 흐른 뒤에 클로츠가 알브레히트에게 다가가 낮게 허리를 숙여 그에게 절을 하면서 말했습니다. '나는 비록 오르간 제작이 업은 아니지만, 그토록 중요한 발견이니, 당신의 새로운 음전을 보고 배울 수 있는 기회를 허락해 주길 청합니다, 알브레히트 씨.' 하르트만은 한마디도 하지 않고, 여행 채비를 하러 곧장 집으로 갔습니다. 반델러 혼자만 주저하며 남아 있었지요. 그는 알브레히트에게 문하생 몇 명을 내어 주었는데 그들 가운데는 세바스찬도 있었으나, 그 자신은 뤼네부르크로 가지 않았습니다.

세바스찬은 알브레히트한테서 그리 오래 일하지 않았습니다. 한번은 축일에 이 젊은이가 클라비코드 앞에 앉아 성가를 부르고 있을 때, 노인이 눈에 띄지 않게 방으로 들어와 오랫동안 그의 노래를 듣고 있었습니다. '세바스찬!' 하고 마침내 그가 말했지요. — '내가 이제야 널 알아보았구나. 넌 직공이 아니야. 건반을 갈고 다듬는 건 네가 할 일이 아니다. 더 높은 다른 소명이 널 기다리고 있어. 넌 음악가야, 세바스찬!' — 노인은 열광해서 외쳤습니다. '넌 많은 이들이 그 중요성을 이해하지도 못하는 이 높은 사명을 위해 선택된 사람이야. 신의 섭리는 인간에게 신성을 이해하게 해 주고 인간의 영혼을 신의 옥좌 앞으로 데려가는 그 언어로 말할 운명을 네게 주었어. 때가 오면 이것에 대해 더 이야기하게 되겠지. 지금 바로 네 수공 일을 그만두어라. 난 믿음직한 조수를 잃게 되지만, 신의 섭리를 거역하고 싶지 않다. 섭리가 널 공연히 선택하진 않았을 테니.

네가,' — 알브레히트는 잠시 말을 멈추었다가 계속했습니다. — '네가 이곳에서 오르간 연주자 자리를 구하긴 힘들 거다. 넌 목소리가 아름다우니 — 목소리를 가꾸도록 해라. 막달레나가 이곳 목사에게 노래를 배우러 다니니, 그 애와 함께 다니려무나. 그동안 난 미하일 교회 합창단에 널 넣도록 애써 보마. — 그러면 생계는 보장될 거다. 우선 오르간을 배우거라. — 오르간은 신의 세계의 장엄한 비유란다. 이 둘 속에는 많은 비밀이 있어. 부지런한 연구만이 그 비밀을 열 수 있지.'

세바스찬은 알브레히트의 발아래 몸을 던졌습니다.

그때부터 세바스찬은 요한의 집에서 한 식구처럼 되었습니다.

막달레나는 소박하고 예뻤습니다. 그녀의 어머니는 이탈리아 여인으로, 북방의 푸른 눈동자 위에서 곱슬곱슬 물결치는 윤기 나는 검은 머리 타래를 물려주었지요. 그러나 막달레나가 그녀의 동갑내기들과 다른 점은 그것이 전부였습니다. 세 살 때 어머니를 여의고 소박한 오랜 독일식 관습 속에서 자라난 그녀는 자신의 조그만 세계 외에는 아무것도 알지 못했습니다. 아침에는 부엌일, 그런 다음엔 뜰의 화초에 물을 주고, 점심 식사 후엔 창가 구석과 수틀, 토요일엔 빨래를 하고, 일요일에는 목사에게 갔습니다. 그녀에 대해 당시의 뤼네부르크 음악가들은 그녀가 독일식으로 편곡된 이탈리아 주제 같다고 말하곤 했지요. 세바스찬은 그녀와 함께 마치 동료처럼 노래를 배우러 다녔습니다. 알브레히트의 말에 고무된 미숙한 젊은이에게 소녀의 아름다움과 천진함은 아무런 인상도 주지 않았습니다. 그의 순수한 영혼 속에는 지상의 감정을 위한 자리가 없었지요. 그 속엔 오직 음들만이, 음들의 결합만이, 그리고 세계에 대한 그것들의 비밀스러운 관계만이 떠다니고 있었으니까요. 오히려 이 오만한 젊은이는 그녀의 아직 성숙하지 못한 목소리가 화음의 꼭 필요한 음에서 갑자기 끊어지거나, 세바스찬에겐 그토록 쉬워 보이는 음악 과제에 대한 설명을 그녀

가 솔직하게 물어볼 때면, 아리따운 그녀에게 화를 내며 질책하기까지 했답니다.

세바스찬은 자신만의 원소들 속에서 헤엄치고 있었습니다. 알브레히트의 책과 악보를 보관해 둔 거대한 서재는 그에게 열려 있었지요. 아침이면 그는 여러 악기, 특히 클라비코드로 자신의 연주력을 연마하거나 노래 연습을 했습니다. 낮 동안에는 잘 아는 오르간 연주자에게 간청하여 교회 오르간의 열쇠를 얻어서는, 혼자서 그곳의 고딕식 둥근 천장 아래서 경이로운 악기의 비밀을 연구했습니다. 휘장으로 가려진 신의 제단만이 장엄한 침묵 속에서 그에게 귀를 기울이고 있었습니다. 그럴 때면 세바스찬은 아이제나흐 교회에서 있었던 자신의 모험을 떠올리곤 했지요. 다시금 어린 시절의 환영이 사원의 깊은 구석으로부터 새로이 살아나 날이 갈수록 명료해져 갔습니다. — 경건한 전율이 젊은이의 영혼을 엄습하고, 심장이 불타고, 머리털이 곤두서곤 했습니다. 저녁이 되면 집으로 돌아가, 하루 일에 지친 알브레히트가 제자들에게 에워싸여 있는 모습을 보았습니다. 그는 조용히 그들과 담소하고 있었고, 장난기 어린 비유로 반짝이는 고상한 연설이 그의 입에서 흘러나오고 있었습니다. 하지만 여러분, 알브레히트가 우선 벌거벗은 뼈대부터 먼저 그린 다음, 존경해 마지않는 청중의 만족을 위해 은유와 알레고리와 환유와 다른 달콤한 말들로 그것을 장식하기 시작하는 그런 달변의 연설가에 속한다고는 생각하지 마십시오. 평범한 언어를 알브레히트가 그렇게 드물게 입에 올린 것은, 그 속에서 자신의 생각을 표현할 수 있는 말을 찾지 못했기 때문입니다. 그는 말로써는 끝까지 말해질 수 없는 그의 감정을 표현할 수 있을 대상들을 모든 자연 속에서 찾아야만 했습니다. 계몽의 첫 단계에 이른 반야만인이 아직 이해되지 않는 새로운 생각들에 이제 막 놀라기 시작했을 때 말하는 언어가 있습니다. 비밀에 가득 찬 학문의 성소에 들어선 사람도 인간의 언어로는 표현하기에 역부족인 대상들에게 형상을 부여해 주길 바라면서, 그와 똑같은 언어로 말하지요. 아마도 전자와 후자를 합쳐 놓은 것이었을 알브레히트 역시 그런 언어로 말하고 있었습니다. 알브레히트에게 공감하고 그를 이해하는 사람은 몇 명 되지 않았습니다. 어떤 사람들은 그의 말에서 자신의 수공 일을 위한 어떤 새로운 지침을 발견하려고 애쓰는가 하면, 나머지 사람들은 멍하니 그저 — 존경심에서 — 듣고 있는 게 다였습니다.

'그런 시대가 있었지' 하고 알브레히트는 말하곤 했습니다. — '단 하나의 음도, 말도, 모상(模像)도 우리에게 전해지지 않은 그런 시대가. 그때는 **표현**이라는 것이 인류에게 필요하지 않았으니까. 그것은 천진난만한 어린아이의 요람에서 달콤하게 쉬고 있었고, 평온한 꿈속에서 신과 자연, 현재와 미래를 모두 이해하고 있었어. 하지만…… 어린아이의 요람이 흔들리기 시작했지. 채 허물도 벗지 않은 번데기 속의 어린 나비처럼 깃털도 나지 않은 여린 그의 눈앞에 위협적인 자연이 수많은 물음을 가지고 나타난 거야. 어린 물총새*는 어린애 같은 자신의 옹알이 속에 자연의 거대하고 다양한 형태를 묶어 두려고 했지만 허사였어. 자연은 머리로는 관념의 세계를, 발꿈치로는 — 수정의 거친 본성을 건드렸고, 인간에게 자신과 견주어 보라고 요구했어. 그때 인간 영혼의 지속적이고 영원한, 그렇지만 결코 믿을 수 없는 두 동맹자가 태어났는데, 그게 바로 **생각**과 **표현**이었지.

이 태고의 불화가 얼마나 오랫동안 지속되었는지는 아무도 모른다네. 싸움터에 지금까지 남아 있는 것은 이집트의 사막에 버려진 피라미드, 진흙에 뒤덮여 옛날의 권세를 말해 주는 그 웅장한 궁궐뿐이야. 그러나 고대의 암흑 속에 무거운 사슬처럼 모습을 감추고 있는 인간의 질병들도 남았어. 제압당하긴 했지만 아직도 예전의 힘으로 가득 차 있는 인간은 이 싸움을 계속해 왔고, 계속 쓰러지면서도 쓰러질 때마다 안타이오스*처럼 새로운 힘을 얻었지. 그런데 정복할 수 없는 자연을 마침내 정복한 것처럼 보인 순간, ― 갑자기 인간의 영혼 앞에 더 무섭고, 더 까다롭고, 더 성가시고, 더 불만에 찬 새로운 적수가 나타난 거야. ― 바로 **그 자신**이었어. 이 전우의 출현과 함께 한동안 평정되었던 자연의 힘도 다시 깨어났지. 위협적이고 물러설 줄 모르는 적들은 인간을 향해 맹렬하게 돌진해 왔고, 제우스와 싸우는 티탄족처럼, 삶과 죽음, 의지와 불가피성, 운동과 정지에 관한 무시무시한 질문을 산더미같이 퍼부으며 그를 쳤어. 설령 철학자가 지금까지 논리적 결론의 방패로 몸을 가려 왔다 해도, 수학자가 나선과 평면 4차 곡선의 굴곡 속에 몸을 숨겨 왔다 해도, 다 소용없었을 거네. ― 인류는 하늘이 새로운 수호자를, **예술**을 보내 주지 않았다면 파멸했을 거야. 무엇으로도 공략할 수 없는 이 강력한 힘, 신의 이 반사광은 곧 자연뿐만 아니라 인간까지도 자신에게 복종시키고, 머리가 둘 달린 스핑크스의 모든 상징을 오이디푸스처럼 알아맞혔지. 인류의 삶에서의 이 장엄한 순간을 사람들은 화성의 힘으로 돌을 유순하게 만드는 오르페우스라고 불렀다네. 생명을 불어넣는 이 창조적인 힘 덕분에 인간은 상형 문자와 조각상과 사원의 건물을 세웠고, 호메로스의 『일리아드』와 단테의 『신곡』, 올림포스의 송가와 기독교의 시편을 지었어. 인간은 그 속에다 자신의 영혼과 자연의 수수께끼 같은 힘을 묶어 두었고, 이 멋지지만 좁은 감옥에 갇힌 그들은 밖으로 뛰쳐나가려고 몸부림을 치지. 그래서 뒤러의 「체칠리아」나 메디치의 비너스를 볼 때면, 스트라스부르 사원의 원형 천장에서 불어오는 듯한 폭풍 같은 숨결이 차가운 전율처럼 혈관을 타고 흐르면서 영혼을 신성한 생각에 잠기게 하는 거라네.

그러나 인간이 자연과 함께 나누지 않는 인간 영혼의 더 높은 단계가 있어. 그건 조각가의 끌 아래서 미끄러져 달아나고 시인의 불길 같은 시구로도 끝까지 다 말할 수는 없는 무엇이어서, — 이 단계에 이르면 자연에 대한 자신의 승리에 오만해진 영혼이 눈부시게 빛나는 모든 영광 속에서도 가장 높은 힘 앞에 겸허하게 몸을 굽히고, 오직 그 옥좌의 발아래로 나아갈 수 있기만을 쓰라린 고통 속에서 갈구하면서, 마치 나그네처럼 타향 땅의 사치스러운 쾌락 한가운데서 고향을 그리며 한숨짓게 되지. 이 단계에서 생겨나는 감정을 사람들은 **형언할 수 없는 것**이라 불렀어. 이 감정의 유일한 언어가 — **음악**이라네. 인간 예술의 이 가장 높은 차원 속에서 인간은 지상 편력의 폭풍들을 잊어버리지. 거기에는 마치 알프스 산정에서처럼 구름 한 점 없는 화음의 태양이 빛나고, 오직 그것의 무한정하고 가없는 음들만이 인간의 무한한 영혼을 에워싸고 있어. 오직 그 음들만이 인간의 타락으로 인해 갈라졌던 슬픔과 기쁨의 원소들을 다시 하나로 결합시킬 수 있어. — 오직 그것들만이 가슴을 다시 젊게 만들고 우리를 최초의 순결한 인간의 순결한 요람으로 데려가 주지.

용기를 잃지 말게, 젊은이들! 기도하면서 정신의 모든 인식, 가슴의 모든 힘을 이 경이로운 예술의 도구를 더욱 완벽하게 하는 데 기울이게나. 그것의 단순하고 거친 파이프들 속에는 인간의 영혼 속에 가장 고상한 감정을 일깨우는 비밀이 숨겨져 있어. 완벽을 향해 한 걸음 한 걸음 나아갈 때마다, 그것들은 자신들이 표현해야 할 그 정신적 힘에 좀 더 가까이 다가가게 된다네. 그것들의 새로운 한 걸음 한 걸음이 삶에 대한 인간의 승리이지. 정신의 모든 노력을 비웃으며 나날이 더 끔찍해져 가고, 무상한 인생을 먼지로 만들어 버리겠다고 위협하는 이 유령에 대한 인간의 새로운 승리라네.'

종종 알브레히트는 이런 식으로 이야기를 이끌었습니다. 그의 주위에는 깊은 침묵이 에워싸고 있었고, 불이 꺼진 아궁이에서 간간이 석탄이 번쩍하고 불꽃을 일으키며, 늙은 스승의 허연 머리와 독일 청년들의 젊고 싱싱한 얼굴, 막달레나의 검은 머리 타래, 아직 완성되지 않은 악기들의 번쩍거리는 부속품들을 한순간 환하게 비추곤 했습니다……. 야경꾼의 목소리가 울려 퍼졌고, 늙은 스승은 그 자리에 있던 사람들을 축복하면서 장엄하고 낭랑한 기도로써 조화로운 하루를 끝맺었습니다.

알브레히트의 말은 세바스찬의 영혼 깊숙이 와 닿았습니다. 종종 그는 이 말에 담긴 신비스러움 속에서 헤맸고, 이 말을 다시금 말로써 이야기할 수조차 없었으면서도 그것이 표현하고 있던 감정만큼은 잘 이해하고 있었습니다. 이 감정 속에서 그의 영혼은 자신도 의식하지 못하면서 성장해 갔고, 뜨겁게 타오르는 내면의 활동 속에서 점점 더 강해져 갔습니다…….

여러 해가 흘렀습니다. 알브레히트는 자신의 오르간 제작을 끝마쳤고, 받은 돈을 제자들에게 나누어 주거나 새로운 실험을 하는 데 썼습니다. — 그리고 자신의 재산을 늘리려는 생각은 하지도 않은 채, 그가 가장 사랑하는 악기의 어떤 새로운 완성을 위해 벌써 또다시 일하고 있었습니다. 사람들의 얘기로는, 그가 세상의

모든 원소 — 흙, 공기, 물, 불을 대표하는 것들을 새 오르간 속에 하나로 결합시키려고 한다는 것이었습니다. 그러는 동안 뤼네부르크에서는 젊은 오르간 연주자 바흐에 대한 얘기만 하고 있었습니다. 막달레나의 목소리도 해가 갈수록 훌륭해졌습니다. 이미 그녀는 개별 성부(聲部)를 위한 악보를 첫눈에 이해할 수 있게 되었고, 세바스찬의 음악을 노래하고 연주했습니다.

어느 날 알브레히트가 젊은 음악가에게 말했습니다. '들어라, 세바스찬. 뤼네부르크에는 이미 네가 배울 만한 사람이 없다. 너는 이곳의 모든 오르간 연주자들을 멀찌감치 앞질렀다. 그러나 예술에는 끝이 없으니, 앞으로 언젠가 네가 음악계에서 그 자리를 대신하게 될 사람들과 교분을 터야 한다. 널 위해 바이마르 궁정 바이올리니스트의 자리를 알아봐 두었다.* 그 자린 네게 돈 문제를 해결해 줄 것이다. — 이 땅에서 살아가는 데 없으면 안 되는 것이지. 돈은 네게 뤼베크와 함부르크에 들를 수 있게 해 줄 것이고, 거기서 넌 나의 유명한 친구들인 북스테후데와 라인켄*의 연주를 듣게 될 것이다. 여기서 더 이상 꾸물거릴 것 없다. 시간은 빨리 지나가니, — 곧 길 떠날 채비를 하여라.'

바흐는 이 제안에 처음에는 몹시 기뻤습니다. 그가 그들의 작품을 외우다시피 하고 있는 북스테후데와 라인켄을 듣게 되고, 자신이 그들의 높은 생각을 제대로 이해했는지 확인할 수 있고, 결코 종잇장에다 묶어 둘 수 없는 그들의 빛나는 즉흥 연주를 듣게 되고, 그들의 음전 결합 방식을 알게 되고, 이 유명한 심판관들 앞에서 자신의 실력을 시험해 볼 수 있고, 명성을 떨치게 될 것이다. — 이 모든 것이 한순간에 그의 젊은 상상 속에 떠올랐습니다. 그러나 어린애 같은 그의 재능을 키워 준 집, 모든 것이 화성으로 호흡하고 살고 있는 이 집을 떠나야 하고, 더 이상 알브레히트의 애기를 들을 수 없게 되고, 예술이라는 성물을 이해하지 못하는 차가운 사람들의 무리 속으로 다시 떨어져야 했습니다……! 그리고 막달레나, 그녀의 곱슬거리는 검은 머리 타래와 푸른 눈동자, 소박한 미소도 떠올랐습니다. 벨벳에 가볍게 덮인 듯한 그녀의 부드러운 목소리에 그는 너무나도 익숙해져 있었고, 세바스챤이 좋아하는 멜로디들은 모두 그 목소리와 뗄 수 없이 하나가 되어 있는 듯이 여겨졌습니다. 그녀는 그가 새로운 성부의 악보를 연주하는 것을 너무나도 훌륭하게 도와주었고, 너무나도 열심히 그의 작품을 들어주었습니다. 즉흥곡의 영감 속에서 그의 눈이 움직이지 않고 한곳에 머물러 있을 때, 그는 그녀가 자기 앞에 있어 주는 것을 너무나도 좋아했습니다……. 바로 얼마 전에도 그녀는 세바스챤의 손가락이 화음에 꼭 필요한 모든 음들을 다 짚고 있지 않다는 것을 알아채고 자리에서 일어나 그의 의자 위로 몸을 수그리고는 자신의 그 작은 손가락을 건반 위에 놓았습니다……. 세바스챤은 생각에 잠겼습니다. 그리고 생각하면 할수록 막달레나가 그의 음악적 삶의 모든 일들과 연관되어 있다는 사실을 더욱더 분명하게 보게 되었습니다. 어떻게 지금껏 자신이 그 사실을 몰랐는지…… 깜짝 놀라면서 주위를 둘러보았습니다. 여기엔 그녀가 그를 위해 정서해 준 악보, 저기엔 그녀가 그를 위해 깎아 준 펜, 여기엔 그가 없는 동안 그녀가 죄어 놓은 현, 저기엔 그렇지 않았더라면 영원히 사라져 버렸을 그의 즉흥 연주를 그녀가 기보(記譜)해 둔 종잇장……. 이 모든 것으로부터 세바스챤은 막달레나가 그에게 없어서는 안 될 존재라는 결론을 내렸습니다. 자신의 생각에 더욱 깊이 잠기면서, 그는 자신이 막달레나를 향해 느끼는 감정이 사람들이 흔히들 사랑이라 부르는 것이라는 사실을 마침내 깨달았습니다. 이 발견은 그를 몹시 놀라게 했습니다. 언제나 한 가지

같은 생각과 느낌의 세계 속에서 서로를 대해 온 나날의 생활, 세바스챤에게 그토록 자연스럽고 그의 성격과 그토록 잘 맞는 나날의 평온함, 심지어 알브레히트의 집에서 행해지는 일들의 단조로운 질서까지, — 이 모든 것은 젊은이의 영혼을 조용하고 조화로운 생활에 너무나도 익숙해지게 만들었습니다. 막달레나는 이 화성 속에서 너무나도 조화롭고 없어선 안 될 음이었기 때문에, 두 젊은이의 사랑은 거의 그들 자신도 모르게 싹터 나와 이미 모든 단계를 다 거쳐, — 그들의 정결한 삶의 모든 일들과 완전히 하나로 결합되어 있었습니다. — 아마도 막달레나는 이 감정을 좀 더 일찍 알게 됐을 테지만, 세바스챤은 이별을 앞두고서야 비로소 분명하게 깨달은 것입니다.

'막달레나! 사랑스러운 누이!' — 그녀가 방으로 들어오자, 세바스챤이 더듬거리며 말했습니다. — '네 아버님께서 날 바이마르로 보내셔…… 우린 함께 있지 못하게 돼…… 아마 오랫동안 못 보게 될 거야. 내 아내가 돼 주지 않겠어?* 그럼 언제나 함께 있게 될 텐데.'

막달레나는 얼굴이 새빨개져서 그에게 손을 내밀며 말했습니다. — 아빠한테 함께 가요.

노인은 웃으면서 그들을 맞았습니다.

'난 이미 오래전부터 이렇게 되리라고 알고 있었다.' — 그가 말했습니다. — '분명히 신의 뜻이니까.' — 그는 깊은 숨을 내쉬면서 덧붙였습니다. — '신께서도 너희들을 축복해 주실 거다, 애들아. 예술이 너희들을 하나 되게 하였으니, 그것이 너희들의 모든 삶에서 튼튼한 끈이 되도록 하여라. 다만 세바스챤, 지나치게 노래에 매달리지 마라. 넌 막달레나와 함께 너무 자주 노래를 부르고 있어. 목소리라는 것은 인간의 열정으로 가득 차 있어서, 알아차리지 못하게 — 영감의 가장 순수한 순간에조차 — 순수하지 못한 다른 세계의 음들이 몰래 스며드는 법이야. 인간의 목소리에는 첫 죄악의 외침이 여전히 흔적을 남기고 있으니까……! 네 손 아래 있는 오르간은 살아 있는 악기는 아니지만, 그 대신 우리 의지의 미망과는 무관하단다. 오르간은 영원히 침착하고 열정으로부터 자유로워. 마치 자연이 그렇듯이 말이다. 오르간의 침착한 화성은 지상의 변덕스러운 쾌락에 복종하지 않아. 고요한 무언의 기도에 잠긴 영혼만이 오르간의 나무 파이프들에게 영혼을 불어넣고, 그러면 그것들은 장엄하게 공기를 뒤흔들면서 그 영혼의 위대함을 바로 그 영혼 앞에서 이끌어 내지…….'

친애하는 여러분, 나는 여러분에게 세바스찬의 결혼식, 그의 바이마르 여행, 그 후에 곧 세상을 뜬 알브레히트의 죽음, 세바스찬이 여러 도시에서 맡았던 여러 직책, 여러 유명 인사들과의 교제에 대해 자세한 이야기는 하지 않겠습니다. 그런 모든 상세한 것들은 바흐의 여러 전기에서 찾아보면 될 겁니다. 여러분은 어떤지 모르지만, — 내가 더 흥미를 갖는 것은 세바스찬의 내적인 삶에서 일어난 사건들이니까요. 이 사건들을 알기 위한 유일한 수단은, 여러분에게도 권하는 바이지만, 나처럼 바흐의 모든 음악을 처음부터 끝까지 연주하는 겁니다. 다변(多辯)인 노인장 알브레히트가 죽은 것은 정말 애석한 일입니다. 적어도 그는 세바스찬이 느끼고 있던 것을 이야기해 주곤 했으니까요. 세바스찬은 알브레히트의 말에 귀를 기울이면서 언제나 그 자신의 말을 듣고 있다고 생각했습니다. 왜냐면 그는 언어로는 별로 말을 하지 않았고, — 오직 오

르간 소리로 말을 했기 때문입니다. 여러분은 상상할 수 없을 겁니다. 이 천상의 무한한 언어를 삶의 먼지와 뒤섞인 우리의 짓눌린 언어로 옮기는 게 얼마나 어려운 일인지. 이따금 나는 단 네 개의 음표에 대해 두꺼운 주석서 한 권을 써야만 하는데, 그럼에도 불구하고 이 네 개의 음표가 그것을 이해할 줄 아는 사람에게는 나의 그 주석서 한 권보다 더 분명한 말을 해 준답니다.

실제로 바흐는 이 세상에서 오직 하나 — 자신의 예술밖에 몰랐습니다. 자연과 삶 속의 모든 것 — 기쁨과 슬픔은 — 음악의 소리를 거칠 때만 그에게 비로소 이해될 수 있었으니까요. 그는 음악의 소리들로써 생각했고, 그것들로써 느꼈습니다. 세바스챤은 그것들을 호흡했습니다. 나머지 모든 것은 그에게 불필요하고 죽은 것들이었습니다. 나는 탈마*가 가장 격렬한 고통의 순간에, 그 고통이 어떤 주름을 그의 얼굴에 만들어 냈는지 살피기 위해 자기도 모르게 거울로 다가가곤 했다는 이야기를 믿습니다. 예술가는 그래야 하며, — 바흐도 그랬지요. 어떤 돈거래에 서명을 하다가 그는 자기 이름의 철자들이 독창적이고 풍부한 선율을 이룬다는 사실을 알아채고, 그것을 바탕으로 푸가를 썼습니다.[47] 자신의 갓난아이의 첫 울음소리를 들었을 때 그는 몹시 기뻤으나, 방금 들은 그 소리들이 어떤 음계에 속하는 것인지 알아보지 않을 수 없었습니다. 자신의 참된 친구의 죽음을 알게 된 순간 그는 손으로 얼굴을 가렸지만, 잠시 뒤에는 장송 모테트*를 쓰기 시작했습니다. 바흐를 냉담하다고 비난하지 마십시오. 바흐는 아마 다른 사람들보다 더 깊이 느꼈을 테지만, 자기 방식으로 느꼈던 겁니다. 그것은 인간적인 감정이었으나 예술의 세계에 속하는 것이

47 다음의 모티프(b.a.c.h)를 바탕으로 한 바흐의 푸가는 유명하다.

었습니다. 그는 자신의 명성을 너무나도 하찮게 여겼습니다. 함부르크에서는 백 살이 된 오르간 연주자 라인켄이 바흐의 연주를 듣고서 눈물을 흘리며 허심탄회하게 말했다는 이야기가 있습니다. '나는 내 예술이 나와 함께 죽을 거라고 생각했는데, 자네가 그걸 되살려 냈네.' 드레스덴에서는 바흐와의 경쟁을 요구받았던 당대의 유명한 오르간 연주자인 마르샹이 너무 겁을 먹은 나머지 연주회 당일에 드레스덴을 떠났다고들 말하고 있었습니다.* 베를린에서는 프리드리히 대왕이 자신의 가족 음악회를 시작하기에 앞서, 포츠담에 도착한 사람들의 명단을 훑어보다가 눈에 띄게 흥분하여 주위 사람들에게 '여러분, 노(老)바흐가 도착했소' 하고 말하고는, — 자신의 플루트를 겸손하게 옆으로 치우고는 즉시 바흐를 부르러 사람을 보냈고, 그에게 여행복 차림 그대로 포츠담 궁전의 방마다 놓여 있는 피아노 앞에 다 앉아 보도록 하면서, 푸가를 위한 주제를 주고 경건하게 그의 연주에 귀를 기울였다는 사실에 모두들 놀라워하고 있었습니다.

그러나 다시 막달레나에게로 돌아간 세바스찬은, 라인켄 앞에서 즉흥 연주를 하는 동안 얼마나 행복한 선율이 그에게 떠올랐는지, 드레스덴의 대성당 오르간이 어떻게 만들어져 있는지, 프리드리히 왕이 있는 자리에서 음조가 맞지 않는 피아노의 음을 이명동음(異名同音)적* 조바꿈을 위해 어떻게 이용했는지를 그녀에게 이야기했을 따름이고, — 그러고는 그만이었습니다! 막달레나는 더 이상 묻지 않았고, 세바스찬은 곧바로 클라비코드 앞에 앉아 그녀와 함께 자신의 새 작품들을 연주하거나 노래했습니다. 이것이 이 부부의 일상적인 대화 방식이었고, 달리는 서로 대화를 나누지 않았습니다.

그의 삶의 모든 날들도 그랬습니다. 아침에는 작곡을 하고, 그런 다음에는 자신의 아들들, 그리고 다른 제자들에게 화성의 비밀을 설명하거나 교회에서 오르간 연주자의 직무를 수행하고, 저녁에는 클라비코드 앞에 앉아 그의 막달레나와 함께 노래하고 연주했으며, 평온하게 잠이 들고, 꿈속에서는 오직 음들만을 듣고 선율의 움직임만을 보았습니다. 휴식 시간에는 ad aperturam libri(아무런 사전 준비 없이) 새로운 음악을 시험해 보거나 번호를 붙인 베이스*에 따라 환상곡을 연주하면서 즐거워했고, 또는 삼중창을 들으면서 클라비코드 앞에 앉아 새로운 목소리를 덧붙이고, 그렇게 해서 삼중창을 진정한 사중창으로 변화시키곤 했습니다.

거듭되는 오르간 연주, 이 악기에 대한 끊임없는 사색은 바흐의 침착하고 조용하고 위엄 있는 성격을 더욱 발전시켰습니다. 이 성격은 그의 모든 삶, 혹은 더 정확히 말해서, 그의 음악 전체에 반영되고 있었습니다. 그의 초기 작품들에서는 그의 시대를 지배하는 취향에 바치는 어떤 공물 같은 것이 아직 눈에 띕니다. 그러나 그 후 바흐는 그를 일상의 삶의 생활에 묶어 놓는 이 먼지도 다 털어 내 버렸고, 그의 고요한 영혼은 그의 장엄한 선율, 그의 침착하고 열정에 동요되지 않는 표현들 속에 고스란히 새겨졌습니다. 한마디로, 그는 인간의 단계로 올라선 교회 오르간이 된 것입니다.

이미 여러분에게 말했지만, 영감은 그에게 폭발적으로 찾아들곤 하는 것이 아니었습니다. 그것은 조용한 불길처럼 그의 영혼 속에서 끊임없이 타오르고 있었습니다. 집에서 클라비코드 앞에 앉아 있을 때나, 제자들의 합창을 들을 때나, 친구들과 담소를 나눌 때나, 교회 오르간 앞에 앉아 있을 때나, — 그는 어디서나 예술의 신성함에 충실했고, 지상의 생각, 지상의 열정이 그의 음들 속으로 밀고 들어온 적은 한 번도 없었습니다. 음악이 이미 기도 이기를 그쳐 버렸고, 음악이 격렬한 열정의 표현이 되고 한가로운 오락이 되고 허영의 미끼가 된 지금, — 바흐의 음악이 차갑고 생기 없어 보이는 것은 바로 그 때문입니다. 우리는 이교의 장작더미 위에 오른 순교자들의 침착함을 이해하지 못하듯이, 바흐의 음악을 이해하지 못합니다. 우리는 그저 쉽게 이해되는 것, 우리의 나태함과 우리들 삶의 안락함에 가까운 것만을 찾습니다. 우리는 사상의 깊이 앞에서와 마찬가지로 감정의 깊이 앞에서 공포를 느낍니다. 우리 영혼의 내면으로 깊숙이 들어가서 자신의 추악함을 만나게 될 것이 두려운 겁니다. 죽음은 우리 가슴의 모든 움직임에 쇠사슬을 채워 놓았습니다. 우리는 삶을 두려워합니다! 말로써 표현될 수 없는 것을 두려워합니다. 그러나 말로써 무엇을 표현할 수 있을까요……? 자신의 음악적 환상의 발전 속에 침잠하여 바흐가 느끼던 방식도 그런 것이 아니었습니다. 그의 모든 영혼은 손가락으로 옮겨 갔습니다. 그의 손가락은 그의 의지에 순응하며 무수한 형상들로 그의 감정을 표현했습니다. 그러나 이 감정은 언제나 통일된 것이었고, 그것의 가장 단순한 표현은 단 몇 개의 음표로 이루어져 있었습니다. 기도의 감정만이 그렇게 통일된 것일 수 있겠지요. 비록 그것에 대한 은사(恩賜)가 사람들마다 다양하게 나타난다 해도 말입니다.

바흐의 손가락 아래서 울리는 오르간에 귀를 기울이고 있던 행복한 사람들이 느끼던 방식도 그런 것이 아니었습니다. 그들의 경건함이 변덕스럽고 요란한 장식에 의해 흐트러지는 일은 없었습니다. 처음엔 단순한 선율이 어린 가슴의 첫 느낌처럼 그렇게 단순하게 그 경건함을 표현했고, — 이어서 서서히 선율이 전개되고 성숙해 가면서 그것의 여운이 울리는 두 번째 선율을 낳고, 이어 세 번째 선율을 낳았습니다. 모든 선율이 서로 형제처럼 포옹

하며 하나로 합류하기도 했고 다양한 화음을 이루며 흩어지기도 했지만, 처음의 경건한 감정이 한순간이나마 사라져 버리는 일은 결코 없었습니다. 그것은 마침내 축복의 이슬이 되어 영혼의 모든 힘을 소생시키기 위해 가슴의 모든 움직임, 모든 미세한 굴곡을 건드리고 있었던 겁니다. 그 모든 다양한 형상들이 남김없이 소진되면 다시금 처음의 경건한 감정이 단순하지만 거대하고 충만한 화성으로 나타났고, 청중들은 생명과 사랑으로 일깨워지고 청신해진 영혼을 지니고 사원을 나섰습니다.

바흐의 전기 작가들은 지금은 잃어버리고 만 이 조화로운 비밀을 다음과 같이 묘사합니다. '예배를 올리는 동안' 하고 그들은 말합니다. '바흐는 하나의 주제를 택하여 두어 시간 계속되어도 좋을 정도로 그것을 오르간으로 능숙하게 변주할 줄 알았다. 처음에는 전주곡이나 서주에서 이 주제가 들리나, 이어 그것을 푸가 형식으로 변주하고, 그다음엔 여러 음전을 사용하여 같은 주제를 삼중주나 사중주로 변화시키곤 했다. 그러고 나면 서너 개의 성부로 나뉜 같은 주제가 다시 등장하는 성가가 뒤따르고 마침내 끝맺음으로 새로운 푸가가 이어지는데, 이것은 또다시 같은 주제를 갖긴 하지만, 다른 방식으로 변주되고 다른 두 개의 주제가 덧붙여진 것이었다. 이것이야말로 진정한 오르간 예술이라 할 것이다.'

이런 식으로 이 사람들은 음악가의 종교적인 영감을 자신들의 언어로 옮기고 있습니다!

어느 날 예배 때에 바흐는 경건함에 잠겨 오르간 앞에 앉아 있

었고, 그 자리에 모인 신도들의 합창이 거룩한 악기의 장엄한 화음과 어우러지고 있었습니다. 갑자기 오르간 연주자가 자기도 모르게 몸을 움찔하고 연주를 멈추는 것이었습니다. 잠시 뒤 그는 다시 연주를 시작했으나, 모두들 그가 흥분해 있고 끊임없이 뒤로 몸을 돌리며 불안한 호기심을 가지고 사람들을 쳐다본다는 것을 알아챘습니다. 노래를 부르는 동안 바흐는 전체적인 합창 속에 매우 아름답고 맑은, 그러나 그 속에 이상한 그 무엇이, 보통의 노래와는 비슷하지 않은 그 무엇이 있는 목소리가 섞여 있다는 것을 깨달았습니다. 종종 그 목소리는 고통의 외침처럼 세차게 흘러나오기도 하고, 유쾌한 무리의 돌발적인 환성처럼 날카롭게 울려 퍼지기도 하고, 영혼의 어두운 사막에서 터져 나오는 것처럼 울리기도 했습니다. — 한마디로, 그것은 경건함의 목소리도, 기도의 목소리도 아니었고, 거기엔 뭔가 유혹적인 것이 들어 있었습니다. 바흐의 숙련된 귀는 이 새로운 표현 방식을 대번에 알아차렸습니다. 그에게 그것은 어스름한 빛에 에워싸인 그림 위의 선명하고 눈부신 색채와도 같았으니까요. 그것은 전체적인 조화를 깨뜨리고 있었습니다. 이 새로운 표현은 경건함의 불길을 순결하지 못한 것으로 만들고 있었습니다. 정신의 날개 위에 가볍게 날아오르는 기도는 무거워졌습니다. 이 새로운 표현에는 비밀에 가득 찬 전체적인 고요와 평화에 대한 어떤 신랄한 조소가 들어 있었고, — 그것이 바흐를 혼란스럽게 했습니다. 그는 그것을 듣지 않으려고 애썼고 천둥소리 같은 화음을 통해 이 지상적인 파열음을 지워 버리려고 했지만, 허사였습니다. 열정적이고 병적인 목소리는 전체의 합창 위로 오만하게 치솟아 오르면서 모든 화음을 더럽히는 것만 같았습니다.

바흐가 집에 돌아왔을 때, 어떤 모르는 사나이가 자신은 외국인이고 음악가이며, 고명하신 바흐께 존경을 표하기 위해 왔다고 말하면서 그를 뒤따라 들어왔습니다. 그는 큰 키에 검고 한낮 같은 눈동자를 가진 젊은이였습니다. 독일의 관습과는 달리 그는 머리에 분을 뿌리고 있지 않았습니다. 그의 검은 곱슬머리는 어깨 위로 물결치면서, 끊임없이 표정이 바뀌는 거무스름하고 여윈 얼굴을 에워싸고 있었습니다. 그러나 얼굴의 전체적인 특징은 어쩐지 불안한 생각에 잠겨 있거나 혹은 방심한 듯한 인상이었습니다. 그의 시선은 끊임없이 한 대상에서 다른 대상으로 움직이고 있었고, 한곳에 머물러 있지 못했습니다. 그는 남의 주목을 두려워하는 듯했고, 괴로움에 지친, 약간 물기가 도는 눈에서 어두운 불처럼 타고 있는 자신의 열정도 두려워하는 듯했습니다.

— 저는 베네치아 태생으로 프란체스코라고 합니다 — 하고 젊은이가 말했습니다. — 영광스러운 체스티*의 후계자인 고명하신 수도원장 올리바*의 제자입니다.

— 체스티! — 바흐가 말했습니다. — 그의 음악을 알고 있소이다. 수도원장 올리바에 대해서도 그리 많이는 아니지만 들어 본 적이 있소.

모든 외국인들을 상냥하게 맞이하던 선량하고 순박한 바흐는 이 젊은이에게도 친절하게 대하면서 이탈리아의 음악 상황에 대해 이것저것 물어보던 끝에, 새로운 이탈리아 음악을 좋아하지 않았음에도 불구하고 마침내 프란체스코에게 그의 스승의 새로운 작품들을 알게 해 달라고 청했습니다.

프란체스코는 대담하게 클라비코드 앞에 앉아 노래를 시작했습니다. — 순간 세바스챤은 교회에서 그를 몹시 놀라게 했던 그 목소리를 금방 알아챘지만, 불편한 심기를 드러내지 않고 여느 때처럼 침착하고 선량한 마음으로 베네치아인의 노래를 들었습니다.

그때는 나중에 우리가 로시니와 그의 후계자들에게서 그 마지막 발전을 보게 되는 새로운 이탈리아 음악이 막 시작되던 시기였습니다. 카리시미,* 체스티, 카발리*는 자기 선배들의 이미 낡은 몇몇 형식들을 던져 버리고 노래에 어느 정도 자유를 주고자 했습니다. 그러나 이 재능 있는 사람들의 후계자들은 더 멀리 나아갔습니다. 이미 노래는 광란의 외침으로 변했고, 몇몇 대목에서는 이미 음악 자체를 위해서가 아니라 가수에게 자신의 목소리를 과시할 수 있는 기회를 주기 위해 음악적 장식을 덧붙이고 있었습니다. 창의력은 약해졌고, 경박스러운 콜로라투라와 트레몰로가 정교하게 다듬어진 충만한 화음을 대신했습니다. 바흐는 체스티와 카발리의 오페라에 대해서는 어느 정도 알고 있었으나, 프란체스코가 노래하는 새로운 방식은 아른슈타트의 오르간 연주가로서는 전혀 모르는 것이었습니다. 조용한 선율에 익숙하고 음표 하나하나에서 수학적인 필연성을 보는 데 익숙한 진중한 바흐가, 독일에는 알려져 있지도 않은 이탈리아식 표현 방식 덕분에 변덕스럽고 불안하기 짝이 없는 아주 특이한 성격을 갖게 된 음들이 폭포수처럼 쏟아지는 소리를 듣고 있는 모습을 상상해 보십시오. 베네치아인은 자기 스승이 작곡한 몇 곡의 아리아(이 단어는 당시에 이미 사용되고 있었습니다)를 부른 다음, 새로운 취향에 맞게 편곡된 민요풍의 칸초네를 몇 곡 불렀습니다. 성품이 온화한 바흐는 내내 참을성 있게 듣고 있다가 슬쩍 웃거나, 겸손한 척하며 자신은 결코 그런 작품을 쓸 수 없을 것이라고 말하는 게 고작이었지요.

그러나 막달레나에게 무슨 일이 일어난 것일까요? 왜 갑자기 그녀의 생기 있는 얼굴에서 핏기가 가신 것일까요? 왜 그녀는 꼼짝않고 이 낯선 사람에게 시선을 붙박고 있을까요? 왜 몸을 떨고 있을까요? 왜 두 손이 얼음장같이 차가워지고 눈에서 눈물이 흘러 내릴까요?

낯선 남자는 노래를 끝내고 바흐와 작별하면서 다시 한 번 방문할 수 있게 해 달라고 청했습니다. 막달레나는 반쯤 열린 문에 몸을 기댄 채, 여전히 꼼짝도 않고 서서 그의 말 한마디 한마디에 귀를 기울이고 있었습니다. 낯선 남자는 떠나면서 무심코 막달레나를 흘낏 쳐다보았고, 차가운 전율이 그녀의 온 신경을 스쳐 갔습니다.

손님이 완전히 사라지자, 바흐는 무슨 일이 일어났는지 전혀 알아채지 못한 채, 자신의 교만한 새 지인에 대해 막달레나와 농담을 좀 할 요량이었습니다. 그런데 갑자기 그는 막달레나가 클라비코드로 황급하게 달려가서 그녀의 기억에 남아 있는 낯선 남자의 그 선율, 그 표현을 되풀이하려고 애쓰는 것을 보게 됩니다. 처음에 세바스챤은 그녀가 베네치아인을 그저 비웃기 위해 흉내 내는 것이라 생각하고 웃음을 터뜨리려고 했습니다. 그러나 막달레나가 얼굴을 두 손으로 가린 채 외치자, 그는 놀라서 어쩔 줄 몰랐습니다.

'이게 음악이에요, 세바스챤! 이게 진정한 음악이에요! 난 이제야 음악을 이해하게 되었어요! 종종 나는 내 어머니가 나를 두 팔에 안고 흔들면서 불러 주던 선율들을 마치 꿈을 꾸듯 떠올리곤 했지만, — 그것들은 내 기억에서 사라지고 말았어요. 난 당신의 음악에서, 내가 매일 듣는 그 모든 음악에서 그것들을 찾으려 했지만, 헛일이었어요, — 헛일! 그 음악엔 뭔가가 빠져 있다고 느끼고 있었지만, 그걸 나 자신에게 설명할 수가 없었어요. 그건 자세한 것들은 잊힌 채, 달콤한 추억만을 내 마음속에 남겨 준 꿈과 같은 것이었어요. 이제야 난 당신의 음악에 무엇이 없는지 알게 됐어요. 난 내 어머니의 노래가 생각났어요……. 아아, 세바스챤!' — 그녀는 여느 때와는 다른 몸짓으로 세바스챤의 목에 매달리며 외쳤습니다. — '당신의 푸가, 당신의 카논은 모두 불 속에 던져 버려요. 이탈리아 칸초네를 써 줘요, 제발 부탁이에요.'

세바스챤은 〔정말로〕 막달레나가 〔그냥〕 미쳐 버린 거라고 생각했습니다. 그는 그녀를 안락의자에 앉힌 다음, 그녀가 무엇을 부탁하든, 다투지 않고 모든 것을 그러마 하고 약속했습니다.

낯선 남자는 몇 차례 더 우리의 오르간 연주가를 찾아왔습니다. 세바스챤은 그를 창밖으로 던져 버리고 싶었지만, 그가 올 때마다 막달레나가 기뻐하는 걸 보자 무뚝뚝하게 맞을 수가 없었습니다.

하지만 놀랍게도 세바스챤은 막달레나의 옷차림에 어딘지 멋을 부린 티가 나고, 그녀가 젊은 베네치아인에게서 거의 눈을 떼지 않고, 그의 가슴에서 튀어나오는 모든 소리를 탐욕스레 낚아채고 있다는 것을 눈치채지 않을 수 없었습니다. 20년 동안이나 아내와 완전히 평화롭고 화목하게 살아왔는데, 지금 아내가 거의 알지도 못하는 남자 때문에 자신이 갑자기 질투를 느낀다는 것이 세바스챤에게겐 이상하게 여겨졌습니다. 그러나 세바스챤은 불안했고, '목소리라는 것은 인간의 열정으로 가득 차 있다'라던 알브레히트의 말이 — 자신도 모르게 자꾸만 귓전에 맴돌았습니다.

불행하게도 바흐에겐 질투라는 말의 완전한 힘을 느낄 만한 이유가 있었습니다. 이탈리아의 피가 40년…… 40년 동안이나(!) 교육과 생활 방식, 습관에 의해 억눌려 있다가, — 고향의 소리에 갑자기 다시 깨어난 겁니다. 새롭고 풀리지 않는 수수께끼 같은 세계가 막달레나에게 열렸습니다. 오랫동안 의식되지 않은 채 오랫동안 그녀의 영혼 속에 웅크리고 있던 한낮의 열정이 불타는 젊음과도 같이 전(全)속력을 내면서 터져 나왔습니다. 열정의 괴로움은 자신의 아름다움이 이미 저물어 가는 때에 사랑을 알게 된 여자만이 맛볼 수 있는 괴로움에 의해 더욱 커졌습니다.

프란체스코는 자기가 막달레나에게 준 인상을 즉시 알아챘습니다. 유명한 오르간 연주가의 늙은 아내를 자신에게 반하게 만든다는 게 우습고도 재미있었고, 북방의 야만인들 속에서 한 여자의 관심을 그토록 강하게 불러일으킨다는 것이 그의 허영심을 간질였습니다. 독일 음악가들이 그의 음악 유파를 향해 퍼부었던 조소에 대해 복수하고, 그들의 가장 재능 있는 음악가의 집에서 고전주의 푸가의 명맥을 끊어 버릴 수 있다는 것도 그의 마음에 달콤하기만 했습니다. 막달레나가 넋을 잃고, 남편도, 한 가정의 어머니의 의무도 잊어버린 채, 클라비코드에 몸을 기대고 불타는 눈길로 그를 태워 버릴 듯 쳐다볼 때, — 조소적인 베네치아인은 그녀를 향해 그의 한낮 같은 유혹적인 눈빛을 아끼지 않았고, 이탈리아인들을 열광시키는 모든 멜로디, 모든 표현을 생각해 내려고 애썼습니다. — 그러면 불쌍한 막달레나는 삼각(三脚) 성단(聖壇) 위에 앉아 있는 델피의 여제사장처럼,* 자기도 모르게 온몸에 경련을 일으키며 거의 죽을 것만 같은 상태가 돼 버리는 것이었습니다.

마침내 이탈리아인은 이 코미디에 싫증이 났습니다. 그가 어찌 막달레나의 영혼을 이해할 수 있었겠습니까. — 그는 떠나 버렸습니다.

바흐는 기뻐서 어쩔 줄 몰랐습니다. 불쌍한 바흐! 비록 프란체스코는 막달레나를 훔쳐 가진 않았지만, 유순한 오르간 연주가의 조용한 보금자리에서 안식을 훔쳐 갔습니다. 바흐는 자신의 막달레나를 다시 알아보지 못했습니다. 전에는 그토록 활기차고 활동적이고 자신의 가정을 세심하게 돌보던 그녀가 — 지금은 몇 날 며칠씩이나 깊은 생각에 잠긴 채 손을 포개고 앉아 있고, 나지막이 프란체스코의 칸초네들을 부르고 있었습니다. — 바흐는 그녀를 위해 유쾌한 미뉴에트도 써 보고, 우울한 사라반드와 프랑스 스타일의(in stilo francese) 푸가도 써 보았지만, 소용없었습니다. 막달레나는 내키지 않는 듯 무관심하게 그것들을 듣고 있다가 말하는 것이었습니다. '멋지네요! 하지만 여전히 그건 아니에요!' — 바흐는 화를 내기 시작했습니다. 그때도 그의 음악을 이해하는 사람은 얼마 되지 않았습니다. 완전히 예술에 자신을 바친 그는 사람들의 의견에 큰 가치를 두지 않았고, 종종 편파적이기 쉬운 열렬한 애호가들의 찬사도 별로 믿지 않았습니다. 그는 지나가는 유행이 아니라 자기 자신의 깊은 감정 속에서 예술의 비밀을 이해하려고 노력했습니다. 하지만 그는 그의 음악적 삶에 막달레나가 관여하는 것에 익숙해져 있었습니다. 그녀의 격려는 달콤했고 자신감을 북돋아 주었습니다. 그녀의 무관심을 보아야 한다는 것, 자신의 삶의 목표와 모순되는 것을 보아야 한다는 것, — 그리고 그것을 다름 아닌 자기 가정의 조그만 울타리 안에서, 자기 아내에게서, 그 오랜 세월 동안 그와 똑같은 것을 느끼고 똑같은 것을 생각하고 똑같은 것을 노래해 온 바로 그 존재에게서 보아야 한다는 것, — 그것은 세바스찬에게 견딜 수 없는 것이었습니다.

이 모든 것에 다른 성가신 일들도 보태졌습니다. 막달레나는 집안일을 내팽개치다시피 했습니다. 바흐에게 그토록 익숙한 것이었던 집안의 질서는 깨어져 버렸습니다. 전에 그는 이 점에서 그토록 큰 평온을 누렸고, 막달레나가 그의 모든 습관, 생활의 모든 물질적인 것들을 보살펴 준다는 것을 알기에 자신의 일에 그토록 마음 놓고 몰두할 수 있었습니다. — 그러나 이제 세바스찬 스스로 이 모든 세세한 것들을 처리해야 했고, 나이 50에 자질구레한 것들을 배우고, 음악의 영감 속에서도 자신의 옷에 대해 생각해야 했습니다. 바흐는 화가 났습니다.

하지만 막달레나! 막달레나도 비록 다른 방식이긴 했으나 괴로워하고 있었습니다. 종종 그녀가 눈을 비비면서 자신의 의무를 떠올리거나 바흐의 악보를 펼치는 일이 있었습니다. — 하지만 그러자마자 프란체스코의 검은 눈동자가 그녀 앞에 다시 나타나고, 귓가에는 그의 열정적인 노래가 울려 퍼지는 것이었습니다. 그러면 막달레나는 매번 혐오감을 느끼면서 아무 열정도 없는 악보를 내던졌습니다. 때로 그녀의 괴로움은 미칠 듯한 정도에 이르렀습니다. 그녀는 모든 것을 잊고 자신의 집을 떠나 매혹적인 베네치아 남자의 뒤를 쫓아가서, 그의 발아래 쓰러져 자신의 사랑과 자신의 삶 전부를 바치고 싶었습니다. 그러나 그녀가 거울을 들여다보았을 때, — 그녀의 시절은 지나갔다고 너무나도 분명하게 막달레나에게 말하고 있는 마흔 살의 주름들을 거울은 태연히도 그녀에게 보여 주었습니다. — 그러면 막달레나는 눈물을 철철 흘리고 통곡을 하면서 침대에 몸을 던지거나, 남편에게 달려가 격렬하게 흥분하여 말하곤 했습니다. '세바스챤! 이탈리아 칸초네를 써 줘요! 당신은 정말 이탈리아 칸초네를 쓸 수 없나요?' 이 불행한 여인은 그렇게 함으로써 프란체스코를 향한 자신의 어긋난 사랑을 세바스챤에게 옮길 수 있으리라고 생각했던 거지요.

바흐는 그 말을 들으면서 실소를 금할 수 없었습니다. 그는 막달레나의 말을 여자의 변덕이라 여겼으니까요. 그리고 세바스챤이 여자의 변덕을 위해서 예술을 비하시키고 익살극의 수준으로 끌어내릴 수 있었겠습니까? 막달레나의 부탁은 우스꽝스러울 뿐만 아니라 모욕적으로 여겨졌습니다. 한번은 그녀의 성가신 부탁에서 벗어나기 위해, 그는 종잇장에다 나중에 훔멜에 의해 사용되는 그 유명한 주제를 적었습니다.*

그러나 그는 이 주제가 푸가로 만들기에 얼마나 적합한가를 금방 깨달았습니다. 사실 그때 그가 쓰고 있던 평균율 피아노곡집(Wohltemperiertes Klavier)에 C# 장조의 푸가가 필요하던 참이었으므로, 그는 음부 기호에 여섯 개의 올림표를 붙였고, — 그렇게 해서 이탈리아 칸초네는 교본을 위한 푸가로 바뀌었습니다.[48]

그러는 동안 시간이 흘러갔습니다. 막달레나는 세바스챤에게 더 이상 칸초네를 청하지 않게 되었고, 다시 집안일을 보살피기 시작했습니다. — 세바스챤도 안정을 되찾았지요. 그는 전처럼 자신의 예술을 완성하는 데 전념할 수 있었고, — 그가 삶에서 원하는 것은 오직 이것뿐이었습니다. 그는 막달레나의 변덕이 완전히 사라진 것이라 여겼고, 비록 그녀가 아주 드물게, 그것도 마지못해 그러듯이 그와 함께 악보를 검토하는 게 다였으나, 그는 마침내 그녀의 무관심에조차 익숙해졌습니다. 그는 그때 그 유명한 수난곡(Passionsmusik)을 쓰는 중이었고, 그 작품에 만족하고 있었습니다. 더는 아무것도 필요하지 않았습니다.

바로 그때 새로운 상황이 비록 착각에 의한 것이긴 하나 그의 가정적인 평온을 도와주게 되었습니다. 그의 시력은 계속되는 일에 혹사당해 이미 오래전부터 약해지기 시작해서, 마침내 저녁에는 더 이상 일을 할 수 없게 되었습니다. 마침내 세바스챤에겐 낮

48 세바스챤 바흐의 『평균율 피아노곡집』 제1권을 보라.

의 햇빛도 답답하게 되었고, 결국 그에겐 이 빛마저 사라지고 말았습니다. 세바스찬의 병은 막달레나의 마음을 얼마 동안이나마 흔들어 깨웠습니다. 그녀는 병든 장님을 세심하게 보살피고, 그가 구술하는 음악을 받아 적고, 그것을 연주하고, 그의 팔을 잡고 교회의 오르간으로 데려가 주었습니다. — 프란체스코의 기억은 그녀의 뇌리에서 완전히 지워진 듯 보였습니다.

하지만 그렇지 않았습니다. 막달레나의 마음속에 불타올랐던 감정은 재에 덮여 있을 뿐이었습니다. 그것은 겉으로 드러나지 않았지만, 그럴수록 더 강하게 그녀의 영혼 깊은 곳에서 계속 불타고 있었던 겁니다. 막달레나의 눈물은 메말라 버렸고, 매혹적인 베네치아 남자가 그녀에게 나타나곤 하던 시적인 환영도 날아가 버렸습니다. 더 이상 그의 노래를 부르는 것도 단념하고 말았습니다. 한마디로, 사랑의 괴로움을 감미롭게 해 주는 모든 아름다운 것들이 막달레나에게서 떠나 버린 것이지요. 그녀의 가슴속엔 쓰라림만 남았고, 자신은 절대로 행복해질 수 없으며 이 고통은 — 무덤 속에서나 끝날 수 있다는 확신만이 남았습니다. 그리고 이미 무덤은 그녀에게 가까이 오고 있었습니다. 무덤의 곰팡이 냄새가 막달레나의 장밋빛 얼굴과 풍만함을 앗아 가고, 그녀의 가슴속에 스며들고, 얼굴을 주름으로 뒤덮고, 그녀의 호흡을 삼켜 버리고 있었습니다…….

바흐는 막달레나가 이미 죽음의 침상에 누워 있을 때에야* 이 모든 것을 알아보았습니다.

이 상실은 세바스찬에게 자신의 불행보다도 더 큰 충격을 주었습니다. 눈물을 머금고 그는 장례식의 기도문을 썼고, 막달레나의 몸을 묘지까지 배웅했습니다.

세바스찬의 아들들은 영광스럽게도 독일의 여러 도시에서 오르간 연주자의 직무를 행하고 있었습니다. 어머니의 죽음은 온 가족을 한데 모이게 했습니다. 모두들 고명한 늙은 아버지에게로 와서, 그를 위로하고 음악과 이야기로 시름을 잊게 해 주려고 애썼습니다. 노인은 주의를 기울여 모든 것을 들으면서, 그의 습관대로 이 이야기들에서 예전의 삶과 예전의 그 아름다운 것들을 찾고 있었습니다. — 그러나 처음으로 그는 자신이 뭔가 다른 것을 원하고 있다는 것을 느껴야 했습니다. 그가 얼마나 괴로운지에 대해 누군가가 그에게 이야기해 주고, 쓸데없는 질문들을 하는 대신 그의 곁에 가만히 앉아 그의 상처에 손을 얹어 주길 원했습니다……. 하지만 그를 에워싸고 있는 사람들과 그 사이에는 이 현(絃)들이 없었습니다. 그들은 그에게 전 유럽이 그의 음악에 찬사를 보낸다는 이야기를 하고, 화음의 움직임에 대해 묻고, 악장 직의 여러 이익과 불이익에 대해 말했습니다……. 곧 바흐는 무서운 사실을 발견했습니다. 자신의 가족 속에서 그가 — 학생들 사이에 있는 교수에 불과하다는 것을 알게 된 겁니다. 그는 삶에서 모든 것을 찾아냈습니다. 예술의 기쁨, 명성, 숭배자들. — 다만 삶 그 자체만은 없었습니다. 그의 마음의 모든 움직임을 이해하고, 그가 바라는 모든 것을 먼저 알아보고 다가와 줄 존재, — 음악 이외의 것에 대해서도 함께 말할 수 있을 존재를 그는 발견하지 못한 것이지요. 그의 영혼의 절반은 죽은 시체였습니다!

세바스챤은 마음이 무거웠으나 아직 용기를 잃지는 않았습니다. 예술의 신성한 불꽃이 여전히 그의 가슴속에서 타고 있었고, 여전히 그를 위해 세계를 가득 채우고 있었습니다. — 그리고 바흐는 계속 학생들을 가르쳤고, 오르간 제작에 조언을 해 주었고, 교회 오르간 연주자의 직책을 맡고 있었습니다.

그러나 곧 바흐는 자신의 생각이 예전처럼 명료하지 않고 손가락이 약해지고 있다는 사실을 깨달았습니다. 전에는 쉽게 여겨졌던 것이 이젠 도저히 해낼 수 없이 어려웠습니다. 고르고 밝은 연주는 사라졌습니다. 그의 사지(四肢)는 휴식을 구하고 있었습니다.

종종 그는 자신을 오르간으로 데려가게 했습니다. 전처럼 자신의 의지력으로 손가락의 둔함을 이겨 내려 했고, 전처럼 천둥소리 같은 화성들로써 자신의 잠든 영감을 깨우려 했습니다. 그는 때로 희열에 휩싸여 어린 시절의 환영을 떠올렸습니다. 이제 그것은 그에게 완전히 분명해졌고, 이제야 그는 그 비밀에 찬 형상들을 완전히 이해했습니다. — 그리고 갑자기 저도 모르게 그는 막달레나의 목소리를 기다리고 찾기 시작했습니다. 하지만 헛된 일이었습니다. 베네치아인의 순수하지 않은 유혹적인 선율만이 그의 상상을 스쳐 갔습니다. — 둥근 천장 깊숙한 곳에서 막달레나의 목소리가 그 선율을 반복하고 있었습니다. — 바흐는 의식을 잃고 힘없이 쓰러졌습니다…….

곧 바흐는 안락의자에서 더 이상 일어서지 못하게 되었습니다. 영원한 암흑에 에워싸여 그는 팔짱을 끼고 고개를 떨군 채 앉아 있었습니다, — 사랑도 없이, 기억도 없이……. 끊임없는 영감에 마치 삶처럼 익숙해져 있던 그는 — 아편에 길들여진 사람이 천상의 음료를 갈망하듯이, 또다시 그 은혜로운 이슬을 기다렸습니다. 그의 상상력은 애타게 음들을 찾고 있었습니다. 그것은 그에게 그의 영혼의 삶, 우주의 삶을 이해할 수 있게 해 주던 유일한 언어였으니까요. — 그러나 허사였습니다. 노쇠한 그의 상상력은 건반과 파이프, 공기 조절판을 그에게 그려 줄 뿐, 생명 없이 죽어 있는 그것들은 이미 아무런 공감도 일으키지 못했습니다. 그것들 위로 무지개와도 같은 빛을 쏟아 내던 마법의 등불은 영원히 꺼져 버렸습니다……!”

제9야

저녁 해가 장엄한 강 위에서 불타고 있었다. 선홍색의 구름 조각들이 푸르스름한 하늘에 흩어지면서, 태양을 향한 쪽은 밝게 빛나고 다른 쪽은 안개 속에 사라지고 있었다. — 파우스트는 창가에 앉아, 오래된 책장을 넘기기도 하고, 넘실대는 강물의 검붉은 반사광이 방의 벽을 따라 퍼지면서 그림과 조각상과 살아 있지 않은 모든 대상들에게 생명의 떨림을 안겨다 주는 모습을 바라보았다. 우리의 철학자는 여느 때보다 더 깊이 생각에 잠겨 있었다. 그를 에워싸고 있는 젊은이들에게 수수께끼를 낼 때 — 그들이 반박하며 내놓는 분분한 생각들은 이 선량한 기인이 지니고 있는 듯이 보이는 조용한 확신과는 거의 닮은 데가 없었다 — 그의 얼굴에 늘 떠올라 있던 악의 없는 조소는 이미 사라지고 없었다. 이 순간 파우스트는 농담을 할 기분이 아니었다. 그의 명상은 진지하고 우울해 보였다. 자신의 오래된 책장을 넘길 때면 명료한 빛이 다시금 그의 시선에 되돌아왔으나, 읽은 것들의 의미를 영혼의 내면에 한데 모으기를 바라는 듯 눈을 책에서 떼자마자 — 우울한 표정이 또다시 철학자의 얼굴에 나타났다.

문이 열렸다. 늘 산만하고 늘 현재의 순간에서 먼 어딘가에 있는 젊은 로스치슬라프가 들어왔다.

로스치슬라프. 오늘 여기로 오려고 하던 중에, 자네의 그 수고(手稿)와 뒤얽혀 뒤범벅이 되었던 우리의 마지막 대화들이 모두 머리에 다시 떠올랐네……. 이 무슨 백과사전인가! 건드리지 않은 문제가 없더군……!

파우스트. 그리고 어떤 문제를 해결했나, 자넨 이렇게 말하고 싶은 거겠지…….

로스치슬라프. 바로 그래! 누가 우리의 말을 엿듣고 기록을 했다면…… 사람들이 우리에 대해 뭐라고 생각하겠나…….

파우스트. 생각하는 사람들이라면 우리의 대화가 적어도 — 거짓을 담고 있지는 않다고 얘기하겠지. 현학자들은 대화란 오로지 논리적으로 전개된 드라마 형식의 학위 논문이어야만 한다고 우리에게 아주 믿을 만하게 증명할 테고…….

로스치슬라프. 하지만 우리가 실제로 매일 저녁 어떤 한 가지 대상을 선택해서, 누가 누구 뒤에 말할 것인지 순서를 정하고, 한 대상의 모든 세부적인 것들까지 다 살펴보기 전에는 절대로 그 대상에서 벗어나지 않기로 규칙을 정했더라면 어땠을까……?

파우스트. 그렇다면 우린 완전하고 조화로운 철학 체계를 요구했겠지. — 그러려면 아마도 그럴 권리를 가져야만 할 테지만, 난 그 권리를 아직은 우리에게 인정할 수 없네. 내가 보기에, 우리는 모호하고 불완전한 정보만을 가지고 한밤중에 낯선 땅에 들어선 나그네들과도 같아. 그들은 그 땅에서 살아야만 하고, 때문에 그 땅을 연구해야 돼. 그러나 이 탐색의 순간에 모든 체계론은 그들의 능력을 넘어서는 어떤 것이고, — 따라서 오류의 근원이 될 걸세. 그들이 이 나라에 대해 알고 있는 것은 그들이 그것을 모른다는 게 전부라네. 이 순간 그들을 도와줄 수 있는 건 오히려 자연 발생적이고 무의식적이고 본능적인 — 그리고 어느 만큼은 시적인 추측이지. 이 순간 무엇보다 중요한 것은 — 의지의 진정성이야. 나중에 그들은 아마도 자신의 오류를 알아차리게 되고, 자신의 추측들을 평가하게 되고, 어쩌면 그것들 중의 하나에 그들이 찾는 진실이 숨어 있다는 것 또한 발견하게 되겠지. 그러나 그때가 되기도 전에 체계론에 복종하게 되면, — 나그네들은 그들 자신의 말의 노예가 되고 배우가 되고 마네.* 대화는 모든 진정성을 잃어버리고, 이렇게 말해도 괜찮다면, 모든 유익함을 잃어버리게 되는 걸세. 대화는 무대로 변하고, 그 위에서 그들은 제각기 다른 사람의 말에 의해 자신의 마음속에 저도 모르게 무의식적으로 일깨워진 것을 말하는 게 아니라, 무슨 수를 써서라도 자신의 말이 반박당하는 것을 미리 막기 위해 언제나 다소 막연한 말들을 교묘하게 엮어 가며 자신의 생각에 가장 우아한 형태를 부여하려고 애쓰지. 우리도 마찬가지라네! 아무렴. 뿐만 아니라, 지금 막 내 머리에 떠오른 또 다른 적잖은 어려움이 있네. 보통 모든 철학서의 첫 절에는 '통일'이니 '대상'이니 하는 단어들이 나오지, 누구에게나 완전히 알려져 있고 이해되는 것들인 양 말일세. 그런데 고백하지만, 바로 그것들이 날 멈춰 서게 한다네. **통일**이라는 말보다 더 막연한 게 무엇이 있을까? **대상**이라는 말보다 더 요령부득인 것이 있을까? 이 두 단어의 결합은 내게는 전혀 이해되지 않는 무엇을 만들어 내네…….

로스치슬라프. 뭐가 어렵다는 건지, 난 그게 이해가 안 가는군. 나무란 무엇인가에 대해 정의하는 것을 우리가 대상으로 택해서…… 돌, 동물, 예술 등등을 건드리지 않고 이 문제에 매달리게 된다고 가정하세…….

파우스트. 헛된 꿈이지! 대체 어디서 시작해야, 선택한 대상에서 단 한 발짝도 멀어지는 일이 없을 거라는 말인가? 어떤 사람이 나무의 생명에 대해 말하기 시작해. 사람들은 그에게 그가 대상에서 멀어지고 있다고 반박하겠지. 나무의 생명은 이 대상의 한 가지 현상에 불과하고, 생명이라는 말을 어떻게 이해해야 할지 그것부터 먼저 정의해야만 하니까. 그러자 다른 사람이 나무의 각 부분들에 대한 기술로부터 바로 시작하자고 제안해. 여기서 새로운 문제들이 나타나지. 영양 섭취 기관인 뿌리부터 시작할 것인가? 호흡 기관인 잎에서 시작할 것인가? 한 사람은 우리의 감각에 맨 먼저 인상을 던져 주는 외피인 나무껍질부터 시작해야 한다고 주장하고 나서지. 다른 사람은 나무의 중심 부분인 고갱이에서 시작해야 한다고 마찬가지로 확고하게 증언한다네. 그러면 의문이 생겨나지. 중심 부분이란 무엇이며, 그것이 나무에 존재하는가? 사람들은 이 논쟁을 끝내기 위해 부정의 방법을 쓸 것을, 즉, 나무는 어째서 돌이 아니고 동물이 아닌가 하는 것부터 맨 먼저 제시할 것을 제안하게 되네. 그러나 여기서 자연스럽게 이런 질문이 나와. 돌이란 무엇인가? 동물이란 무엇인가? 매번 새로운 대상이 나올 때마다 나무의 경우와 똑같은 이야기가 반복되고…… 나무에 대해 말하려면 무엇으로 시작해야 하는지를 정의하기에는 수 세기의 시간도, 수백만 명의 삶도 충분치 않을 걸세. 왜냐면 이 문제에는 모든 학문이, 자연 전체가 들어가게 되니까……. 그렇기 때문에 수 세기 동안 인류에게서 일어나고 있는 모든 논쟁은 무엇에서 시작할 것인가 하는 하나의 동일한 질문, 혹은 좀 더 정확하게 말해서, 다음과 같은 더욱 높은 다른 질문으로 귀결되지. 시작이란 무엇인가? 지식이란 무엇인가? 그리고 궁극적으로, 지식이란 것이 가능한가? — 이 질문이 철학이라 부르는 학문의 한계라네…….

로스치슬라프. 그렇다 해도…… 우리가 이 문제 앞에서 두려워해야 할까, 반평생을 이 무섭지만 기쁨을 주는 학문에 대한 노력으로 보낸 우리가.

파우스트. 동의하네. 우리는 바로 그것을 하고 있다고 생각되네. 그러나 다른 모든 학문과 마찬가지로 이 학문에 있어서도 정연한 논리적 형식이라고 부르는 것이 가능할까, — 이건 또 다른 질문이네만.

로스치슬라프. 그러니까 자네는 사유의 논리적 구성 가능성에 동의하지 않는 건가?

파우스트. 아직도 나는 사람들이 서로 말을 나누면서 서로를 완전히 이해한다는 데 동의하지 않아……. **나에게** 이 확신의 근거가 되는 원칙들에 대해 여기서 검토에 들어갈 순 없지만, 다른 길로도 거기에 이를 수 있다고 생각되는군. 시도해 보겠네. 콩디야크*는 좋았지. 그에겐 모든 철학이 **판단의 기술**에 있었으니까. 그런데 그는 이 한 가지만큼은 잊고 있었어. 그건 바보들과 미치광이들도 때로는 아주 논리적인 판단을 한다는 것이지. 다만 그들이 자기 자신에게 논리적으로 증명할 수 없는 것이 꼭 하나 있네. 미치광이는 자기가 미쳤다는 것을, 바보는 자기가 바보라는 것을 스스로에게 증명할 수 없어. — 유감스럽게도 나는, 우리들 각자가 자신이 실제로 건전한 사고력을 지니고 있다는 것을, 이를테면 부분을 전체로, 전체를 부분으로 간주하거나, 또는 자기가 폭풍이 몰아치는 날씨에 영원히 배 위에 있다고 여기고는 방 안을 서성이면서도 벽에 꽉 달라붙어 있는 괴짜와 꼭 마찬가지로, 움직임을 정지로, 정지를 움직임으로 간주하지 않는다는 것을 스스로에게 어떻게 증명할 수 있는지 모르겠군. 이 증명의 방법이 발견되지 않는 한, 그때까지는 내가 보기에 모든 대화, 모든 말은 우리 자신이 빠져들고 다른 사람들까지 끌어들이는 기만이야. 우리는 실제로는 완전히 서로 다른 대상들에 대해 말하면서도, 한 가지 대상에 대해 말하고 있다고 생각하거든…….

로스치슬라프. 하지만 그렇다면 두 사람이 어떤 것에 대해 동의할 수 있는 가능성은 절대로 없어야 할 텐데, 실제로는 그런 일이 있지 않나…….

파우스트. 아주 드문 경우지. 또 설령 그런 일이 일어난다 해도, 논리와는 거리가 먼 완전히 다른 과정을 통해서라네. 두 사람이 진리를 서로 일치되게 믿을 수 있고, 혹은 또 **느낄** 수도 있다고 말해도 좋아. 하지만 그 진리에 대해 서로 일치되게 **생각한다**는 건 절대로 있을 수 없고, 자신들의 동의를 말로써 표현한다는 건 더더구나 불가능한 일이지. 아주 단순한 예를 들어 자네에게 이것을 설명하겠네. 금속이 무엇인지 우리 중에 모르는 사람이 누가 있겠나? 누구나, 심지어 광물학이나 화학을 배운 적이 없을지라도, 사람들이 "어떠어떠한 물질이 금속이다"라고 말할 때 그게 뭘 두고 하는 말인지는 다들 아네. 아주 오래된 화학 책에는 금속이 무엇이고 그것이 다른 광물들과 어떻게 구별되는가에 대해 대단히 자세한 정의들이 나와 있었지. 그러나 현대의 화학자들은 금속이 무엇인가에 대한 정의를 단념해야만 했네. 그리고 실제로 그건 불가능해. 금속은 무엇에 의해 다른 물질들과 구별되지? 경도에 의해? — 하지만 다이아몬드는 금속보다 더 단단해. 쉽게 단련될 수 있는 성질에 의해? — 그렇다면 수은은 어떡하고? 원소라는 점에 의해? 그러나 원소는 쉰 가지도 넘네. 광채에 의해? 하지만 유황과 운모도 어떤 상태에서는 금속의 광채를 지니지. 그리고 마침내, 결합 상태에서 금속의 모든 성질을 지니지만 아무도 눈으로 본 적이 없는 물질이 발견됨으로써 이 불행은 완벽하게 되었네. 화학은 이 물질을 추출해 낼 수 없어. 이 물질은 거의 존재하지도 않

아. — 그건 알다시피, **암모늄**이라는 금속이야. 그런데도 우리는 금속에 대해 말할 때 서로를 잘 이해하고, 이 물질을 다른 것들과 혼동하지도 않지. 이것은 대체 무엇을 뜻할까? 그건 우리가 어떤 주어진 말에다 말로써는 나타낼 수 없는 **그 어떤** 개념, 즉 외부의 대상에 의해 우리에게 알려지는 게 아니라 우리의 정신으로부터 자연 발생적으로, 무조건적으로 나오는 개념을 덧붙인다는 거라네. 나는 단순한 대상을 나타내는 단순한 말 하나를 예로 들었네. 그러니 추상적인 개념들에 대해, 천 가지나 될 다른 개념을 내포하는 개념들, 이를테면 도덕 개념에 대해 말할 때는 우리의 말에 대체 무슨 일이 일어나게끔 되어 있겠는가. 그야말로 바빌론과 같은 언어 혼란이지! 우리는 말로써 말하는 게 아니라, 말 바깥에 존재하는 그 무엇으로 말한다는 나의 확신은 부분적으로는 여기에 연유하네. 그것에 대해 말은, 항상 그렇다는 건 아니지만, 때로는 우리를 사유로 이끌고, 우리에게 **추측을 하도록 하고, 우리의 마음속에 우리의 생각을 일깨우는**, 하지만 결코 그 생각을 표현하지는 않는 수수께끼일 따름이야. 그래서 우리가 어떤 개념에 대해 더 자세히 말하려고 할수록, 우리는 더 많은 단어나 불확실한 기호를 사용해야만 하네. 요컨대, 더 분명하게, 즉 더 구체적으로 우리의 생각을 나타내려고 할수록, 그 생각은 그만큼 더 확실성을 잃게 되지. "내가 아는 모든 것은 — 내가 아무것도 모른다는 것이다"라고 소크라테스가 말한 것도 아마 이런 의미에서이지, 흔히들 생각하듯 정신적인 의미에서가 결코 아닐 걸세. 왜냐하면 내면의 말은 어느 정도 서로 교감하고 있는 사람들에게선 언제나 이해될 수 있는 것이니까. 소크라테스도 그 점을 확신하고 있었어. — 그가 결코 침묵하지 않았다는 것이 그 증거지. 서로를 이해하기 위한 한 가지 조건은 솔직하게, 완전히 진심에서 말해야 한다는 거라

네. 그럴 경우 모든 말은 자신의 보다 높은 원천으로부터 명확함을 얻게 돼. 두세 사람이 **진심으로부터** 말을 할 때, 그들은 자신의 말이 더 완전하든 덜 완전하든 간에 그와 같은 말의 완전함에서 멈추지 않는다네. 그들 사이에는 내적인 조화가 생겨나서 한 사람의 내적인 힘이 다른 사람의 내적인 힘을 일깨우고, 그들의 결합은 마치 자력의 과정 속에 일어나는 유기체들의 결합처럼 그들의 힘을 고양시키지. 그들은 함께 다정하게, 잴 수 없는 속도로 여러 개념의 세계를 몇 개나 지나, 내적인 일치 속에서 자신들이 찾던 진리에 이르게 되는 것일세. 이 여행을 말로써 표현하려 한다면, 말은 자신의 불완전함 때문에 겨우 그 양 끝, 출발점과 정지점만을 간신히 나타내겠지. 그 둘을 이어 주는 내적인 맥락은 말로써는 접근할 수 없어. 때문에 활기 차고 숨김없고 솔직한 대화에는 논리적인 연결이 없는 것처럼 보이지만, 대신 인간의 내적인 힘의 이 조화로운 만남에서만, 괴테가 지나가는 말로 언급한 바 있듯,[49] 뜻밖에도 가장 심오한 관찰이 생겨나는 거라네. 이 조화로운 과정을 말로 설명하는 것은 금속이란 무엇인가에 대한 설명보다 훨씬 어려운 일일세. 흔히들 이 과정에 아무런 주의도 기울이지 않지만, 이건 너무도 중요한 것이어서 이 과정에 대한 선행 연구가 없이는 — 말로써 표현된 어떤 철학적 개념도 수천 가지의 자의적인 의미를 가질 수 있는 단순한 소리에 지나지 않게 되지. 요컨대, **사고의 표현 과정**에 대한 선행 연구 없이는 — 어떤 철학도 불가능해.* 왜냐하면 벌써 첫 단계에서부터 철학은 이 과정을 이용해야 하니까. 그런데 이 과정과 어느 정도 동일한 현상들은 매일같이 우리 눈앞에 주어진다네. 가장 간단한 예를 하나 들어 보기로 하

49 『빌헬름 마이스터의 수업 시대』.

세. 누군가를 확신시키는 가장 좋은 방법은 논리가 아니라 이른바 도덕적인 감화라는 것을 누가 모르겠나. 바로 이로부터, 즉석에서 말해지는 말과 문자로써 읽히는 말의 차이가 비롯되고, 바로 그 때문에 경험 많은 사령관이 말한 "진격!"이라는 단순한 말 한마디가 병사들에게 가장 훌륭한 학위 논문보다 더 강력하게 작용하는 거지. 바로 여기에서, 이를테면 글로 읽을 때면 — 과장된 단어의 나열에 불과한 나폴레옹 연설이 낳는 놀라운 효과가 나오는 것이고, 궁극적으로는 바로 여기에 정답고 솔직한 담소의 매력과, 격식에 얽매인 대화의 참을 수 없는 지루함이 있는 거라네.

로스치슬라프. 자넨 알고 있나, 자신의 말로써 모든 학문, 모든 연구의 가능성을 말살하고 있다는 걸?

파우스트. 아니, 나는 회의론과 교조주의가 학문의 발아래 던지는 돌 앞에서 학문을 구해 주고 있네. 하긴 그건 내가 시작한 일이 아니지. 금세기의 첫해에 쉘링은 막 시작된 젊은 세기의 과제로 하나의 심오한 사상을 던졌다네. 그것을 완성시킴으로써 이 세기에 개성적인 인장을 찍어 주게 되고, 세계의 모든 세기들 가운데 이 세기가 갖는 내적인 의미를 온갖 가능한 증기 기관, 나사, 바퀴, 그리고 다른 산업적 장난감보다도 훨씬 더 진실되게 표현해 줄 것이 틀림없는 그런 과제로서 말일세. 쉘링은 무조건적이고 자주적이고 자유로운 영혼의 자기 관조를 — 예컨대 수학적이고 이미 **구성된** 형상들에 종속되는 영혼의 관조와 구별했다네. 그는 내적인 감정을 — 모든 철학의 기초로 인정했고, 영혼이 자기 자신을 향함으로써 대상이자 동시에 관찰자가 될 때의 앎, — 우리 영혼의 이 행위에 대한 앎을 — 최초의 앎이라 불렀지.[50] 한마디로, 그는

---

50 쉘링 자신의 말을 여기에 인용한다. "선험 철학의 유일한 대상은 **내적 감각**이며, 그것의 대상은 결코 수학에서와 같은 외적 관조의 대상일 수 없다. — 수학의 대상 역시 철학의 대상과 마

도저히 논박할 수 없는 가장 명백한 현상 위에 내딛는 학문의 가장 힘든 첫걸음을 확고하게 했고, 그럼으로써 그는 학문의 시작을 실제적 사실이 아니라 헤겔주의처럼* 이를테면 **순수한** 관념, **추상의 추상**에 두는 모든 인위적 체계[51]의 길에 영원한 장애물을 설치한 거라네, 마치 예감에 이끌리기라도 한 듯 말일세.

내가 틀린 건지는 모르지만, 위대한 사상가는 자신의 위대한 사상을 말하면서 내 확신에 따르면 인류의 삶에서 그토록 중요한 역할을 행하는, 생각과 말 사이의 이 불일치를 생생하게 느꼈으리라고 여겨지네. 그는 이렇게 말하고 있어. "철학이 이해될 수 없다고 비난받는 것은 철학 자체가 실제로 이해될 수 없는 것이어서가 아니라, 그것이 이해될 수 있는 기관이 누구에게나 주어져 있지는 않기 때문이다."[52] 만약 그렇다면, 우리가 생각을 표현하기 위해 사용하는 말은 무엇을 의미할까? 한 사람에겐 분명하고, 다른 사람에겐 이해가 덜 가고, 또 다른 사람에겐 전혀 이해가 안 되는 — 가변적인 형식에 불과하지 않은가!

로스치슬라프. 좋아! 철학의 최고 명제와 관련된 것에서는 자네에게 동의해. 그러나 다른 종속적인 학문들은…….

파우스트. 철학은 학문 중의 학문이지. 그것의 기본 명제는 말로

찬가지로, 지식의 바깥에 있다고는 할 수 없다. 수학의 모든 존재는 관조에 근거한다. 수학은 오로지 관조 속에서만 존재하나, 그것은 **외적인** 관조다. 그런 까닭에 수학자는 자기 관조(구성의 행위)가 아니라 이미 구성되어 있는 것, 언제나 외면으로 나타날 수 있는 것만을 다루는 데 비해, 철학은 오로지 구성 행위 그 자체, 절대적으로 **내적인** 것인 행위만을 탐구한다.
더 나아가, 선험 철학의 대상은 그것이 자주적이고 자유로운 산물일 때에만 존재한다. — 수학적 형상의 외적인 관조를 강요할 수 있듯, 이 대상들의 내적인 관조를 강요할 수는 없다. 수학적 형상의 실재성이 외적인 감각에 근거하는 것과 마찬가지로, 철학적 개념의 실재성은 내적인 지각에 근거한다."* 『선험적 관념론의 체계(*System des transcendentalen Idealismus*)』, § 4, Tübingen, 1800.

51 헤겔의 『철학 백과전서 개요(*Encyklopädie der philosophschen Wissenschaften im Grundrisse*)』, § 19, § 24(튀빙겐, 1827)을 보라.

52 쉘링, 『선험적 관념론의 체계』, 51쪽.

써는 완전히 표현될 수 없네. 설령 말이 아무리 완전하다 해도, 말과 생각 사이에는 쉘링이 말하는 철학적 기관에 따라 달라지는 최소한(minimum)의 차이가 언제나 있게 마련이니까. 이 최소한의 차이를 제로로 만드는 것, — 그것이 지금 이 순간 철학에 주어진 최고의 과제라네. 이 과제를 해결할 때까지는, 어떤 명제를 출발 명제로 삼든 간에(그리고 그 명제가 높은 단계의 것일수록 그만큼 일은 더 어려워지지), 그것들은 말을 통해 가면서 인간의 머릿수만큼이나 많은 의미를 가지게 될 걸세……. 이 명제가 인간 지식의 어떤 개별 부문에 적용되면, 그 부문에까지 자신의 가변적이고 불안정한 성격을 가지고 들어오지. 그로 인해 이 개별 부문의 논리적인 구성은 사용된 말의 흔들리는 의미에 기초한, 거짓되고 기만적인 것이 되고 말아…….

로스치슬라프. 그러니까 다시 한 번 말하지만, 자네 생각에 따르면, 어떤 학문도, 어떤 지식도 불가능하다는 거로군…….

파우스트. 천만에! 만약 내가 그렇게 말한다면, 사실에 맞서 반론을 펴는 셈이 되겠지. 모든 지식은 가능하네. — 왜냐하면 최초의 지식, 즉 자기 관조 행위에 대한 지식이 가능하니까. 그러나 이 지식이 내적이고, 본능적이고, 밖으로부터가 아니라 영혼의 고유한 본질로부터 태어난 것이듯, — 인간의 모든 지식도 그런 것이어야만 하네. 그래서 나는 학자들에 의해 인위적으로 구성된 학문의 존재 가능성을 인정하지 않아. 철학이니, 역사학이니, 화학이니, 물리학이니 하고 불리는 학문을 나는 이해할 수가 없네……. 이것들은 인간의 영혼 속에 살고 있고 인간의 철학적인 기관, 혹은 달리 말해, 인간의 정신적 본질에 따라 다른 모습의 것일 수밖에 없는 형태를 가진 하나의 동일한 학문, 하나의 조화로운 유기체의 단편적이고 기형적인 부분에 불과하니까. 여러 다양한 명칭 아래 존재하는 모든 학문들 역시 이 학문 속에서 하나로 결합해야만 한다네. 마치 육체의 유기체 속에 단지 화학적인 형태, 단지 수학적인 형태 등등만이 있는 것이 아니라, 자연의 모든 형태가 하나로 결합해 있는 것과도 같이 말일세. 요컨대, 모든 인간은 제각기 자신의 개성적인 정신의 본질로부터 자신의 학문을 형성해야만 해. 따라서 진정한 연구는 이런저런 지식의 논리적 구성에 있어서는 안 되네. (그것은 겉치레이고 기억을 위한 보조 수단일 뿐, — 설령 보조 수단이라 해도 그 이상은 아니라네.) 연구의 본질은 정신의 지속적인 **통합**, 정신의 고양, — 달리 말해, 정신의 자주적인 활동의 확대에 있어야만 해. 이 고양이 어느 정도로, 어떤 방식으로 가능하며, 지식의 무한한 왕국 전체에 어떤 방식으로 빛을 비추어 줄 수 있는가 하는 것은 — 중요한 문제이지만, 나는 지금 그것에 대해 완전한 대답을 줄 수는 없네. 다만 그것의 몇몇 개별적인 해결을 제시해 보겠네.[53] 그러니까 예컨대 내게는 이 활동이 이런저런 사실이나 이런저런 삼단 논법에 의해 일깨워지는 게 아니라는 것이 확실해. 삼단 논법으로는 증명할 수는 있어도 확신시킬 수는 없으니까. 그러나 이 활동은 무엇보다도 **미적인** 길을 통해, 즉 셸링이 말하듯이 "저도 모르게, 심지어는 의지에 반해 대상을 인식과 결합시키는 이해할 수 없는 원칙에 의해"[54] 일깨워질 수 있네. 미적인 활동은 사유의 인위적이고 논리적인 구성을 통해서가 아니라, **직접적으로** 영혼에 스며들지. 미적 활동의 조건은 **영감**이라

53 〔가장 단순한 의미에서 분화는 다각형에서 원으로 가는 길이며, 통합은 — 원에서 다각형으로 가는 길이다. 파우스트가 이 표현들을 사용한 데는 까닭이 있었다. 신비주의에서 모든 감각적인 것은 원에 의해 표현되며, 정신적인 것은 — 직선과, 그리고 신비주의 서적에서 대단히 중요한 역할이 주어지는 삼각형의 출현 형식을 갖는 숫자 1에 의해 표현된다. 카발라 신비 철학, 특히 생마르탱에게서 항상 만나게 되는 숫자인 6과 9의 의미는 여기에 연유한다. 여섯 ♂은 원에 대한 1의 승리, 감각적인 원칙의 파괴이고, 아홉 ♀은 정신적 원칙에 대한 감각적 원칙의 승리 — 정신적 원칙의 파괴를 의미한다.〕

54 같은 책, 457쪽.

고 불리는 특별한 상태야. ― 이 상태는 그것에 대한 기관을 가진 사람에게만 이해될 수 있는 것이지만, 그러나 보다 낮은 단계의 이 기관만을 가진 사람들에게도 작용하는, 설명하기 어려운 특권을 지닌 상태라네. 보다 낮은 단계는 이 경이로운 정신적 과정의 보다 높은 단계의 존재를 전제로 하지. ― 그리고 쉘링은…….

(뱌체슬라프와 빅토르가 들어온다.)

뱌체슬라프. 그렇군! 쉘링에 대해 논하고 있구먼! 축하하네, 여보게들, 처음부터 다시 배우게나. 쉘링은 자신의 체계를 완전히 바꿔 버렸으니까.

파우스트. (로스치슬라프에게) 내 말이 옳지 않나? 인간의 언어는 생각의 배반자이고, 우린 서로를 이해하지 못한다고. 그래, 쉘링이 자신의 사상을 완전히 바꾸었다, 그거 아닌가? 그런데 자넨 그걸 믿나?

빅토르. 모든 잡지에서, 심지어 자네들의 철학적인…….

파우스트. 알아! 알아! ― 남의 실수라면 좋아 죽는 사람들이 있지. 호화 장정본의 오식, 뛰어난 음악가의 틀린 음표 하나, 능란한 작가의 문법적인 오류 하나에도 그들은 기뻐 날뛰거든. 실수가 없으면, 그들은 선량한 마음에서 그래도 무슨 실수가 있을 거라고 추측하고, ― 그러면서 더 고소해하지. 진정하게나, 여보게들. 우리 세기의 위대한 사상가는 자신의 이론을 바꾸지 않았네. 단지 말이 자네들을 기만한 것일세. 말은 갑판 위에 선 사람의 손안에서 흔들리고 있는 해상 망원경과도 비슷하니까. 이 망원경은 어떤 제한된 시야를 눈에 제공하지만, 그 속에서 대상들은 눈의 위치에 따라 끊임없이 바뀐다네. 사람들은 그것으로 많은 것을 보지만 어느 것 하나도 분명하게 보지 못하지. 유감스럽게도 우리의 말은 이 광학 기구보다도 더 고약한 상황이라네. ― 그걸 받쳐 둘 만한 것도 없으니까 말일세! 생각이 말의 초점 아래로 미끄러져 내리거든! 사상가는 이것을 말했는데, — 듣는 사람에겐 뭔가 다른 것이 돼 버리지. 사상가는 똑같은 사상을 위한 최상의 말을 택해서는, 그가 의도하는 사상의 의미에다 이 말을 다른 말들의 실로써 단단히 묶어 두려고 애쓰는 것일세. — 그런데 여보게들, 자네들은 그가 사상 자체까지 바꿨다고 생각하지! 눈의 착각이야! 눈의 착각!

뱌체슬라프. 그건 철학자 양반들의 자존심에는 무척이나 위로가 되겠지만, 그래도 먼저 증명을 해야…….

파우스트. 약속하지. 곧 쉘링의 새 강의록*이 출판되면, 이 확신을 증명하겠네.

빅토르. 그런데 그 유명한 수고는 어찌 됐나? 자네의 그 별난 여행자들은 또 어떤 동화를 우리에게 얘기해 줄 참인가?

파우스트. 수고는 끝났네.

뱌체슬라프. 뭐, 끝났다고? — 그러니까 그건 **허풍**이었군! 이 신사들은 정신계와 물질계의 모든 비밀을 다 밝히겠다고 나섰던 것 같은데, 일은 고작 어떤 괴짜들의 무슨 관념적인 전기로 그치고 말았으니. 그 괴짜들이야 완전히 무명으로 조용히 머물러 있었어도 인류사에 아무런 해가 되지 않았을 텐데.

파우스트. 내가 생각하기에, 내 벗들은 이 모든 인물들 사이에서 끊을 수 없고 살아 있는 연관성을 본 걸세. — 그들이 관념적이건 아니건, 그건 중요하지 않네.

빅토르. 나의 둔한 통찰력을 인정해야겠군. 난 그 연관성을 알아채지 못했으니까.

파우스트. 내겐 그게 아주 분명해 보이는데. 하지만 자네들이 그걸 의심한다면, 종이 몇 쪽을 더 읽어 주지. 원래는 읽을 생각이 없었던 것들이네. 무한하고 불확정적인 사유(思惟)로는 성에 영안 차 하고, — 반드시 뭔가 감각적으로 확인할 수 있는 어떤 것이 있어야만 하는 세기의 체계적인 성격에 바치는 공물에 다름 아닌 것들이어서 말일세. 그럼, 자, 들어 보게! 여기 자네들에게 주는 수고 전체의 체계적인 목차와 심지어 그것의 에필로그까지도 있다네.

파우스트는 읽었다.

법정. 피고! 자신을 이해했는가? 자신을 발견했는가? 자신의 삶을 가지고 무엇을 했는가?

피라네시. 나는 전 세계를 돌아다녔습니다. 동쪽에서 시작하여, 서쪽에서 돌아갔습니다. 어디에서나 나는 나 자신을 추구했습니다! 대양의 심저에서, 처음 태어난 산들의 결정체에서, 태양 광선에서 나 자신을 추구했고, — 모든 것을 내 힘찬 포옹 속에 끌어안았습니다. — 그리고 나 자신의 힘에 충격을 받은 나머지, 사람들에 대해서는 잊어버렸고 내 삶을 그들과 나누지 않았습니다.

법정. 피고! 네 삶은 사람들의 것이지, 네 것이 아니었다!

경제학자. 나는 내 영혼을 사람들에게 바쳤습니다. 내 삶은 풍성하고 화려한 꽃으로 피어났고, — 나는 그것을 사람들에게 바쳤습니다. 사람들을 그것을 꺾어 갈기갈기 찢었습니다. — 그리하여 꽃은 내가 황홀한 향기에 취해 보기도 전에 사라지고 말았습니다. 사람들에 대한 불타는 사랑에서 나는 학문의 컴컴한 우물 속으로 내려가, 인류의 갈증을 멎게 할 생각에 힘이 다하도록 우물물을 퍼 올렸습니다. 그러나 내 앞에 있던 것은 다나이스들의 밑 빠진 독*이었습니다! 나는 그것을 채우지 못했고, — 나 자신을 잊었을 뿐입니다.

법정. 피고! 네 삶은 네 것이지, 사람들의 것이 아니었다.

이름 없는 도시. 나는 내 삶에 많은 관심을 기울였습니다. 나는 내 삶을 수학 공식에 따라 계산했고, 어떤 고상한 감정도, 어떤 시도, 어떤 열광도, 어떤 신앙도, 나의 방정식에 맞지 않는다는 것을 깨닫자, 그것들을 제로로 간주해 버렸습니다. 그리고 평온하고 편안하게 살기 위해서는 그것들 없이 지내야만 한다는 불가피성을 보게 되었습니다. 그러나 내가 저버린 감정이 나 자신을 완전히 태워 버렸고, 늦게야 나는 내 방정식에서 중요한 글자를 잊어버린 것을 알았습니다…….

법정. 피고! 네 삶은 네 것이 아니라, 감정의 것이었다.

베토벤. 내 영혼은 천둥소리 같은 감정의 화성 속에서 살았습니다. 그 속에서 나는 자연의 모든 힘을 모으고 인간의 영혼을 새로이 창조하리라고 생각했습니다……. 나는 끝까지 다 말해지지 않는 감정에 지쳐 버렸습니다.

법정. 피고! 네 삶은 네 것이지, 감정의 것이 아니었다.

즉흥시인. 나는 내 삶을 열렬하게 사랑했고, — 학문도, 예술도, 시도, 사랑도, 내 삶의 제물로 바치고 싶었습니다. 나는 그것들의 제단 앞에서 위선적으로 무릎을 꿇었고, — 그러자 그 불길이 나를 태워 버렸습니다.

법정. 피고! 네 삶은 예술의 것이지, 네 것이 아니었다!

세바스찬 바흐. 아닙니다! 나는 내 예술 앞에서 위선적이지 않았습니다! 예술 속에 나는 내 삶 전부를 집중시키고자 했습니다. 나는 신의 섭리가 나에게 준 모든 재능을 예술에 바쳤고, 가정적인 모든 기쁨, 가장 평범한 인간을 기쁘게 하는 모든 것을 희생했습니다…….

법정. 피고! 네 삶은 네 것이지, 예술의 것이 아니었다.

세겔리엘. 이거 웬 재미난 법정이지? 아니 원, 이건 대체 뭐하고 비슷할까. 끊임없이 자신을 번복하고 있으니. 너 자신을 위해 살라고 하다가, 예술을 위해 살라 하고, 자신을 위해 살라고 하다가 학문을 위해 살라 하고, 자신을 위해 살라고 하다가 다시 사람을 위해서 살라 하니. 법정은 그냥 우리를 속이고 싶은 거야! — 네가 무슨 말을 하건, 사물을 뭐라고 부르건, 네가 무슨 옷을 걸쳤건, — **나**는 언제나 **나**로 머무르고, 모든 것은 이 **나**를 위해 행해지는 것이다. 여러분, 이 법정을 믿지 마시오. 우리에게 뭘 요구하는지, 법정은 자신도 모르고 있소이다.

법정. 피고! 너는 내 앞에서 몸을 숨기고 있다. 나는 네 상징들을 보나, — 너를, 너를 보지는 못한다. 너는 어디 있느냐? 너는 누구냐? 나에게 대답하라.

헤아릴 길 없는 심연에서 울리는 목소리. 나에겐 완전한 표현이 없다!

에필로그

로스치슬라프. 그러니까 이 신사들은 여러 길을 돌고 돌아 결국 자신들이 출발했던 곳, 그러니까 삶의 의미에 대한 숙명적인 물음에 다시 이르렀군…….

뱌체슬라프. 아니, 그들은 직감적으로, 파우스트가 좋아하는 생각을 증명하려 한 것 같은데. 즉, 우리는 우리 자신의 생각을 표현할 수 없고 말을 통해 우리는 서로를 이해하지 못한다는…….

파우스트. 자네의 그 말은 자네 말마따나 내가 좋아하는 생각에 대해 하나의 증거가 되어 줄 수 있네. 나는 자주 그 생각으로 돌아가지만, — 아무래도 충분히 분명하게 나 자신을 표현하지 못하는 것 같군. 놀랄 일도 아니지. — 도구가 쓸모없다는 것을 증명하기 위해 나는 바로 그 도구를 사용해야 하니까. 그건 마치 부정확한 자(尺)를, 바로 그 자를 가지고 검사하거나, 배고픈 사람에게 그의 배고픔을 먹고 살게 하는 것과 마찬가지야. 아니, 난 우리의 말이 생각을 표현하기에 전혀 쓸모없다고 말하는 게 아니네. — 내가 주장하는 건, 생각과 말의 동일성은 어느 단계까지만 이른다는 것이지. 이 단계를 말의 도움으로 규정하기는 사실상 불가능해. — 그건 사람들이 자기 자신 속에서 느껴야만 하는 거라네.

바체슬라프. 그렇다면 그 느낌을 내 속에서도 일깨워 주게나.

파우스트. 나는 그렇게 할 수 없네, — 만약 그 느낌이 자네 속에서 저절로 깨어나지 않는다면 말일세. 심리적이고 생리적이고 물리적인 여러 현상들을 가리키면서, 어떤 사람을 이 느낌으로 이끌 수야 있겠지. 그러나 타인에게서 그 자신의 내적인 과정 없이 이 느낌을 불러일으키는 것은 — 불가능해. 한 인간을 아름다움, 완전함, 조화의 관념으로 이끌 수는 있으나 이 관념을 느끼게 할 수는 없는 것과 꼭 마찬가지라네. 왜냐하면 이 관념의 완전한 표현은 자연에서 발견할 수 있는 게 아니니까. — 그건 오로지 라파엘과 모차르트, 그리고 그들과 같은 사람들의 머릿속에서만 존재하거든.

빅토르. 그렇다면 자네의 그 어떤 물리적인 현상들도 생각을 표현하는 데는 아무 도움이 될 수 없겠군. 그런데 자네는 언젠가 말하지 않았나. 자연의 글자들은 항구적이고 고정적이라고. 뭐라고 말하든 자네 자유지만, 내게는 말과 숫자가 훨씬 더 분명해. 자네와 자네의 그 수고(手稿)가 그렇게 푸짐하게 우리에게 대접하는 이 모든 비교와 은유보다도 말일세.

파우스트. 자넨 공연히, 내가 모순적이라고 탓하고 싶어 하는군. 자연의 글자는 인간의 글자보다 실제로 더 항구적이라네. 여기 그 증거가 있지. 자연 속의 나무는 언제나 분명하고 완전하게 자신의 말인 나무를 말하고 있어, 그게 인간의 언어에서 어떤 이름 아래 존재하든 상관없이. 반면, 자존심이 상하는 일이지만, — 우리가 말하는 단어들에는 수천 가지의 서로 다른 의미를 갖지 않을 말, 다툼의 동기를 제공하지 않을 말이라곤 없다네. 나무는 개벽 이래 누구에게나 나무였어. 하지만 그 의미가 거의 해마다 변해 오지 않았다 할, 도덕적인 개념을 나타내는 단어를 단 하나라도 떠올려 보게나. 지난 세기의 사람들에게 '우아함'이라는 말이 현재의 사람들에게서와 동일한 것을 의미했을까? 이교도의 덕행이 — 우리 시대에는 범죄가 되겠지. 평등, 자유, 도덕성이라는 말의 악용을 생각해 보게. 이건 약과야. 불과 몇 사젠만 떨어지면 — 말의 의미도 달라져. 바란타,* 근친 복수, 모든 종류의 피의 복수, — 이것들은 어떤 나라에서는 의무, 남자다움, 명예를 의미한다네.

빅토르. 동의하네. 그런 표현의 모호함이 형이상학에 존재한다는 데는. 하지만 그게 누구 탓인가? 왜 정밀 과학에는 그런 모호함이 존재하지 않지? 거기에선 모든 말이 명확해. 왜냐하면 그 대상이 분명하게 규정되어 있고 구체적이니까.

파우스트. 전적으로 옳으신 말씀. — 그 증거를 들자면, 예컨대 무한, 무한히 큰 수, 무한히 작은 수, 수학적인 점 등등, — 한마디로, 수학의 출발점이 되어야 할 모든 기본 개념들이 그렇지. 화학에서는 친화력, 촉매 작용, 원소 같은 말을 추천하겠네. 살아 있는 자연을 다루는 다른 학문들은 제쳐 두지. — 비샤*의 말을 떠올려 보게나. — 위대한 실험가이자 경험이 많은 물리학자이고, 해부 실험으로 인해 사망한 비샤 말일세. 누군가는 그를 나폴레옹과 나란히 세웠지만, 전혀 근거가 없지도 않네. 그 비샤가 "유기체를 위해서는 새로운 언어를 생각해 내야 한다. 왜냐하면 우리가 물리 과학에서 동물이나 식물의 유기적 조직 속으로 옮겨 오는 말들은 생리학적 현상들에는 전혀 부합되지 않는 개념들을 우리에게 상기시키기 때문이다"[55]라고 인정해야만 했어. 말을 할 때 우리는 하나하나의 단어마다 여러 세기와 여러 나라, 심지어 개개의

---

55 비샤, 『생명과 죽음에 관한 생리학적 연구(*Recherches physiologiques sur la vie et la mort*)』,(파리, 1829), 108쪽.

인간이 덧붙여 놓은 수천 가지 의미의 먼지를 불러일으키게 되네. 자연에는 이런 것이 없어. 왜냐하면 자연 속에는 의지가 없으니까. 자연은 — 영원한 필연성의 산물이거든. 식물은 오늘 꽃 피고 있는 것과 꼭 마찬가지로 천 년 전에도 꽃 피었다네. 그래서 우리는 우리의 말에 어떤 정해진 의미를 주고자 할 때, 본능적으로 자연의 정해진 글자에 손을 뻗치는 것일세. 우리의 생각과 동일한, 살아 있는 관념의 항구적인 상징으로서 말이지. 우리는 우리의 생각에 우리 스스로는 만들어 내지 못하는 튼튼한 옷을 입히려고 하는 거라네. 우리는 자연에서 작용하는 것과 같은 그런 확고부동한 법칙에 따라 우리의 의지를 조종할 수가 없으니까.

빅토르. 또 하나의 모순이군. 자네 스스로 얼마 전만 해도 우리를 확신시키려고 애쓰지 않았나, 자연의 산물은 인간의 작품들보다 훨씬 저열하다고……. 그런데 지금은 그 반대가 되고 있어…….

파우스트. 또다시 공연한 언쟁이로군! 기억해 두게, 난 자연에서 작용하는 **것과 같은 그런** 법칙이라고 했지, **그것과 동일한** 법칙이라고 하지 않았네. 인간이 그저 자연을 모방하려고 한다면, — 그는 언제나 자연보다 낮아. 그러나 그가 자신의 내면의 힘으로부터 창조한다면, 그는 언제나 자연보다 높은 거라네. 그가 자연에서 발견하는 그런 편안함을 자신의 욕구를 위해 이용하는 거야. 무슨 상관 있겠나! 부유한 지주의 정원에는 오막살이도, 폐허도, 초원도 있어. 그렇다고 해서 그가 풀 위에서 자거나 오막살이에서 산다는 얘기는 아니지 않나. 그에겐 자신의 대궐 같은 방들이 있네. — 중요한 건 그 지주 자신이 부유하다는 것이지.

뱌체슬라프. 그 부유함의 본질은 대체 뭔가, 또는 비교는 관두고, 언제 인간은 자신의 생각을 완전하게 표현할 수 있나?

파우스트. 그의 의지가 자신의 진정성을 확신하고 있는 그 단계의 높이에 이르렀을 때.

바체슬라프. 하지만 무엇에 의해 그가 이 진정성을 확신하게 되는 거지?

파우스트. 수학자가 a는 b와 동일할 수 있다는 걸 확인하는 바로 그 과정에 의해서. 왜냐하면 그는 이 공리를 자연 속에 존재하는 그 무엇에 의해서도 증명할 수 없기 때문이지. 자연에서 인간은 **유사성**을 발견할 수 있을 뿐, **동일성**은 발견하지 못해, — 절대로. 이 관념은 틀림없이 인간 자신 속에 존재하는 거라네…….

빅토르. 어떻게? 두 대상의 동일성은 자연 속에 존재하지 않는다고? 나는 한 나무에 달린 두 개의 나뭇잎을 보고 있어. 둘 다 녹색이고, 둘 다 끝이 뾰족하고, 둘 다 한 나무에서 자라고 있어. — 그것에서 나는 그 둘이 서로 같다는 결론을 내리지. 나는 이 동일성을 다른 대상들과 기타 등등에도 적용하고…….

파우스트. 무슨 권리로? 두 개의 잎이 아무리 서로 비슷할지라도 그 둘 사이에 수학적 등식은 존재하지 않는다는 것을, 그 둘 사이에는 최소한(minimum)의 차이가 있다는 것을 자네가 못 볼 리 없을 텐데…….

빅토르. 동의해.

파우스트. 이 최소한의 차이를 보고 있다면, 그건 대상 속에는 완전한 동일성의 관념에 모순되는 무엇이 있다는 것을 자네 스스로 알아차리고 있다는 얘기이고, 따라서 자넨 자연에서 알아채지도 못한 것을 자연으로부터 끌어내고 있는 거라네. 다시 한 번 묻겠네. 무슨 권리로? 달리 말해, 어디로부터?

빅토르. 추상을 통해서…….

파우스트. 그러나 추상이란 한 대상의 수천 가지 다양한 여러 성질들을 하나의 형식으로 압축하는 과정이야. 존재하지 않는 것은 압축할 수도 없지. 자연 속에 완전한 동일성이 없다면, — 그것은 그 어디로부터도 자네의 추상 속으로 밀고 들어갈 수 없어. 자네가 어떤 책을 정확하게 요약하려고 한다고 하세. 만약 자네가 그 책 속에 없는 생각을 자신의 요약에 덧붙인다면, — 자네의 요약은 정확하지 못한 게 되고, 자넨 자신뿐 아니라 다른 사람들을 기만하는 거야. 그리고 이른바 추상 개념이라는 게 모두 다 그렇다네. 그것들은 몇 개의 부분적인 개념을 압축하고 거기다 어떤 새로운 부분 개념을 덧붙이지. — 대체 그 새로운 개념은 어디서 가져온 것일까? 요컨대, 우리가 평등, 미, 완전한 선 등등의 관념을 가지고 있다면, — 그것들은 우리의 내면에 독자적으로, 절대적으로 존재하고 있고, 우리는 다만 그것을 가시적인 대상들에다 척도로서 적용하는 것뿐이야. 이건 벌써 플라톤도 말했던 것인데, 이토록 분명한 일에 대해 어떻게 지금까지도 왈가왈부할 수 있는지, 난 이해가 안 가네.

로스치슬라프. 우리는 문제에서 멀리 벗어났어. 문제가 됐던 건 — 생각의 표현이야. 고백하지만, 파우스트의 확신은 날 몹시 불안하게 해. 그건 우리 학문들의 건물 전체를 뒤흔드니까. 왜냐하면 그것들은 모두 — 말에 의해 표현되고 있지 않나…….

파우스트. 대부분은, — 그러나 전부는 아니지.

뱌체슬라프. 어떻게, 전부가 아니라고? 하지만 그렇다면 어째서? 수수께끼 없이는 안 될까…….

파우스트. 말에 의해 표현되지 않는 학문이 있을 수 있는가 하는 문제는 — 우리를 너무 멀리 끌고 갈 걸세. 그러니 당분간 나는, 우리 스스로 우리의 말을 그다지 믿지 않아 왔고, 우리의 생각이 말에 의해 **완전하게** 표현될 수 있다고는 생각하지 않았다는 것만을 주장하겠네. 이 주장의 확고함이 로스치슬라프를 놀라게 하는 데는 까닭이 있어. 이것은 상당히 중요한 일이고, 이 지상의 많은 불행이 그것에서 생겨나니까.

바체슬라프. 볼테르도 이미 오래전에 그런 말을 했지…….

파우스트. 볼테르에겐 미치광이 같은 범죄적인 목적이 있었던 것이네. 그래서 그는 문제의 한쪽 측면, 즉 그의 증오의 대상에게 무기로 사용할 수 있는 것만을 보았던 거지. 그런데 볼테르 자신만큼 말의 애매한 의미를 이용한 사람은 어느 누구도 없었어. 그의 모든 견해는 이 껍데기로 포장되어 있었으니까. — 여기에 다른 문제가 있다네. 말의 **애매한 의미**는 — 대단히 곤혹스러운 것이지. 그러나 말의 **무의미**는 더욱 중요한 문제야. 그리고 이 후자에 속하는 말들은 훨씬 더 많이 사용되고 있네. — 하긴 이것 역시 볼테르 씨 덕분이기도 하지…….

바체슬라프. 너무 엄격한 것 아닌가, 특히 천재성을 부정할 수 없는 그런 사람에 대해서는…….

파우스트. 나는 천재성에 대한 더 확실한 권리를 가진 존재를 알고 있네…….

바체슬라프. 대체 누군데…….

파우스트. 때로는 루시퍼라고 불리기도 하지.

바체슬라프. 나는 그를 알 영광을 갖지 못했네…….

파우스트. 그럼 더 고약하게 됐군. 신비주의자들 말에 의하면, 그는 그를 모르는 사람들과 제일 친하다니까…….

바체슬라프. 약속하지 않았나, 신비주의는 끌어들이지 않기로.

파우스트. 농담은 그만두고, 나는 이 신사 말고는 이를테면 **사실**이니, **순수 경험**이니, **실증적 지식**이니, **정밀 과학**이니 하는 무의미한 말들을 온 세상에 그렇게 교묘하게 퍼뜨릴 수 있는 사람을 알지 못하네. 인류는 이 말들을 가지고 백 년이 훨씬 넘도록 꾸려 나가고 있지. 그것들에게 그 어떤 의미도 부여하지 않으면서 말일세. 예컨대 교육에선 이렇게들 말하고 있네. 제발, 이론은 빼고, 더 많은 사실, 사실을 하고 말이지. 아이의 머리는 사실로 꽉 들어차고, 이 사실들은 아이의 어린 뇌 속에서 아무 연관도 없이 서로 밀쳐대고 있지. 어떤 아이는 멍청하지만, — 어떤 아이는 이 혼돈 속에서 어떤 연관성을 찾아내려고 애쓰면서 스스로 하나의 이론을 만들어 내네. 그리고 그게 무슨 이론인가! — 그러면 사람들은 말하지. "엉망으로 가르쳐 놨군!" — 나도 완전히 동의하네. 학계에선 끊임없이 이런 말을 듣게 되지. 제발 부탁이니, 사변은 없이, 경험, 순수 경험을. 그런데 이론이 조금도 섞이지 않은, 경험이라 불릴 완전한 자격을 지닌 완전한 순수 경험은 단 하나밖에 알려져 있지 않아. 어느 의사가 열병에 걸린 재봉사를 치료하고 있었는데, 이 환자가 죽어 가면서 마지막으로 햄을 좀 먹게 해 달라고 애원했네. 의사는 이 환자를 살릴 가망이 이미 없다는 걸 알고 그의 소원을 들어주었지. 환자는 햄을 먹고 — 병이 나았네. 의사는 자신의 수첩에 이 경험에 대한 꼼꼼한 관찰을 다음과 같이 적어 넣었지. "햄은 — 성공적인 열병 치료제이다." 얼마 지나 이 의사는 역시 열병에 걸린 제화공을 치료하게 되었네. **경험**에 의거하여 의사는 환자에게 햄을 처방해 주었고, — 환자는 죽었지. 의사는 어떤 사변도 끼워 넣지 않고 사실을 있는 그대로 기록하는 자신의 규칙에 충실하게 — 이전의 메모에다 이렇게 주를 달았다네. "이 치료제는 재봉사들에게만 효과가 있고, 제화공들에게는 효과가 없음." — 말해 보게, 이 신사들이 **순수 경험** 운운하면서 요구하는 게 바로 이런 종류의 관찰 아닌가? 만약 전적으로 **경험에 입각한** 관찰자가 자신의 **경험** 관찰을 계속 수집해 나간다면, — 시간이 흐르면서 그것들로부터 지금 세상에서 학문이라 불리고 있는 것이 생겨 나올 테지…….

빅토르. 농담이지 실제가 아니지 않나…….

파우스트. 실제도 농담은 아니지. 하지만 난 이 신사들이 그저 농담을 하고 있다고 생각하네…….

빅토르. 하지만 제발! 경험을 다루는 모든 사람들을 — 눈에 띄는 것이라면 뭐든 가리지 않고 모두 다 기록하는 바보와 비교할 수 있을까…….

파우스트. 미안, 잠깐만! 선별은 이미 어떤 이론을 전제한다네. 그런데 자네 생각대로 이론이 오로지 **순수 경험**의 결과일 수밖에 없다면, 내가 얘기한 의사는 자신의 관찰을 메모첩에 기입할 완전한 권리를 가진다네. 나는 경험론자들을 이 의사와 비교하는 게 아닐세. — 왜냐하면 그들은 말 따로, 행동 따로이니까. 그들은 누구나 자신들의 이론과는 모순되게도 하나의 이론을 가지고 있네. 그래서 실상 그들이 말하는 순수 경험이란 — 의미 없는 말이야. 그렇지만 좀 더 나아가 보기로 하세. 하나의 말 속에는 종종 어떤 생각이 들어 있지. 심지어 모든 사람이 이해할 수 있고 모두에게 분명한 그런 생각이 들어 있다고 치세. 시간이 흘러가 말의 의미가 변하는데, 말은 그대로 남아 있다네. 예컨대 도덕성이라는 말이 그렇지. 이 말은 — 이를테면 공자가 그것을 말했을 때는 고상한 것이었지. 그러나 그의 후손들은 이 말을 어떻게 만들어 놓았나? 말은 그대로 남았지만, 그게 그들에게 의미하는 것은 오로지 예절의 표면적인 형식에 불과해. 그에 따라 — 온갖 종류의 기만, 교활, 방탕은 부차적인 것이 되고 말았지. 도대체가 이 나라는 흥미롭고, 형식주의자들을 위한 중요한 지시봉이기도 하다네. 18세기의 철학자들이 이 나라에 매혹당한 데는 까닭이 있네. 이 나라는 그들의 파괴적인 학설에 아주 정확하게 들어맞았거든. 거기엔 모든 것이 말해져 있고 표현되어 있었으니까. 거기엔 모든 것의 형식이 있다네. 교육의 형식, 전술의 형식이 있고, 심지어 화약과 화기의 형식도 있지. — 그러나 내적인 본질은 썩어 버렸네. 3억 인구의 나라가 유럽의 아주 별것 아닌 압력에 허물어져 버릴 정도로 썩어 버렸어.[56] 역사를, 이 사실들의 묘지를 한번 들여다보게. 그러면 말의 의미가 인간의 내적인 품위에 기대고 있지 않을 때 그 말들이 무엇을 뜻하는지 보게 될 테니. 그 모든 군중들, 집안의 불화, 폭동이 무엇을 의미하겠는가, — 이를테면 사회 형태와 같이 아무 의미도 갖지 않는 말들에 대한 다툼이 아니라면 말일세. 멀리 갈 것도 없이 — 프랑스 혁명을 상기해 보게나.* 사람들은 억압에 대항하여, 그들이 그렇게 불렀던 전제 정치에 대항하여 일어섰다네. — 피가 강물처럼 흘렀고, 마침내 루소와 볼테르의 꿈이 실현되었지. 사람들은 너무나 만족스럽게도 공화제를 쟁취했고, 아울러 — 바로 이 공화제를 방패 삼아 그 뒤에서 억압과 야만이 무엇인지를 말이 아니라 행동으로 보여 준 로베스피에르, 그리고 그와 같은 족속의 신사들을 얻게 됐네. 이것은 말 덕분에 세상에서 벌어지고 있는 익살극일세! 거짓의 제국이 그것으로 살아가고 있지!

뱌체슬라프. 좋아! 그러나 한편에 — 거짓이 있다면, 그 맞은편에는 진실이 있어야 하네. 그래서 내가 무척 알고 싶은 건, 인간이 언어 없이 어떤 방식으로 지낼 수 있나 하는 거라네. 예를 들어 나는 자네가 읽어 준 그 수고를 쓴 자네 친구들이 무엇에 도달했는지 알고 싶네. 그들도 자네와 마찬가지로 이 약재의 해악에 대해

---

56 영국인들이 중국인들에게 쉽게 거둔 승리*는 이미 1838년에 쓰인 이 견해의 정당함을 입증해 주었다.

확신하고 있지 않았나. 인간의 언어를 뛰어넘는 도약이 그들을 어디로 이끌었나?

파우스트. 내 젊은 벗들은 그들 시대의 사람들이었네. 마침 오늘 나는 그들이 남긴 종이 가운데서 그들의 여행에 붙여진 일종의 결론 같은 것을 발견했어. 그들 자신도 말의 희생자들이었던 — 내 몽상가들이 도달한 관점과 관련하여, 이 글은 길지는 않지만 충분히 주목할 만한 것이지! 그들은 마땅히 한 가지 영광을 누릴 자격이 있어. 적을 발견했으니까. — 그러나 그 적을 이기는 것은 그들의 일이 아니었고, 그건 아마 우리의 일도 아닐 걸세. 들어보게.

"사람들은 우리에게 물을 것이다. '당신들의 여행은 무엇으로 끝났소?' — 우리의 여행은 여행으로 끝났다. 여행을 끝내기도 전에, 우리는 19세기에 들어 요람에서부터 시작되고 있는 노화에 의해, — 고통에 의해 늙어 버렸다. 무엇도 우리를 그것에서 구하지 못했다. 어떤 사람의 정확하게 규정된 학문도, 다른 사람의 규정되지 않은 예술도 아무 소용 없었다. 우리는 헛되이 인간 영혼의 황야를 우리의 발걸음으로 측량했고, 그것의 사원 입구 앞에서 헛되이 믿음을 품은 채 신음하고 울었으며, 헛되이 쓰디쓴 조소를 띠고서 사원의 폐허를 살펴보았다. — 황야는 말이 없었고 성전의 휘장은 열 수 없었다! 우리는 지나가는 사람들을 멈추어 세우고, 지상에 잠시 나타나곤 했던 유명한 하늘의 사자(使者)들에 대해 물어보았으나, 그때마다 그들은 눈에 보이지 않는 시대의 시계를 우리에게 가리키면서 대답했다. '고통! 고통!' 멀리서 어떤 이해할 수 없는 태양의 아침노을이 붉게 타오르고 있었으나, 우리 주위에는 한밤의 바람이 불고 있었고 냉기가 뼛속까지 스며들었다. 우리는 되풀이했다. '고통!' 이 아침노을은 우리를 위한 것이 아니었고,

이 태양은 우리를 위한 것이 아니었다! 이 태양은 딱딱하게 굳은 우리의 심장을 데워 주게끔 되어 있지 않았다! 우리에겐 단지 하나의 태양 — 고통만이 있었다! — 이 종잇장들은 그것의 뜨거운 열에 그슬렸다!

인간의 영혼이 언젠가 생각해 낸 것들 중에 회의론이 가장 무서운 사상으로 간주되던 시대가 있었다. 이 사상은 자신의 시대가 가진 모든 것을 죽였다. 신앙도, 학문도, 예술도. 회의론은 민족들을 바다의 모래처럼 휘저어 놓았다. 그것은 세상의 성자들뿐만 아니라 섭리의 비방자들에게도 삼나무 관(冠)을 씌웠고, 사람들로 하여금 믿을 만한 피신처로서 파괴와 악과 무(無)를 찾게 했다. 그러나 심지어 회의론보다도 더 무서운 감정이 있으니, — 그것은 어쩌면 그 결과에서는 더 유익할지 모르지만, 대신 그것을 직접 맛보아야 할 운명을 지닌 자들에게는 더 고통스러운 것이다.

회의론은 어떤 의미에서는 하나의 독특한 세계, 자신만의 법칙을 가지고 있는 세계이며, — 한마디로, 닫혀 있는 세계이고 어느 정도까지는 안정적인 세계이다.

회의론에는 더 이상 아무것도 원하고 싶지 않다는 소원이 충족되어 있고, 더 이상 아무것도 희망하지 않으려는 희망이 이루어져 있으며, 그 무엇도 추구하지 않는 정지된 활동이 있다. 심지어 아무것도 믿지 않는다는 믿음도 있다. 그러나 지금 현 순간의 특징적인 성격은 — 사실인즉 회의론이 아니라, 회의론에서 벗어나 무엇인가를 믿고 무엇인가를 희망하고 무엇인가를 추구하고자 하는 욕망, — 무엇에 의해서도 충족될 수 없고, 때문에 형언할 수 없을 정도로 고통스러운 욕망이다. 인류의 친구가 자신의 우울한 시선을 어디로 향하든, — 모든 것은 이미 논박당했고, 모든 것은 이미 능욕당했고, 모든 것은 이미 우스꽝스럽게 되어 있다. 학문에는 삶이 없고, 예술에는 신성함이 없다! 우리가 무엇을 말하든, 인간에게 가능한 모든 증거에 의해 그 반대 의견이 확증되지 않을 만한 견해는 존재하지 않는다. 이런 불행한 모순의 시대는 제설(諸說) 혼합주의라 일컬어지는 것, 즉 가장 모순적인 온갖 견해들을 이성에 반(反)하여 하나의 기형적인 체계로 합치는 것으로 끝난다. 그런 예는 역사에서 드물지 않다. 고대 세계의 마지막 몇 세기에 모든 체계, 모든 견해가 완전히 뒤흔들렸을 때, 그 시대의 가장 교양 있던 사람들은 침착하게 아리스토텔레스와 플라톤, 그리고 유대 전설의 서로 가장 모순되는 단편들을 결합시켰다. 지금의 늙은 유럽에서 우리는 똑같은 것을 본다…….

얼마나 씁쓸하고 기이한 광경인가! 견해가 견해에, 권력이 권력에, 왕좌가 왕좌에 대립하고, 이 반목을 에워싸고 있는 — 살인적이고 조소적인 무관심! 학문들은 자신들에게 유일하게 그들의 강력한 힘을 되돌려 줄 수 있는 통일을 추구하는 대신에 잘게 부서져 먼지가 되어 날아다니고, 그들 간의 보편적인 연관은 사라져 버렸다. 그 속에는 어떤 유기적인 삶도 없다. 늙은 서구는 어린애처럼 그저 개별적인 부분들, 징후들을 볼 뿐, — 보편적인 것은 그에게 이해될 수 없고 불가능하다. 개별적인 사실과 관찰, 부차적인 원인들은 — 헤아릴 수도 없이 많이 쌓이고 있다. 그러나 무엇을 위해? 어떤 목적으로? — 그것들을 연구하거나 검토하는 것은 말할 나위도 없거니와, 인지하는 것조차도 이미 라이프니츠의 시대에 불가능한 일이었다. 그러니 지금이야 어떠하랴, — 눈으로 알아볼 수도 없는 곤충의 연구가 곧 학문이라는 칭호를 얻게 되고, 인간은 하늘 아래 있는 모든 것을 잊은 채 그것에 곧 자신의 삶을 바치게 될 터이니. 학자들은 모든 것을 결합시키는 인간 이성의 힘을 포기했다. 그들은 아직은 자연을 관찰하고 조사하는 일에 싫증을 내고 있지 않으나, 믿는 것은 오로지 우연이다. — 우연으로부터 그들은 진리의 영감을 고대하며, — 우연에 그들의 기도를 바친다. Eventus magister stultorum(우연은 바보의 스승이다). 이미 그들은 학문이 수공 일로 변하고 있는 것에서 학문의 승급을 보고 있다……! '우리는 아무것도 모른다'라는 이교도의 말은 우리 시대의 모든 창조물에 깊숙이 새겨졌다……! 학문은 몰락하고 있다.

예술의 의미는 이미 오래전에 말소되었다. 그것은 인간이 이 지상 세계의 근심으로부터 휴식을 취하곤 했던 그 경이로운 세계 속으로 더 이상 건너오지 않는다. 시인은 그의 힘을 잃어버렸다. 그는 자신에 대한 믿음을 잃었고 — 사람들은 이미 그를 믿지 않는다. 그는 스스로 자신의 영감을 조롱하며, — 오직 이 조롱에 의해서만 대중의 주목을 끌 수 있다……. 예술은 몰락하고 있다.

그럼 서구의 종교적 감정은? — 만약 그것의 외적인 언어가 고딕 건축이나 가구의 상형 문자처럼 장식을 위해서 보존되지 않았거나, 혹은 이 언어를 무슨 진기한 것인 양 사용하는 사람들의 이기적인 의도를 위해 아직 남아 있지 않았다면, 벌써 오래전에 잊혀졌을 것이다. 서구의 사원은 — 정치적인 무대이고, 그것의 종교적인 감정은 — 군소 정당들의 관습적인 기호이다. 종교적인 감정은 몰락하고 있다!

사회의 삶을 이끄는 주된 세 가지의 활동이 몰락하고 있다! 아마 지금은 많은 사람들에게 이상하게 들릴지 모르지만 얼마 후면 — 너무나도 뻔하게 여겨질 말을 감히 하자면, 서구는 파멸하고 있다!

그렇다! 서구는 파멸하고 있다! 서구가 자신의 자잘한 보물을 모으는 동안, 서구가 절망에 잠기는 동안, — 시간은 빠르게 흘러가고 있고, 그리고 시간에는 민족들의 삶과는 구별되는 자신만의 삶이 있다. 시간은 쏜살같이 지나가면서 늙고 쇠약한 유럽을 곧 추월할 것이고, — 아마도 고대 아메리카의 민족들 — 이름 없는 민족들의 거대한 건물들이 뒤덮여 있는 것과 똑같은, 움직일 수 없는 재의 층들로 유럽을 덮어 버릴 것이다.

정말로 그런 운명이 10세기에 걸친 이 높은 문명의 오만한 중심을 기다리고 있을까? 오랜 학문과 오랜 예술의 놀라운 작품들이 정말로 연기처럼 흩어져 사라질 것인가? 천재 계몽가들에 의해 씨앗이 뿌려졌던 살아 있는 식물들이 꽃도 피우지 못한 채 정말로 말라 버리고 말 것인가?

때로 행복한 순간이면, 신의 섭리가 인간의 마음속에서 잠들었던 학문과 예술에 대한 믿음과 사랑의 감정을 스스로 일깨우는 듯 보인다. 때로 신의 섭리는 인류가 벗어나 버린 길을 다시금 제시해 주고 여러 민족들 가운데 첫째 자리를 차지하게끔 되어 있는 민족을 세상의 폭풍으로부터 먼 곳에서 오랫동안 지켜 준다. 그러나 오직 새로운 한 민족, 순결한 한 민족만이 이 위업을 행할 자격이 있다. 오직 이 민족 속에서만, 혹은 이 민족을 통해서만, 정신과 사회적 삶의 모든 영역을 다 얼싸안는 새로운 세계의 탄생이 아직도 가능하다.[57]

역사의 페이지 위에서 무시무시한 유령처럼 우리에게 이름을 드러내는 아시아 제국들이 피비린내 나는 전투 속에서 세계의 패권을 두고 다툴 때, — 진리의 빛은 조용히 유대 민족의 황야에서 자라고 있었다. 이집트의 학문과 예술이 방탕 속에서 숨을 멈

57 〔주의 깊은 독자라면 금세기 후반기에 나타난 슬라브주의의 모든 이론이 이 행들에 들어 있다는 것을 알아차릴 것이다.〕*

추자, — 그리스가 그것들을 끌어안고 포옹하며 힘을 되살려 주었고, 오만한 로마의 모든 사회적인 원소들이 절망의 정신에 감염되었을 때는, — 기독교도들, 이 '민족들의 민족'이 인류를 파멸에서 구했다. 중세 말, 쇠약해진 정신 활동이 자기 자신을 삼켜 버리려고 하고 있을 때는, — 신대륙이 쇠약한 노인에게 새로운 양식과 새로운 힘을 주었고 그의 인공적인 수명을 연장시켰다.

오, 믿어 달라! 젊고 청신하고, 늙은 세계의 범죄에 연루되지 않은 민족이 부름을 받을 것이다! 이 민족은 자신의 영혼 속에서 숭고한 신비를 소중하게 키우고 촛대에 새 초를 꽂을 자격을 가지리니, 나그네들은 과제의 해결이 어쩌면 그토록 가깝고 그토록 분명한 것이었을까, 사람들의 눈앞에서 어쩌면 그토록 오랫동안 몸을 감추고 있었을까 하고 깜짝 놀라게 될 것이다.

섭리에 의해 위업을 행하도록 정해져 있는 세계의 여섯 번째 부분은 지금 어디에 있는가? 세계 구원의 비밀을 자신 속에 간직하고 있는 민족은 지금 어디에 있는가? 이 선택된 자는 어디에 있는가…… 그는 어디에 있는가? 민족적 긍지의 드높은 감정이 우리를 어디로 끌고 갔던가? 삶의 무대에 등장하면서 모든 민족들이 이 언어로 말하지 않았던가? 그들 역시 자신 속에서 인간의 모든 비밀의 해결을, 온 세상의 더없는 행복의 싹과 담보를 보고자 꿈꾸었다.

어떻게 되나, 만약에……? 무서운 생각이다! 그러나 그 생각은 잊어버리자! 장수는 치명적인 전투를 준비하면서 파멸에 대해 말하지 않는다! 그는 현자들의 전설과 실패한 자들의 실수를 상기한다.

수많은 왕국들이 러시아 독수리의 넓은 품속에서 몸을 뉘었었다. 공포와 죽음의 시간에 몸을 떠는 유럽을 결박하고 있던 매듭을 자른 것은 오로지 러시아의 검이었다. — 그리고 러시아 검의 광채는 늙은 세계의 칠흑 같은 혼돈 한가운데서 지금까지도 위협적으로 빛나고 있다……. 모든 자연 현상들은 서로에게 하나의 상징이다. 유럽은 러시아인을 **구원자**라 불렀다! 이 이름에는 사회적 삶의 모든 영역 속으로 스며들어야 할 강력한 힘을 지닌, 보다 높은 다른 칭호가 숨어 있다. 우리는 단지 유럽의 **육체**뿐만 아니라 — 그것의 **영혼**을 구원해야 한다!

우리는 두 세계의 경계, 지난 세계와 다가올 세계의 경계에 서 있다. 우리는 새롭고 청신하다. 우리는 늙은 유럽의 범죄에 가담하지 않았다. 우리 앞에서는 아마도 러시아 정신의 깊은 곳에 그 해결이 숨어 있을 기이하고도 비밀에 가득 찬 드라마가 진행되고 있다. 우리는 — 그저 목격자일 뿐, 무심하다. 왜냐하면 우리는 이 기이한 구경거리에 이미 익숙해졌기 때문이다. 우리는 어느 편을 들지 않는다. 왜냐하면 우리는 종종 결말을 예견할 수 있고, 비극과 함께 종종 패러디를 알아보기 때문이다……. 그렇다, 섭리가 우리를 공연히 이 난잡한 소란으로 이끄는 것은 아니다. 마치 먼 옛날, 스파르타인들이 그들의 소년들을 술에 취한 야만인들의 소동을 보여 주기 위해 데려갔던 것과도 같다!

우리의 소명은 위대하고 위업은 힘든 것이다! 우리는 모든 것을 소생시켜야 한다! 우리의 이름이 승전비에 쓰여 있듯, 우리의 정신을 인간 정신의 역사 속에 아로새겨야 한다. 더 높은 또 다른 승리, — 학문과 예술과 믿음의 승리가 노쇠한 유럽의 잔해 위에서 우리를 기다리고 있다. 애석한지고! 어쩌면 이 위대한 일은 우리 세대의 것이 아닌지 모른다! 우리는 우리 눈앞에서 벌어졌던 그 구경거리에 아직 너무 가까이 있다……! 우리는 유럽으로부터 아름다운 것이 와 주길 아직도 희망했고, 아직도 기대하고 있었다!

우리의 옷에는 유럽이 불러일으킨 먼지의 흔적이 아직 남아 있다. 우리는 아직도 유럽의 고통을 함께 나누고 있다! 우리는 아직 우리의 독자성 속에서 우리 자신을 차단시키지 못했다. 우리는 조율되지 않은 현이다. — 우리는 보편적인 화성 속에서 우리가 내야 하는 음을 아직 파악하지 못했다.[58] 이 모든 고통이 — 세기의 운명일까, 혹은 인류의 운명일까? 우리는 아직 모른다! 우리들 불행한 자들은 그것이 인류의 운명이라고 믿기까지 할 지경이다! 무섭고 얼음같이 차가운 생각! 그것이 우리를 뒤쫓고, 우리의 핏속으로 스며들어 자라나고, 우리와 함께 성장하고 있다! 우리는 감염되었다! 무덤만이 우리의 전염병을 낫게 할 것이다.

너, 새로운 세대여, 새로운 태양은 너를 기다리고 있다, 너를! — 그러나 너는 우리의 고통을 이해하지 못할 것이다! 너는 우리 시대의 모순을 이해하지 못할 것이다! 모든 개념이 뒤섞이고 모든 말이 자신에게 반대되는 의미를 얻던 이 바벨탑의 건설을 너는 이해하지 못할 것이다! 믿음 없이 우리가 어떻게 살았는지, 오로지 고통만으로 우리가 어떻게 살았는지, 너는 이해하지 못할 것이다! 너는 우리를 비웃을 것이다! — 우리를 경멸하지 마라! 우리는 섭리가 우리 아버지들의 죄악을 깨끗이 정화하기 위하여 첫 화덕 속에 던져 넣은 허약한 그릇이었다. 섭리는 너를 자신의 향연으로 끌어올리기 위해, 너를 위한 정교한 압인기(壓印機)를 준비해 두었다.

부디 노인의 경험과 젊음의 힘을 네 속에서 결합시켜라. 힘을 아끼지 말고, 흔들리고 있는 유럽의 폐허로부터 학문의 보물을 구해내라. — 그리고 숨을 거두고 있는 유럽의 마지막 경련을 주시하

58 〔지금 어떤 슬라브주의자들은 아마도 이것에 동의하지 않을 것이다. — 그러나 **그때는** 아직도 회의가 허용되고 있었다.〕

면서 너 자신 속으로 깊이 들어가라! 너 자신 속에서, 자신의 감정 속에서 영감을 구하고, 너 자신의, 그러나 더 이상 너 자신에게만 붙박여 있지 않은 활동을 세계 속으로 끌어내라. 그러면 너는 신앙과 학문과 예술의 신성한 삼위일체 속에서, 네 아버지들이 간절히 기도했던 그 평온을 발견하게 되리니. 19세기는 러시아의 것이다!"

— 그 친구들, 어쩌면 말솜씨도 좋군. — 로스치슬라프가 말했다.

— 물론 그래 — 하고 뱌체슬라프가 응수했다. — 하지만 여보게들, 자네들도 동의하겠지, 이 무슨 파토스인가……!

— 판에 박힌 성구(成句) 또 성구, 그게 다야! — 빅토르가 독재자 같은 어조로 말했다.

— 동의해, 성구들이 있다는 건. — 파우스트가 대답했다. — 그러나 내 죽은 벗들은 성구의 시대에 살았다네. — 그 시대엔 다른 식으로 말하지 않았어. 지금도 우리는 같은 성구를 가지고 있지만, 다만 그건 간결과 압축에 대한 요구를 지닌 것들이지. 그래서 그것들이 더 명확해졌을까? — 신만이 알겠지. 벤담의 시대 이래 성구들은 점차 더 압축되어서, 마침내 단 한 자의 글자 '나'*가 돼 버렸네. 뭐가 이보다 더 짧을 수 있겠나? 하지만 이 형태의 성구가 페이지마다 긴 복합문의 성구가 나오는 벤담의 책 열 권보다 명확해졌다고 하기는 힘들 걸세. — 고백하지만, 난 성구를 좋아하네. 성구 속에서 때로 인간은 배우로서의 자신의 역할을 잊어버리고 마음으로부터 말하게 되는 수가 있지. 그리고 마음으로부터 말해지는 것은, 말하는 사람 자신은 종종 깨닫지 못하는 수가 많지만, 이따금 진실이기도 하거든.

빅토르. 자네의 죽은 벗들의 탄핵 연설에 도대체 무슨 진실된 게 있지? 정말로 서구가 몰락하기라도 해? 무슨 터무니없는 소리! 오히려 지금만큼 서구의 생명력과 생활 수단이 풍부했던 그런 시대가 언제 있었나? 서구에선 모든 것이 움직이고 있네. 철도가 서구를 끝에서 끝까지 가로지르고 있고, 산업은 경이로운 수준에 도달했어. 전쟁은 불가능해졌고 개인의 안전이 보호받고 있네. 학교가 늘어나고 감옥에서의 형 집행도 완화되고 있어. 학문은 거대한 걸음으로 진보하는 중이고, 학술 대회는 아무리 작은 발견이라도 유럽 전체의 자산으로 만들고 있지. 그리고 서구의 힘, 물질적인 힘은 전 세계가 그 앞에 절을 해야 할 정도라네. 대체 어디에 몰락과 파멸의 징후가 있다는 건가?

파우스트. 그 물음에 대해서는, 어떤 유기체든 그것이 가진 힘의 최고의 발전은 그것의 **종말의 시작**이라고 보는 자연 연구자나 정치가, 의사들의 말로써 자네에게 답할 수도 있겠지. 그러나 그보다도, 서구에 대한 내 벗들의 견해가 과장되었다는 것에 대해서는 자네에게 동의하네. 나는 사실, 서구에서 가까운 몰락의 징후를 보고 있진 않지만, 그건 다만 자네가 말하고 있는 그 힘의 최고의 발전 또한 나로서는 보지 못하고 있기 때문이야. 기구(氣球)를 기다려 보기로 하세. — 그럼 보게 될 테지. 지금 시대에 대한 평가와 관련해서는 나는 내 벗들보다 약간 더 무례하다네. 그들은 지금 시대의 성격을 **제설 혼합주의**라고 불렀지만, 나는 그것의 성격이 단순히 — **거짓**에, 지금까지의 지구 역사에서 아직 존재한 적이 없는 그런 거짓에 있다고 감히 말하겠네.

빅토르. 그렇게 번거롭게 굴 것 없네. 자네에 앞서 슐뢰처도 어린이를 위한 책에서 "게다가 인류는 대체로 대단히 어리석다"라고 말한 바 있으니까.[59]

---

59 슐뢰처의 『어린이를 위한 역사』 제2권.*

바체슬라프. 요컨대 슐뢰처는 그 말로써 "난 얼마나 똑똑한가", 또는 "나만이 똑똑하다"라고 말하고 싶었던 거지.

로스치슬라프. 그건 인간이 말하는 모든 말의 숨겨진 의미야…….

바체슬라프. 따라서 파우스트도 세상에서 자기만 솔직하다고 확신하고 있는 게지…….

파우스트. 아니, 유감스럽게도 난 아직 그렇게 확신하기엔 멀었네. 난 아직 그럴 권리가 없어. 왜냐하면 나는 그 확신을 인간이 얻을 수 있는 최고의 자산으로 여기니까. 거짓은 인간을 출생의 첫 순간부터 껍질로 겹겹이 에워싸고 있어서, 그것과의 투쟁이 그의 모든 힘을 삼켜 버릴 정도지. 이 껍질들은 마치 혈관처럼 인간의 유기체에 유착해 있다네. 때로 인간은 헤아릴 수 없는 오랜 고통 뒤에 지칠 대로 지치고 힘이 약해져서, 울며불며 그것들을 자신의 내부에서 뜯어내면서 — 자기 영혼의 가장 깊은 핵심에 이르렀다고 생각하지. — 하지만 그런 일은 절대로 없었다네! 거기엔 또다시 의지의 순결을 더럽히는 흉측한 피투성이의 새로운 껍질이 있고, 그리고…… 똑같은 일이 처음부터 다시 시작되지. 다만 나는 한 가지 특권만은 요구하네. 나는 속이지 않고, 속지 않기를 **원해**. 그러나 다시 한 번 말하지만, 내가 이 특권을 요구할 권리가 있는지 잘 모르겠군.

바체슬라프. 안심하게. 자넨 그 특권을 모든 인류와 함께 나누고 있으니까…….

파우스트. 정말 그런가? 언제나 인간은 자신을 속이고 다른 사람들도 속여 왔지만, 우리 시대처럼 인간이 **스스로 속기를 원하는** 그런 완전함에 도달한 적은 없었어.

빅토르. 우리 시대? 정반대라네! 언제, 어느 시대에, 실제와 명백함과 진실이 지금처럼 그렇게 강하게 요구되었나? 피상적인 판단이나 유추, 대략적인 관찰로는 이미 아무것도 얻지 못하네. 지금은 정확성, 숫자, 사실을 요구하니까. — 오직 그것들만 주의를 끌지.

파우스트. 그건 환자들이 어떻게 자신의 시력을 교정하고 안경을 깨끗하게 할 것인지 이야기하는 데 지겨워진 나머지, — 이 짜증스럽고 불안스러운 의심을 그냥 떨쳐 버리고, 더 이상 왈가왈부할 것도 없이 자신들의 시력은 완전히 건강하며 안경은 완전히 깨끗하다고 결론짓는 것을 말한다네. 그래서 한 사람은 대상을 녹색으로 보고, 다른 사람은 붉은색으로 보지. 세 번째 사람이 와서 대상은 녹색도 붉은색도 아니고 푸른색이라고 우기기 시작할 때까지 말일세. 그러면 이 모든 진술을 단순히 참고 자료로 삼기 위해 꼼꼼하게 수집하려는 사람이나, 대상 속에는 녹색, 붉은색, 푸른색, 이 모든 것이 함께 결합되어 있다고 결론을 내리려는 사람이 오게 되지. 이 사람이나 저 사람이나, 많은 거짓의 수집으로부터 마침내 진리가 합성돼 나온다고 굳게 믿고 있다네. 마치 지난 세기의 물리학자들이 햇빛은 그것이 낳는 모든 거친 빛깔들로 이루어져 있다고 증명하곤 했던 것처럼. 난 여기에 불행이 있다고도 보네. 자신이 미치광이라는 것을 전혀 상상조차 하지 못하는 미치광이보다 더 위험한 건 없다네. 솔직한 사람의 모습을 한 사기꾼보다 더 위험한 건 없어.

빅토르. 하지만 대체 어디에 그 기만이 있다는 건가? 그리고 특히 우리 시대에?

파우스트. 다시 한 번 말하지. 사람들은 서로 속일 뿐만 아니라, 자신들이 속고 있다는 것을 알고 있기까지 하네.

바체슬라프. 자넨 우리 시대에게 적어도 그 지식만큼은 거부하지 않는 건가?

파우스트. 이건 불행이지, 농담이 아닐세. 〔우리는 속이는 기술을 발견했고, 더 희한한 것은 속는 기술, — 그것도 의식적으로 속는 기술을 발견했다는 거라네.〕 사람이 다른 사람에게 모욕을 당하면 서로 주먹질을 하고 아주 간단하게 서로 죽이던 시대가 있었지. 지금, 우리 시대에도 교양 있는 사람들이 꼭 마찬가지로 그렇게 서로를 모욕하고 꼭 마찬가지로 서로 주먹질을 하고 꼭 마찬가지로 그렇게 서로 죽이지만, 한 가지 덧붙여진 게 있네. 한 사람은 다른 사람을 비열한 인간으로 간주하지만, 결투를 신청하면서 자신의 솔직한 **존경**과 **충성**을 보증하거든. 건강에 미치는 치명적인 영향을 알지 못한 채, — 사람들이 술과 아편을 마구 들이켜던 시대가 있었네. 오늘날엔 이 영향을 아주 잘 알고 있으면서도 사람들은 이것도 저것도 다 들이켜지. 〔고대 그리스인이나 로마인은 신탁과 팔라스,* 제우스를 믿거나 혹은 믿지 않았지만, 지금 우리들은 신탁이 거짓을 말한다는 걸 알면서도 믿네. 소위 로마 가톨릭교도들의 열에 아홉은 교황의 무류성(無謬性)도 예수회원들의 정직한 양심도 믿지 않지만, 열에 열은 그들을 위해 칼을 들고 싸울 각오가 되어 있지.〕 우리는 거짓에 너무 익숙해진 탓에 이 현상들이 전혀 이상하게 여겨지지 않는 것일세. 이 지구 상에 있는 그들의 형제자매들을 한번 보지 않겠나? 예컨대, — 다른 국가들은 말할 나위도 없고 — 대의제(代議制) 국가들만 해도, 거기서 얘기되고 있는 것은 오로지 국민의 의지이고 국민 전체의 욕구이지. 하지만 다들 그게 단지 몇몇 투기꾼들의 욕구라는 것을 알고 있네. 공익이라고 말들 하지만, — 그게 몇몇 상인들의 이익, 또는 이렇게 말해도 상관없다면, 몇몇 주식회사나 그런 종류의 다른 회사들의 이익에 관련된 것뿐이라는 것도 다들 아네. 이 국민들은 떼 지어 어디로 달려가나? — 입법자들을 선출한다고? — 그래, 누가 선출되나? 진정하게나, 다들 알고 있으니. — 더 많은 돈이 그들을 위해 지불된 자가 선출되지. 저 달려가는 사람들은 무슨 무리인가? 사람들은 악용에 대해, 새로운 조치의 불가피성에 대해…… 조국의 몰락에 대해 말하고 있네. — 무리는 연설가들을 에워싸고 부글부글 끓고 있지……. 괜찮아! 그들은 환자 없는 의사들, 의뢰인 없는 변호사들이고, 먹고살 것도 없는걸. 하지만 일단 피의 죽이 끓기 시작하면 아마 그들 손에도 숟가락이 쥐여질 걸세. 연설가 자신들도, 듣는 사람들도, 모두들 그것을 알고 있네. 이 존경스러운 남자들은 어디로 가고 있나? 먼 나라로, 반야만인들을 계몽하기 위해서 가지. 얼마나 자기희생적인 위대한 행동인가! 그런데 그런 일은 전혀 없었네. — 면양말을 몇 다스 더 팔려는 거였지. — 다들 그것을 알고 있고, 선교사들 자신도 마찬가지야. 저기선 쌍방 간의 영원한 맹세가 말해지고 있네. 무시무시한 일 아닌가! — 하지만 괜찮다네. 혼례 의식에서 그것이 없으면 경우에 따라 성혼이 되지 않았다고 간주될 수도 있는 것을 일부러 빼 버렸다는 걸 다들 알고 있으니까. 치안 판사가 술집에서 몇 사람을 체포했네. 다들 조용해. 왜냐하면 이 사건의 증인들이 판사의 친척이고, 법정에 출석하게 되면 법으로 정해진 보수를 받게 된다는 것, 그리고 이 모든 번거로운 일들이 오직 그것 때문이라는 것을 다들 아니까. 어디에선가는 곡물 산업을 지원할 필요성에 대해 열심히 말하고 있네. — 얼마나 확실한 사실들인가! 얼마나 확실한 논증인가! 그러나 다들 알고 있다네. 중요한 것은 이웃 사람들이 주위에서 굶어 죽어 가고 있는 몇몇 독점 판매자들의 이익이라는 것을 말일세. 철학자는 강단으로부터 모든 진리를 열어 주겠다고 약속하지만, 그가 진리를 알지 못하고 따라서 그것에 대해 말할 수 없다는 것을 누구나 알고 있네. 그런데도 다들 그의 말에 귀를 기울이고 있지. 어느 거실에 한 쌍의 부부, 형제들, 가족들이 나타나서 서로에 대해 다정하기 그지없는 말들을 하고 있어. 하지만 그들이 서로를 참을 수 없어 하고, 푸쉬킨이 말했듯이, 이것만을 기다리고 있다는 것을 그들도 다 알고 있지.

언제나 귀신이 너를 잡아갈꼬?*

어떤 기자가 기운이 다 빠지도록 자신의 공정함에 대해 다짐하고 있지만, 모든 독자들은 어제 있었던 회사의 주주 회의에서 신문이 어떤 견해를 대변하면 되고 어떤 견해를 대변하면 안 되는지 정해졌다는 것을 다들 알고 있네.[60] 무지한 군중에 의해 국가의 제일 높은 자리에 오른 사람이 이 군중들에게 공치사를 늘어놓아. ― 다들 그게 거짓말이라는 걸 알고 있고, 안 그러면 그 자리에 앉아 있을 수 없을 것 같으니까 그렇게 말할 뿐이라는 걸 알지만, 그래도 흡족해서 듣고 있지. 내가 아는 어떤 사람이 농담 삼아 그러더군. "그 B.는 얼마나 아첨꾼인지 모르네. 조금도 부끄러워하지 않고 바로 면전에서 아첨을 늘어놓거든. 하지만 어쩌겠나! 거짓말이라는 걸 알지만 기분이 좋은걸!" 이 몇 마디 속에 우리 세기의 모든 성격이 들어 있다네. 어쩔 수 없이 솔직해져야 할 때면, 사람들은 예의상 그 솔직함의 알몸을 종종 완전히 반대되는 의미를 갖는 말들로 가리지. 어느 고위 정치가가 이런 말을 한 적이 있네. "우리의 선조들은 이 문제를 대단히 현명하게 **관용**(tolerance)을 가지고 다루었기 때문에 지금껏 일반의 평온을 깨뜨린 적이 한 번도 없었다. 그리고 나 역시 이 문제에서 새로운 제도를 결코 허

60 〔『타임스』에 대한 암시임.〕

용하지 않을 것이다."[61] 관용이라는 이 아름다운 말은 무엇에 대한 것일까? 신앙이나 또는 그 비슷한 무엇에 대한 것이라고 자네들은 생각하겠지. 천만에! 그저 천인공노할 흑인 노예 제도와 미국 남부의 농장주들의 무자비한 횡포에 대한 것이었네! 이런 의미의 **관용**이라니! 창의성의 본보기이지! 평가를 불허하는 말장난 아닌가! 그리고 유감스럽게도 이것은 처음도 마지막도 아니라네. 이 모든 것이 **거짓**이 아니라면, 여보게들, — 우리는 이 말의 의미를 완전히 다른 무엇으로 이해하고 있는 거겠지.

빅토르. 아니! 하지만 자네는 거짓을 예의라는 말과 혼동하고 있군. 물론 이 말은 우리 시대에 중요한 역할을 하고 있지. — 그리고 그럴수록 좋은 것이, — 우리 시대가 계몽됐다는 걸 나타내는 거니까…….

바체슬라프. 어느 똑똑한 사람이 말했지. 위선은 악덕이 미덕에 바치는 부득이한 존경의 공물이다, 라고.[62]

파우스트. 나는 더 훌륭한 금언을 알고 있네. 말이 인간에게 주어진 까닭은 생각을 감추게 하기 위해서이다…….[63]

빅토르. 이미 인용들을 시작했으니, 나도 지금은 일반 상식이 돼 버린 대단히 심오한 생각을 상기시키겠네. toutes les vérités ne sont pas bonnes à dire(모든 진리가 말하기에 다 좋지는 않다) — 이것을 러시아어로 어떻게 옮겨야 할지 모르겠군. **모든 진리가 다 때에 맞는 것은 아니다**, 라고 번역하고 있지만, 꼭 그렇지도 않고…….

파우스트. 다행히도, 꼭 그렇지 않네! 우리의 순결한 언어는 이

61 밴 뷰런*의 1837년 3월 4일 자 성명.
62 라로슈푸코*.
63 탈레랑.*

타락한 부조리로 자신을 더럽히는 것을 허락하지 않았고,[64] 그것의 일반적이고 무조건적인 의미에 자리를 내주지 않았어. — 우리의 언어는 마지못해 외국 손님을 받아들인 다음, 그것을 '**공교롭게도**' — '**때아닌 때에**'라는 우연성의 범주에 쑤셔 넣어 버렸지. — 그리고 비록 단순하긴 하지만 자신의 독자적이고 태생적인, 의미 깊은 말은 소중히 간직했다네. "빵과 소금*을 받아먹더라도 말은 바르게 하라." 이 속담에 대해 도덕학 강좌의 강의록 전부를 쓸 수 있을 걸세. 물론 벤담의 틀에는 들어가지 않을 도덕이지. 거기엔, 우리의 정직한 속담에서 빵 얘기가 나오는 첫 절반에 대해서만 자리가 있을 테니까. — 그래, 자네들은 바로 여기까지 왔군, 경험론자 양반들, 사실 숭배자 양반들, 실증적인 사람들아! 자네들은 어린애가 베개 속에 머리를 숨기듯이 예의라는 말 아래 거짓이라는 말을 숨기고는, 사람들이 자네들을 보지 못할 걸로 생각하는 거지! 말의 의미가 인간의 영혼을 비하하고 위협한다면, 그 말이 있어 뭐하겠나? 명백함과 분명함, 사실과 숫자에 대한 자네들의 사랑은 대체 어디에 있나? 이 사랑은 그저 어느 정도에 이를 때까지뿐이고, — 그다음엔 — 거짓 만세인가! — 오! 자네들이 옳네! 자네들의 거짓을 숨기고, 덮고, 꾸미고, 칠하게나. — 누가 자네들 얼굴에다 거짓의 얼굴을 똑바로 들이밀면, 자네들은 자신의 추악함 때문에 스스로를 증오하게 될 테니…….

빅토르. 자네가 말하는 것은 어떤 의미에서는 모두 다 매우 정당하네…….

파우스트. 어떤 의미에서라! 또 하나의 옷을 **거짓**에 입히는군! 치장시키게나, 치장시키게나, 여보게들, 자네들의 피양육자를, 아니,

---

64 〔파우스트는 열광한 나머지, 우리의 말이 '합법적 뇌물', '정직한 부수입' 같은 표현들을 받아들였다는 것을 잊고 있으며, — 농노제의 모든 용어들도 잊고 있다.〕

양육자라 하는 게 옳겠지…….

빅토르. 그래, 자네 좋을 대로 부르게, 거짓이든, 예의든, 시대정신이든, — 다 마찬가지야. 문제는 이 약재의 도움으로 서구가 중세의 암흑에서 벗어났고, 우리가 지금 보고 있는 그 단계로 올라섰다는 데 있어. 서구는 발명과 예술, 학문의 종묘원이 되었으니까……. 중요한 건 — 목적이지 수단이 아니네…….

파우스트. 적어도 자네는, 예의 바르게 말해, 종묘원이 **제설 혼합주의적인 약재**의 도움으로 조성되었다는 데는 동의하는군. — 좋은 징조야! — 자넨, 목적이 달성됐다고 말하는 건가?

빅토르. 달성 중이지…….

파우스트. 그럼 무엇을 달성했는지 한번 보세. — 열매를 보면 나무를 알 수 있으니까. 거듭 말하지만, 서구에 대한 내 죽은 벗들의 생각은 과장된 것이네. — 그러나…… 서구의 작가들이 스스로 말하고 있는 것을 잘 들어 보게, 서구의 사실들을 정확하게 눈여겨보게나. — 어떤 하나가 아니라 예외 없이 모든 것을 말일세. 오늘의 문학에서 울려 퍼지고 있는 절망의 외침을 들어 보라고…….

빅토르. 그건 아무것도 증명해 주지 않네. 인간이라는 종 가운데서도 가장 수다스러운 사람들, 문사들의 말을 어찌 증거로 삼을 수 있단 말인가? 알다시피 그들에게 필요한 건 단 하나, 즉 무슨 수를 써서라도 효과를 불러일으키는 것이지, — 진리이건 거짓이건 간에…….

파우스트. 그렇네! 하지만 문학 작품들, 특히 소설 속에는 한 사회의 삶이 아니라면 적어도 그 글을 쓰는 사람들, 자네가 말하듯이 비록 수다스럽긴 해도 그 사회의 정수를 이루는 사람들의 정신세계가 반영된다는 것을 부정할 수는 없지.

뱌체슬라프. 오! 여부가 있나. — 뭐라고 하든, 출판이란 — 위대한 것이야. 그건 시금석, 그것도 대단히 믿을 만한 시금석이니까! 얼마나 많은 사람들이 이 세상에서 똑똑한 자들로, 심지어 천재로까지 여겨졌든 간에, — 설령 그들이 지상의 모든 지혜를 모조리 잡수신 듯 보였다 해도, — 그들은 자신들이 출판한 첫 몇 줄에서 벌써 가면이 벗겨지고 말았거든. 심오한 것 같았던 사상이 두어 줄의 어린애 같은 문구에 지나지 않고, 기지는 억지스러운 단어의 나열이요, 학식은 중학생 수준도 되지 않는 데다, 논리는 혼돈 그 자체라는 사실이 뜻밖에도 여지없이 밝혀졌으니까…….

파우스트. 자네 생각에 동의하네, 단 몇 가지 제한을 붙여서……. 하지만 제쳐 두기로 하지. 나는 사회의 정신적 상황을 나타내는 온도계의 하나로서 문학에 대해 말했었네. 이 온도계는 서구를 지배하고 있는, 이겨 낼 수 없는 막연한 불안감(malaise), 모든 공통된 신앙의 부재, 믿음 없는 희망, 그 어떤 확신도 없는 부정을 가리키고 있네. 다른 온도계들도 한번 볼까. — 빅토르는 우리 세기의 산업이 이룬 기적에 대해 언급했지. 서구는 공업의 세계야. 케틀레*는 그가 양심적으로 작성한 통계 도표에 의해 자기도 모르게 이런 결론에 도달할 수밖에 없었다네. 첫째, 공업 지대에서 일어나는 범죄의 수는 농업 지대보다 훨씬 크다.[65] 둘째, 공업 국가의 빈곤은 그 어느 국가보다도 훨씬 심각하다. 왜냐하면 아주 사소한 정치적 상황, 아주 사소한 정도의 판매 부진이 수천 명의 사람을 빈곤으로 내몰고 범죄로 이끌기 때문이다.[66] 실제로 현대의 산업은 기적을 행하고 있다네. 공장에서는, 알다시

---

65 케틀레, 『인간에 관하여, 혹은 사회 물리학 시론(*Sur l'Homme, ou Essai de Physique sociale)*』(브뤼셀, 1836), 제1권, 215쪽.
66 같은 책, 제2권, 211쪽.

피, 임금이 더 싸다는 가장 단순한 이유로 열한 살 미만의 수많은 아이들, 심지어는 여섯 살짜리까지도 고용하고 있지. 공장 기계를 밤 동안 쉬게 하면 이익이 줄어드는 까닭에, 왜냐하면 시간은 — 자본이니까, 공장에서는 밤낮으로 일을 하네. 모든 작업조는 하루 열한 시간을 일하고, 일이 끝날 무렵이면 불쌍한 아이들은 완전히 기진맥진해서 두 발로 서 있을 수도 없어. 지친 나머지 아이들은 그대로 쓰러져 깊이 잠이 들어 버리기 때문에 채찍으로써나 다시 깨울 수 있는 지경이라네. 존경스러운 기업주들은 이 불편을 면하기 위해 기적적인 발명을 해냈지. 그들은 불쌍한 아이들이 지쳐서 쓰러지는 것마저 방해하기 위해 양철 장화를 생각해 낸 것일세…….

빅토르. 그건 아무것도 증명하지 못하는 특수한 경우야…….

파우스트. 인내심을 가지고 1832년부터 1834년까지의 의회 조사 보고서와 그 밖의 다른 기록들이라도 훑어본다면,[67] 자넨 거기서 무엇을 발견하게 될까? — 어디서나 하나의 답이지. 하루에 열한 시간씩이나 일을 하는 열 살짜리 아이들, 녹초가 될 정도의 피로, 퉁퉁 부은 다리, 등의 질병, 수면 부족, 그로 인한 지속적인 반수면 상태,[68] 끝으로 무엇보다 중요한 것은 — 도덕적 교육은 말할 나위도 없고, 그 어떤 양성, 그 어떤 교육도 불가능하다는 사실이라네. 왜냐하면 열한 시간의 노동 뒤에 학교에 갈 시간은 이미 없으니까. 또 설령 그럴 시간이 난다 해도 신체적, 도덕적으로 아이들은 배워 봤자 아무 소용도 없는 상태라네. 의회의 조사 위원들은 공장 노동자들의 대부분이 읽을 줄도 쓸 줄도 모르고, — 때

67 『공장 조사(*Factories Inquiry*)』, 제1보고서, 제2보고서, 추가 보고서, 1832~1834, 전 4권, 2절판.

68 이 반수면 상태는 공장으로서는 대단히 편리한 것인 듯싶다. 최근의 신문들은 서구의 공장주들이 지나치게 활기찬 아이들을 진정시키기 위해 사용하는 수면제에 대한 기사로 가득하다.

가 되기도 전에 노쇠해 버린다는 사실을 밝혀냈어. 이건 절대로 지어낸 동화가 아니고, 공식적인 사실일세.

빅토르. 하지만 유어 박사는 공장에 있다는 것만으로도 노동자들의 교육을 촉진시킨다고 증언하지 않았나…….

파우스트. 나도 그 대목을 기억하는데, — 웃음과 연민 없이는 읽을 수 없는 새빨간 거짓말이지. 무명 실타래의 열렬한 옹호자이자 학식도 높은 그 유어 박사는 자신이 숭배하는 대상을 옹호하기 위해 갖은 수를 다 쓰고 있다네. 그자는 노동자는 반드시 온도계를 쳐다볼 필요가 있다고 말하고 있지. 온도계는 "습도계와 함께, 다른 사람들에겐 숨겨져 있는 자연의 비밀을 그에게 밝혀 줄 것이다. 날마다 그는" 하고 이 박애주의자인 공장 옹호자는 계속 말한다네. "공장 내부를 데우는 거대한 증기관을 보며 온도 상승으로 인한 고체의 팽창을 관찰하고…… 자신의 방적 기계에서 실제적인 기계학에 대한 지식을 얻는 기회를 가진다……."[69] 이게 바로 실증성의 본보기라네! 이 공장 철학자는 나사못을 벽 속에 밀어 넣듯이 인간의 머릿속에다 지식을 비틀어 넣을 수 있다고 전제하고 있지. 개별 지식이 이해될 수 있을 정도로 인간의 정신적인 인식력을 발전시켜 줄 아무런 사전 준비도 없이 말일세…….

빅토르. 그렇지만 매일같이 기계와 온도계를 접하는 것이 인간의 정신적 능력을 어느 정도 발전시켜 주지 않을 수 없다는 점에는 자네도 동의해야 할 걸…….

파우스트. 그렇다네, 만약 그가 천재라면 말이지. 그러나 다른 사람들은 평생토록 그들 앞에서 바퀴가 돌아가고 온도계가 걸려 있

---

69 앤드류 유어(Andrew Ure), 『공장 철학(*Philosophie des manufactures*)』, 전 2권, 12절판(브뤼셀), 저자의 감수에 의한 번역, 제1장, 36쪽 ff.

다 한들 ― 이것에서나 저것에서나 아무것도 이해하지 못할 걸세. 수증기가 주전자 뚜껑을 들어 올리는 것을 수천 명의 사람이 보았지만, 와트* 한 사람만이 이 관찰에서 증기 기관의 아이디어를 얻었네. 17세기의 가장 유명한 화학자 중의 한 사람인 영국인 헤일스*는 기체를 모을 수 있는 장치까지 발명했고 그 기체들을 말하자면 손으로 직접 만져 보기까지 했으나, ― 그것들을 알아보지 못하고 그저 어떤 혼합물이 섞여 있을 따름인, 똑같은 보통의 공기라고 여겼지. 천재에겐 학교가 필요하지 않네. 그러나 **천재가 아닌** 모든 사람들에겐 적어도 초보적인 교육이 반드시 필요하다네. 하지만 이 모든 것은 꿈에 지나지 않아! 방적 공장을 한번 보기만 하면 되네! 그럼 그걸 알게 될 걸세. 끊어지는 수백 가닥의 실을 매분 살펴보아야만 하는 사람이 ― 온도계를 관찰하고 기계 장치의 역학에 몰두한다는 게 가능하기나 할까? 매일 열두 시간 동안 기계 밑에서 네 발로 기면서 솜 부스러기를 주워 모으는 것이 그들이 하는 유일한 일인 불행한 사람들에 대해서는 아예 말하지 않겠네. ― 왜냐하면 그것이 아이들이 해야 하는 모든 일이니까. 어떻게 그들이 이 시간에 온도계와 습도계를 관찰할 수 있는지는 ― 유어 박사만이 알고 있겠지! 그런데 방적기의 나사와 바퀴들에 대한 심오한 고찰이 다른 사람들에겐 충분히 알려져 있는 자연의 비밀을 정작 유어 박사 자신에게는 밝혀 주지 못한 모양일세. 런던의 어느 현명한 의사가 **야간** 노동은 건강에 치명적이며 특히 아동 연령에서는 신체의 정상적인 발육을 저해한다고 솔직하게 지적하자, 유어 박사는 자존심이 상해서는, 기계는 환한 가스 조명을 받고 있고, 따라서 야간 노동이 아이들에게 유해하다는 건 있을 수 없는 일이라고 비웃으면서 의과 대학 쪽에 증언했으니까…….

로스치슬라프. 정말 농담하는 것 아닌가?

파우스트. 『공장 철학』 제2권의 제2장(章)을 한번 훑어보게.[70] 이 답변은 유어 박사가 밤이 동물의 유기체에 미치는 영향에 대한 생리학의 가장 단순한 입장의 하나를 전혀 모르고 있었다는 사실을 보여 주니까. 그저 한 명의 공장 철학자에 불과하다면 그런 믿을 수 없고 용서될 수 없는 무지가 허용되겠지만, — 유어 박사는 실증적인 인간이고, 게다가 섬유 공업뿐만 아니라 공업 전체의 세계에서 권위자로 간주되고 있는 사람이니…….

로스치슬라프. 적어도 그는 공장에서 이루어지는 불행한 아이들의 도덕 교육에 대해 언급하고 있겠지?

파우스트. 그는 대체로 공장에서의 도덕 교육을 매우 찬양하고 있다네. 나는 그에게서 그 증거도 찾아냈지. "만약 모직 공장의 근무조장이" — 하고 그는 말하고 있어.[71] — "술을 마시지 않고 점잖은 사람이라면, 그는 자신의 어린 조수들을 괴롭힐(harasser) 필요가 없다……. 그러나 그가 음주벽에 빠져 있거나 성을 잘 내는 사람이라면, 그들을 폭군처럼 다룬다……. 술집에서 오느라 지각을 하게 되면, 잃어버린 시간을 벌충하기 위해 기계를 엄청나게 빨리 돌려서, 조수들이 그를 전혀 도와줄 수 없게 만들고…… 그럴 때면 긴 압착 롤러(billy rollet)로 그들을 두들겨 팬다……." — 이게 교육이 아닐 리 있나? 불쌍한 아이들은 주정뱅이에다 건달인 어른의 완전한 권력 아래 내맡겨져 있네. — 하지만 이것은 하루에 고작 열한 시간 동안만이라네! 게다가 유어 박사는 아주 정색을 하고서, 이런 일은 모직 공장에서만 일어나지 목면 공장에서는 절대로 없다고 단언하면서,[72] 모직 공장에서의 새로운 개량이 이 사소

---

70 같은 책, 149쪽.

71 같은 책, 제1권, 13쪽.

72 같은 책, 같은 쪽.

한 불쾌한 일을 제거하게 될 것이라고 기대하고 있지…….

빅토르. 자네는 우연한 사례들만 드는군…….

파우스트. 이 우연한 사례들은 서구의 모든 공장에서 볼 수 있는 것들이네…….

빅토르. 자넨 한 측면만 가리키고 있어…….

파우스트. 자네가 좋다면 다른 측면도 보여 주지. 자, 여기. 샤를 뒤팽*은 의회의 연단에서 엄숙하게 공표했었네. "프랑스 공업 지역에서는 신병들 1만 명 가운데 8천9백 명이 병자거나 불구인 데 비해서, 농업 지역에서는 4천 명만이 그렇다"라고[73] 말일세.

빅토르. 그건 여전히 그늘진 쪽일 뿐이야. 예컨대 서구의 엄청난 생산성과 같은 상황들의 힘도 고려해야 하네. 그 덕분에 자연히 공장 제품들의 가격이 낮아지고, 더 싸게, 더 짧은 시간 안에 생산이 가능해지지 않나. 이 모든 야간 노동이며, 아이들의 고용이며, 피로 현상은 다 그 때문이지…… 그렇지 않으면 대부분의 공장주들이 파산할 테니…….

파우스트. 나는 이 과도한 생산성이 결코 필요하다고 보지 않네…….

빅토르. 당치도 않아! 자넨 산업의 자유를 제한하려 드는군…….

파우스트. 나는 이 무제한한 자유가 필요하다고 보지 않아…….

빅토르. 그러나 그것 없이는 경쟁도 없을걸…….

파우스트. 나는 소위 그 경쟁이라는 것이 필요하다고 보지 않네……. 어째서냐고? 이익에 굶주린 사람들은 자신들의 제품을 팔기 위해 서로 망하게 하려고 안간힘을 쓰지. 그리고 그것을 위해서 모든 인간적인 감정, 행복, 도덕성, 그리고 여러 세대 모두의 건강을 희생시킨다네. — 그리고 이 술책을 경쟁이니 산

73 1830년대의 신문들을 보라.

업의 자유니 하고 부르자는 생각이 애덤 스미스의 머리에 떠올랐다는, 단지 그 사실 때문에 — 사람들은 이 신성한 것을 감히 건드릴 엄두도 못 낸다는 건가? 오, 파렴치하고 치욕적인 거짓이라네!

빅토르. 서구 산업의 현 상태가 많은 점에서 기이하고 우울하다는 데는 나도 동의하네. — 그러나 서구의 본질은 산업에만 있는 것이 아닐세. 기억하게, 서구는 — 우리의 계몽의 요람이라네. 사람들은 공부하기 위해 서구로 가고 있고, 서구는 학문의 진정한 사원이라고…….

파우스트. 아주 광범위한 문제로군! 그것에 대해선 내일 밤까지라도 얘기할 수 있을 걸세! 너무 장황하게 늘어놓지 않기 위해 — 이것만 묻겠네. 그러니까 어떤 학문들이 이 사원에서 진보를 이루었다는 건가? 나는 서구에서 움직임을 보고 있고, 엄청난 힘의 소비를 보고 있고, 유익하고 무익한 많은 기법과 장치들을 보고 있네. — 그것들을 배우는 거야 나쁘지 않겠지. — 그러나 새로운 학문이 옛 학문을 멀찌감치 따돌렸느냐 하는 것은 다른 문제일세. 새로운 학문이 인간의 행복과 안녕을 털끝만큼이라도 늘렸는가? 이것은 또 다른 문제이고.

빅토르. 들어 보게. 서구의 계몽을 부정하는 것은 — 불가능해. 자네는 그것을 증명하지 못할 거네…….

파우스트. 나는 그것을 부정하지 않아. 오히려 나는 우리가 서구에서 배울 게 많다는 사실을 인정하네. 하지만 나는 이 계몽을 제대로 평가해 보고 싶네. 정치 경제학과 사회 체제에서의 성과는 우리가 이미 본 바이고, 매일같이 보고 있지. 어떤 선량한 괴짜*가 이런 제안을 하고 나서기에 이르렀으니까. 즉 사회적인 삶을 모조리 뒤엎어 버리고, 욕망을 억누르는 대신 그것을 완전히 내키는 대로 하게 내버려 두고 심지어 그것을 부추기는 편이 더 좋지 않을지 시험해 보자는 것이지. 그런데 이 괴짜는 결코 바보가 아니었네. 그가 도달한 이 부조리한 생각은 서구의 학문이 들어선 원(圓)에는 이미 어떤 출구도 없다는 것을 증명해 준다네. 물리 과학에서는 많은 응용이 이루어지고 있지만, 그중 과연 어떤 것이 새로운 시대에 속하는 것인지는…… 의심스럽군.

빅토르. 모든 발명을 고대의 것으로 돌리는 것은 매우 오래된 생각이야. 수백 권의 책이 그것에 대해 쓰였지…….

파우스트. 고로, 그 생각에는 뭔가 정당한 것이 있다는 얘기라네. 자네들은 내 확신을 알고 있겠지만, 나는 학자들이 학문을 여러 방향으로 끌고 갈 때 학문이 커다란 진보를 이룰 수 있다고는 믿지 않아! 이 여행에서 학자들은 어떤 새로운 것에 우연히 부딪칠 수도 있겠지만, 그저 부딪칠 따름이지. 생각건대, 옛사람들은 한 방향을 향해 끌고 갔네, — 그래서 수레가 더 빨리 달렸던 걸세…….

빅토르와 **뱌체슬라프**. 증거를 대 보게나! 증거!

파우스트. 자네들은 내가 지금 쓰고 있는 책을 알고 있네. 이 책의 목적은 잊힌 지식을 상기시키는 거라네. — 판치롤리*의 저작 『잃어버린 것들에 관하여(*De rebus deperditis*)』와 같은 종류의 무엇이지. 그런데 이 책은 나 자신에게도 전혀 뜻밖이게도, 우리의 모든 물리학적 지식이 첫째로는 연금술사들, 마술사들, 그리고 그런 종류의 다른 사람들에게, 나아가 엘레우시스의 사원*과 더 나아가서는 이집트의 신관들에게도 이미 알려져 있던 것이라는 사실도 함께 증명해 주었다네. 지금은 다만 몇 가지 암시로만 그치겠네. 이런저런 대상이 어떤 시대에 존재했다는 것을 우리가 확실하게 안다면, 그로부터 우리는 그 대상의 제조 수단 또한 존재했다는 결론을 내려야만 하네. 목조 가옥을 볼 때, 우리는 들보가 나무로 되었다는 것, 나무는 쇠로 베어 냈다는 것, 쇠는 단련되었고 철광석에서 얻어졌다는 것, 철광석은 채굴된 것이라는 등등의 결론을 내리지. 알코올, 금속, 가장 중요한 산(酸)들, 알칼리들, 염류는, — 이것들이 없다면 우리의 학문이 그 자리에서 꼼짝도 할 수 없을 정도로 대단히 중요한 화합물들이지만, 모두 다 연금술사들로부터 우리에게 전해진 것들이라네. 이것들의 존재는 적어도 우리 시대에 퍼져 있는 것과 같은 광범위한 지식을 반드시 전제로 하지. 비록 그 과정과 장치 자체가 자세히 기록되어 있지는 않을지라도 말일세. 나에게 이것은 2 곱하기 2는 4만큼이나 확실하네.

빅토르. 어떤 방식으로 많은 다른 발견들이 특별한 지식의 도움 없이도 이루어질 수 있었나 하는 수수께끼에 대해 답이 될 수 있을 법한 한 가지 발견의 유래가 전해 오지. 페니키아 상인들은 자신들의 점심 식사를 준비하기 위해 바닷가에서 불을 지피다가 우연히, 그 어떤 화학의 도움도 없이, 유리를 발견했네.

파우스트. 플리니우스*는 그 이야기를 다른 많은 이야기들과 함께 전해 주었지. 그의 말에 따르면, "상인들은 식탁 대신 그들의 배 위에 있던 **초석** 조각들을 이용했다.[74] 해변의 모래와 함께 불의 작용 아래 놓이게 된 초석은 투명한 액체가 되어 흐르기 시작했고, 이것이 유리의 기원이었다"라는 거야. 문제는, 이 일이, 플리니우스의 화를 돋울 생각은 아니지만, 절대로 일어날 수 없었다는 데 있어. 그 정도의 약한 불, 그리고 사방이 탁 트인 노천에서는 절

---

74 Glebas nitri. 『플리니우스. 박물지(*Plinii Hist. natur.*)』 책 XXXVI, 65쪽, — 질산칼륨? 탄산칼륨? 나트륨?

대로 유리가 생겨 나올 수 없으니까. — 그것도 아주 간단한 이유, 즉 유리를 용해하기 위해서는 모닥불이 아닌 용광로의 온도가 반드시 필요하다는 것 때문일세. 자네가 뭐라고 하든, 고대에 유리가 존재했다는 사실은 유리 제조를 위해 반드시 필요했던 엄청난 예비지식을 시사하고 있네. 유리 성분의 발견을 위해, 그 속에 들어가는 물질들의 비율을 발견하기 위해, 우리가 판단하기로는 수천 번의 실험이 행해져야만 했을 걸세. 또한 플리니우스가 분명하게 말하고 있는, 그리고 수에토니우스* 역시 그런 것 같은데, 우리로서는 전혀 이해할 수 없는 그 탄성 유리에 대해서도 잊어선 안 되겠지…….

뱌체슬라프. 현대인을 낮추기 위해 옛사람들을 높이는 것은 — 한때 유행이었지만, 이젠 지나갔다네……!

파우스트. 모든 가능한 발견이 다 옛사람들의 것이라고 주장하는 것은 아닐세. 그러나 예컨대 피타고라스학파의 제자로서 신비한 제례의 도움으로 천둥을 땅으로 끌어내렸다고 하는 누마 폼필리우스에 관한 전설*을 잊어서는 안 되네. 유피테르를 엘리키우스, 즉 끌어당기는 힘을 지닌 자라고 부르는 것,[75]* 누마를 모방하다가 제례에서 무엇인가 잊어버린 바람에 벼락을 맞고 만 툴루스 호스틸리우스*에 관한 티투스 리비우스의 이야기,[76] 로모노소프가 묘사하고 있는 것과 같은, 피뢰침 실험 와중에 발생한 리크만의 죽음을 정확하게 상기시키는 이야기*도 잊어선 안 되지. 나아

75 "그들은 당신을 하늘로부터 불러내노니, 유피테르, 그리하여 인간들은 / 지금도 자주 당신을 찬양하고 엘리키우스라 부르노라(Eliciunt coelo te, Jupiter, unde minores / Nunc quoque te celebrant, Eliciumque vocant)" 하고 오비디우스는 책 3, v. 328에서 말한다. "유피테르 엘리키우스는 — 불러냄, 혹은 끌어냄에서 나온 것이다." 뒤탕*을 보라.

76 책 I, 20쪽. 또한 플리니우스, 책 I, 53쪽, 『번개 부르기에 관하여(*De fulminis evocandis*)』와 비교해 보라.

가, 이집트인들의 성년식에 수반되는 상황, "오직 미네르바만이 어디에 천둥이 숨겨져 있는지 안다"[77]*는 아이스킬로스의 말을 설명해 주는 그 상황도 결코 잊어서는 안 될 거야. 헤로도토스에 의해 묘사된 시신 방부 처리는 우리가 오랫동안의 노력 끝에 간신히 얻어 낸 방부제 크레오소트가 이집트인들에게 이미 알려져 있었다는 사실을 보여 주지.* 먼 시간적 거리, 고대 문헌의 소멸과 왜곡은 이 경우, 진실을 직접적으로 느끼는 것을 방해하지만, 적어도 나는 학문이 베룰람의 베이컨*에 의해, 그리고 더 심하게는 그의 후계자들에 의해 재앙스러운 방향으로 나아가게 된 때로부터 우리는 자연에 대한 지식에 있어 단 한 걸음도 앞으로 나아가지 못했다고 단언하네. 연금술사들의 작품을 통독할 인내심을 가진 자라면, 첫눈에는 기이하게 여겨질 이 주장의 진실됨을 쉽게 확인하게 될 걸세. 오늘날의 모든 화학 지식은 대(大)알베르투스,* 로저 베이컨,* 라이문두스 룰루스,* 바실리우스 발렌티누스,* 파라켈수스, 그리고 이 범주의 다른 경이로운 사람들에게서 발견될 뿐만 아니라, 그다지 보잘것없는 연금술사들에게서도 만나게 될 정도로 이 지식들은 철저하게 다듬어져 있었네. 자네는 예컨대 『코스모폴리트』[78]에서 황산을 이용하여 물을 냉각시키는 실험을 발견하게 될 걸세. 그건 그것을 위한 장치들의 존재를 전제하고, 그 장치들은 그것들대로 엄청난 경험과 숙련성을 전제로 하지. 질소는 로저 베이컨에게도 알려져 있었고, 아르테피우스라는 이름 아래 쓰여 있는 책에서는[79] 심지어 기체들의 성질에 대한 지식까지도 알아볼

77 아이스킬로스의 『오레스테이아』 3부작의 마지막 부분 「에우메니데스」에 나온다.

78 1723년의 가장 새로운 번역 『코스모폴리트, 혹은 새로운 화학적 빛(*Cosmopolite ouNouvelle lumière chymique*)』, 26쪽에서.

79 『비술과 현자의 돌에 대한 고대 철학자 아르테피우스의 비밀의 책(*Artephii antiquissimi philosophi de arte occulta atque lapide philosophorum liber secretus*)』(1612), 4절판.

수 있네. 바실리우스 발렌티누스뿐 아니라 힐데브란트[80]에게서도 금속은 최근에 나온 많은 책들에서도 만나기 힘들 정도로 아주 자세하게 기술되어 있지. 하인리히 쿤라트*는 유기물 분석의 중요성을 느끼고 있었고[81]…….

바체슬라프. 좀 봐주게나, 살려 주게…… 대체 무슨 이름들인가? 그런 야만인들이 뭘 알 수 있었다는 건데?

파우스트. 나는 일부러, 그들 시대에 특별한 명성을 누리지 못했지만, 우리가 간신히 그들의 지식 수준에 이르고 있는 그런 사람들을 제시했네…….

빅토르. 그렇지만 우리들의 시대에게도 뭐든 좋으니 좀 인정해 주게나. 이를테면, 물은 옛사람들이 그들의 지혜에도 불구하고 굳게 믿고 있었던 것과는 달리, 원소가 아니라는 사실에 대한 지식이라도…….

파우스트. 그것 역시 실험 과학자로서의 우리의 자존심을 만족시키는, 지어낸 이야기 중의 하나일세. 옛사람들은 결코 물을 원소로 여기지 않았네. 적어도, 『티마이오스』에서 "물은 불에 의해 분해될 수 있으며, 하나의 불타는 물질과 혹은 두 개의 기체 물질을 낳는다"고 말하고 있는 플라톤의 시대 이래로는. — 분명하지 않은가, 여기서 말해진 것이 우리가 발견했다고 그렇게 자랑스러워하는 산소와 수소라는 사실이? 나는 조금도 의심치 않네. 불, 공기, 물, 흙이라는 자연 요소들의 이름 아래 — 옛사람들에게는 우리의 네 가지 원소인 산소, 질소, 수소, 탄소에 상응하는 개념들

80 볼프강 힐데브란트(Wolfgang Hildebrand), 『자연의 마법(*Magiae naturalis*)』(1625) 제2부 기쁨의 정원(Hortus deliciarum), 4절판.

81 『유일하게 참된 영원한 지혜의 원형 극장(*Amphiteatrum sapientiae eternae solius verae*)』(라이프치히, 1602), 2절판.

이 숨어 있다네.[82] 그 증거는 수백 가지라도 댈 수 있지. 피타고라스학파*는 아예 관두고, 엘레아학파*만 떠올리면 되네. 만약 현대의 화학자들이 모든 유기체는 공기를 구성하는 기체들로부터 생겨난다는 것을 증명한다면, — 나는 모자를 벗고 아낙시메네스*의 동시대인인 아주 오랜 지기 앞에서 허리 굽혀 절을 하겠네. 또한 모든 중요한 가스들이 연금술사인 반 헬몬트*에게 이미 알려져 있었고, **가스**라는 단어도 그에게로 거슬러 올라간다는 것을 잊어선 안 되지…….

빅토르. 적어도 증기력은…….

파우스트. 그건 알렉산드리아의 히에론*이 기원전 120년에 이미 **실제로** 사용했었네. 블라스코*도 카알 5세*에게 증기 기관을 제안했지. 이 두 시대 사이에, 자네도 알다시피, 로저 베이컨도 그것에 대해 이야기했고, — 지금 이 모든 것은 확실하게 증명되어 있네…….

빅토르. 그렇지만 적어도 기구(氣球)는…….

파우스트. 바로 이 경이로운 베이컨에게는 그것도 이미 알려져 있었다네. — 그리고 연금술사 중의 한 사람은 몽골피에*보다 백 년이나 앞서 기구를 대단히 자세하게 묘사했고, 사람들이 아주 최근에 와서야 가까스로 **알아차린** 방식대로, 즉 구리로 기구를 만

---

82 여기서 플라톤의 저작에 나오는, 오늘날까지도 거의 주목받지 못하고 있는 흥미로운 대목을 소개한다. 아스트의 번역에서는 다음과 같다. "흙이 불과 만나게 되어 그것의 날카로움에 의해서 해체되면, 이동을 하게 되겠는데, 그것이 불 자체(**금속?**) 속에 해체되게 되었거나, 혹은 공기(**산화물?**)나 물의 덩어리(**염류?**) 속에 해체되게 되었거나 간에, 그것의 부분들이 어딘가에서 서로 만나게 되어 자신들끼리 결합해서 다시 흙이 될 때까지 그럴 것입니다. — 왜냐하면 흙은 결코 다른 종류로 옮아갈 수 없기 때문입니다. — 반면, 물이 불이나 공기에 의해서 쪼개지게 되는 경우에는, 자신으로부터 **불의 입자 하나와 기체의 입자 둘**을 발생시킬 수 있습니다. 그런가 하면 공기의 조각들은 해체된 하나의 입자에서 두 개의 불의 입자가 생겨나게 합니다."(강조는 오도예프스키에 의한 것이다 — 역주) 플라톤 저작, 제5권, 197쪽. 아스트(Аст)판(版), 1822년. 여기서 감히 지적해 두자면, δύο δὲ ἀέρος에서 δὲ는, μὲν에도 불구하고, или(혹은), 슬라브어의 же(바로)를 의미할 수 있다.*

들 것을 제안했다네.[83] 보게나, 여기 그림도 있어. 구(球)도, 보트도, 돛도 있지 않나. 빅토르가 야만인들이라고 부르고 있는 이 사람들에게는 아직 손도 대지 않은 풍부한 보물이 있네. 우린 그중 어떤 것들에는 우연히 이르게 되지만, 어떤 것들은 손으로 살짝 건드려 보기조차 두려워하고, 그리고 나머지 것들은 알지도 못해……. 이 모든 기적들은 면밀하고 구체적인 실험의 산물이 아니라, 베룰람의 베이컨 덕분에 봉착하게 된 이 쥐구멍만 한 지평선 안에 갇힌 우리로서는 감히 꿈도 꾸지 못할 자연관에서 나온 것이지.

바체슬라프. 알 수가 없군, 왜 유독 특별히 베이컨을 비난하는지. 실험적 방향이 악용되기에 이르렀다면, 오히려 베이컨의 후계자들인 로크, 콩디야크, 그리고 다른 사람들을 비난할 수 있을 텐데.

빅토르. 난 여전히 모르겠네. 이러저러한 산(酸)의 발견과 이러저러한 형이상학적 관념들 사이에 어떤 연관성이 있다는 건가……?

파우스트. 철학의 사원에서는 마치 최고 법정에서처럼, 주어진 시대에 보다 낮은 인간 활동 영역에서 연구, 조사되는 과제들이 정해진다네. — 시대의 가장 추상적인 형이상학적 명제들과, 그 시대 인간의 사회적, 가족적, 개인적 삶 전부를 형성하는 응용 학문들의 움직임 간에 명백한 유사성이 존재한다는 걸 깨닫지 않을 수 없지. 그래서 예컨대 충분히 흥미로운 보기를 들자면, 자연 과학의 점진적인 세분화, 더 정확하게 말해, 그것의 천박화, — 달리 말해 그것의 수공업화, — 내 생각으로는 그것의 점진적인 몰락은 — 철학이 베이컨에게서 궤도로부터 미끄러진

83 프란체스코 라나(Francesco Lana), 『장인의 기술 입문(*Prodromo all'arte maestra*)』(브레시아, 1670), 2절판, 제6장, 5~61쪽. "공중에서 움직일 수 있도록 노와 돛이 있는 배를 만들면, 배는 실질적으로 완성된 것일 수 있다."*

다음, 로크를 거쳐, 위대한 라이프니츠의 모든 저항에도 불구하고* 콩디야크에게로까지 추락한 이 재앙스러운 시대, — 즉 17세기 중반에서 19세기 초에 이르는 이 시대와 정확하게 합치한다는 사실이야. 물리학적 지식의 거대한 병기고를 이루어 왔고, 오늘날까지도 우리가 옛사람들을 배은망덕하게 비웃으면서 이용하고 있는 그런 근본적인 발견들이 이 순간부터는 더 이상 나타나지 않고 있네, 마치 어떤 마법이라도 작용하는 것처럼 말이지. 지금 무대에 등장하고 있는 것은 단지 예전에 이미 발견된 것의 수공업적 응용일 뿐이야. 베이컨에 대해 말하자면, 그는 자신의 후계자들이 어떤 부조리로까지 나아가게 될지, 아마 그 자신도 짐작하지 못했을 걸세. 그는 자기 시대의 군중들이 사용하는 실험적인 방법, 그 스스로 그렇게 불렀듯이 "눈멀고 얼빠진" 방법을 공격했으니까. 그는 실험이 어떤 질서 속에서 어떤 방법을 가지고 행해질 것을 요구했다네. 그러나 연구자들에게 현상의 **내적 본질**을 도외시한 채 **우연하고 부차적인** 원인들에서 멈출 것을 가르쳤다는 점에서 베이컨에겐 무거운 책임이 있어. 두 세기 동안이나 학계의 소중한 보물이었지만 지금은 이미 소액 동전으로 바뀌어 버린 이 불행한 말을 한 사람이 바로 그였으니까. "모든 증거 가운데 가장 훌륭한 것은 의심할 나위 없이 실험이지만, — 그것은 눈앞에 놓여 있는 사실에만 주의를 기울이는 그런 실험이어야 한다……." 그리고 그는 계속 말하지. "여러 종류의 많은 사실을 모은 뒤에, 그것들로부터 원인과 원칙의 인식을 도출해야 한다……."[84]

빅토르. 하지만 자네의 연금술사들은 대체 뭘 했나? 그들도 자신의 난롯가에서 탄산가스에 중독되었고, 그들 역시 사실을 수집

---

84 『신(新)기관(*Novum Organum*)』 I, 70쪽.

하지 않았나? 심지어 이집트의 사원들도 바로 물리학 실험실 그 자체였다면, 분명히 거기서도 베이컨의 규칙을 따르고 있었을 거네…….

파우스트. 다만 한 가지 차이가 있지. 옛사람들, 그리고 대부분의 연금술사들도 마찬가지지만, 그들은 자신들이 어디로 가고 있는지 알고 있었네. 그들에게 물질적인 실험은 진리 추구의 마지막 단계였어. 베이컨적인 방향으로 접어든 때부터 사람들은 이 단계에서 시작하여, 어디로 무엇 때문에 가는 것인지 스스로도 모르면서, 말하자면 — 앞뒤 생각 없이 무턱대고 가고 있지……. 그런 까닭에 연금술사들은, 그것들이 없다면 지금 우리가 꼼짝도 할 수 없게 될 모든 것을 발견해 냈어, 그것도 틈틈이 짬이 있을 때 말일세. — 그러나 우리는 면 모자를 위한 나사와 바퀴를 발견한 게 고작이라네…….

빅토르. 좋아! 오늘날의 모든 지식이 고대와 중세에도 이미 알려져 있었고, 우리는 다만 성찬이 차려졌던 그들의 식탁에서 남은 부스러기를 주워 모으는 것뿐이라 치세. — 그러나 문제는, 이 식탁이 **소수의 사람들을 위한**, 그것도 아주 소수의 사람들을 위한 것이었던 반면, 지금의 학문은 — 훌륭한 호텔의 공동 식탁 같은 것이라는 데 있어, 원하는 사람은 누구나 와도 좋은…….

파우스트. 거기엔 나도 동의하네, 이 호텔의 문이 그렇게 넓지 않고 식사가 모든 사람의 주머니 사정에 맞는 건 아니라는 점을 지적해 두겠지만. 사실, 고대와 중세의 세계에서 학문은 사제나 신봉자들만 알고 있는 비밀이었네. 그리고 지금까지도 여러 기술적 제조 과정에는 비밀이 존재하고 있어. — 그것도 아주 단순한 이유, 즉 발명가들의 개인적인 욕심 때문에 말일세. 자네도 알 거야, 광물성 청색 안료가 상당히 많이 거래되고 있었는데도, 그것의 성분이 (18세기 초부터) 얼마나 오랫동안 비밀로 머물렀는지는. 18세기 말에 와서야 쉘*과 베르톨레*가 시안화수소산*의 성분을 일반에게 공개하지 않았나. 노인들에겐 이 비밀이 반드시 지켜야만 하는 것이었네. 그들은 이시스 여신의 사원에 새겨져 있는 기이한 제명을 이해하고 있었거든. '비밀을 밝히지 마라, 복숭아의 벌을 받으리니.' — 그들은 왜 복숭아나무가 침묵의 신에게 바쳐졌는지 알고 있었고,* — 아울러 이것은 옛사람들이 우리보다 먼저 시안화수소산을 알고 있었다는 사실을 보여 준다네.[85] 플라톤은 자신이 **비밀을 전수받은 자**로서 알고 있던 대상에 대해 언급할 때는 끊임없이 말을 중단하고 잘못 말하기도 하지. 비밀 엄수의 필수성은 중세에서 너무나도 중요했기 때문에, 연금술사들 가운데 가장 숨김이 없는 로저 베이컨조차도 화약 성분을 말하면서 초석과 유황을 든 다음, '석탄'이라는 단어는 뭔지 아주 알기 힘든 어두운 자모 수수께끼 luru vopo vir can utriet(carbonum pulvere로 읽는다네) 아래에 숨기고 있네. — 마지막으로, 거의 우리 시대의 이야기인데, 황금의 합성 비밀을 공개하겠다는 의도를 밝힌 런던의 어떤 사람이 자신의 방에서 살해당한 채 발견되었지.[86] 그러나 이 사람들의 동아리가 좁으면 좁을수록, 그들이 우리의 모든 보조 수단들, 책, 사전, 장치, 저널, 학술회의도 없이, 우리가 발견한 모든 것들을 우리보다 먼저 발견했다는 사실은 더욱 놀랍다네…….

뱌체슬라프. 내가 보기로는, 여기에 놀랄 만한 게 뭐 있나. 연금술

---

85 청산, 이 무서운 독이 복숭아씨로부터도, 그러나 다행히도 어느 경우에나 아주 힘들게 얻어질 수 있다는 것은 알려진 사실이다. 회퍼(Höfer), 『화학의 역사(*Histoire de la Chimie*)』를 보라.

86 슈미더(Schmieder), 『연금술의 역사(*Geschichte der Alchemie*)』(할레, 1832). 회퍼, 같은 책을 보라.

사들은 말도 안 되는 현자의 돌을 찾고 있었어. — 그러다가 우연히 여러 발견을 하게 된 거지…….

파우스트. 우연히 뭔가를 발견하기 위해서 무엇이 필요한지 알고 있나?

바체슬라프. 일련의 실험이겠지…….

파우스트. 그리고 **눈**이라네……. 물론 광의의 뜻에서……! 그렇지 않으면 우리는 유어 박사의 시스템에 따라 교육을 받는 노동자 꼴이 되니까.

빅토르. 자네가 뭐라고 하든, 지금 세계 방방곡곡에서, 자연 과학의 모든 분야에서 수천 명의 사람들에 의해 행해지고 있는 이 수천 가지의 특수한 실험들이 궁극적으로 진정한 자연 이론의 발견에 이르지 못하리라는 것은 있을 수 없는 일이야…….

파우스트. 그것에 대해서도 증거가 있지. 바로 기상학이라네. 기상학의 현상은 모든 사람의 눈앞에 있고, 이런 종류의 관찰은 매일, 매 시간 가능해……. 그래서 어디에 도달했지? 부정적인 대답에? — 기상학자들이 증명할 수 있는 것은 단 한 가지밖에 없다네. 지금까지 주어진 모든 설명들(직접적인 실험의 결과들)은 거짓이고, 지금의 학문 상황에서 우리는 눈, 우박, 비, 바람의 방향 등등의 형성조차도 설명할 수 없다는 것이지.[87] 기상학에 이어 다른 모든 학문들도 현재의 방향에서는 똑같은 결과로 나아가고 있네. 누구였는지는 기억이 안 나지만, 누군지 대단히 올바른 지적을 한 적이 있는데, 이 신사들은 피의 성분과 작용을 더 잘 설명해

---

87 풀리에, 켐츠, 아라고.* 이 책은 학위 논문이 아니다. 한 걸음 옮길 때마다 인용문을 가져오게 되면, 불필요한 짐으로 이 책에 하중을 가하게 될 것이다. 그렇지 않아도 이 책에는, 저자가 완전히 불가피한 경우로만 제한하고 있음에도 불구하고, 많은 인용이 들어 있다. 저자를 신뢰하는 독자들에겐 인용문이 불필요할 것이고, 다른 독자들을 위해서는 — 이 책에 포함된 암시와 시사들의 근거가 될 인용의 완전한 병기고를 나중에 열어 줄 수 있을 것이다.

주기 위해 그 사람의 피를 마지막 한 방울까지 빼내게 될 생리학자를 닮았다는 것일세. 보편적인 원칙의 가능성에 대한 불신, 부차적이고 우연한 원인들에 만족하는 습관, 정신의 보다 높은 움직임에 대한 생소함, 이것들로부터 두 가지의 악이 생겨났지. 첫 번째 악은 — 영혼의 모든 느낌은 말로 표현될 수 있을 때만 실제로 존재한다는 확신이라네. 그래서 이러저러한 물질적인 형식에 맞지 않는 것은 몽상이라고 불리지. 이 확신은 너무나도 강해서, 그것을 분명하게 부정하고 있는 매일매일의 현상들조차도 그걸 흔들 수 없다네. 의사의 눈(coup d'oeil médicinal)에 대해 말하지 않는 자가 누가 있나? 이 재능을 지닌 의사에게 물어보게. 어떻게 그가 즉각 병의 원인을 알아냈는지? 왜 그는 다른 처방을 쓰지 않고 바로 그 처방을 썼는지? — 그러면 자네들은 가장 학식 있는 의사라도 종종 난감하게 만들 걸세. 오직 중국에서만 의사에게 그의 환자의 병을 반드시 공식적인 의학서들에서 찾아내서 거기에 쓰여 있는 대로 정확하게 치료할 것을 요구하지. — 나는 이것을 대단히 논리적이라고 생각하네. 만약 모든 것이 말로써 표현될 수 있다면, 그 말들만 따르면 되고 그러면 일은 훌륭하게 완성되는 거니까. 심지어는 시학과 수사학을 사용하여 어떤 사람에게 시를 가르칠 수 있다고 다들 생각하던 시대도 있었다네! 얼마 전만 해도 파리 아카데미는 자신에게 동물 자기(磁氣)의 작용을 느끼게 해 줄 것을 요구했지.* 그런 요구에 맞서서 일어나는 자는 논리에 맞서는 것일세. — 그리고 이제 두 번째 악. 그것은 오늘날 지식에 이르는 유일한 길로 간주되고 있고, — 인간을 영원히 하나의 같은 대상을 향해 있는 어둠상자로 만들어 버리는 치명적인 **전문성**이라네. 수년 동안이나 이 어둠상자는 한 대상을 반영하고 있네. 왜, 무엇을 위해서, 그리고 이 대상은 다른 대상들과 어떤 연관 속에 존재하는지에 대한 아무런 의식도 없이 말일세. — 지금까지도, 영국의 산업 기적은 그곳에선 나사 만드는 사람은 평생토록 나사만 만들고 이 나사 말고는 세상에서 아무것도 알지 못하는 데 기인한다고 굳게 믿는 사람들이 있다네. 이 양반들에게는 **주의력의 집중**, — 자연 전체를 자신의 영역 속으로 끌어들일 수 있고 오직 최고의 정신에게만 허용되는 이 최고의 정신적 능력이, 그저 몇 년 동안이나 계속 한곳만을 두드리는 기계에 다름 아니라네. 이 두 악으로부터 학문과 삶에서의 **반목**과 **분열**이 연유하고, 그것들로부터 — 무질서, 그칠 줄 모르는 분쟁, 지리멸렬한 노력들이 연유하지. 자연 앞에서 인간의 무력함도 그것들로부터 비롯되네. 어떤 것이든 좋으니, 가장 추상적이거나 혹은 가장 단순한 일상적인 대상을 하나 언급하고, **전문가들**, — 수보로프*가 말한 바 있는 **모름쟁이*** 학위 소지자들의 대답을 모아 보게. 이 전반적인 조사는 충분히 흥미 있는 게 될 수 있을 테니.

"부탁드립니다, 음식물로 사용되는 이런저런 물질들의 화학적 성분을 제게 말씀해 주십시오. 그것은 인간의 유기체에 어떤 영향을 미치며, 또한 그에 따라 사회적 부의 한 근원에 어떤 영향을 미칠 수 있습니까?" — 죄송합니다, 그건 내 분야가 아니군요. 나는 재정학만 연구합니다.

"말씀해 주십시오. 몇몇 역사적 사건은 인간이 여러 시대에 식품으로 사용하고 있는 물질들의 화학적 성분의 영향을 통해 설명할 수 있지 않을까요?" — 죄송합니다, 나는 한가하게 역사 연구로 시간을 보낼 수 없습니다. — 나는 화학자입니다.

"말씀해 주십시오. 예술, 특히 음악이 성정의 순화에 정말로 그렇게 큰 영향을 미치는지요? — 그리고 특히 어떤 종류의 음악이 그렇습니까?" — 아니, 제발, 음악이야 그저 오락이고 장난감이지요.

— 내가 그럴 시간이 어디 있습니까? — 나는 법률가입니다.

"말씀해 주십시오. 당신들의 언제나 열정적인, 혹은 또 현란한 현대 음악은 사회 질서의 기반이 되는 정신적 원소들의 균형을 깨뜨릴 수 있지 않을까요?" — 죄송합니다. 이 질문은 나하고는 너무 거리가 멀군요. — 나는 바이올린을 연주합니다.

"고대에 키벨레*와 가이아의 신관들에 의해 지켜졌던 제례의 의미를 제게 설명해 주실 수 있을는지요?" — 죄송합니다. 나는 철학하고는 상관이 없습니다. — 나는 농학자입니다.

"말씀해 주십시오. 고대의 농업 과정들 가운데 오늘날에는 잊혔지만 다시 받아들여서 나쁘지 않을 그런 경험들이 있지는 않는지요?" — 죄송합니다. 나는 농장 경영자가 아닙니다. — 나는 문헌학자입니다.

"어떤 어떤 해에 어떤 어떤 곤충들이 특별히 많이 번식을 하고 자주 나타나는 것은 무엇 때문인지 모르십니까? 이런 현상들과 관련하여 역사에서 어떤 특정한 시기들이 관찰된 적은 없습니까? 점성술사들의 해석이 있곤 했던 그 액년들에는 이것에 대한 어떤 어렴풋한 전설이라도 남아 있는지요?" — 죄송합니다. 나는 우주론은 전혀 다루지 않습니다. 나는 현미경으로 조그만 날벌레들을 관찰하는데, 말씀드리자면 성과가 없지도 않아요. — 나는 열 가지 정도의 완전히 새로운 종을 발견했습니다.

"말씀해 주십시오. 혹시 자침(磁針)의 기울기와 어떤 식물의 기록적인 수확량 사이에서, 혹은 그것과 동물들의 특별한 사망률 사이에서 어떤 연관성을 보게 되지는 않았습니까?"* — 죄송합니다. 나는 그런 세부적인 사항들로 들어갈 수가 없습니다. 나는 오로지 자기(磁氣) 관찰에 자신을 바쳤으니까요.

"말씀해 주십시오, 선생님. 플라톤적인 의미에서의 타고난 이데아에 대한 **찬성** 이론과 **반대** 이론의 확산은 이런저런 국가의 행정적인 조치에 어느 정도로 영향을 미칠 수 있는지요?" — 정말 이상한 질문이군요! 그건 나하고 너무 거리가 멉니다. — 나는 관리입니다, 관료올시다.

"그럼 선생님께서 제게 말씀해 주실 수 없겠습니까? 인간 영혼의 조화로운 구조는 한 도시의 경찰 조직에 어느 정도까지 고려되어야 할까요?" — 그것은 재정학에 속하는 것 같군요. 그런데 나는 논리학과 수사학을 강의하고 있습니다.

"말씀해 주십시오. 라이문두스 룰루스가 썼듯이, 식물의 외형에서 그것의 내적인 성질, — 이를테면 이런저런 약제적인 성질을 규정할 수 있지 않는지요?" — 그것은 원래 의학에 속하는 문제입니다. 내가 하는 일은 단지 식물학적 분류이고, 라이문두스 룰루스는 읽을 기회를 갖지 못했습니다. — 나는 서적광이 아닙니다.

"동일한 약효를 갖는 식물들의 외형에서 유사성을 알아차리지 못하셨는지요? — 이 현상의 도움으로 식물계의 보다 정확하고 보다 항구적인 체계를 만들어 내고, 그런 체계를 바탕으로 아직까지 발견되지 않은 식물을 찾거나 혹은 어떤 주어진 식물에서 이런저런 물질을 체계적으로 찾아야 하지 않을까요, 주먹구구식으로가 아니라?" — 그것은 우리의 치료제들을 대단히 강화시켜 줄 겁니다. 그 한 예가 키나 껍질 자체보다 훨씬 복용하기 편리한 키니네이지요. 당신이 말하는 유사성과 관련해서는, 그것을 알아채지 못할 리가 없습니다. 그러니까 예를 들어, 대부분의 독초는 외형적으로 어떤 공통점이 있거든요. 하지만 나는 이 문제의 연구에 착수할 수가 없군요. 그것은 식물학자들의 일이지요. 그런데 나는 — 개업 의사입니다.

"그럼 적어도 인삼이 무엇인지는 말씀해 주십시오. 중국에서 금값으로 팔리고 있고 그렇게 놀라운 힘을 지녔다는 이 기이한 식물은 무엇인지요?" — 그것이 diospyros*과에 속하는 panax quinquefolium*이라는 것을 당신에게 말할 수 있습니다. 이 식물의 성질이 어떤 것인지에 대해서는 화학자들에게 물어보십시오. 나는 — 식물학자이니까요.

"말씀해 주십시오, 이 기이한 식물의 성분은 무엇이고, 유기체에 어떤 작용을 하며, 어떻게 복용하는지요?" — 필시 그것은 산소, 수소, 탄소, 그리고 아마도 질소로 구성되어 있을 겁니다. 그것이 어떤 효능을 갖는지는 동양학자들이나 여행자들에게 물어보십시오.

"선생님은 오랫동안 중국에 살았던 사람들 중의 한 분인 데다 교양을 쌓은 분이시니, 이 식물이 대체 무엇이고 그것을 어떻게 복용하는지 말씀해 주시겠습니까?" — 그것에는 몇 가지 종류가 있는데, 그중 하나는 아주 평범한 것으로 아무런 효능도 없지만, 다른 하나는 매우 귀하고 — 또 내가 직접 본 바대로, 아주 중한 병자들도 살린다고 들었습니다. 이 종류들 사이에 어떤 차이가 있고, 어떤 경우에 이것 아니면 다른 것을 복용하는지는 배울 수 없었습니다. — 왜냐하면 나는 자연 과학을 연구하지 않으니까요. 나는 언어학자이고 동양학자입니다.

"선생님께선 그토록 글을 잘 쓰시니, — 물리학적 지식을 누구에게나 매력적이고 쉽게 이해하게 해 줄 책을 인간적인 언어로 써 주실 수 없을는지요?" — 어쩌지요? 그건 나의 대상이 아닙니다! 나는 순수 문학만 합니다.

"선생님께선 물리학과 자연사를 그토록 깊이 있게 연구하셨으니, — 독자들을 내치기만 하는 데다가 가장 훌륭한 물리학 저서들을 물리학자가 아닌 모든 사람들로선 도무지 이해할 수 없는 것으로 만드는 야만적인 물리학 전문 용어들을 바로잡아 주셨으면

합니다.” — 어쩌겠습니까? 그건 내 분야가 아닙니다! 나는 문인이 아닙니다.

“선생님께서 미적분학에 관한 책을 내셨다고 들었습니다. 선생님의 공식들을 깊이 탐구하면, 거의 모든 물리학적, 화학적, 민족지학적 현상들에 대한 설명이 발견된다고 하지 않습니까! 드디어 선생님의 책이 나와서, 전 몹시 기쁩니다!” — 무슨 소용이 있습니까! 그걸 읽을 사람은 채 열 명도 안 되고, — 그걸 이해할 사람은 전 세계에서 세 명도 안 될 겁니다.

“그럼, 선생님, — 선생님께선 전공하고 계신 학문의 본질상 모든 것에 대한 정보를 가지고 계셔야 하는 분이시니, 말씀해 주십시오. 왜 모든 학자들은 서로 다른 방향으로 제각기 갈라졌고, 각자 다른 사람은 이해하지 못하는 언어로 말하는지요? 우리는 모든 것을 연구했고 모든 것을 기술했는데도, — 거의 아무것도 알지 못하는 것은 왜일까요?” — 죄송합니다. 그것은 내 분야가 아니군요. 나는 다만 사실을 수집할 따름입니다. — 나는 통계학자이거든요……!

바체슬라프. 그만! 그만! 자네가 학계의 유보된 말들을 죄다 모을 생각이라면, 세상이 끝나는 날까지도 다 말할 수 없을 걸세…….

파우스트. 내가 찾고 있는 것은, 이 신사들이 자연의 모든 혈관, 각자 자신이 전공하는 혈관에서 그렇게 열심히 빼내는 이 핏방울들이 그래도 어딘가에서 서로 하나로 합류하지 않을까 하는 거라네.

빅토르. 안심하게! 그 합류는 벌써 시작되고 있어. 예를 들어, 전기, 갈바니 전기,* 자기의 동일성이 이미 확인됐거든…….

파우스트. 아주 제때로구먼! 그것에 대해선 이미 30년 전에 쉘링이 말했네……. 또 뭐가 있나……?

빅토르. 자넨 여전히 현자의 돌을 원하는 모양이군! 유감스럽게도 우리 시대는 자네에게 그것을 제공해 줄 수가 없네…… 마술이나 카발라, 점성술과 마찬가지로…….

파우스트. 베르첼리우스,* 뒤마,* 라스파일,* 그리고 다른 화학자들에게도 물어보게. 그들이 금속을 정말로 원소로 여기고 있는지, 그리고 누가 지금 현자의 돌을 찾기 시작한다면, 그를 비웃을 건지. — 아니! 어떻게 19세기에 그런 일이 있을 수 있나! 아니지! 하지만 **금속들의 기(基)*** — 이게 바로 연금술사들이 찾고 있었던 것일세! 사실, 그들은 자신들이 찾고 있던 대상에다 아주 기이한 이름을 붙였지. 메르쿠리우스, 제5원소, 처녀지. 이건 화학자들로선 아주 용서할 수 없는 일이라네. 여보게들, 자네들에게 조그만 비밀을 하나 말해 주지. 하지만 자네들만 알고 있게. — 안 그러면 내가, 장난이 아니라 진지하게 연금술에 빠져 있다고들 얘기할 테니까. 현대 화학에는 질소라고 불리는 불행한 원소가 하나 있다네. 이 물질은 모든 화학적 죄악을 위한 속죄양 역할을 하고 있지. 화학자가 자신이 발견한 것이 무엇인지 모를 때는, — 이 **모르겠네**를 상황에 따라 **상실** 혹은 **질소**라고 부르거든. 질소는 현재 그것에 대해 끊임없이 얘기되고 있음에도 불구하고, 완전히 부정적인 물질이라네. 화학자들은 그들에게 알려져 있는 그 어떤 기체의 성질도 가지고 있지 않은 기체를 만나게 되면, — 그걸 질소라고 불러. 이제 내 비밀을 말해 주지. 내가 생각하기에 질소는 연금술사들에게 알려져 있었을 뿐만 아니라, 그들에게 질소는 — **합성 물질**이었네. 만약 우리의 화학자들이 이것을 확인하게 된다면, 금속 기체, 혹은 오늘날 얼굴을 찡그리고 부르고 있는 이른바 — **금속의 기(基)**까지는 한 걸음밖에 남아 있지 않아. 이제 나는 언젠가 연금술사들이 수수께끼 같은 페이지의 끝에다 써넣었던 것처럼, 이렇게 말할 수 있네. "내 아들아! 나는 너에게 중요한 비밀을 밝혔노라!" — 이 모든 것은 좋아. 다만 나쁜 것은 이거라네. 만약 이 일이 이루어지면 걱정스러운 것이, 사람들은 우리의 원자, 동질이성(同質異性), 촉매력, 그리고 어쩌면 우리의 산화물, 일산화물, 이산화물, 과산화물, 그리고 다른 아름다운 이름들까지도 비웃게 될 거라는 거지. — 마치 우리가 연금술사들의 메르쿠리우스, 녹색과 적색의 용들을 비웃듯이 말일세…….

뱌체슬라프. 물론 학문은 진보하고 있네…… 어찌 알겠나, 어디서 그것이 멈추게 될지…….

파우스트. 그건 말의 기만일세, — 적어도 우리의 세기에서는. 그 속에서 내가 보는 건 이것 하나라네. 우리는 노력하고 또 노력했어. — 그 결과 우리는 우리 이전에 이미 알려져 있던 것에 다시 다다랐지. 내가 보기엔, 그렇게 멀리 갈 이유가 전혀 없었네…….

빅토르. 적어도 우리는 정교한 장치를 이용하여 행한 풍부한 실험과 자료를 후손에게 남기게 될 걸세. 우리의 선행자들이야 그 장치들의 정교함에 대해 아무것도 알 도리가 없었지…….

파우스트. 반짝반짝 윤이 나게 닦은, 물리학적 장치라고 불리는 그 아름다운 장난감들의 전시회가 무슨 소용이 있었는지 모르겠군. 아르키메데스에겐 물체의 밀도를 재는 데 아주 보잘것없는 도구, — 물이 있었을 뿐이네. 갈릴레이가 진자 운동 법칙을 발견했던 장치는 교회에 걸려 있던 샹들리에였고, 뉴턴에겐, 사람들이 말하듯이, 사과 한 알이면 족했지…….

뱌체슬라프. 하지만 자비심에서라도 우리 시대에 뭔가를 남겨 주게나. 한 세기 반 동안이나 노력해 온 모든 학자들이 정말 손톱만큼도 주의를 기울일 가치가 없는 존재들이라는 건가……?

파우스트. 오, 천만에! 난 그런 말을 하는 게 아닐세! 학자들을 어떻게 존경하지 않겠나! 자신들의 정신 속에서 학문을 통일시킬 필요성을 느끼고 있었고, 그들의 동시대인들에게 이해받지 못했던 많지 않은 위대한 활동가들의 노력과 고통을 어찌 존경하지 않겠나! 심지어 가장 낮은 단계의 활동가들에게서조차도 그들이 학문을 위해 노고도, 삶의 평온함도, 그리고 생명까지도 종종 희생하는 그 용기에 어찌 놀라지 않겠나! 나에게 학자는 전사(戰士)와도 같다네. 『학자들의 용기』라는 아주 흥미 있는 책까지도 쓸 준비를 하고 있어. 겸허한 골동품 수집가나, 은자와도 같은 자신의 삶을 위협하는 질병의 온갖 맹아를 매일 조금씩 몸속으로 흡수하는 문헌학자로부터 시작하여, — 그토록 숙련되고 숙달되었음에도 불구하고 자신이 살아서 실험실에서 나올 거라는 것을 절대로 보장할 수 없는 화학자에 이르기까지, 화산과의 싸움에서 목숨을 잃은 대(大)플리니우스*에서 시작하여 피뢰침에 사살당한 리크만, 염소(鹽素)와의 싸움에서 한쪽 눈을 잃은 뒬롱,* 도시 전체를 감염시킨 배수구에 무릎까지 담그고 몇 주일이나 보냈던 파랑 뒤샤텔레,* 일산화 탄소 중독의 작용을 자신의 몸으로 직접 시험하기 위해 광갱으로 내려갔고 갈바니 전기 실험을 위해 독이 있는 가뢰를 자신의 몸에 붙였던 알렉산더 훔볼트,* 그리고 불화 칼슘과 청산의 모든 희생자들에 이르기까지 모든 학자들의 용기에 대해…… 그리고 자네들에게 분명하게 말하지만, 나는 어느 누구도 잊지 않을 걸세. 그러나 학자들의 노고를 존경하고 있는 만큼, 더욱더 나는 서구에서 지금 목격되고 있는 분열된 힘들의 이 과도하고 헛된 낭비에 대해 〔다시 한 번〕 슬퍼하게 된다네. 벌써 한 세기가 넘도록 학문은 더욱더 완고하게 힘든 가시밭길을 헤매고 있고, 다른 길로 해서 저절로라도 왔을 소소한 수공업적 응용이나, — 또는 기상학과 마찬가지로, 목적도 없고, 거의 희망도 없이, 사실들을 단순하고 기계적으로 기록하는 데 도달하고 있을 뿐이라는 것이 그만큼 더 슬퍼지는 걸세……. 우리가 아직 18세기의 기저귀를 벗지 못했고, 백과전서주의자들과 유물론자들의 치욕스러운 멍에에서 벗어나지 못했다는 것이, 학문들 간의 보편적이고 생동적인 연관성은 사라져 버렸고, 지식의 진정한 원칙이 갈수록 더 잊혀 간다는 것이 슬프다네…….

뱌체슬라프. 적어도 자네는 우리 시대에 역사학이 거둔 성과를 부정하진 못하겠지. 그것이 없다면 자네 역시 우리 시대에 대한 그 공격에 있어 단 한 걸음도 움직일 수 없을 테니…….

파우스트. 역사라고! 역사는 아직 존재하지도 않네!

빅토르. 이 점에서만큼은 의혹을 표하는 걸 허락해 주게! 언제, 어느 시대에 역사에 대해 이보다 더 큰 관심을 기울였단 말인가? 언제 역사의 보물이 그렇게 집중적으로 연구되었나?

파우스트. 그래도 역시 학문으로서의 역사는 존재하지 않아! 모든 학문의 주된 조건은 자신의 미래를 아는 것, 즉 스스로의 목표에 도달하게 된다면 학문 자신이 무엇이 될 수 있을지를 아는 것이라네. 화학, 물리학, 의학은 현재 그들이 지니고 있는 모든 불완전함에도 불구하고, 그들이 무엇이 될 수 있는지 알고 있고, — 따라서 무엇을 향해 자신들이 가고 있는지도 알고 있네. — 역사학은 이것조차도 몰라. 식물학, 기상학, 통계학과 흡사하게, 역사학은 돌을 하나씩 쌓기만 하고 있다네. 어떤 건물이 될지, 아치가 될지, 피라미드가 될지, 그저 폐허 더미가 될지, 아니면 도대체 뭔가가 나오기나 할지조차 모르면서.

뱌체슬라프. 자네는 역사학을 연표, 연대기와 혼동하고 있군……. 연대기의 시대는 지나갔네. 볼테르가 『풍속론』*을 쓴 이래, 보편적인 추론이 가능하게끔 역사적 사실들을 연결시키려고 애쓰지 않는 역사가가 누가 있단 말인가?

파우스트. 맞네! 하나의 보편적이고 살아 있는 이론의 필요성은 세기의 가장 훌륭한 정신들에 의해, 매일매일 어디서나 더욱더 절실하게 느껴지고 있어. 다른 학문들에서와 마찬가지로 역사학에서도 그렇지. 그러나 역사학에서는 기상학에서와 똑같은 일이 일어난 것일세. 기상학은 번개가 천둥에 동반되는 전기 불꽃이라는 것을 아주 상세히 기술했고, 다른 한편에선, 소리에 의해 측정될 수 있는 거리가 실험을 통해 발견되었어. 이 사실들로부터 대단히 근거 있는 결론이 내려졌지. 뇌우가 멀리 있을수록, 번개의 나타남과 천둥소리 사이에 더 많은 시간이 흘러갈수록, 그만큼 인간에겐 덜 위험하다는 거였네. 이 이론은 공리가 되었고, 어떤 현상을 만나게 되든, 모든 현상을 이 이론 아래 집어넣기 시작했지. 학문을 배운 선량한 사람들은 지금까지도 번개와 천둥 사이에서 지나가고 있는 시간을 그들의 맥박으로 세면서, 놀란 나머지 얼이 빠져 있는 단순한 사람에게 자신 있게 알려 준다네. 뇌우는 당신에게서 얼마 얼마의 거리만큼 떨어져 있습니다 하고! 멋진 일이야! 더 좋은 일이 뭐가 있겠나! 바로 이것이 사실의 정확한 관찰, 그리고 몽상이 아닌 사실에 근거한 이론이 의미하는 바라네! 하지만 경험 많은 이론가 양반들의 기분을 몹시 상하게 하는 일이 생겼다네. 다른 사실들이 나타난 것이지. 다름이 아니라, — 사람과 동물과 건물이 뇌우를 맞았는데도, 번개나 천둥의 기미가 전혀 없었다는 것이었네! 경험적인 이론을 가지고 이제 무엇을 시작해야 하나? 그 이론은 완전히 뒤집혀졌는데! "괜찮아!" 하고 관찰자들이 말했지. — "우리는 이 사실들을 모순되는 다른 사실들에다 덧붙이는 거야. — 그게 다야. 하지만 이론가들을 위로하기 위해 이 짜증 나는 사실들에다 어떤 이름을 찾아내 주겠어. 역습(choc de retour)이라는 이름으로라도 불러 줘야지." — 바로 이 이론은 숫자와 통계학적 결론에 기반하여, 뇌우는 추운 나라보다 더운 나라에서 더 자주 발생한다고 발표하면서 전기의 유동성을 이용하여 이 법칙을 아주 꼼꼼하게 설명했다네. 그러나 유감스럽게도, 통계 도표에 조그만 보완이 뒤따랐는데, 그건 바로, 리마, 페루, 카이로에는 뇌우가 거의 없는 반면, — 자메이카에는 11월부터 4월까지 매일같이 뇌우가 있다는 것이었네.[88] 아마도, 나중에 든 나라는 앞에 든 나라들엔 거절되어 있는 전기 유동성에 대해 특권을 가진 모양일세. — 역사, 특히 이른바 철학사에서도 얘기는 똑같네. — 사건의 원인에 대한 역사적인 결론과 역사적 인물들에 대한 평가를 모아 놓은 것보다 더 재미있는 것은 아무것도 없을걸. 한 사람이 이렇게 말하지. 어떤 어떤 나라가 무사히 살아남은 것은 불리한 상황에도 불구하고 자신의 민족체를 지키기로 결심했기 때문이다. 다른 사람은 이렇게 말한다네. 어떤 어떤 나라가 망한 것은 그와 동일한 상황에도 불구하고 버티고자 했기 때문이다. 어떤 어떤 사령관은 모든 간언에도 불구하고 지나치게 서둘렀고, 그 때문에 전투에서 패하고 말았다. 그런데 어떤 어떤 사령관은 동일한 상황에서 모든 간언에도 불구하고 늦추려고 하지 않았고, 그래서 전투에서 승리했다. 야만인들은 로마인들을 공격했으나, 그들의 엄격한 군기 앞에서 물러나야만 했다. 야만인들이 로마인들을 공격했고, — 로마 제국은 엄격한 군기에도 불구하고 무너지고 말았다. — 얀 후스는 황제가 보내 준 신상(身上) 안전 보증서를 믿고서 타협이 불가능한 적들의 손에 자신을 맡겼기 때문에 파멸했다.* 루터는 후스의 선례에도 불구하고 타협할 수 없

88 켐츠의 『기상학』을 보라.

는 적들의 한복판으로 곧장 갔기 때문에 승리했다.* 이것이 이른바 모든 민족들의 학교라고 일컬어지는 역사가 주는 교훈들이라네. 뭐든 묻고 싶은 걸 물어보게나. 모든 것에 대해 역사는 긍정적이고 동시에 부정적인 답을 줄 테니. 역사의 **가식 없는 유훈**에 대한 시사에 의해 뒷받침될 수 없는 부조리란 없다네. 가식이 없을수록, 그 유훈은 어떤 결론에도 들어맞게끔 더 편리하게 휘어지지. 이 기이하고 혐오스러운 현상은 무엇에 연유하는 것일까? 모든 것은 한 가지 이유, 즉 기상학자들과 마찬가지로, 역사가들 역시 부차적인 원인들에서 멈추는 것을 가능하다고 생각했기 때문이라네. 그들은 일련의 사실들이 자신을 어떤 보편적인 공식으로 데려다줄 수 있다고 생각해! — 그래서 우리는 지금 대체 무엇을 목도하고 있나? 역사가들은 동일한 원인들로부터 서로 완전히 반대되는 결과가 나오는 것을 계속 보게 되자, — 다시금 연대기 저자가 되기로 결심했다네. 나는 이것이 아주 논리적이라고 보네! 계속 붓게, 여보게들, 잡다한 약들을 한 컵에다 계속 붓게나, — 아마 뭔가가 나오겠지!

빅토르. 동일한 사건들로부터 나오는 모순적인 결론들을 공격하면서 자네는 서로 다른 상황들, 이를테면 지리적 위치, 기후 같은 것들을 반드시 고려해야 한다는 것을 잊었어…….

파우스트. 영국은 아이슬란드보다 약간 크고, 자연적 상황에서는 거의 같네. — 그럼 이 두 섬의 운명이 그렇게 다른 것은 무엇 때문이지……? 기후 때문에? 그럼 북아메리카로 이주한 영국인들은 왜 인디언이 되지 않았고, 인디언들은 왜 영국인이 되지 않았나? 왜 유대인과 집시들은 그들이 살았고 현재 살고 있는 그 모든 기후 지대의 풍습을 받아들이지 않았나?

빅토르. 이유는 단순해. 민족성 때문이고, 시대정신 때문이지…….

파우스트. 자네는 두 가지의 중요한 단어를 말했네. 다만 나는 하나는 이해하지 못하고 있고, 다른 하나에 대해선 설명을 요구하겠네. 예를 들어, 시대정신이란 게 뭔가? 나는 이 단어를 아주 자주 만나고 있지만, 그것의 정의는 아직 어디서도 본 적이 없네…….

빅토르. 이 단어를 정의하기는 힘들지만 그 의미는 충분히 이해되고 있네. 시대정신이란 어떤 주어진 시대의 인류에 의해 행해지는 행위 전체의 변별적인 성격, 이러저러한 대상과 이러저러한 사고방식에 대한 정신의 보편적인 방향, 보편적인 확신, — 끝으로, 개개 인간의 나이에 상응하는 어떤 것, 필연적이고 당연한 어떤 것이라는 의미로 사용되지…….

파우스트. 상당히 정확하게 정의했다고 생각하네. 하지만 이런 질문이 나오게 되지. 이 보편적인 방향, 이 보편적인 확신은 어디서 얻어지나? 그것은 어떤 하나의 강력한 원인에 좌우되는가, 혹은 몇 가지의 상이한 원칙에 좌우되는가? 만약 시대정신이 하나의 원칙에서 나오는 것이라면, 그것은 다른 모든 확신을 배제하는 하나의 보편적인 확신을 낳아야만 하네. 만약 시대정신이 여러 다양한 원칙에 연유하는 것이라면, 그것이 낳는 확신은 보편적일 수가 없지. 왜냐하면 그 확신은 제각각 우선권을 요구하게 될 몇 가지의 서로 다른 확신들로 나뉘게 되니까. 그리고 그렇게 되면, "잘 가거라, 필연성이여"이지. 개별적인 예를 하나 들기로 하겠네. 이를테면 자네 생각으로는, 지금 이 시대의 성격은 어떤 것인가……?

빅토르. 산업적이고 실용적이지. 그건 2 곱하기 2는 4처럼 명백하네.

파우스트. 좋아. 그게 그러니까 우리 시대의 필연적인 사명이지, 안 그런가? 우리는 모든 것에서 실용적이고 구체적인 효용을 추구해, 안 그런가?

빅토르. 물론이지.

파우스트. 만약 그렇다면, 부디 친절을 베풀어서 설명해 주게나. 어째서 우리 시대에 음악이 존재하나? 우리의 실용적인 시대에 음악은 완전히 불가능하고 무의미한 것인데도! 모든 다른 예술은 동떨어진 것이긴 해도 효용성을 가지고 있네. 시는 소위 교훈적인 시, 아나크레온풍의 시에서 자신이 머무를 구석을 찾아냈어. 운문을 이용하여 이를테면 실 감는 법을 가르칠 수도 있고, 델릴*은 정원사들을 위한 지침을 쓰기도 했지. 누구였는지는 잊었지만, — 책 장정에 대한 포에마를 쓴 사람도 있었네. 회화는 물질적인 대상을 상기시키고, 기계, 집, 지역, 그리고 다른 유용한 대상들을 묘사하는 데 쓸모가 있어. 건축이야 — 말할 나위도 없고. 그러나 음악은? 음악은 결코 어떤 이익도 제공할 수 없다네! 도대체 어떻게 음악이 우리 시대에 살아남아 있을까? 한 걸음 옮길 때마다, 이건 무엇에 유익하죠? 달리 말해, 이건 어떤 금전적 거래를 위해 쓸모가 있죠? 하고 묻는 시대에. — 만약 사람들이 불행히도 완전히 논리적인 존재들이라면, 그들은 음악을 낡은 잡동사니처럼 창밖으로 던져 버려야겠지. 음악을 들으면서, "소나타여! 내게 무엇을 원하느뇨?(Sonate! que me veux-tu?)" 하고 말한 사람은 대단히 논리적인 인간이었네. 왜냐하면 실제로 음악의 도움으로는 물 한 잔도 얻어 마실 수 없으니까. 어떻게 이 무익한 예술이 우리의 교육 속으로 비집고 들어왔을까? 왜 존경스러운 공장주가 딸이 피아노를 땡강거리기를 원할까? 무엇 때문에 그는 보다 유익한 대상들에 사용될 수 있을 돈을 음악 교습과 악기에다 써 버리는 것일까?

빅토르. 위안으로 삼게, 그런 낭비의 이유는 아주 분명하니까. 허영 그 이상의 아무것도 아니라네!

파우스트. 동의하네! 실제로 음악은 가장무도회 의상의 하나를 입고 허영의 비호 아래 현대 사회 속으로 숨어 들어왔지. 하지만 왜 우리의 허영은 하필이면 음악과 친해졌을까? 왜, 이를테면, 요리가 아니고? 그게 훨씬 쉽고 훨씬 유익했을 텐데. 여기에는 뭔가 상당히 기이하고 흥미로운 일이 일어났던 걸세. 자신의 딸에게 di tanti palpiti*(이토록 가슴 설렘이)에 부친 화려한 변주를 연주하게 하는 존경스러운 공장주의 머리에는, 반사회적 요소들의 교정 제도를 다루는 몇몇 천박한 박애주의자들이 전혀 이해할 수 없는 어떤 사실에 부딪쳤다는 생각이 꿈에도 떠오른 적이 없었네. 그 박애주의자들은 이 범죄자들 가운데 음악에 대해 호감과 소질을 나타낸 사람들만이 교정의 가능성을 보인다는 것을 깨달았거든.[89] 얼마나 이상한 온도계인가!

빅토르. 자네 좋을 대로. — 하지만 난 도저히 이해가 안 가는군. 급주(急奏)와 인간의 도덕적 행동 사이에 어떤 관계가 있을 수 있다는 건지.

파우스트. 그래, 정말 이상하지! 하지만 이건 사실이라네. 프랑스인들이 말하듯이, un fait acquis à la science(과학적으로 신빙성이 있는 사실)이지. 여기서 자네는 자신도 모르게, 인간 행동의 세계에 가해지는 그 누군가의 어떤 간섭을 생각하게 된다네. 음악은, 거듭 말하지만, 시대정신에도 불구하고 이 세계 속으로 스며든 것일세! 자네도 알지만, 나는 이 정신의 존재를 인정하네. 그러나 나는 어쩌면 공리주의자들의 마음에는 들지 않을 다른 의미를 그것에 주고 있지. 내가 보기에 시대정신은 — 인간 내면의 감정과 영원한 싸움을 하고 있다네. 시대정신은 이 예술의 숭고한 의미

89 아페르(Appert), 『징역과 감옥에 관하여(*De bagnes et prisons*)』, 전 3권, 8절판, 그리고 이 분야에 관한 다른 많은 책들을 보라.

를 무의식적으로 감지한 인간의 그 어떤 어렴풋한 감정에 굴복하면서, 그로서는 꺼림칙한 음악을 자신의 내부로 받아들이지 않으면 안 되었던 것이지…….

바체슬라프. 나는 그 발견이 대단히 기쁘구먼. 앞으로 연주회에서 어떤 여가수나 시뇨르 카스트라토가 'di tanti palpiti'를 뽑기 시작하면, 이렇게 소리치겠네. "여러분, 침묵, — 이것은 도덕 강좌올시다!"

파우스트. 자네의 조롱은 아주 제격이야. 하지만 과녁을 잘못 겨냥했네. — 음악이 아니고 시대정신을 맞혔으니까. 이 정신은 그로서는 증오스러운 예술을 무척이나 자기 방식으로 바꾸고 싶어 한다네. 그래서 그는 음악을 고삐 풀린 길로 내몰았고, 거기서 음악은 지금 이리저리 휘청거리고 있지. 내면적인 인간을 표현하는 송가에 — 물질적인 시대정신은 카드릴의 성격을 떠안겼고, 전대미문의 열정의 표현, 정신적 거짓의 표현으로써 그것을 비하시켰다네. 가여운 예술에다 광채와, 급주와, 트레몰로, 그리고 온갖 번쩍이는 장식들을 잔뜩 붙여 놓았지. 사람들이 예술을 알아보지 못하도록, 예술의 심오한 의미를 발견하지 못하도록 말일세. 이른바 모든 화려한 음악, 모든 새로운 연주회 음악은 — 이 방향의 결과라네. 한 걸음만 더 가면, 신성한 예술은 간단하게 곡예가 되고 말 걸세. — 어두운 시대정신은 이미 승리에 가까이 다가섰지만, 착각한 거야. 음악은 그 자신의 힘으로써 너무나도 강한지라, 곡예는 그 속에서 오래가지 못한다네! 이상한 일이 일어난 것일세. 음악가들이 시대정신의 비위를 맞추며 현재의 순간을 위해, 효과를 위해 썼던 모든 것은 낡아 가고, 지루해지고, 잊히고 있거든. 누가 지금 플라이엘의 부드러움과 치마로사* 시대의 급주를 듣고 싶어 하겠나? 로시니의 광채는 이미 꺼졌네! 로시니의 것으로는 진실된 감정이 스며 있는 멜로디 몇 개가 남았을 뿐이지. 그가 주문을 받고 썼던 것, 가수의 이런저런 목소리를 위해 쓴 것, 이런저런 청중을 위해 쓴 것은 사람들의 기억에서 모두 사라지고 있네. 가수들은 죽었고, 형식은 낡아 버렸어. 로시니에 까마득히 못 미치는 벨리니는 아직 살아 있지만, 그건 단지 아직 지겨워질 시간을 갖지 못해서이고, 두어 개의 진정한 멜로디가 그의 오페라 속으로 스며들었기 때문일세. 연주회의 곡예는 이미 끔찍하게 지겨운 것이 되었다네. 연주회 음악가들은 무엇이든지 새로운 것으로 청중을 깜짝 놀라게 하는 데 신경이 온통 쏠려 있지. 바이올린은 피아노 역할을 하고 싶어 하고, 피아노는 노래를 부르고 싶어 죽을 지경이고, 플루트는 피치카토[90]식으로 연주하려고 안간힘을 쓰는 중이야. — 사람들은 모여서, 듣고, 놀라고, 그러고는 — 어렴풋하고 무의식적인 느낌에 따라 하품을 하고 있네. 그리고 내일이면 모든 것이 잊히지. 하품도, 음악도. 사반세기도 지나지 않아, "파치니*나 벨리니의 오페라에 대해 어떻게 생각하시지요?"라는 질문은 "갈루피*나 카라파*의 오페라에 대해 어떻게 생각하시나요?" 하고 지금 묻는 것만큼이나 이상한 것이 될 걸세. — 비록 맨 마지막에 든 음악가는 우리의 동시대인이지만 말일세. 반면에, 늙은 바흐는 여전히 살아 있다네! 경이로운 모차르트도 살아 있네! 시대정신은 헛되이 사람들의 귀에 대고 속삭이지. "이 음악을 듣지 마라! 이 음악은 즐겁지도 않고 상냥하지도 않다! 거기엔 카드릴도 갤럽*도 없다. 너희들에게 더 끔찍한 말을 해 주마. 이 음악은 학구적이다!" 위대한 예술가들에 대한 공경은 결코 그치지 않는다네. 전과 마찬가지로 그들의 음악은 우리를 환희에 젖게 하고,

90 음악 용어.*

사람들은 그들에 따라 음악을 배우고, 그들의 작품은 마치 호메로스의 『일리아드』와 단테의 『신곡』처럼, 학문이 높은 주석자들에 의해 해석되고 있네.[91] 우리의 세기에 이것은 시대착오가 아닐까? 이 한 가지 기이한 현상만 깊이 생각해 봐도(그런데 이런 현상은 수천 가지가 있어), 우리는 당연히 이렇게 물어볼 권리를 갖게 되지. "이른바 시대정신이란 것은 모순의 결합이 아닐까?"

뱌체슬라프. 자넨 우리 시대만을 예로 들었네.

파우스트. 어느 시대에서나 이 모순들을 보게 될 걸세. 고대 고전기의 낭만주의,[92] 교황 정치 시대의 종교 개혁…… 예를 들자면 끝이 없지. — 이 모순적인 현상들은 무엇을 의미할까? 그것들을 사람들이 흔히 시대정신에 대해 가지게 되는 개념과 일치시킬 수 있을까? 시대정신은 정말로 인간 활동의 불가피한 형식일까? 모든 역사적 현상 속에는 더 강력한 다른 요인이 없을까?

빅토르. 나는 이미 민족성에 대해 언급했네…….

파우스트. 그 표현을 약간은 이해하고 있는데, — 그게 보통 사용되는 의미인지는 모르겠군.

뱌체슬라프. 이 단어의 정의는 아주 간단해. 민족성이란 한 민족

---

91 세바스찬 바흐와 모차르트에 대한 수백 권의 책, 특히 모차르트에 대해서는 사상의 깊이와 전문적인 지식, 학식, 그리고 예술에 대한 뜨거운 사랑에서 그 이전에 쓰인 모차르트에 대한 모든 책을 능가하는, 우리의 동포 울리비쉐프*의 저서 『모차르트의 생애(*Vie de Mozart*)』(전 3권, 8절판)를 보라. 우리의 저널들은 이 주목할 만한 책에 대해 거의 언급조차 하지 않았다. 〔유감스럽게도, 같은 저자에 의해 나중에 쓰인 베토벤에 대한 책은 비평할 가치가 없다.〕

92 쉐브이료프는 그의 『시론(***Теория поэзии***)』(모스크바, 1836) 108~109쪽에서 우리에게 익숙한 것과는 다른 관점으로부터 고대 그리스, 로마의 세계를 보여 주는, 대단히 예리하고 새롭고 깊이 있는 지적을 했다. 그는 "롱기누스*가 자신의 저서 속에서 이교 작가들로부터 선택한 보기들은 — 고대의 취향보다는 우리의 낭만적인 취향에서 — 사상의 특별한 숭고함을 특징으로 갖는 것들이며, 우리의 정신, 우리의 기독교적인 지향에 더 가까운 이 사상들을 롱기누스는 이교 작가들에게서 구하고 있고 그들에게서 완전히 새롭고 우리에게 친연적인 면을 발견한다"는 것을 인식했다. 쉐브이료프의 책에서 이 견해는 논박할 수 없는 사실들의 지적에 의해 뒷받침되고 있다.

이 다른 민족들과 구별되는 점들의 집합이지.

파우스트. 아주 분명하군! 이반은 키릴라가 아니고, 키릴라는 이반이 아니다. 이제 아주 사소한 것만 해결하면 되네. 이반은 무엇이고, 키릴라는 무엇이지?

뱌체슬라프. 그건 절대로 해결될 수 없을걸…….

파우스트. 모르겠네…….

빅토르. 그래도 해 보게나…….

뱌체슬라프. À la preuve, monsieur le detracteur! À la preuve! (증명, 험담가 양반! 증명!)

파우스트. 나를 아주 힘든 상황에다 세우는군, 여보게들…… 자네들은 모르네, 새로운 생각이라고 여기는 것을 세상에 밝히기가 얼마나 어려운 일인지! 어떤 우회로들을 거쳐야 하고, 얼마나 많은 옆길로부터 에돌아야 하고, 얼마나 많은 옛 지식들을 다시 검토해야 하고, 새로운 생각의 존재를 가로막을 수 있는 모든 것들을 얼마나 큰 고통 속에서 파괴해야 하는지……. 정신의 현 상황에서는 그 어떤 사상의 설명을 위해서든 간에 반드시 기본 알파벳부터 시작해야만 하네. 왜냐하면 사람들은 결론만을 좇기에 급급하지만, 정작 모든 문제는 — 근거를 갖추는 데 있으니까. 그런데 종종 이 새로운 생각은 단 네 개의 단어로 이루어져 있기도 하고, — 더 고약한 것은, 더러 이 생각이 전혀 새로운 게 아니라 벌써 오래전부터 동시대인들의 머릿속에 들어앉아 있는 경우라네. — 그러면 결박되어 있는 포로를 풀어 주기 위해 망치로 두개골을 쳐야 하거든. 정말 더 고약한 것은, 어떤 사람들은 두개골이 쩍 갈라지는데도 그것조차 알아채지 못한다는 것일세!

빅토르. 오! 오! 겸손하신 철학자 양반! 무슨 그런 자기 과신을…….

파우스트. 천만에! 사상을 키우는 인간은 나이가 찬 딸을 둔 살뜰한 어머니와 같다네. 이제 딸을 시집보낼 때이고, 그것을 위해 딸을 사교계로 데리고 나가야 하고, 그것을 위해 몸치장을 해 주고, 때로는 딸애를 칭찬도 해 주고, 때로는 딸애의 동갑내기들을 꾸짖기도 해야 하거든. — 다만 한 가지 나쁜 것은, 어머니의 모든 보살핌에도 불구하고…….

뱌체슬라프. 신붓감이 신랑감을 못 찾는 것이지! — 주의하게나, 자네의 예쁜 딸내미가 평생 노처녀로 남지 않게.

빅토르. 본론으로! 본론으로! 딴소리는 하지 말고! 광기가 아닌 게 무엇인지 제시하지도 않은 채, 한 시대 전체를 광기의 시대라고 멋대로 비난할 수는 없지 않나.

파우스트. 농담은 그만두고, 여보게들, 나는 큰 곤경에 처해 있네. 왜냐하면 나 역시 우리 세기에 속하고, — 그러니 어쩌면 하나의 광기를 다른 하나의 광기로 대체해야만 하는 셈이 될 테니까. 우리 모두는 거대한 도서관에 온 사람들과 비슷하다네. 누구는 어떤 책을 읽고, 누구는 다른 책을 읽고, 누구는 그저 책 장정을 보고 있지……. 그들은 서로 이야기를 나누기 시작했고, 각자 자신의 책에 대해 말하네. — 어떻게 그들이 서로 이해할 수 있겠나? 서로 이해하기 위해 무엇에서 시작한단 말인가? 만약 우리가 모두 한 권의 같은 책을 읽는다면, 그때는 대화가 가능하겠지. — 모두들 무엇에서 시작하고 무엇에 대해 이야기할지 이해하고 있을 테니까. 자네들에게 먼저 **내** 책을 읽으라고 주어야 할까 — 불가능하다네! — 아주 작고 읽기 괴로운 활자들로 인쇄된 마흔 권짜리 책이니까! — 그걸 읽는다는 것은 참을 수 없고 형언할 수 없는 고통이야. 그 속의 페이지들은 마구 뒤섞여 있고 절망의 고통으로 찢겨져 있네. — 무엇보다 화를 돋우는 것은, 책이 완성되려면 한참 멀었다는 걸세. — 그 속의 많은 것은 아직 불완전하고 아리송해……. 아니! 나는 자네들에게 내 책을 읽으라고 줄 수 없네. — 자네들은 참지 못하고 그 책을 옆으로 던져 버리겠지. 나는 **자네들의** 책들 중 하나로 시작하겠네. 여보게들, 자네들도 알지만, 많은 사람들은 인간 세상에는 많은 학문이 부족하다고 생각하고 있다네. 예컨대 누군가는 — 누구였는지는 모르겠네만 — 서구에는 너무나도 중요한 한 가지 학문, 즉 '난로 피우기!' 학문이 없다고 말했지. — 전적으로 옳은 얘기야. 자네들은 우리 시대에 분석적 방법이 대유행이라는 것도 알고 있네. 나는 도무지 이해가 안 가는 것이, 어째서 지금껏 어느 누구도 이를테면 화학자들이 유기체를 분해할 때 사용하는 연구 방법을 역사학에 적용할 생각을 못했을까 하는 거라네. 화학자들은 우선 유기체의 가장 가까운 구성소, 예컨대 산, 염류 등등과 같은 것들에 도달하고, 마침내는 그것의 가장 먼 구성소, 예를 들어 네 가지 기본적인 기체와 같은 것들에 도달하지. 첫 번째의 것들은 각 유기체마다 서로 다르지만, 두 번째의 것들은 — 모든 유기체에 동일하게 속해. 이런 종류의 역사 연구를 위해 이를테면 **분석적 민족지학**과 같은 근사하게 들리는 이름을 가진 멋진 학문을 만들어 낼 수 있을 걸세. 역사와 이 학문의 관계는, 물체의 단순한 기계적 분쇄와 기계적 혼합, 그리고 화학적 분해와 화학적 합성, 이 양자 간의 관계와 동일한 것이 되겠지. 자네들은 그것들 사이에 어떤 차이가 있는지 알고 있을 걸세. 자네들이 돌을 하나 부수었네. 이 경우, 각각의 작은 돌조각들은 돌로 머무르고, 어떤 새로운 것도 자네들에게 열어 주지 않는다네. 역으로, 자네들은 이 모든 조각들을 한데 모을 수도 있어. 하지만 그것은 돌 조각들의 집합이 될 뿐, — 그 이상은 아니라네. 반대로, 물체를 화학적으로 분해했을 때, 자네들은 그

물체가 겉모습으로는 전혀 짐작조차 할 수 없었을 그런 원소들로 이루어져 있다는 사실을 발견하게 되지. 자네들이 이 원소들을 화학적으로 합성하면, 외견상으로는 자신의 원소들과 닮지 않은, 분해되었던 물체를 다시 얻게 되는 것일세. 흐르는 물을 보면서, 그것이 두 가지의 기체 또는 가스로 이루어져 있다는 것을 어느 누가 짐작이나 할 수 있겠나! 누가 기체 상태의 수소와 산소를 보면서 그것들을 합성하면 물이 된다는 것을 화학의 도움 없이 짐작이나 하겠나? — 우리 세기에 화학이 그토록 많이 요구되고 있는 것은 결코 공연한 일이 아니라네! 시대정신이 화학의 주위에다 과학 기술의 쓰레기를 쌓으면서 이 질식할 것 같은 공기 속에서 화학이 살아가게끔 하고 있는 건 사실이지만, 그러나 어쩌면 그럼에도 불구하고, 물리 화학은 자신의 내면에 깊숙이 숨겨진 목표를 향해 점차 다가가고 있을 걸세. 그 목표란 학자들을 보다 높은 차원의 화학으로 이끄는 것이지. — 인간 활동의 다양한 분야들과 별반 다르지 않게 비록 어두운 시대정신의 멍에 아래 있긴 해도, 화학은 이미 자신의 본질상 자연의 가장 내적인, 숨겨져 있는 원소들을 연구해야 하고, 그 때문에 저도 모르게 유물론자들의 굴레를 떨쳐 버리면서 **깊이를 시험해 보고 있는** 것일세. — 어찌 알겠나! 어쩌면, 역사가들도 **분석적 민족지학**의 도움으로, 화학자들이 자연계에서 도달한 바로 그 결과들 중의 어떤 것들에 이르게 될지. 아마도 그들은 어떤 원소들 간의 친화력과, 어떤 원소들 간의 상호 반작용, 그리고 이 반작용을 제거하거나 완화시킬 수 있는 방법을 발견하게 되고, 물체의 원소들이 일정한 비율로, 1과 1, 1과 2 등등과 같은 단순한 수열에 따라 결합하는 그 놀라운 화학 법칙을 우연히 발견하게 될 걸세. 어쩌면 그들은 화학자들이 절망한 나머지 촉매력이라고 불렀던 것, 다시 말해 제3의 물체가 그 자리에 함께 있다는 사실에 의해, 뚜렷한 화학적 결합도 없이 어떤 물체가 다른 물질로 변하는 현상에 부딪치게도 되겠지. 아마도 그들은 역사학적 작업에서는 어떤 혼합물도 섞이지 않은, 반드시 **순수한** 시약을 사용해야 하며, 그렇지 않으면 틀린 결과를 낳게 되는 무서운 벌이 내린다는 것도 확신하게 될 거네. 어쩌면 심지어 기본 원소들에 가까이 가게 될지도 모르지. 분석적 민족지학의 궁극적이고 이상적인 목표는 — **역사의 재구성**, 즉 분석을 통해 한 민족의 기본 원소를 발견해 내고 이 원소들에 따라 민족의 역사를 체계적으로 구성하는 데 있다네. 지금까지의 역사가, 아무런 해결도 없이 머무르는 너무나도 비참한 뜻밖의 재앙과 파국으로 채워져 있고, 인간이라는 이름으로 알려져 있는 자신의 주인공을 작가가 끊임없이 잊어버리는, 지루하기만 한 소설에 지나지 않았다면, 이제부터 역사는 아마도 어떤 신빙성, 어떤 의미를 얻게 되고, 학문이라고 불릴 만한 자격을 갖게 될 걸세. 어쩌면 화학에서나 민족지학에서나 반대 방향으로 나아가는 것이 더 편할지도 모르지. 다시 말해, 곧장 기본 원소에서 시작하여 그것들로부터 갈려져 나간 모든 가지들을 대담하게 추적하는 거라네…….

빅토르. 그건 꿈이야! 어디서 그 기본 원소들을 가져온다는 건가? 다른 것들이 아니고 바로 저것들이 기본 원소라는 것을 누가 자네에게 확신시켜 준단 말인가……?

파우스트. 그것의 확인은 — **실험**에 의해야겠지…….

빅토르. 승리, 승리야, 여보게들! 우리의 관념론자는 자신도 느끼지 못한 채, 그가 반대하고 일어섰던 바로 그것에 도달했어! 실험의 불가결성, 경험론의 필연성에 도달한 거야……. 그리고 그게 바로 문제의 핵심이라네, 친구. 어떤 우회로로 해서 지식의 주위를 빙빙 돌건, 자네는 항상 지식의 유일한 출발점, 즉 구체적인 실험에 도달하게 돼…….

파우스트. 나는 결코 실험 일반의 불가피성과 구체적 실험의 중요성을 부정한 적이 없네. 이것을 위해 섭리가 인간에게 부여해 준 모든 기관을 다 사용하여 — 심지어 손으로라도, 진리를 확인할 수 있다면야, 좋지. 모든 문제는 여기에 있네. 그것은 즉, 우리가 이 모든 기관을 다 사용하는가 하는 것이지. 이미 오래전부터 말해지기로, 한 가지의 신체적인 감각은 다른 감각에 의해 점검된다고들 하네. 시각은 촉각에 의해 점검되고, 청각은 시각에 의해 점검된다는 것일세. 학교에서도 말하고 있지 않나, 외적 감각을 통해 얻게 되는 인상은 영혼에 의해 점검된다고. — 그러나 이 표현은 듣는 사람들에게나 교수에게나 보통은 설명될 수 없는 것으로 머무르지. 이 두 번째 점검은 어떻게 일어날까? — 이 점검은 실제로 일어날까? — 이 점검에서 우리는 외적 감각의 올바른 작용을 위해 반드시 필요하다고 생각하는 모든 예방 조치들을 취하고 있는 것일까? 대상을 정확하게 관찰하기 위해, 무엇보다 먼저 우리는 대상과 눈 사이에 자리할 수 있는 모든 대상을 멀리 치워 버리려고 하고, 어떤 소리를 정확하게 듣기 위해, 우리는 그 밖의 모든 소리들을 듣지 않으려고 노력한다네. 또, 향기가 다른 냄새들과 섞이지 않도록, 우리는 향료를 조심스럽게 밀봉하지. 그런데 이런 종류의 많은 경험에도 불구하고, 우리는 한 대상 대신 다른 대상을 지각하지 않았다는 것을 결코 보증할 수 없는 거라네. 심리적인 지각에서도 이와 비슷한 어떤 일이 일어날 수밖에 없어. 순수한 심리적인 관조는 순수한 감각적인 경험만큼이나 어려운 것이니까. 두 경우 모두, 우리는 다양한 감각에 의해 주의가 너무나도 흩어지게 되고, 우리의 주의를 어느 하나에 집중하는 것은 거의 불가능하다네. 우리는 **자기 자신의** 생각에 의해 사유하기 위해서, 바깥으로부터 온 생각, 타인들의 생각, 취득된 생각, 물려받은 생각, 다시 말해 우리와 대상 사이에 비집고 들어서는 모든 생각들을 쫓아 버리기 위해서, 커다란 예방 조치들을 취해야만 하는 거지. 이런 종류의 흥미로운 실험에 대한 기술을 나는 하나밖에 찾아내지 못했어. "이 기계가 어떻게 돌아가는지, 경험해 보시겠습니까?" — 대단히 주목할 만한 어느 작가가 이렇게 말하네. — "가능하다면 아무것도 보지 않고 듣지 않게끔, 어디든 어두운 구석으로 멀찌감치 떨어지십시오. 자신에게서 모든 생각을 쫓아내도록, — 혹은 더 정확하게 말해서, 끊임없이 쫓아내도록 노력하십시오. 왜냐하면 특별한 의지력이 없다면 이것을 한번에 쉽게 해낼 수는 없으니까요. 얼마나 다양하고 예견치도 못했던 부류의 생각들이 떠오르기 시작하는지 당신은 보게 될 것입니다. 전혀 뜻밖에, 마법의 등으로부터 어떤 환영들이 당신 앞에 생각지도 않게 나타날 것입니다. 그때 당신은 관념들에서 벗어나기가 얼마나 어려운지도 알게 될 겁니다. 다만 이 실험은 서두르면 안 되고, 5분이나 10분 만에 끝내서도 안 됩니다."[93] 사유의 **명징화**에 대한 이런 실험은 아직 그 수가 대단히 적네. 그중의 어떤 것들은 비록 기술되어 있긴 하지만, 사람들이 보통 찾지 않는 책들에 들어 있지. 그렇긴 해도 이 실험들은 굉장히 흥미롭다네! 이 경우에 응용하기가 무엇보다 불편한 점은, 각자 오로지 **자기 자신에 대해서만** 이런 종류의 실험을 할 수 있고 그것으로부터 결론을 끌어낼 수 있다는 것 때문일세. 흔히들 하는 요구, 이를테면 인간의 자력(磁力)을 느끼게 해 달라는 것처럼, 그런 실험을 보여 달라, 느끼게 해 달라고 하는 요구에는 뭔가 어린애 같은 데가 있다네. 왜냐하면 여기

93 『야스트레프초프 박사*의 고백록, 혹은 고찰집(*Исповедь, или собрание рассуждений доктора Ястребцева*)』(페테르부르크, 1841), 232~233쪽을 보라.

에는 **실험자 자신 안에 실험 도구**가 있으므로, — 그의 앎의 정도는 자신의 실험 도구를 다루는 그의 습관에 달려 있기 때문이지. 그리고 일반적으로, 자신의 말이 사실임을 확신시키고자 한다면, 그는 오로지 청자 자신도 실시해 본 적이 있는 그런 실험에 의지할 수밖에 없다네. 이것은 명백해. 따라서 감각을 넘어선 자유롭고도 완전한 정신적 통찰에 의한 관조의 가능성을 자신에게 확신시켜 줄 그런 심리학적 실험을 스스로 해 볼 때까지는, 그는 이 가능성을 부정해서도 안 되고, — 왜냐하면 그건 부당하니까 —, 또한 이 가능성을 그에게 전수해 달라고 요구해서도 안 되네. 왜냐하면 그런 전수는 — 실험의 본질과 조건 자체를 포기하는 것이기 때문이지. 하지만 여기서 지적해 두어야 할 것은, 우리는 그런 실험에서 나온 어떤 암시들에 상당히 자주 부딪히게 되는데, 그 암시들 때문에 이 심리학적 실험의 결과를 부정하는 데 있어 보다 조심스러워질 수밖에 없다는 점이라네. 그래서 우리는 어떤 암시를 토대로, 유기체 안에는 비록 우리가 그것을 만져 볼 수는 없지만 어떤 본능적인 지각 능력이 존재한다는 확신을 갖게 되지. 예를 들어 우리는 유기체에 해로운 음식물은 어떤 관찰에 의해서도 설명될 수 없는 혐오감을 유기체에게 불러일으키는 경우가 자주 있다는 사실을 인지하고 있어. 임신부들에게서 보게 되는, 종종 아주 기이하게 여겨지지만 언제나 정확한, 그 이해하기 힘든 입맛의 끌림은 무엇을 뜻하겠나? 아주 본격적인 전투가 벌어진 전쟁터를 지날 때나, 또는 가장 극악무도한 범죄자의 처형을 지켜볼 때, 인간이 느끼는 그 무의식적인 전율은 무엇을 뜻하겠나? 자신의 본능을 이해하고 자신의 오성을 느낀다는 것은 위대한 일이라네! 거기에 아마도 인류의 모든 과제가 들어 있겠지. 이 과제가 모든 사람에게 해결되기 전까지는, 하나의 말을 다른 말로 그렇게 자주 받아들이지 않도록 마음씨 착한 어느 유모가 산만하고 경솔한 아이들인 우리들 손에 쥐여 주었던 그 지침을 찾기 위해 우리는 함께 나서야 하네. 그 지침의 하나가 사람들 사이에선 창작, 영감, 또는 이렇게 말해도 괜찮다면, 시라고 불리고 있지. 이 지침의 도움으로, 인류는, 비록 철자조차 그리 잘 모르면서도, 너무나도 중요한 많은 말들, 이를테면 — 인간과 인간 사회는 **하나의 살아 있는 유기체**이다, 라는 말을 배웠네. 사람들이 이 말의 도움을 받으면서 계속 더 나아가지 않았다는 것은 놀랄 만한 일이야. 이 말이 시의 밝은 세계 밖으로 날아가 학문의 어두운 세계에서 선명하게 반짝였던 데는 까닭이 있다네. 행성의 태양 면 통과가 태양의 지름 측정에 도움이 될 수 있는 것과 마찬가지로, 아마도 이 말은 적어도 몇 가지 개별적인 문제를 설명해 줄 수 있을 걸세.

유기체라는 것을 사람들은 보통, 어떤 일정한 목표를 가지고 행동하는 몇 가지 원칙이나 원소로 이해하는 것 같네. 금속이라는 말의 정의에 우리가 만족하고 있듯이, 이 정의에도 만족하기로 하세. 비록 이것이나 저것이나 다 정확하진 않지만 말이지. 유기체의 존재에 수반되는 몇몇 상황들은 우리에게 충분히 알려져 있다네. 예컨대 우리는 어떤 유기체를 형성하는 기본 물질들이 다른 유기체에게는 치명적일 경우가 매우 잦다는 것을 알고 있어. 어떤 기본 물질들로부터만 양분을 취하는 식물은 다른 기본 물질을 첨가해 주면 죽어 버리는 수가 종종 있고, 어떤 상황에서 죽어 가고 있는 식물에 새로운 종류의 양분을 주자 갑자기 살아나는 경우도 있지. 마지막으로 또 우리는 식물이 자주 변화하며, 다른 식물의 원소를 그것에 접붙이거나 또는 다른 식물의 옆이나 다른 식물 다음에 옮겨 심으면, 자신의 조직에서 더 높은 단계에 도달하게 된다는 것도 알고 있네. 씨앗의 병이 식물 자체에 전이될 수 있고, 이 식물로부터는 더욱 심하게 감염된 씨앗이 생긴다는 것도 알고 있어. 반대로 세심하게 보살펴 주면 이 감염을 점차 퇴치하고 식물의 조직을 더 높은 단계로 향상시킬 수 있다는 것도 알고 있지. 만약 자신의 본래 원소들을 갱신시킬 수단을 발견하지 못하면 식물은 시들어 점차 죽게 된다는 것, 따라서 유기체에겐 자신의 원소들의 완전한 발전 — 달리 말해 삶의 충만함이 필수적이라는 것도 우리는 알고 있네. 우리는 또한 유기체의 양분을 광물성 혹은 식물성 독으로 오염시킬 수 있다는 것도 아네. 고등 유기체, 예를 들어 인간의 유기체를 관찰하면서, 우리는 그것이 시대의 피할 수 없는 법칙, 예컨대 나이의 법칙 아래 놓여 있으면서도, 자신의 생명력을 탕진하고 훼손하거나 혹은 그것을 강화하고 고양시킬 수 있는 의지를 간직하고 있다는 것을 확신하지. 끝으로 우리는 이 모든 유기체들의 내부에는 유기체에게 자신의 원소들을 위해 양분을 공급해야만 할 때임을 상기시키는 어떤 신비한 자명종이 있다는 것을 본다네. 그 때문에 식물의 꽃은 태양을 향해서 뻗고, 뿌리는 흙 속의 수분을 탐욕스레 찾는 것이지. 동물은 배고픔을 통해서 일정량의 질소를 섭취해야 할 필요성을 알게 되네. — 이 꽤나 복잡하고 중요한 행위에 대해 동물은 종종 완전한 의식이 아닌, 그저 어렴풋한 감각만을 가지고 있을 뿐이야. 이 모든 관찰의 압권으로서 우리가 깨닫는 것은, 식물이나 동물이 어떤 방법으로 질소와 탄소를 얻을 수 있고, 왜 그들에게 이것과 저것이 모두 다 없으면 안 되는지를 뒤마, 부생고,* 혹은 리비히*가 증명해 줄 때까지 기다리고만 있었다면, — 식물도, 동물도, 순수하고 구체적인 경험에 도달하지도 못한 채 굶어 죽었을 거라는 사실이야. 자, 여보게들, 이것이 내가 자네들에게 알리고자 했던 새로운 생각의 전부라네. 보다시피, 이 새로운 생각은 전혀 새롭지도 않고 진기하지도 않아. 자네들은 이것을 어떤 화학 책이나 자연사 책, 생리학 책에서도 찾아볼 수 있을 걸세……. 왜냐하면 훌륭한 방적 공장과 마찬가지로 이 세계에서는 한 바퀴가 다른 바퀴에 맞물려 있으니까. 어째서 유어 박사는 기계 앞에 서 있으면서 이 맞물림의 의미를 알아채지 못했을까!

여보게들, 나는 자네들에게 첫째, 깨끗이 문질러 닦은 좋은 소색(消色) 안경을 갖출 것을 권하네. 그걸 사용하면 대상들이 지상의 환상적인 무지개색으로 흐려지지 않거든. 그리고 둘째, — 두 권의 책을 읽게나. 그중의 하나는 **자연**이라 불리고, 충분히 뚜렷한 활자에 충분히 알기 쉬운 언어로 인쇄되어 있네. 다른 하나는 — 손으로 쓴, **인간**이라는 공책인데, 덜 알려진 언어로 되어 있는 데다 사전도 문법도 아직 없는 언어여서 그만큼 더 어렵지. 이 책들은 서로 연관되어 있고, 한 책이 다른 책을 설명해 준다네. 하지만 자네들이 두 번째 책을 읽어 낼 수 있다면 첫 번째 책은 읽지 않아도 되겠지, 그래도 첫 번째 책은 자네들에게 두 번째 책을 읽는 것을 도와줄 걸세. 심심파적으로, 처음의 두 책에 대해 쓰인 듯싶은 다른 조그만 책자들을 읽을 수도 있을 거야. 하지만 조심들 하게. 행을 읽지 말고 행간을 읽게나. 거기서 내가 강력히 추천하는 안경의 도움으로 흥미로운 것들을 많이 발견하게 될 테니. 거기서 자네들은, 실제로 인간이, 자신들의 발전을 위한 장소와 시간을 요구하는 원소들로 합성된 유기체라는 사실을 발견하게 될 걸세. 두 사람이 우정이나 사랑으로 결합하게 되면 그로부터 하나의 새로운 유기체가 생겨나고, 그 속에서 개개 유기체의 원소들은 서로에 의해 제한을 받게 되지(변이가 되지). 산이 알칼리와 결합했을 경우 제한되는 것과 마찬가지야. 부부라는 유기체에 제3의 유기체가 합쳐질 때는 구성 요소들 간에 다시 새로운 작용이 일어나고, 계속 이렇게 이어진 결과, 그 자신도 다른 유기체들로 합성된 하나의 새로운 유기체인 사회 전체에 이르게 된다네. 자네들은 그게 어떤 유기체든 간에 각각의 유기체 안에는 모든 유기체에 상이한 정도로 속하는 공통된 원소들과, 그 원소들로 이루어져 있되 이런저런 유기체에 속하면서 각 유기체의 특징적인 차이를 구성하는 개별적인 원소들이 함께 존재한다는 사실을 발견하게 될 걸세.

나의 화학적 시도는 나를 모든 인간 유기체에 공통된 네 가지의 기본 원소로 이끌었네. 그 수효는 더 많을 수도 더 적을 수도 있겠지. 그건 화학자의 솜씨에 달렸어. 하지만 나는 일단 그것들로 만족하네. 원자 화학이 60개의 이른바 단순 원소에 만족하듯이 말일세. 내가 보기에, 이 네 가지 원소는 아주 간단하게 이름을 붙일 수 있네. 진리, 사랑, 공경, 그리고 힘이나 권력에 대한 욕구가 그것이지. 이 원소들은 — 인간 보편적이라네. 이 원소들의 서로 다른 결합, 다른 원소들에 대한 한 원소의 우위, 이 원소 혹은 저 원소의 정체(停滯), 이런 것으로부터 서로 아주 가까운 모든 다양한 원소들이 생겨나게 되지. 이 원소들 간에는 일정한 비율이 존재하고 있는 게 틀림없지만, 그것은 몇몇 연금술사에게만 알려져 있네. 여하튼, 실제적인 목적을 위해서는 대략적인 계산만으로도 족해. 놀라지 말게나, 때때로 이 원소들은 완전히 모순적으로 보이는 작용을 낳기도 하니까. — 하지만 그것은 눈의 착각이라네! 유기적 분석에 많은 관심을 가졌던, 보쉬에*라고 하는 어느 유명한 화학자가 이렇게 말한 적이 있지. "우리의 내부에서 일어나고 있는 것을 주의 깊게 응시할 때, 우리는 우리의 모든 열정이 그 열정 모두를 포괄하고 일깨우는 사랑에 의해 좌우되는 것임을 깨닫게 된다. 어떤 대상에 대한 증오조차도 다른 대상에 대한 사랑으로부터만 생겨난다. 예컨대 내가 어떤 대상에 대해 혐오감을 느끼는 것은, 오로지 그 대상이 내가 사랑을 느끼는 대상의 소유를 방해하기 때문이다."[94]

때로는 하나의 원소가 다른 원소들의 희생 위에서 발전하면서, 정해진 비율에서 벗어나 다른 원소들에 의해 더 이상 조정되지 않는 경우도 있다네. 예컨대, 활력을 주는 산소만을 호흡하는 것은 무척 상쾌한 일이지만, 숨을 질식시키는 질소와 마찬가지로 죽음을 초래하지. 그렇기 때문에 공기 속에서 이 둘은 각 기체의 유해 성질이 다른 기체에 의해 서로 제한받게 되는 비율로 결합되어 있는 것일세. 인간 유기체 속에서는, 예를 들어 힘의 감정이 — 완전한 만사태평과 무관심, 혹은 오로지 물질적인 욕망의 충족으로 변할 수 있다네. 완전한 진리에 대한 욕구가 — 피상적인 백과전서주의나 혹은 모든 것을 거부하는 회의론으로 나아갈 수 있고, 우애의 감정이 — 헤픔으로 변질되고 하는 식의 일들이 계속될 수 있네. 이 모든 경우에 유기체는 물을 전혀 주지 않았거나 너무 많이 준 식물과 마찬가지로 고통을 받게 되지. 인간에게는 하나의 특별한 세계를 창조할 수 있는 특권이 부여되어 있네. 그 세계 속에서 그는 기본 원소들을 자신이 원하는 비율로, 심지어는 그 원소들이 진정한 자연스러운 균형을 이루도록 결합시킬 수 있어. 이 세계는 예술이라 불리고 시라고 불리는 — 중요한 세계라네. 왜냐하면 그 속에서 인간은 자신의 내부, 그리고 자신의 주위에서 이루어지고 있거나 혹은 이루어져야 할 것의 상징을 발견할 수 있으니까. 그러나 종종 이 세계의 건축가들은 그들 스스로의 고통의 원인인 바로 그 원소들 간의 불균형을 자신도 알아

---

94 보쉬에, 『신과 자기 자신의 인식(*Connaissance de Dieu et de soi-même*)』 제1장.

채지 못한 채 그 속으로 가지고 들어오기도 하지. 그런가 하면 다른 행복한 사람들은 첫 번째 사람들과 마찬가지로 무의식적으로 이 세계를 건축하지만, 전혀 뜻밖에도 그 세계 속에는 건축가들 자신의 영혼 속에서 울리고 있는 화음이 반영되고 있어. 고대는 인간 활동의 이 주목할 만한 행위를 암피온*이라는 이름으로 표현했다네.

어찌 되었건, 원소들 간에 균형과 조화가 존재하지 않으면 — 유기체는 고통을 받아. 이 법칙에는 전혀 융통성이 없어서, 그 무엇도 유기체를 이 고통으로부터 구해 주지 못해. 의지력의 발전도, 창작의 재능도, 초자연적인 지식도. — 설령 그가 모든 권력 수단을 지니고 있는 국가라고 해도, 설령 그가 베토벤이나 바흐라는 이름을 가진 존재라 해도, — 유기체는 고통을 받네. 왜냐하면 그 유기체는 삶의 **충만함을 달성**하지 못했기 때문이지. 서리의 습격을 받은 화려한 선인장은 때로는 향기로운 꽃을 피우는 단계에까지 이르기도 하지만, — 그러고 나선 한순간에 죽어 간다네.

여기서 종종 또 다른 주목할 만한 현상이 나타나기도 하는데, 자신의 원소들 속에 갇혀 있는 유기체는 오직 그 원소들만을 알고 있고, 그런 까닭에 다른 원소 결합의 가능성을 결코 이해할 수 없다는 게 그거야. 한 민족적 유기체를 구성하는 원소들이 다른 민족 유기체의 원소들로부터 너무 멀리 떨어져 있어서 한 유기체가 다른 유기체의 삶을 결코 이해할 수 없는 경우도 자주 있네. 각자 자신의 원소들 속에서만 삶의 조건을 보기 때문이지. 그런 까닭에 서구의 작가들이 인류의 역사를 쓰고 있긴 하지만, 그들이 이 말에서 이해하는 것은 오로지 그들 자신의 주위에서 일어나는 일이라네. 아주 사소한 것, 이를테면 지구의 9분의 1*과 수억 명의 사람들에 대해서는 때때로 잊어버리면서 말일세. 그러다가 슬라브 세계에 이르면, 그것은 존재하지도 않는다고 증언하려 들어. 왜냐하면 그 세계는 서구의 원소들로부터 생겨 나온 형식에 들어맞지 않으니까. 만약 물고기들이 글을 쓸 수 있다면, 그들은 아마도 아주 분명하게, 새들은 물에서 헤엄칠 수 없기 때문에 절대로 존재해서는 안 된다고 증언할 걸세. 그 반대의 경우도 일어나고 있지.

바로 이 세계에 표트르 대제라고 하는 위대한 자연 연구가가 있었다네. 그리고 그의 정신에 걸맞은 경이로운 유기체가 그의 몫으로 주어졌지. 이 위대한 인간은 이 경이로운 세계의 구조를 깊숙이 파고들었고, 그 속에서 방대한 규모와 거대한 힘, 단단하게 담금질된 톱니바퀴, 견고한 받침대, 신속한 전동 장치를 보았지만, — 이 거대한 동력 체계에는 — 조정 진자가 빠져 있었어. 때문에 이 세계의 강력한 원소들은 자신들의 본성에 반대되는 작용을 하기에 이르렀다네. 힘의 감정은 — 아시아 종족들을 삼켜 버린 완전한 무사안일로 나아갔고, 놀라운 감수성에 의해 표현되고 진리에 대한 감정과 태생을 함께하던 정신의 다면성은 더 이상 자양분을 얻지 못한 채, 무위 속에서 시들고 있었네. 민족의 삶에서 이런 순간들이 몇 세기만 더 지속되었다면 — 강력한 세계는 자기 자신의 힘에 의해 스스로 기진맥진해 버리고 말았을 걸세. 하지만 자연과 인간의 이 위대한 통찰자는 절망하지 않았지. 그는 다른 민족들 사이에서는 사라지다시피 한 다른 원소들의 작용을 자신의 민족에게서 보았으니까. 그것은 여러 세기에 걸친 적대적인 세력들과의 투쟁을 통해 강화된 사랑과 단합의 감정이었네. 그는 그 오랜 고통을 신성한 것으로 만들어 준 공경과 신앙의 감정도 보았다네. 그러니 과도한 것을 제어하고 잠든 것을 일깨우기만 하면 되었지. 그리고 이 위대한 현인은 자신의 민족에게 그들이 지니지 못한 부차적인 서구적 원소들을 접종시켰다네. 무모한 용기의 감정을 의식적인 건설로써 완화시켰고, 자신의 신앙관 속에 갇혀 있는 민족적인 이기주의의 시야를 서구적인 삶의 광경을 통해 넓혀 주었고, 수용력에는 — 자양분이 풍부한 학문을 주었네. 아주 강력한 접종이었지. 시간이 흐르자, 다른 유기체의 원소들이 자신의 것으로 되어 원래의 원소들을 변이시켰다네. — 거인의 넓은 혈관 속에 뜨거운 새 피가 흐르기 시작했고, 그의 모든 감정이 활동을 개시했지. 비대한 근육은 팽팽하게 긴장되었네. 그는 어린 시절의 어렴풋한 모든 꿈들, 그때까지 그에게 아주 높은 어떤 힘의 알 수 없는 암시로만 여겨졌던 모든 꿈들을 떠올렸다네. 그중의 어떤 것들은 물리쳐 버리고, 어떤 것들에는 형체를 부여해 주었지. — 그는 자유롭게 삶의 숨결을 호흡하며 자신의 늠름한 머리를 서구 위로 높이 쳐들고, 티 없이 밝은 눈길을 서구를 향해 던지며 깊은 생각에 잠겼다네.

서구는 다른 세계들의 존재는 아예 잊어버리면서 오로지 자신을 이루는 원소들의 세계에 빠진 채, 그것을 면밀하게 조사해 왔네. 그의 작업은 경이로웠고, 놀라운 작품들을 낳았지. 서구는 자신의 원소들이 만들어 낼 수 있는 모든 것을 만들어 냈으나, — 그 이상은 아니었네. 쉴 틈이라고는 없는 가속화된 활동 속에서 서구는 하나의 원소를 발전시키면서 다른 것들은 억눌러 버렸어. 균형이 사라지고, 서구의 속병이 군중들의 불안과 소요, 그리고 최고 활동가들의 대상 없는 불만에서 비쳐 나왔지. 자기 보존의 감정은 좀스러운 이기주의와 이웃에 대한 적대적인 의심으로 나아갔고, 진리에 대한 욕구는 — 감각의 거친 요구와 사소한 세세함 속에서 왜곡돼 버린 것일세. 물질적 삶의 물질적 조건에 몰두하여 서구는 자신을 위한 법칙들을 생각해 냈지만, 그것의 뿌리를 자신의 내부에서 찾으려고 하지 않았네. 학문과 예술의 세계에 영혼의 원소가 아닌, 육체의 원소를 옮겨다 준 것일세. 사랑의 감정, 통일의 감정, 심지어 힘의 감정까지도 없어지고 말았지. 왜냐하면 미래에 대한 희망이 사라졌으니까. 물질적인 도취에 빠져 서구는 자신이 낳은 가장 위대한 사상가들의 사상의 묘지 위에서 춤을 추면서, — 그들 가운데서도 강력하고 성스러운 말로써 자신의 광기를 쫓아 주려고 했을 사람들을 진창 속에서 짓밟고 있어.

인간 보편적인 기본 원소의 완전하고 조화로운 발전에 도달하기 위해 — 자신의 모든 강대함에도 불구하고 서구에 부족했던 것은, 슬라브적 동방의 신선하고 강력한 즙을 서구에 접종시켜 줄 제2의 표트르였지!

그러는 동안, 인간의 손에 의해 이루어지지 못한 일이 시간의 흐름에 의해 이루어지고 있다네. — 그저 찰나적인 이익에 혹해 있는 듯 보이는 인간이 통신 수단을 향상시키고 있는 것은 공연한 일이 아닐세. 위험을 감지한 인간들이 마치 하등 동물들처럼 서로 바싹 달라붙는 것은 공연한 일이 아니야. 서구는 슬라브 정신의 접근을 감지하고 그것을 두려워하고 있네. 마치 우리의 선조들이 서구를 두려워했던 것처럼 말일세. 폐쇄적인 유기체는 자신에게 이질적인 원소들을, 설령 그것들이 자신의 존재를 지탱시켜 주게 되어 있다 할지라도, 그저 마지못해서 안으로 받아들이지. — 하지만 식물이 태양 쪽으로 향하듯이, 유기체는 자신도 모르게 무의식적으로, 그 이질적인 요소들에게로 끌린다네.

그러나 두려워하지 말지어다, 인류 형제들이여! 슬라브인들의 동방에는 파괴적인 원소가 없도다. — 슬라브인들의 동방을 알도록 노력하라, 그러면 그대들은 그것을 확신하게 될 터이니. 그대들은 우리에게서 부분적으로는 그대 자신들의 힘, 소중히 간직되고 몇 갑절로 커진 그 힘을 발견하게 될 것이다. 그대들은 또한 그대들에게 알려져 있지 않은 우리 자신의 고유한 힘, 그대들과 나눈다 해서 결코 줄어들지 않을 힘을 발견하게 될 것이다. 그대들은 우리에게서 새로운 광경을, 지금껏 그대들에게 풀기 힘든 수수께끼와도 같았던 광경을 보게 될 것이다. 그대들은 국가 권력과 민중 간의 내란 속에서 태어난 것이 아니라 자유롭고 자연스럽게 사랑과 통일의 감정에 의해 발전해 나온 역사적인 삶을 발견하게 되리라. 그대들은 열정의 소용돌이 속에서 찰나적인 욕망의 만족을 위해서 생각해 낸 것이 아닌 법, 이방인들이 가져온 것이 아니라 여러 세기에 걸쳐 향토의 품으로부터 서서히 자라 나온 법을 보게 될 것이다. 그대들은 행복의 가능성에 대한 믿음을, 최대 다수의 행복이 아니라 **만인과 개개인의** 행복에 대한 믿음을 발견하게 될 것이다. 그대들은 우리의 가장 작은 형제들에게서도, 그대들이 긴 세월의 먼지를 헤집고 미래의 상징을 구하면서 헛되이 찾고 있는 그 사회적 통합의 감정을 발견하게 될 것이다. 그대들은 왜 그대들의 교황 절대주의가 개신교로 기울고 개신교가 교황 절대주의로 기우는지, 다시 말해 왜 각각 자기 자신의 부정으로 기우는지를 이해하게 될 것이다. 그리고 그대들은 이해하게 될 것이다, 그대들이 낳은 가장 훌륭한 정신들이 인간 영혼의 보고(寶庫) 속으로 깊이 들어가게 되면, 왜 그곳에서 그들 자신에게도 뜻밖으로, 그들에겐 알려져 있지 않은 슬라브 세계의 신성한 석판 위에서 오래전부터 빛나고 있는 바로 그 신앙을 가지고 나오게 되는지.[95] 그대들은 다른 민족들에게선 문학이 끝나는 곳에 있는 것, — 즉 풍자로써, 다시 말해 민족적 이기주의에 대한 어떤 편애도 거부하

95 바아더, 쾨니히, 발랑쉬, 셸링.*

는, 자기 자신에 대한 준엄한 심판으로써 자신의 문학적 삶을 시작한 민족이 존재한다는 사실에 놀랄 것이다. 그대들은 시의 마법을 통해 역사보다 먼저 역사를 알아맞힌 시인들, 서구가 역사의 세기들에 대한 느리고 오랜 연구로부터 얻어 내는 그 색조를 자신의 영혼 속에서 발견한 시인들을 가진 민족이 있다는 것을 알고 놀랄 것이다.[96] 그대들은 음악의 화음을 대상에 대한 학문적인 연구 없이 자연스럽게 이해하는 민족이 존재한다는 것을 알고 놀랄 것이다. 그대들은 멜로디의 모든 길이 발자국에 닳고 더럽혀지지는 않았다는 것을, 슬라브 정신에 의해 태어난 예술가, 서구에서는 타락하고 비하되고 모욕당한 예술의 성물들을 고이 간직하고 있는 3인조[97] 중의 한 사람이 아직 누구의 발길도 닿지 않은 새로운 길을 발견했다는 것을 알고 놀랄 것이다. 마지막으로, 그대들은 그대들이 인위적인 수단에 의해 일깨우고자 헛되이 애쓰고 있는, 모든 것을 포괄하는 정신의 다면성 — 바로 그것을 자신의 자연스러운 성향으로 지니고 있는 민족이 존재한다는 것을 확신하게 될 것이다. 그대들은 그대들을 그토록 두렵게 하는 바로 그 얼음과 눈이 그들을 저도 모르게 자신의 내면으로 깊숙이 침잠하

96 **보편성**, 혹은 더 정확히 말해 **일체 포괄성**의 요소는 우리의 학문적인 발전에서 충분히 주목할 만한 특징을 낳았다. 어느 곳에서나 역사에 대한 시적 연구에 선행했던 것은 학문적 연구였다. 반대로 우리에게서는, 시적 **통찰**이 실제적인 연구에 앞섰다. 카람진의 『역사』는 지금까지도 완결되지 않은, 역사 유산에 대한 연구를 이끌어 냈다. 푸쉬킨은 (『보리스 고두노프』에서) — 우리의 연대기들이 아직 오랜 시간에 걸친 역사적 비판을 거치지 못했고, 연대기 저자들 자신도 역사적 관점에서 아직 일종의 신화로 남아 있음에도 불구하고, — 러시아 연대기 저자의 성격을 통찰해 냈다. 호먀코프는 (『참칭자 디미트리』에서) 더 어려운 성격, 고대 러시아의 여성-어머니의 성격 속으로 깊숙이 파고들었다. 라줴치니코프는 (『회교도』에서) 이보다 더 어려운 성격, 즉 고대 러시아의 처녀의 성격을 재현해 냈다.* 반면 **학문적 관점**에서, 표트르 대제 이전 러시아 사회에서의 여성의 의미는 완전한 수수께끼로 머무르고 있다. 지금, 막 빛을 보고 있는 사적들 속에서 이 성격들을 조사하게 된다면, 여러분은 마법과도 같은 시인들의 활동이 불러냈던 이 환영들의 진실성에 놀랄 것이다. — 극단적인 슬라브주의에 열중해 있는 사람들이 지금껏 이 주목할 만한 현상에 주의를 기울이지 않는 데에는 놀라지 않을 수 없다.

97 멘델스존-바르톨디, 베를리오즈, 글린카.

게 함으로써 밖으로부터의 적대적인 자연을 이기게 만드는 민족이 존재한다는 것을 확신하게 될 것이다. 그대들은 시인이자 화학자이자 문법학자이자 야금학자였던 사람, 프랭클린에 앞서 번개를 땅으로 끌어내렸고, — 역사를 썼고, 별들의 운행을 관찰했고, — 그 자신이 부어 만든 유리로 모자이크를 그렸고, — 모든 분야에서 학문을 크게 진보시킨, 그대들에게 알려져 있지 않은 사람 앞에 무릎을 꿇을 것이다. 그대들은 그가 라이프니츠, 괴테, 카루스와 함께, 수많은 갈래로 찢어진 자연의 부분들이 아니라, 전체 속에서 그 모든 부분들을 연구하고 모든 다양한 지식을 조화롭게 자신 속으로 끌어당기는 신비한 방법을 자신의 정신 깊은 곳에서 발견했다는 것을 알게 되면, 로모노소프 앞에, 다면적인 슬라브적 사유의 이 자생적인 대표자 앞에 무릎을 꿇을 것이다. 그때 그대들은 **삶의 충만함**에 대한 자신의 어렴풋한 희망을 믿게 될 것이고, **하나의 학문**과 **한 명의 스승**만이 있게 되는 시대가 가까이 오고 있음을 믿게 될 것이다. 그리고 어느 오래된 책에서 그대들이 미처 알아채지 못했던 말을 환희에 차서 말하게 되리니, "인간은 지상의 조화로운 기도로다!"*

파우스트는 입을 다물었다. "다 좋아." — 빅토르가 말했다. — "하지만 그동안에 우리는 뭘 해야 하지?"

— 손님들을 기다리고, 빵과 소금으로 친절하게 맞는 것.

바체슬라프. 그런 다음엔, 훈장의 모자를 쓰고 손님들을 교실 걸상에 앉히는 거지…….

파우스트. 아닐세, 여보게들, 그러려면 자네들은 접종 후에 남아 있는 발효 상태에서 우선 벗어나야 하네. 자네들은 자네들을 이루고 있는 모든 원소들이 조화롭게 진정되는 순간을, 로모노소프처럼 어느 잔이 자신의 것이고 어느 잔이 남의 것인지 잊은 채, 모든 잔에서 마시게 될 순간을 기다려야 해. 그 순간은 머지않았네. ― 그동안 소중한 손님들을, 우리의 옛 스승들을 맞을 준비를 하는 것은 나쁘지 않지. 방을 정돈하고 무엇 하나 부족한 것이 없도록 생활에 필요한 모든 것들로 채워야지. 우리 자신도 옷차림을 훌륭하게 하고, 또 우리의 작은 형제들을 세심하게 보살펴야 하네. 이를테면 옆에서 어슬렁대며 하품이나 하고 있지 않도록, 적어도 그들 손에 학문을 건네주기라도 해야지. 집주인에게 물어보지도 않고 집 안으로 몰래 기어드는 쥐들에게는 조상들의 본보기에 따라 때때로 풍자의 채찍을 드는 것도 나쁘지 않아. 아주 일반적으로 말해, 우리 자신의 것을 멀리하지 말아야 하고 외국의 것을 두려워하지 말아야 하네. 하지만 무엇보다 중요한 것은, 우리 자신의 안경을 깨끗하게 잘 닦고, 그저 안경테가 문제가 아니라는 것, 또한 아무리 좋은 유리라도 곰팡이로 덮이면 아무 소용 없다는 사실을 명심하는 것이겠지.

뱌체슬라프. 내가 말할 수 있는 것은 이것뿐이네. ― c'est qu'il y a quelque chose à faire(그것은 뭔가 할 일이 있다는 것이다)…….

빅토르. 나는 증기 기구(氣球)를 기다리겠네. 그때 서구가 어떻게 될지 봐야지…….

로스치슬라프. 그런데 나는 수고 저자들의 그 생각이 머리에서 떠나지 않는군. "19세기는 러시아의 것이다!"

부록

서문*

작가에게 가장 힘든 일은 자기 자신에 대해 말하는 것이다. 여기에는 모든 보류 조건와 모든 가능한 수사적인 예방 조치가 소용없다. 사람들은 틀림없이 그가 자존심이 강하다고 비난하거나, 혹은 더 나쁜 경우, 겉으로만 겸손하다고 비난할 것이다. 이 둘 사이에는 명확한 경계선이 없거나 혹은 적어도 그것을 찾아내기 힘들다. 그러므로, 그의 책들 중 하나를 다음과 같은 말로써 시작한 세르반테스의 예를 따르는 길만이 남아 있다. "친애하는 독자여, 나는 당신이 나의 서문을 읽을 필요가 전혀 없다는 것을 알고 있지만, 나에겐 당신이 그것을 읽어 주는 것이 대단히 필요하다."* — 이 같은 솔직한 선언이 아마도 모든 모순을 화해시켜 주리라.

나의 작품들은 1844년에 처음으로 한데 모아 출판되었다. 알다시피, 그것들은 이미 2~3년 안에 절판되었고 곧 서지학적 희귀본이 되었다. 사람들은 자주 나에게 묻곤 했다. 왜 새로운 판(版)을 준비하지 않는지, 왜 글을 쓰지 않는지, 또는 적어도 아무것도 발표하고 있지 않은지 등등. 작가에게 그런 **집안** 사정에 대해 묻는 것은 이슬람교도에게 그의 아내의 건강에 대해 묻는 것과 거의 다를 바 없다. 문제가 질문들만으로 국한된다면야 그래도 괜찮다. 고약한 것은, 진짜 답변자는 제쳐 둔 채 답변이 나타나는 경우이다. 이 답변들이 그냥 형편없는 것이라면 그것도 괜찮다. 고약한 것은, 때때로 이 답변들이 사물에 대한 당신들의 견해와도, …… 당신들의 원칙들과도 결코 합치하지 않을 때이다.

옛날에 말하던 식대로, 자신을 인쇄에 **넘기기로** 한 번이라도 계획한 자는, — 바로 그 순간부터 누구나 마음대로 **취급**할 수 있는 공공재가 된다. 그러나 이 **취급**은 공공의 존재가 되어 버린 인간에게 언젠가 공개적으로 자신의 의사를 설명할 권리를 부여해 줄 뿐 아니라, 심지어 바로 그렇게 할 것을 그의 의무로 내려 준다.

문제는 매우 단순하다. 1845년에 나는 내 작품들의 새로운 출판에 착수하여, 비슷한 경우에 그러듯이 수정, 보완 등등의 일을 할 생각이었다. 그러나 다음 해(1846) 초에 나에게는 뜻밖의 일이 하나 주어졌다.* 내 친구들은 — 그게 어떤 일인지 알고 있다(공개적으로 그것에 대해 말하는 것은 아직 시기상조일 것이다). 그들은 또한 그 일이 어떤 종류의 활동과 얼마나 끈질긴 투쟁을 요구했는지도 잘 알고 있다. 아홉 해 동안 나는 이 일에 내가 바칠 수 있는 모든 것, 노동과 사랑을 바쳤다. 이 아홉 해는 나의 문학적인 활동을 하나도 남김없이 완전히 삼켜 버렸다. 고백하건대, 나는 그것을 후회하지 않는다. 그러나 다른 사람들이 그것을 안타까워할 때면 나도 물론 무심할 수가 없다.

그리고 그렇게 되면, — 누구나 알겠지만, — 오랫동안 떠나 있은 후에 다시 자신의 옛집으로 돌아가 오래전의 과거와 현재를 연결시키고, 끊어져 버린 끝과 끝을 다시 잇기가 쉽지 않다. 이 순간, 어떤 망설임은 피할 수 없다.

한편, 내가 **옆에 비켜서** 있던 동안, 훌륭한 사람들은 내 책이 서지학적 희귀본이 된 것을 이용하여 각자 자신의 계략에 들어맞는 대로 슬그머니 훔쳐 내기 시작했고, 어떤 사람들은 — 문학적 관습에 따라, 즉 아주 교묘한 갖가지 위장술을 동원하여 그들에게 필요한 것을 차용했으며, 또 어떤 사람들은 별로 주저하는 기색도 없이 그냥 내 작품에다 다른 등장인물들의 이름을 끼워 넣고 사건의 시간과 장소를 바꾼 다음, 자신의 작품으로 발표하기도 했다. 이런저런 잔재주를 부릴 것도 없이 이를테면 내 소설을 통째로 가져다가, 예컨대 전기라는 이름을 붙여 그 밑에다 자신의 이름을 써넣는 사람들도 나왔다. 그런 기묘한 작품들이 세상에 상당수 돌아다니는 중이다. — 나는 오랫동안 이런 종류의 **차용**에 대해 항의하지 않았는데, 부분적으로는 내가 그중의 많은 것에 대해 단순히 알지 못했던 때문이기도 했지만, 부분적으로는 내 작품의 이런 특별한 종류의 신간이 꽤나 재미있게 여겨지기도 해서였다. 1859년에야 나는 몇몇 신사들에게 그들의 무례한 장난이 가져올 수 있는 결과에 대해 경고를 보내는 것이 필요하다고 판단했다.[98]

마지막으로, 순진하다 할 차용의 손재주에다 다른 손재주까지 덧붙이는 사람들도 있다. 그들은 알려진 인물의 이름을 거명하면서, 자신들이 직접 만들어 낸 졸렬한 것들을 그 인물이 만든 것으로 돌리고, 심지어 모든 의심을 피하기 위해 그 부분들에다 부지런히 따옴표까지 두른다. 어느 간행물이 감히 그런 장난을 했지만……, 그 간행물은 이미 폐간되었으므로 지금 그 일에 대해서는 말하고 싶지 않다.* 더구나 삶의 조건에 대해 상당히 이상한 견

98 『상트페테르부르크 통보(*СПб. ведомости*)』에서였다.* 여기서 나는 『통보』에서 그런 위조 중의 하나를 파헤친 발행인들에게 감사를 표하지 않을 수 없다. 그렇지 않았다면 나는 그것을 알아채지도 못했을 것이다. — 이런 경우 모든 양심적인 작가들은 서로 도와야 한다. — 이것은 문학 보편적인 안전의 문제이기 때문이다. 아이가 어떠하든 간에 그 아이는 내 아이이다. 그 아이를 망가뜨리는 것을 보는 것은 결코 기쁜 일이 아니다. 그런 행동은 그것의 현실적인 의미와는 상관없이 모든 작가의 가장 훌륭한 자산인 예술적 감정을 모욕하는 것이다.

해를 가지고 있었으나 재능이 없지는 않았던 사람인 그 발행인 자신도 이미 이 세상에 없다. De mortius seu bene, seu nihil(죽은 자들에 대해서는 좋게 말하거나 아무 말도 하지 마라).

그런즉 내 책의 운명은 다음과 같은 것이었다. 사람들은 그것에서 훔쳐 냈고, 훔친 것을 기형으로 만들었고, 내 책에 대해 거짓 소문을 퍼뜨렸지만, 대다수의 독자들은 이 장난들을 검사해 볼 방도조차 없었다.

작가의 권리와 의무를 신성하게 여기는 인간에게는 중요한 의미를 갖는 이 모든 이유들이 모인 결과, 나는 내 작품들의 신간 작업에 착수하게 되었다.

나는 내 글들에서 많은 것을 수정하고 많은 것을 개작하려고 생각했으나, 곧 그것이 — 불가능한 일임을 확신하게 되었다. 17년은 — 활동적인 인생의 거의 절반이다. 이 오랜 시간 동안에 많은 생각이 바뀌었고, 많은 것이 잊혔고, 많은 것이 새롭게 밀려왔다. — 처음에 시작했던 그 조성(調性)을 다시 만난다는 것은 불가능하다. 소리굽쇠가 바뀌었다. 내면적인 삶도, 외적인 환경도 — 달라졌다. 모든 개작은 살아 있는 유기적인 작품이 아니라 기계적인 덧붙임이 될 것이다. 그리고 무엇보다, 우리의 생각은 그것이 생겨나는 그 순간에조차도 과연 — **우리의 것**일까? 우리 속에 있는 생각이란 외적이고 매우 복합적인 원칙들, 즉 일반적인 시대정신과 우리가 살고 있는 환경, 어린 시절의 인상들, 동시대인들과의 대화, 역사적 사건들, — 요컨대 우리를 에워싸고 있는 모든 것의 활발한 화학적 가공이 아닐까……? 가족으로부터 자신을 분리시키기는 힘들며, 민족으로부터 분리시키기는 — 더욱 힘들고, 인류로부터 분리시키기는 — 완전히 불가능하다. 모든 인간은 싫든 좋든 간에 — 제각기 인류의 대표자이며, 특히 글 쓰는 사람은 더욱 그렇다. 큰 재능이건 작은 재능이건 — 매한가지이다. 그와 인류 사이에는 대표자에 따라 약한 것일 수도 강력할 것일 수도 있지만 결코 중단되는 법이 없는 엄격한 전류가 흐른다. 이런 관점에서 인간의 말이란 그것이 어느 주어진 민족 속에서 어느 순간에 나타나게 될 때 이미 하나의 역사적인 사실이다. 그것은 더 중요할 수도 덜 중요할 수도 있으나, 이른바 저자라고 불리는 사람에게는 이미 속하지 않는다. 만약 그때 그에게서 이 말이 잘못 말해졌다면, 만약 그가 자신이 대표자라는 사실을 명확하게 인식하지 못했다면, 그것은 그 자신의 잘못이며 그는 그것에 대해 책임을 져야 한다. 나중에 첨언하는 것은 이미 때늦은 일이다. 세계의 시계판에서 바늘은 앞으로 움직였으며, 두 번의 출생은 없다.

이 책은 1844년에 간행된 것과 똑같은 모습이다. 다만 지나치게 눈에 띄는 몇몇 실수 정도만 바로잡았고(전부가 아니다!), 자발적으로 빼놓았거나 혹은 뜻하지 않게 빠졌던 부분들을 보완했고, 첫 간행 때는 잊었던 몇몇 항목들과 새로운 항목들을 포함시켰으며, 마지막으로, 내가 생각하기에 어떤 역사적 의미를 가질 수 있는 각주들을 따로 붙였다. Dixi(말은 끝났다).

P. S. 독자들이란 아무리 해도 마음껏 얘기를 나눌 수 없는 존재이다. 뜻대로 할 수 없는 이 수다스러움은 특히 온갖 거짓 중상이 숱하게 머리 위에 쌓였던 오랜 삶 후에 나타난다. 중상으로부터 자신을 변호하는 것은 모든 인간의 권리이지만, — 공인인 작가에게 그런 자기변호는 심지어 의무이기도 하다. 사람들은 내가 무슨 백과전서주의자라고 비난하는데, 나는 그것이 어떤 괴물인지

조차도 잘 이해할 수 없었다. 이 단어는 여러 의미로 이해될 수 있을 것이다. 어떤 사람이 요행수를 바라고 금방 이것, 금방 저것에 무턱대고 손을 뻗치고 그의 활동이 갈래갈래 분산되어 하나의 살아 있는 유기적인 연관을 갖지 못했을 때, — 그를 백과전서주의자라고 불러야 할까? — 아니면 반대로, 어떤 하나가 다른 것으로부터 마치 뿌리에서 잎이 자라 나오고 잎에서 꽃이, 꽃에서 열매가 자라 나오듯이 유기적으로 자라 나온다면, — 그런 역사 또한 백과전서주의가 될까? — 첫 번째 경우에 대해서는 사람들이 뭐라고 말하든 나는 잘못이 없다. 나는 대단히 적은 수의 것에만 **손을 뻗치지만**, — 그러나, 정말, 내 손에 들어오는 모든 것을 **단단히 붙잡고 매달린다**. 이 기술을 나에게 가르쳐 준 것은 삶이었다. 이 과정에 대한 이야기는 새로운 세대를 위해 아마도 아무 소용이 없지는 않을 것이다. — 나는 형이상학이 지금의 정치학처럼 보편적인 분위기를 형성하고 있던 시대에 청춘을 보냈다. 우리는 오늘날의 사람들이 모든 인간적인 욕구에 완벽하게 부응할 그런 사회 형태의 가능성을 믿고 있듯이, 모든 자연 현상들을 정리할 수 있게 해 줄(우리는 구성한다, 라고 말했다) 절대적인 이론의 가능성을 믿고 있었다. 아마도 실제로 그런 이론도, 그런 형태도 언젠가는 발견될 테지만, ab posse ad esse consequentia non valet(가능한 것으로부터 아직은 실제적인 것이 나오지 않고 있다). — 어찌됐건, 그때 우리에게는 자연 전체, 인간의 삶 전체가 충분히 명확하게 여겨졌던 터라, **거친 질료**를 마구 헤적이고 있던 물리학자, 화학자, 공리주의자들을 조금은 위에서 내려다보았다. 우리는 자연과학 가운데 단 하나만이 지혜를 사랑하는 철학자의 관심을 끌 가치가 있다고 보았는데, — 인간에 관한 학문으로서의 해부학, 특히 뇌 해부학이 그것이었다. 실제로 우리는 유명한 로더*의 지도하에 해부학 공부를 시작했고, 우리들 중 많은 사람들이 그의 애제자였다. 우리는 여러 구의 **시체**를 해부했으나, 해부학은 자연스럽게 우리를 그 당시 막 시작하고 있었고 그것의 첫 열매를 맺을 싹이, 이는 시인하지 않을 수 없는바, 쉘링에게서, 그리고 뒤이어 오켄*과 카루스에게서 나타나고 있던 생리학으로 이끌었다. 그러나 생리학에서 우리는 한 걸음 옮길 때마다 물리학과 화학이 없이는 절대로 설명될 수 없는 문제들에 자연스레 부딪쳤다. 그리고 또 쉘링의 글(특히 그의 『세계혼(*Weltseele*)』*)에서는 많은 대목들이 자연 과학의 지식 없이는 의미가 분명하지 않았다. 그렇게 해서 오만한 형이상학자들은 자신의 소명에 충실하게 머무르기 위해서라도 플라스크, 증류기, 그리고 거친 질료를 위해 필요한 이와 비슷한 도구들과 관계하지 않으면 안 되게 되었다.

그리고 실제로 쉘링이야말로 아마 그 자신에게도 뜻밖이겠지만, 적어도 독일과 러시아에서는 우리 세기의 실증적 방향의 진정한 창시자였다. 이 두 나라에서 우리는 오로지 쉘링과 괴테 덕분에, 거친 **경험론**과 마찬가지로 전에는 들으려고 하지도 않았던 프랑스와 영국의 학문에 대해 좀 더 관대한 태도를 가지게 되었다.

보시다시피, 이 다양한 관심과 공부는 분별없는 백과전서주의가 아니었으며, 우리가 그전에 해 왔던 연구 작업에 조화롭게 접합되었다. 생활상의 어떤 사정 때문에 내가 아이들을 돌보아야 하게 되었을 때, 나는 이 다방면의 지식이 갖는 중요성을 제대로 완전히 평가할 수 있었다. 아이들은 — 나의 최고의 스승이었고, 그 때문에 나는 지금까지도 그들에 대해 깊은 애착과 고마움을 간직하고 있다. — 아이들은 나에게 내 학문의 빈약함을 그대로 모두 보여 주었다. 아주 훌륭하게 배워서 잘 알고 있다고 스스로 여기는 것들을 우리가 실은 전혀 모르고 있는 경우가 얼마나 자주 있는가를 확인하기 위해서는, 아이들과 그저 며칠 동안 계속해서 말을 나누고 — 그들의 질문을 유도하기만 하면 충분했다. 이 관찰은 나를 깜짝 놀라게 했고, 내가 완벽하게 통달했다고 여겼던 다양한 학문 분야들을 더욱 깊이 탐구하게 했다. 이 관찰은 나에게 그 당시로서는 예기치 못했던 새로운 사실, 즉 인간의 지식을 이른바 학문이라는 것들로 분류한다는 것이 얼마나 인위적이고, 얼마나 자의적이고, 얼마나 거짓된 것인가 하는 것을 확신시켜 주었다. 학문들의 방대한 목록에는 대상의 **전일성**에 대한 확실한 개념을 우리에게 줄 수 있을 법한 학문은 실제로 하나도 없었다. 인간, 동물, 식물, 제일 작은 먼지 한 톨을 예컨대 한번 생각해 보시라. 학문들은 그것들을 여러 부분으로 쪼개 놓았다. 누구에겐 그것들의 화학적인 의미가, 누구에겐 관념적인 의미가, 누구에겐 수학적인 의미 등등이 배당되었고, 이 인위적으로 쪼개진 갈래들은 전문 분야라는 이름으로 불렸다. 언젠가 먼 옛날 옛적에 우리에겐 제1권의 교수들, 제2권의 교수들이 있었다고 한다. 이 각각의 대상에 대한 완전한 개념을 얻기 위해서는, 서로 다른 여러 학문들의 몫으로 할당된 그 모든 쪼개진 부분들을 다시 한데 모아야만 했다. 어떤 편협하고 교조적인 지식에도 오염되지 않은 어린아이의 청신한 정신에는 물리학도, 화학도, 천문학도, 문법도, 역사 등등도 별개로 존재하지 않는다. 만약 당신이 말(馬)의 해부학에 대해, 말 근육의 메커니즘에 대해, 건초가 피와 살로 변하는 화학적 과정에 대해, 동력으로서의 말에 대해, 심미적 대상으로서의 말에 대해, 제각기 따로따로, 가장 체계적인 방식으로 말하기 시작한다면, 어떤 아이도 당신의 말에 귀를 기울이지 않을 것이다. — 아이는 그야말로 백과전서주의자이다. 있는 그대로의 말, 말 전체를 아이에게 주도록 하라. 대상을 인위적으로 조각조각 자르지 말고,

하나의 살아 있는 전체로서 그의 눈앞에 제시하라. — 여기에, 지금껏 해결하지 못한 교육학의 모든 과제가 있다. 이 준엄하고 가차 없는 요구를 충족시키기 위해서는, 단편적이고 소위 문학적인, 그리고 부당하게도 **보편적**이라고 불리고 있는 지식들로는 부족하다. 여기에 필요한 것은 프랑스인들이 말하듯이, mettre la main à la pâte(자신의 손으로 반죽을 하는 것)이다. 그렇게 할 때만 아이들과 함께 아이들에게 이해되는 언어로 말할 수 있다. 이상(以上)이 어쩌면 나도 모르게 내 작품들 속에 반영되었을 수도 있는, 이른바 나의 백과전서주의라고 얘기되고 있는 것의 모든 비밀이다. 그러나 이것은 내 탓이 아니다. — 이것은 우리가 살고 있는 시대의 탓이며, 만약 지식의 모든 조각 난 부분들의 재통합을 아직도 발견하지 못했다면 적어도 그것을 찾고 있는 시대의 탓이다. 그런 자기희생과 함께 세부적인 것들 속으로 내려서서 곤충학, 어류학과 같은 이름 아래 특별한 학문들을 만들어 낸다면, 그것은 오로지 인간 이해력의 정맥과 동맥을 이어 줄 연결점을 발견하기 위한 것이어야 한다. 인류 보편적인 학문이 아직 형성되지 않았으니, 모든 인간은 각자 스콜라주의의 기저귀를 던져 버리고, 자신을 위하여, 자신의 활동 범위를 위하여, 자신의 정신 능력의 공간에 합당하게 자신의 특별한 학문을, 어떤 조건적인 표제에도 끼워 맞출 수 없는 이름 없는 학문을 형성해 가는 것이 불가피하다. 고백하건대, — 나는 이 학문을 위해 노력해 왔다. 이 노력 때문에 누가 나를 비난한다면, 그에게 나는 이 말 이외에 다른 대답은 할 수 없을 것이다. "mea culpa!(내 탓이오!)"

『러시아의 밤』에 부치는 주*

Habent sua fata libelli!(책에게는 자신의 운명이 있다!) — 글을 쓰거나 대체로 활발한 활동을 하는 사람이라면 여러 방식으로 과오를 범하는 것이 그리 이상한 일은 아니다. 예컨대 그는 자신의 생각을 다른 사람의 것으로 내놓을 수도 있고, 혹은 또 공교롭게도 남의 생각을 자신의 것으로 제시할 수도 있다. 그러나 대개는 — 소피야 파블로브나에게서처럼,

— 더 고약할 때도 왕왕 있지만, — 어찌어찌 되어 나간다!*

그런데 갑자기, 무슨 연관에서인지는 신만이 아시겠지만, 정신적으로도 육체적으로도 당신은 털끝만큼도 잘못한 게 없는 일을 두고 사람들이 당신을 비난하거나 변호하기 시작한다. — 어떤 사람들은 찬미하기 위해, 또 어떤 사람들은 질책하기 위해, 많은 사람들이 『러시아의 밤』에서 내가 호프만을 모방하고자 애썼다고 생각한 것이다. 이 비난은 나를 그다지 불안하게 하지 않는다. 원하든 원치 않든 간에 자신의 작품 속에서 남의 생각, 남의 말, 남의 기법 등등이 반향을 불러일으키고 있지 않은 작가는 큰

작가이든 작은 작가이든 이 세상에 아직 없었다. 이것은 모든 시대와 모든 민족의 사람들 사이에 자연스럽게 존재하는 조화로운 연결 때문에라도 이미 불가피한 일이다. 어떤 사상도 자신이나 남의 선행한 다른 사상이 그것의 발생에 함께 참여해 주지 않고서는 태어나지 않는다. 만약 그렇지 않다면, 작가는 자신이 읽거나 본 것에서 인상을 받을 수 있는 능력, 즉 느끼는 능력을 포기해야만 할 것이고, 따라서 사는 능력까지도 포기해야 할 것이다. 당연히 나는 사람들이 나를 호프만과 비교하는 것에 털끝만큼도 모욕을 느끼기는커녕, — 오히려 이 비교를 나에 대한 정중한 칭찬으로 여긴다. 호프만은 세르반테스나 스턴처럼, **자신의 방식에서** 천재적인 인간으로 영원히 남을 것이기 때문이다. 만약 천재성이라는 단어가 발명성과 같은 의미의 것이라면, 내 말에는 조금의 과장도 없다. 그리고 호프만이야말로 특별한 종류의 놀라운 것을 발명해 냈다. 나는 분석과 회의의 시대인 우리 시대에 놀라운 것에 대해 말하는 것이 충분히 위험하다는 것을 알지만, 이 요소는 오늘날에도 예술에 엄연히 존재하고 있다. 예컨대 바그너는 — 그 또한 의심할 바 없이 천재적인 인간이지만[99] — 이 기이한 요소가 없이는 오페라란 거의 불가능하다는 것을 확신하고 있고, 음악가라면 그의 이런 확신에 동의하지 않을 수 없다. 호프만은 이 요소가 우리 시대에도 언어 예술로 이어질 수 있는 유일한 실마리를 발견했다. 그에게서 놀라움의 영역은 언제나 양면, 즉 순수하게 환상적인 한 면과 — 현실적인 한 면을 동시에 지니고 있으며, 그런 까닭에 19세기의 오만한 독자는 자신에게 얘기되는 놀라운

99 바그너의 천재성을 입증하는 많은 증거들에다 나는 또 하나를 덧붙이겠다. 마이어베어의 『플로에르멜(*Ploërmel*)』*, 그리고 심지어 비단과 금실, 은실로 수를 놓은 중국의 그림들이 회화에서 갖는 것과 똑같은 위치를 음악에서 점할 뿐일 베르디의 이른바 오페라들이 엄청난 승리를 구가하고 있던 파리에서 바그너의 『탄호이저(*Tanhäuser*)』가 대실패를 거둔 사실이 그것이다.

사건을 결코 무조건 믿으라고 요구받지 않는다. 소설의 장치 속에는 바로 이 사건 자체가 아주 간단하게 설명될 수 있는 모든 것이 제시되어 있으며, — 그렇게 해서 결국 늑대들도 배부르고 양들도 무사한 일거양득이 가능하게 된다.* 놀라운 것에 끌리는 인간의 자연스러운 성향도 충족되고, 동시에 탐구적인 정신 또한 모욕을 느끼지 않기 때문이다. 이 두 가지의 대립적인 요소를 서로 화해시키는 것은 진정한 재능만이 해낼 수 있는 일이었다.

하지만 나는 호프만을 모방하지 않았다. 『러시아의 밤』이 형식면에서 호프만의 작품 『세라피온의 형제들(*Serapionsbrüder*)』 연상시킨다는 점은 알고 있다. 여기에도 역시 친구들 간의 대화가 있고, 여기에도 역시 별개의 이야기들이 대화 속에 들어와 있다. 그러나 문제는 내가 『러시아의 밤』을 구상하던 시기, 즉 1820년대에는 『세라피온의 형제들』을 전혀 알지도 못했다는 사실이다. 아마 당시에 이 책은 우리의 서점들에 있지도 않았을 것이다. 그때 내가 읽었던 호프만의 유일한 작품은 「세습 영지(Majorat)」이지만, 이것과 내 작품은 조금도 비슷한 데가 없어 보인다.

달랐던 것은 나의 출발점뿐만이 아니다. 대화의 형식 또한 다른 길로 해서, 부분적으로는 논리적인 추론을 통해, 부분적으로는 나의 정신의 타고난 분위기를 통해 나에게 왔다. 나는 항상, 무대나 혹은 또 독서를 위한 최근의 드라마 작품들에는 고대인들에게서 **합창**이 대변해 주었던 요소, 주로 관객들 자신의 견해를 표현해 주던 요소가 빠져 있다고 여겨 왔다. 사실, 무대 앞에 몇 시간씩이나 앉아 무대 위의 말하고 행동하는 사람들을 보면서 — 자신의 말을 입 밖으로 말할 수 있는 권리를 갖지 못한다는 것, 무대 위에서 사람들이 속이고 중상하고 강탈하고 죽이는 모습을 본다는 것, — 말없이 팔짱을 끼고서 그 모든 것을 바라본다는 것은 기이하기 짝이 없는 일이다. 최근의 연극이 보여 주는 폐쇄적인 객관성은 우리에게 특별한 비정함을 요구한다. 현실에서 그런 사건들을 보게 될 때 무관심하게 머무르는 것을 우리에게 결코 허용하지 않는 감정, 이 아름다운 감정이 명백하게 모욕당하고 있으며, 그래서 나는 칼을 빼 들고 인형 극장의 마우리인*들을 향해 돌진했던 돈키호테와, 의자에 앉은 채 더 이상 참지 못하고 배우들의 대사에 끼어들었던 우리 극장들의 그 괴짜를 너무도 잘 이해한다. 극작가가 소중히 여겨야 할 것은 바로 그런 관객들이다. 오직 그들만이 의심의 여지 없이 작품에 완전히 공감하기 때문이다. 고대의 극장에서 합창은 — 자신의 눈앞에서 일어나고 있는 일에 개인적으로 참여하고자 하는 인간의 이 자연스러운 성향에 어느 정도나마 자유 공간을 제공해 주었다. — 물론, 고대의 합창 형식을 우리의 새로운 드라마 속으로 완전히 옮겨 오는 것은 지금까지 행해진 이런 종류의 여러 시도에 의해서도 증명되고 있다시피 불가능한 일이다. 그러나 관객 측의 어떤 대변인, 혹은 더 정확히 말해, 주어진 그 시대, 그 순간의 지배적인 개념들의 대변인, 요컨대 예술 문제에서 우리의 고대의 스승들이 드라마의 필수적인 속성으로 여겼던 것을 우리의 비정한 드라마 속으로 들여올 수 있는 방도가 있어야만 한다. — **찾아내야만** 한다. 찾아내지 않으면 안 되며, 그 어느 시대보다 우리 시대에는 더욱더 그러하다. 오늘날 자치(selfgovernment)는 생각과 감정의 모든 움직임 속으로 스며들고 있다. 그러나 자치(selfgovernment)는 최근의 드라마가 관객에게 요구하고 있는 이 바라문교적인 부동성과는 전혀 합치하지 않는다. 거기로 가는 길은 머리카락처럼 좁고, 후리*의 집으로 가는 이슬람교도의 길만큼이나 좁다. 한쪽에서는 서정주의와 궤변이 위협하고, 다른 쪽에서는 차가운 객관성이 위협하고 있다. 아마도 우리가 바라는 이 목표는, 두 편의 다른 드라마를 서로 연결시켜 동시에 공연하고, 그 둘 사이에 말하자면 도덕적인 연관이 생기게 하여 하나가 다른 하나에 대한 보완의 역할을 하게 함으로써, 요컨대 철학적 용어를 빌려 말하자면, **이데아**가 **객관적인** 면뿐만이 아니라 **주관적인** 면에서도 제시되고, 그럼으로써 **완전하게** 표현되고, 그럼으로써 우리의 심미적인 감정을 완전하게 충족시켜 주게 되는 곳에서 언젠가는 이루어질 수 있을 것이다. 이 과제는 아직 해결되지 못했다. 이런 길, 혹은 저런 길을 통해 이 과제를 해결하는 것, 성공적으로 해결하는 것, — 그것은 재능의 문제이지만, 어쨌든 과제는 존재한다.

나 자신에 대한 변호로 돌아가자. 심리적 사실에 관한 것이므로 독자로서도 아마 흥미가 없지는 않을 것이다. — 내가 말하고 있는 그 시대에 나는 그리스어를 배웠고, 어려운 대목에서는, 아미요의 플루타르코스 번역*이 프랑스 문학에서 갖는 것과 다를 바 없는 의미를 우리 문학에서 갖는 파호모프의 러시아어 번역, 아니 더 정확히 말해, 슬라브어 번역의 지도를 받으면서 플라톤을 읽었다.* 플라톤은 나에게 청춘의 모든 강렬한 인상과 마찬가지로 지금까지도 간직되어 있는 깊은 인상을 불러일으켰다. 플라톤에게서 내가 발견한 것은 비단 철학적인 흥미만이 아니었다. 그의 대화에서 다루어지는 이러저러한 **이데아**의 운명은 드라마나 포에마에 나오는 이러저러한 인간의 운명과도 거의 동일한 공감과 관심을 내게 일깨웠다. 심지어 그 시절의 나에게 호메로스의 영웅들의 운명은 흥미가 훨씬 덜했다. 아킬레우스도 오디세우스도 그때는 내게서 별다른 공감을 이끌어 내지 못했다.

플라톤을 꾸준히 읽으면서 나는, 만약 인류가 아직도 삶의 과제를 해결하지 못했다면 그것은 오로지 사람들이 서로 완전히 이해하지 못하기 때문이며, 우리의 언어가 우리의 관념을 완전하게 전달하지 못하는 까닭에 듣는 사람이 그에게 말해지는 모든 것을 결코 다 듣지 못하고, 혹은 더 많게, 혹은 더 적게, 혹은 왼쪽으로, 혹은 오른쪽으로 듣기 때문이라는 생각을 하게 되었다. 이런 생각에서 모든 철학적 견해들을 하나의 공통분모로 가져가야 한다는 필요성, 심지어 그것의 **가능성(!)**에 대한 확신까지도 생겨났다. 젊음의 자신만만함은 모든 철학 체계들을 하나씩 따로따로 (이를테면 하나의 철학 사전의 형태로) 연구하고, 수학에서처럼 그것을 단 한 번에 영원히 받아들여진 엄격한 공식들로 나타내고, — 그런 다음, 이 모든 체계를 하나의 드라마로, 즉 엘레아학파로부터 셸링에 이르는 세계의 모든 철학자들, 혹은 더 정확히 말해서, 그들의 학설이 등장인물이 되고, 주제, 혹은 더 정확히 말해, 기본 줄거리는 **인생의 과제**보다 결코 크지도 작지도 않은 것이 될 하나의 거대한 드라마로 통합하는 것이 가능하다고 여겼다.

그러나 여기서, 푸쉬킨이 고류히노 마을의 지주에 대해 해 주는 이야기,* 즉 포에마 「류리크」를 쓰기로 계획했다가, 그 뒤엔 송가로 그쳐야 할 필요성을 깨닫게 되고 결국엔 류리크의 초상화에 부치는 제명으로 끝을 내는 지주의 이야기와 똑같은 일이 일어났다.

첫 청춘의 꿈은 무너졌다. 일은 능력을 벗어나는 것이었다. 내가 이해한 바와 같은 철학 사전만 하더라도 한 사람의 인생으로는 어림도 없었으며, 더구나 그 일은 앞으로 주된 일을 위한 자그마한 첫 계단이 되어야 할 것에 불과했다……. 그러니 더 말해 무엇하랴. — 부서진 조각들은 서로 다른 여러 분모들을 가진 채 남았고, 아마도 영원히 그렇게 남을 것이다. — 적어도 이 계산을 하는 것은 나에게 주어진 일이 아니다.

그러나 이 모든 준비 작업의 결합, 그리고 그것에 대한 거의 끊임없는 생각은 내가 쓴 모든 글, 특히 『러시아의 밤』에 나 자신도 모르게, 그러나 다른 시나리오로 반영되었다. 탈레스,* 플라톤 등등 대신에 당시의 동시대적인 전형들이 무대에 등장했다. 콩디야크주의자,* 쉘링주의자, 그리고 끝으로 신비주의자(파우스트). 이 셋은 모두 — **러시아 정신의 흐름 속에** 있다. 마지막에 든 인물(파우스트)은 이 방향도, 저 방향도 비웃지만, 아마도 다른 사람들과 마찬가지로 그에게도 해답은 존재하지 않는 까닭에 그 스스로도 자신의 결정을 말하지 않고, — 상징주의로 만족한다. 하지만 파우스트에 대해서는 다음에 또 얘기하게 될 것이다. 이 세 방향을 일정한 점들로 함께 이끌어 가기 위해, 철학자들에게서는 압축된 공식들로 표현되었던 것을 자신의 삶 전체로써 표현하고 그리하여 한 사람이 다른 사람의 삶에 대해 단지 말로써가 아니라 삶 전체로써 답했던 여러 인물들이 선택되었다.

만약 이것을 드라마라 불러도 좋다면 — 이 새로운 드라마의 주제는 동일한 것으로 머물렀다. 삶의 과제, 물론 해결되지 않은 과제가 그것이다.

내 작품의 이 같은 집안 사정 이야기를 더 세세히 늘어놓으면 독자를 지루하게 할 것이 염려된다. 그러나 지금까지 나는 나 자신 속에서 일어났던 심리적 과정과 실제로 관련된 것에만 국한시켜 이야기하려고 노력했다. 그리고 **사실**로서의 모든 심리적 과정은, 거듭 말하는 바이지만, 어떤 경우에도 나름의 의미를 가질 수 있다.

덧붙여 말하고 싶은 것은, 『러시아의 밤』에서 독자들은 1820~1830년대의 모스크바 젊은이들이 열중해 있던, 그리고 그것에 대해 다른 정보는 거의 남아 있지 않은 그 정신적인 활동에 관해 상당히 정확한 그림을 보게 되리라는 것이다. 더구나 그 시대는 자신만의 의미를 가지고 있었다. 수천 가지의 물음, 회의, 추측들이 들끓고 있었고, — 그중 어떤 것들은 다시금, 그러나 보다 확실한 모습으로 지금 새로이 일깨워졌다. 오늘날 우리를 열중시키고 있는 순수하게 철학적이고 경제학적이고 사회적이고 민족적인 문제들은 그 당시도 사람들을 사로잡고 있었고, 지금 시대에 여기저기서 직접적으로 말해진 많고 많은 것들, 심지어 최근에 나타난 슬라브주의까지, — 이 모든 것은 이미 그 시대에 마치 싹트는 씨앗처럼 꿈틀거리고 있었다. 새로운 세대는 그들에 앞서간 세대가 이 문제들을 어떻게 이해했고, 무엇과 어떻게 싸웠고, 무엇에 괴로워했으며, 새 세대의 활동가들에게 그들의 일로 주어진 훌륭한 자료, 그리고 나쁜 자료들이 어떻게 만들어져 나온 것인지를 배워도 나쁘지 않을 것이다. 인간의 일의 역사는 인류에게 속한다.

주

7 **숲 속에 있었다** 단테의 『신곡』은 이렇게 시작된다.
도움이 되거든요 괴테의 『빌헬름 마이스터의 편력 시대』 제1편 제10장에 나오는 말.

11 **이시스** 고대 이집트의 신화에서 풍요, 농사와 수태, 물, 바람, 마법, 항해를 관장하는 여신이자 죽은 자들의 수호자인 여신으로, 그리스 신화에서는 그녀를 마음에 들어 한 제우스가 그녀를 헤라의 눈에 띄지 않게 암소로 변하게 했던(또는 헤라에 의해 그렇게 되었다는 이야기도 있다) 이오와 동일시되며, 암소의 머리를 가진 여자로 묘사된다.

12 **여겨 준 사람들** 오도예프스키의 초고에는 이 대목 뒤에 그의 작품의 번역들이 발표되었던 잡지와 문집들인 『자유항(*Der Freihafen*)』, 『서와 동(*West und Ost*)』, 『러시아의 백(百)과 일(一)(*Russische Hundert und Eins*)』, 『외국 문학지(*Magazin der ausländischen Literatur*)』, 『우아한 세계를 위한 신문(*Zeitung für die elegante Welt*)』, 『러시아의 메르쿠리우스(*Russischer Merkur*)』 등이 열거되고 있다. 『러시아의 밤』에 들어 있는 작품들

가운데 「베토벤의 마지막 사중주」의 번역은 페테르부르크에서 발행되던 『러시아의 메르쿠리우스』(1831년 10월 16일과 23일 자)에 실렸고, 슈투트가르트의 신문 『외국 문학 소식(*Blätter zur Kunde der Literatur des Auslandes*)』(1838년 11월 14일)에는 이 작품의 또 다른 번역이 실렸다. 「죽은 자의 조소(Насмешка мертвеца)」는 이미 『러시아의 밤』이 나온 뒤인 1846년에 라이프치히에서 출판된 『북방의 소설집(*Nordisches Novellenbuch*)』에 번역되어 실렸고, 『러시아의 밤』에 포함되지 않은 작품들 중에는 「공녀(公女) 미미(Княжна Мими)」의 번역이 1836년 베를린에서 나온 선집 『러시아의 백과 일』에, 「공기의 요정 실피다(Сильфида)」는 1839년 알토나에서 나오던 잡지 『자유항』에, 그 뒤에는 1844년 베를린에서 출판된 선집 『현대 소설의 우아한 도서관(*Elegante Bibliothek moderner Novellen*)』에 번역되어 실렸다.

12 **파른하겐 폰 엔제** 카알 아우구스트 파른하겐 폰 엔제(Karl August Varnhagen von Ense, 1785~1858). 독일의 작가, 비평가. 독일 낭만주의와 청년 독일파에서 주도적인 역할을 했고, 『전기적인 기념비들(*Biographische Denkmale*)』(1824~1830), 『비망록(*Denkwürdigkeiten*)』(1837~ 1846)과 같은 역사적 가치가 있는 저서를 남겼다. 번역가, 비평가로서 러시아 문학을 서방에 알리는 데 많은 기여를 하였으며, 「공기의 요정 실피다」를 비롯한 오도예프스키의 작품들을 독일어로 번역했다.

13 **제1야** 1836년 3월 『모스크바의 관찰자(*Московский наблюдатель*)』에 '말 없는 자(Безгласный)'라는 서명을 붙여 처음 발표했다.

14 **동화** 내용으로 미루어 보아 오도예프스키는 여기서 자신의 작품인 「다 자란 아이들을 위한 동화(Детская сказка для взрослых детей)」에 대해 말하고 있다. 이 작품은 출판되지 않은 채, 몇 부분이 수고(手稿)로 남아 있다.

16 **토머스 무어** 바이런의 친구였던 토머스 무어(Thomas Moore, 1779~1852)는 그에게 맡겨진 바이런의 비망록을 폐기했다는 비난을 받았다. 그러나 여기에는 의심스러운 점이 있다. 무어는 어려운 경제적 상황에 처한 나머지, 바이런이 유언에서 인정했던 재량권을 이용하여 바이런의 고정적인 발행인인 존 머리에게 비망록을 팔았고 머리는 그것을 출판하려고 했으나, 바이런의 아내와 누이의 강한 반대로 인하여 무어의 항의에도 불구하고 비망록은 폐기되었다.

18 **카드릴** 4인조 무곡.

21 **제2야** 1844년 판본에서야 완전한 형태로 발표되었다.

22 **라피트** Lafitte. 남부 프랑스산 붉은 포도주의 일종.

형이상학자 1799년 V. 카프니스트(В. Капнист)판으로 출판된 독일계 러시아 우화 작가 I. I. 헴니체르(И. И. Хемницер, 1745~1784)의 「형이상학의 신봉자(Метафизический ученик)」를 가리킨다. 19세기 전반, 독자들에게 널리 알려져 있던 이 우화가 완전한 판본으로 발표된 것은 1873년에 와서였으며, 그 속에는 로스치슬라프나 오도예프스키 자신도 받아들이기 힘든 도덕이 담겨 있었다.

23 **라부아지에** 앙투안 로랑 라부아지에(Antoine Laurent Lavoisier, 1743~1794). 프랑스의 유명한 화학자로, 새롭고 엄격한 과학적 화학의 창시자이다. 라부아지에는 얼마 동안 전매 총독점인의 직무를 수행했던 일 때문에 혁명 정부에 의해 사형을 선고받았다. 처형되기 전날 밤, 중요한 실험을 끝마칠 수 있도록 며칠간 말미를 달라고 부탁했으나 거절당했다는 이야기가 전해진다.

24 **19세기의 그때이다** 포디지(John Pordage, 1607~1681)는 영국의 성직자, 신비주의자로, 영국에서 야코프 뵈메의 철학을 펼친 사도였고, 주저로는 『신비 철학(*Theologia mystica*)』(암스테르담, 1683)이 있다. 그의 저술 가운데 『신성하고 진실된 형이상학, 혹은

눈으로 볼 수 없는 영원한 사물들에 대한 경험으로 얻어진 경이로운 학문』은 이미 1786년에 러시아어로 번역되었다.
'미지의 철학자'는 프랑스 신비주의자 루이 클로드 드 생마르탱(Louis Claude de Saint-Martin, 1743~1803)을 가리킨다. 예카체리나 여제의 경찰들은 러시아 프리메이슨 단원들의 집에서 그가 쓴 책 『오류와 진실에 관하여(*О заблюждениях и об истине*)』를 찾아내기도 했다. 생마르탱에 대해 관심을 가졌던 오도예프스키는 1842년 무렵 쉘링과 대화를 나누었다.
쉘링 철학이 러시아에서 진리 탐구자들을 더 이상 만족시킬 수 없던 때란 많은 러시아 사상가들이 쉘링 철학으로부터 헤겔 철학으로 옮겨 가던 1830년대를 말한다. 이 시기 오도예프스키 자신도 1820년대에 그가 매우 심취했던 쉘링의 동일 철학의 모순성과 부족함을 강하게 느끼고 있었다. 그러나 이 시기에도 오도예프스키는 헤겔 철학으로부터 멀리 떨어져 있었으며, 그의 길은 그것과는 다른 것이었다. 유리 만(Ю. Манн)이 말하고 있듯, 그는 쉘링이 동일 철학으로부터 계시의 철학으로 건너갔던 그 길을 상당히 독자적으로 개척했다.

26 **로크 광시곡** 영국 철학자 존 로크(John Locke, 1632~1704)에 대한 오도예프스키의 부정적인 입장은 무엇보다도 로크의 물질주의와 경험론 때문으로, 그는 진리에 도달하는 데 있어 이 두 가지는 지극히 부적합한 수단이라고 보았다.

28 **옛 이교와 새로운 이교** 이 말로써 오도예프스키는 자신의 낭만적 인식과는 대단히 이질적이었던 모든 종류의 철학적 불가지론과 회의론을 뭉뚱그려 표현한다.

29 **마르티네스 데 파스칼리스** Martinez de Pasqualis(1715~1779). 포르투갈의 신비주의자이자 철학자로, 특히 프랑스에서 그의 사상을 펼쳤으며 독일에서도 알려져 있었다. 마르티네스 신비 종파의 창시자이다.

30 **바오마이스터** 프리드리히 크리스챤 바오마이스터(Friedrich Christian Baumeister, 1709~1785). 볼프(Chr. Wolff) 학파에 속하는 독일의 철학자, 논리학자.

두갈 장 바티스트 두갈(Jean Baptiste Dougal, 1674~1743). 프랑스의 학자. 선교사들의 회상록과 글에 의거해 재구성된 그의 저술은 1774~1777년 '중국 제국과 중국령 달란국에 대한 지리적, 연대기적, 정치적, 물리적 기술'이라는 제명하에 러시아어로 번역되었다.

34 **에스쿨라프** 로마 신화에서 의술의 신. 그리스 신화의 아스클레피오스에 해당된다.

39 **맬서스** 토머스 로버트 맬서스(Thomas Robert Malthus, 1766~1834). 『인구론』에서 국민의 궁핍함의 원인은 영원한 생물학적 자연법칙, 즉 인구는 기하급수적으로 증가하는 반면 식량은 산술급수적으로 증가하는 데 있다고 주장했다. 이 점에서 기아, 병, 전쟁의 긍정적 요소를 인정했으며, 산아 제한도 경제적, 사회적 문제의 해결에 기여할 수 있다고 보았다.

만사니야 manzanilla. 아메리카 적도 지방이 원산지인 나무로, 즙의 독성이 매우 강해서 '죽음의 나무'라고 불린다.

브루엄 경 자유방임주의 계열의 영국 정치가였던 브루엄은 연설가로 이름을 떨쳤으며 1830년부터는 상원 의장을 맡았다.

45 **토머스 윌리스** Thomas Willis(1621~1675). 영국의 의사, 해부학자, 옥스퍼드 대학의 자연 철학 교수. 17세기의 가장 뛰어난 의사 가운데 한 명으로 유명한 의학서 『뇌의 해부』를 썼으며, 해부학과 골상학, 특히 뇌의 연구에 크게 기여했다.

프톨레마이오스 클라우디우스 프톨레마이오스(Claudios Ptolemaios, 2세기 중엽). 천동설을 주장한 그리스의 수학자, 천문학자.

46 **하비** 윌리엄 하비(William Harvey, 1578~1657). 혈액 순환을 발견한 영국의 생리학자, 의사.

46 **프랭클린** 벤저민 프랭클린(Benjamin Franklin, 1706~1790). 미국의 정치가, 작가, 과학자, 미국 헌법의 기초자 중 한 사람이자 파리 주재 초대 미국 대사. 그의 번개 연구, 전기 실험은 피뢰침 발명으로 나아갔다.

풀턴 로버트 풀턴(Robert Fulton, 1765~1815). 1907년 허드슨 강에서 기선을 시운전하는 데 성공했으며, 처음으로 실용적인 기선을 만들어서 일반에게 널리 이용되게 만들었다는 점에서 기선의 발명자로 일컬어진다.

48 **옛날의 전설이여** 푸쉬킨의 서사시 「루슬란과 류드밀라(Руслан и Людмила)」(1820)의 첫 번째 노래에 나오는 구절이다.

49 **제3야** 1831년에 문예 작품집 『북방의 꽃들(*Северные цветы*)』에 호먀코프(A. С. Хомяков)에게 바치는 헌사와 함께 처음 발표되었다. 이야기 속의 주인공은 허구적이고 상징적인 인물이지만, 그의 이름과 몇몇 특성은 이탈리아 건축가 잠바티스타 피라네시와 연관되어 있다. 이 작품이 원래 호먀코프에게 헌정되었다는 사실, 그리고 호먀코프와 이름과 부칭(알렉세이 스체파노비치)이 같을 뿐만 아니라 여러 면에서 그를 연상시키는 화자의 외적인 특성들은 호먀코프와 이 작품 간의 내적인 친연성을 말해 준다. 모든 지식에서 시적인 본능과 시적 열정을 가장 중요시하는 이 이야기의 파토스는 (특히 슬라브주의에 경도되기 전의) 호먀코프와 그의 예술관에 매우 가까운 것이었다.

잠바티스타 피라네시 Giambattista Piranesi(1720~1778). 이탈리아의 동판화가, 건축가로, 로마의 산야를 그린 풍경화, 로마의 고적, 건축, 폐옥을 그린 동판화, 바로크적인 공간 상상화 등은 웅장한 구상과 강한 명암, 무절제한 상상력과 기괴함으로 유명하다.

51 **카프탄** caftan. 긴 농민 외투.

52 **엘제비르** 17세기 서적 출판과 판매에서 중요한 위치를 차지하고 있던 네덜란드의 유명한 회사 엘제비르(Elzevir, 1592~1712)의 이

름이다. 이 회사는 서적 출판 분야에서 대단히 커다란 족적을 남겼기 때문에 회사 소유주의 이름이 보통명사화되어, 이 회사에 의해 발행된 책들, 이 회사에 의해 만들어진 활자 모양, 판의 규격까지도 엘제비르라고 불리게 되었다.

마담 드 장리 스테파니 펠리시테 드 장리(Stéphanie Félicité de Genlis, 1746~1830). 프랑스의 여성 작가로, 상류 사회의 삶을 그리거나 역사적 주제를 다룬 소설을 썼으며 그녀의 감상적이고 교훈적인 소설들은 19세기 초 러시아에서 인기가 있었다.

53 **네스토르 막시모비치 암보지크** Нестор Максимович Амбодик (1744~1812). 페테르부르크 병원의 부인병과 산파학 교수로, 많은 의학책을 썼고 번역했다. 그가 쓴 것 가운데 특히 인기를 누렸던 책은 『조산술 혹은 부인들의 중요한 일에 대한 학문. 5부 구성. 삽화 다수』(페테르부르크, 1784~1786)였으며, 그의 책은 특히 형식의 예술성 때문에도 높은 평가를 받았다.

54 **알두스** 그리스와 로마의 고전을 출판하던 15~16세기 이탈리아의 서적 출판업자들의 이름으로, 이들은 출판의 정확성을 대단히 소중하게 여겼다. 회사의 설립자인 알두스 마누치우스(Aldus Manucius)는 책의 교정을 위해 이른바 알드의 신(新)아카데미에서 교육받은 30명의 문헌학자들을 동원했다.

56 **카라트이긴** V. A. 카라트이긴(В. А. Каратыгин, 1802~1853). 당대의 러시아 연극과 쉴러, 셰익스피어 연극에서 주인공 역을 맡았던 러시아의 유명한 연극배우로, 오도예프스키는 그를 매우 높이 평가하고 존경했다.

노름꾼의 삶 극작가 빅토르 뒤캉주(Victor Ducange, 1783~1833)의 멜로드라마. 러시아 무대에서 이 연극의 공연은 중요한 사건으로, 낭만주의의 승리를 의미했다. 1828년 5월 3일 페테르부르크에서 있었던 초연과 그 이후의 공연에서도 카라트이긴이 노름꾼 역을 연기했다.

58 **제 스승이셨습니다** 여기서 말하는 것은 교황 율리우스 2세(재위 1503~ 1513)에게 바친 기념 묘비이다. 미켈란젤로는 이것을 교황의 분부에 따라, 그러나 교황이 죽은 지 30여 년이 지난 1545년 1월에야 세웠으며, 그 장소도 성 베드로 대성당이 아니라 빈콜리의 산 피에트로 교회였다. 미켈란젤로는 1564년, 그러니까 피라네시가 태어나기 156년전에 죽었다.

60 **영원한 유대인** 영원한 유랑자. 골고다로 가는 예수 그리스도를 자기 집 앞에서 쉬지 못하게 하고 욕설을 한 데 대한 응보로 그리스도의 재림 때까지 영원히 살면서 지상을 유랑해야 하는 유대인 아하스베루스(Ahasverus는 '영원한 유대인'이란 뜻이다)에 대한 전설을 바탕으로 쓰이게 된 표현이며, 이 전설은 십자군 원정 시대에 생겨난 것으로 알려져 있다.

베르스타 미터법 시행 전 러시아의 거리 단위로, 1베르스타는 1.067킬로미터.

63 **스트라스부르의 종탑** 스트라스부르 사원은 18~19세기 고딕 건축의 기념비이다. 스트라스부르는 라인 강변에 있는 프랑스 알자스 지방의 도시로, 1871~1918년 독일에 귀속되었다가 다시 프랑스령으로 돌아갔다.

66 **대학 연설** 저자의 각주에는 오류가 있어 보인다. 이 인용문은 1809년 9월 19일 헤겔이 뉘른베르크 김나지움에서 행한 연설에 들어 있으며, 헤겔은 1831년에 사망했다.

미셸 슈발리에 Michel Chevalier(1806~1870). 프랑스의 경제학자이자 경제 정책가로, 산업, 특히 철도 건설의 열렬한 옹호자였다.

70 **갈리아니** 페르디난도 갈리아니(Ferdinando Galiani, 1728~1787). 이탈리아의 사회 경제학자, 철학자, 사회 평론가, 수도원장으로, 중농학파에 반대한 중상주의자였으며, 문화사적으로 흥미 있는 『왕복 서한집』과 국제 무역론상의 고전적인 저술을 남겼다.

세 장 바티스트 세(Jean Baptiste Say, 1767~1832). 유럽 대륙에

서 스미스를 계승하여 그의 학문을 체계화한 프랑스 경제학자로, 특히 그의 가치론에서는 효용학파의 선구적인 수정을 볼 수 있다.

71 **아쿠아 토파나** aqua tofana. 토파나의 물. 성분 미상의 강력한 독으로, 그것을 사용한 시칠리아의 유명한 독살자 테오파니아 디 아다모(1653~1719)의 이름을 따서 토파나의 물이라고 부른다.

73 **여단장** 수고에 붙어 있던 원래의 제명은 '러시아의 피라네시(Русский Пиранези)'였으며, 페테르부르크에서 발행되던 문집 『집들이(*Новоселье*)』(1833, 1부, 501~517쪽)에 "I. C. 말체프에게(И. С. Мальцеву)"라는 헌사와 함께 처음 실렸으나, 『러시아의 밤』에서는 헌사가 빠져 있다. 「여단장」의 모티프는 오도예프스키의 다른 작품들에서도 되풀이된다. 예컨대 사상과 주제 면에서 「여단장」과 매우 가까운 「산 송장(Живой мертвец)」(1844)에서 주인공 바실리 쿠즈미치는 자신이 죽은 자가 되어 산 자들의 목소리를 엿듣게 되는 꿈을 꾸게 되고, 이런 식으로 거짓에 찬 삶을 살아온 그에게 삶의 진실이 열리게 된다.

로스토프로 출발했다 이 제사는 부드럽고 세련된 언어로 우화, 송가, 비가, 운문 소설 등을 썼던 러시아 후기 고전주의 시인인 I. I. 드미트리예프(И. И. Дмитриев, 1760~1837)의 「묘비명(Эпитафия)」(1803)에서의 불완전한 인용이다. 정확한 텍스트는 "여기 만년에 세상을 뜬 연대장이 누워 있다. 보라, 우리의 운명이 어떠한 것인가! 살라, 살라, 죽으라 — 그리고 오직 신문들에만 이렇게 남았으니: 그는 로스토프로 떠났다."

74 **칼리오스트로** 알렉산더 칼리오스트로(Alexander Cagliostro, 본명은 주세페 발사모(Giuseppe Balsamo), 1743~1795). 자신을 여러 이름으로 불렀던 이탈리아의 사기꾼, 신비주의자로, 연금술적인 영약, 강신술 모임, 마술적 치료 등으로 전 유럽에서 상당한 재산을 모으고 상류층 인사들에게 접근했으며 프리메이슨 지부를 결성하였으나, 이단이라는 죄목으로 1791년 교황에 의해 종신 구금형을

선고받았다. 1780년부터 몇 년 동안은 펠릭스 백작이라는 이름으로 페테르부르크에 살기도 했다.

76 **함께 가져가네** 키케로 덕분에 유명해진 라틴어 격언 "Omnia mea mecum porto"를 염두에 둔 말이다.

83 **껴안고 싶은 욕망** A. S. 호먀코프(А. С. Хомяков, 1804~1860)의 시 「청춘(Молодость)」에 나오는 구절 "나는 불타는 포옹 속에 자연을 얼싸안고 싶다; 불타는 가슴에 자연을 끌어안고 싶다"의 숨겨진 인용이다.

85 **무도회** 「여단장」과 함께 『집들이』(1833)에 처음 실렸다. 1862년 다시 출판할 계획을 세우고 있던 『러시아의 밤』을 위해 오도예프스키는 이 이야기를 크게 수정했다.

큰 기쁨을 알리노라 「누가복음」 2장 10절에서 천사가 이스라엘 목자들에게 예수 그리스도의 탄생을 알리는 말이다.

87 **흐느낌입니다** 모차르트의 오페라 『돈 조반니』(1787) 제2막에 나오는 돈나 안나의 아리아를 가리킨다.

시작하는 순간입니다 로시니의 오페라 『오셀로』(1816)를 가리킨다.

90 **복수자** 오도예프스키의 미완 소설 『얀치나(*Янтина*)』(1836)에 포함되어 있던 단편으로, 거기에서는 '시의 변론(Апологетика поэзии)'이라는 표제를 달고 있다.

91 **네메시스** Nemesis. 복수의 여신.

92 **죽은 자의 조소** 문집 『1834년의 아침노을(*Денница на 1834 г.*)』(모스크바, 1834)에 처음 실렸을 때는 '죽은 자의 조소(단편斷片)(Насмешка мертвого(отрывок)'라는 표제를 달고 있었으며, 여주인공의 이름도 『러시아의 밤』에서와 달리, 리자가 아니고 마리야였다. 벨린스키는 이 작품을 '위협적이고 공개적인' 유머의 본보기라고 부르면서 높이 평가했다.

104 **최후의 자살** 이 단편은 『러시아의 밤』이 출판될 때까지 어디에도 실리지 않았다.

114 **체칠리아** 오도예프스키가 남긴 글 가운데는 같은 제목을 가진 미완의 작품이 있다. 그 텍스트는 『러시아의 밤』에 들어 있는 것과 차이가 있으나, 내적인 연관성에 대해서는 의심의 여지가 없다. 이 단편의 표제는 3세기 전반에 살았던 가톨릭교회의 성녀의 이름을 딴 것으로, 종교 음악의 수호 성녀로 여겨졌던 체칠리아는 음악가들뿐만 아니라 작가와 화가들에게서도 큰 사랑을 받았고, 라파엘과 카를로 돌치 등의 작품에서도 여러 차례 묘사되었다.

체칠리아에게 바치는 노래 이 제사는 S. P. 쉐브이료프(С. П. Шевырёв, 1806~1864)가 번역한 독일 낭만주의자 바켄로더(W. H. Wackenroder, 1773~1798)가 쓴 시의 마지막 다섯 행이다. 이 시는 바켄로더의 유작에 티크(L. Tieck, 1773~1853)가 자신의 논문 12편을 더 포함시켜 출판한 책 『예술의 친구들을 위한 예술에 관한 환상(*Phantasien über die Kunst für Freunde der Kunst*)』(1799)에 들어 있었고, 쉐브이료프는 이 책을 V. 치토프(В. Титов), N. 멜구노프(Н. Мельгунов)와 함께 번역했다.

117 **벤담** 제러미 벤담(Jeremy Bentham, 1748~1832). 영국의 법학자, 윤리학자로, 최대 다수의 최대 행복을 목적으로 하는 공리주의 철학의 창시자. 저서 『의무론 혹은 도덕성의 학문(*Deontology, or the Science of Morality*)』(1834)에 상세하게 기술되어 있는 그의 윤리학에 따르면, 인간의 행동은 그것이 가져오는 유익함에 의해 평가되어야 하며, 이때 유익함에 대한 정의에서 벤담은 인간의 개인적인 이익으로부터 출발하고 있다.

걸려 넘어졌다네 맬서스가 애덤 스미스의 몇몇 명제를 속화하여 극단적 결론으로 끌고 가고 있다는 사실은 맬서스의 저술 『정치 경제학의 원리(*Principles of Political Economy*)』(1820)에서 특히 눈에 띈다.

초판 1798년 런던에서 출판된 『인구론(*An Essay on the Principle of Population*)』을 말한다.

119 **이름 없는 도시** 『동시대인(*Современник*)』(1839, 제1권)에 처음 발표되었다. 이 이야기 속에 그려진 광경은 벤담의 이론을 극단화하여 제시하고 있으며, 이것이 이 광경을 내용에서가 아니라 형식면에서 환상적인 것으로 만든다. 오도예프스키의 환상성은 — 파우스트의 입을 빌려 말하자면 — 사람들이 그들의 어떤 생각을 '완전하게 실현에 옮길 경우' 반드시 나타나게끔 되어 있는 것에 대한 '상징적 통찰'이다. 벨린스키는 『러시아 저널(*Русские журналы*)』(1839)에 실은 비평에서 「이름 없는 도시」를 '사상과 생동감에 넘치는 오도예프스키 공작의 멋진 상상'이라고 불렀다. 벤담 이론에 대한 비판은 오도예프스키에게 대단히 중요한 사안이었으며, 때문에 「검은 장갑(Черная перчатка)」(1838), 「여인의 영혼(Душа женщины)」(1841)을 비롯한 그의 여러 작품에서 반복해서 다루어진다. 오도예프스키의 환상적 예언과 도스토예프스키의 소설 『죄와 벌(*Преступление и наказание*)』 에필로그에 나오는 라스콜니코프의 꿈은 서로 명백한 유사성을 보여 준다.

코르딜레라 산맥의 풍경 알렉산더 폰 훔볼트(Alexander von Humboldt, 1769~1859)는 독일의 유명한 지리학자, 자연 과학자, 여행가로, 특히 라틴 아메리카의 지리학적, 지질학적, 동식물학적 연구에 큰 업적을 남겼고, 1799~1804년에 중남미 각 지역을 탐험했다. 이 여행의 결과물이 전 30권의 『신대륙 적도 지역 여행(*Vojage dans les regions equinoxiaux du nouveau continent*)』(1807~1833)이며, 아메리카의 자연과 기후가 개괄적으로 기술되고 있는 이 저술의 한 부분이 '코르딜레라 산맥의 풍경(Vues des Cordillères)'이라는 표제를 가진다.

141 **바체슬라프** 오도예프스키는 『러시아의 밤』에서 제4야까지 베체슬라프로 불렀던 인물을 지금부터는 바체슬라프라고 부르고 있다.

143 **도시에서 추방되었다네** 플라톤이 『국가론』에서 시는 영혼의 나쁜 측면을 키우고 강화시키는 반면, 분별 있는 근원을 망치므로, 미래

의 잘 정비된 국가에서는 시인을 받아들여선 안 된다고 주장한 것을 가리킨다.

버크 에드먼드 버크(Edmund Burke, 1729~1797). 영국의 작가, 정치가, 시사 평론가로, 프랑스 혁명에 반대했으며, 영국 보수주의의 이념적 창시자로 평가된다. 인도 문제에 큰 관심을 가졌고, 의회에 제출한 동인도에 관한 의안에서, 인도 통치를 국왕에 의해서가 아니라 하원에서 임명되는 책임 있는 7인 위원회에 맡길 것을 요구했다.

144 **카루스** 카알 구스타프 카루스(Carl Gustav Carus, 1789~ 1869). 독일의 의사, 화가, 자연 과학자, 자연 철학자(특히 셸링 연구자)로, 오도예프스키는 그를 높이 평가하여 로모노소프, 괴테와 나란히 세웠으며, 역시 시인이자 자연 과학자였던 괴테에게서와 마찬가지로 카루스에게서 미래의 새로운 학문의 여명을 보았다. 도스토예프스키도 러시아에서 유명했던 그의 책 『프시케(*Psyche*)』(1846)를 러시아어로 번역하려는 계획을 세웠으나, 실행하지 못했다.

145 **이른 때가 되고 있군** 『로미오와 줄리엣』 제3막 제4장에서 캐풀렛이 하는 말의 인용으로, 원전에서는 "it is so very very late, / That we may call it early by and by(시간이 너무 늦어 이제 곧 새벽이라 말해도 될 것 같군)"임.

리카도 데이비드 리카도(David Ricardo, 1772~1823). 영국의 재정학자, 경제학자로 고전 경제학의 대표자. 주저로는 『경제학과 과세의 원리(*On the Principles of Political Economy and Taxation*)』(1817)가 있다.

시스몽디 장 레오나르 시스몽디(Jean Leonard Sismondi, 1773~1842). 제네바 태생의 프랑스 경제학자. 애덤 스미스의 신봉자였으나 나중에는 노동자의 국가 보호를 부르짖어 강당 사회주의의 시조가 되었다.

주저하지 않는다네 괴테의 『빌헬름 마이스터의 편력 시대』에서

가족의 친구가 하는 말임. "Loben tu ich ohne Bedenken."(제1권 제10장)

146 **멜키오레 조이아** Melchiorre Giojia(1767~1829)를 가리킨다. 이탈리아의 철학자, 통계학자로, 한동안 사제였으나 이후 경제학, 통계학, 정치에 관심을 가지고 활동했으며, 방대한 정치 경제학 백과사전인 『경제학에 대한 새로운 전망(*Nuovo prospetto delle scienze economiche etc.*)』(1815~1817)의 저자이다.

147 **신성하기도 하다** 1809년에 처음 발표된 I. A. 크르일로프(И. А. Крылов, 1769~1844)의 우화 「짐승들의 역병(Мор зверей)」에서의 인용임.

148 **다른 한편으로는** 고골의 『검찰관(*Ревизор*)』에서 흘레스타코프가 사라토프로 가는 길이라고 말하자, 읍장이 하는 말을 가리킨다. "길로 말씀드리자면, 한편으로는 교대시킬 말을 기다려야 하는 불쾌한 점이 있지만, 다른 한편으로는 머리를 식히며 기분 전환을 할 수 있습죠."(제2막 제8장)

150 **카르셀등** 프랑스의 발명가 카르셀(B. G. Carcel)이 발명한 것으로, 안팎의 공기를 유통시키는 장치가 있고 유리로 된 원통형의 등피를 씌웠으며, 시계 장치에 의한 펌프를 통해 등유를 심지에 넣게 되어 있다.

154 **베토벤의 마지막 사중주** 1830년에 문예 작품집 『북방의 꽃들(*Северые цветы*)』에 처음 발표되었으며, 약간의 수정을 거쳐 『러시아의 밤』에 수록되었다. 오도예프스키는 베토벤의 사망 소식을 접한 후 곧바로 그에 관한 소설을 쓸 생각을 하였다. 상상과 실제가 혼재하는 이 낭만주의적인 단편 소설에 대해 푸쉬킨과 고골, 그리고 당시의 평단에서도 찬사를 아끼지 않았다.

행동이 되는 거랍니다 이 제사는 호프만(E. Th. A. Hoffmann, 1776~1822)의 『세라피온의 형제들(*Die Serapionsbrüder*)』에 들어 있는 「추밀 고문관 크레스펠(Rat Krespel)」에서 축약시킨 형태로 따온 것이다.

따라가고 있었다 마지막 사중주를 청력 상실과 광기의 결과라고 비판하는 이 글 속의 연주가들과 달리, 오도예프스키는 베토벤의 마지막 사중주들을 높이 평가했고, 베토벤을 그리보예도프의 희곡 『지혜의 슬픔』의 주인공 차츠키에 비교하면서, 베토벤을 미치광이로 간주했던 '음악계의 파무소프들'에 대해 분노했다. 파무소프는 그리보예도프의 희극에서 우매하고도 영악한 보수적인 모스크바 족벌 체제를 대표하는 인물이며, 자신들의 질서와 안녕을 위협하는 '지혜(지성)'와 혁신적 지향을 절대로 용납하지 않는 세력을 상징한다. 물론 오도예프스키는 음악계의 파무소프들에 속하지 않는 사람들도 만년의 베토벤에 대해 부정적으로 평가하고 있다는 것을 모르지 않았다. 예를 들어 그와 가까운 사이였던 비엘고르스키의 서클에서 베토벤의 마지막 사중주 중의 하나가 연주되었을 때, 제1 바이올린을 맡았던 르보프(А. Ф. Львов)는 악보를 바닥에 팽개쳤고, 나중에도 한 편지에서 이 작품은 미치광이가 작곡한 것이라고 쓴 바 있다.

트레몰로 어떤 음과 그 2도 위의 음을 급격히 교대로 반복하여 물결 모양의 음을 내는 장식음.

155 **갈** 프란츠 요제프 갈(Franz Joseph Gall, 1758~1828). 오스트리아의 의사, 해부학자, '골상학'의 창시자. 인간과 동물의 뇌와 두개골을 연구하여, 정신적 업적과 정신의 특성을 뇌와 두개골의 형태와 연관지어 설명하고자 했다. 오도예프스키는 갈의 가장 직접적인 후계자인 카루스에 의해 그의 이론이 부조리하게 되어 버렸다고 여기면서도 이 이론에 큰 관심을 가졌다.

156 **기러기발** 현악기의 현을 올려놓아 현의 진동을 악기 동체나 현판에 전하는 구실을 하는 부분으로, 단단한 나무로 기러기의 발처럼 만들어 현의 밑을 괸다.

루이자 허구적 인물임.

157 **지휘했던 것을** 베토벤의 「웰링턴의 승리(Wellingtons Sieg)」는 1813년 12월 8일, 빈 자선 음악회에서 살리에리, 마이어베어, 훔멜 등, 빈의 가장 저명한 음악가들이 참가한 가운데 초연되었으며, 지휘는 베토벤이 직접 맡았고 연주는 대성공을 거두었다.

베버 고트프리트 베버(Gottfried Weber, 1779~1839). 법률가, 화가, 음악가, 음악 이론가로, 가곡과 미사곡, 교향곡을 작곡했고, 특히 화성론의 대표적인 지지자였으며, 1806년에는 만하임 음악학교를 창립했다.

158 **작곡자** 드라마 『에그몬트(*Egmont*)』(1788)를 바탕으로 베토벤은 1809년에 작곡을 시작했고, 1840년 6월 15일에 초연이 이루어졌다. 베토벤은 작품의 문학적 가치 이외에도, 외국의 통치에 맞서는 에그몬트의 투쟁과 운명 속에서 울리고 있는 절박한 음향들 때문에 이 드라마에 강하게 끌렸다.

화성으로 결합시켜서 이것은 부분적으로는 마지막 사중주들의 성과를 바탕으로 베토벤이 꿈꾸었던 것이며, 이 꿈은 20세기 음악에서 완전하게 실현되었다.

159 **프리드리히** 항간에는 베토벤이 1770년 잠시 본에 머문 적이 있는 프리드리히 빌헬름 2세의 사생아라는 설이 있기도 했다(베토벤은 1770년 12월 16일 본에서 태어났다). 오도예프스키가 이 이야기를 소설 속에 가져오는 것은 그것의 진실성을 믿어서가 아니라 베토벤의 내면적인 전기를 시도하는 낭만적인 소설 시학에 아주 알맞은 것이기 때문이다.

자신의 음악 1789~1790년경에 쓴 것으로 여겨지는 「벼룩의 노래」를 가리키며, 이것은 베토벤이 파우스트의 모티프에 따라 작곡한 유일한 작품이다.

가지고 있었지 「벼룩의 노래」의 첫 두 행이다.

그 나라를 괴테의 『빌헬름 마이스터의 수업 시대』에 나오는 미뇽의 노래에 베토벤은 1809년에 곡을 붙였다.

165 **가꾸어야 합니다** 볼테르의 소설 『캉디드(*Candide*)』(1759)는 주인공 캉디드의 이 말로써 끝난다.

166 **흥분시킨다네** 베토벤의 음악에 대해 톨스토이는 『크로이체르 소타나』에서 이와 비교될 수 있는 견해를 밝히고 있다. 소설의 주인공은 이 소나타를 염두에 두고 다음과 같이 말한다. "음악은 영혼을 고양시킨다고 사람들은 말합니다만, — 허튼소리예요, 사실이 아닙니다! 음악은 작용하지요, 무섭게 작용합니다. 나 자신의 경우를 두고 말하지만, 음악은 전혀 영혼을 고양시키지 않습니다. 음악은 영혼을 고양시키지도 저하시키지도 않습니다. 다만 영혼을 흥분시킬 뿐이지요……." 〔레프 니콜라예비치 톨스토이(Л. Н. Толстой), 『전집(*Соб. соч. в двадцати томах*)』 제12권, 모스크바, 1964, 193쪽.〕

167 **발행되고 있었다** 1836~1841년 파리에서 로쿠르(Raucourt) 대령에 의해 발행되던, 일반 도덕성 연구소의 저널을 말한다.

168 **파라켈수스** A. Th. B. Paracelsus(1493~1541). 스위스 태생의 의사, 철학자, 신비주의자, 연금술사로, 경험을 바탕으로 한 새로운 의학을 정립했으며 의약품 조제에 화학적 방법을 도입했다.

169 **즉흥시인** "조만간 출판될 '광인들의 집(Дом сумасшедших)'이라는 제목의 책에서"라는 주가 달려, 1833년, E. F. 로젠(Е. Ф. Розен)이 발행하던 문집 『알치오나(*Альциона*)』(1833)에 처음 실렸다. 알치오나는 플레이아데스성단(星團)에서 가장 밝은 별의 이름이다.

마법에 맡겼다 『파우스트』 제1부, 밤 장면, 파우스트의 독백에서의 인용이다.

170 **아르파공** Harpagon. 몰리에르의 희극 『수전노』의 주인공.

171 **옥죄기 시작했다** 스파르타가 아니라, 도리아의 식민지 시칠리아를 가리키는 것으로 보이며, 전설에 따르면 시칠리아의 폭군 팔라리드(B.C. 7~6세기)는 놋쇠 황소 동상 속에 적들을 가둔 뒤에 황소

를 천천히 불에 달궈 죽였다.

174 **그레이엄** 제임스 그레이엄(James Graham, 1745~1794). '천국의 침대'를 갖춘, 이른바 '건강의 성'이라 부르던 런던의 거대한 저택에서 터무니없는 보수를 받고 강연을 했던 박사-사기꾼.

182 **프리즈 외투** 보통 한쪽에만 털이 있는 두껍고 거친 모직 외투.

제2막에서처럼 베버(Karl Maria von Weber, 1786~1826)의 오페라 「마탄의 사수」 제2막의 마지막 장면(「늑대 계곡」)에서 눈에 보이지 않는 정령들이 "아－하－우!" 하고 외치는 소리를 가리킨다.

갈데아 갈데아는 고대 바빌로니아의 남서부에 정착해 살았던 민족으로 점성술과 천문학에 대한 지식으로 유명했으며, 로마에서 갈데아인이라는 명칭은 점성술사임을 확인해 주는 이름이었다.

185 **아카데미 사전** 1789~1794년에 총 6권으로 나오고, 1806~1822년에 중판된 『러시아 아카데미 사전(*Словарь Академии Российской*)』을 가리킨다.

191 **존 머리** John Murray(1778~1820). 스코틀랜드의 화학자, 지질학자, 약리학자로, 『화학의 원소(*Elements of Chemistry*)』(1801), 『화학 체계(*A System of Chemistry*)』(1806) 등의 저술을 남겼다.

193 **라위스달** 야콥 반 라위스달(Jacob van Ruysdael, 1628~1682). 네덜란드의 풍경화가로, 정취가 풍부한 명암법으로 그려진 그의 그림은 후기 낭만파 회화에 큰 영향을 미쳤다.

브률로프의 그림 러시아 화가 K. P. 브률로프(К. П. Брюллов, 1799~1852)의 그림 「폼페이 최후의 날」을 가리킨다. 1833년 로마에서 그린 이 그림은 1834년 8월 페테르부르크의 에르미타쥐에 전시되어 엄청난 성공을 거두었으며, 지금은 페테르부르크의 러시아 박물관이 소장하고 있다.

195 **벤베누토 첼리니** Benvenuto Cellini(1500~1571). 이탈리아 르네상스 시대의 유명한 금세공가, 조각가. 은이 아닌 청동 조각상을 주조할 때 있었던 비슷한 경우에 대한 이야기가 그의 회상록에 나온다.

197 **점근선** 어떤 점이 곡선의 한 갈래에 따라 원점으로부터 무한대의 거리로 연장될 때, 그 점에서 어떤 직선에 내린 수선의 길이가 무한히 작아지는 경우의 그 직선을 일컫는다.

198 **매미와 개미** 프랑스 작가 라퐁텐(Jean de Lafontaine, 1621~1695)이 쓴 이 우화는 러시아에서는 I. A. 크르일로프(И. А. Крылов, 1769~1844)의 번안으로 알려져 있다.

200 **유어 박사** 앤드류 유어(Andrew Ure, 1778~1857). 영국의 화학자이자, 『공장 철학(*Philosophy of Manufactures*)』(1835)의 저자인 경제학자로, 근무 시간 연장의 불가피성을 주장하고 공장 입법에 반대하였으며, 미성년 노동자를 포함한 노동자들을 자본가의 무제한적인 자의에 내맡기는 '노동의 완전한 자유'를 옹호했다.

배비지 박사 찰스 배비지(Charles Babbage, 1792~1871). 영국의 수학자, 기계학 전문가로, 기계에 바치는 송가라는 평을 받은 『기계와 제조 공업의 경제학(*Economy of Machines and Manufactures*)』(1834)을 썼다.

202 **세바스찬 바흐** "출판되지 않은 책 '광인들의 집'에서"라는 주와 함께 1835년 5월 『모스크바의 관찰자』에 처음 실렸다. '말 없는 사람(Безгласный)'이라는 서명과 함께 들어 있던 이 작품에는 다음과 같은 제사가 붙어 있었다. "그의 연주에는 특별한 운지법이 있었다. 당시의 연주가들의 습관과 달리, 그는 엄지손가락으로 연주를 많이 했다. 가장 쉬운 피아노 연주 교습 방법. 우리는 우리가 안다고 생각하지만, 한니발과 카이사르가 어떤 사람이었는지 아직 모른다. *미슐레(Michelet)*." 세바스찬 바흐는 오도예프스키가 어린 시절부터 평생토록 가장 좋아한 음악가였다. 바흐는 그의 '교과서'였고, 변함없는 기쁨이자 만족이었다. 1864년 12월 12일 자 일기에서 그는 바흐의 조곡이 주는 인상에 대해 "마치 홀바인과 A. 뒤러로 가득 찬 화랑을 거니는 것 같다"라고 적었으며, 같은 해에 바흐의 오르간을 위한 성가를 개작하기도 했다.

205 **오디세우스의 활처럼** 오디세우스의 아내 페넬로페는 수많은 구혼자들을 속이고 시간을 벌기 위해, 그들 중 누가 그녀의 남편이 될 자격이 있는지 알아볼 수 있도록 오디세우스의 거대한 활을 쏘아서 힘을 겨루어 보라고 제안했다.

알려져 있었다 오도예프스키의 이 소설은 실제로 러시아에서 바흐의 형상을 창조적으로 재현하고자 한 최초의 시도였다. 오랫동안 바흐의 이름은 러시아뿐만 아니라, 독일에서도 그다지 알려져 있지 않았다. 18세기 말만 하더라도 독일에서는 세바스찬 바흐보다도 그의 둘째 아들인 '베를린의 바흐'가 더 많은 사랑을 받았다. 요한 세바스찬 바흐의 이름과 명성이 되살아난 것은 1820~1830년대, 주로 멘델스존-바르톨디의 노력에 의해서였다.

206 **프사메티코스** Psametikhos. 기원전 660~525년에 이집트를 통치한 제26왕조(사이드 왕조)의 세 왕의 이름으로, 이들은 그리스 문화를 받아들이는 데 힘썼고, 이집트에 최초로 그리스어를 전했다고 얘기된다.

라파터 요한 카스퍼 라파터(Johann Kasper Lavater, 1741~1801). 스위스의 신학자, 작가, 인상학자로 방대한 저서인 『인간과 인간의 사랑에 대한 인식을 돕기 위한 인상학적 단상들』(1774~1778)에서 외모의 특성을 통해 인간의 성격과 영적인 본성을 파악할 수 있는 가능성을 제시하였다.

프리드리히 대제 프리드리히 2세(1712~1786). 프랑스 계몽사상의 영향을 강하게 받았던 프로이센의 왕으로, 볼테르와 서신 교환을 했으나, 사생활에서는 작가와 음악가들에게 에워싸여 있었다.

207 **『신곡』을 쓴 것이고** 중세 이탈리아에서 벌어진 교황과 신성 로마 제국 황제의 권력 다툼에서 단테는 원래 교황을 지지하는 구엘피(Guelfi)당에 속했으나, 이후 구엘피당이 백당과 흑당으로 나뉘어 치열한 반목을 거듭하자, 단테는 교황 보니파키우스 8세의 정책을 적극 지지하며 교황의 대리인을 피렌체에 맞아들여야 한다고 주장

하던 흑당에 맞서, 교황청의 간섭을 거부하고 피렌체의 독립을 주장하던 백당에 가담했다. 단테가 신성 로마 제국 황제를 지지하던 기벨리니(Ghibellini)당에 속했다는 것은 이를 두고 한 말로 보인다. 단테는 권력을 잡은 구엘피 흑당에 의해 피렌체로부터 영구 추방당했으며, 유랑 생활 중에 『신곡』을 썼다.

드루이드 Druid. 숲에서 제식을 거행하는 고대 켈트족의 사제들을 드루이드라고 불렀다. 드루이드들의 숲은 오도예프스키나 헤르더에게 비밀스럽고 시적인 것의 구현이자 상징이었다. 헤르더는 그의 저술 『최근의 독일 문학에 대한 단상들(*Fragmente über die neuere deutsche Literatur*)』(1767/1768)에서 독일어의 시적이고 오르페우스적인 근원을 지닌 자들을 드루이드들에게서 보고 있다.

아스클레피오스 Asclépios. 그리스 신화에서 의술의 신.

208 **멤논의 거상** 멤논은 새벽의 여신 에오스와 트로이의 왕자 티토노스의 아들로, 트로이 전쟁에서 아킬레우스에게 살해당했다. 그리스인이 테베 부근에서 이집트 왕 아멘호테프의 거상 한 쌍을 발견하였을 때 동쪽의 상을 멤논 거상이라 불렀는데, 전설에 따르면 멤논 거상은 새벽의 첫 햇살을 받을 때면 마치 어머니인 새벽의 여신을 환영하듯이 아름다운 소리를 냈다.

파이트 바흐 Veit Bach. 음악가 집안인 바흐 가문의 시조로 간주되는 파이트 바흐는 음악을 몹시 사랑하는 제빵공이었다. 그의 아들인 한스와 손자, 증손자들은 이미 음악을 직업으로 했으며, 그들의 수가 워낙 많아서 17세기 후반부터는 바이마르, 에어푸르트, 아이제나흐의 거의 모든 음악적 직무들이 바흐 가문의 후손들에 의해 행해졌다.

슬라브 가계에 속했다는 것 몇몇 사료에 의하면, 요제프 하이든(Joseph Haydn, 1732~1809)은 슬라브 혈통의 집안에서 태어났고, 하이든의 제자인 오스트리아 작곡가 이그나츠 플라이엘(Ignaz Pleyel, 1757~1831)에 대해서도 비슷한 학설이 존재했다. 오도예프스키는 바흐가 슬라브 혈통을 가졌다는 생각을 여러 번 얘기한 바 있으나, 기록에 의해 확인될 수 있는 사실보다는 자신의 시적이고 내적인 믿음에 근거한 것이었다.

209 **하면 되었을 것입니다** 오도예프스키의 풍자는 특히 19세기 초 러시아의 사료 편찬에서 이른바 '회의학파'라고 불린 비판적 학파의 대표자들을 겨냥하고 있다.

역사가들이잖습니까 오도예프스키는 북방의 바랴그 공후들을 러시아로 초빙했다는 연대기 속의 설화를 신앙처럼 받아들이는 역사가들을 염두에 두고 있는 듯 보이며, 『러시아국의 역사』를 쓴 카람진도 여기에 포함된다.

니부어 바르톨트 게오르크 니부어(Barthold Georg Niebuhr, 1776~1831). 프로이센의 고대 역사학자로, 그의 가장 중요한 업적은 처음으로 엄격한 사료 비판을 토대로 쓴 『로마사』이다. 니부어는 비판적 방법을 때로는 극단적일 정도로 사용하였으며, 그런 사례의 하나가 로물루스와 누마 폼필리우스에 대한 전설을 부정한 것이었다.

오래된 일입니까 19세기에 들어 역사학에서는 트로이 전쟁은 실제로 일어나지 않았고 이 주제에 대한 시적인 전설들은 소아시아 연안의 식민화 시대에 그 지역의 주민들과 그리스인들 간에 벌어진 전투의 불명료한 반영일 뿐이라는 가설이 제기되었다. 그러나 이후, 호메로스의 서사시에 언급된 장소에 대한 발굴과 특히 하인리히 슐리만(Heinrich Schliemann)에 의해 행해진 트로이 발굴은 이런 관점을 완전히 뒤엎고, 트로이와 트로이 전쟁을 역사에 되돌려 주었다.

담비 얼굴 이른바 '담비 얼굴'이란 12세기 고대 러시아에서 유통되었던 가죽 화폐를 가리킨다. 그러나 모든 학자들이 가죽 화폐론을 받아들이지는 않았으며, 특히 러시아 사료 편찬에서 회의학파의 수장이었던 M. T. 카체노프스키(M: T. Каченовский)가 그 대표적인 반대자였다. 그는 1828년 『유럽 통보(*Вестник Европы*)』에 이 주제에 대한 특별한 논문인 「흰 이마와 담비 얼굴에 관하여」를 발표했는데, 오도예프스키는 실없는 대상들에 열중하는 역사가들을 비꼬면서 이 논문을 염두에 두었을 수 있다.

210 **남겨졌습니다** 요한 세바스챤 바흐의 어머니는 1694년에 죽었고, 다음 해 초에는 아버지가 세상을 떴다. 요한 세바스챤은 다른 형인 요한 야콥과 함께, 오어드루프의 오르간 연주가이자 학교 교사였던 큰형 요한 크리스토프(1671~1721)의 손에서 자랐다.

뷔퐁 조르주 루이 르클레어 뷔퐁(Georges Louis Leclerc Buffon, 1707~1788). 프랑스의 자연 과학자, 특히 식물학자, 생물학자, 지학자로, 『박물지(*Histoire Naturelle*)』의 저자.

211 **가포리** 프란치노 가포리(Franchino Gafori, 1451~1522). 이탈리아의 음악학자이자 그리스인들의 음악 이론 전문가로, 이 이론을 당대의 음악적 요구와 조화시키려고 노력했다.

전타음 멜로디의 주된 음 앞에 다른 음을 넣어서 장식하는 하나 또는 여러 개의 음으로 이루어짐.

소볼레프스키 서지학자이자 도서 수집광이자 시인이었던 소볼레프스키(C. A. Соболевский, 1803~1870)는 오랜 외국 여행을 통해 도서 수집을 시작했으며, 그의 장서에 관한 자세한 정보는 『도서 수집광의 연감(*Альманах библиофила*)』(모스크바, 1973), 78~98쪽에 실려 있는 V. A. 쿠닌(B. A. Кунин)의 「소볼레프스키 장서의 역사(История библиотеки Соболевского)」에서 얻을 수 있다.

212 **케를** 요한 카스퍼 케를(Johann Kasper Kerll, 1625~1693). 당대의 유명한 오르간 연주가이자 작곡가로, 그의 작품과 대위법에 관한 논문들은 요한 세바스챤 바흐에게 큰 영향을 미쳤다.

베버 여기서 말하는 베버는 고트프리트 베버를 가리킨다. (400페이지 주석 157 참조)

213 **프로베르거** 요한 야콥 프로베르거(Johann Jacob Froberger, 1616~1667). 독일의 작곡가, 오르간 연주자로, 오르간과 피아노 연주술에서 요한 세바스찬 바흐의 선배들 중 한 사람이었다.

피셔 요한 카스파르 피셔(Johann Caspar Fisher, 1665~1746). 독일의 작곡가로, 수많은 마드리갈과 조곡, 아리아, 서곡, 무곡을 작곡했다.

파헬벨 요한 파헬벨(Johann Pachelbel, 1653~1706). 독일의 작곡가, 오르간 연주가. 찬송가 전주곡과 변주곡, 모테트, 칸타타의 작곡가로, 바흐의 중요한 선구자이다.

북스테후데 디트리히 북스테후데(Dietrich Buxtehude, 1637~1707). 바흐 이전 독일 음악의 주목할 만한 마지막 대가로, 그의 오르간곡, 환상곡, 토카타에 들어 있는 많은 것들은 바흐가 앞으로 성취하게 될 것을 예고해 주었다.

218 **쿼들리벳** quodlibet. 재미있는 가사와 선율을 마음대로 바꾸면서 짜 맞추는 유머러스한 혼성곡.

아가씨의 그림 독일 화가 루카스 크라나흐(Lucas Cranach, 1472~1553)가 작센가의 공주를 그린 초상화는 지금도 에르미타쥐에 걸려 있다.

220 **사젠** 1사젠은 약 2.134미터.

226 **테오르베** 바로크 시기의 저음 현악기.

클로츠 Klotz. 17~18세기 독일의 바이올린 제작 장인의 가문.

슈타이너 야콥 슈타이너(Jacob Steiner, 1621~1683). 독일의 바이올린 제작 장인.

228 **음전이라 부른다** 인성 음전은 사람 목소리 같은 소리를 내는 오르간의 음전이고, 킨타데나(quintadena)는 닫힌 플루트로 기본음에서 한 옥타브 반 위의 소리를 내는 음전을 가리킨다.

229 **모노코드** 유럽에서는 18세기에 이를 때까지, 현이 달린 건반 타악기인 클라비코드를 모노코드라고 불렀으나, 고대에는 일현금을

모노코드라고 불렀다.

232 **황제** 1705년에 즉위했던 신성 로마 제국의 황제 요제프 1세(1678~1711)를 가리키는 것일 수 있다.

236 **어린 물총새** 원문의 'алкид(알키드)'는 다른 뜻으로도 해석이 가능하다. 만약 이것이 헤라클레스의 이름의 하나인 Алкид(Alchides, 알키데스)에서 나온 것이라면, '어린 거인', '어린 헤라클레스'로 읽을 수도 있다.

237 **안타이오스** Antaeos. 포세이돈과 땅의 여신 가이아의 아들로, 어머니-대지와 붙어 있는 동안은 불패였으나, 그를 땅에서 떼어 놓은 헤라클레스에 의해 교살당했다.

240 **알아봐 두었다** 여기에서도 허구(바흐의 생애에서 알브레히트의 역할)와 사실이 자유롭게 결합되어 있다. 바흐는 실제로 1708년에서 1717년까지 궁정 음악가, 궁정 오르간 연주자, 부악장의 직무를 행하며 바이마르에서 살았다.

라인켄 요한 아담 라인켄(Johann Adam Reinken, 1623~1722). 독일의 유명한 오르간 연주자, 작곡가로, 1654년부터 죽을 때까지 함부르크의 성 카타리나 교회의 오르간 연주자였다.

242 **돼 주지 않겠어** 바흐의 결혼 이야기에서 오도예프스키는 두드러지게 허구와 사실을 혼합한다. 실제로 바흐는 오르간 연주가인 요한 미하일 바흐의 딸이자 자신의 사촌 누이인 마리아 바르바라와 1707년 첫 결혼을 하였으며, 그녀가 죽은 뒤 1721년 궁정 트럼펫 연주자 뷜켄의 딸인 안나 막달레나와 재혼하였다. 그녀는 이탈리아 혈통이 아니었지만, 오도예프스키 작품 속의 막달레나를 위한 모델이 되었던 게 분명하다. 안나 막달레나는 풍부한 음악적 재능을 지니고 있었다. 그녀는 남편에게서 피아노 연주를 배웠고, 그의 '가족 합창단'의 주역 가수였으며, 시력이 나쁜 남편을 위해 악보를 정서했다. 두 사람의 결혼 생활은 행복했다.

244 **탈마** 프랑수아 조제프 탈마(François Joseph Talma, 1763~

1826). 프랑스의 연극배우로, 특히 고전 비극의 주인공 역할에 뛰어났으며, 역사적 사실주의의 확립에 기여했다.

244 **모테트** 성서 텍스트에 붙인 종교 합창곡의 일종.

245 **말하고 있었습니다** 1717년 드레스덴의 궁신들은 그곳에 와 있던 프랑스의 유명한 오르간 연주자 장 루이 마르샹(Jean Louis Marchand, 1669~1732)과 특별히 그곳으로 부른 바흐 간에 음악 경연을 계획했다. 경연 전날 마르샹과 바흐의 예비 만남이 이루어졌는데, 그 자리에서 바흐의 피아노 연주에 너무나 강한 충격을 받은 마르샹은 다음 날 공개 경연에 모습을 나타내지 않고 곧장 드레스덴을 떠났다.

이명 동음적 예컨대 올림다 장조와 내림라 장조, 올림사 단조와 내림가 단조는 이명 동음이다.

246 **베이스** 일반 베이스 규칙에 따라 개별 베이스 음표 위에 번호를 매김으로써 화성을 나타내는 것을 가리킨다.

250 **체스티** 마르코 안토니오 체스티(Marco Antonio Cesti, 1618~1669). 이탈리아의 오페라 작곡가. 피렌체의 교회 악장을 지냈고 1666년에는 빈에서 황제 레오폴트 1세의 부악장이 되었다.

올리바 허구적인 인물임.

251 **카리시미** 자코모 카리시미(Giacomo Carissimi, 1605~1674). 이탈리아의 작곡가로 오라토리오와 칸타타들을 작곡했으며 레치타티보와 칸타타 형식의 개선에 크게 기여했다.

카발리 프란체스코 카발리(Francesco Cavalli, 1602~1676). 이탈리아 오페라파의 창시자 중 한 명으로, 음악적 무대 작품에 대해 처음으로 오페라라는 명칭을 사용했다.

254 **델피의 여제사장처럼** 델피에 있는 아폴로 신전의 여제사장들은 예언자였다. 그들은 세 개의 다리를 가진 황금 의자에 앉아, 묻는 사람들에게 몰아 상태에서 대답을 해 주었다.

257 **주제를 적었습니다** 독일의 작곡가 요한 네포무크 훔멜(Johann

Nepomuk Hummel, 1778~1837)이 그의 야상곡 F 장조에서 사용한 바흐의 푸가 C# 장조의 주제를 가리킨다. 후에(1854년) 이 야상곡은 훔멜의 가까운 지인인 M. I. 글린카(Михаил Иванович Глинка, 1804~1857)에 의해 편곡되었으며, '우정을 기리면서-훔멜의 야상곡'이라는 표제를 얻었다.

258 **누워 있을 때에야** 실제로 바흐의 아내였던 막달레나는 남편이 죽은 뒤에 10년을 더 살고, 1760년에 죽었다.

263 **배우가 되고 마네** 대부분의 러시아 낭만주의자들과 마찬가지로 오도예프스키에게 체계란 사물에 대한 자유롭고 시적인 시선을 방해하는 도식을 의미했다. 오도예프스키는 이 점에서 체계를 거부했으나, 세계 속 현상들의 보편적인 상호 연관성과 상호 종속성을 인지하게 한다는 점에서는 체계를 받아들였다. 19세기 러시아 낭만주의 철학자들〔류보무드르이예(любомудрые)〕은 첫 번째 의미의 체계에 대해서는 모두들 반대자들이었다. 그들 중 한 사람이었던 S. P. 쉐브이료프(С. П. Шевырев)는 1841년에 이렇게 쓰고 있다. "……물론 진리의 정신은 조직적으로 구성된 체계에 있지 않다. 체계는 어느 정도이든 이성의 변증법적인 교활함이다. 그것의 정교함과 빈틈없는 짜임새에서 종종 보게 되는 것은, 모순에 대한 비난을 모면하기 위해서만 모순을 불가결한 법칙으로 인정하는 인간 사고방식의 계략이다. 사유하는 인류는 아리스토텔레스의 원칙보다 플라톤 철학의 원칙들에 더 공감해 왔으나, 다른 한편, 플라톤이 다만 음유 시인-철학자였다면, 아리스토텔레스야말로 — 최초의 논리 체계의 창시자였다." S. P. 쉐브이료프, 「기독교 철학. 바더의 담화(Христианская философия. Беседы Баадера)」, 『모스크바인(*Москвитянин*)』(1841), 제3부, 제6호, 380~381쪽.

265 **콩디야크** 에티엔 보노 드 콩디야크(Étienne Bonnot de Condillac, 1715~1780). 프랑스 계몽 시대의 감각론의 대표자로, 내적 지각을 인정하지 않고 인식의 근원을 감각에 국한시켜 주의, 편견, 의욕 등

일체의 정신 작용은 감각의 변형, 또는 그 발전에 지나지 않는다고 보았다.

268 **어떤 철학도 불가능해** 여기서 오도예프스키는 20세기의 메타언어의 발전, 즉 학문 대상뿐 아니라 이 대상들에 대한 분석 방법에 대한 연구를 예고하고 있다.

270 **지각에 근거한다** 오도예프스키의 번역은 쉘링의 원문과는 약간 다르다. 원문의 보다 정확한 번역은 다음과 같다. "선험적 탐구의 유일하게 직접적인 대상은 주관적인 것이다. 이런 방식으로 철학하는 데 있어서의 유일한 기관은 **내적인 감각**이며, 그것(*이런 방식으로 철학하기* – 역자)의 대상은 결코 수학의 대상과 같은 외적 관조의 대상일 수 없다. 물론 수학의 대상 역시 철학의 대상과 마찬가지로, 지식의 **바깥**에 있다고 하기는 힘들다. 수학의 모든 존재는 관조에 근거하며 수학 또한 오로지 관조 속에서만 존재하나, 이 관조 자체는 외적인 것이다. 더구나 수학자는 결코 관조(구성) 자체를 직접적으로 다루지 않고, 이미 구성되어 있는 것, 외적으로 묘사할 수 있는 것만을 다루는 데 비해, 철학자는 오로지 절대적으로 내적인 행위인 **구성 행위 그 자체**만을 다룬다. 더 나아가 선험 철학자의 대상은 그 대상이 자유롭게 산출되지 않는 한, 존재하지 않는다. 우리는 이 자유로운 산출을 강요할 수 없다. 그것은 외적인 도형을 통해 어떤 수학적 형상을 내적으로 관조하라고 강요할 수 없는 것과도 같다. 수학적 형상의 존재가 외적 감각에 근거하는 것과 마찬가지로, 철학적 개념의 모든 실재성은 오로지 **내적 감각**에 근거한다." F. W. J. Schelling, System des transcendentalen Idealismus(1800), (함부르크, 1957), 17~18쪽.

헤겔주의처럼 이미 1830년대 초에 러시아 지식인들 사이에 퍼지고 있던 헤겔주의에 대한 비판적인 태도는 오도예프스키뿐만 아니라 쉐브이료프를 비롯한 다른 몇 명의 러시아 낭만주의 철학자들에게도 공통된 것이었다. M. 코발레프스키(M. Ковалевский),

「러시아에서의 쉘링주의와 헤겔주의(*Шеллингианство и гегельянство в России*)」, 『유럽 통보(*Вестник Европы*)』(1915), 제11호, 162~163쪽.

274 **새 강의록** 쉘링이 1841년 베를린 대학에서 행한 강의를 말한다. 이 강의에서 그는 헤겔의 철학뿐만 아니라 그 자신의 '동일 철학'에도 반대되는 '신화와 계시의 철학'을 개진했다. 당시 러시아의 쉘링 지지자들은 그의 새로운 강의록의 발행을 애타게 기다렸다. I. 키레예프스키(И. Киреевский)는 1845년의 논문 「문학의 현 상태에 대한 비평(Обозрение современного состояния литературы)」에서 "쉘링의 새로운 체계에는 인간 정신의 가장 심오한 욕구에 바탕을 둔 그토록 커다란 기대가 결합되어 있었다"라고 적고 있다. I. 키레예프스키, 『전집(*Полн. собр. соч.*)』 제1권(모스크바, 1911), 128쪽.

275 **밑 빠진 독** 다나이스는 그리스 신화에 나오는 다나오스 왕의 딸로서 50명이었으며, 모두들 첫날밤에 신랑을 죽인 죄로 지옥에 떨어져서 밑 빠진 물통에 물을 채우는 일을 영원히 계속해야 하는 벌을 받았다.

280 **바란타** 주로 아시아의 유목민들 간에 행해지던, 가축이나 다른 재산을 약탈하는 방식의 복수 행위.

비샤 마리 프랑수아 사비에르 비샤(Marie François Xavier Bichat, 1771~1802). 프랑스의 해부학자, 생리학자, 근대 조직학 및 병리 조직학의 창시자로, 모든 질병은 조직의 병적인 변화에 기인한다고 생각하였으며 '조직'이라는 의학적 개념을 최초로 정립했다.

287 **상기해 보게나** 프랑스 혁명기 자코뱅당의 독재에 대해 오도예프스키는 유럽적 자유주의 정신에 입각하여 반대 입장을 취했다.

승리 이 승리는 중국인들에게 굴욕적인 난징(南京) 조약에 의해 종결된 1840~1842년의 이른바 아편 전쟁을 가리킨다.

292 **알아차릴 것이다** 실제로 슬라브주의 이론은 1840년대에 이미 본격적으로 나타났다.

296 **나** 원문에서는 "단 하나의 모음 철자 Я(나)"로 되어 있다.

297 **제2권** 아우구스트 루드비히 폰 슐뢰처(August Ludwig v. Schlözer, 1735~1809)의 1779년에 발간된 『어린이를 위한 세계사 길라잡이(*Vorbereitung zur Weltgeschichte für Kinder*)』(책의 2부는 1806년에 나왔다)를 가리키며, 이 책은 러시아에서도 여러 차례 번역, 출판되었다. 슐뢰처는 독일의 저명한 역사가, 국가 이론가, 비평가였으며, 러시아 역사도 깊이 있게 다루었다.

300 **팔라스** Pallas. 아테나 여신의 이름.

302 **너를 잡아갈꼬** 알렉산드르 푸쉬킨(А. С. Пушкин, 1799~1837), 『예브게니 오네긴(*Евгений Онегин*)』(1823~1830) 제1장 제1연.

303 **밴 뷰런** 1837년에서 1841년까지 미국 대통령이었던 마틴 밴 뷰런(Martin van Buren, 1782~1862)은 특히 노예 제도에 대해 대단히 보수적인 정책을 폈다.

라로슈푸코 프랑스의 도덕학자이자 작가인 프랑수아 라로슈푸코(François La Rochefoucauld(1613~1680)의 책 『금언과 도덕적 잠언에 대한 성찰(*Reflexions ou Sentences et Maximes Morales*)』에 나오는 말. 라로슈푸코는 인간 행동의 주된 동기로서 자기애와 자기 현시 충동을 강조했다.

탈레랑 샤를 모리스 드 탈레랑(Charles Maurice de Talleyrand, 1754~1838). 프랑스의 정치가, 외교가로, 무원칙성을 일종의 독특한 원칙으로 도입함으로써 유명해졌다.

304 **빵과 소금** '빵과 소금'이라는 표현은 손님에 대한 환대를 의미한다.

306 **케틀레** 랑베르 아돌프 자크 케틀레(Lambert Adolphe Jacques Quételet, 1796~1874). 벨기에의 통계학자, 천문학자, 기상학자. 현재 사회 통계학의 창시자.

309 **와트** 1763년부터 글래스고 대학의 기계공으로 일하면서 뉴커먼

의 대기압 기관을 개량하고 1784년에 복동 증기 기관을 발명한 제임스 와트(James Watt, 1736~1819)를 가리킨다.

헤일스 스티븐 헤일스(Stephen Hales, 1677~1761). 영국의 자연 과학자로, 식물 생리학과 실험적 생리학을 기초했고 많은 실험 장치와 도구를 발명했다.

311 **샤를 뒤팽** 프랑수아 피에르 샤를 뒤팽(François Pierre Charles Dupin, 1784~1873). 프랑스의 수학자, 경제학자로, 생애의 대부분을 통계학적 연구에 바쳤으며, 루이 필리프 왕 아래에서 해군부 장관, 나폴레옹 3세 때에는 의회 의원을 지냈다.

312 **선량한 괴짜** 욕망의 본성에 들어 있는 그 무엇도 변화시키지 않으면서 욕망의 진행 과정을 올바르고 합목적적으로 변화시켜야 한다는 이론과 이 이론에 부합하는 사회 조직을 제안한 프랑스의 공상적 사회주의자 샤를 푸리에(Charles Fourier, 1772~1837)를 가리킨다.

313 **판치롤리** 귀도 판치롤리(Guido Panciroli, 1523~1599). 르네상스 후기의 이탈리아 법학자, 작가로, 그의 가장 유명한 저술의 하나인 『잃어버린 수많은 기억할 만한 것들의 역사(*Rerum memorabilium deperditarum libri*)』(1599)는 그의 시대에 와서 사라져 버렸거나 잊힌 예술과 지식에 바친 연구로, 오도예프스키는 이 책을 염두에 두고 있는 것으로 보인다.

엘레우시스의 사원 아테네에서 20킬로미터 정도 떨어진 곳에 있는 고대 그리스의 사원으로, 데메테르 여신과 딸인 페르세포네에게 종교적 제례를 올리던 곳이다.

314 **플리니우스** Gaius Plinius Secundus(23~79). 고대 로마의 작가, 학자로, 로마의 문화, 학술, 기술, 예술 등 고대 과학을 집대성한 과학적 지식의 독특한 백과전서인 『박물지』의 저자.

315 **수에토니우스** 가이우스 트란퀼루스 수에토니우스(Gaius Tranquillus Suetonius, 대략 75~150). 로마의 역사가로, 카이사르에서 도미티

아누스에 이르는 황제들의 생애와 성격을 기술한 『열두 황제들의 생애전』의 저자.

315 **누마 폼필리우스에 관한 전설** 누마 폼필리우스(Numa Pompilius)는 전설에 따르면 기원전 715~672년에 로마를 다스린 제2대 왕으로, 각종 제사장 직을 신설했고 가난한 사람들에게 토지를 분배했으며, 직업에 따라 시민을 구분한 외에도 달력을 개정하여 10개월을 1년으로 하던 것을 12개월제로 고쳤다고 전해진다. 누마 폼필리우스가 피타고라스의 제자였다는 전설은 피타고라스(약 기원전 582~497)가 누마 폼필리우스보다 한 세기 뒤에 살았다고 자신의 사기에서 지적한 로마의 역사가 티투스 리비우스(Titus Livius, 기원전 59~기원후 17)에 의해 이미 허구로 판명되었다. 티투스 리비우스는 누마 폼필리우스가 유피테르를 위해 성사를 올렸다는 것도 매우 신중하게 적고 있는데, 누마가 천둥을 불러냈다는 것에 대해서는 그가 유피테르에게 전조를 청하여 얻곤 했다는 것에 미루어 짐작할 수 있을 따름이다.

툴루스 호스틸리우스 Tullus Hostilius. 기원전 672~640년에 로마를 다스렸다고 전해지는 툴루스 호스틸리우스에 관해 티투스 리비우스는 이렇게 쓰고 있다. "황제는 누마의 메모들을 잘 연구하여 스스로 그것에서 유피테르 엘리키우스에게 바치는 어떤 신비한 헌제에 대해 알게 되자 이 성사에 완전히 전념하였지만, 일을 정해진 대로 시작하지 않았거나 혹은 진행시키지 않았다. 그리하여 어떤 징후도 그에게 나타나지 않았을 뿐 아니라 부정확한 제례가 유피테르를 진노케 하여, 툴루스는 벼락에 맞아 집과 함께 타 버리고 말았다……."(『로마의 역사가들(*Историки Рима*)』, 모스크바, 1970, 171쪽)

상기시키는 이야기 게오르크 빌헬름 리크만(Georg Wilhelm Rickmann, 1711~1753)은 M. V. 로모노소프(M. В. Ломоносов, 1711~1765)의 친구였던 페테르부르크의 물리학자로, 1753년

7월 26일 실험 중에 사망했다. 로모노소프는 I. I. 슈발로프(И. И. Шувалов)에게 바로 그날 쓴 편지에서 그의 죽음의 상황에 대해 자세히 적고 있다.(로모노소프, 『전집』, 모스크바-레닌그라드, 1961, 509~510쪽)

뒤탕 루이 뒤탕(Louis Dutand, 1730~1812). 프랑스의 문헌학자, 인문학자로, 『현대 민족들의 것으로 간주되는 발견들의 기원에 관한 연구(*Recherches sur l'origines des decouvertes attribuées auu modernes*)』(1766~1812)의 저자이다.

316 **숨겨져 있는지 안다** 복수와 정의의 여신 『에우메니데스』 제829~831행의 인용이다.

사실을 보여 주지 고대 그리스의 역사가 헤로도토스(대략 기원전 484~430)가 그의 『역사』 제2권, 제86~88장에서 향유 바르기에 대해 묘사하고 있으나, 크레오소트에 대한 암시는 없다.

베룰람의 베이컨 영국의 유물론과 근대 경험 과학의 시조로서, 존 로크와 프랑스 계몽주의자-유물론자들의 사상에 큰 영향을 끼친 프랜시스 베이컨(Francis Bacon Verulam Viscount St. Albans, 1561~1626)을 가리킨다.

대(大)알베르투스 Albertus Magnus(1193~1280). 도미니크 교단의 수도사, 학자, 연금술사로 신학, 과학, 철학 등 당시의 모든 지식에 통달했다. 학문적 인식에서 관찰을 중시하여 여러 가지 과학 실험 기구를 고안하였으나, 동시에 마법과 점성술을 믿었다.

로저 베이컨 Roger Bacon(1214~1294). 영국의 프란체스코파 수도사, 철학자, 물리학자, 연금술사. 진리에 대한 추구로 인하여 성직자들과 반목하게 되었고, 마법을 행한다는 죄목으로 두 번이나 투옥되었다. 대부분의 스콜라 철학자들과 반대로 경험과 실험의 가치를 중시했고, 중세 최초의 진정한 자연 연구자로 평가될 수 있다. 중세에 큰 인기를 누렸던 책인 『연금술의 묘사』가 그의 책으로 간주되며, 놀라운 학식 때문에 '경이로운 박사(doctor mirabilis)'

라고 불렀다.

316 **라이문두스 룰루스** Raimundus Lullus(대략 1232~1316). 카탈루냐의 신비주의자, 철학자, 프란체스코파의 수도사, 연금술사, 신학자로, 14~15세기에 들어서는 모든 병을 다스리고 보통의 금속을 황금으로 바꾸는 힘이 있다고 믿어지던 '현자의 돌'을 얻었다고 간주되기도 했다. 진정한 연금술사는 상호 변화하는 물질들의 세계에 조화로운 질서를 가져온다고 그는 생각했다.

바실리우스 발렌티누스 Basilius Valentinus. 15세기에 살았다는 전설적인 인물로, 1600년경에 나온 여러 책들의 저자로 간주된다. 그의 이름은 그 시대의 정신에 들어맞는 독특한 문학적 신비화에 의한 것으로, 연금술사들의 학설에 따르면 현자의 돌을 자유롭게 사용할 줄 아는 사람이면 누구든 얻는다는 두 가지, 즉 권력(basilius — 제왕의, 제왕다운)과 힘(valentinus — 강력한)을 시사한다.

317 **하인리히 쿤라트** Heinrich Kunrat(1560~1605). 독일의 화학자, 연금술사, 작가, 신비주의자, 의사로서 파라켈수스의 제자였다. 그의 주저인 『유일하게 참된 영원한 지혜의 원형 극장』은 비밀의 지식의 옹호자들과 연금술사들, 특히 러시아의 프리메이슨 단원들에게서 큰 권위를 누렸다.

318 **피타고라스학파** 기원전 5~4세기, 고대 그리스의 철학자인 피타고라스의 후계자들로, 엘레아학파와 마찬가지로 관념론의 성격이 뚜렷했다.

엘레아학파 기원전 6~5세기, 지금의 남부 이탈리아에 있었던 도시 엘레아를 중심으로 활동한 철학자들로, 존재의 유일과 영원불변을 주장했다. 파르메니데스, 제논 등이 그 대표적인 학자로, 오도예프스키는 문집 『므네모시네(*Мнемозина*)』(모스크바, 1825, 제4부, 160~192쪽)에 실은 논문 「관념론적인 엘레아학파」에서 엘레아학파를 플라톤 사상의 선구자로 평가하면서, "16세기의 암흑 속에서 조르다노 브루노라고 하는 비범한 현상을 고무시키고 위대한 정신 스피노자를 낳았으며, 마침내 예전에 철학자였던 사람들의 모든 노력을 멀찌감치 따돌린, 가장 새로운 많은 사상가들의 이론의 토대가 되었다"라고 쓰고 있다.

아낙시메네스 Anaximenes. 기원전 6세기, 그리스 밀레투스학파의 완성자이자 아낙시만드로스의 후계자로, 만물의 근원을 공기라 하고 그 농도에 의해 만물이 생성한다고 하여, 뒤에 아낙사고라스와 원자론자들, 그리고 스토아학파에 영향을 주었다.

반 헬몬트 얀 밥티스타 반 헬몬트(Jan Baptista van Helmont, 1577~1644). 네덜란드의 의사, 화학자, 연금술사로, 파라켈수스의 사상을 발전시켜 생기론적인 자연론을 펼쳤다. 화학 역사상 최초로 기체 물질의 존재를 가리켜 보였고, 파라켈수스가 사용했던 '카오스'라는 단어에서 나온 것으로 보이는 '가스'라는 이름을 그것들에 붙였다.

히에론 Hieron 또는 헤론(Heron). 알렉산드리아에서 활동한 그리스의 수학자, 물리학자, 엔지니어로, 그의 수학 저술은 고대 응용수학의 백과사전으로 평가된다. 근대의 학자들에게 특히 유명했던 것은 기계 역학에 관한 그의 두 권짜리 저술로, 거기에는 공기의 가압성이 여러 장치에서 응용될 수 있다는 사실이 제시되어 있었다. 그 장치들 중에는 오늘날의 반동 증기 터빈의 먼 선조 격인, 작동 가능한 최초의 증기 기관도 있었으나, 헤론은 이 장치에 실질적 의미를 부여하지 않고 일종의 장난감으로 생각했다.

블라스코 디오니시오 블라스코(Dionisio Blasco, 1610~1683). 스페인 카르멜 교단의 수도사, 철학자, 수학자, 자연 연구가.

카알 5세 신성 로마 제국의 황제(재위 1519~1556). 오도예프스키에 의하면, 1543년 블라스코는 카알 5세에게 뜨거운 물이 들어 있는 보일러를 이용하여 배를 움직이는 방법을 제안했다.

몽골피에 1783년 프랑스의 몽골피에(Montgolfier) 형제가 띄워

올린 세계 최초의 열기구 이름.

318 **의미할 수 있다** 물론, 플라톤의 우주 발생론적 상상은 엄밀한 화학적 의미를 갖고 있지는 않았다. 흙과 불, 공기, 물의 결합에서 금속, 산화물, 염류가 얻어진다는 오도예프스키의 암시는 상당히 불합리하며, 산소, 질소, 수소, 탄소를 고대 사상가들의 4원소(불, 공기, 물, 흙)와 동일시하는 것은 더욱이나 불가능하다. 각주의 인용 부분에 대한 한국어 번역은 『플라톤의 티마이오스』, 박종현 · 김영균 공동 역주(서울: 서광사, 2011), 56 c~e에서 찾아볼 수 있다.

319 **완성된 것일 수 있다** 프란체스코 라나(1631~1687)는 이탈리아의 수학자, 자연 연구가로, 기압의 관찰과 롬바르디아의 광물 연구, 그리고 비행선의 설계에 몰두했다.

320 **저항에도 불구하고** 오도예프스키는 모든 개별적 차이에도 불구하고 베이컨, 로크, 콩디야크에 의해 옹호되는 경험적인 인식 방법에 반대했다. 라이프니츠(Gottfried Wilhelm Leibniz, 1646~1716)는 경험론과는 반대되는 입장을 견지하면서, 『인간 오성에 관한 새로운 이론(*Neue Abhandlungen über den menschlichen Verstand*)』(1704)에서 학문적 진리의 보편적이고 불가결한 성격은 경험론의 관점에서는 설명될 수 없으며, 그런 감각으로부터는 지식에 들어 있는 모든 것을 끌어낼 수 있을지라도 오성 자체는 이끌어 낼 수 없다고 주장했다.

322 **쉘** 카알 빌헬름 쉘(Karl Wilhelm Schell, 1742~1786). 스웨덴의 화학자.

베르톨레 클로드 루이 베르톨레(Claude Louis Berthollet, 1748~1822). 프랑스의 화학자, 염색술의 권위자. 1814년부터 파리 근처에 있는 그의 영지에서 그의 주도에 따라 화학자들이 정기적으로 모여 그들의 연구에 대해 알리고 학문적인 토의를 가졌다.

시안화수소산 청산가리를 가리킴.

알고 있었고 잎이 붙은 복숭아는 (과실과 잎의 모양에서) 기독교에서 심장과 혀의 미덕을 나타내고, 침묵의 미덕을 상징하기도 한다. 이집트 신화에서 복숭아는 침묵의 신 하르포크라테스의 성스러운 과일이다.

323 **풀리에, 켐츠, 아라고** 클로드 풀리에(Claude Poulier, 1790~1868)는 프랑스의 물리학자로, 『물리학과 기상학의 개론(*Traité de physique et de metéorologie*)』(1827)의 저자이며 실험 물리학 영역에서 최초의 전류계, 빛의 간섭을 얻기 위한 프리즘 등 여러 가지 발명을 했다. 류드비그 프리드리히 켐츠(Людвиг Фридрих Кемтц, 1801~1867)는 물리학자, 기상학자, 의학 박사로, 데르프트(지금의 타르투) 대학의 교수를 지냈고, 1866년부터는 페테르부르크의 과학 아카데미 회원이었다. 도미니크 프랑수아 아라고(Dominique François Arago, 1786~1853)는 프랑스의 물리학자, 천문학자, 기상학자, 지리학자이다.

324 **해 줄 것을 요구했지** 인간은 우주에서 동물 자기(磁氣)를 얻으며 그것이 유출되면 다른 사람들에게 커다란 영향을 미친다는 '자기' 설을 제창한 오스트리아의 의학자 프리드리히 메스머(Friedrich Mesmer, 1734~1815)의 이름을 따서 메스머리즘이라 불리기도 한다. 메스머는 영국의 천문학자 맥시밀리언 헬(Maximilian Hell)의 위경련을 자석으로 치료한 사실에 흥미를 느껴 동물 자기론을 발표했고, 소위 메스머리즘이란 최면술을 실시했다. 메스머의 이론은 18세기 말, 19세기 초에 요란한 성공을 거두었으나, 일련의 학자들에게서는 회의적인 반응을 불러일으켰다. 1784년 메스머가 파리에 머무를 때 파리 과학 아카데미는 국왕의 지시에 따라 자기와 관련된 현상들을 연구하기 위한 특별 위원회를 발족시켰다. 라부아지에와 프랭클린도 참가하고 있던 위원회는 어떤 동물 자기도 존재하지 않으며, 메스머리즘 현상은 상당 정도 협잡이라는 결론을 내렸다.

325 **수보로프** 알렉산드르 바실리예비치 수보로프(Александр

Васильевич Суворов, 1730~1800). 러시아의 역사적 명장군으로, 7년 전쟁(1756~1763)과 러시아-터키 전쟁(1773~1774)에 참전했고, 1799년에는 북이탈리아에서 프랑스군을 격파했다. 1775년에는 푸가쵸프의 난을 진압하기도 했다.

325 **모름쟁이** 원문에는 러시아 병사가 상관의 질문에 답하는 상투적인 말이었던 "не могу знать(알 수 없습니다)"에서 나온 단어인 "немогузнайка(나는 아무것도 모르는 사람)"로 되어 있다.

326 **키벨레** 키벨레는 원래 소아시아의 프리기아 신화에서 어머니-자연, 대지의 여신이었으나, 억지로 그리스 신화에 삽입되어 제우스의 어머니인 레아와 동일시되면서 '신들의 위대한 어머니'로 불렸다. 로마에서는 기원전 204년부터 키벨레 제식이 '위대한 어머니'라는 이름 아래 국가적인 제식이 되었고 특별한 신관단이 그 제식을 담당하였다. 여신을 위해 행해지던 신비 의식과 제례에서 많은 사람들의 관심을 사로잡은 것은 키벨레에게 바치는 속죄의 공물이었는데, 황소나 숫양의 피로 정결하게 관욕하는 방식으로 제사에 바쳐졌다.

보게 되지는 않았습니까 오도예프스키는 20세기 후반에 와서야 진지하게 다루어졌던 문제, — 활발한 태양 활동 기간이 지구의 동식물계에 미치는 작용 문제를 여기서 벌써 제기하고 있다.

328 **diospyros** 신의 과실, 곡물이라는 뜻을 갖는 학명.

panax quinquefolium 북아메리카로 이주한 중국인들이 인삼 대용으로 재배했던 서양 삼의 학명으로, panax는 만병통치, quinquefolium은 5엽수의 의미를 갖는다.

329 **갈바니 전기** 화학 반응으로 일어나는 전기.

330 **베르첼리우스** 옌스 야콥 베르첼리우스(Jöns Jakob Berzelius, 1779~1848). 스웨덴의 화학자로, 화학 원소들의 원자 기호를 도입함으로써, 화학자들에게 그들이 오늘날까지도 사용하고 있는 국제어를 선사했으며, 원자 이론을 크게 발전시켰다.

뒤마 장 바티스트 뒤마(Jean Baptiste Dumas, 1800~1884). 원자론의 반대쪽에 섰던 프랑스의 화학자.

라스파일 프랑수아 뱅상 라스파일(François Vincent Raspail, 1794~1878). 프랑스의 화학자.

금속들의 기 기는 화학 반응에서 어떤 화합물로부터 다른 화합물로 변화할 때 분해되지 않고 마치 한 원자와도 같은 작용을 하는 원자의 단체를 일컫는다.

332 **대(大)플리니우스** 베수비오 화산 대분화(79) 때 구출 및 조사차 현지에 갔다가 조난당하여 사망했다.

뒬롱 피에르 루이 뒬롱(Pierre Louis Dulong, 1785~1838). 프랑스의 물리학자, 화학자, 의사. 1811년에 염화 질소를 발견하였으며, 쉽게 폭발하는 이 물질을 다루는 작업을 하던 중에 한쪽 눈과 손가락 몇 개를 잃었다.

파랑 뒤샤텔레 알렉시스 장 바티스트 파랑 뒤샤텔레(Alexis Jean Baptiste Parent Duchâtelet, 1790~1836). 프랑스의 의사로 오랜 기간 파리 빈민 병원에서 일했고, 공중 위생 문제에 대해 많은 연구를 했다.

알렉산더 훔볼트 알렉산더 훔볼트의 삶에서 인용하고 있는 이 일화들은 그가 안스바흐와 바이로이트의 채광 책임자로 임명되었던 무렵(1792)의 일이다. 이 자리에 있으면서 그는 여러 광석의 채굴을 촉진시켰고, 채굴 조건을 개선시켰다.

333 **풍속론** 볼테르는 그의 다른 역사 저술에서와 마찬가지로 『풍속론(*Essai sur les moeurs*)』(1756)에서도 그 이전의 역사가들이 보여주던, 역사적 사실의 단순한 연표적인 나열과 역사적 영웅들의 활동에 대한 기술을 거부하고 역사 철학에 주된 관심을 기울였다. 그에게 역사는 선과 악, 이성과 무지의 각축장과 같은 것이었다.

335 **맡겼기 때문에 파멸했다** 얀 후스(Jan Huss, 1371~1415)는 교황 정치와 사죄권 판매를 통렬히 비판하여 프라하 대주교에 의해 교

회로부터 파문당했으나, 교황에 의해 콘스탄티노플의 종교 회의에 참석할 것을 요구받고 독일 황제가 보내 준 신상 안전 보증서를 지니고 콘스탄티노플에 도착했다. 그러나 반대파의 음모로 투옥되어 이교도로 선언되고 종교 회의의 판결에 따라 화형에 처해졌다.

336 **갔기 때문에 승리했다** 마르틴 루터(Martin Luther, 1483~1546)에 대해 독일 황제 카알 5세는 제후들과 기사 대표들, 도시 대표들이 모이는 보름스(Worms) 회의에 참석할 것을 요구했다. 1521년 4월, 회의에 참석한 루터가 자신의 신념을 버릴 것을 거부하자 황제는 그를 체포하려고 하였으나, 3백 명의 기사들이 루터의 편을 들고 작센 선제후 프리드리히가 그를 자신의 바르트부르크(Wartburg) 성에 숨겨 주었기 때문에 성공하지 못했다.

338 **델릴** 자크 델릴(Jacques Delille, 1738~1831). 교훈적인 자연시를 많이 쓴 프랑스 시인.

339 tanti palpiti 로시니의 오페라 『탕크레드』에 나오는 탕크레드의 아리아에 들어 있는 말이다. 대본은 타소의 『해방된 예루살렘』과 볼테르의 비극 『탕크레드(*Tancrède*)』를 토대로 로시(G. Rossi)가 썼다.

340 **치마로사** 도메니코 치마로사(Domenico Cimarosa, 1749~1801). 이탈리아의 오페라, 희가극 작곡가.

341 **파치니** 조반니 파치니(Giovanni Pacini, 1796~1867). 이탈리아의 오페라 작곡가로, 당대에는 로시니의 성공적인 모방자이자 라이벌로 평가받았다.

갈루피 발다사레 갈루피(Baldassare Galuppi, 1706~1785). 이탈리아의 작곡가. 많은 수의 오페라와 희가극을 썼으며, 1765~1768년에는 페테르부르크에서 궁정 작곡가이자 악장으로 활동하면서 신화적, 역사적인 줄거리를 갖는 오페라 『양치기 왕』, 『버림받은 디도』, 『타우리스의 이피게네이아』를 무대에 올렸다.

카라파 카라파 디 콜로브라노(Carafa di Colobrano, 1787~

1872). 생애의 대부분을 프랑스에서 보낸 이탈리아 음악가. 오페라, 교향곡, 실내악, 종교 음악을 작곡했고, 알려진 작품으로는 오페라 『은자(*Le Solitaire*)』, 『마자니엘로(*Massaniello*)』, 『잔 다르크(*Jeanne d'Arc*)』 등이 있다.

갤럽 4분의 4박자, 혹은 4분의 2박자의 경쾌하고 빠른 무도 또는 무도곡.

음악 용어 현을 손가락으로 튕겨서 소리 내는 주법.

342 **울리비쉐프** 알렉산드르 드미트리예비치 울리비쉐프(Александр Дмитриевич Улыбышев, 1794~1858). 러시아 최초의 음악 비평가, 음악사가의 한 사람이며, 오도예프스키가 말하고 있는 그의 책 『음악의 일반 역사에 대한 개괄과 모차르트의 주요 작품 분석이 있는 모차르트의 새로운 전기(*Nouvelle biographie de Mozart suivie d'un aperçu sur l'histoire générale de la musique et de l'analyse des principaux ouvrages de Mozart*)』(모스크바, 1843)는 유럽 음악학 최초의 대표적인 모차르트 연구서로, 유럽에서도 주목을 받았다. 모차르트의 음악을 음악 예술의 정점이라고 여겼던 그는 자신의 베토벤 연구서 『베토벤, 그의 비평가들과 그의 해설자들(*Beethoven, ses critiques et ses glossateurs*)』(라이프치히, 1856)에서도 '모차르트적인' 젊은 베토벤의 업적만을 인정하고 있다.

롱기누스 카시우스 롱기누스(Cassius Longinus, 213~273)는 그리스의 철학자, 문법학자, 미학자. 유럽에서 큰 인기를 누리게 된 책 『숭고론(*Peri Hypsus*)』의 저자로 간주되고 있다.

349 **야스트레프초프 박사** 이반 이바노비치 야스트레프초프(Иван Иванович Ястребцев, 1766~1839). 철학자, 자연 연구가로 모스크바 신학교와 대학교를 졸업했고 의학 박사 학위를 받았으며, 여러 문학 간행물에 편집 동인으로 참여하면서 역사학과 철학에서의 회의론에 반대 입장을 취했다.

352 **부생고** 장 바티스트 부생고(Jean Baptiste Boussingault, 1802~1887). 프랑스의 농화학자로, 식물 생리 화학의 기초를 정립했으며 식물은 땅속의 질소 화합물로부터 질소를 얻는다는 사실을 밝혀냈다.

리비히 유스투스 리비히(Justus Liebig, 1803~1870). 독일의 화학자. 유기 화합물의 분자 구조에 대한 기(基) 이론을 세워 유기 화학의 기초를 정립했고, 동식물과 무기계 사이에서의 기본 원소의 순환에 주목하여 식물의 무기 영양론과 최소 양분율을 발표했다.

354 **보쉬에** 자크베니뉴 보쉬에(Jacques-Bénigne Bossuet, 1627~1704). 프랑스의 신학자, 정치학자, 웅변가로 왕권신수설을 주장했고, 초교파적 교회 재일치 운동의 선구자로 평가된다. 파우스트가 보쉬에를 유명한 화학자로 칭하고 있는 것은, '진리, 사랑, 공경, 힘이나 권력에의 욕구'라고 하는 네 가지 원소를 발견한 자신을 화학자로 여기는 것과 같은 메타포적 의미에서이다.

356 **암피온** 고대 그리스 신화에 따르면 암피온과 제토스는 제우스와 안티오페 사이에 태어난 쌍둥이 형제로, 둘이 함께 테베의 왕이 되어 도시의 성벽을 쌓게 되었는데, 힘이 장사였던 제토스가 거대한 돌들을 손으로 들어 올린 반면, 음악에 재능이 뛰어났던 암피온은 비파 연주로 돌들을 움직여 저절로 성벽이 쌓이게 했다.

9분의 1 오식 때문에 '10분의 9'가 '9분의 1'이 되었을 가능성도 배제할 수 없다.

360 **바아더, 쾨니히, 발랑쉬, 쉘링** 프란츠 크사퍼 폰 바아더(Franz Xaver v. Baader, 1765~ 1841)는 독일의 철학자, 신학자, 자연 과학자로, 인간의 모든 앎은 신의 근원적인 앎으로부터 정신이 받아들인 것이라고 보았다. 바아더의 사상은 러시아의 낭만주의 철학자들에게 큰 관심을 불러일으켰으며, 오도예프스키와 마찬가지로 쉐브이료프도 바아더의 사상이 '슬라브 세계의 신성한 석판 위에서 오래전부터 빛나고 있는 신앙'에 가깝다고 보았다. 사무

엘 쾨니히(Samuel König, 1670~1750)는 스위스의 성직자, 동양학자, 신비주의자로, 『신의 내면 왕국에 대한 고찰(*Betrachtung des inwendigen Reiches Gottes*)』(1734)을 썼다. 오도예프스키가 말하고 있는 쾨니히는 러시아에 큰 관심을 가지고 있었고 낭만주의 철학자 N. A. 멜구노프(Н. А. Мельгунов)의 가까운 지인이었던 독일의 작가이자 비평가인 하인리히 요제프 쾨니히(Heinrich Joseph König, 1790~1869)를 가리키는 것일 수도 있다. 피에르 시몽 발랑쉬(Pierre Simon Ballanche, 1776~1847)는 프랑스의 시인, 철학자로, 주저로는 『사회 소생에 관한 시론(*Essai de palingénésie sociale*)』이 있다. 셸링이 여기서 언급되고 있는 것은, 그가 러시아에 특별히 호감을 가지고 있었고 러시아 철학자들의 추구와 매우 가까웠다는 오도예프스키의 확신 때문이다. 오도예프스키의 메모에 의하면, 셸링은 그와의 대화에서 "당신의 러시아는 경이롭습니다……. 러시아의 소명이 무엇이고, 어디로 가고 있는지는 확실히 알 수 없으나, 어떤 중요한 소명을 지니고 있습니다"라고 말한 바 있다.

361 **재현해 냈다** 각주에서 오도예프스키는 A. S. 호먀코프(А. С. Хомяков, 1804~1860)가 『참칭자 디미트리(*Димитрий Самозванец*)』(1833)에서 그리고 있는, 살해된 황태자 디미트리의 어머니인 왕후 마르파와, I. I. 라쉐치니코프(И. И. Лажечников, 1792~1869)의 소설 『회교도(*Басурман*)』(1839)의 여주인공 아나스타시야를 가리키고 있다. 그다지 알려져 있지 않은 소설 『회교도』에서 독일인 안톤 에렌슈타인을 사랑하게 된 아나스타시야는 자신이 마법에 걸렸다고 생각하고, 사랑하는 남자에게로 가서 자신을 불쌍히 여겨 마법을 풀어 줄 것을 애원한다. 벨린스키는 이 소설의 숭배자에 속하지 않았음에도 불구하고 여주인공의 이 성격을 대단히 아름답고 민중적이라고 부른 바 있다. B. G. 벨린스키(В. Г. Белинский, 1811~1848), 『전집』 제3권(모스크바, 1953),

21쪽 참조.

362 **조화로운 기도로다** 루이 클로드 생마르탱(Louis Claude de Saint-Martin)의 『욕망의 인간(*L'homme de désir*)』(리옹, 1790), 21쪽에서의 부정확한 인용임.

367 **서문** 오도예프스키가 준비하고 있었으나 결국 실현되지는 못했던 『러시아의 밤』 재간행을 위해서 썼던 서문으로, 글 속에서 K. S. 악사코프(К. С. Аксаков, 1817~1860)의 죽음이 언급되고 있는 것으로 보아 1860년 이전에 쓰인 것으로는 보이지 않는다.

대단히 필요하다 이 구절은 세르반테스(Miguel de Cervantes Saavedra, 1547~ 1616)에게서는 나오지 않는다. 어쩌면 오도예프스키는 『모범 소설(*Novelas Ejemplares*)』(1613)에 붙인 세르반테스의 프롤로그를 염두에 두었을 수도 있다. 거기서 세르반테스는 『돈키호테(*Don Quixote*)』를 위해 썼던 서문이 너무 매끄럽게 되지 않아 두 번 다시 그 시도를 되풀이할 생각이 없어졌을 정도인 까닭에 이 책에서는 아무런 서문이 없이 지나가고 싶다, 라는 말을 적고 있다. 혹은 오도예프스키가 루소의 『고백록(*Confessions*)』의 첫 부분에 비슷한 구절이 나오는 것과 혼동을 했을 수도 있다.

368 **하나 주어졌다** 오도예프스키는 1846년에 결성되어 1855년까지 활동을 했던 '가난한 사람들을 찾아가는 모임'의 창립자 중 한 사람이었다.

369 **말하고 싶지 않다** 선집 『민중의 독서(*Народное чтение*)』에 대해 악사코프가 잡지 『돛(*Парус*)』(1859년 1월 3일 자)에 실은 서평을 가리킨다. 거기서 악사코프는 마치 오도예프스키가 민중에게 "예쁜이 민중, 귀염둥이 민중!"이라고 말하기라도 한 것처럼, 그를 비웃었다. 격분한 오도예프스키는 공개적인 글을 통해 반박하려고 하였으나, 『돛』은 곧 폐간되었고 악사코프도 1860년에 죽었으므로, 예의상 논쟁을 단념했다.

『상트페테르부르크 통보』에서였다 오도예프스키는 여기서 기억의 혼란을 일으킨 듯 보인다. 실제로 그는 1859년에는 『통보』에 아무런 경고를 싣지 않았다. 오도예프스키가 『통보』에 표하고 있는 감사는 1859년 1월 9일 자에 실린 칼럼 「비문학적 일에 대한 문학적 설명」에 관한 것이다. 이 칼럼은 잡지 『북방의 꽃(*Северный цветок*)』(1858, 제8호와 제9호)에 게재된 표트르 그리고리예프(Пётр Григорьев)의 단편 소설 「어부와 그의 가족의 운명(Участь рыбака и его семьи)」이 모든 사람에게 알려져 있는 소설인 오도예프스키의 「도롱뇽, 혹은 18세기 초 핀란드의 남쪽 해안(Саламанра, или южный берег Финляндии в начале XVIII столетия)」의 위작 내지는 왜곡에 다름 아니라는 사실에 대해 쓰고 있다.

372 **로더** 유스투스 크리스챤 폰 로더(Justus Christian v. Loder, 1753~1832). 독일의 의사, 해부학자, 생리학자. 러시아로 이주하여 알렉산드르 1세의 주치의로 활동하며 모스크바에서 공중 보건을 위해 폭넓은 활동을 했고, 그곳 대학에 해부학 교수로 초빙되었으며, 그의 계획에 따라 세워진 모스크바 해부학 극장에서 매주 해부학 강의를 했다.

373 **오켄** 로렌츠 오켄(Lorenz Oken, 1779~1851). 독일의 자연 과학자, 철학자로 쉘링의 제자이자 후계자. 해부학과 발생학 분야에서 활동했고, 낭만주의의 대표적인 자연 철학자로서 19세기 초의 러시아 철학에 영향을 미쳤다.

세계혼 쉘링의 자연 철학에서 핵심적인 개념의 하나로, 모든 유기적이고 비유기적인 자연 전체의 근원이 되는 무의식적이고 생동적인 통일성, 정신적이고 능산적인 원칙을 나타낸다.

376 **주** 역시 『러시아의 밤』 재간행을 위해 1860년대 초에 쓴 것임.

어찌어찌 되어 나간다 알렉산드르 세르게예비치 그리보예도프(Александр Сергеевич Грибоедов, 1795~1829)의 『지혜의 슬픔(*Горе от ума*)』(1824) 제1막 제5장에 나오는 소피야의 대사.

377 **플로에르멜** 독일의 희가극 작곡가 자코모 마이어베어(Giacomo Meyerbeer, 1791~1864)의 『플로에르멜의 용서(*Pardon de Ploërmel*)』(1859)에 대해 오도예프스키는 매우 부정적으로 평가했으며, 베르디의 음악에 대해서도 아주 불쾌한 소음과 다를 바 없다고 평했다.

378 **가능하게 된다** 1844년 판본의 원문에는 "늑대들도 무사하고 양들도 배부르다(и волки целы и овцы сыты)"라고 되어 있으나, 1975년 판본의 편집자들은 이 구절을 "늑대들도 배부르고 양들도 무사하다(и волки сыты и овцы целы)"로 바로잡았으며, 역자는 1975년 판본에서의 수정을 따랐다.

379 **마우리인** 이베리아 반도와 북아프리카 서부에 살던 이슬람교도 원주민들을 일컫던 중세 때의 명칭.

후리 이슬람교의 천국에 사는 아름다운 처녀.

380 **플루타르코스 번역** 자크 아미요(Jacques Amyot, 1513~1593)는 프랑스의 학자, 작가로, 플루타르코스의 모든 저작을 프랑스어로 번역했으며, 16세기 프랑스 표준어를 만들어 낸 한 사람으로 평가된다. 그의 플루타르코스 번역은 코르네유와 셰익스피어에게 창작의 전거가 되어 주기도 했다.

플라톤을 읽었다 M. 파호모프와 I. 시도로프스키가 함께 번역한, 러시아 최초의 플라톤 번역인 『위대한 현인 플라톤의 저작(*Творения велемудрого Платона*)』, I~IV(상트페테르부르크, 1780~1785)를 가리키는 것으로 보인다.

381 **이야기** 이 이야기가 나오는 푸쉬킨의 작품은 1830년에 쓴 「고류히노 마을 이야기(*Истроия села Горюхина*)」이다. 이 작품은 검열 문제로 푸쉬킨 생시에는 발표되지 못했고, 1837년 『동시대인(*Современник*)』 제7권에 '고류히노 마을의 연대기(Летопись села Горюхина)'라는 제목으로 불완전한 형태로나마 처음 발표되었다. 이 이야기에서 고류히노 마을의 지주는 처음에는 류리크

에 대한 포에마를, 다음엔 비극을, 다음엔 발라드를 쓰기로 계획을 수정해 가다가, 결국 초상화에 부치는 제명으로 끝낸다.

382 **탈레스** Tales(기원전 624?~547). 그리스 철학자. 밀레투스파의 개조이며, 만물의 근원은 신화적인 신이 아니라, 자연적, 물질적인 것이라 생각하고 이것을 물이라고 주장하였다. 서양 철학의 시조라고도 일컬어지는, '그리스 7현'의 한 사람이다.

콩디야크주의자 오도예프스키에게서 콩디야크주의자는 당시의 유물론자를 가리킨다.

해설

이시스여, 누구도 아직 네 얼굴을 보지 못했지만

김희숙(서울대학교 노어노문학과 교수)

블라지미르 오도예프스키(1803년 혹은 1804년~1869년)는 유서 깊은 공작 가문의 후손으로 모스크바에서 태어났다. 그러나 어머니는 농노 출신이었으며, 오도예프스키의 내면에 자리했던 귀족적 계급 의식과 강렬한 사회적 이해심의 공존은 이러한 혈통에서 비롯되었다 할 수 있다. 그는 젊은 시절 '지혜를 사랑하는 모임'을 이끌면서 쉘링 철학에 심취했고, 이 서클의 동인지 『므네모시네』를 발행했다. 그러나 전제 정치에 맞선 귀족 청년들의 1825년 12월 봉기의 실패는 그의 삶에 전환점이 되었다. 철학 서클도 와해되었고, 오도예프스키는 페테르부르크로 옮겨 관청과 궁정에서 근무했다. 공공을 위한 열정에서 비롯된 이 활동은 그에게 유익한 인생 수업이 되었다. 그는 신비주의, 교부 신학, 새로운 철학 사조, 연금술, 자연 과학, 여러 예술 분야로 관심을 넓혀 가면서, 문명의 운명, 역사의 의미, 서구와 러시아에 대해 성찰해 나갔다. 오도예프스키에게서는 작가, 시인, 철학자, 신비주의자, 음악가, 교육자, 그리고 수학, 물리학, 화학, 생물학, 경제학, 의학, 생리학, 연금술의 연구자, 관료, 현실 개혁가가 한 사람으로 통합되어 있었다. 그는 가히 백과전서적인 재능을 지닌 인간이었으며, 세분화에 의해 파괴된 총체적 인식을 회복하기 위해 모든 학문을 하나의 유기적 전체로 다루고자 했다.

『러시아의 밤』은 1844년까지 그가 예술가로서, 사상가로서, 연구자로서 걸어온 발전 과정을 보여 준다. 이 책은 식물계와 동물계의 상호 연관, 예술에서의 모방 문제, 인간 영혼 속의 선과 악, 도덕성, 박애, 관념 철학과 경험 철학, 정치 경제학, 생리학, 화학, 수학, 인식과 언어, 예술가 존재의 문제에 이르기까지 삶의 모든 과제를 연구하면서 이 모든 분야를 서로 접근시키고자 한, '모든 것에 관한 책'이라 할 수 있다.

1. '우리는 무엇이고 왜 사는가' - 미래를 위한 대화

방대한 소재를 담아낼 수 있고 자기 고백이면서 동시에 비평적인 작품에 합당한 틀로서 오도예프스키는 일련의 이야기들이 여러 인물들의 대화 속으로 들어가는 액자 소설 형식을 택한다. 때문에 비평가들은 이 소설을 두고 백과전서주의라고 비웃거나, 『세라피온의 형제들』과의 형식적 유사성을 들어 그를 '러시아의 호프만주의자'로 부르기도 했다. 그는 이런 비난을 일축하면서, 자신을 굳이 백과전서주의자라고 부른다면 그것은 뿌리에서 잎이 자라 나오고 잎에서 꽃이, 꽃에서 열매가 자라 나오는 유기적인 의미에서의 백과전서주의라고 선언한다. 호프만 모방자라는 평가에 대해서도 『러시아의 밤』의 아이디어는 고대 비극의 합창과 플라톤의 『대화편』으로부터 온 것이라고 반박한다. 플라톤을 통해 그가 알게 된 것은, 삶의 과제가 아직 해결되지 못했다면 그것은 사람들이 서로 이해하지 못하기 때문이고, 서로 이해하지 못하는 것은 생각이 말을 통해 불완전하게만 전달될 수 있기 때문이지만, 그럼에도 불구하고 진리에 도달할 수 있다면 그것은 소크라테스처럼 자신의 도덕적 인격과 내적 의미를 완전히 투입한 진정한 대화를 통해서만 가능하다는 것이었다. 뿐만 아니라 그는 플라톤에게서 학문을 예술 내용으로 받아들여 학문성을 희생시키지 않으면서 그것을 시적으로 묘사하는 예술 형식을 보았고, 여러 사상들의 운명이 드라마 속의 영웅들의 운명 못지않게 박진감 있게 펼쳐지는, 문학적 형식과 철학적 내용 간의 결합을 보았다.

이에 오도예프스키는 '삶의 해결되지 않은 과제'를 주제로 하는 한 편의 '거대한 드라마' 속에서 지금까지 존재했던 모든 철학 체계를 통합할 계획을 세웠다. 이 계획은 실현되지 못했으나, 드라마적인 기본 구조와 주제는 『러시아의 밤』에서 그대로 유지되었다. 고대 비극의 합창에 대한 관심도 여기에 크게 작용했다. 고대극에서 합창은 무대 위에서 전개되는 사건과 관객의 내면에서 일어나는 일 사이의 중재자이다. 오도예프스키는 합창을 거부하는 근대극은 타자의 말을 통해서나마 자신의 감정과 생각을 대신 표현할 수 있는 가능성을 관객에게서 박탈하는 것이라고 본다. 이 문제를 해결하기 위해 그는 자신의 소설을 드라마로서 구상한다. 물론 『러시아의 밤』에서 '액자' 층위에 등장하는 네 명의 친구들 간의 대화가 진정한 합창을 재현하지는 못한다. 그들의 목소리는 대등하지 않고, 파우스트가 대화를 이끈다. 그럼에도 불구하고 이들은 합창이 지녔던 기능, 즉 관객의 대변인으로서 한 시대의 지배적인 견해와 사상을 대변한다. 액자 층위에 존재하는 네 인물은 액자 속에 삽입된 이야기의 다양한 스타일과 다양한 시대의 사건들을 그들 시대의 이념적, 철학적 방향들에 의해 구성된 좌표계 속으로 들여와서 그들 시대의 관념과 견해를 통해 활성화시킨다. 액자 층위의 인물들은 액자 내부 이야기에 대해 의견을 나누며, 액자 내부 이야기들은 액자 층위의 인물과 그들의 철학적 견해에 대해 예증, 논평, 주석의 기능을 행함으로써 액자 층위와 액자 내부의 이야기들은 서로를 조명하고 논평하는 이념과 사상의 드라마를 만들어 낸다. 이렇듯 오도예프스키는 액자 구조로부터 출발하여 대화로 나아가는 게 아니라, 대화 지향으로부터 액자 구조로 나아간다. 그에게 대화는 언어의 무력함에도 불구하고 인간의 내적 힘들의 조화로운 만남을 통해 심오한 통찰에 이를 수 있게 하는 형식이기 때문이다.

언어 회의는 『러시아의 밤』을 관통하는 커다란 주제이다. 궁극의 진리가 존재하고 진정한 앎이 가능하다 해도 언어를 통해 그것을 완전하게 표현할 수 있는가? 언어가 내적인 경험과 의미에 완전히 상응하는가? 오도예프스키에게 말은 불확실한 도구이며, 인식 내용의 올바름 또한 거의 입증할 수 없는 것이다. 그럼에도 불구하고, 이 이중의 의심스러움을 인식한 사람들도 말을 한다. 자신의 언어 회의를 자신이 회의하는 매체를 통해 나타낼 수밖에 없기 때문이다. 때로는 말을 통해 이해와 일치에 이르기도 하나, 그것은 논리가 아닌 감정의 영역에서 일어나는 일로서, 한 사람의 내적인 힘이 다른 사람의 내적인 힘을 움직이고 고양시킴으로써 공통의 접점을 발견할 수 있고 이해가 가능해진다. 이런 정서와 일치하는 것이 바로 우정이며, 우정은 “함께 다정하게, 잴 수 없는 속도로 여러 개념의 세계를 몇 개나 지나 내적인 일치 속에서 자신들이 찾던 진리에 이르게” 해 줄 수 있다. 『러시아의 밤』에서 대화를 나누는 네 인물들이 우정으로 엮인 친구들이라는 점도 이에 부합한다. 파우스트와 그를 에워싼 젊은이들을 결합시키고 그들의 세대 차이를 없애 주는 것은 우정이다. 우정이 이들의 대화를 낳고, 진지하고 깊이 있으면서도 느슨하고 여유로운 대화 방식을 결정짓는다. 우정과 대화는 함께한다. 오도예프스키는 플라톤의 『심포지온』에서와 같은 친구들 간의 대화를 부활시키고자 한다.

대화가 '밤'에 이루어지는 것 또한 우연한 설정이 아니다. '제6야'에서 친구들은 왜 자신들이 밤늦게까지 자지 않고 있는가 하는 것을 두고 대화한다. 뱌체슬라프는 밤의 고요가 사색을 불러일으키기 때문이라 말하고, 로스치슬라프는 밤이면 인간의 주의력이 더 집중되고 영혼이 말하기를 더 좋아하게 된다고 대꾸한다. 빅토르는 정신적 활기와 다변성을 생리적 현상으로 설명하고, 파우스트는 셸링주의자의 관점에서 보자면 밤은 모든 존재들 중 가장 오래된 것이고 신비주의자의 관점에서 보자면 인간 적대적인 힘들의 왕국이라고 답하면서, 밤은 최대의 주의와 성찰, 그리고 진리 속으로의 철학적 침잠을 요구하는, 인간의 생명 활동에 있어서 위기의 순간이라고 설명한다. 밤의 의미에 대한 이들의 대화는 개개 목소리의 병존, 여러 관점과 여러 측면의 병존을 보여 주며, 그들의 일반적인 대화 방식을 드러낸다. '러시아의 밤'이라는 소설 제목도 그렇거니와, 밤이라는 대화의 시간적 배경에는 밤을 진리 속으로의 침잠과 통찰의 시간으로 여기는 유럽의 낭만주의 전통과, 모든 물음에 한꺼번에 답해 줄 보편적인 진리를 추구하면서 영혼 깊숙이 들어가길 즐기는 러시아인의 특성이 결합해 있다. 이런 의미 때문에 오도예프스키는 이런 경우 보통 사용되는 러시아적인 단어 'вечера(저녁, 저녁 모임, 야회)' 대신에 'ночи(밤)'를 선택하며, 그러면서도 'вечера'에 들어 있는 '다정한 대화'의 상황은 그대로 가져온다.

『러시아의 밤』의 시간적, 주제적 방대함은 '제1야'의 첫머리에서부터 제시된다. 무도회장에서 로스치슬라프는 창밖의 거센 북풍을 바라보며, 불의 발견으로 시작하여 계몽된 문명 시대에 이른 지금, 인류가 과연 더 행복해졌는가 하고 자문한다. 이 문제들을 다루기 위해 그는 친구들과 함께 파우스트에게 간다. '인류의 운명'은 '제2야'에서 '우리는 무엇인가' 하는 문제로 압축된다. 파우스트는 눈멀고 귀먹은 벙어리의 우화를 통해 인간의 자기 인식과 행복 추구의 (불)가능성에 대해 이야기한다. 우리는 자신의 품속에 금화가 있다는 사실을 모르고 바깥에서만 열심히 찾다가 금화를 영영 잃고 마는 장님과 뭐가 다른가? 더구나 귀먹고 눈먼 벙어리이니, 다른 사람에게 어떻게 도움을 청하고 어떻게 도움을 받을 수 있겠는가? 파우스트에게 행복의 문제는 앎의 문제와 불가분 연관되어 있으며, 자기 인식과 행복에 이르는 길은 내적 탐구의 길이다. 이것은 사회적 차원에서도 마찬가지여서, 사회적 자기 인식은 사회가 행복에 이르는 가장 확실한 수단이다. 여기서 파우스트는 자신들의 존재에 대해 깊이 생각했던 젊은 시절의 두 벗에 대한 이야기로 옮아간다. 온갖 학문과 교사들이 제공되었는데도 불구하고, '우리는 누구인가', '우리는 왜 사는가' 하는 것에 대해 답을 구할 수 없었던 두 벗은 다른 사람들은 누구이며 다른 사람들은 왜 사는가를 먼저 물음으로써 해답을 발견할 수 있으리라고 믿었다. 이들은 체계적인 연구를 위해 인간 활동의 기본적인 두 영역, 학문(특히 경제학)과 예술(특히 음악)로부터 삶을 탐구해 나간다. 파우스트가 낭독해 주는 수고(手稿) 속에서 이들의 탐구 자료가 전해지며, 그것들이 '제3야'에서 '제8야'까지 액자 내부를 이룬다. 이렇게 해서 『러시아의 밤』은 세 개의 층위로 이루어진다. 제1층위는 두 벗들이 다른 사람의 이야기를 듣고 기록한 것, 그들에게 건네진 다른 사람의 글, 그리고 아마도 그들 스스로 쓴 것인 듯싶은 이야기들이며, 제2층위는 이를 토대로 이루어진 두 벗들의 성찰, 그리고 제3층위는 모든 것에 대한 파우스트와 세 친구들 간의 대화이다.

2. 액자 속 이야기 - 위인 혹은 광인들의 삶

제1층위의 이야기들은 '학문'과 '예술'에 대한 것들로 나뉘며, 제2층위에 속하는 '제2야'의 '욕망(Desiderata)'은 이에 대한 이론적 도입부에 해당한다. 두 벗들은 여러 학문들을 점검하면서, 그토록 완전해 보이던 학문들이 실상은 인간의 통찰을 가로막고 인간의 품위를 빼앗고 인간을 숫자로 수축시키고 있음을 본다. 예술도 마찬가지여서 예술가는 인류의 판관으로서의 숭고한 지위를 상실하고 정신적으로 영락하고 말았다. '제3야'부터 '제8야'까지의 이야기들은 이 총체적인 영락을 증명하며, 「경제학자」, 「이름 없는 도시」가 학문에서의 사례로, 「기사 잠바티스타 피라네시의 작품들」, 「베토벤의 마지막 사중주」, 「즉흥시인」, 「세바스찬 바흐」가 예술에서의 사례로 제시된다. 이 이야기의 주인공들은 '제9야'에서 차례로 법정에 서서 유죄를 선고받는다. 이 이야기들은 그저 어떤 기인들의 전기가 아니라 인류 역사에서 자신의 분명한 의미를 갖는 인물들의 삶에 대한 보고이다. 이들 간에는 불가분한 연관성이 존재하며, 위대함과 광기의 결합이 그것이다. 두 벗들은 상식적인 인간들에게선 감춰져 있는 문제들의 해답을 이들의 삶에서 찾아보기로 결심하고 자료를 수집하고 기록한다. 이 인물들은 철학자들이 압축적 공식으로 나타냈던 것들을 자신의 삶 전체로써 표현하는 사람들이며, 말뿐만이 아니라 삶 전체로써 각기 다른 사람들의 삶에 답하는 사람들이다.

그런 까닭에 이 이야기들은 각각 뒤이어 오는 이야기의 주인공이 바로 앞 이야기의 주인공에게 결여되었던 자질을 극대화하여 자신의 삶으로 보여 주는 식으로 배열된다. '제3야'의 '피라네시(혹은 자신이 피라네시라고 주장하는 노인)'는 자신의 관념에 광적으로 사로잡혀 있으며, 세상의 모든 것을 이를 위해 희생한다. 효용성은 그에게 아무런 의미가 없다. 그러나 그는 의지할 데 없이 무력한 존재이며 최소한의 현실 감각도 지니고 있지 않다.

반면 '제4야'의 「경제학자」는 삶 전체를 실용 학문에 바치면서 '가슴의 본능'과 '시'에 대해선 완전히 잊고 살아온 인물이다. 그러나 그의 글들로 구성된 '제4야'의 이야기들은 내부적으로 명제와 반명제의 관계를 이어 간다. 경제학자는 어느 날 숫자와 등식으로는 표현할 수 없고 오직 가슴으로만 파악할 수 있는 어떤 것에 부딪친다. 이 발견은 그의 삶이 지녔던 의미를 무의미로 뒤집어 버린다. 시만이 유일한 위안이 되는 상황에서 그가 자신의 고통을 종이 위에 쏟아 놓은 것이 '제4야'에서 낭독되는 이야기들이다. 「여단장」은 도덕적 의미가 결락된 채 거짓으로 채워진 한 인간의 삶을 이야기한다. 그는 60년 세월을 단 하나의 생각도, 감정도 알지 못한 채 살아온 뒤에 죽음을 눈앞에 둔 마지막 순간에 와서야 생각하기 시작하고 사랑을 이해하기 시작하며, 자신의 삶에 대해 처음으로 수치를 느낀다. 이어지는 「무도회」는 전 세계가 '죽어 버린 가슴'을 지닌 현재를 보여 준다. 그 뒤의 「복수자」에서는 사회 전체가 부패하고 정신이 악취를 풍기는 시대에 복수의 '비밀 성례'를 거행하는 시인이 주인공으로 나선다. 「죽은 자의 조소」에서는 이 주제가 더욱 심화된다. 사랑을 배신당하고 죽은 젊은 시인이 자신의 죽은 몸을 관에서 일으켜, 살아생전에 그토록 숭배했던 여인을 조소하며 바라본다. 계산과 세상의 의견에 따라 감정과 시와 모든 것을 판단해 온 세계는 종말의 대홍수 속에서 자신의 공허함과 맞닥뜨린다. 「최후의 자살」도 마찬가지다. 이 단편은 맬서스의 예측대로 자연의 산물과 사람들의 수요 사이에 균형이 파괴된다면 어떤 일이 일어나며 최후의 대파국에서 인류가 어떻게 행동하게 될지를 보여 준다. 그 답은 인간은 모든 인간적인 면모를 상실할 것이며, 인류를 하나로 묶어 주던 모든 유대가 끊어지고 집단적 광기가 인류를 멸망시킨다는 것이다. 생명을 낳고 구하고 사랑하는 것이 범죄가 되는 세계에서 인류는 철저하게 무력하며, 그런 가운데 인류는 처음으로 자기 성찰을 시작한다. 절망의 철학자들은 이 모든 것의 책임을 삶 자체에 지워야 한다고 결론짓고, 인류는 처음이자 마지막으로 공동 행동, 공동의 죽음을 감행한다. 공동의 죽음은 삶에 대한 복수이지만, 삶을 파괴하기 위해서 인류는 자신을 파괴할 수밖에 없다. 이 공동의 죽음은 과학과 기술 발전에 대한 맹목적인 집단 광기가 불러온 또 하나의 집단 광기이다. 그러나 경제학자의 글에서 맨 마지막에 오는 「체칠리아」는 「최후의 자살」에 대한 반명제로 자리한다. 「체칠리아」는 존재의 비극 앞에서 예술과 화음을 통해 숭고한 아름다움이 인간에게 열리게 됨을 느끼게 해 준다. 「최후의 자살」이 인류를 위협하고 있어도 이 위험을 아주 피할 수 없지는 않다는 것, 악이 있다 해서 선이 존재하길 멈추지는 않으며, 추한 것이 많다 하여 미가 소멸하지는 않는다는 것, 그리고 종국에 승리하는 것은 미와 선이리라는 의식이 마지막 순간 경제학자의 눈앞에 성 체칠리아 사원의 모습으로 떠오른다.

그러나 이 희망적 여운 뒤에 '제5야'의 액자 내부 이야기에서는 다시금 디스토피아가 펼쳐진다. 이 이야기는 두 벗들이 아메리카 여행 중에 만난 '검은 사람'으로부터 들은, 실제 있었던 일의 보고이자 고백으로 제시된다. 벤담의 공리주의에 따라 이익과 효용이 모든 인간 활동의 유일한 동인이 된 사회에서 예전에 인류의 문화적 자산이었던 모든 것은 잊혔다. 아직도 한 점 신성한 불꽃을 지니고 있는 몇 안 되는 사람들은 유해한 몽상가로 낙인찍혀 추방당한다. 잠시 번창했던 벤담국은 곧 완전한 파산 상태에 도달하고, 공리주의는 치명적인 재앙이 되어 인간을 야만의 상태로 떨어뜨리고 결국엔 절멸시킨다. 「최후의 자살」에서와 마찬가지로 「이름 없는 도시」에서도 미(美)는 인간을 산업과 기술 사회로부터 구원할 힘을 갖지 못한다. 두 글은 오히려 근대 사회에서 미를 말살시키는 힘을 보여 준다. 과학과 진보의 신봉에 대한 회의, 가까운 미래에 인간의 실존 자체가 위험에 처할 것이라는 예감은 학문과 예술에서 해답을 발견하리라 믿었던 두 벗들의 열렬한 기대를 점차 피로와 환멸로 변화시킨다.

위대한 예술가에 대한 탐구에서도 이 열망은 충족되지 않는다. '제6야'에 낭독되는 「베토벤의 마지막 사중주」에서 베토벤은 다른 광인들과 마찬가지로 하나의 관념에 사로잡혀 있으며, 예술에서 표현 불가능한 것에 자신을 바친다. 어릴 때부터 그의 근본적인 문제는 '생각을 표현으로부터 떼어 놓는 심연'이었다. 상상 속에서는 조화로운 음들이 이어지며 신비로운 통일체로 합쳐지지만, 그것을 종이 위에 옮기려 하면 흐트러지고 만다. 이 첫 번째 상실에 이어지는 두 번째의 상실은 연주가에 의한 작품의 손상이다. 여기에 악기 자체에 의한 세 번째의 상실이 더해진다. 상상 속에서 완전한 것을 관조하면서도 언제나 불완전한 것을 만들어 낸다는 고통은 그의 영혼을 갉아먹는다. 그러나 사람들은 외적으로 나타나 있는 것만 보고 심판할 뿐, 외재화되지 못한 것은 보지 못한다. 때문에 베토벤은 언제나 고독하다. 음악 애호가들은 그의 마지막 사중주를 '쇠약해진 천재의 추악한 폭발'로 여기고, 가장 가까운 사람인 루이자조차 그를 정신적으로 이해하지 못한다. 청각 상실은 그를 더욱 고독하고 고통스럽게 하고, 영혼의 쇠락에 육체적 쇠약이 더해져서 그를 광기로 몰고 간다. 하지만 이 광기는 마지막 대담함을 가능하게 한다. 그는 기존의 모든 악기를 다른 악기로 대체하고, 들리는 음악과 쓰인 음악의 불일치를 해소하는, 지금껏 아무도 들어 본 적이 없는 화음이 사용된 교향곡의 구상을 발전시킨다. 그는 이미 구상의 실현 가능 여부 따윈 묻지 않는다. 그러나 생각과 표현의 불협화는 해소되지 못한 채 남고, 베토벤의 좌절과 고독은 완벽해진다. 이야기의 도입부에서 그에게 정중하게 인사한 뒤 곧 모른 체 내버려 두는 음악 애호가들과, 결말부에서 베토벤의 죽음에 대해 지나가는 말로 짧게 언급하는 사람들은 그가 예술가로서도 인간으로서도 사회적 삶에서 제외된 채 항상 손님으로서만 존재했음을 말해 준다.

'제7야'의 「즉흥시인」은 예술가 존재의 또 다른 측면을 다룬다. 창작의 고통과 궁핍함에 시달리던 시인 키프리야노는 악마와 결탁한 세겔리엘 박사에게 도움을 청하여, 아무런 노력 없이 창작할 수 있는 능력과, '모든 것을 보고, 모든 것을 알고, 모든 것을 이해하는' 재능을 얻는다. 그러나 그가 얻은 재능은 인간이 견딜 수 없고 인간의 한계를 넘어서는 능력이다. 그의 행운에는 처음부터 불행이 들어 있고, 그의 성공에는 몰락이 들어 있다. 아무런 노력 없이 작품을 지어내면서 키프리야노는 자신의 정신적인 힘을 체험하지 못하고, 창작의 감미로운 고통과 숭고한 환희가 어떤 것인지 알지 못한다. 그가 얻은 재능은 죽은 재능이며, 그를 사람들과 가깝게 해 주는 대신 영원한 심연을 만들고, 삶의 시를 파괴하는 영원한 저주가 된다.

「세바스찬 바흐」(‘제8야’)에서 화자로 등장하는 음악 애호가는 언어의 표현력에 대한 회의를 전제로 이야기를 시작한다. 그에게 음악은 영혼의 직접적인 표현이므로, 언어는 결코 음악의 힘에 도달할 수 없다. 화자는 자신이 이야기하고자 하는 바흐의 삶이 음악 속에서만 이해될 수 있다는 것을 의식하면서 이야기한다. 그가 이야기하고자 하는 것은 바흐의 내면적인 발전이며, 그런 의미에서 「세바스찬 바흐」는 성장 소설이다. 일찍 양친을 여읜 바흐는 큰형 크리스토프에 의해 양육된다. 크리스토프는 감정과 상상의 파괴적인 힘을 알고 있고 그것에 대한 공포심을 동생에게 심어 주고자 애쓴다. 바흐가 궁극적으로 음악에 입문하게 되는 계기는 오르간 장인 알브레히트와의 만남이다. 알브레히트에 의하면 태고에 신과 인간과 자연은 완전한 조화와 일치 속에서 살았다. 그러나 그 통일이 와해되는 시대가 왔고, 전에는 어떤 표현도 필요하지 않았던 인간에게 생각과 표현이 생겨났다. 그 결과 모든 존재는 자기 자신과 모순을 빚게 되었으며, 만약 하늘이 새로운 수호자인 예술을 보내 주지 않았다면 인류는 파멸했으리라는 것이다. 그런즉 예술 속에서 작용하는 것은 신, 신성 자체이며, 예술, 특히 음악만이 인간을 순수하고 순결한 상태로 다시 데려가 줄 수 있다.

젊은 바흐는 알브레히트로부터 예술가의 숭고한 소명을 전수받고 자신의 삶을 더욱 굳건하게 음악에 결속시킨다. 그의 영혼은 신비로운 화성으로 가득 차 있으며, 지상적 열정과 생각을 위한 자리는 그 속에 없다. 아내 막달레나와의 관계 역시 부차적인 것에 불과하다. 보통 교양 소설에서 연인은 주인공이 일정한 성장 단계에서 만나게 되는, 모든 추구와 지향의 성취를 뜻하지만, 바흐에게 막달레나는 전혀 그런 의미를 갖지 못한다. 바흐는 그를 에워싼 삶의 현실로부터 자신의 존재 영역을 차단시킨다. 젊은 이탈리아 음악가에 대한 막달레나의 열정과 괴로움을 그는 이해하지 못하며, 그에겐 예술에서의 완성이 사랑의 완성보다 훨씬 중요하다. 결국 아내가 죽고 자신의 삶도 끝날 즈음에야 그는 자신이 삶을 대가로 치르고 예술의 완전함을 얻었음을 깨닫는다. 그가 이룬 예술 속에서의 완성은 인간으로서의 실패를 의미한다. 그는 삶에서 모든 것을 찾아냈으나, 정작 삶은 찾아내지 못했다. 고독, 눈멂, 상상력의 고갈은 그의 내면적 붕괴의 외적 징후이며, 마지막에 바흐에게 주어지는 것은 삶의 의미가 아닌 고통의 근본적인 체험이다.

3. 여행은 여행으로 끝나다

파우스트의 두 벗들은 인간의 행복을 위해 반드시 필요한 한 가지, 즉 모든 것을 포괄하고 그들을 의혹과 고통으로부터 구해 줄 완전한 진리를 찾아 나섰으며, 이 진리에 대한 소망, 완전한 행복에 대한 욕구, 충만한 삶에 대한 욕구만으로도 진리와 행복과 충만한 삶의 가능성은 존재한다고 믿었다. 그러나 그들의 여행은 '제2야'의 '욕망'에 쓰인 것들을 다시금 확인시켜 줄 뿐이다. 여행에서 얻은 자료들을 토대로 이루어진 그들의 탐구 결과는 '제9야'의 법정 장면에서 요약된다. 학문도, 예술도, 피라네시, 경제학자, 이름 없는 도시, 베토벤, 즉흥시인, 바흐, 이들 중 그 무엇도, 그 누구도 삶의 과제를 해결하지 못했으며, 그들의 삶은 행복하지도 충만되지도 못했다. 두 벗들은 인간의 삶에서 가장 중요한 시적 원칙을 가장 완전하고 심오하게 구현한 천재적인 음악가들조차 '삶의 충만함'을 실현하지 못했음을 알게 된다. 물론, 인간으로서도 예술가로서도 좌절할 수밖에 없었던 베토벤에 비해, 바흐는 마지막의 좌절에도 불구하고 예술가로서 좌절하지는 않았다. 그는 자신의 생각과 일치하는 표현을 위해 고투했으나, 음악의 신성한 표현력을 의문시한 적은 없었다. 반면, 베토벤은 생각과 표현의 불일치로 인해 끊임없이 고통받으면서, 인간의 힘을 넘어서는 척도를 바탕에 놓음으로써 음악조차도 한계에 이르게 했다. 따라서 음악가뿐만 이 아니라 음악 자체 속에서도 두 벗들은 전적으로 구원적인 힘을 보지 못한다. 음악은 신성하고 구원적이면서 동시에 악마적이고 유혹적이다. 음악은 가장 높은 것을 열어 보려는 희망을 일시적으로만 충족시키며, 음악과 너무 깊이 관계하는 인간을 파멸로 이끈다.

'삶의 충만함'을 달성하지 못한 자들을 심판하는 법정 장면은 언어의 역부족과 그런 언어에 의한 판결의 부조리를 여실히 드러낸다. 무수한 순간들로 이루어진 각기 다른 삶을 간략한 공식으로 압축하는 법정은 삶에 대해 매번 자신의 판결을 번복하며 결국엔 스스로 모호하게 되어 버린다. 세겔리엘만이 이것을 꿰뚫어 보고, 자신의 삶에 대한 진술을 거부한다: "나에겐 완전한 표현이 없다." 법정 장면은 재판부의 언어적 명명 시도와 세겔리엘의 언어적 고정 거부를 충돌시키면서 두 벗들이 지닌 언어 회의를 단적으로 드러낸다.

결국 두 벗들은 체계적인 탐구에도 불구하고 자신들의 여행은 여행으로 끝났다고 자인한다. 그들의 진단에 의하면, 학문, 예술, 신앙은 몰락하고 있고 서구는 파멸하고 있다. 그럼에도 불구하고 그들은 삶의 모든 영역을 얼싸안는 새로운 세계의 탄생이 아직도 가능하다는 희망을 버리지 않는다. 비록 그들 자신에겐 한밤의 차가운 바람과 고통만이 있을 뿐이지만, 먼 곳에서 불타고 있는 아침노을은 러시아의 새로운 세대를 기다리고 있다. 러시아는 유럽의 구원자가 될 것이며, 신앙과 학문과 예술의 삼위일체 속에서 자신에게만 매여 있지 않은 활동을 세계 속으로 펼치게 될 것이다. 그러므로 여행으로 끝난 여행에도 불구하고 진리의 추구는 계속되어야 한다고 강하게 요구하면서 두 벗은 그들의 에필로그를 끝맺는다.

4. 여행은 계속된다 - 파우스트와 세 친구들의 대화

제1, 제2층위는 제3층위를 위한 자료가 된다. 두 벗의 여행은 제3층위에서 파우스트와 세 친구들의 대화로 이어진다. 진리 추구는 수고(手稿)와 함께 다음 세대의 과제로 넘어가며, 파우스트, 로스치슬라프, 빅토르, 뱌체슬라프가 이 세대의 대표자로 등장한다. 공리주의자이자 실증적 지식의 숭배자인 빅토르는 애덤 스미스의 국부론을 찬양하고, 삶에서 나타나는 수수께끼 같은 현상들을 오직 생리학적으로 설명하려 든다. 그는 효용성을 도외시하는 피라네시를 이해하지 못하며, 「베토벤의 마지막 사중주」에서도 그의 관심은 이 일화들이 얼마만큼 사실에 근거하는가 하는 데 있다. 뱌체슬라프는 빅토르의 입장에 맞장구를 치는 인물이지만, 빅토르가 공리주의의 시대정신으로 무장하고 철학적 논쟁을 즐기는 데 반해, 그는 공리주의를 범속한 차원으로 끌어내린다.

로스치슬라프는 두 여행자의 탐구를 동시대의 지성적 삶과 연결시키는 고리 역할을 한다. 쉘링주의가 만개하던 시기에 여행을 시작했고 모든 문제에 대한 완전한 해답을 발견하게 되리라는 열망을 품었던 두 여행자처럼, 로스치슬라프 역시 쉘링주의자로 소개되며, 그 역시도 '모든 것을 설명해 줄 완전하고도 정연한 철학 체계'를 요구한다. 그가 제기하는 의문이 두 여행자의 문제의식과 맞닿아 있는 것은 우연이 아니다. 『러시아의 밤』은 인류의 운명에 대한 그의 내적 독백으로 시작되고, 네 명의 친구들의 대화도 '계몽은 무엇인가?'라는 그의 물음으로 시작된다. 의미 있는 삶의 설계에 대한 그의 절망, 가르치고 설명하고 논증하고 혁신할 수 있다고 자처하는 모든 자들과 유토피아에 대한 불신에도 불구하고, 그는 스스로 '참'임을 확신하는 말을 서슴지 않는다. 수고 저자들의 말 "19세기는 러시아의 것이다"를 인용함으로써 『러시아의 밤』을 끝맺는 것도 로스치슬라프이다.

파우스트는 많은 점에서 오도예프스키의 대변인 역할을 한다. 그는 별명과는 달리 괴테의 파우스트와 그리 비슷하지 않다. 모든 것을 경험하고 향유하고 지배하고자 하고 그러기 위해 자신의 영혼뿐만 아니라 다른 사람까지도 희생시키기를 마다하지 않는 괴테의 파우스트와 달리, 『러시아의 밤』의 파우스트는 명상가의 본성을 지녔다. 그는 광대무변한 지식과 변증법적 능란함에도 불구하고 무엇보다 영혼을 중시하고 내면과 외면의 조화를 중시하지만, 궁극적 진리는 가장 내면적인 삶에만 열릴 수 있을 뿐, 그것을 결코 가르칠 수는 없다고 여기는 신비주의 성향의 언어 회의론자이다. 이런 파우스트에게 두 벗은 이미 과거에 속한다. 이제 그는 모든 것에 대해 묻고 싶어 했던 벗들의 열정을 젊음의 약점이자 치명적인 질병의 일종이라고 진단한다. 모든 것에 해답을 줄 수 있는 절대적인 공리의 존재에 대해서도 그는 이미 환상을 품지 않는다. 천 년 역사의 문명이 맺은 열매에 대해, 학문과 예술과 사회적 삶 전반에 대해 철저하게 비판적이며, 이 점에서는 두 벗들과 거의 같은 입장이다. 그러나 파우스트는 이에 대한 체계적 해결 가능성을 이미 부정하고 있다. 그는 예전의 철학 체계는 끝장났고 새로운 체계주의는 아직 때가 되지 못했다고 확신한다. 모든 개개의 사실을 고려하지 못하는 철학 체계에 대한 그의 비판은 개개인의 행복을 무시하는 공리주의적 국가 체계를 향한 비판과도 상통한다. 체계 비판과 함께 파우스트는 추상적이고 개념적인 사유의 중재 없이 이루어지는, 사물의 본질에 대한 직관적인 통찰의 필요성을 주장한다. 예술가 존재에 대한 대화에서도 그의 이런 입장은 견지된다. 피라네시 예술의 비효용성을 비난하는 빅토르에게 파우스트는 효용성을 갖지 않는 것이야말로 인간의 삶에서 본질적인 '시'라고 말하면서 무효용의 효용을 옹호한다. 파우스트에 의해 피라네시는 이 세상에서 미의 존재를 정당화하고 변호하며 동시에 이 세상에서 미가 처한 위험을 보여 주는 상징적인 형상이 된다.

시적 원칙은 파우스트에 의하면 음악에서 더욱 완전하게 나타난다. 음악은 '표현할 수 없는 것', 인간의 내면에 존재하는 가장 심오한 것을 전할 수 있는 언어이기 때문에, 인간이 자신을 정신적인 존재로 표현하고 확인하는 일은 음악에서 가장 훌륭하게 이루어질 수 있다는 것이다. 음악은 작곡가가 자신의 비밀로 여기는 것까지 들추어내어 그것에 형상을 부여하며, 베토벤의 음악이 바로 그러해서, 베토벤 자신도 모르게 그의 숨겨진 고통과 절망을 드러낸다고 그는 말한다. 내면성의 언어와 마찬가지로, '가능한 경험'이라는 개념도 그에게는 무엇보다 '의식 사실'로서의 내적 경험을 의미한다. 때문에 그는 베토벤 이야기를 역사적 정확성이라는 기준에 따라 평가하려는 빅토르와 달리, 베토벤의 내면적 전기로 해석한다. 내면적인 사실, 직관적 확실성, 심리적 신빙성에 의거한 전기가 실제 사실만을 전하는 전기보다 더 진실되다는 것이다. 「베토벤의 마지막 사중주」에 대해서는 낭독 직후에 네 친구들 사이에 긴 대화가 오가지만, 「세바스챤 바흐」는 낭독만으로 '제8야'를 완전히 채운다. 그러나 바로 앞의 '제7야' 끝 부분과 '에필로그'에서 파우스트의 입을 통해 강조되는 것은 유기체가 달성해야 할 '삶의 충만함'이다. 음악이 영혼을 지상의 골짜기로부터 멀리 데려가, 표현할 수 없는 그 무엇과 얼굴을 맞대고 바라보게 해 주는 불가사의한 힘을 지녔다 해도, 음악 역시 실존의 투입을 통해서만 진정한 것이 된다. 예술은 미의 의무뿐만이 아니라 삶의 의무를 지니고 있으며, 예술도 예술가도 인간 소명의 내적 충만을 실현하도록 도움으로써 삶의 요구에 부응해야 한다. 음악의 표현력에 좌절했던 베토벤뿐만 아니라 가장 위대한 바흐조차도 삶으로부터 자신을 차단시킴으로써 삶의 충만함을 알지 못했다.

두 벗들처럼 파우스트 역시 학문에서도 예술에서도 해답을 얻지 못한다. 그는 공리주의자도 쉘링주의자도 비웃지만, 자신의 해답을 알려 주진 않는다. 오도예프스키가 말하듯, 이는 아마 파우스트에게도 해답이 없기 때문일 테지만, 다른 한편 그가 직접적으로 해답을 제시하지 않고 상징주의를 택하는 것은 진리는 말로써 전할 수 없다는 그의 확신에 부합하는 태도이기도 하다. '제2야'에서부터 우화를 가져오며 대화를 출발시켰듯이, 그는 생생하고 구체적인 현실 속에서 보편적인 생각을 제시하는 비유적인 이야기를 통해 자신의 철학적 명제를 표현하는 방식을 택한다. 벗들의 기록에서 읽어 주는 이야기들도 그의 철학적 명제와 자유롭게 연결되는 시적 우화라 할 수 있다. 이는 시를 진리 인식의 가장 완전한 도구로 보는 그의 기본 입장과도 일치한다.

지금까지 살펴보았듯, 『러시아의 밤』을 이루는 세 개의 층위 어디에도 완전한 해답은 주어져 있지 않다. 두 벗처럼 그들의 후계자인 네 명의 친구들도 자신들의 여행이 여행으로 끝났다고 말할 수 있을 것이다. 그들 역시 두 벗처럼 자신들의 세대에선 아직 도달할 수 없는 영원한 진리를 추구하면서 한밤중에 낯선 나라에 들어선 나그네들이다. 완전히 신뢰할 만한 어떤 대답도 불가능한 시대에 길 위의 나그네는 그들에게 주어진 유일한 가능성일 것이다. 누구보다도 파우스트는 옛 벗들처럼 회의론을 탈피하고 싶은 욕망에 불타며, 태양과 아침노을을 갈망한다. 때문에 그는 매번 밤의 대화가 끝날 무렵이면 동녘 하늘에 퍼져 나가기 시작하는 자줏빛 새벽빛을 기뻐하며, 또한 저녁 강물 위에 비친 붉은 반사광을 기뻐한다. 저녁노을은 지구의 다른 쪽 반구를 위해 다가오는 여명의 징후이기 때문이다. 파우스트는 회의론으로부터, 삶의 불완전함으로부터 삶의 충만함으로 나아갈 수 있는 길을 옛 벗들과 마찬가지로 러시아에서 찾는다. 러시아와 서구를 비교하면서 그는 러시아가 품고 있는 위대한 미래의 강력한 맹아를 본다. 그것은 러시아가 고수하고 있는 기독교적이고 전통적인 삶의 가치, 러시아 정신의 다면성과 포괄성, 그리고 내적 경험 속에서 인식 주체와 인식 대상을 통합시키고 있는 전체성의 원칙이다. '에필로그' 끝 부분에서 행해지는 파우스트의 웅변, 거기서 울리는 내적 진리에 대한 확고한 옹호, 예언자적 통찰이 그의 친구들을 사로잡고 내면적인 공감을 불러일으키는 것은 논리의 동원 때문이 아니라 자신의 인격과 내적 의미 전부를 투입하고 있기 때문일 것이다. 그리하여 회고를 위한 회고가 아니라 새로운 정향을 위한 회고를 통해 과거가 아닌 미래에 대해 말하고자 했던 친구들의 대화는 『러시아의 밤』을 죽음이 아니라 삶을 알려 주는 책, 절망이 아닌 희망의 책으로 만든다.

『러시아의 밤』의 제1층위에 속하는 이야기들은 「최후의 자살」과 「복수자」를 제외하고는 이미 예전에 발표된 것들이다. 이 작품들이 『러시아의 밤』에서는 허구적 인물인 옛 벗들의 수고에 들어있는 이야기들로서 역시 허구적 인물인 파우스트에 의해 낭독됨으로써, 오도예프스키는 자신의 옛 작품들에 대해 객관적 거리를 확보한다. 나아가 두 벗들에겐 그들에게 이야기를 전해 준 사람들이 있었다. 피라네시 이야기는 노(老)애서가가 이야기해 준 것이며, 경제학자의 변화 과정을 기술하고 그가 남긴 원고에 주석을 붙여 건네준 사람은 벗들의 또 다른 지인이다. 이름 없는 도시 이야기는 살아남은 주민인 '검은 사람'이 전해 주었고, 바흐 이야기는 어느 음악 애호가가 해 준 것이다. 『러시아의 밤』은 이렇게 한 시대에 속하는 여러 다양한 화자에 의한 이야기들로 구성됨으로써, 한 시대의 삶과 정신을 이루고 있던 다양한 경험과 목소리를 담아낸다. 이렇게 '액자 소설 속의 액자 소설' 구조를 통해 오도예프스키는 자신의 옛 작품들의 내용과 문체에 대해 보다 자유롭고 관조적인 관점에 서게 된다.

『러시아의 밤』을 쓰는 시점의 작가는 이미 다른 사람이다. 청년기에 사변적 관념론의 과도한 영향 아래 경험적 지식을 과소평가하는 경향을 보였던 그는 점차 과격한 관념론적 입장을 수정해 갔다. 삶의 다양한 경험, 과학의 비약적 발전, 그리고 기술과 의학이 민중의 삶에서 갖는 사회적 의미에 대한 인식 등이 이러한 변화를 이끌었고, 오도예프스키는 자신이 원래 지녔던 관념론적 지향을 경험적 지식의 결과와 통합시키려고 노력하게 된다. 파우스트는 작가의 이러한 변화를 보여 주는 인물이다.

오도예프스키는 세계와 인간, 자연과 역사, 정신과 물질에 대한 자신의 사유에 분업 원칙을 적용하기를 거부했다. 이 점에서 그는 러시아적 사유 방식의 기초자에 속한다 할 것이다. 챠다예프, 호먀코프, 베르쟈에프, 로자노프, 표도르 스체푼이 그렇듯이, 오도예프스키도 엄격한 학문 분과로서의 철학에 내재하는 사유 규칙에 복종하지 않고, 자신이 생각하고 가르치는 것을 스스로의 삶에서 직접 살고자 했다. 비록 그의 삶과 『러시아의 밤』이 '가장 단순하지만 가장 먼 원소들'을 단번에 발견하지 못했다 해도, 앞 세대가 물려준 문제를 해결하지 못했다 해도, 그에게, 그리고 인류에게 중요한 것은 가깝고도 영원히 먼 비밀을 향해 나아가는 움직임 그 자체일 것이다. 이 점에서 그는 '추구하는 한, 헤매게 마련인' 파우스트이다. 12월 당원 봉기 실패 후 시베리아에 유형당한 큐헬베케르가 1845년 봄 그의 옛 친구이자 문학 동지인 오도예프스키에게 쓴 편지가 『러시아의 밤』에 대한 아름다운 응답이 될 것이다.

"자네의 『러시아의 밤』에는 많은 사상, 많은 깊이, 마음을 기쁘게 해 주는 많은 것들, 많은 위대한 것들, 완전히 진실되고 새로운 많은 것들, 그리고 그토록 명료하고 웅변적으로 표현된 많은 것들이 들어 있네(자네도 기억하겠지만 나는 언제나 형식을 중요하게 여겼다네). 한마디로 말해서, 자네는 유럽의 가장 현명하고 가장 유익한 책들 앞에 당당하게 맞세울 수 있는 좋은 책을 쓴 것일세. 사람들은 물론 자네를 공격하려 들겠지. 하지만 그런 공격들조차 자네 작품이 문학계에서 주목할 가치가 있는 중요한 현상이라는 것을 보여 주는 증거가 될 뿐일 걸세……. 중요한 것은, 자넨 항상 선을 원해 왔고 항상 고귀한 마음을 지닌 생각하는 사람이었고 게다가 러시아인이었다는 사실이라네……. 자넨 우리 사람일세. 그리보예도프, 푸쉬킨, 그리고 나는 우리의 최고의 것을 자네에게 모두 물려주었어. 후세와 조국 앞에서 자네는 우리 시대의 대변자이며 예술의 아름다움과 절대 진리를 향한 우리의 사심 없는 추구의 대변자라네. 부디 자네가 우리들보다 행복하길!”

판본 소개

소설 '러시아의 밤(Русские ночи)'의 제목은 1836년 3월 잡지 『모스크바의 관찰자(*Московский наблюдатель*)』에 '제1야'가 게재됨으로써 처음 등장했다. 오도예프스키는 연재를 약속했으나 지키지 못했다. 1843년 9월 오도예프스키는 출판업자 이바노프(А. И. Иванов)와 작품집 출판 계약을 맺었고, 원고를 검열 당국에 넘겨 1843년 9월 20일에 『러시아의 밤』이 포함된 제1권의 출판 허가가 나왔다. 1844년 1월 20일에는 작품집 3권 전체에 대한 허가도 나왔다. 그러나 오도예프스키의 자발적인 원고 수정 때문에 출판이 지연되어 1844년 8월에야 『오도예프스키 작품집 전 3권(*Сочинения князя В. Ф. Одоевского в трёх томах*)』이 페테르부르크의 이바노프 출판사(Издание книгопродавца Иванова, СПб.)에서 발간되었다. 이후 오도예프스키는 작품을 다듬어서 다시 출판할 계획을 세웠으나, 1860년대 초(아마도 1861~1862년)에야 본격적인 준비 작업에 들어갈 수 있었다. 재발간은 작가의 생시에 이루어지지 못했다. 작가 자신에 의한 수정 보완을 반영한 첫 『러시아의 밤』은 1913년에 와서야 츠베트코프(С. А. Цветков)의 편집을 거쳐 모스크바의 푸치 출판사(Издательство ‘Путь’, Москва)에서 발간되었다. 이 판본은 1844년 판본을 상당히 정확하고 세심하게 재현했으나, 군데군데 오류가 섞여 있다. 1975년 소련 과학 아카데미의 레닌그라드 나우카 출판사(Издательство ‘Наука’, Ленинград)는 새로운 판본을 펴냈다. 이 판본은 1844년 판본을 기초로 하면서 1860년대 초 오도예프스키가 수정 보완한 것들을 별도로 표시해 두고 있으며, 오도예프스키가 재간행을 위해 쓴 ‘서문’과 ‘『러시아의 밤』에 부치는 주’를 비롯하여, 이 작품과 연관된 작가의 여러 글들을 부록으로 싣고 있다. 1981년 모스크바의 후도줴스트벤나야 리체라투라(Художественная литература) 출판사는 오도예프스키의 『작품집 전 2권(*Сочинения в двух томах*)』의 제1권에 『러시아의 밤』을 수록했다. 이어 2002년에는 모스크바의 테라 북 클럽(Terra-Книжный клуб)에서, 2007년에는 모스크바의 엑스모(Эксмо) 출판사에서, 2011년에는 페테르부르크의 레오나르도(Леонардо) 출판사에서 이 작품을 단행본으로 발간했다. 역자는 번역을 위해 가장 완벽하고 권위 있는 1975년 나우카 판본을 대본으로 삼았으며, 같은 책 권말에 수록된 마이민(Е. А. Маймин)과 메도보이(М. И. Медовой)의 주석을 부분적으로 참고하였다.

블라지미르 오도예프스키 연보

1803(어떤 자료에 의하면 1804년) 구력 7월 30일(현재의 그레고리우스력으로는 8월 11일) 류리크 혈통을 이어받은 유서 깊은 공작 가문의 후손으로 모스크바에서 태어남. 아버지는 국립 은행 모스크바 지점장이었고, 어머니는 결혼 이전에는 농노였음. 아버지는 오도예프스키가 다섯 살이 되기 전에 사망하고, 어머니는 재혼함. 오도예프스키는 박애주의자였던 숙부의 후견 아래 성장함.

1816~1822 모스크바 대학교 부속 귀족 기숙 학교에서 수학함. 쥬코프스키(В. А. Жуковский), 그리보예도프(А. С. Грибоедов), 뱌젬스키(П. А. Вяземский), 챠다예프(П. Я. Чаадаев), 레르몬토프(М. Ю. Лермонтов) 등이 다녔던 이 학교에서 폭넓고 깊이 있는 교육을 받음. 철학에 특별한 관심을 보였고, 모스크바 대학의 교수로서 쉘링주의 철학자였던 다브이도프(И. И. Давыдов)와 파블로프(М. Г. Павлов)에게서 강한 영향을 받음.

1820 학교에서 잡지 『칼리오페(*Каллиопа*)』의 편집 동인으로 활동하기 시작함.

1821~1822 『유럽 통보(*Вестник Европы*)』에 「허세는 얼마나 위험한가(Разговор о том, как опасно быть тщеславным)」, 「짜증 나는 날들

(Дни досад)」 게재.

1822 학교 졸업. 금메달 수여받음.

1823 번역가이자 시인인 라이치(С. Е. Раичи)의 문학 서클에 가입. 포고진(М. П. Погодин), 쉐브이료프(С. П. Шевырёв), 치토프(В. П. Титов) 등과 함께 활동함. 큐헬베케르(В. Кюхельбекер), 베네비치노프(Д. Веневитинов)와 함께 철학 서클 '지혜를 사랑하는 모임(Общество любомудрия)'을 만들고 이끌면서 독일의 관념 철학, 특히 쉘링 철학과 고전주의, 낭만주의 문학의 습득과 연구를 위해 열정적으로 노력함.

1824~1825 큐헬베케르와 함께 '지혜를 사랑하는 모임'의 동인지 『므네모시네(*Мнемозина*)』를 발행. 『조르다노 브루노와 피에트로 아렌티노 - 16세기 풍속 소설(*Иордан Бруно и Петр Арентино — роман в нравах 16 столетия*)』을 쓰기 시작했으나, 두 개의 장을 쓴 채 미완으로 남김.

1826 12월 당원 봉기 실패 후 이 모임도 와해됨. 오도예프스키는 봉기 시도에 찬성하지 않았으나 12월 당원들에게 호감을 느끼고 있었음. 가을, 오도예프스키는 페테르부르크로 옮김. 란스카야(О. С. Ланская)와 결혼. 내무부에서 근무 시작. 이어 여러 기관에서 근무함. 그의 직무는 단순히 관료적인 성격의 것이 아니라, 공공을 위한 실질적 효용성을 갖는 모든 발명들을 검토하는 일, 소방 체계 개선, 도량법 정비와 같은 것이었음. 이런 활동이 그에게 유익하고 의미 있는 인생 학교가 되었다고 훗날 고백.

1827 혹은 1828년 푸쉬킨(А. С. Пушкин)과 개인적 교분을 트게 됨. 그와 함께 『문학 신문(*Литературная газета*)』, 『북방의 꽃들(*Северные цветы*)』을 위해 일함. 푸쉬킨의 『동시대인(*Современник*)』 발행을 도움.

1830년대 유럽의 신비주의자 생마르탱(L. Cl. de Saint Martin), 아른트(J. Arndt), 바아더(F. X. v. Baader) 등의 영향을 강하게 받음. 교부 신학의 연구에도 열중.

1830 『북방의 꽃들』(1831년)에 「베토벤의 마지막 사중주(Последний квартет Бетховена)」 게재.

1831 『북방의 꽃들』(1832년)에 「기사 잠바티스타 피라네시의 작품들(Opere del Cavaliere Giambattista Piranesi)」 게재.

1833 문예 작품집 『알치오나(*Альциона*)』(1833년)에 「즉흥시인(Импровизатор)」 게재, 문예 작품집 『집들이(*Новоселье*)』에 「연대장(Бригадир)」과 「무도회(Бал)」 게재. 이야기 모음집 『다채로운 이야기들(*Пёстрые сказки*)』 출간.

1834 「공녀 미미(Княжна Мими)」, 「담뱃갑 속의 작은 도시(Городок в табакерке)」 발표.

1835 『모스크바의 관찰자(*Московский наблюдатель*)』에 「세바스찬 바흐(Себастиян Бах)」 게재.

1835, 1840 『4338년(*4338-й год*)』 부분적 발표.

1837 「공기의 정(Сильфида)」, 「새해(Новый год)」 발표.

1839 「공녀 지지(Княжна Зизи)」, 「화가(Живописец)」 발표. 『동시대인(*Современник*)』에 『이름 없는 도시(*Город без имени*)』 게재.

1840 「세계 통속 요지경(Косморана)」 발표.

1841 혹은 1842년 「도롱뇽(Саламандра)」 발표.

1842 독일 여행 중 베를린에서 셸링과 만나 헤겔에 대한 비판적 대화를 나눔.

1843~1848 자볼로츠키(А. П. Заболоцкий)와 함께 민중을 위한 독서 저널 『농촌의 독서(*Сельское чтение*)』 발행.

1843 『러시아의 밤(*Русские ночи*)』 완성.

1844 「산 송장(Живой мертвец)」 발표. 『작품집 전 3권(*Сочинения князя В. Ф. Одоевского в трёх томах*)』 출간. 제1권에 『러시아의 밤』 수록.

1846 「가슴걸이(Мартингал)」 발표.

1846~1861 황립 도서관 관장의 보좌관, 루먄체프 박물관의 관장으로 근무.

1840~1860년대 궁정에서 근무. 시종, 의전 담당관, 4등관을 거침. 러시아 전통 음악의 역사와 이론 연구에 열중. 절대 왕정 지지자이면서도 농

노제 폐지, 공개 재판 제도, 감옥 개혁, 계급 평등을 위해 앞장섬. 당시 거의 알려져 있지 않았던 속기를 배움.

1856 독일, 프랑스, 스위스 여행.

1859 황립 도서관 관장 보좌관, 루만체프 박물관 관장의 자격으로 1859년 쉴러 대축제에 러시아 사절로 참가하기 위해 독일 바이마르로 여행.

1861 「고대 러시아 성가의 문제(К вопросу о древнерусском песнопении)」 발표. 원로원 의원이 됨.

1862 루만체프 박물관의 모스크바 이전과 함께 오도예프스키도 고향 모스크바로 돌아감. 그곳에서 계속 근무하면서 사회적, 문화적 삶에 적극적으로 참여. 고대 러시아 음악 연구에 계속 매진. 러시아 음악회와 페테르부르크 음악원 창립에 크게 기여함.

1866 모스크바 음악원 개원식에서 기념사 낭독(「예술로서뿐만이 아니라 학문으로서의 러시아 음악 연구(Об изучении русской музыки не только как искусства, но и как науки)」).

1868 『음악의 초보 지식, 혹은 비음악가를 위한 음악의 기초(*Музыкальная грамота, или основания музыки для не музыкантов*)』 발표.

1869 구력 2월 27일(그레고리우스력으로는 3월 11일) 뇌염 후유증으로 서거. 모스크바의 돈스코이 수도원의 묘지에 안장됨.

새롭게 을유세계문학전집을 펴내며

을유문화사는 이미 지난 1959년부터 국내 최초로 세계문학전집을 출간한 바 있습니다. 이번에 을유세계문학전집을 완전히 새롭게 마련하게 된 것은 우리가 직면한 문화적 상황에 적극적으로 대응하기 위해서입니다. 새로운 을유세계문학전집은 세계문학의 역할이 그 어느 때보다 중요해졌다는 인식에서 출발했습니다. 오늘날 세계에서 타자에 대한 이해는 우리의 안전과 행복에 직결되고 있습니다. 세계문학은 지구상의 다양한 문화들이 평등하게 소통하고, 이질적인 구성원들이 평화롭게 공존할 수 있는 문화적인 힘을 길러 줍니다.

을유세계문학전집은 세계문학을 통해 우리가 이런 힘을 길러 나가야 한다는 믿음으로 만들어졌습니다. 지난 5년간 이를 준비하기 위해 많은 노력을 기울였습니다. 세계 각국의 다양한 삶의 방식과 문화적 성취가 살아 있는 작품들, 새로운 번역이 필요한 고전들과 새롭게 소개해야 할 우리 시대의 작품들을 선정했습니다. 우리나라 최고의 역자들이 이들 작품 속 한 문장 한 문장의 숨결을 생생히 전하기 위해 심혈을 기울였습니다. 또한 역자들은 단순히 번역만 한 것이 아니라 다른 작품의 번역을 꼼꼼히 검토해 주었습니다. 을유세계문학전집은 번역된 작품 하나하나가 정본(定本)으로 인정받고 대우받을 수 있도록 최선을 다했습니다. 세계문학이 여러 경계를 넘어 우리 사회 안에서 주어진 소임을 하게 되기를 바라며 을유세계문학전집을 내놓습니다.

을유세계문학전집

BC 401 **오이디푸스 왕 외**
소포클레스 | 김기영 옮김 |42|
수록 작품: 안티고네, 오이디푸스 왕, 콜로노스의 오이디푸스
그리스어 원전 번역
「동아일보」 선정 '세계를 움직인 100권의 책'
서울대 권장 도서 200선
고려대 선정 교양 명저 60선
시카고 대학 선정 그레이트 북스

1191 **그라알 이야기**
크레티앵 드 트루아 | 최애리 옮김 |26|
국내 초역

1225 **에다 이야기**
스노리 스툴루손 | 이민용 옮김 |66|

1496 **라 셀레스티나**
페르난도 데 로하스 | 안영옥 옮김 |31|

1608 **리어 왕 · 맥베스**
윌리엄 셰익스피어 | 이미영 옮김 |3|

1630 **돈 후안 외**
티르소 데 몰리나 | 전기순 옮김 |34|
국내 초역 「불신자로 징계받은 자」 수록

1670 **팡세**
블레즈 파스칼 | 현미애 옮김 |63|

1699 **도화선**
공상임 | 이정재 옮김 |10|
국내 초역

1719 **로빈슨 크루소**
대니얼 디포 | 윤혜준 옮김 |5|

1749 **유림외사**
오경재 | 홍상훈 외 옮김 |27, 28|

1759 **신사 트리스트럼 섄디의 인생과 생각 이야기**
로렌스 스턴 | 김정희 옮김 |51|
노벨연구소 선정 100대 세계 문학

1774 **젊은 베르터의 고통**
요한 볼프강 폰 괴테 | 정현규 옮김 |35|

1799 **휘페리온**
프리드리히 횔덜린 | 장영태 옮김 |11|

1804 **빌헬름 텔**
프리드리히 폰 실러 | 이재영 옮김 |18|

1813 **오만과 편견**
제인 오스틴 | 조선정 옮김 |60|

1817 **노생거 사원**
제인 오스틴 | 조선정 옮김 |73|

1818 **프랑켄슈타인**
메리 셸리 | 한애경 옮김 |67|
뉴스위크 선정 세계 명저 100
옵서버 선정 최고의 소설 100
미국대학위원회 선정 SAT 추천 도서

1831 **예브게니 오네긴**
알렉산드르 푸슈킨 | 김진영 옮김 |25|

파우스트
요한 볼프강 폰 괴테 | 장희창 옮김 |74|
서울대 권장 도서 100선
미국대학위원회 SAT 권장 도서

1835 **고리오 영감**
오노레 드 발자크 | 이동렬 옮김 |32|
서머싯 몸 선정 세계 10대 소설
연세 필독 도서 200선

1836 **골짜기의 백합**
오노레 드 발자크 | 정예영 옮김 |4|

1844 **러시아의 밤**
블라지미르 오도예프스키 | 김희숙 옮김 |75|

1847 **워더링 하이츠**
에밀리 브론테 | 유명숙 옮김 |38|
서머싯 몸 선정 세계 10대 소설
서울대 선정 동서 고전 200선
미국대학위원회 SAT 권장 도서

제인 에어
샬럿 브론테 | 조애리 옮김 |64|
연세 필독 도서 200선
미국대학위원회 SAT 권장 도서
BBC 선정 영국인들이 가장 사랑하는 소설 100선
「가디언」 선정 가장 위대한 소설 100선

1850 **주홍 글자**
너새니얼 호손 | 양석원 옮김 | 40 |

1855 **죽은 혼**
니콜라이 고골 | 이경완 옮김 | 37 |
국내 최초 원전 완역

1866 **죄와 벌**
표도르 도스토예프스키 | 김희숙 옮김 | 55, 56 |
미국대학위원회 SAT 권장 도서
하버드 대학교 권장 도서

1880 **워싱턴 스퀘어**
헨리 제임스 | 유명숙 옮김 | 21 |

1888 **꿈**
에밀 졸라 | 최애영 옮김 | 13 |
국내 초역

1896 **키 재기 외**
히구치 이치요 | 임경화 옮김 | 33 |
수록 작품: 섣달그믐, 키 재기, 탁류, 십삼야, 갈림길, 나 때문에

1896 **체호프 희곡선**
안톤 파블로비치 체호프 | 박현섭 옮김 | 53 |
수록 작품: 갈매기, 바냐 삼촌, 세 자매, 벚나무 동산

1899 **어둠의 심연**
조지프 콘래드 | 이석구 옮김 | 9 |
수록 작품: 어둠의 심연, 진보의 전초기지, 「청춘과 다른 두 이야기」 작가 노트, 「나르시서스호의 검둥이」 서문
미국대학위원회 SAT 권장 도서
연세 필독 도서 200선

1900 **라이겐**
아르투어 슈니츨러 | 홍진호 옮김 | 14 |
수록 작품: 라이겐, 아나톨, 구스틀 소위

1903 **문명소사**
이보가 | 백승도 옮김 | 68 |

1908 **무사시노 외**
구니키다 돗포 | 김영식 옮김 | 46 |
수록 작품: 겐 노인, 무사시노, 잊을 수 없는 사람들, 쇠고기와 감자, 소년의 비애, 그림의 슬픔, 가마쿠라 부인, 비범한 범인, 운명론자, 정직자, 여난, 봄 새, 궁사, 대나무 쪽문, 거짓 없는 기록
국내 초역 다수

1909 **좁은 문 · 전원 교향곡**
앙드레 지드 | 이동렬 옮김 | 24 |
1947년 노벨문학상 수상

1914 **플라테로와 나**
후안 라몬 히메네스 | 박채연 옮김 | 59 |
1956년 노벨문학상 수상

1915 **변신 · 선고 외**
프란츠 카프카 | 김태환 옮김 | 72 |
수록 작품: 선고, 변신, 유형지에서, 신임 변호사, 시골 의사, 관람석에서, 낡은 책장, 법 앞에서, 자칼과 아랍인, 광산의 방문, 이웃 마을, 황제의 전갈, 가장의 근심, 열한 명의 아들, 형제 살해, 어떤 꿈, 학술원 보고, 최초의 고뇌, 단식술사
서울대 권장 도서 100선
연세 필독 도서 200선
미국대학위원회 SAT 권장 도서

1919 **데미안**
헤르만 헤세 | 이영임 옮김 | 65 |

1920 **사랑에 빠진 여인들**
데이비드 허버트 로렌스 | 손영주 옮김 | 70 |

1924 **마의 산**
토마스 만 | 홍성광 옮김 | 1, 2 |
1929년 노벨문학상 수상
서울대 권장 도서 100선
연세 필독 도서 200선
「뉴욕타임스」 선정 '20세기 최고의 책 100선'
미국대학위원회 SAT 권장 도서

1924 **송사삼백수**
주조모 엮음 | 김지현 옮김 | 62 |

1925 **소송**
프란츠 카프카 | 이재황 옮김 | 16 |

요양객
헤르만 헤세 | 김현진 옮김 | 20 |
수록 작품: 방랑, 요양객, 뉘른베르크 여행
1946년 노벨문학상 수상
국내 초역 「뉘른베르크 여행」 수록

위대한 개츠비
프랜시스 스콧 피츠제럴드 | 김태우 옮김 | 47 |
미 대학생 선정 '20세기 100대 영문 소설' 1위
모던 라이브러리 선정 '20세기 100대 영문학' 중 2위
미국대학위원회 추천 '서양 고전 100선'
「르몽드」 선정 '20세기의 책 100선'
「타임」 선정 '20세기 100대 영문 소설'

1925 **서푼짜리 오페라 · 남자는 남자다**
베르톨트 브레히트 | 김길웅 옮김 |54|

1927 **젊은 의사의 수기 · 모르핀**
미하일 불가코프 | 이병훈 옮김 |41|
국내 초역

1928 **체벤구르**
안드레이 플라토노프 | 윤영순 옮김 |57|
국내 초역

1929 **베를린 알렉산더 광장**
알프레트 되블린 | 권혁준 옮김 |52|

1930 **식(蝕) 3부작**
마오둔 | 심혜영 옮김 |44|
국내 초역

1934 **브루노 슐츠 작품집**
브루노 슐츠 | 정보라 옮김 |61|

1935 **루쉰 소설 전집**
루쉰 | 김시준 옮김 |12|
서울대 권장 도서 100선
연세 필독 도서 200선

1936 **로르카 시 선집**
페데리코 가르시아 로르카 | 민용태 옮김 |15|
국내 초역 시 다수 수록

1938 **사형장으로의 초대**
블라디미르 나보코프 | 박혜경 옮김 |23|
국내 초역

1946 **대통령 각하**
미겔 앙헬 아스투리아스 | 송상기 옮김 | 50 |
1967년 노벨문학상 수상 작가

1949 **1984년**
조지 오웰 | 권진아 옮김 |48|
1999년 모던 라이브러리 선정 '20세기 100대 영문학'
2005년 「타임」 선정 '20세기 100대 영문 소설'
2009년 「뉴스위크」 선정 '역대 세계 최고의 명저' 2위

1954 **이즈의 무희 · 천 마리 학 · 호수**
가와바타 야스나리 | 신인섭 옮김 |39|
1952년 일본 예술원상 수상
1968년 노벨문학상 수상

1955 **엿보는 자**
알랭 로브그리예 | 최애영 옮김 |45|
1955년 비평가상 수상

1955 **저주받은 안뜰 외**
이보 안드리치 | 김지향 옮김 |49|
수록 작품: 저주받은 안뜰, 몸통, 술잔, 물방앗간에서, 올루야크 마을, 삼사라 여인숙에서 일어난 우스운 이야기
세르비아어 원전 번역
1961년 노벨문학상 수상 작가

1962 **이력서들**
알렉산더 클루게 | 이호성 옮김 |58|

1964 **개인적인 체험**
오에 겐자부로 | 서은혜 옮김 |22|
1994년 노벨문학상 수상

1970 **모스크바발 페투슈키행 열차**
베네딕트 예로페예프 | 박종소 옮김 |36|
국내 초역

1979 **천사의 음부**
마누엘 푸익 | 송병선 옮김 |8|

1981 **커플들, 행인들**
보토 슈트라우스 | 정항균 옮김 |7|
국내 초역

1982 **시인의 죽음**
다이허우잉 | 임우경 옮김 |6|

1991 **폴란드 기병**
안토니오 무뇨스 몰리나 | 권미선 옮김 |29, 30|
국내 초역
1991년 플라네타상 수상
1992년 스페인 국민상 소설 부문 수상

1996 **아메리카의 나치 문학**
로베르토 볼라뇨 | 김현균 옮김 |17|
국내 초역

2001 **아우스터리츠**
W. G. 제발트 | 안미현 옮김 |19|
국내 초역
전미 비평가 협회상
브레멘상
「인디펜던트」 외국 소설상 수상
「LA타임스」, 「뉴욕」, 「엔터테인먼트 위클리」 선정 2001년 최고의 책

2002 **야쿠비얀 빌딩**
알라 알아스와니 | 김능우 옮김 |43|
국내 초역
바쉬라힐 아랍 소설상
프랑스 툴롱 축전 소설 대상
이탈리아 토리노 그린차네 카부르 번역 문학상
그리스 카바피스상

2005 **우리 짜르의 사람들**
류드밀라 울리츠카야 | 박종소 옮김 |69|
국내 초역

2007 **시카고**
알라 알아스와니 | 김능우 옮김 |71|
국내 초역